诗与识

中国古典诗歌审美统一论

宋烨　著

中国人民大学出版社
·北京·

目 录

绪 论

一、问题的缘起

在中国当今波澜壮阔的现代化进程中，商业的繁荣与物质的丰裕成为时代文明发展成就的重要标志，层出不穷的新奇事物不断地侵浸着人们的精神世界，大众的兴趣和欲望在应接不暇的各种新兴逐乐潮流之间快速地生灭流转。移动网络时代的彻底崛起更是全面加速了这种趋势，一个人只要随意浏览一下身旁的智能手机，无限纷繁的趣事就可以铺天盖地在他面前涌现。相较之下，我们的传统文学遗产，即便是在现代人文学科知识分子的精神生活中也早已被推至边缘性地位。尤其是那曾经辉煌无比、代表着汉语言艺术巅峰成就的古典诗歌，如今早已失去了往日的光彩而蜕变为极少一部分人的个人修养和精神消遣。然而一种更为通达的看法是，只要还有一批人坚守和传续着经典，那么对其被边缘化的现实本身就不必去忧虑和惋惜。社会全面而持续的进步更需要公民具有现代化的精神趣味和智力功能，传统文学的辉煌成就只要仍能保留和深植在少部分国人的精神世界里，这也就是向我们祖先的才智致以敬意了。这里真正值得严肃对待的问题存在于少数人那里，如果古典诗歌在现代注定是小众的文化诉求，那么这一小众群体便有了相对重要的意义——如果他们对诗歌文学抱有一种严肃的热爱，并真诚地为古人的艺术成就感到钦佩与自豪，那么他们就有理由去勉励自己成为能力胜任的文化传习者。我们深切地感到创作与欣赏古典诗歌本质上是一种艺术活动，它不应是随心所欲、无拘无束的自我陶醉与随性消遣。对于体量庞大、泥沙俱下的古典诗歌来说，拥有可观的文学训练以保证心智总能做出正确的鉴赏判断是极为必要的。面对艺术之美，人唯有在严肃的态度与充分的准备之下，才可能去理解艺术家曾真切地享有过的精神世界，或者说去理解他们曾深刻经历过的那些高峰艺术体验。

然而一个显见的事实是，在许多人的观念中，严肃的态度与敏锐的判断力对于艺术事业来说其必要性与可欲性要远低于对于其他事业，例如科学。毋庸置疑，人类因在科学上的漫不经心而产生的谬见，将会以科学事业本身进展的受阻为代价，科学知识在现实世界中所展示出的改变世界物质面貌的巨大力量，将不得不使科学家以最严谨负责的态度从事科学事业，去竭力探寻科学世界中的真理。然而艺术却远没有像科学那样的声望与威力，艺术不会因为人们没有鉴赏力而让人们为此付出什么沉重的物质代价。对一件艺术作品审美价值的错误评价似乎并不会给人们带来什么肉眼可见的损害，即便是对艺术史上那些公认的杰作亦是如此。在古今的很多人看来，像诗歌、绘画、音乐、雕塑这些典型的艺术类型，它们给人带来的只不过是一种短暂的满足感而已，而这种满足感却又由于人的官能感受的不同而不同。相比较而言，科学知识则具有坚实的客观性与普遍性，因为一般人认为检验科学知识之真伪的准则只在客观的外部世界当中，它不以人的意志为转移，任何人如果拒绝承认与接受那些已经被证明为真的基本科学知识，都将受到世人普遍的批评或者嘲笑。而检验艺术之美丑成败的准则仅存在于因人而异的主体内部官能当中，这意味着在艺术的审美价值问题上，没有所谓客观正确的或者妥当无疑的评价，有的只是因人而异的私人感受，艺术价值之高低优劣只是偶然地依赖于其对不同人群取悦程度上的高低而已，对艺术品的任何反应都是可能的并且合适的。所以趣味是无须争执的。

然而问题似乎没有那么简单。如果艺术的审美价值只是因人而异，趣味是超越争执的，那么逻辑上就必须推至这样一个结论：对诸如李白、杜甫、李商隐不朽诗歌艺术成就的赞扬，完全只属于历代的人们个人主观化的看法而已，任何人既可以将他们的作品奉之如美玉，亦可以将它们弃之如敝屣，怎样的态度都是合理可行的，一切都只凭个人的主观感觉而定。按照英国哲学家大卫·休谟的说法就是，这将可以“使奥吉比尔和弥尔顿、本扬和艾迪生在天才和教养方面等同起来”，可以把“丘坡说成与山陵一样高，池沼说成和海洋一样广”①。然而这非常有违于我们的基本直觉，我们从心底深处确信李白、杜甫的诗歌艺术价值毋庸辩驳地真实存在，它们不应以个人趣味的好恶为转移，不应屈从于个体灵魂的偶然状态。我们相信“美”的事物——无论是自然之美还是艺术之美——就客观地放在那里，它对一切人而言都应是美的。我们很难接受的是，那个一直以来都与“真”和“善”共享崇高地位的“美”，居然只不过是人类的一种虚幻的自娱自乐而已。

事实上，对“美”的普遍意义的关心是我们从对“真”与“善”具有普遍性的信念那里培育而来的。我们自古就深恶痛绝各种“指鹿为马”的行为，因为我们相信普遍的真相在那里被抹杀了；我们从来就痛恨各种枉法裁判的行为，因为我们相信普遍的公道正义在那里遭到了践踏。现在的问题

---

① 休谟．论道德与文学：休谟论说文集卷二［M］．马万利，张正萍，译．杭州：浙江大学出版社，2011：96.

是，当我们文学史上那些经受过漫长时间检验而传世不朽的诗歌名作受到冷落乃至遭到轻视的时候，当那些代表我们这个民族过往灵魂之中最精粹与最动人的精神遗产在后世的评价中长期陷入纷争不断、莫衷一是的境况时，我们作为专业的文学人应该做出何种反应？如果我们相信世间的“真”与“善”究其本性可以不屈服于任何的现行权势和群体意见，并且认为它们只服从于自己独立的准则和律令，那么我们对“美”则没有理由去拒绝这种相同的期待。内勒·韦勒克曾这样谈论过真善美的普遍性问题，他说：“照否认一切客观性的意思来理解的相对主义已被许多论证所驳倒，例如艺术和伦理学和科学之间的相似，以及认识到了除了伦理的律令和科学的真理之外，还存在着审美的律令和审美的真理。我们的整个社会建立在我们知道什么合乎正义这个假定之上，我们的科学则建立在我们知道什么是真理这个假定之上，实际上我们教文学也是建立在审美的律令之上。……关于伟大古典作品的意见有着极其广泛的一致性，这些也就是文学的主要准则。”①

但现实是颇为复杂的。在真实的诗歌艺术赏析中，人们经常会遇到感受上的差异与意见上的分歧，即便是在面对历代公认的伟大诗人和他们的作品时也仍然如此。分歧差异显然源自人们在趣味偏好上的不同，而趣味的千差万别本是这个世间最自然不过的事情。但是当这种分歧围绕着伟大诗人的不朽杰作而产生时，这就很难不引起我们的郑重对待与严肃反思。举一个较显明的例子，在古典诗歌领域，人们对王维与杜甫的诗歌所抱有的不同态度就是这种分歧的典型表现。王维与杜甫俱是彪炳千古的伟大诗人，却各自代表着两种截然不同的艺术风貌。王维为世人所知的诗作大多呈现出含蓄蕴藉、意境深远的艺术风貌，而杜诗之风则多沉郁顿挫、气象恢宏之特质。然而对现实进行即便是最粗略的观察也能发现，倾爱王维诗的人往往更容易排斥杜甫诗歌的艺术审美价值。诚然，王维的诗在意境上更为高远，在艺术表现力上更为含蓄蕴藉，这是杜诗总体上那种沉郁顿挫的诗风所不具有的。然而真正的问题在于：人们仅仅凭艺术风貌上的差异就拒斥杜诗，以及可想而知这种态度完全可能会推及韩愈、苏轼这一类其诗集总体上并非以唯美含蓄著称的诗家身上。意见的分歧往往会导致对其他趣味的彻底排斥和漠视。

事实上崇王贬杜的情况在古代就有，李攀龙《唐诗选序》中云：“七言律体诸家所难，王维、李颀颇臻其妙。即子美篇什虽众，愦焉自放矣。”② 这里即便对于杜甫最誉满诗林的七律诗体，李攀龙仍认为不及王维。王世贞著名的《艺苑卮言》中更是有这样一段记载：“有一贵人时名者，尝谓予：‘少

---

① 韦勒克．批评的概念［M］．张金言，译．杭州：中国美术学院出版社，1999：16.

② 李攀龙．唐诗广选［M］//四库全书存目丛书补编：第34册．济南：齐鲁书社，2002：1.

陵伧语，不得胜摩诘。所喜摩诘也。’予答言：‘恐足下不喜摩诘耳。喜摩诘又焉能失少陵也。少陵集中不啻有数摩诘，能洗眼静坐三年读之乎？’其人意不怿去。”① 这段记载反映的就是人们在诗歌趣味上的隔阂与分歧，然而其中更值得注意的是明朝的一代文坛领袖王世贞对这种现象的态度。他批评这位达官贵人并不能真正欣赏王维，因为真正喜爱王维诗的人是不会在王维与杜甫之间有所偏废的。从王世贞此段批评可以看出两件事情：第一，他在批评和指正别人的艺术趣味；第二，他大略地提出了一种他所认为的恰当的艺术趣味。王世贞对艺术趣味的态度显然是严肃的，他没有将对诗歌的鉴赏看成一种随心所欲的个人消遣，而是在认真地指正别人的趣味。这就意味着在王世贞的心目中，审美趣味并非是怎样都行的，它是可以被考察与批评的。审美趣味取舍的背后似乎存在着高越于个人意志和偏好之上的某种带有规范性意义的根据。

不仅是王世贞，更早的钟嵘、刘勰的著作中也都留下了对趣味分歧现象的关注，并且二人均对各种不当和偏颇的趣味做出过批评。钟嵘在《诗品·序》中云：“有轻薄之徒，笑曹刘为古拙，谓鲍照羲皇上人，谢朓今古独步。而师鲍照，终不及‘日中市朝满’；学谢朓劣得‘黄鸟度青枝’。徒自弃于高明，无涉于文流矣。”② 刘勰《文心雕龙·知音》中云：“夫篇章杂沓，质文交加，知多偏好，人莫圆该。慷慨者逆声而击节，蕴藉者见密而高蹈，浮慧者观绮而跃心，爱奇者闻诡而惊听。会己则嗟讽，异我则沮弃，各执一隅之解，欲拟万端之变。所谓‘东向而望，不见西墙’也。”③ 从钟嵘与刘勰这两位古代最杰出的文学批评家的言论中我们可以推知，他们无疑是认为文学趣味是有高低与全偏之分的，并且刘勰随后还指出了培养健全趣味和精审鉴赏力的方法，即“凡操千曲而后晓声，观千剑而后识器。故圆照之象，务先博观”④。那么这样的论调就自然和上面所说的那种“趣味无争执”的论调针锋相对。这种观念认为趣味只是涉及个人的喜好，而喜好本没有高低之分，如黄庭坚所云：“文章大概亦如女色，好恶止系于人。”⑤ 这就是那个推动全书一切思考的源头问题，其他一系列重要的诗学问题都在这个问题的启示之下而得以次第展开与分别考察。趣味问题对于诗歌艺术审美来说意义重大，因为事实上当一个人无法从对某件艺术品的鉴赏中得到快乐时，在大多数情况

---

① 丁福保．历代诗话续编［M］．北京：中华书局，1983：1008.

② 何文焕．历代诗话［M］．北京：中华书局，1981：3.

③ 刘勰．文心雕龙［M］．范文澜，注．北京：人民文学出版社，1958：714.

④ 同③714.

⑤ 吴文治．宋诗话全编［M］．南京：凤凰出版社，1998：948.

下他心中对这件作品的艺术价值是拒绝的，即便他没有直接把这种态度讲出来。正如德国美学家莫里茨·盖格尔所说的那样："在审美领域中，一个人自己目前的快乐是具有决定性意义的；它顽强地坚持它自己存在的权利。不仅任何一个人的其他快乐都不能取代它，也没有任何一种推理能够代替它……对于我来说是美的东西，也就是那使我快乐的东西——对于其他任何一个人来说是美的东西，也就是使他快乐的东西。"① 必须要承认，很少有人会在没被艺术作品打动的情况下，又同时心悦诚服地去承认这件作品在艺术上是美的或是成功的，因为这种态度无疑等于是承认了问题出在他自己那里。在文学艺术上，一件作品是否符合鉴赏者的审美趣味、是否能为鉴赏者带来愉悦感对其在人们心中价值分量的高低起着决定性的作用。

二、问题群的提出及本书结构体系的展现

对趣味分歧问题给予关切的另一个极为重要的意义在于，它将不可避免地激发出古代诗学思想中那一系列最为一般性的、同样也是最经久不衰的问题，而它们也正是笔者在本书中所提出并希望一劳永逸将其解决的问题。这些问题是：

第一，古典诗歌带给人们的那种审美愉悦感究竟从何而来？（主要见于前三章）

第二，无论人们彼此的审美见解有多么不同，对于一首诗审美价值的评判是否都存在一个具有普遍有效性的正确见解呢？如果有，使这个见解得以正确并获取普遍有效性的条件是什么？（见第一章第二、第三节）

第三，关于古典诗歌艺术的价值指归，历代诗论家们分别提出过"言志""缘情""主气""尚意""立格""贵识"等诗学命题加以断定，然而在逻辑上这些论断之间的关系是相互排斥的，即一个事物不可能同时拥有两个或两个以上的中心或宗旨。决定古典诗歌作品艺术价值高下的根本条件是什么？换句话说，"诗到底以什么为主？"（论证贯穿于第三章到第八章）

第四，"概念"和"意象"在缔造古典诗歌艺术之美的创作活动中分别起到什么样的作用？（见第二章第一、第二节）

第五，"内容"和"形式"的范畴划分是不是考察和理解古典诗歌艺术本质的最佳思维工具？（见第二章第三节）

第六，从古代的亚里士多德到近代的鲍姆加登、休谟、康德、黑格尔，再到现代的克罗齐、科林伍德、苏珊·朗格、H.G. 布洛克，西方美学史上

① 盖格尔．艺术的意味［M］．艾彦，译．南京：译林出版社，2014：127.

的重要思想家其主流观念何以都将艺术审美活动视为一种带有深刻**认知属性**的精神活动？换句话说，审美愉悦感何以都和“认知”深切相关？（见第一章、第五章）

第七，诗人们在作品中对“情感”的文学表现为何本质上是一种充满理解能力的认知活动？（第五章第三节）

第八，鉴于汉字独特的意象化语言特征，中国古代诗学形成了一套有别于西方艺术思想的审美话语评价体系，然而中西这两套话语体系在起源上是否存在着某种深刻的会通之处，以使得两种话语可以分享共同的哲学基础？（见前三章）

这些问题分散在书稿的各章节之中，章节之间的次第结构则根据论证的逻辑进程而建立。对以上后面七个问题的追问与解答必须建立在对第一个问题即“审美愉悦感的来源问题”的正确把握之上，“来源问题”是其余一切问题的根柢。这八个问题汇聚起来最终都将指向一个观念：诗人在面对世界上纷繁杂多的物态人情时，洞识到它们之间某种超越了一般概念所赋予的常见联系而又同时服务于某种更深刻的人类目的，使它们彼此之间走向和谐一致的新联系状态，由此为人们的认知领域增拓出了新的疆域，这就是古典诗歌艺术审美背后的认识论基础。正是作品为心灵所带来的这种认知上的特殊扩展，成为人们获得审美愉悦感的终极来源。把审美趣味视为一种认知能力的看法将产生这样一种深意：人们关于认知上的分歧应当存在一个普遍统一的答案。对这个观念的阐述和论证是贯穿全书的至高任务。

由此，本书的内容从逻辑上分成两大部分，第一部分是为古典诗歌审美鉴赏的认知价值寻找到一个坚实的哲学基础，第二部分是在此基础上运用传统的诗学话语去建构一个与以往不同的、以“认知”为中心的新的诗学系统。在第一部分中，本书在整体考察梳理了西方美学史的基本思想谱系之后，选择以康德的美学思想为全书理论的哲学基础。康德美学是西方美学思想史上公认的一座丰碑，康德时代之前的西方美学思想在康德那里得到了空前的检省和总结，并且康德之后的美学思想皆打上了康德的烙印。可以说，集中展现康德美学思想的《判断力批判》这本书是第一部为现代美学奠定其实质内容和形态的著作。[①]《判断力批判》的内容异常深刻与丰富，而康德在其中集中去反思与解决就是“美何以具有普遍性”这一关键问题，并在其极富思辨力的考察过程中（主要通过其著名的“审美鉴赏的二律背反”），回答了“人的审美愉悦感从何而来”这个重要问题。

---

① COHEN T，GUYER P. Essays in Kant's aesthetics［M］. Chicago：The University of Chicago Press，1982：2.

康德认为审美趣味是可以争执的，他给出的理由——这里用最粗致的方式去讲——是审美趣味本质上源自一种对事物之美的理智判断。判断（judgment）不是源自人们内心中纯然主观的感觉，它源自一种在人群主体之间具有普遍可传达性的公共性知识，而该普遍可传达性的根据就依托于"人类知性"的普遍有效性。知性（understanding）——也可以翻译成"理解力"——**是指人通过"概念法则"去理解和把握其所"直观经验到"的各种事物对象的认识能力，由此人们获得了关于该对象的"知识"**。而一切知识——无论真伪——天然地就具有向一切人推及、对一切人都适用的普遍效力（普遍无效也是一种普遍效力），因为"知性能力"先天地就普遍地藏存于人们的心灵之中，它是人之所以拥有人之属性（humanity）的先决理智条件。康德在《判断力批判》中对美的普遍性问题给予了极为深邃的考察，他指出人们关于自然和艺术所做出的审美鉴赏活动就是心灵运用"知性"与"想象力"这两种思维能力对审美对象（即自然物或艺术品）所进行的**认知判断活动**。当人们的心灵受到审美对象的触发与刺激时，心灵中的知性与想象力便展开了活跃的运动，当想象力的自由性与知性概念的合法则性两者之间达到一种和谐一致的状态时，审美愉悦感便由此被引发。而在这一过程中，人们的知性能力始终占据着统治性的地位。由于自由的想象力突破了具体知性概念所确定的事物间的通常关联方式，因此此时的知性已不复停留在确定的知性概念阶段；但自由的想象力如果想要被世人所理解则最终仍然是须与整个知性系统保持协调一致，知性在这里最终则通过诉诸**"非确定的概念"**，从而去把握住审美对象身上那各种要素之间的特殊关联和组合方式，继而正确地去判断这些特殊的关联组合方式是否具有审美价值。在艺术的审美鉴赏中这种超越了确定的知性边界而最终仍未脱离知性本身的东西就是**"非确定性知性"**，非确定性知性与确定性知性——因为同归为知性本身——同样具有普遍的效力，审美判断普遍效力的基础由此得以建立。[①] 需要指出的是，康德是最早在严格意义上界定"知性"（understanding）这一概念的哲学家。

事实上，康德美学的整体精神仍是遵循了西方美学自亚里士多德以来便确立的重视认知的传统，更重要的是他的美学理论乃建立在他那在哲学史上拥有"哥白尼革命"意义的认识论哲学基础之上，后者是他为人类思想史所做的公认的不朽贡献。由此，对康德的美学思想的研究成为全书的重中之重，这其中包含了保罗·盖耶尔（Paul Guyer）、泰德·科恩（Ted Cohen）、

---

① 详见第一章的第二、第三节。

拉尔夫·默贝特（Ralf Meerbote）等现代权威性学者关于康德美学的最新研究成果（这些研究皆涉及对康德思想的反思、批评和完善）。除了康德之外，本书还广泛涉及和援引了其他重要思想家的美学思想（如培根、休谟、狄德罗、鲍桑葵、科林伍德、苏珊·朗格、H.G. 布洛克等），以从旁侧来印证康德思想的说服力与真知性。如果我们还对历史上流传下来的那些经典文学作品的价值抱有信念，还对时今审美力的普遍衰退感到忧心，还对漫不经心乃至于有些玩世不恭的审美相对主义感到不安的话，那么诉诸康德就是解惑济世的最好精神良药。放眼看先前人类文明所做过的所有思想努力，再没有一位思想家像康德这样对“美”的普遍性问题给出如此影响深巨的理论解释。

事实上，在西方美学史上，主张艺术审美的愉悦感源自某种认知性活动（cognitive activity）的观念最早可以追溯到亚里士多德。如他在《修辞学》中所说：“既然学习和惊奇是令人快乐的，那么与此同类的事物必然也是令人快乐的，例如模仿的事物，如绘画、雕像、诗歌以及所有模仿得逼真的作品；即便是被模仿的原物本身并不令人愉快，因为引起愉快的并不是原物本身，而是观赏者做出的‘这就是那事物’的结论，从而还学到了某种东西。”① 人们之所以会在艺术的创作或鉴赏活动中产生愉悦感，归根结底是因为人们惊奇和意外地发现经验世界中存在的事物还能展现出一种别样的面貌，认识到它们之间还能展现出有别于一般经验法则和逻辑法则的另外一种前所未见的联系。这就是艺术为我们所带来的关于世界的特殊知识，人们因为得到这样的知识而感到愉悦，并把这种能带来愉悦感的对象称为“美的事物”。后来的欧洲那些一流的思想家如培根、哈奇森、狄德罗也都在各自的美学思想中谈及“审美即发现对象间某种联系”的思想观念。② 而最终还是康德把这一由亚里士多德所开创的传统推向了思辨哲学的高峰，建立了一个系统而精审的美学学说。

如上所述，这是一种会通中西思想的研究，在引入康德美学论证完审美活动的知性普遍有效性之后，本书转入第二部分（从第三章始），即要在独立的中国传统文学思想话语中寻找印证与支持，以发现和确证知性要素在中国古典诗歌艺术中的真实存在。笔者将诉诸传统诗学和文论中的丰厚思想资源，考察两千年中所延传下来的有关诗歌本体论的各种观念。具言之，就是对古代诗学史上那些就诗歌文学的**目的指归**所做出过的著名断言进行逐一审

---

① 亚里士多德．修辞学［M］//苗力田．亚里士多德全集：第九卷．北京：中国人民大学出版社，1992：387.

② 详见本书第二章第二节。

思和辨析，它们如“思无邪”“诗言志”“诗缘情”“诗以气为主”“诗以意为主”“诗以格调为主”“诗以识为主”“诗以活法为主”“诗以意境为主”这些命题所宣告的诗歌艺术指归分别体现在“思”“志”“情”“气”“意”“格”“识”“法”“意境”这些核心概念中。然而，从形式逻辑的法则上来说这些命题之间显然是相互排斥的，不可能有两个以上的命题同时皆为真，因为同一个事物不可能有两个主要指归。上述这些命题的存在就反映出了中国传统的圆融涵通之处，命题之间的互斥关系仅仅是表面上的，它们本质上属于不同时期的批评家透过各自所偏重的视角对同一问题的阐发。如果我们能找到一个最具包容性的概念和命题将所有角度全部统一起来，那么这些命题之间的矛盾自然就会消解。这就是“统一论”的统一性所在，它改变了古代文论史上那些意在揭示诗歌本旨的各个命题长期零篇散见式的存在状态。

在以上所提出的这些命题中，本书指出只有那个较晚出现的“诗以识为主”的诗学观念最为全面和精准地道破了诗歌审美的深层本质，故也最能把握住古典诗歌艺术的最高精神。“识”就是诗人区别于普通人的那种识察观照世界的**特殊心灵能力**。从宋代范温《潜溪诗眼》那里“识”就开始被奉为诗人最重要的文学素养，中间经过数百年的沉淀最终发展成为叶燮《原诗》中完备而精审的“贵识论”诗学传统。叶燮“贵识论”的根本主张是：诗人唯有凭借拥有“识”这一心灵能力，才能诉诸诗歌作品将世界上普遍存在的“事”“理”“情”出色地揭示和表现出来，并由此创作出优秀的诗歌作品。这意味着诗歌的创作与鉴赏本质上是一种带有深刻认知意义的精神活动。要稍加提醒的是，在本书的论述中笔者对“创作”与“鉴赏”这两种审美活动没有做实质性的区分，在使用“鉴赏判断”“反思性判断”这样的美学概念的时候，其既指创作能力又指鉴赏能力。创作与鉴赏属于同一性质的心智能力，它们均是对“美”的事物所采取的一种判断性的态度。正如克罗齐说的那样：“认识某事为美的那种判断的活动，与创造那美的活动是统一的。唯一的分别是情景不同，一个是审美的创造，一个是审美的再造。下判断的活动叫‘鉴赏力’，创造的活动叫作‘天才’；鉴赏力与天才在大体上所以是统一的。”①

然而诗人的“识”不能凭空而存，它需要依托于具体的思维形式，这个思维形式就是“意”这个重要的诗学概念，此即叶燮所谓的“我之命意发言，一一皆从识见中流布”②。因此，“意”在逻辑上就成了论证的关键。本书将通过分章的详细论证指出其他那些命题均可被归摄入“诗文以意为主”这一思想观念中，也就是说“志”“情”“思”“气”“理”“格”“意境”等概

① 克罗齐．美学原理［M］．朱光潜，译．北京：商务印书馆，2012：108．
② 叶燮．原诗笺注［M］．蒋寅，笺注．上海：上海古籍出版社，2014：160．

念的真实存在实际上都是诗家“命意活动”的结果（在第二章第三节中笔者对“概念性命意”与“意象性命意”进行了区分）。**如此便建立了一个以识统意，以意统载志、情、思、法、气、理、格、意境的统一诗学理论体系。**这个体系的基石是“识”，它是诗歌艺术审美价值的根本来源。“识”可以将其他的诸多核心概念都统摄其下，从而去消解掉它们所处命题之间的逻辑矛盾，而其他各个核心概念鉴于其各自的局限性都无法完成这个任务。本书从第三章开始直到第九章都在论证这个思想。这样我们就看到，“识”的知性品质与认识论倾向就贯通于整个古代诗学的核心概念群之中。中国诗学史发展到后期所产生的成熟的贵识论思想与西方艺术理论自亚里士多德开创的认识论传统之间终于相互辉映，中西方诗歌艺术理论思想在这个意义上实现了真正的会通。

这里需要指出的是，本书所考察的概念中没有包含像“清”“响”“丽”“风骨”“雄浑”“冲淡”“纤秾”等概念。这是因为它们更多的是属于风格论范畴而非本体论范畴，不属于诗歌内部的构成性要素，而是外在表现性要素。事实上，任何一种风格都不能涵括一切诗歌作品，并不是所有的诗歌名作都彰显“风骨”之美，也不是所有的作品都表现出意境高远的“韵致”。然而像“思”“志”“情”“意”“气”“格”“法”“识”“意境”这些概念在理论上却可以包含一切的风格体式，任何艺术风格的诗歌都可以“言志”“缘情”和“属意”，也都应当追求“有体格”与“合法度”。至于“意境”，它几乎成为中国古典诗歌艺术理想的代名词，故至少初看起来有着极强的本体论意义。由此可以看到，本体论范畴之下的概念显然不同于风格论范畴下的概念，前者更能触及诗歌艺术的内核。正如晚清诗论家朱庭珍所云：“自来诗家，源同流异，派别虽殊，旨归则一。盖不同者，肥瘦平险、浓淡清奇之外貌耳，而其所以作诗之旨及诗之理法才气，未尝不同。犹人之面目，人人各异，而所赋之性，天理人情，历百世而无异也。”[①] 而我所致身以求的就是诗歌艺术中那种“历百世而无异”的东西。另一方面，诗歌作品的艺术风格纷繁多态，而它们之间的差异有时可以说是微乎其微，我们不可能为每一种审美风格都规定出一个清晰的边界，总结出一个明确的识别标准。每位批评家都会根据其自己的鉴赏敏锐感拟制出不同数量的审美风格类型，最令人惊讶的莫过于清代诗论家陈明祚，他区分总结出来的审美风格类型有 135 种之多。[②] 我们所应该做只是在具体真实的诗词鉴赏中去细细涵泳和领会每一种

---

① 郭绍虞．清诗话续编［M］．富寿荪，校点．上海：上海古籍出版社，1983：2204.

② 此数字为蒋寅先生所统计。蒋寅．清代诗学史：第一卷［M］．北京：中国社会科学出版社，2012：529.

风格的独特美感，而不是企图对它们给予悉数的界定。当我们的求知的野心在无限地膨胀时，就应该用亚里士多德那句流传千古的治学格言来提醒自己：我们不应期待得到大于主题所容许的准确性。

在本书撰写过程中笔者遇到一个终生难忘的质疑。在博士毕业论文的答辩会场上，一位学界资深的教授问笔者："你以康德美学作为建构中国诗学理论体系的基础，试问康德会写古典诗歌吗？"坦率地讲，这是一个让笔者十分意外的问题。按照这个提问所预设的逻辑，几乎没有哪位外国思想家懂得中国文言文，即便他们有的人懂汉字、汉学和汉诗（例如欧内斯特·费诺罗萨），也绝没有中国的学问家那样精通，那么他们的思想就都不值得引以为重了。这件事触发笔者去深思这种问题产生的背后症结，到底是什么原因致使这位位高权重的文学教授当时会提出这样的问题，而恐怕这在古代文学界也未必是一个孤例，可能很多教授学者心里也会有这样的疑问，只是碍于一些原因不便提出而已。那么为什么会有人很自然地认为康德不认识汉字，他的理论因此就失去了解释和评判中国文艺的能力与资格，丧失了普遍有效性呢？

下面我们来做这样的解析。首先有一些基本的共识我们要先温习一下，在这个世界上不会有哪个受过教育的人声称因为欧几里得不认识中文因此其创立的几何学没有普适性，因为牛顿勋爵没到访过中国所以其经典力学三定律就不能去解释中国土地上苹果的下落规律，也不会有人认为因康德不识汉字、不懂中国文化所以其《纯粹理性批判》一书就不能用来解释中国人大脑的先天理智结构。之所以不会有人持有这样的看法，是因为人们至少认为科学和哲学所研究的都是在人间普遍存在的对象，数学定理、物理法则、心智规律均可以无差别地支配和统治着世界的每一个角落。但是文学现象跟前者非常不同，文学活动（尤其是诗歌文学）根植于不同文化特有的语言文字中，它深度依赖于民族文字的独特书写方式，审美赏析中产生的美感与这些文字特定的语法结构和组织方式密切相关。所以康德不懂汉字，就不可能真正理解中国古典诗歌独有的审美现象。

笔者愿郑重指出的是，这种看法实际上是混淆了文学问题的不同属性和分量，导致夸大了不同民族文化下各自文学事业之间的隔阂与分裂。其实文学和美学事业中的一些根本性问题是可以超越文化藩篱的，无论什么国家的文学或美学理论家，他们都需要去面对和解释同样一些根本性的问题。这些问题就包括"人类的审美愉悦感究竟从何而来？""美是否具有普遍性？""美感与认知能力和感官能力分别是什么关系？"等等。这些都是文学和美学理论为证明其自身存在的学科意义，确认学科自身的思想疆域所必须予以反思的根本问题，它们构成了这个学科是其所是的基本规定性，因而天然具有跨越文化边界的普适性。同是面对这类根本性的问题，如果不同的文化给出截然相反的答案，那么我们就首先有理由怀疑他们之间是否在研究同一个性质的对象，或者说他们所谈的内容是否可归属于同一个学科名目之下。而在人类思想史上，谁对这类性质的问题阐释得最周全、最精确、最深刻，谁就当之无愧地堪任这个领域中人类普遍的思想导师，不管他用什么语言进行著述和用什么语言予以出版。另外，文学理论中确实存在一些非根本性的问题，这些问题紧密地与特定文学实践相关。只有在这个意义上，我们才说文学是有国界的。康德确实不懂汉字，他的美学理论没有中国文学和美学特有的概念和特有的问题（例如“意境”的概念以及关于象形文字何以具有独特美学价值的问题），故而不能直接用来构建中国诗学体系，这也就是为什么笔者的整个理论主体上仍是不可避免地建构在中国古代诗学的正统话语之上、仍然需要全面通彻地去考察中国古代诗学中那些核心批评术语。然而康德的《判断力批判》确实可以用以解释诗歌文学审美活动中那些最一般和最普遍的问题，笔者在本书中只将其视为自己整个诗学体系这座大楼的地基，而整个大楼的上层建筑则用中国传统话语来建造。这没有任何毛病。

有人说中国的古典诗歌艺术实践与西方的艺术实践迥然不同，中国古典诗歌作品不属于认知性的东西，那么试问：如果对古诗的审美不是认知性的活动，那么你该如何去解释唐诗杰作的普遍传世性呢？对于那些完全陷入审美相对主义泥沼中的怀疑论者来说，虽然他们的立场错了，但至少不会落入自相抵触的境地，他们的诸多错误在立场上倒是维持了那种不容妥协的一致性。而对于一边暗自认为李杜之诗是公认的杰作，一边否认诗歌艺术背后的认知品格的人来说，他必须在认知之外找出能支持审美价值普遍性的另一个坚实基础才行。他或许会说中国古典诗歌基本上隶属于抒情作品，人类共通的情感就是确保审美普遍性的那个基础，然而情感恰好不是认知，它无关思维。本书的第五章第三节中对这种见解进行了专门的辨析，在“绪论”这部分中笔者只指出其关键一点，即诗歌文学中所表现的情绪感受，本质上是作者在该种情感的浸透和支配下所领略和把握到的世界面貌。诗人对其内心情感的表现如果不想沦为空洞的感叹和呻吟，就必须带有指涉世界的内容，也就是说，表现情感就是诗人去状写他在自己情感作用之下所体察和理解到的世界景象，世界——即便是被情感统治了的世界——只有在思维中才能被言说出来。可以理解的是，我们的意象化语言是如此的独树一帜和妙不可言，以至于使我们误认为它是一种与那种概念化的知性思维截然不同的思维形式，而忘记了它背后所依赖的深刻知性基础。这一点在本书第二章“‘概念性命意’与‘意象性命意’之分野：古典诗歌知性法则的基本类型”一节中得到了彻底阐述。“绪论”部分稍可提示的是，识察到古典意象词汇之间那些具有审美意义的联系，这终归是一种知性活动，尽管它的内容更复杂一些。

在过往的研究中几乎找不到从知性的角度出发对中国古典诗歌文学所做出的系统专论，然而其中的一些吉光片羽还是对本书理论的构建有很大的启示意义。宇文所安先生揭示出中国传统文论中深藏的知性因素，他在《中国文论：英译与评论》一书中将中国文学知性传统的思想渊薮追溯到孔孟那里，他从孔子的“视其所以，观其所由，察其所安，人焉廋哉？人焉廋哉？”与孟子的“知言养气”一论中发现了中国古代思想史上所存在的重视认知的思想资源。[①] 虽然孔孟二人所欲认知的不是抽象的哲学问题而是具体的现实人世，但这已经足以表明中国古代先哲的“重知”态度。宇文所安认为“中国文学正是围绕着这个‘知’（knowledge）的问题发展起来”[②]。宇文所安还对叶燮非常推崇，他认为《原诗》这部巨著旨在探询诗的根基并要全盘清理以往文学理论中的谬见，他指出叶燮的“识”实质上就是关于诗歌艺术作品的一种判断力（judgment），它关涉的是一个以“洞察事物的能力为基础的认识论问题”[③]。当然，宇文所安先生是西方人，他自然会带着西方思想的视镜去看待中国文学问题，然而这绝非对中国古典文学的一种误读，而是推动我们更好地理解古典文学思想遗产的重要启示。另外，陈良运先生的《中国诗学体系论》对笔者的影响颇大，特别是他的“合‘情’、‘志’为‘意’之说”[④] 为本书能够建立以“识”为中心、以“意”为桥梁、向外联结其他核心诗学概念的诗学体系带来了深刻的启示。“意”的关键作用，即它对“情志”的统合，以及由此延伸扩展开来确证出“意”对其他核心诗学概念之存在的决定性影响，让古代诗学知性体系的建构成为可能。

三、研究的目标、当代智识追求以及真实的创新之处

本书的这种研究思路很可能会引起如下这样两个疑问：本书自始至终采用的研究方式不是描述式的，而是论证式的，这与主流的古代文学研究方式

---

① 宇文所安．中国文论：英译与评论［M］．王柏华，陶庆梅，译．上海：上海社会科学出版社，2003：18.

② 同①18.

③ 同①546.

④ 陈良运．中国诗学体系论［M］．北京：中国社会科学出版社，1998：254.

可能大异其趣。那么由此产生的第一个问题就是，这种方式研究古代文学是否可行？另外我们知道，会通中西思想的研究与偶尔零星地援引西方理论以作为文章佐证之用的做法非常不同，前者对外国异质理论的洞察和掌握需要更为精透深彻，异质思想之间的相互佐证与相互契合程度更高。第二个问题则是，这种做法如何能够保证本书在内容结构上不丧失古代文学研究的底色？从某种意义上讲，这两个问题关乎本书的“合法性”，我们甚至可以直接进行这样的质问：这是不是在做古代文学的研究？

应该讲，一切学术研究都应围绕着问题而展开，问题的性质决定着研究的方式，问题性质不同，所采取的研究方式必然应随之变化。自现代学术意义上的古代文学研究在20世纪前半叶出现以来，其所观照到的文学问题大致可以分成两类。第一类是围绕“历史上的事情与观念曾经是什么”所提出的问题，对该类问题的研究总体上是描述式的，它需要研究者去忠实地考证和还原过往发生的文学真相。这些真相既包括某些时代、某些流派、某些文人才士活动特征的事迹性真相，也包括某种文学思想的产生、发展和流变的这类观念性真相。前者自不必举例，而像朱自清的《诗言志辨》、郭绍虞的《中国文学批评史》、罗宗强的《隋唐五代文学思想史》、周裕锴的《宋代诗学通论》、蔡镇楚的《中国诗话史》、祁志祥的《中国古代文学理论》、张伯伟的《中国古代文学批评方法研究》、汪涌豪的《中国文学批评范畴及体系》均属后者即观念性真相的研究范围。这类研究重在史实的还原，无论是对历史上发生过的文学事件还是历史上产生过的文学观念，重点都是它们到底“事实上曾经是怎样的”。第二类问题是围绕“历史上某种观念本身应当是什么”而提出的，研究者意在去审思文学史上的某个命题、某种主张、某类思想的合理性与真知性。它的研究方法不是中立描述式的而是论辩式的，这类研究直接叩问着事物本身，而不是搜集和考证历史上围绕该事物所产生过的种种纷杂见解，**它所关注的不是古今之人都说过什么，而是关注在他们说过的话中哪些是真知灼见**。在这个意义上，研究者成为同历史人物可以平等相待、平等对话的思想者。刘若愚先生的《中国诗学》、蒋寅先生的《古典诗学的现代诠释》就典型地属于对第二类问题的研究。这类研究显著的特征就是通过解释和论辩而提出独立的思想主张，它直击事物本身并建立清晰的立场，这个立场处于著述的中心地位。

本书所追逐的就是这第二类问题，它自始至终围绕着古往今来的趣味分歧现象本身，追问着诗歌的审美愉悦感究竟从何而来、诗歌的艺术价值是否具有客观普遍性这样的问题，它的研究方式自然也就是论辩式的，**因为它不是意在对过去的种种意见的“真实性”负责，而是为意见的“真知性”负**

责。而论辩式的研究在前辈学贤著述中是有一席之地的。这也就回应了第一个疑问。上面所提出的第二个疑问是关于论文的实质内容结构。本书建立在西方美学特别是康德美学的基础上，从康德在《判断力批判》中提出的“美的普遍性”这一命题出发，通过“鉴赏的二律背反”这一问题来探询为什么一个人所做出的审美判断在可以合理地（rationally）向一切人要求普遍性的赞同，而不问他们各自的私人趣味如何。通过与休谟的审美趣味理论比照，并通过广泛援引亚里士多德、培根、鲍姆加登、狄德罗、黑格尔、克罗齐、鲍桑葵、卡西尔、科林伍德、苏珊·朗格、H. G. 布洛克、纳尔逊·古德曼、希拉里·普特南等思想家的卓识洞见，本书最终确证出审美鉴赏活动之所以拥有普遍有效性的那个康德所说的哲学根据——**普遍知性的能力存在**。审美鉴赏活动是一种围绕知性而展开的精神活动，它从根本上说是一种人类洞察世界的方式，与科学活动同为人类认识和把握世界的两种最基本途径。一个公认的观念是：一种活动只要属于认知性的，那么它就有权要求一种统一的态度，即它要么被普遍地接受，要么被普遍地拒绝。可以说历史上即便是那些公然企图指鹿为马的人，在他们被彻底揭露和唾弃之前，也正是打出了认知的普遍性效力这一名义去驱使众人都赞同他们那些混淆视听的看法。[①] 本书引用了这么多思想家的言论并不是为了撰写一部回顾过往思想和意见的历史，而是立志于增进我们自己古代诗学事业自身的思想智识含量，它的终极目的是希望反省并且清除过去围绕着这项事业由于时代局限和个人原因所产生的种种表浅、肤泛的乃至是错谬的意见，让古典诗歌之美显露它已经被遮蔽太久的真正面目。

从某种意义上讲，撰写本书的最初发愿就是意在追寻关于古典诗歌文学的真正核心知识，而这就让人自然地联想起了柏拉图在《理想国》这部伟大的著作中关于“知识”与“意见”之分别的经典对话。事实上这段对话一直镌刻在我的潜意识之中并持续地激发着不衰的求知欲。

> 柏拉图问：如果有人认识许多美丽的事物，但他既不认识美本身，又不能追随他人的引导去认识美本身，那么你认为他的一生是在做梦还是清醒的呢？请你想想看，一个人无论是睡还是醒，只要他把相似的东西当成了事物本身，那不就等于是在梦中吗？
>
> 对话者回答说：我一定会说他一生如梦。

---

① 即便是蓄意指鹿为马的人也不会允许这样一种情况的发生，即一种动物既可以在一些人看来是马，同时在另一些人看来也可以是鹿，而两群人各自说的均可以被接受。

柏拉图接着问：好吧，再说与此相反的情况，有人能够认识美本身，能够区分美本身和分有美本身的具体事物，而又不会把美本身与分有美本身的具体事物相互混淆，那么在你看来，他的一生是清醒的还是处在梦中呢？

对话者答：他清醒得很。

柏拉图继续问：那么我们可以正确地把这种人的心智状态称作知道，也就是拥有知识，而把另一种人的心智状态称作有某种见解或看法，对吗？

对话者答：肯定对。①

了解西方哲学的人知道，柏拉图说这段话实质上源自他在哲学上预设了一个超越事物"殊相"之上的"共相"世界，这个共相世界之中的万事万物都是普遍存在和永恒不变的，它们被柏拉图命名为"理念"。理念是尽善尽美的实体，它们代表着事物本身，每一个现实具体的事物都对应着一个理念。现实中的万千事物都各自"分有"（或者说"模仿"）与之相对应的"理念"，凭借与相对应的"理念"保持相似的关系而存在。例如在世间有千差万别的"美的事物"，却只存在一个永恒不变的"美本身"。"美的事物"凭借各自的分有和模仿彰显了"美的理念"，或者说是凭借与"美的理念"保持相似才作为美的事物而存在。在这里，分有物只能在一定程度上与被分有的理念相似，但永不可能达到完全等同的程度。这就意味着现实事物无法拥有理念事物的全部属性，这种"分有"式的关系决定了现实世界相对于理念世界的那种不完美性，现实事物无法像理念那样普遍存在和永恒不变，它们只能是变动不居的、转瞬即逝的短暂存在。这就是为何柏拉图轻视千变万化的具体特殊事物之美，而去追求永恒不变的"美本身"的根本原因。普遍性和永恒性的事物对柏拉图有着无法抗拒的吸引，因为它们才代表真正的"知识"，而那些关于具体事物的见解只不过是不完美的"意见"而已。柏拉图认为真正的哲学家"永远酷爱那种把永恒的本质揭示出来的知识"②，"哲学家的灵魂一直在寻求一切人事和神事的整全"③。

当然，柏拉图的实体理念世界早在两千多年前就受到了他的学生亚里士多德的质疑和批判。这是西方哲学史上最著名的论辩之一，在这里不再赘述，只提及一点。亚里士多德通过各种论证途径证明柏拉图的理念世界是不存在的，因为这个世界只有一个个具体的事物，具体的人、具体的树、具体

---

① 柏拉图．柏拉图全集：第二卷［M］．王晓朝，译．北京：人民出版社，2003：466.

② 同①474.

③ 同①475.

的城邦、具体的美丽事物。事物的共性只能隐含在事物的个性之中，它们不是独立存在的实体世界。毫无疑问，亚里士多德的看法是正确的。共相脱离不了殊相而单独存在，但这并不意味着柏拉图对事物共相的追寻在**方向上**是错误的。亚里士多德把对事物“理念”的追寻转变成了对如何去“定义”事物的思考，提出了“属”与“种差”的伟大见解。事实上，无论是“理念”还是“定义”，不管是天上还是世间，两位哲学家共同所欲揭示的乃是——千变万化的事物背后那个普遍存在而恒定不变的根据和原因，而它们为同一种哲学传统和智识精神的产物。亚里士多德的四因说、十范畴理论、物理学中对四大基本元素的探讨、伦理学目的论体系的建立、对古代世界政体类型的总结考察、关于诗歌和悲剧的定义等都是这种传统精神的果实。西方哲学自古希腊时期以来就以其极度令人敬畏的求知精神和思辨才智彰显着这样一个有关知识和真理事业的信念：追问一般性、永恒性的问题比关心具体特定的问题更有意义，而哲学就是这样的事业。

对“美本身”的钟情多少显露出某种古老的形而上学式的求知冲动。然而形而上学的精神并没有随着其自身在近代的衰落而衰落。现代人对古希腊形而上学精神的继承并不是对形而上学中的那些古老教条的继续坚持，而是体现出一种对存在物其身后之初始原因或根本原理进行探索的不知疲倦的求知态度。也就是说它是一种执着于知其然、更欲知其所以然的求知精神。亚里士多德在其《形而上学》的开篇部分这样说：“研究最初原因和本原才可称之为智慧，……有经验的人比具有某些感觉的人更有智慧，有技术的与有经验的相比，技师和工匠相比，思辨科学与创制科学相比均是如此。所以，很清楚，智慧是关于某些本原和原因的科学。”[①] 而本书就是志在研究致使事物存在的那个最初原因，其最高的志趣就是解释古典诗歌之所以能为人们带来审美愉悦的根源。亚里士多德赋予形而上学的精神就是那种探求本原的精神，这一点在西方的思想传统中从古至今从未熄灭。形而上学中的具体教条可以被后世的科学家和哲学家所推翻，但其中所蕴含的对万事万物总怀有的那种穷原竟委的探索精神却一直是西方文化延续不竭的精神传统。

另外，如果我们眺望一下古代文学理论之外的其他精神科学领域在当代世界的发展现状，就会加深这种确信感。例如过去近半个世纪的时间中主宰西方法哲学领域的核心论辩，莫过于在赫伯特·哈特与罗纳德·德沃金之间展开的那场卷入了大西洋两岸众多一流法哲学家的理论交锋，在两位卓越思

---

① 苗力田．亚里士多德全集：第七卷［M］．北京：中国人民大学出版社，1992：29.

想家之间实际上产生过许多具体的议题纷争，而始终贯穿这场争论的一个中心问题就是“法律的权威或者说法律的规范性到底从何而来”①。在政治哲学思域中，例如在当代最杰出的政治哲学家约翰·罗尔斯、罗伯特·诺齐克以及约翰·西蒙斯那里，这个核心的问题变成了“人们对政府负有的政治义务究竟从何而来”，或者说“政府得以建立的合法根据和正当理由究竟是什么”②。在道德哲学领域中情况就更是如此，当代英国哲学家奥诺拉·奥尼尔（Onora Sylvia O'Neill）曾说过：“如果你想构建一个完备的伦理学理论，最为关键的莫过于提出一个有说服力的关于规范性之来源的阐述。”③ 这个规范性之来源实质上就是人们所负道德义务的来源，可以说近代以来没有哪位伦理学家能免除为其所建立的伦理学提供解释规范性来源的责任。从上述内容我们可以大致看到，占据法哲学、政治哲学和道德哲学之论场的中心问题都是关于“来源”的解释性问题，它们无一不融浸着那种钟爱于探寻万事“始因”的古老的形而上学精神。在西方各类人文学科的疆域中，叩问和探索事物始因始终是居于最高位置的治学活动。在这个意义上，西方两千年前的形而上学与两千年后的分析哲学，在解释世界的智识兴趣上是一以贯之的，不同的仅仅是道路与方法而已。

然而，敏锐的读者或许会提出这样的问题：固然以上所举的各项哲学事业均将“来源”问题视为各自的核心议题，但这些事业皆属于实践哲学的思

① 20世纪英美分析法哲学的开创者赫伯特·哈特认为，法律的权威最终是源自每个法律体内部存在的那种可以被称为“承认规则”（rule of recognition）的社会事实。作为哈特一生最优秀的理论对手德沃金则认为法律的权威源自某一法律体内部存在的那种可以被称为政治道德（political morality）的社会价值。哈特的法哲学思想属于法律实证主义一派，这一学派内部在20世纪80年代以后还逐渐分化出了两种立场，典型的如约瑟夫·拉兹的排他性法律实证主义与朱尔斯·L. 科尔曼的包容性法律实证主义，但他们的共性是均承认法律的权威源自特定的社会事实（social fact）。德沃金的法哲学思想更接近于自然法学派的思想，尽管它还具有浓厚的法律解释学的色彩。将法律的权威溯源于其他某种价值而非某种社会事实是自然法学派的共同立场。参见哈特．法律的概念［M］．许家馨，李冠宜，译．北京：法律出版社，2006；德沃金．法律帝国［M］．李冠宜，译．台北：时英出版社，2002；科尔曼．原则的实践：为法律理论的实用主义方法辩护［M］．丁海俊，译．北京：法律出版社，2006；拉兹．法律的权威［M］．朱峰，译．北京：法律出版社，2005。

② 关于政治义务来源的问题，在近代欧洲许多哲学家诸如霍布斯、洛克、卢梭、康德的经典政治著作中，就变成了一个十分凸显的问题。在20世纪后半叶的西方政治哲学思潮中还在持续兴起对政治义务来源探索的热潮，其中代表性的人物就有约翰·罗尔斯、罗伯特·诺齐克、约翰·西蒙斯等哲学家。西方政治哲学围绕着政治义务的来源问题产生过诸如“同意理论”“公平原则理论”“自然责任理论”“团体性义务理论”“哲学无政府主义”等各种学说。约翰·西蒙斯《道德原则与政治义务》一书中对各种学说分别做过深入的省察。参见罗尔斯．正义论［M］．何怀宏，何包钢，廖申白，译．北京：中国社会科学出版社，2009；诺齐克．无政府、国家与乌托邦．姚大志，译．北京：中国社会科学出版社，2008；西蒙斯．道德原则与政治义务［M］．郭为桂，李艳丽，译．南京：江苏人民出版社，2009。

③ 科尔斯戈德．规范性的来源［M］．杨顺利，译．上海：上海译文出版社，2010：5.

域，它们所探讨的都是关于“行动”的问题。在这个意义上，审美鉴赏中的“审美愉悦”是一种精神意识活动，何以能同主要影响实践的“法律义务”“政治义务”和“道德义务”相提并论呢？诚然，区分美学与以上实践哲学的根本之处在于其研究对象的不同，前者属于认知，而后者属于行动。然而更广阔的学术视野则是，美学与实践哲学的一个共通之处在于它们都在为一种“普遍性的要求”提供解释，为一种“普遍应然的状态”寻找根据。在美学中其体现为“认知上”的普遍有效性，在实践哲学中则反映为“行动上”的普遍有效性。它们都为人们科加上了某种“规范性的”承认义务，区别只在于前者要求我们去承认“美”的存在，后者要求我们去承认“权威”的存在。

在某种意义上说，本书的目标也可以被理解为追问何谓古典诗歌之美的“本质”。然而真正有智识内容的研究则必须将关于“本质”的问题转化成一系列更富有启迪性也更容易取得进展的问题，这就是上文所提出的那八个具体问题，而第一个问题就是回答“古典诗歌带给人们的那种审美愉悦感究竟从何而来”。这种研究策略源自笔者在大学读法学时曾受过赫伯特·哈特《法律的概念》这一20世纪公认最伟大的法哲学著作的深刻影响。在该书的第一章哈特曾这样说过：“（在法哲学中）有三个反复出现的议题：法律与由威胁所支持的命令有何区别和关联？法律义务和道德义务有何区别和关联？什么是规则，以及在何种程度法律属于规则问题？大部分对法律‘本质’之思辨的主要目标，就在于消除对这三个议题的疑虑和困惑。”[①] 同样地，笔者希望自己提出的关于古代诗歌审美的那些基本问题也能将关于美之“本质”的问题消除熔尽。笔者希望自己过去生命中经受过的所有思想洗礼都能够在本书中留下其应有的痕迹，因为只有如此才能激发和调动起自己学术生涯中曾拥有过的全部智识经历，以辅翼自己去建立一个更能经得起历史检验的系统古典诗学理论，就如同哈特教授为法哲学所贡献的那样。这就是本书在当代的智识追求。

然而本书在当代古代文学学界毫无疑问显得有些另类，这是相较于当下整个古代文学学界的整体智识环境而言的。在20世纪80年代的美学热中，由李泽厚先生主编的“美学译文丛书”从西方集中翻译过来一批重要的美学著作，前后共有30余本，这批书在体量上已是相当可观，完全涵盖了西方顶级的美学思想，为我们进入与掌握西方美学的历史话语和前沿思想提供了最好的终南捷径。后来《宋诗话全编》《明诗话全编》的问世又几乎将宋明

① 哈特．法律的概念［M］．许家馨，李冠宜，译．北京：法律出版社，2006：13.

两代所有重要的古代诗学批评见解都包罗无遗。可以说，当我们这一批生于80年代后期的学人进入学术殿堂的时候，发现自己已然幸运地度过了文献搜集和整理的准备时期。然而遗憾的是，一直以来古代文学学界却鲜有人对这些珍贵的国内外文献做系统深入的研读和触类旁通的反思，仍然总体上着迷于新文献的发现和考索。这归根结底是古代文学领域中重考索不重沉思、重文学文献而不重作品价值的学风使然。这使得古代文学研究逐渐滑落到古代历史研究的领地中，而泯灭了学科自身的独立性。韦勒克曾经指出："文学研究不同于历史研究之处在于它不是研究历史文件，而是研究有永久价值的作品。"[①] 事实上，作品价值在历史长河中的永恒才是一切文学理论与文学思想起源的终极始因，如果文学研究的背后丧失了对作品艺术价值的兴趣和观照，那么无休无止的文学文献整理活动就变成了没有思想的劳作。

然而另一种情形是，近年来有关文学艺术理论的著作接连出版问世，而其思想水准却始终难以令人满意。笔者的恩师蒋寅先生曾敏锐地指出："我们的文学理论研究正面临着前所未有的困境，尽管文学原理、文学理论或研究专著一种一种地接踵问世，层出不穷，但叩其价值，且不说独创性，就是知识水准的理论完成度又怎么样呢?"他接着自己所提出的这个疑问继续说道："由于没有解决哲学基础的问题，又脱离中国当下的文学经验，一味稗贩西方现代文论，而缺乏对文学的基本理解和言说立场，当代中国文学理论始终没有形成自己的理论体系和知识结构，更不具有对当代文学创作的解释能力。虽然理论界也不断有种种新概念和新命题提出，但这些时髦的衣装终究裹不住萎弱贫血的理论身躯。"[②]

作为蒋寅先生的学生有幸深蒙先生的言传身教，笔者在撰写本书时始终保持着对这些问题的警醒态度，**继而始终警示着自己不要浪费人生宝贵的年华在学术上无谓地重蹈覆辙**。本书正是从解决哲学的基础问题开始的，早年深入学习西方形而上学的经历使我对它的思维模式感到十分熟悉和亲切，这让我在攻读博士学位期间很顺利地适应了西方美学或者说西方艺术哲学的话语体系，而大学时期的法学学科背景也让我所涉足的西方哲学甚至扩及法哲学、道德哲学以及政治哲学等实践哲学领域。西方哲学——无论是形而上学、实践理性哲学还是艺术哲学——其共同的智识价值在于它们提出了真正影响后世持续沉思千年的问题，这些问题确立了人类观察和思考事物的永恒角度和永恒方式。没有好的问题的指引将很难结出好的思想果实，有价值的研究必定是那种能够面对着有价值的问题的研究，而所研究的问题越是基础

① 韦勒克．批评的概念［M］．张金言，译．杭州：中国美术学院出版社，1999：13.

② 蒋寅．古典诗学的现代诠释：增订版［M］．北京：中华书局，2009：2.

和根本，其研究就越具有长久的意义。在文学和美学领域，“审美愉悦感从何而来”就是这样一个极为根本和基础的问题，而这个问题在康德那里得到了史上最成功的解决。解决了这个问题，关于审美活动属性的问题、审美趣味分歧的问题、审美价值评判标准的问题都将迎刃而解。

那么，本书除了智识理想之外，其思想上的真实贡献或者创新之处究竟是什么？其实这不难找，因为几乎每一章的撰写都能展露出新颖的思路，例如第二章第二节中对古典诗歌艺术四项基本知性法则的抽绎总结、第三章第三节中关于叶燮“活法”与康德“不确定概念”之间的比较考察、第五章第一节中对“辞前意”与“辞后意”之间关系的论证、第六章第三节中对文意与声调各自对作品文气影响之分量的考察、第八章第二节和第三节中对诗歌与历史深刻分野的辨析、第九章中对“意境”概念中知性内涵的确证、第十章第三节中对杜甫的“诗识”与杜诗艺术知性价值的揭示和阐述。但其最重要的三个创新之处就是提出并论证了：(1）康德美学中所谓的“不确定的概念”是如何具有知性的普遍有效性的，这反映在康德与普特南之间的思想联系中。这一点也构成本书的整个诗学理论体系的哲学基础。(2）提出并论证古典诗歌作品的基本结构即“概念性命意”与“意象性命意”之分野的观点，这主要体现在诗歌内部的三种联系之中，这两点奠定了本书的诗学理论体系的中国属性。(3）发现了一个从宋人范温开始而在清人叶燮那里达到顶峰的“贵识论”诗学传统，并建立了由“识”去统“意”、由“意”去统“情”“志”“思”“法”“气”“格”“理”“意境”这些古代诗学核心概念的逻辑体系，由此形成了最终的理论大厦。

第一章　超越审美分歧：美何以具有普遍性

第一节　“审美”的认知属性与西方美学重视认知的思想传统

笔者把人们在参与文学审美鉴赏活动中面对着同一作品而产生不同意见以及经由此表现出来的不同趣味称为“审美分歧”现象。显而易见的是，这种现象广泛地存在于我们的生活之中，特别是当分歧围绕着历代批评家所公认的古典诗歌杰作而产生时，它就会显得格外惹人注意。事实上，对“审美分歧”现象的关切可能来源于这样一种深层的好奇心与求知欲：在一件艺术作品是否有资格被称为“美”的问题上，到底是否应当存在一个正确而严肃的答案？在纷繁多样的各类审美态分歧之外，人们可否合理地相信世界上确实存在一个能做出终极裁断的规范性权威？这种好奇心事实上并不是凭空而来的。因为除了极少数的诡辩派或怀疑论者外，千百年来我们都难以拒绝这样一种信念：在判断一种言论是否为“真”、一种行动是非属“善”的问题上，世界上应当存在一种普遍正确的判断性态度，因此而拒绝任何相对主义的论调。那么与思想上的“真”和行动中的“善”一同久负盛誉，并成为人类最高追求之一的“美”，不应该同时也具有超越分歧而趋向统一的普遍正确答案吗？从逻辑上说，我们对审美分歧现象的探究可以转化为对“美是否具有普遍性”这一问题的检省。

然而在一切正式的讨论开始之前，围绕“审美”这个核心概念所展开的一切理论活动可能首先会遭遇到这样一种疑问：艺术作品全部都能用“美”这个词来评价吗？对诗歌作品的创作与鉴赏均可以看作“审美性”活动吗？对这类问题的提出是持之有故的，因为文学艺术史上许多伟大的诗歌、杰出的绘画实际上给人带来的确实并非那种心旷神怡的美感，像杜甫的“三吏三别”、梵高的《农鞋》所表现的显然就不是美的事物。如果它们并不能给人们带来美的享受，那么我们为何仍如此严肃和确信地把它们奉为不朽的艺术杰作呢？

事实上，托尔斯泰在他的《什么是艺术》中就曾明确反对将艺术建立在“美”这一概念的基础上，他指出，艺术史上那些成功地表现了阴沉与恐怖主题的作品在现实中仍会受到人们广泛的赞赏，并成为永恒的艺术经典。托尔斯泰反对将艺术看作一种旨在给人们提供快乐与享受的事物，他说：

> 如果我们承认某一活动的目的仅仅是为了快乐，并仅仅根据这快乐来为这一活动下定义，那么这个定义显然是错误的。为艺术下定义也是如此……从我们得到的快乐中认识艺术的目的和作用，无异于停留在道德发展的最低阶段的人们（如野蛮人）所做的，从摄取食物得到的快乐中认识食物的目的和作用……当人们不再将“美”，即快乐看作是艺术的目的时，人们才会认识艺术的意义。①

托尔斯泰一反那种将“美”或者“快乐”视为艺术之目的的看法，而是认为艺术的真谛是在创作者与接受者之间建立一种关联，让曾经被艺术家体验过的情感可以通过作品而被鉴赏者再次体验。为此他说：“艺术活动的基础是这样的：一个人用听觉或视觉来领悟他人传达的情感，这个人便能体会到传达情感的人所体会过的相同的情感。”② “只要作者体验的情感感染了观众和听众，这就是艺术。”③ “艺术活动就是建立在人们能够被他人的情感所感染的这种能力的基础之上。”④ 这就是托尔斯泰的感染论思想。需要指出的是，为提出感染论，托尔斯泰先是逐一考察了近代以来诞生的几乎所有的美学理论，将它们归为主观与客观两类美学理论，并指出这两类美学理论共同的错误之处在于它们均将艺术仅仅看成是一种追逐快乐享受的活动。⑤ 至此不难看出，“感染论”在解释力上有一个非常大的优点，它在逻辑上可以广泛地涵纳各种人类的情感体验和生命境况——无论它们是欢乐的还是悲惨的——对它们采用一种兼容的态度，如此便可以将那些在精神特质和艺术风貌上迥然不同的艺术作品均涵括进其定义之中。

然而与“审美”相比，“感染”这一概念却对艺术活动中那个至关重要的东西——愉悦感——缺乏充足的解释，甚至可以说，感染论在其初衷上是忽视乃至蔑视愉悦感的。因为它只追求一种曾被艺术家深切体验过的真挚情感能通过艺术作品被原封不动地传递到其他人心灵中的效果，而当这种体验带有浓厚的宗教情味时则更加可贵。托尔斯泰个人对“善”这一价值的崇奉使得他的艺术理论表现出一种蔑视享乐的倾向，这让他对艺术的审视和批判带有柏拉图式的色彩。托尔斯泰对当时欧洲上层阶级的艺术观有过这样的评

---

① 托尔斯泰．艺术论［M］．张昕畅，译．北京：中国人民大学出版社，2005：36.

② 同①39.

③ 同①41.

④ 同①40.

⑤ 同①15－33.

价，他说："由于没有宗教的世界观，这些人除了个人享乐之外，没有任何其他评定艺术好坏的标准。欧洲社会上层阶级的人们既然把享乐（即美丽）认为是评定美好的标准，那么他们对艺术的理解就回归到了古希腊人那种粗俗的理解，这种粗俗的理解曾遭到柏拉图的斥责。根据这种理解，他们中间形成了一种艺术理论。"① 从中可以看到托尔斯泰对当时欧洲艺术的批判就如同柏拉图对古希腊时期艺术的控诉一样，都认为它们背离了高尚的职事。

然而根据感染论的基本内涵我们会很自然地提出这样的问题：如果文学艺术仅仅是关于人群中真实体验感之间的传播，那么那些充满着负面情感的文学艺术作品为什么仍能受到普世的欢迎，甚至还成为不朽的杰作？按照感染论的定义，成功的"感染"行为必然是艺术家的某种经历在另一个不同心灵中得到重唤，这就等于是承认诗人和艺术家心中那些负面的体验完全可以通过艺术作品堂而皇之地在人间传播开来。如此在逻辑上就形成了这样的情况：一个感到不幸的人可以通过艺术作品的传播而将更多人拖入这种不幸的体验中，这难道不是一种应予谴责的不道德行为吗？然而问题是，杜甫的《北征》、李商隐的《行次西郊一百韵》、韦庄的《秦妇吟》这些诗作都在传达着诗人对苦难、衰落与死亡的感触，为什么这些折磨着诗人的不幸遭际在借由艺术作品向外传播并感染我们之后，非但不像曾经折磨诗人一样再折磨我们，反而成就了永恒的经典？明代文学家屠隆曾表达过这样一种洞察，他说："夫性情有悲有喜，要之乎可喜矣。五音有哀有乐，和声能使人欣然而忘愁，哀声能使人凄怆恻恻而不宁。然人不独好和声，亦好哀声，哀声至于今而不废也，其所不废者，可喜也。唐人之言，繁华绮丽，优游清旷，盛矣。其言边塞征戍离别穷愁，率感慨沉抑，顿挫深长，足动人者，即悲壮可喜也。"② 我们要问的是：为什么哀声可喜？为什么悲壮可喜？为什么这些本来可悲可哀的事物一旦获得了艺术表现形式反而能给人带来愉悦之感？感染论对愉悦感的蔑视甚至敌视，使得它很难解释那些表达悲苦主题的作品何以亦能为人们带来快感这一极为广泛存在的客观事实。另一方面，现实中那些旨在宣扬快乐和美感的艺术作品真的就使人堕落了吗？对此问题的解答恐怕还是需要我们回溯到亚里士多德所开创的西方正统艺术理论传统中去。

我们直接进入所关切的问题。亚里士多德认为人们之所以在艺术鉴赏中与那些负面事物相遇之后还能由此产生愉悦之感，归根结底是因为他们在这个过程中获得了某种知识。在《诗学》中亚里士多德曾这样说：

---

① 托尔斯泰．艺术论［M］．张昕畅，译．北京：中国人民大学出版社，2005：49．

② 屠隆．《唐诗品汇》选释断序［M］//吴文治：明诗话全编．南京：凤凰出版社，2006：4940．

> 人和动物的一个区别就在于人最善模仿并通过模仿获得了最初的知识。其次，每个人都能从模仿的成果中得到快感。可资证明的是，尽管我们在生活中讨厌看到某些实物，比如最讨人嫌的动物形体和尸体，但当我们观看此类物体的极其逼真的艺术再现时，却会产生一种快感。这是因为求知不仅于哲学家，而且对一般人来说都是一件最快乐的事，尽管后者领略此类感觉的能力差一些。因此，人们乐于观看艺术形象，因为通过对作品的观察，他们可以学到东西，并可就每个具体形象进行推论，比如认出作品中的某个人物是某某人。[①]

亚里士多德这段话的中心意图是艺术鉴赏活动中发生的愉悦感本质上是一种由知识所带来的愉悦。现实中无论是丑陋的还是悲惨的事物，只要它们能在艺术作品中以极为逼真的面貌展示在我们面前，便会因引发我们在认知上的收获从而带来快感。亚里士多德最推崇的悲剧剧作《俄狄浦斯王》就是如此[②]，主人公只因那种在一般人身上都可能出现的疏忽或弱点，便遭受到了命运所施加的不合比例的巨大惩罚（即他完全在不知不觉中做了杀父娶母的悖逆之事），观众在被这一切所震惊的情况下反而还收获到了一种精神愉悦，而这归根结底是因为人们在此剧情中理解到了某种新的东西。亚里士多德认为诗歌文学、绘画、雕塑皆来源于对现实世界的模仿，只要观众能透过作品去前所未有地认识到作品背后所对应的世界样貌，便会基于某种认知上的增长而获得愉悦感，即便这些作品是对令人不悦的现实的模仿。在《修辞学》中亚里士多德说：

> 既然学习和惊奇是令人快乐的，那么与此同类的事物必然也是令人快乐的，例如模仿的事物，如绘画、雕像、诗歌以及所有模仿得逼真的作品；即便是被模仿的原物本身并不令人愉快，因为引起愉快的并不是原物本身，而是观赏者做出的“这就是那事物”的结论，从而还学到了某种东西。[③]

亚里士多德这段话的逻辑很清楚，即“既然学习和惊奇是令人快乐的，那么与此同类的事物必然也是令人快乐的”。而艺术作品就深刻地包含着人类对自身与世界的体察和认知。在观看《俄狄浦斯王》这部旷世悲剧的时候，观众的心理实际上产生了两种反应：一种是被悲惨情节所激发出来的诸

---

① 亚里士多德．诗学［M］．陈中梅，译注．北京：商务印书馆，2008：47.

② 同①106.

③ 亚里士多德．修辞学［M］//苗力田．亚里士多德全集：第九卷．北京：中国人民大学出版社，1992：387.

如恐惧和怜悯这些并不好受的感觉，这接近于感染论的要旨；另一种则是通过对奇特情节安排的认知理解而引发出的惊奇感和愉悦感，而该情节的编排方式就是观众收获认知快感的终极原因。亚里士多德指出："（关于悲剧写作）较好的方式是在（剧中人）不知情的情况下做出此种事情，事后才发现相互间的关系。如此处理不会使人产生反感，而人物的发现还会产生震惊人心的效果。"① 亚里士多德在做出这段对悲剧的一般性论述的过程中，其心中所想的悲剧典范就是《俄狄浦斯王》。事实上，这部剧所激发的恐惧与怜悯之情并没有能消除人们在观剧过程中总体所收获的愉悦感，这是它能如此经久不衰地吸引着世代的人们去兴致勃勃地观看和讨论的真正原因。感染论的问题就在于它可以很好地解释恐惧与怜悯之情，却无法解释心灵中那份真正存在的快感究竟从何而来。② 后来的休谟在《论悲剧》中也提出过类似的问题，他自问道："那些令人悲伤的事情不是真实的发生，但同样也不至于使人愉快……在这种情况下，能从最深的不快中产生愉快的，到底是什么？"③ 休谟自己的回答是这样的：

> 想象、表达、数据所具有的力量，以及模仿的魅力，所有这些，本质上，本身都是愉悦心智的；当眼前的谈论对象影响着我们的情绪时，通过将这种从属性内心活动转变为支配性内心活动，我们的内心依然能升起快乐。这种情绪本身可能是痛苦的，特别是当把现实的事物简单地摆在我们面前的时候，但当这些情绪出现在高

① 亚里士多德．诗学［M］．陈中梅，译注．北京：商务印书馆，2008：106．

② 在亚里士多德的思想中存在另外一条解释悲剧快感的线索，这就是那个著名的模糊概念"疏泄"（katharsis）。亚里士多德认为悲剧通过引发观众的恐惧和怜悯使得这些情绪最终都得到疏泄，由此产生了快感。这意味着观看悲剧时的快感是恐惧和怜悯的情绪在得到释放之后而产生的结果，是纯粹激情平静之后而来的减轻感与缓和感，它与认知活动没有关系，是情感自己的消长。如果我们这样理解亚里士多德的话，那么他就与他的老师柏拉图一样，均是把艺术贬斥为一种远离了理性指导和缺乏真正知识的纯粹激情活动。然而这种看法却远离了西方美学史上的公共常识。众所周知，亚里士多德恢复了艺术那个被柏拉图所剥夺了的认识论地位，承认艺术有反映世界的理智性内容，越是优秀的作品就越能反映作者对世界的深广洞察，不论是对整体情节的安排，还是对细微动作的模仿，均不例外。事实上关于"疏泄"的意义历来争论不断，即便退一步讲艺术确实有疏泄的作用，也并不意味着亚里士多德便认为它重要到能取代艺术的认知价值给我们带来的意义的程度。鲍桑葵指出："亚里士多德并不想把粗俗的或者不健康的情感同悲剧艺术的作用等同起来，快感的确是悲剧的目的，但是也只有悲剧给人的快感才是悲剧的目的，而悲剧带来的快感则是一种为悲剧定义中的条件所严格限定的享受……也就是说，艺术不能抱有一定要使具有普通感受力的群众胆战心惊的目的。那样一来，既然要求艺术必须具有最丰富的表现力，'理想化'也就成为这一要求的简单推论，而单纯的感情宣泄就会被认为是一个不合适的极端。"（鲍桑葵．美学史［M］．张今，译．北京：商务印书馆，1985：96．）

③ 休谟．论悲剧［M］//休谟．论道德与文学：休谟论说文集卷二．马万利，张正萍，译．杭州：浙江大学出版社，2011：85．

雅艺术中时，它们就会得到缓解、削弱和平息，甚至给人带来最大程度的享受……如果想象力的运动不能压倒悲痛情感的运动，就会出现相反的效果。①

可以看到，在观赏悲剧艺术的过程中，由这种凭想象力的实施而引发的心智愉快享受显然盖过了由接受感染而带来的那份压抑和惊惧，智力上的施展在这里压倒了情绪上的感染。这其实是一个很合乎自然事实的认识，千百年来没有人在看《俄狄浦斯王》这类悲剧的时候是纯粹为了找罪受，没有人——除非他做了俄狄浦斯做过的事情——会真正有俄狄浦斯式的痛苦。

事实上，艺术没有让人间痛苦和腐坏，反而是磨炼和锐化了人们的知解能力，让人们变得更富有人性的同理心。艺术作品并没有那种腐蚀人群的力量，感染论夸大了艺术的魔力，同时也忽略了审美活动中所蕴藏的另一种对人类而言普遍可贵的价值。成功的艺术作品终究会因拓宽人们的眼界而给人们带去精神上的愉悦和满足，它们并非是上流社会的腐朽享乐，而是可以促进人类理解力的增长和深化的共同精神财富。在亚里士多德那段举世闻名的对诗艺的评论中他这么说："诗是一种比历史更富哲学性、更严肃的艺术，因为诗倾向于表现带有普遍性的事，而历史却倾向于记载具体事件。所谓'带普遍性的事'，指根据可然或必然的原则某一类人可能会说或会做的事——诗要表现的就是这种普遍性，虽然其中的人物都有名字。"这无疑是向世界宣告了诗歌艺术对真知灼见的承诺，也指明了真理存在的一种特殊形态即那种"可能的"知识。

我们到这里应能看到，在解释艺术快感来源的问题上，"认知"活动比"感染"活动有着更宽广的解释力，它可以很周全地说明为何千形万态、妍媸各异的世间事物一旦经过了艺术家的处理便可以变得令人赏心悦目。亚里士多德为西方奠定了带有浓厚认识论色彩的艺术理论传统，在这一点上他同他的老师柏拉图做出了历史性的决裂。柏拉图对艺术的那举世皆知的敌视态度，从根源上讲是由于他希望城邦的公民可以获得关于事物的真正知识，由此过上受理性指导的生活，而艺术作品不仅无法提供真正的知识甚至还会扭曲它们。柏拉图认为艺术不过是对真实事物的仿造，艺术家在完全不需要具备有关原型事物的真正知识的情况下也能根据事物的外观制作出与之相似的艺术品来，而这些作品只是真实原型事物的带有欺骗性的虚像而已，因此与真实之物相比毫无价值。在柏拉图构建的知识体系中最高的存在乃是理念，

① 休谟．论悲剧［M］//休谟．论道德与文学：休谟论说文集卷二．马万利，张正萍，译．杭州：浙江大学出版社，2011：89.

其次是模仿理念的各种现实，最次是对现实再进行模仿的艺术，这反映了艺术在柏拉图心中的低微地位。事实上，柏拉图对艺术价值的贬低与亚里士多德对艺术声誉的恢复采用了一个共同的策略，即去检审艺术与知识的关系。两位伟大哲学家之间的区别在于他们对“知识”的理解有着很大的不同。柏拉图心中的知识是作为一切现实事物存在之最终根据的那个完善和永恒的理念，而这一点是艺术作品之中所缺乏的。亚里士多德则拒绝了柏拉图的理念世界，将知识的根据置于现实经验之中，承认艺术作品对现实世界的模仿亦具有知识属性。承认那些在现实中从未发生过，但在理智上完全可能发生的事情也可归属于这个世界真正知识的一部分，这一观点为艺术可以帮助人们更深地认知世界奠定了合法性基础。

亚里士多德开创的这种传统被后世美学家所继承与发扬，古典时期的哲学家对美的事物与艺术现象做出了开创性的卓越反思，为后世贡献了许多影响深远的洞见，但这些洞见在当时还处在零散和非系统的积累过程中，人们尚未有意识地将这些重要洞见组织起来发展成为一门独立的“美学”学科。比如莱布尼茨就将艺术家对审美判断视为一种带有幻象性的认识，也就是非理性的认识。莱布尼茨将认识分为“模糊的认识”和“明晰的认识”两种，明晰的认识又可以再分为“混乱的”和“明确的”认识。审美判断是一种“明晰的”（claritas）而不是“明确的”（distinctio）认识，“明确性”是哲学事业所追求的目标，艺术所需追求的则是“明晰”而不是“明确”。[①] 审美事实不同于娱乐所带来的感性激动，亦缺少理性所拥有的那种确凿明确性，故实质上艺术家所怀具的是明晰的、但是混乱而不明确的认识。因为艺术始终无法达到像数学那样精密和确定的程度，作为唯理主义代表人物，莱布尼茨没有将艺术审美视为一种有着自己严格法则和独立地位的认识活动。然而莱布尼茨依然承认审美是一种认识活动，只不过这种认识在唯理主义者看来太过低级和缺乏理性，因此不值得一个哲学家去费心深入探寻。

真正认为艺术审美的问题值得哲学家以开创一个学科的严肃态度加以研究的人是鲍姆加登，现代意义上的“美学”（aesthetics）学科正是由鲍姆加登建立的。鲍姆加登年轻时在对修辞学的研究中逐渐产生了把修辞学中已经总结出来的诸多规则发展成一种严格学说的想法，在他 21 岁时完成的博士论文《诗的哲学默想录》中，他创造性地提出了一个新的独立知识领域——“美学”。在鲍姆加登看来，人的认识能力中包括高级的理性部分和低级的感性部分，它们分别对应着思维与感觉。逻辑学所考察的是人如何能够通过理

---

① 克罗齐．美学原理［M］．朱光潜，译．北京：商务印书馆，2012：57.

性思维而获取正确的知识，而美学则是专门考察人类的感性官能何以达到完善的状态。他说："希腊哲学家和教父们已经仔细地区分了'可感知的事物'（thing perceived）和'可理解的事物'（thing know）。很显然，他们没有把'可理解的事物'与感觉到的事物等同起来，因为他们以此表示尊重远离感觉（从而远离意象）的事物。**因此，'可理解的事物'是通过高级认知能力作为逻辑学的对象去把握的；'可感知的事物'是通过低级的认知能力作为知觉的科学或'感性学'（美学）的对象来感知的。**"① 显然在鲍姆加登那里，人们对美的事物的感觉体认本性上仍属于一种认知能力，尽管它是一种低级的认知能力，是对感性事实的把握。鲍姆加登处于沃尔夫学派唯理主义思想影响正盛的时代，唯理主义这个学派非常重视理性和逻辑的作用，认为从感官（sensation）所得到的内容都是模糊的（obscure），美的现象明显不如数学与逻辑那样清楚和明确，因此不足以成为严肃哲学体系的研究对象。而鲍姆加登的抱负就是让艺术在关于考察人类认知能力的哲学体系中拥有自己应有的独立位置。可以说，"他致力于在一个总体系中为它们（指艺术）确定应有的地位：使它们享有某种独立性，但又是体系的组成部分；同时，如果没有这些组成部分，那作为一个总体的体系便不完整"②。

鲍姆加登美学上的追随者——伊曼努尔·康德，毫无疑问是西方美学史上最巍峨的一座丰碑，如果说鲍姆加登在他的《诗的哲学默想录》中首次在现代意义上使用了"美学"的名称，那么康德的《判断力批判》则是第一部为现代美学奠定其实质性的内容和形态的著作。③《判断力批判》前所未有地从人的内部心灵能力与外部审美对象之间的关系维度中，揭示出构成美的四种条件（即"美的四种契机说"）。第一次明确指出了"美何以拥有普遍有效性"的根据——知性（understanding）以其拥有的概念的普遍规定性能力与想象力（imagination）以其展现的自由联结的能力两者在运动中所达到的和谐统一关系，而"知性"则作为决定性的力量制约着想象力的施展。④ 他通过提出"鉴赏的二律背反"这一伟大的思想发现以及自己对"二律背反"的解决和克服，将他对审美活动知性本性的考察推至极为罕见的思辨高度。康德从精神上继承了由亚里士多德所开创的带有强烈认识论色彩的美学理论传统，也继承了鲍姆加登欲将艺术并入整个认识论体系中的卓越努力。

---

① 鲍姆加登．诗的哲学默想录［M］．王晓旭，译．北京：中国社会科学出版社，2014：97.

② 同①7.

③ COHEN T，GUYER P. Essays in Kant's aesthetics［M］. Chicago：The University of Chicago Press，1982：1.

④ 对"美的普遍性"思考的历史至少可以追溯到柏拉图，但现代美学对普遍性问题的追问是在康德那里定型的。

简而言之，康德对美的分析实质上是由这样一个问题——“美”何以具有普遍性？——所引发的。具体而言就是，当一个人感到眼前的自然风光或者艺术作品很美的时候，他为什么有正当理由认为这种感受并非只是他的私人感受，而是所有人都应获得的感受呢？康德给出的答案（我们在这里用最简略的概括）是：判定一个事物是否为“美”的审美鉴赏活动归根结底隶属于一种施展智力才能的认知判断活动，而一切认知判断活动由于都建立在它自己的先天普遍性原则上——这截然区别于人内部的生理官能活动——必然就会在逻辑上都指向一个普遍有效的结果。值得指出的是，康德这里的论证策略是让“美”的概念去追随依附那些已然具有普遍性的事物从而寻获自身普遍性。这就为我们解释中国那些古典诗歌名作何以千百年来能得到人们世世代代的普遍赞赏提供了最富权威的也是最有前景的思考方向，在后面专论康德的部分我们会详尽讨论这一切。应该说，康德的整个美学理论都建立在“为存在寻找根据”这样一个典型带有柏拉图哲学色彩的西哲思想范式之上，而审美愉悦感存在的背后根据就是“知性”。这里需要指出的是，事实上**康德是第一位将“知性”与“理性”区别开来的哲学家**，“知性”是他那独特先验认识论哲学体系中的基本概念，是人类得以认知与把握世界的最根本智能。

作为问世于18世纪的思想巨著，康德美学著作广阔的解释力在20世纪后半叶的艺术理论家那里依然得到赞誉。在丹托看来，无论是启蒙运动时期的艺术、浪漫主义时期的艺术还是21世纪的艺术，都可以在康德美学对艺术认知价值的高扬中找到思想的渊源。① 丹托认为康德的美学“主张艺术是认知的，因为它向我们呈现了理念，天才有能力找到感官序列，理念由此被传递给观看者的心灵”②。康德美学的知性色彩体现在他的艺术观“是由制造含义构成的，它预设了一种普遍的人类性情，不只是看东西，而是在我们所见之物中找到含义”③。在后面对康德的专论中我们会深切体会到丹托这些关于康德的评论中所包含的洞见。这里需要指出的是，康德美学在整个人类的美学史上是一座无与伦比的高峰，伴随着康德在认识论哲学上的伟大革命，他的美学被纳入他所建立的那个令人敬畏的森严的哲学体系中。李泽厚先生指出，康德的《判断力批判》在美学史上的显赫地位远远超过后来黑格尔的艺术哲学思想。④

在康德的伟大思考之后，黑格尔的美学思想继而更加高扬了艺术中的认

---

① 丹托《何谓艺术》第五章“康德与艺术作品”中，这一思想贯穿其中。参见丹托．何谓艺术［M］．夏开丰，译．北京：商务印书馆，2018：99－111。

② 同①103.

③ 同①107.

④ 李泽厚．批判哲学的批判：康德述评［M］．北京：三联书店，2007：388.

知价值，这集中体现在“美是理念的感性显现”这一著名论断当中。在黑格尔看来，理念是最高的实在并代表着最绝对和最真实的知识，而艺术家正是选择了具体事物所展现的那些最能与这一崇高之理念保持固有统一协调关系的丰富感性形式，即通过艺术作品对事物的感性展现使人们认识到事物中所通体融贯着的理念性真理。在黑格尔看来，艺术就是展现了理念何以融合在与理念自身相符的感性现象之中。可以说艺术的最终旨趣就是真理。黑格尔说：“只有在它（指美的艺术）和宗教与哲学处在同一境界，成为认识和表现神圣性、人类的最深刻的旨趣以及心灵的最深广的真理的一种方式和手段时，艺术才算尽了它的最高职责。在艺术作品中各民族留下了他们的最丰富的见解和思想；美的艺术对于了解哲理和宗教往往是一把钥匙，而且对于许多民族来说，是唯一的钥匙。”①我们知道后来的黑格尔对康德美学乃至对康德整个批判哲学的主观性成分做出了批判，黑格尔所欲超越康德之处正在于他认为他在对人类理性认识能力的预设上比康德更能直抵世界的真实性与客观性，人的心灵能够直接抵达康德所设置的那个人类知识永远不及的“物自体”领域，从而获得有关客观事物本身的无限的和绝对的知识，因此在对世界本质的认识上黑格尔比康德要求得更为彻底。克罗齐说：“黑格尔比他的先驱者更加强调艺术的认识品格。”② 黑格尔美学中对真知的诉求极为强烈，在他看来艺术只是人类认知事业进程中的一个低级阶段，因为艺术只是绝对理念的感性形式而已，它不是理念得以被思维和被把握的最高形式，而这个最高的形式毫无疑问就是哲学。黑格尔认为在他所处的那个时代，“艺术却已实在不能再达到过去时代和过去民族在艺术中寻找的而且只有在艺术中才能寻找到的那种精神需要的满足”③。“就它的最高的职能来说，艺术对于我们现代人已是过去的事了。因此，它也已丧失了真正的真实和生命，已不复能维持它从前的在现实中的必需和崇高地位。”④ 在他的思想体系中哲学比艺术更为崇高，并且艺术在完成了它的使命之后最后要被哲学所终结和取代。所以克罗齐这样评价道：“黑格尔美学是艺术死亡的悼词，它考察了艺术相继发生的形式并表明了这些艺术形式的发展阶段的全部完成，它把它们埋葬了起来，而哲学为它们写下了碑文。”⑤

黑格尔之后最伟大的美学家莫过于克罗齐了，克罗齐建立了一个庞大的

---

① 黑格尔．美学［M］．朱光潜，译．北京：北京大学出版社，2017：12.

② 克罗齐．美学的历史［M］．王天清，译．北京：商务印书馆，2018：154.

③ 同①16.

④ 同①17.

⑤ 同①156.

精神哲学体系，而他那影响巨大的美学思想则属于这个体系中不可或缺的部分。众所周知，克罗齐美学最久负盛名的地方就是提出了“艺术即直觉”的命题，而“直觉”就是克罗齐整个美学思想殿堂的基石。克罗齐明确地将“直觉”视为知识的一种独立形式，在《美学原理 美学纲要》一书的开篇中他说道：“知识有两种形式，不是直觉的，就是逻辑的。”[①] 克罗齐认为艺术活动深刻地关涉着知识，它是人类认知世界的一种特定方式。为此他这样说道：“人们常说，艺术不是知识，不说出真理，不属于认识的范围，只是感觉的范围。这些话的来由是在不能洞悉单纯直觉的认识性。这单纯直觉确与理性知识有别，因为它与对实在界的知觉有别。上述那些话是起于‘只有理智的审辨才是知识’这个信念。我们已经说过，直觉也是知识，不杂概念，比所谓对实在界的知觉更单纯。所以艺术是知识，是形式，它不属于感觉范围，不是心理的素材。”[②] 这段话无疑充分地表明了克罗齐艺术观的智性倾向，“直觉”在他的美学思想中不是我们平日所说的“感觉”之类的东西，其带有明显的知识属性。这个观点也可以从克罗齐对建立在感觉论基础上的审美快感主义的批判中得到印证，他说：“（审美快感主义）把审美活动看成只是一种感觉，而且把产生快感的表现品（这就是美的东西）和只是产生快感的（美感以外产生快感的）东西相混淆。”[③] 并用反讽般的语调指出：“任何人主张审美的事实就是使耳目生快感的东西，都无法辩驳另一派的主张，以为美的东西就是一般产生快感的东西，烹调术，或是（像有些实证主义者所称呼的）‘胃口美’，也应包括在美学里。”[④] 毫无疑问，克罗齐的“直觉”代表着一种知识形态，它与人的生理层面上的那些官能感觉无关，而艺术美与胃口美之间的根本性区别在康德那里是其建立整个美学体系的一个关键前提。如同康德一样，克罗齐把“美”当作一种特殊的知识形态。

克罗齐之后还涌现了许多在美学或艺术哲学上有影响的思想家，其中代表性的如科林伍德、苏珊·朗格、H. G. 布洛克、纳尔逊·古德曼等。科林伍德在其《艺术原理》中将艺术的审美创作过程视为思维在某种智能指导下去发现各类事物之间特定联系的过程，在这个过程中那些被发现的个别事物间的联系具有超越私人性的公共属性，成为思维认知的内容。[⑤] 科林伍德曾总结道：“审美经验是对一个人自己以及对他的世界的认识。”[⑥] 苏珊·朗格

---

① 克罗齐．美学原理 美学纲要［M］. 朱光潜，译．北京：商务印书馆，2012：7.

② 同①.

③ 同①76.

④ 同①.

⑤ 参见本书第五章第二节。

⑥ 科林伍德．艺术原理［M］. 王至元，陈华中，译．北京：中国社会科学出版社，1987：298.

在其著名的《情感与形式》一书中则将艺术对情感的表现视为艺术家的一种将其内部心理情感凭借其认识能力而予以客观概念化的过程，因此形成一种可以通过概念予以理解和传递的“客观的情感”。在这其中艺术作为一种精神活动，将世界的一定内容带入客观有效的认识领域。朗格曾指出：“艺术家通常凭借认识能力的增长，而获得发现自己环境之外的素材的本领，因为他日渐善于理解一切事物的可能性与现实性。”① H. G. 布洛克认为我们的审美经验本质上乃是一种对审美对象的观照和理解活动，在他看来，“情绪或情感并不仅仅是与理性和认识无关的内在感受，它们是对世界的**一种判断性态度**”②。20 世纪最杰出的分析美学家纳尔逊·古德曼亦明确地指出：“审美经验是一种由某些象征性特征所支配而由认识效果的高下来评判的认识经验。”③ 在古德曼看来，我们既“依据世界”来解释和认识艺术品，也“依据艺术品”来解释和认识世界。④ 到此可见，这些杰出的思想家俱是将审美的本质理解为一种认知。

直到 20 世纪后半叶，西方艺术哲学界围绕着“美”或“审美”这样的概念是否能充分地揭示艺术的本质这一问题还展开过深入的讨论，其中有代表性的就是诺埃尔·卡罗尔。卡罗尔不赞成将“审美”视为理解艺术作品真谛的核心概念，反对将艺术的创作经验与鉴赏经验等同于审美经验，并指出美的理论与艺术理论是截然不同的。在《超越美学》一书中他说：“对我们来说，美这个概念适用于令人愉悦的形状、声音和颜色这样一些事物，最重要的是，用于它们与令人愉悦的形式的结合。”⑤ “以美的理论为典范的审美方法只是思考艺术的错误框架，因为美的理论只有在对自然的关注中才能获得最大合理性。”⑥ 也就是说，“美”仅属于一种对事物的外在形式是否令人愉悦而给予的评价，它关注的是对象的外观和表象而不是它们的存在属性或者所属的概念范畴。自然界中的事物如鲜花、晚霞、彩虹就是以它们动人的表象感动着我们，我们不需要像一个植物学家那样博学般地掌握鲜花的种种分类以及各个部分的功能，也能欣赏到鲜花之美。而对那些大量的不以表现形状、声音和颜色为目的的艺术作品而言，比如宗教历史题材的绘画、诗歌和小说，它们的价值无法只用“美”来衡量。因为这些艺术品的价值在很大程度上依赖于它们能否将其所表现的内容安排入恰当的概念范畴中从而让观

---

① 朗格．情感与形式［M］．刘大基，译．北京：中国社会科学出版社，1986：294.

② 布洛克．美学新解［M］．滕守尧，译．沈阳：辽宁人民出版社，1987：254.

③ 古德曼．艺术语言［M］．褚朔维，译．北京：光明日报出版社，1990：231.

④ 刘悦笛．分析美学史［M］．北京：北京大学出版社，2009.

⑤ 卡罗尔．超越美学［M］．李媛媛，译．北京：商务印书馆，2006：38.

⑥ 同⑤61.

众加以认知与理解，简单地讲，这些题材的艺术价值与知识的运用有着千丝万缕的联系。所以卡罗尔这样说："如果我们讨论的是与自然景色相对的艺术作品的审美经验，那么概念在审美观照中没有一席之地的看法是难以令人信服的。对于艺术品而言，即使不算最频繁，也是非常频繁地出现的情况是，我们认知活动的一个决定性部分是要把艺术品放到正确的范畴或类型中去，它相应地使我们认识到其可能具有的目的，接着，这种认识使我们能够欣赏其形式表达的适当性。审美地经验《俄狄浦斯王》的一个要点是把它看成一个悲剧范畴的例子，并使用人们所知的这个艺术门类的目的来离析和判断其结构上的限定。"① 由此可以看到，卡罗尔反对用"美"去解释艺术，从根本上说是因为他感到艺术鉴赏并非囿于一种仅去欣赏流连事物外观形式的肤浅活动，它里面实质上深刻地包含着以范畴和概念类型为展开载体的丰富认知元素。然而这却并不妨碍我们用"审美"这个概念去说明艺术的问题，因为康德在他的美学理论中已经承认艺术之美建立在某种特殊的知性概念活动之上。②

因为本书不是一部纯粹梳理介绍西方美学史的著作，上面所援引的诸多美学思想只是为了证明西方美学那个延绵已久的崇尚认知的思想基因，所以这里无法全面地覆盖到西方美学史上的所有人物，而只枚举其中最重要的一些。而在对他们的介绍中可以看到，无论他们对艺术价值的基本态度如何不同，有一点却是共通的，即这些杰出的思想家们都不约而同地从认知功能的角度去检省艺术的价值，他们均从艺术与认知的关系这一维度上去反思艺术的本体意义。这足以让我们颇为信服地看到西方美学传统中"美"与"认知"的紧密关系。那么最后，这部西方艺术思想史的大致谱系告诉我们了什么？它告诉我们审美是一种认识世界的方式，这已是西方历代第一流的美学家的集体共识。可以说，柏拉图、亚里士多德、鲍姆加登、康德、黑格尔、克罗齐、丹托这些不朽的人物联名为我们撰写了一部努力去认知和理解世界的艺术思想史。

第二节　康德论审美的普遍有效性：作为审美判断之认识论基础的"非确定性知性"能力

为了彻底考察构成本书整个理论体系的思想基石，让我们正式走进康德深邃的美学中去。康德的美学思想集中地展现在《判断力批判》的第一部分

① 卡罗尔．超越美学［M］．李媛媛，译．北京：商务印书馆，2006：89.

② 参见本章第二节。

即“审美判断力批判”当中。“鉴赏判断”是贯穿康德美学的一个绝对核心概念，它是指人在从事审美鉴赏的活动当中对一个审美对象是否可以被称为“美”而去给予判定的思维活动，故其也可称为“审美判断”。众所周知，人们的心灵在审美活动当中往往会产生愉悦感，当我们在欣赏一幅精美的画作、品读一首警策的小诗、畅听一首悠扬的乐曲时就会拥有这样的感受。康德认为，人在上述审美活动中所获得的这种愉悦感，性质上非常不同于品尝美食佳肴时所获得的那种源自生理反应的适快感。生理性的适快感乃是指生理官能在受到事物的刺激之后所产生的满足感，它仅仅是建立在一种纯粹私人的主观反馈上，只和私人自己特有的生理感官能力相关，纯粹属于个人的口味，因此无人有理由或者有权将与自己异趣的他人口味斥之为错误的。当一个人指出香槟酒很好喝的时候，他只能说这酒**对他来说**是好喝的而已。所以康德说：“就适意者而言适用的是如下原理：每一个人都有他自己的鉴赏（感官的鉴赏）。”[①] 然而审美的愉悦则截然不同，它不再只受私人口味的决定，而是合理地（rationally）拥有向一切人身上推及的效力。如果一个人“声称某种东西是美的，那么，他就在指望别人有同样的愉悦：他不是仅仅为自己，而且是为每个人做出判断的，而且在这种情况下谈论美，就好像它是事物的一个属性似的。”[②] “鉴赏判断就愉悦（作为美）而言规定自己的对象，要求每个人都赞同，就好像它是客观的似的。”[③] 可见在关于一个事物是否可称为美的以及是否能带来审美愉悦的问题上，康德认为存在一个所有人都应该接受的普遍有效答案。事实上，《判断力批判》第一部分的中心议题就是去解释审美判断以及审美愉悦感为什么会在人群中拥有这种普遍的效力，或者说究竟是什么东西决定着审美判断与饮食品味在效力上有如此根本性的不同。[④]

在《判断力批判》的第一部分“审美判断力批判”中，康德将审美鉴赏视为心灵施展某种“判断力”的思维活动，并由此对这种判断力加以系统考察。那么为了把握审美的本质，我们自然就需要先去理解康德“判断力”这

---

① 康德．判断力批判：注释本［M］．李秋零，译注．北京：中国人民大学出版社，2011：42.

② 同①42.

③ 同①107.

④ 康德对审美客观性的论述在他所处时代的有教养的阶层中得到了广泛的认同。黑格尔曾这样评价康德在这方面的贡献，他说：“康德对于客观与主观所做的区别，现在即使在受过高等教育的人的思想中，也成为习用语。譬如，在评判一件艺术品时，大家总是说，这种批评应该力求客观，而不应陷于主观。这就是说，我们对于艺术品的品评，不是出于一时偶然的特殊的感觉或嗜好，而是基于从艺术的普遍性或（美的）本质着眼的观点。”（黑格尔．小逻辑［M］．贺麟，译．北京：商务印书馆，1980：119－120.）然而黑格尔所反映的情况与中国的现状之间是有一定距离的，稍有敏感性的人应能直观地发现，在受过高等教育尤其是受过高等文学艺术教育的人群中，“美”经常被视作人们主观趣味的产物，因此没有所谓正确的见解和争论的必要。

一概念。判断力就是那种把特殊的东西当作包含在普遍的东西之下来对它进行思维的能力。这种把特殊事物置于普遍事物之下加以思维的活动在哲学上就叫作“归摄”（subsume）。康德把判断力区分成规定性判断和反思性判断两种。规定性判断康德有时也称之为逻辑判断力，它是一种典型的围绕概念的归摄能力而展开的认知活动。在做此判断的过程中，人的心灵把在感性经验中遇到的特定事物对象相应地归摄入我们已经拥有的概念之下，如此便使得那个特定对象通过符合某个与之相对应的概念从而被心灵识别出来，于是心灵形成了关于这个特定对象的知识。在这个过程中，事物以直观可感的形式出现在我们的感知系统中，在康德术语中这种直观可感的形式叫作事物对象的“表象”（即 Vorstellung，representation），事物是通过其表象出现在我们的感性直观中，从而引发了我们对它的注意的。形象地说，规定性判断的归摄方式就如同拿着“规定”去审查外在各种对象的直观表象，继而去判断对象与规定两者是否一致，而这里充当规定的东西就是“概念”。所以康德指出：“每当把一个对象归摄在一个概念之下时，对象的表象都必须是与后者同类的，也就是说，概念必须包含着可以归摄在它下面的对象中被表象的东西，因为‘一个对象被包含在一个概念**之下**’（原文加重）这种表述所说的正是这种意思。”[①] 例如，让你从一个堆满各类杂物的仓库中挑出所有的“书籍”来，那么我们只需要遵照着“书籍”这一概念的普遍规定，去对那堆杂物的直观表象进行一一比照和筛查就可以了，凡是眼前所见事物之外观符合概念规定的就挑选出来，整个过程就是一个依据普遍法则去审查和识别具体对象的思维过程。概念在归摄对象的过程中承担着近似于“立法者”的角色，它规定着万事万物分别可以归入其各自对应所属的概念名称之下的条件，从这个意义上说概念具有一种法则规定性。规定性判断中的概念被康德称为“知性概念”（concept of understanding）。康德说，“每一种知性、至少人的知性的知识，是一种凭借概念的知识”[②]。于是关于“知性”我们可以有这样一个定义：知性就是凭借概念去认识世界的活动。简而言之，人通过感性能力而直观真实地体验到事物，而通过知性能力去思维和理解这些事物。没有前者，我们的知性无处施展最终沦为空洞无物的东西；没有后者，我们则根本无法理解眼前所感受到的世界。

我们已经知道，规定性判断是用知性概念去归摄经验对象的思维活动。然而我们的问题在于：这究竟是怎么做到的？概念法则与经验直观是如何走

---

① 康德．纯粹理性批判：注释本［M］．李秋零，译注．北京：中国人民大学出版社，2011：147.

② 同①86.

向相符一致的呢？康德这样自问道："但现在，纯粹知性概念与经验性的（甚至完全感性的）直观相比**是完全异类的**（笔者加重），绝不能在任何直观中遇到。那么，把后者归摄在前者之下、从而把范畴运用于经验是如何可能的呢？"[①] 这个问题实质上就是在探问使概念与经验得以相互符合的那个条件是什么。我们知道，人通过感官系统（尤其是视觉）而接触到的对象都有着其杂多的直观表象（也叫事物的"直观显象"），然而我们的心灵却能够先天地将这些杂多的直观表象进行划分与整合，即把一些表象分开，而把另一些表象聚集在一起。康德指出这种心灵能力就是想象力（imagination）。这不是我们通常意义上理解的那种带有天马行空幻想色彩的艺术能力，而是一切人与生俱来拥有的最基本的对事物的杂多表象"综合起来"（synthesize）加以思维和把握的能力。人类的想象力普遍先天地有一种功能，把世界上那些杂多的事物表象按照一定"规则"予以综合并统一起来，当然这同时也意味着与其他的杂多表象分离开来，从而形成一个个具有特定边界范围的直观印象。这个经过了整理与综合后的直观印象在康德那里被称为"图型"（schema），它是想象力的产物。如果人的心灵中没有想象力这种综合能力，那么事物就会连绵不断、无始无终地在我们眼前展开，以至于整个世界成了划分不清的、接连不断堆积出来的混沌乱象。而"先验逻辑所教导的，不是把表象、而是把表象的纯粹综合付诸概念"[②]。只有凭借想象力按照特定方式将事物的杂多直观表象分离和综合起来之后，我们才可能在思维中将这个综合过的表象交给知性概念去加以归摄识别，从而形成对事物的经验知识。[③] 这个过程用康德的话来说就是"一个被给予的对象借助于感官而推动想象力把杂多复合起来，而想象力又推动知性达到杂多在概念中的统一"[④]。实际上在我们认知事物的过程中，想象力起着连接感性与知性两大领域的桥梁作用，所以康德说："我们有一种纯粹的想象力，它是人类灵魂的一种先天地作为一切知识之基础的基本能力。凭借它，我们把直观的杂多一方与纯粹统觉的必然统一性的条件另一方结合起来。两个终端，亦即感性和知性，必须借助想

---

① 康德．纯粹理性批判：注释本［M］．李秋零，译注．北京：中国人民大学出版社，2011：147.

② 同①92.

③ 事实上，在知性活动中，对于想象力的"综合"作用与概念的"规则"作用两者之间谁才是知性活动得以发生的逻辑起点这一问题，康德的论述是存在模糊性的。但这不妨碍我们在这里把握康德关于"知性"的基本思想立场，即知性是一种将事物直观显象结合到相应概念法则中去对之加以理解的心灵能力。关于上述逻辑起点问题的详细论述，参见 GISBORG H. Lawfulness without a law：Kant on the free play of imagination and understanding［J］．Philosophical Topics，1997，25（1）：37－81。

④ 同①67.

象力的这种先验功能而必然地相互联系，因为若不然，感性虽然会提供显现，但却不会提供一种经验性知识的对象，从而就不会提供经验。”①

为了更形象地理解康德这句话的意思，我们还是以书本这个物体为例来说明。在现实经验中，任何一种事物都有无数杂多的表象，一本书的所有表象包括其形状、颜色、厚度、文字、装饰等，而且仅就其中任何一项来说又可以包含许多更细的表象。如果没有一种心智功能将这些大量而杂多的表象联结统一成一个整体印象的话（这就是想象力的“统觉”功能），或者说如果没有一种心智功能果断地划定出我们对书的直观边界的话，我们将根本形成不了关于“一本书”的直观印象，也就拥有不了关于这本书的一个经验。“因此，在我们里面就有这种杂多之综合的一种主动的能力，我们把这种能力称为想象力，而想象力直接对知觉实施的活动我称之为把握。”② 更须指出的是，想象力的这种功能是人所先天拥有的禀赋，**它先天地指引着我们的心灵去划分和综合万事万物的表象，决定着我们眼前的杂多表象为何以这种规则去联结而不以那种规则去联结**。“因此，想象力是一种先天综合的能力。”③ 康德继而指出：“（如果）没有这种先验的功能，对象的任何概念都根本不会汇聚到一个经验中。”④ 后来的克罗齐曾高度赞誉康德对想象力之先天综合能力的揭示，他说：“不懂先验综合的人，就是偏离了近代哲学乃至整个哲学的道路，如果你不希望重陷与经验主义的纠缠不清、神秘主义的自欺欺人以及经院哲学的无谓徘徊之中，就必须设法找到这条道路。”⑤ 长期以来，康德哲学的先验性特征使得其被打上主观唯心主义的标签，然而事实上康德自己则是极力试图与各种流行的主观唯心主义立场划清界限的。在《任何一种能够作为科学出现的未来形而上学导论》（1783）中康德这样说：“我自己把我的这种学说命名为先验的唯心主义，但是任何人不得因此把它同笛卡尔的经验的唯心主义，或者同贝克莱的神秘的、幻想的唯心主义混为一谈。因为我的这种唯心主义并不涉及事物的存在（虽然按照通常的意义，唯心主义就在于怀疑事物的存在），因为我的思想对它从来没有怀疑过。”⑥ 很明显地，康德从未否认过外部世界和客观物质的存在。

---

① 康德．纯粹理性批判：注释本［M］．李秋零，译注．北京：中国人民大学出版社，2011：141.

② 同①139.

③ 同①140.

④ 同①140.

⑤ CROCE B. Logic as the science of pure concept［M］. AINSLIE D，trans. London：Macmillan and Co.，Limited，1917：219.

⑥ 康德．任何一种能够作为科学出现的未来形而上学导论［M］．庞景仁，译．北京：商务印书馆，1978：56－57.

在康德先验哲学的框架下，心灵的这种用概念规则去识别事物表象的思维活动就是在做规定性判断。因为概念就是对所有人均有效的一种统一性的认知法则，具有普遍效力，并且人类分享着相同的先验统觉能力（如此人们才能拥有他们共同的人类性，凭借智能上的统一而成为同类的生物），故一切规定性判断都具有普遍有效性。用康德的例子就是，如果一个人在一块水晶中发现有一个移动的水滴，那么他就有权要求每一个别的人都应当同样发现这一点，因为“他是按照规定性的判断力的普遍条件在一般的可能经验的法则之下做出这个判断的”①。展现在“图型”之中的统觉能力不仅适用于“水晶”这样具象的事物，也适用于如“国家”“统治”“胜利”这样抽象的事物，心灵的统觉能力对其在现实中所面对的一切直观现象都有先天强大的联结和把握能力，这是人类知性的荣耀。另外，一种事物的杂多表象各自也都有自己所对应的概念，这些表象也都可以呈现在概念之中，只不过它们被一个更高的概念（即这个事物的概念）给综合统一起来。以上便是关于规定性判断的基本内容。需要指出我并没有把规定性判断中的那些有关先验要素论的诸多范畴在这里尽相展示开来，因为我的目的是以此为切入点将关注的目光引到审美问题上去，所以对于规定性判断现在只需要了解上面这么多就足够了。

现在，我们知道规定性判断就是用知性概念去把握感性的直观表象的活动，而其中想象力起着联结两者的中介作用。然而这个世界上存在着一些事物的表象是规定性判断无法把握的，那就是美的表象。再回到那个仓库挑物的例子中去，这次请你寻找的不再是“书籍”了，而是“外观精美的书籍”。这个时候任务就截然不同了，因为“精美”这个概念与“书籍”很不一样，前者无法像后者那样提供清楚的指引，无法明确地告诉我们什么样的事物表象就一定可以归入这个概念之下。直白地说，当我们听到“书籍”的概念的时候，脑海中可以形成一个“书”的明晰样貌，但是当我们听到“精美”这个词时，我们的脑海中可能没有出现任何明晰的东西。为什么会有这样的区别呢？下面让我们来详细地考察这个问题。

我们已经知道，判断一种事物是一本书首先须通过想象力的先验功能将该事物上的杂多表象综合成一个整体直观印象，也就是说把该事物的形状、颜色、厚度、文字、装饰等表象综合起来形成一个关于书的整体印象，然后再交给“书”的知性概念去审查，看它符不符合概念的规定。从根本上说，概念自身就是一种将杂多事物综合起来识别把握的规则能力，但它是一种抽

---

① 康德．判断力批判：注释本［M］．李秋零，译注．北京：中国人民大学出版社，2011：23.

象思维，只有和想象力所提供的直观综合印象联合起来才能共同完成对事物的识别和把握。事实上，无论是对于概念还是对于想象力来说，其“综合功能”如果换一种视角去理解其实就是在对象的杂多表象之间建立起一种**综合的联结（联系）**。这种联结并不在意书的杂多表象各自究竟是什么样态，也就是说它根本不在意这本书的具体颜色、具体厚度、具体文字和排版方式，以及这些具体表象之间细微而复杂的关系。它在意的仅仅是：第一，一种事物是否有这些表象；第二，这些表象是否按照概念所规定的固定和典型关系联结在一起。所以一种事物只要满足了这两个条件，它就构成了一本书，而不管它是一百页的书还是一千页的书、它是文字书还是连环画。但是这两个条件无法告诉我们什么样的书才是“精美的”，因为仅仅知道书上所存在的诸多表象以及这些表象是否依照一个固定秩序联系起来，并不足以帮助我们判定这些表象聚集起来是否一定就能产生美的效果。一本书的外观是否精美，取决于其诸表象的具体性状以及它们之间的具体关联方式，这就需要我们关注到具体颜色、具体厚度、具体的文字形态和装饰方式以及它们之间是如何搭配的。而这些具体之情况可以千变万化，其间又有着难以计数的组合方式，而这些都是“书”这个概念所不关心的，或者说是被概念在对诸杂多表象予以综合把握的过程中所忽略不计的，因为概念只是去将这些杂多的表象按照规则所确认的程度范围加以综合联系，但是这些被忽略不计的东西却深刻地决定着这本书的外观是否精美。

由此可以看到，概念只负责规定出事物的杂多表象之间所具有的某种大体固定的秩序就足矣，它并不关心这些表象的具体性状及其间可能千变万化的细微关联。它之所以不关心，是因为它不需要。我们创造出众多知性概念的根本原因就是想在千形万态的世界表象中把握住那些稳固不变的东西，从而去理解和掌握周围的事物环境。如果我们的知性概念只停留在大量而零散的细节表象上而没有将它们综合起来进行把握的能力，那么我们就会被这个世界错乱无章、繁多熙攘的表象所淹没，这是一个不堪设想的结果。事实上，知性概念对杂多表象的综合能力是一种分类式的认识能力，所以它关注的是表象与表象之间联系的典型性特征，其他的非典型联系就排除在意识之外。牛顿经典力学就是这样，在考察物体之间的力学关系时，将一切物体都归类为一个质点，而不关心每个物体上的具体性状及这些性状之间的具体联系。如果牛顿力学不能把树上的苹果与天外的星辰同等地视为质点去研究的话，那么经典力学的宇宙普适性效力将无从谈起。相形之下，审美活动直面的是表象之间联系的非典型性，它打破固定的分类式的思维，关注到表象上的特殊细微之处。通俗地讲，这些细节表象及其间的具体联系组合方式可以无穷无尽，细节上稍微不同就可能引发不同的美感效果。每一种事物的美都是特殊的，皆与其他事物的美不同，而且其能被称为“美”恰恰是源自其表象之间联系上的特殊性。所以我们就不可能找到一个统一的概念、形成一个统一的印象去把千姿百态的美一劳永逸地包含和规定起来。这就是为何我们的知性虽然可以总结出无数个放之四海而皆准的知性概念，却总结不出一个可以放之四海而皆准的“美”的概念。美国当代美学家 H. G. 布洛克总结道：“正如康德所说，美学术语，如‘美’，并不像‘杯子’一样，是一种认识范畴。这就是说，这些术语的使用并没有一个固定的规则，没有一整套必要的和有效的标准和前提来规定哪些是正确的用法，哪些是错误的用法。这一点，乃是康德对于现代美学的一个杰出贡献。**审美经验不是分类式的认识**。”①

判断一种事物是否为“美”无法通过诉诸一个知性概念来解决，这意味着对美的判断不属于规定性判断。但我们是如何判断“美”的呢？康德指出对美的判断是施加一种特殊的判断，那就是反思性判断。反思性判断作为一种判断力，仍然是一种将特殊的东西归摄入普遍的东西之下予以思维的能力。然而此时，我们手上并没有一个关于“美”的现成概念法则，康德说：“不可能有任何客观的鉴赏规则来通过概念去规定什么是美的。”② 那么面对着特殊的东西（比如一首诗或一幅画），反思性判断必须为此去寻找到其他能用来归摄和判定该特殊事物是否可被称为美的那种“普遍的东西”。我们必然要问的是：如果“普遍的东西”不是知性概念法则，那它还可能是什么呢？

具体来说，反思性判断不再仅仅是通过知性概念与想象力的结合，换句话说，不再是通过把事物的杂多表象安排进一个统一而固定的亦即由知性概念所事先规定和确认好的联系之中，从而去识别事物，而是要从事物中的各个表象之间发现一种知性概念前所未见的，但却能在相互之间走向协调一致的关系。反思性判断“在这里不以任何关于客体的概念为基础，所以它只能在于把想象力本身（在一个对象借以被给予的表象那里）归摄到知性一般地从直观达到概念的条件之下”③。它“包含着一种归摄原则，但不是把直观归摄在概念之下，而是把直观或展示的能力（亦即想象力）归摄在概念的能力（亦即知性）之下，只要前者在它的自由中与后者在它的合法则性中协调一致”④。这种协调一致的关系就是事物之美的原因，它给我们带来审美的愉悦

① 布洛克．美学新解［M］．滕守尧，译．沈阳：辽宁人民出版社，1987：229.

② 康德．判断力批判：注释本［M］．李秋零，译注．北京：中国人民大学出版社，2011：61.

③ 同②112.

④ 同②112－113.

感。而那个"普遍的东西"就潜藏在这种协调一致的关系之中。

我们已经知道，每一个表象都有自己所对应的知性概念，那么一种事物上聚集的杂多表象就可以分别对应着杂多的概念，所以协调一致的关系实质上就是指在杂多概念之间所达到的和谐统一关系。反思性判断在逻辑上可以分为两个阶段：一个阶段是我们通过知性概念结合着想象力对表象的综合作用去一一把握住具体而杂多的表象，将它们归入各自所对应的概念之中（这一步就是规定性判断）。更重要的是另一个阶段，我们的想象力同时又在做着这样一种活动，它发现这样一种情况：一些知性概念之下所包含的部分表象与另一些完全不同的或者说根本就是异质性的（heterogeneous）知性概念之下所包含的部分表象（这些表象也可以本身就是知性概念）之间[①]存在着一种从未被发现过的协调一致的关系，由此在本来关系殊远、差异极大的事物之间**偶然地**发现了某种和谐的关联与可理解的秩序。这种被偶然发现的和谐关系就像是暗地里遵循了某种"有目的"的安排一样，但这个"目的"却不在我们之前明确的任何认知经验之中，不能被任何已知概念所明示，不属于我们在世上所熟悉的任何事物的已知"目的"。这就是康德说的美是一种"无目的的合目的性"的意思。[②] 而在规定性判断活动中，像这种偶然发现的和谐关系或秩序是无法被理解的。究其原因，康德这样论述道：

> 无论自然事物按照普遍的法则如何齐一，没有这种齐一，经验知识的一般形式就根本不会出现，**但自然的诸经验性法则连同其作用在类上的差异却仍可能如此巨大，以至于对于我们的知性来说，不可能在自然中揭示出一种可理解的秩序**（笔者加重），（通过）把自然的产物划分为类和种，以便把对一个自然产物的解释和理解的原则也运用于对另一个自然产物的解释和把握，并使一种对我们来说如此混乱的（真正说来只是无限杂多的、不适合于我们的理解能力的）材料成为一个有关联的经验。[③]

---

① 一个知性概念之下的部分表象可以本身就是一些更进一步的知性概念。比如"法律"的概念之下可以包含"立法者""强制力""权利"等更进一步的概念。

② 宋代张戒《岁寒堂诗话》中有一段话最近似于康德关于艺术"无目的的合目的性"特征的总结，他说："'萧萧马鸣，悠悠旆旌'，以'萧萧''悠悠'字，而出师整暇之情状，宛在目前。此语非惟创始之为难，**乃中的之为工也**（笔者加重）。荆轲云：'风萧萧兮易水寒，壮士一去兮不复还。'自常人观之，语既不多，又无新巧，然而此二语遂能写出天地愁惨之状，极壮士赴死如归之情，**此亦所谓中的也**（笔者加重）。古诗'白杨多悲风，萧萧愁杀人'，'萧萧'两字，处处可用，然惟坟墓之间，白杨悲风，尤为至切，所以为奇。乐天云：'说喜不得言喜，说怨不得言怨。'乐天特得其粗尔。此句用'悲''愁'字，乃愈见其亲切处，何可少耶？**诗人之工，特在一时情味，固不可预设法式也**（笔者加重）。"丁福保．历代诗话续编［M］．北京：中华书局，1983：453.

③ 康德．判断力批判：注释本［M］．李秋零，译注．北京：中国人民大学出版社，2011：18.

这段文字充分表明了规定性判断的局限性以及由此而来突破这种局限的暗示。由知性概念所呈现的众多经验性法则在内容上是如此丰富，在类别上又是如此庞杂，以至于任何一个知性概念本身都无法在这样杂多和差异巨大的经验性法则之间找到一种可理解的秩序，或者说发现一种可理解的联系。[①]具体而言，知性概念（通过借助做规定性判断的方式）对一种事物所提供的解释和理解无法迁移到对另一种差别极大事物的解释和理解上，这样也就无法在两者之间建立一种关联。**但是反思性判断恰恰可以做到这一点。**因为在反思性判断中，想象力不再只是起到综合杂多表象的作用，而是在不同知性概念下所包含的表象之间实现了巡回与穿梭，通过对不同概念下各自所包含的表象予以联络，发现了不同概念之间的某种从未被任何知性概念发现过的关联。而想象力的这一系列运动又始终受到各个知性概念共同形成的整体限制。正如康德所指出的那样：

> **有些形式并不构成一个给予概念本身的体现，而只是作为想象力的附带的表象表达着与此概念联结的后果以及这概念与另一些表象的亲缘关系**（笔者加重），我们把这些形式称之为一个对象的（审美的）象征，这个对象的概念作为理性理念是不可能有合适的体现的。所以朱庇特的神鹰和它爪中的闪电就是这位威灵显赫的天帝的象征，孔雀则是那位仪态万方的天后的象征。它们并不像那些逻辑的定语那样，表现出在我们有关造物的崇高和壮伟的概念中所包含的东西，而是表现某种别的东西，这些东西给想象力提供把自己扩展到那些有亲缘关系的表象的总量之上的诱因，这些表象让人思考**比我们在一个通过语词来规定的概念中所能表达的更多的东西**（笔者加重）。它们还提供某种审美理念，它取代逻辑的体现而服务于那个理性理念，但真正说来是为了使内心鼓舞生动，因为它向内心展示了那些有亲缘关系的表象的一个看不到边的领域的远景。[②]

以上这段文字出自“构成天才的各种内心能力”这一节中，康德实际上是将审美能力视作一种天生的艺术禀赋，两种认识能力的发挥就是这种禀赋施展的方式。这一段文字对我们理解艺术审美活动中知性与想象力这两种能力之间的运动法则与合作原理至关重要，可以说在整个《判断力批判》中，没有哪一部分文字比上面这段引文能更清楚地阐明诗歌艺术审美背后的根本

---

① 经验性法则既可以是像“狗”“法律”这样的单纯概念法则，也可以是“一切物体都是有惯性的”这样普遍的自然法则。

② 康德．判断力批判［M］．邓晓芒，译．北京：人民出版社，2017：159．这里邓晓芒先生的翻译更为清楚，故用此版本。

规律了，因此它值得我们详细考察。

在上面这段文字的开头处康德说："有些形式并不构成一个给予概念本身的体现，而只是作为想象力的附带的表象表达着与此概念联结的后果以及这概念与另一些表象的亲缘关系……"随后一直吝惜于举例的康德举了一个绘画的例子，在一幅绘有天帝朱庇特形象的画作中，诸如"神鹰"与"闪电"这些表象（即画作中形象）其实并不处在天帝朱庇特"显赫威灵"**这一概念**的规定性意义的范围（即那种有关"崇高"与"壮伟"的概念意义）之中。它们——**"只是作为想象力的附带的表象"**——表达着与朱庇特的"威灵显赫"**这一概念**相与"联结的后果"，而这个所"联结的后果"使我们对"威灵显赫"这一概念的思考，得到了"比我们在一个通过语词来规定的概念中（如'显赫威灵'这个概念本身）所能表达的更多的东西"[①]。并且，像"神鹰"与"闪电"这些表象还为以上那种思考提供了一个向一切有亲缘性的事物予以展开的诱因。从康德这段例论结合的文字中应能淬炼出这样一个洞见：面对着分别被包含归属在不同的知性概念之下的各个不同表象，知性携手想象力发现了它们之间的亲缘关系（这实质上就是一种相似关系），基于此亲缘关系，心灵将这些表象以及它们各自所属的知性概念联系起来予以理解，这就拓展和深化了我们对它们的既有孤立理解，把它们一起推向一个联系更为密切、内容更为多样的广阔认知领域之中。[②]

按照康德的意思，"神鹰"与"闪电"是想象力的一种表象，它们被附加在朱庇特的"威灵显赫"这一概念身上，并由此扩展出来一个审美理念。这里康德提出了"审美理念"（aesthetic ideas）这个概念，而关于此他这样说：

> 我把审美理念理解为想象力的这样一种表象，它诱发诸多的思考，却毕竟没有任何一个确定的思想，亦即概念能够与它相适合，因而没有任何语言能够完全达到它并使它可以理解。[③]

---

① 早在康德之前，霍布斯就指出不同事物之间相似性的洞察对于诗歌艺术的重要意义。霍布斯认为："在这些相似方面，如果别人很少看到，那么能看到的人就谓之具有良好的智慧，在这种情况下，所指的就是良好的想象。见到歧异点与差别谓之在事物之间作出区别、识别与判别……在诗歌佳作中，不论是史诗还是剧诗，想象与判断必须兼备，但前者必须更为突出。"霍布斯．利维坦[M]．黎思复，黎廷弼，译．北京：商务印书馆，1985：51.

② 这里需要提醒的是，任何"表象"必须在与"概念"的结合中才可能被心灵所理解，而"神鹰""闪电"的表象实质上分别也都有各自所对应归属的概念，康德在这里之所以只称它们为"表象"，是因为他把整幅画作视为都建立在关于朱庇特"威灵显赫"的这一大的概念上，这样画面中的各个部分就都可以被视为"表象"。

③ 康德．判断力批判：注释本[M]．李秋零，译注．北京：中国人民大学出版社，2011：137.

“神鹰”与“闪电”的加入一下子使得朱庇特所拥有的“威灵显赫”这一概念提升到一个审美理念的高度，而这个审美理念之中的丰富内涵则不是原有的“威灵显赫”这一概念凭自己所能包含和表达出的（或者说能“规定到的”），它给这个概念带来了很多仅靠该概念自身的规定性内容难以言说出来的东西。所以康德说：

> 审美理念是想象力的一个加在被给予的概念上的表象，这表象在想象力的自由应用中与各个分表象的这样一种多样性结合在一起，以至于为它找不到任何表示一个确定的概念的表述，**因此，它使人对一个概念联想到许多不可言说的东西**（笔者加重），对这些东西的情感使认识能力活跃起来，并把精神结合在作为纯然字母的语言上。[①]

这样我们就看到知性与想象力在审美鉴赏活动中的真实关系：想象力为一个被给予的知性概念找到一个仅凭这个概念自己无法展示、无法言说的审美理念，并且将这个理念表达出来，由此让人对这个知性概念联想到许多不可言说的东西。[②] 康德指出，知性与想象力的这种关系在艺术领域既可以体现在“绘画中”“雕塑中”，也可以体现在“语言中”[③]。这里所谓的“语言”最典型的所指自然就是诗歌艺术（以及演说的艺术）。为此康德还特别列举了伟大的普鲁士国王威廉·腓特烈二世[④]的一首诗作来阐明审美活动背后的原理。腓特烈二世的这首诗这样写道：

> 让我们毫无怨言地从生命中退出，
> 不为某种东西感到遗憾，
> 因为我们以累累善举把世界留在身后。
> 太阳在完成了一天的行程之后，
> 还把一片和煦的光辉撒在天际；
> 而它传送到空中的最后的光线，

---

① 康德．判断力批判：注释本［M］．李秋零，译注．北京：中国人民大学出版社，2011：140.

② 这个“审美理念”在康德那里实际上带有理性的意涵，然而其根本上仍是以知性为基础、为知性服务的。关于知性与理性关系的讨论参见下一节“‘非确定性知性’的深层问题”。

③ 同①.

④ 腓特烈二世（1712—1786，1740年即位），他是欧洲开明专制和启蒙运动的代表人物之一，在其统治时期推行了农业、军事、教育、法律等领域的一系列改革，废除了刑讯，还建立了廉洁高效的公务员制度，并开明地赞助和支持各种文化艺术事业。他在位期间还大规模发展军事力量、扩张领土，使普鲁士国力迅速提升，成为欧洲大国之一。另外他在政治、经济、哲学、法律和音乐等诸多领域也都颇有建树。他有一句流传甚广的名言：“我是这个国家的第一公仆。”

> 就是它为世界的福祉吐出的最后一息。①

康德指出，这里的想象力“通过一个晴朗的傍晚在我们心灵中唤起的对已度过的美丽夏日的所有适意的回忆”这个表象②，配备与附加给“人的累累善举”这一概念，从而为这个概念制造了一个象征。这个象征非常重要，因为它“使得一批自身找不到表述的感觉和附带表象有了生气”③，最终在这个概念之上触发和鼓动出一个关于“世界公民”的理念。而关于“世界公民”这一理念的充分意蕴仅靠“累累善举”这个概念是根本无法被表达与说出的，它是表象和概念携手联结之后所营造出的特殊思想效果。另一方面，一个概念也可以反过来充当感官表象的象征。在康德的例子中，那一群在夏日傍晚出现的各种美丽表象也被激活了起来，它们通过与概念的联系为自己找到了一种关于“世界公民”的意义。关于这一点，康德还举了一个描写美好晨景的诗句：“太阳涌动而出，如同宁谧从美德中涌现。”在这句诗中，前句是感官表象，后句是知性概念，知性概念此处反过来也能成为表象的象征。④

以上就是反思性判断中知性与想象力之间的运动原理。从中应能看到，反思性判断在原本差别巨大的多样事物之间发现了相似性和亲缘性，并由此在它们之间建立了偶然非常规的但是却十分和谐的联系，**而这个联系是之前任何确定的知性概念都没有规定出来的**。人们通过反思性判断发现了可以将“阳光”与“德性”安排入相似和亲缘关系中的那个未被任何概念说明出来的秩序，而这就是人类知性的功劳。关于此康德指出：

> 自然依据其特殊的法则的秩序，无论有怎样超出我们的把握能力的、至少可能的多样性和不同类性，毕竟还是现实地适合这种把握能力的，这一点，就我们能够看出的而言，是偶然的；**而找出这种秩序，是我们的知性的工作，它被有意地引向知性的一个必然的目的，即把诸原则的统一性带进自然……**（笔者加重）⑤

康德还指出：

> 使一个或许包含着无限多样的经验性法则的自然之被给予的诸

① 康德．判断力批判：注释本［M］．李秋零，译注．北京：中国人民大学出版社，2011：139.

② 同①.

③ 同①.

④ 对这首诗更为精审的哲学分析可以参见 BLOCKER H. Kant's theory of the relation of imagination and understanding in a aesthetic judgments of taste［J］. British journal of aesthetics，1965，5（1）：42。

⑤ 同①19.

知觉成为一个有关联的经验，这个任务是先天地处在我们的知性之中的。[①]

这让我们看到，人们最终还是依靠“知性”发现了美的秩序。在反思性判断中，想象力代表着自由，而知性代表法则。法则是在自由之中彰显出来的法则，它不再是纯知性概念支配之下的那种固定的法则；自由是在法则中驰骋的自由，它不是毫无约束的自由。**我们已经知道任何判断力终究是要用普遍的东西去归摄特殊的东西，这是它的天职。**康德说：

一般判断力是把特殊的东西当作包含在普遍的东西之下、来对它进行思维的能力。如果普遍的东西（规则、原则、法则）被给予了，那么，把特殊的东西归摄在普遍的东西之下的判断力……就**是规定性的**。但如果只有特殊的东西被给予了，判断力为此必须找到普遍的东西，那么，这种判断力就纯然**是反思性的**（原文加重）。[②]

而在反思性判断中，这个“普遍的”东西就是知性与想象力在运动过程中所达到的那种特定的协调一致关系。但在这个关系中是知性起着决定性的作用，它决定着想象力自由驰骋的边界。对此康德说：

鉴赏作为主观的判断力，就包含着一种归摄原则，但不是把直观归摄在概念之下，而是把直观或者展示的**能力**（亦即想象力）归摄在概念的**能力**（亦即知性）之下，只要前者**在它的自由中**与后者**在它的合法则性中**协调一致（原文加重）。[③]

我们再回到康德所举的诗例，诗人通过在“闪电”与“威灵”、“和煦的光辉”与“君德”之间基于事物的相似性而构建联系，偶然地识察到将两件完全异质的事物放在一起所产生的关系是如此协调。以腓特烈二世的诗为例，须注意这种协调一致的关系并非是源自以下事实：我们的心灵通过想象力将与“和煦的光辉”相关的众多表象正好**被归摄在**“美德”这一知性概念的规定性内容之中。在确定的知性中，“美德”的概念里并没有“和煦的光辉”概念中的规定表象；反之亦然。真实的思维状况是：想象力在知性的引导下，发现了“和煦的光辉”概念下包含的所有规定表象中的某一部分（如“普惠人间”）与“美德”概念下所有规定表象中的某一部分（如“普惠人间”）两者相似，凭借这一相似点的中介作用，两个知性概念各自都把彼此

---

① 康德．判断力批判：注释本［M］．李秋零，译注．北京：中国人民大学出版社，2011：17.

② 同①12.

③ 同①112.

向自己的方向拉近了，由此让彼此联结在一起从而形成一个审美理念，而在这个理念当中双方各自都扩展出了对方的意涵。**可以说，这一审美理念让两个概念之间形成了一种妥当和谐的新联系，并让心灵抵达了一种尽管用一个确定概念难以说清和穷竭，但却最终是属于心灵的知性概念在获得了扩展(extension)之后所抵达的一种更为辽阔的认知远景。**①

而表象之间所存在的亲缘相似关系从本质上说是一种仍受整体概念法则支配的概念间关系。须知这里“概念”不再是规定性判断所诉诸的那类“确定性”概念，而是“不确定的”概念。为此康德在更深的层次上这样论说：

> 鉴赏判断建立在一个概念（关于自然对于判断力的主观合目的性的一般根据的概念）之上，但从这个概念不能就客体而言认识和证明任何东西，因为它就自身而言是不可规定的和不适用于知识的；但是，鉴赏判断却正是通过这个概念毕竟同时获得了对每个人的有效性（尽管在每个人那里作为单称的、直接伴随着直观的判断），因为这判断的规定根据也许就在关于那可以被视为人性的超感性基底的东西的概念之中……鉴赏判断毕竟是建立在一种不确定的概念……之上的。②

康德明确地表明反思性判断也须是建立在概念之上，但与规定性判断不同的是，这是一种“非确定的概念”（indeterminate concept）。这一非确定的概念用康德的话来说就是“关于显象的超感性基底的概念”③。它不能直接拿来明

---

① 事实上，“丑”也对应着心灵中的一种认知状态，它也需要心灵在知性与想象力之间发现某种新的、非确定化的关系，也需要想象力对既有知性概念规则的突破，也可以为心灵带来前所未见的新认知，其本质上也是反思性判断的结果，而非规定性判断的结果。但“丑”与“美”的根本区别在于“丑”是知性与想象力之间的一种“非和谐的”（disharmonious）关系，由此给人带来不愉快的感觉。

② 康德．判断力批判：注释本［M］．李秋零，译注．北京：中国人民大学出版社，2011：162.

③ 作为康德的现代读者，我认为康德将“非确定的概念”理解为“超感性基底的概念”还是给我们留下了过重的形而上学意味。事实上这一提法对于解释审美判断的普遍有效性来说是多余的(superfluous)，因为“知性”与“想象力”这两种能力之间的特定“和谐关系”本身就是无法被任何确定的概念法则所规定的，所以康德的“知性与想象力之间的和谐关系”这一提法本身就足以代表一种“非确定的概念”。并且需要看到的是，这种“和谐关系”是一种认识论意义上的概念（epistemological concept），它涉及两种心灵能力之间的特定关系，其在逻辑上完全可以为审美判断在人群之间确立的那种普遍有效性提供认识论上的最终根据。相形之下，“超感性基底的概念”则没有这层认识论内涵，它指向了一个我们知之甚少的物质本体世界，是一个超越人类感知范围的本体概念(ontological concept)。康德引入“非确定的概念”去解决审美趣味中的二律背反问题，其通过诉诸现有认知能力的论证本身就可以达到目的，没有必要推进到不可知的本体世界中去。关于这个观点的详细论述可参见 GUYER P. Kant and the claims of taste［M］. 2th ed. Cambridge：Cambridge University Press，1997：299－307。

确地归摄经验中的直观对象——这是它的“非确定”之处，但却可以潜在而隐蔽地为两种认识能力走向“和谐统一”而提供法则。**因此这个“非确定的概念”更接近于一种概念之间的协调与联合，而不是一个单独的概念。**

“非确定的概念”的引入是康德解决“鉴赏的二律背反”的关键。所谓二律背反，就是指两条论断各自都成立，然而放在一起却相互矛盾。关于审美鉴赏活动的二律背反的表述是这样的：

> 一、正论。鉴赏判断不是建立在概念之上的；因为若不然，对此就可以争辩（通过证明来裁定）了。
>
> 二、反论。鉴赏判断是建立在概念之上的；因为若不然，尽管这种判断有差异，对此也根本不可以争执（要求别人必然赞同这个判断）。①

鉴赏的二律背反造成这样一个矛盾局面：如果审美鉴赏为了获得其普遍有效性需要借助概念去归摄的话，那么审美判断就成了规定性判断，如此一来“美”就成了一个纯知性概念，“美”就可以通过证明来裁断了，这显然违反常识；但是如果审美鉴赏不借助概念去归摄，那么它将失去对一切人的普遍有效性，如此在涉及一个事物是否美的问题上就可以永远争吵不断而没有统一答案，这同样也违反基本直觉而不能被接受。康德为化解二律背反所提供的办法就是指出正反论中的“概念”不是指同一个东西，也就是正论中的“概念”是指“确定的概念”，反论中则是指“非确定的概念”，这样两条论断就不再冲突。康德是这样说的：

> 在正论中本来应当说的是：鉴赏判断不是建立在**确定的**概念之上的；但在反论中本来应当说的是：鉴赏判断毕竟是建立在一个虽然**不确定的**概念（亦即关于显象的超感性基底的概念）之上的；而这样一来，在它们之间就会没有任何冲突（原文加重）。②

概念的存在（无论它是“确定的”还是“非确定的”）是保证审美判断可以合理地获得普遍效力的最终条件，因为概念深刻地包含着指向事物的客观知识。美国当代研究康德哲学的权威学者保罗·盖耶尔（Paul Guyer）指出：“康德将审美反应看成认知能力之间的某种关系，这种关系不同于那种被一个概念所规定下来的通常联系。康德暗示，人对美的反应能力源自那种

---

① 康德．判断力批判：注释本［M］．李秋零，译注．北京：中国人民大学出版社，2011：160.

② 同①162.

可以整体地把握知识的能力（capability for knowledge in general)，并且认为后者必须可以被归及每个人的身上，以此作为知识可以被普遍传达的条件。”①

在规定性判断的情形中，心灵诉诸“确定的概念”去做判断，想象力被置于知性概念的全部规定之下，这时想象力依照知性概念所确定下来（亦即所规定下来）的方式去将对象之上的杂多直观表象综合起来，亦即依照确定的方式将杂多的直观表象联系起来，然后交给知性概念去判断识别；而在反思性判断的情形中我们的心灵则是动用“非确定的概念”去做判断，这时想象力虽然是自由的，但它不再那么驯服地听从知性概念的规定和命令，而是突破了知性概念的严格控制，在其他大量不同的乃至差异巨大的表象之间找到一种“知性在其概念中未曾顾及”的联系或秩序。由于这种联系不是任何知性概念已经确定下来的联系，故它们是“不确定的”。② 但是被联系起来的那些表象毕竟各自都有其所归属的概念，自由的想象力在诸表象之间构建起的联系虽未被任何已知的知性概念所顾及和确认，它们仍须与已知的知性概念保持潜在的协调一致，所以它仍然只有在既有知性概念的总系统（也就是那种人类整体认知能力）中才能被洞识。现代美学家门罗·C. 比厄斯利对康德的这一思想做过精辟的总结，他说：

> 如果审美满足，对美对欣赏能够追寻到，或者建立在某种我们知道是普遍可能的心灵的状态的话，那么，这种对美的判断的普遍性主张就能得到证实。**只有某种与知识的联系才能起到这个作用，这不是指任何特殊的知识，而是一般性知识**（笔者加重）。康德在这里利用了他在第一个《批判》中所作的结论，即对各种认识官能的分类。所有的理性存在物都能认识，这要求两者官能的联结能力，想象力（将多方面的感觉—直觉集合在一起的能力），以及理解力（使这些表象通过概念而获得整一的能力）。**具体的认识行动涉及具体的表象与具体的概念的联结——它们要求想象力与理解力的确定的关系**（笔者加重）。但是，这些行动预设了一个不确定的一般关系——两者认识官能的潜在和谐。这时，当它们正如人所说

① GUYER P. Kant and the claims of taste [M]. 2th ed. Cambridge: Cambridge University Press, 1997: 280.

② 克罗齐说过这样一段其义与康德“非确定的概念”颇为契合的话，他说：“混化在直觉品里（这里指的即是艺术品）的概念，就其已被混化而言，就已不是概念，因为它已经失去一切独立与自主，它们本来是概念，现在已成为直觉品的单纯原素。”“混化在直觉品里的概念”是克罗齐自己的独特表述，用以指出艺术作品中既存在概念但又不是原本意义上的那些概念这一事实。参见克罗齐．美学原理 美学纲要［M］. 朱光潜，译．北京：商务印书馆，2012：8。

的那样空闲下来，不再严肃地指向对知识的追求时，这些官能可以在某种意义上玩弄知识，欣赏着它们间的和谐，而不被束缚在具体的感觉—直觉，或概念之上。这就形成了一种心灵的状态，在其中有着“在一个特定的表象之中的一种再现的力量与对一般认识的指称之间的自由游戏的感受”。在这种状态中，心灵在两种认识官能的和谐中取得强烈的快感或满足感。这种快感正是美的经验。我们判断为美的对象是那种其形式或秩序原理引起“更为生动的两种心理力的游戏”以及一种对它们的和谐的强烈意识。由于所有理性生物都能够获得这种心灵状态，在此情况下，美是所有人都可分享的。①

这段文字中所提到的“理解力”指的就是“知性”，它们的英文原文都是“**understanding**”。比厄斯利清楚地指出，“具体的认识行动”（即康德第一批判中所谈的那种去做规定性判断的认知行动）要求的是知性与想象力之间达到一种确定化的关系。但是这种确定的关系中却潜在地预设了两种认识能力走向某种不确定化的和谐关系的可能性。对美宣称具有普遍效力的主张意味着两种认识能力之间的和谐关系本质上仍然是一种涉及“知识”的关系，但比厄斯利认为，这种知识并不是那种通过确定概念把握到的特定知识，而是知识总体，**“它并不是将特殊的表象归到任何的概念之下，而只是将总的表象官能（想象）归入到总的概念（理解）之下”**②。由此可见，为两种判断力提供普遍法则的东西最终都是知性概念，审美判断中所动用的概念不再是个别分立的确定知性概念，而是我们已掌握的整个知性概念系统。③保罗·盖耶尔认为在审美判断中，“想象力服从了知性所提出来的那种将杂多的直观表象综合起来的要求，然而在这种服从中却并不需要知性去发挥其通常只用概念法则去将直观杂多综合起来的功能”④。审美判断中的自由想象力最终仍然是服从了知性那统一世界的总体要求。

可见，两种判断力的普遍有效性终究皆是来源于知性概念中所具有的普遍有效性，所以审美鉴赏在其最深刻的底质中仍属于一种深涉知性概念的认知能力。**只不过这个“知性”是将我们所有杂多和异质的知性概念（法则）予以统一理解和把握的那种更高的“知性”，是那种无法再被束缚和定格在思维的某些固定的统觉方式（即规定性判断的统觉方式）之中、然而却能与**

---

① 比厄斯利．西方美学简史［M］．高建平，译．北京：北京大学出版社，2007：189.

② 同①196.

③ 比厄斯利所说的“总的概念”非常重要，对它的进一解释详见本章第三节。

④ GUYER P. Kant and the claims of taste［M］. 2th ed. Cambridge：Cambridge University Press，1997：79.

所有固定的统觉方式保持和谐一致关系的“非确定性知性”。审美判断的普遍性效力的终极来源就归宿在人类知性本身的普遍效力上。在审美判断中所动用的知性概念均是已经先行形成和存在的，心灵所做的并不是去构建**新的知性概念**，而是借助想象力的自由发挥在既有的繁多知性概念之间发现一种前所未见并且比例恰当的关系①，精神愉悦正源于此。

第三节 “非确定性知性”的深层问题

我们已经看到在康德的美学思想中，心灵在审美鉴赏时实质上即是在做一种“合乎法则”的思维活动，而在康德那里，该“法则”更像是一种在高度复杂的概念系统内部中起着调节作用的范导性原则（regulative principle），这一原则决定着被审视的对象是不是“美的”。康德之所以将这种原则称为“范导性的”，乃是因为我们的心灵依据它所获得的知识判断，不同于心灵根据确定的知性概念规则而“构建”（constitute）出来的那些经验知识。对于构建出来的知识而言，确定的知性概念规则成为一种“构建性原则”或者说是“构建性的根据”，在构建知识的过程中知性概念规则与所经验到的事物显象在心灵中结合起来，从而产生知识。这意味着，凭借着概念的构造作用这些经验知识从无到有地被产生出来（因为没有概念的归摄作用就不会产生

① 这里所谓的“比例恰当”指的是，在审美鉴赏中，不同的事物概念根据其各自原有的分散在概念系统中的位置和意义而能被“恰当地”关联起来（这当然是通过知性与想象力的合作），而这种关联之所以可以“恰当”，乃是因为它与知性概念体系中众多其余的事物概念之间（基于它们的位置和意义），潜在共同地维持着整个系统所建立的那种总的健全的认知秩序。由此我们认为这种比例是“和谐”的，并且具有“普遍有效性”。例如认知能力将“爱情”与“带刺的玫瑰”这两种距离遥远的事物联系起来就是一种合乎比例的联系，而这种联系就恰当地参考和尊重了其他情感和花卉在整个概念系统中的各自位置和属性。像康德所举的“美德”与“和煦的光辉”也是如此。但如果将“爱情”和“仙人掌”联系起来，在没有其他附带条件的情况下则显然是不合比例的做法。关于“比例”的论述，可以详细参见康德《判断力批判》第 21 节的内容。在这一节中康德指出，由规定性判断而产生的一般知识和由反思性判断而来的审美反应，均是心灵的知性能力与想象力两者之间符合某种特定比例的结果。规定性判断中的这种比例关系体现在“对于一个表象（一个对象由以被给予我们的表象）来说适宜于从中产生出知识来的那种比例，必须可以普遍地传达”。这就引发了一个问题，即审美判断中的比例与规定性判断中的比例两者之间是何种关系？但这个问题已经超出了本书的宏旨而进入纯康德哲学的研究领域中。这里只表达一个笔者自己所支持的看法：审美判断活动中领会到的事物之间相联系的和谐比例，依赖于规定性判断中凭借着（确定）知性所展现出的那种事物间联系的普遍比例，前者的普遍有效性正是起源于后者的普遍有效性之中，但这并非意味着对于每一个规定性判断来说，知性所确立的那种表象之间普遍的比例关系都同时包含了审美判断所需要的那种和谐比例关系。这意味着审美判断中的和谐比例并非是独立起源的，它依赖于规定性的知识系统，但却于存在上保持着其自身的独立性，并不与规定性判断混合。关于这个问题更有趣的探讨可以参见 MEERBOTE R. Reflection on beauty [M]// COHEN T，GUYER P. Essays in Kant's aesthetics. Chicago：The University of Chicago Press，1982：67 - 68。

知识）。范导性原则则不同，它推动着心灵将那些已由确定知性所建构完成的众多知识联结和统一起来，因此这种原则并不创造什么新的知性概念，它也不作为任何已知经验知识得以建立的前提条件。它只是让心灵凭借知性与想象力之间的相互激发和共同运动，在既有的、庞大的概念规则系统中发现隐含在繁多概念之中的某种前所未见的恰当和谐关系。而在这个过程中，心灵则主要是通过类比（analogy）这种手段。保罗·盖耶尔说："范导性原则不是形成经验的绝对必然条件。如果某种东西符合了我们的某条范导性原则，或者如果某个客观根据能用来解释某个东西符合某条范导性原则，这并等于说存在一个关于此物的真正知识。它仅仅意味着在已有的经验知识与未知的该事物之间存在一种类比性的运用。"[①]

按照康德的说法，如果我们对于某个东西的认知把握符合范导性原则，那么心灵为了达到对这个东西的理解，就"给它设定一个现实的对象，但只是作为一个我就自身而言根本不认识的某物，而且我把这个**某物**当作那种系统的统一性的根据，与系统的统一性相联系，**把类似于经验性应用中的知性概念的那些属性**（笔者加重）赋予它"[②]。这里，这个有待被认知的并且符合范导性原则的东西就可以是某个审美理念，而这个"现实的对象"就可以是展示该审美理念的艺术作品。由此应能看出，通过符合范导性原则而得到的认知（即"审美认知"）[③]，是通过让艺术作品建立在那些已经被应用于经验之中的并且广泛存在的知性概念基础上。而这些知性概念将自己的知识属性以"类比"的方式赋予艺术作品，由此使人们获得了审美性的知识，正是这种审美知识的发现更好地折射出知性概念系统中某种深藏不露的统一性。通过这种发现心灵由此感到惊讶和喜悦。应能看到，这种统一性实质上就是各种纷繁知性概念之间的一种统一性的"联系"。而这里所谓的"类比关系"既依赖于确定知性概念本身的固有规定性，但又无法被此种知性所全部明确地规定出来，因此知性走出了原有的确定疆界而走向更广阔的丰富世界之中。由此我们看到了"非确定性知性"展开的过程。

然而有一点需要指明，康德对"范导性原则"的详尽阐说事实上乃是主

---

① GUYER P. Kant and the claims of taste［M］. 2th ed. Cambridge：Cambridge University Press，1997：272.

② 康德．纯粹理性批判：注释本［M］. 李秋零，译注．北京：中国人民大学出版社，2011：459.

③ 康德这一段文字出自其对"理性"本身的考察中。康德说："使一切可能的经验性的知性行动的统一性成为系统的，乃是理性的工作，就像知性通过概念把显象的杂多联结起来并置于经验性的规律之下一样。"康德．纯粹理性批判：注释本［M］. 李秋零，译注．北京：中国人民大学出版社，2011：452.

要反映在他对人类“理性”能力的考察上，笔者在上一段援引的康德的文字正出自他对“理性”的解说中。事实上，我们在理解审美鉴赏中的“范导性原则”的时候，可以借助康德对“理性能力”的探讨思路。这是因为理性在康德那里是一种用以调整和统一众多知性概念之间关系的思维能力。康德说：

> 理性从不直接与一个对象相关，而是仅仅与知性相关，并且凭借知性与它自己的经验性应用相关，因而不创造任何（关于客体的）概念，而是仅仅整理概念，并把概念在其最大可能地扩展时、也就是说与序列的总体性相关时所能够具有的那种统一性给予它们；知性根本不关注序列的总体性，而是关注条件的序列到处按照概念得以实现所凭借的那种联结。因此，理性真正说来仅仅以知性及其合目的的运用为对象。①

康德的意思是知性与理性所面对的对象判然不同，知性直面的是经验中的直观对象，借助其先天立法能力，由此形成一个个合规则的经验知识。理性所直面的则仅是知性本身，它不再直接与直观对象相关，而是负责将众多的知性规则整理与统一起来，形成经验知识的整个系统。关于理性的这种“统一”能力，康德继而说：

> 杂多的知性知识的系统的或者理性的统一性是一个逻辑原则，为的是在知性独自不足以成为规则的地方通过理念来继续帮助它，同时尽可能地给其规则的差异性带来在一个原则下的一致性（系统的一致性），并由此造就联系。②

我们从中应该能看到康德对理性这种功能的描述与审美的功能非常相似，它们都有一种在差异化的规则之中寻找统一性的能力，都是一种超越确定知性而去追寻更广阔认知领域的心灵能力。作为比较，我们可以看看《判断力批判》“导论”部分中对知性能力的概括：

> 知性虽然先天地拥有自然的普遍法则，没有这些法则，自然根本不能是一个经验的任何对象，但是，知性除此之外毕竟也还需要自然在其特殊的规则中的某种秩序，这些规则只能经验性地为知性所认识，而且它们就知性而言是偶然的。**没有这些规则，就不会有**

---

① 康德．纯粹理性批判：注释本［M］．李秋零，译注．北京：中国人民大学出版社，2011：441.

② 同①443.

从一般可能经验的普遍类比向特殊类比的进展（笔者加重），知性必须把这些规则设想为法则（亦即设想为必然的），因为若不然，它们就不会构成任何自然秩序……[①]

我们知道，这里所谈到的“知性”就是“非确定性知性”。我们比较康德分别在《纯粹理性批判》中关于“理性”与在《判断力批判》中关于“非确定性知性”两处的论述可以看出，二者所拥有的范导性功能十分相似：它们都是在一般知性法则之外寻找其他的秩序，而这个秩序将一般知性法则包含在内；它们均在诉诸“类比”的方式完成前面这一目标；它们均需要一种知性整体系统的理念，以实现知性法则之间的广泛联结。

然而事实上它们有着根本的差别，这个差别最核心的地方就在于彼此所范导的不同“内容”上。理性所范导的内容在康德那里最终聚焦在三个对象上，即把心理感受到的所有经验都联结和统一于同一个持久实存的人格状态中的东西——灵魂，包含着无限的世界显象以至于使我们处于无尽探索中的宇宙，以及包含着一切可思维者之可能性的至上条件的上帝。而这三个对象均是应用在经验活动中的知性知识被理性能力所扩展后的结果，并且此种扩展显现出知性系统的总体统一性特征。灵魂代表着主观世界的绝对总体，是思维主体的绝对统一；宇宙代表着客观世界的绝对总体，是显象的条件序列的绝对统一；上帝则代表着主客观世界两者之和，是一切一般思维对象的条件的绝对统一。[②] 对这三个对象的“认识”是对理性进行超验运用的结果，最后皆走向了康德所否认的“先验的幻象”，使得“那只应当具有经验性运用的纯粹知识性范畴或原理在理念的带领下超出经验范围之外而被运用，即造成了超验运用的假象，由此产生纯粹知性在超验的客体上获得了某种扩展的错觉”[③]。而审美判断中的“非确定性知性”所范导的内容则并不是这三种对象，尽管它也需要观照到整个知性系统，但非确定性知性所面对的更多是个别的、异质化的具体知性法则之间通过类比的方式所建立的和谐联系，是在繁复杂多的事物之中偶然地发现一种它们之间的和谐秩序，而该秩序的存在给人一种符合了世界的某种更深广的“目的”的感觉，但这“目的”又无法被任何概念明确地规定出来。

这里还应指出的是，“非确定性知性”的调节性范导性功能尽管是一种与“确定知性”迥然有别的功能，然而却仍以大量的确定性知性法则为根据，建立在人类知性的固有立法能力这一基础之上，促使确定的知性在艺术

① 康德．判断力批判：注释本［M］．李秋零，译注．北京：中国人民大学出版社，2011：17.

② 康德．纯粹理性批判：注释本［M］．李秋零，译注．北京：中国人民大学出版社，2011：265.

③ 易晓波．论康德的知性与理性［M］．长沙：湖南教育出版社，2010：33.

审美活动中走向更自由的运用，因此它并没有脱离和超越知性本身而转变成为其他东西，尽管在“范导性”这一能力上和“理性”很相似。[①]康德曾这样精练地指出：“理性的特有原理一般而言（在逻辑运用中）就是：为知性有条件的知识找到知性的统一得以完成所凭借的无条件者。”[②] 我们知道通过确定知性而产生的知识都是有条件的，这个条件即知性概念与感性直观之间的相符一致。而理性则不直接与事物的直观显象打交道，它只把已经建立起来的知性自身当作思维把握的对象，理性所致力于的就是对知性知识再进行整理和统一（也就是所谓的调节性、范导性能力）。而知性的先存确立是理性得以施展此功能的根本前提，前者为后者的活动提供着材料和规则。就此康德这样总结：“如果有条件者被给予，则相互从属的种种条件的整个序列也被给予（也就是说，包含在对象及其联结中）。”[③] 这个被给予的“有条件者”指的就是知性所指向的心灵认知状态，这个“相互从属的种种条件的整个序列”就是理性所指向的心灵认知状态。这里应该承认，“非确定性知性”诚然在功能上有着明显区别于“确定知性”，而更近似于“理性”的那种调节性、范导性能力，但它们所范导的内容是不一样的。另外，我们如果就此就将“非确定性知性”混同为“理性”或者某种“特殊的理性”的话，则这非常有违于我们对艺术事业所长期培植起来的基本直觉和习惯术语表达。说艺术审美的本质乃是人类“非确定性知性”的运用与说艺术审美的本质是人类“理性”的运用相比，前者可以更好地减少公众的误解乃至哗然。

至此，我们看到了康德确证审美的普遍性的根本立论逻辑。康德试图从“确定性知性”无可辩驳的普遍有效性之中推衍出“非确定性知性”的普遍有效性，让“普遍性”从前者那里被直接赋权给后者。换句话说，如果各种公认而确定的知识在人群之间是普遍可以传达的，那么作为一种特殊知识形态的“美”就必然也拥有这种能力。然而我们可能会对这一“赋权”过程本身的“合法性”产生怀疑，认为这里面存在一个未经过充分检省考察的思维跨越，

① 关于“知性”和“理性”关系更详尽论述，可以参见由易晓波先生撰写的、经过邓晓芒先生点评的《论康德的知性与理性》一书，在这本书中，易晓波先生将康德的“理性”划分为“广义的理性”“较狭义的理性”以及“最狭义的理性”。其中“最狭义的理性”指的就是那个走向灵魂、宇宙和上帝这些先验幻象的理性，这个意义上的“理性”与“知性”截然不同、判然可分。而“较狭义的理性”指的是那种拥有着对知性法则的“范导性能力”、但却不限于最狭义理性之三个对象的那种思维能力。较狭义意义上的理性本质上并未真正超越知性，它完全建立于知性所确立的认知条件之上，只不过它是在已有的知性条件之中发现了其他潜在的必然关系，因此它更接近于我所说的“非确定性知性”。易晓波．论康德的知性与理性．长沙：湖南教育出版社，2010：33.

② 康德．纯粹理性批判：注释本［M］．李秋零，译．北京：中国人民大学出版社，2011：251.

③ 同②.

即经验知识之中的确定性知性一旦在审美观照中变得“不确定”之后，为什么还能保留住其在“确定”时所具有的那种“普遍性效力”？或者出于同一种关切换种角度提问就是：想象力的施展是如何在不受任何一条“具体法则”统治的状态下还能做到“合乎法则性”的？[①] 作为一种（确定）概念能力的知性，在自由的想象力不受任何确定概念束缚的情况下是如何做到还能驯服着想象力使之与自己保持一致的？而康德对这个问题的解释总体上是晦涩不明的。[②]

我们可以尝试这样一种解析。在以诗歌为代表的审美鉴赏中，无论想象力如何自由地驰骋，它都是在各种知性概念所包含的确定表象之间进行穿巡和联络。两个各自属于不同概念之下的部分表象之间可以产生相似性，并由此作为一座桥梁将两个概念整体恰当地联系起来，而这个过程需要想象力与知性两者之间的特殊合作。事实上，整个审美过程**在逻辑上**（而不是在时间顺序上）可以区分为两个阶段。首先，心灵须正确地识别出不同概念之下所包含的不同直观表象，这无疑需要“想象力”在“知性概念”**所规定**的表象范围之中才能完成。[③] 由此可以看到，“知性”在这个阶段就已经开始在发挥重要作用了，其职事就体现在对各种不同概念之下的全部表象的划定与展示。这已经展露出知性对想象的约束力，例如你不能从“和煦的光辉”与“君德”这两个概念之中想象出山川河流的表象，因为这是“不合法的”想象。

接着（是逻辑意义上而不是时间意义上的继续），心灵从所识别出的表象之间把握一种妥当的相似性，凭借此种相似性，两个分隔遥远的概念被联络起来，其原本各自所具的固有知性内容分别得到来自对方的呼应和扩展，最终它们共同形成一个超越（beyond）固有知识限制的新的知性状态。在这个阶段中“知性能力”从个别的、确定的概念领域中跳跃解放出来（但并不是抛弃第一阶段的知性规定性），然后延伸至去寻求那个背后决定着整个庞大知性概念系统内部得以合理分类的“统一法则”，但是这个“统一法则”并不是任何一个确定的概念法则，而是安排一切概念得以井然有序地各自拥

---

① GISBORG H. Lawfulness without a law：Kant on the free play of imagination and understanding [J]. Philosophical Topics，1997，25（1）：42.

② GUYER P. The harmony of faculties revisited [M] // GUYER P. Values of beauty：historical essays in aesthetics. Cambridge：Cambridge University Press，2005：162－193. 盖耶尔在这一章中对康德在《判断力批判》中所有的关于审美中知性与想象力二者关系的阐述段落悉加枚举，然而这些段落都没能彻底澄清两者之间的这种辩证关系。

③ 当然，并不是所有的艺术形式都涉及概念的展开，对于一些非再现型艺术（nonrepresentaional art）来说，其所运用的更多的是形状、颜色、光影等元素。在这类艺术中，想象力与知性仍然需要处于一种无法则的合法则性状态中，只不过知性这时不再依据完整概念的合规则性，而是凭直觉的（intuitions）的合规则性去展开。参见 GUYER P. The harmony of faculties revisited [M] // GUYER P. Values of beauty：historical essays in aesthetics. Cambridge：Cambridge University Press，2005：188－189。

有其合法则化表象世界之能力的背后所需要和依赖的那个统一的根据。所以凭借这个统一的根据，知性能力要做的就是去对自由的想象力进行审查，去审查想象力将那两个关系遥远的概念（亦即其所包含的表象）予以联结是否能与这个统一的根据相协调。由于异类事物间的相似之处事实上并不难寻，甚至简直可以说是随处可见①，但并不是每一种相似之处都可以成为合恰的桥梁，均可以营造出协调的关系，并产生出艺术的意味。判定其是否恰当的终极根据，既需要分别单独地考虑各个概念自身固有的知性意义，还需要考虑各个概念在整个知性概念系统中所处的位置以及它们与其他概念之间的固定关系与距离，它们共同根植在那个将整个系统内所有概念有条不紊地进行分类的统一法则之中。这些考虑将自由的想象力始终放置在知性的统治之下，并由此去反思想象力所制造出来的这种没有经过任何确定概念保证的"表象之间的联系"，是否能经受住人类知性在为世界立法时所依赖的那个其**更深层逻辑上**的考验。其关键之处是，概念系统内部的这种统一性无法被任何一个单独确定的概念所总结与明示，但它又在大量的确定概念及它们之间无穷繁杂的联系之中隐约地显露出来。所以，当知性为万千事物确立其各自的概念认知法则的时候，知性同时在这一活动背后创设了使得所有概念得以被井然有序且行之有效建立起来的某种统一根据。这就是非确定知性的深层根据。

通过对康德美学的详细考察，我们清楚地看到康德美学深层深刻的理智倾向。审美判断在不同类型的事物之间发现了一种任何已知的概念都未曾顾及的和谐关联，这让人类心灵认识到一些前所未见的新视野，因此给人带来认知上的新奇感，而新奇感就是触发内心愉悦的终极原因。从源头上讲，人在欣赏美的事物时所获得的一切愉悦感都是由这个认知活动所引发的自然结果。在西方美学史上，将审美活动中产生的愉悦感看作人在认知上的有益收获和增进，这是一个从亚里士多德那里就已经开始拥抱的观念。审美鉴赏的本质是用概念（即不确定的概念）去归摄审美对象，不确定的概念仍是人类运用其知性的一种工具，它的存在最终赋予审美判断以对一切人都有效的普遍权威，这就最终解释了为什么在一个对象是否为"美"的问题上哲学家认为是存在正确答案的，也就解释了究竟是为什么当一个人审视一件艺术作品而收获美感的时候（假如他有鉴赏力），他有权利认为别人也应和他分享相同的感受。故 H. G. 布洛克这样评价说：

> 当说到审美判断，如"这是一幅好画"，或"这幅画很美"时，康德正确地指出，这样的判断意味着对某种"客观有效性"的鉴赏

① 参见第二章第一节。

> 或断定，它在这方面更相近于“3比1大”这样的陈述，而远离了“克耐瑞酒味道很好”那样的陈述。这种判断至少意味着，在你和我不一致的时候，我们两人都相信，双方中必有一方是正确的，而且我们每个人都必定会尽自己的力量去寻找材料，建立证据，以使对方相信自己的判断是正确的。①

可见“美”在人群中所建立的普遍效力从根本上是基于判断本身的正确性与客观性，而这正是我们从康德美学的知性倾向中所确证而来的。

诚然，康德从未公开承认美的“客观性”，甚至多次将其归入主观领域中。康德自己说，“在一个客体的表象上纯然主观的东西，亦即构成这表象与主体的关系、而不构成其与对象的关系的东西，就是该表象的审美性状”②。这意味着康德亲口承认，对象身上那些令我们感到愉悦的审美性状并非是对象身上的客观属性，它只显现和存在于我们的主观感受当中，只是我们自己主观中的产物而已。在一段更详细的阐述中康德说得更直接：

> 反思性的判断力却应当在一个尚未被给予的，因而事实上只是对于对象作反思的一条原则的法则下进行归摄，对于这些对象，我们**在客观上**完全缺乏一个法则，或者缺乏一个足以充当出现的种种情况的原则的客体概念。既然没有原则就不允许认识能力的任何运用，所以反思性的判断力在这样一些情况下就必须充当它自己的原则；这原则由于并**不是客观的**，也不能奠定客体的任何对这种意图来说充足的认识根据，所以只应当用作认识能力的合目的应用的**主观原则**，亦即对某一类对象进行反思的**主观原则**。③

反思性判断在归摄对象的过程中并没有一条现成的客观法则可使用，它所做的是为知性与想象力之间的关系找到一个对应的普遍性法则，故这个在审美鉴赏中被创立出来的法则就不同于原来的客观法则，而是新的主观的法则。**“主观的”**是康德自己用的词，同样的意义换一种表述就是：审美鉴赏中的反思性判断是在给自己而不是在给自然世界立法。康德说，“（反思性）判断力对于自然的可能性来说也有一个先天原则，但只是在自身的主观考虑中，（反思性）判断力借此不是给自然指定法则（作为自律），而是为了对自然的反思而给它自己制定法则（再自律）”④。如此便出现了这样一个问题，

---

① 布洛克．美学新解［M］．滕守尧，译．沈阳：辽宁人民出版社，1987：222.

② 康德．判断力批判：注释本［M］．李秋零，译注．北京：中国人民大学出版社，2011：21.

③ 同②204.

④ 同②18.

即主观的审美判断为什么会具有向一切人推及开来的普遍效力？如果我们所发现的审美性状不属于对象身上的客观属性或者说跟对象的客观知识无关，如果它只是我们的心灵所制造出来的主观感受而已，那么它有什么道理在一切的人类心灵中都该被承认呢？**而这种主观的判断又怎么会具有一种“认知”的属性呢？**

问题的症结还是在于我们对“概念法则”本身属性的理解上。前面在谈到鉴赏的二律背反的时候笔者已经指出，审美判断在归摄活动中所动用的思维工具是“不确定的概念”。“不确定的概念”仍然具有其自身的合法则性。尽管它们不同等于那些先行已经被思维规定好的确定概念法则，但是它们却是从整个概念法则系统的内部统一根据中衍生而来的，它们隐含地分散弥漫在早已由数量庞大的确定概念法则所构建起的整个认知系统之内，与这个系统的内在秩序保持和谐一致，最终它们在一个更为高等的审美理念中显现出一种“无法则的合法则性”。所以比厄斯利会评价说审美判断“并不是将特殊的表象归到任何的概念之下，而只是将总的表象官能（想象）归入总的概念（理解）之下”①。如沿用康德的例子来说就是，确定的知性并没有规定出“君德”与“和煦的光辉”这两个全然异质、相距遥远的事物概念之间有什么亲缘关系，然而这两个概念其实各自都已经隐含了“普惠人间”的客观内涵，而“非确定性知性”判断力恰恰能够洞察出这层隐含的共同意蕴，并由此把两种完全异类的事物和谐精恰地联结起来，从而激发拓展出一个凭其他任何概念都无法表述出来的关于“世界公民”的微妙的审美理念。这个理念意蕴的产生因其合理地扩展了我们的固有知识疆域，由此给心灵带来了愉悦之感。这正是心灵通过运用**非确定的知性概念能力之后**所达成的知性结果。由于这个理念无法被任何一个已知的客观知性概念所规定和陈说，所以它就好像成了心灵中一种主观遐想的结果。

然而我们需要看到，心灵在反思性判断中所做的这种“主观性”思考，实质上依旧建立在总体的“客观”知性法则系统之上的。例如，确定的知性概念法则让我们拥有了关于“德性”的普遍客观知识，也拥有了关于“光辉”的普遍客观知识，而非确定的知性概念法则则让我们获得了一种将“君德”与“和煦的光辉”精当和谐联系起来的审美理念，而我们的心灵之所以发现了这个审美理念，归根结底是因为它从那个已经含纳了“君德”与“和煦的光辉”这两个概念的整体客观知性概念系统中衍发而来。审美理念之所以看上去显得十分主观，主要是因为其内涵无法被任何客观已知的确定概念

① 比厄斯利．西方美学简史［M］．高建平，译．北京：北京大学出版社，2007：196.

所清楚地规定和包含。而审美中的“主观”东西却并不意味着它因此就缺乏普遍有效性，因为它的来源仍是在人类普遍确立的客观知性系统中。反思性判断中的自我立法能力深深地嵌入人类已经公开颁布过的知性的律法世界之内，这一点就足以让它对全体人类内部而言是普遍确立的。无论是客观的法则还是主观的法则，其对人类内部来说均是普遍有效的。而如果“美”对于全体人类内部有一个普遍公认的答案，那么它对人类来说就具有客观的意义。① 正如美学家鲍桑葵就曾深刻指出的那样：“美虽然是主观的，像康德字面上所说的那样，也是客观的，像康德本意所要说的那样。”②

第四节　休谟关于审美普遍性的经典探讨及与康德的比较

康德并非是最早注意到趣味分歧现象的哲学家，欧洲启蒙运动时期的英国哲学家们就已经开始了对趣味问题的思考。有别于西方古代哲学家在论及审美现象时较多地关注客体所拥有的诸如对称性、统一性、和谐性这些外部要素，近代哲学家尤其是身处英国经验主义传统中的哲学家则转而向内求索关注审美的心理活动，由此推动了有关审美能力和审美趣味理论的产生和发展，诸如夏夫兹博里（1671—1713）的“内在的眼睛”、艾迪生（1672—1719）的“灵魂的某种官能”、哈奇森（1694—1746）的“内在的感官”等概念的提出，这反映出那个时代的哲学家们在探讨美学问题时的内在转向和变化。正如比厄斯利所指出的：“我们是否拥有一种特殊的官能，通过它我们就能欣赏或者‘品味’美的对象，这是一个在17世纪的思想家们那里就已经出现的问题，到了18世纪，这一问题在审美经验注意中变得极为重要。与最直截了当地表示喜欢与不喜欢的判断相类比，这种能力被人们称为‘趣味’。”③ 而这其中影响最大的就是大卫·休谟。休谟的美学思想在精神气质上代表着一种与康德艰深的学院派哲学特质非常不同的智识传统，这种智识传统深刻地根植在人们对基本常识与普遍经验的习熟之中，通过近乎日常的语言和概念为纷繁多态的世界现象提供哲学解释。在审美趣味的论域中，休谟是最早的也是最卓越的理论家之一。④ 在举世闻名的《论趣味的标准》一文（Of the Standard of Taste，1757）中，休谟针对现实中人们趣味的差异

① 参见本书第二章第一节中普特南的“内部实在论”思想。

② 鲍桑葵．美学史［M］．张今，译．北京：商务印书馆，1985：409.

③ 比厄斯利．西方美学简史［M］．高建平，译．北京：北京大学出版社，2007：156.

④ COHEN T. The philosophy of taste：thoughts on the idea［J］. The Blackwell guide to aesthetics，2004：167.

化和多样化现象给予了专门的批判性考察。

休谟的趣味理论主要由两个部分组成：第一个是对审美趣味相对主义立场的否定，这一点与康德的立场一致；第二个是为人们明确地提出了判别各种趣味的标准，这一点与康德不同。在该文所涉及的基本概念上，休谟分别用“饮食口味”（bodily taste）来指称人们在口腹方面的鉴赏力，用“精神趣味”（mental taste）来指称人们在文学艺术方面的鉴赏力。在文章的起始部分，休谟开宗明义地指出他去研究和寻找“趣味标准”的背景原因——现实社会中存在着千差万别的趣味这一“明显的事实”，并且人们因为趣味的不同而争吵不断。而当时的哲学界存在着这样一种关于趣味的意见：人的判断（judgment）与情感（sentiment）是截然不同的两种事情，作为一种理解力的判断，其真与伪需要以外界事物的真实状态为裁判标准，故判断是可对也可错的。而情感则不以超出自身的外界事物为准，每种情感反应都是有理由的或者是妥当的。故这种意见总结道：“一个人认为那是丑，而另一个人却认为是美。每个人都应该服从他自己的情感，而不是声称要纠正别人的情感。”① 这就是人们所谓的“趣味无争辩”的公理，它将饮食口味与精神趣味等而视之，对趣味分歧采取了相对主义的态度。休谟对趣味相对主义的反驳就从这里开始，通过诉诸基本常识，他指出无论如何我们也不能够把“奥吉比尔和弥尔顿、本扬和艾迪生在天才和教养方面等同起来”，不能把“丘坡说成与山陵一样高，池沼说成和海洋一样广”②。故尽管现实中人们的趣味总是多种多样且变化无常，但一定存在着把它们的高低优劣辨别开来的理由，这个理由就来源于人类的理解能力（understanding），反映在审美观照时必不可少的诸种认知因素当中，因而休谟指出：

> 悲剧和史诗中的人物，必须表现出适合他们性格和环境的论证和思考、结论和行动。没有判断、趣味和创造，诗人不可能完成这项精密的任务。更不用说，上述这些有益于促进理性（improvement of reason）的优越才能、清晰的概念、精确的定义、活跃的理解力，对纯正趣味的运行都是必不可少的，也是纯正趣味的可靠品质。一个具有判断力和艺术经验的人，却不能判断美，这种情况非常少见，几乎不可能；一个有着正确趣味（just taste）的人却没有健全的理解力（sound understanding），这种情况也是极为罕见的。③

---

① 休谟．论趣味的标准［M］//休谟．论道德与文学：休谟论说文集卷二．马万利，张正萍，译．杭州：浙江大学出版社，2011：96.

② 同①.

③ 同①106.

从这段议论中可以看出休谟对理解力之于艺术趣味之重要性的格外强调。在与《论趣味的标准》写于同时期的《道德原则研究》一书中，休谟也强调了美对理解力的依赖，人在面对道德之美与艺术之美时，都需要通过某种智性能力（intellectual faculties）才能拥有感受适当的情感，他说：

> ……但也有许多种美，尤其那些精巧的艺术（fine arts）作品的美，为了感受适当的情感，运用大量的推理（reasoning）却是不可缺少的；而且一种不正确的品味往往可以通过论证和反思得到纠正。有正确的根据断定，道德的美带有这后一种美的鲜明的特征，它要求我们智性能力（intellectual faculties）的帮助。[①]

无论是"智性"还是"知性"，这是后人的翻译问题，我们知道英语世界对康德哲学著作中"verstand"的对应翻译是"understanding"，即称作"知性"或者"理解力"，这与休谟在自己理论中所提的"intellectual faculties"实质上相同的，"intellectual faculties"的核心功能就是要达到对万事万物的"understanding"，这是典型的认知理解活动。在前一段引文的最后部分休谟就说道："一个有着正确趣味（just taste）的人却没有健全的理解力（sound understanding），这种情况也是极为罕见的。"这里休谟又使用了"understanding"这个词。尽管休谟在使用"Intellectual faculties"或"understanding"这些概念的时候更多的是概要地指谓一种理智智能，并没有后来康德在知性和理性之间的那种明晰区分，然而，在上面这段文字中我们看到，休谟明确地高扬审美趣味中的认知理解因素。"理解"的介入使得趣味的本质在"判断"与"情感"之间更接近于前者，这是反驳上面支持趣味相对主义的哲学意见的关键之处。[②] 休谟在饮食口味与精神趣味之间找到了一种相似性，他借用《堂吉诃德》中的一个故事说明这个问题：

> 桑丘对他那位大鼻子侍卫说，他有十足的理由证明自己对酒有鉴别力，这是他们家族祖传的。有一回，桑丘的两个亲戚被人叫去品尝一大桶酒，据说是上等货，是陈年佳酿、上好的葡萄酒。一个人尝了尝，深思熟虑之后说，酒是好酒，要是没有一点皮革味就好了。另一位仔细地品尝了之后也给出了他的结论，说酒是好酒，只

① 休谟．道德原则研究［M］．曾晓平，译．北京：商务印书馆，2001：25.

② 在趣味议题上，休谟对相对主义与基本常识之间的矛盾所做之辨析和后来康德所提出的审美鉴赏的二律背反有着高度的相似性，关于这个视角的讨论可以参见 COSTELLOE T M. Hume，Kant and the "antinomy of taste"［J］．Journal of the history of philosophy，2003，41（2）：165－185。

是有一股明显能尝出来的铁味。你想不出他们的判断遭到了怎样的讥讽，但是谁笑到了最后呢？当酒桶倒空之后，人们发现底部有一把旧钥匙，上面拴着一根羊皮绳。[①]

借由桑丘的两位亲戚能够敏锐地识察到藏于酒中的微小异物这一故事，休谟指出鉴赏精神事物时，人须具备理解（understanding）作品中细微品质的敏感性（delicacy）。须注意的是，休谟以品酒这种饮食活动为例并非意在表明谁的口味更具有发现酒之“香美”的鉴赏力，而是意在发现酒中所客观存留的杂物，这使得休谟所举的饮酒之例更接近于一种理智认知活动而非纯官能感受。此为休谟寻找趣味标准的论证中极为关键的一步，因为它意味着评判我们审美趣味好坏的标准存在于客观外部事物上。趣味虽然带有明显的主观情感色彩，但这种情感是否合适依赖于人们对外在事物（也就是作品产生审美效果的那些客观成分）所作出的判断认知是否客观。只有正确地把握了藏于作品中的那些审美成分和品质，情感的反应才可能是适当的。在审美鉴赏活动中，判断与情感并存，对作品中客观审美成分的正确判断是我们诉诸敏锐的认知能力的结果，这些结果独立地存在于人的情感体验之外。作品中的某些品质就客观地摆在那里，审美鉴赏活动首先就是要去发现它们的存在。[②]这种认知能力在很大程度上无关于缜密的逻辑演绎和严格的经验归纳，它实际上非常鼓励艺术想象力的自由施展，然而这种想象力（特别是在悲剧和史诗艺术中）最终需要服从于正确理解力的制约，在知识背景上不能脱离“清晰的概念”“精确的定义”“适当的论证和思考”。充满着情感反应的审美鉴赏活动被看成全然是情感的，这是趣味相对主义的错误之源。休谟对认知因素的肯定使我们看到审美趣味的基础从一种情感向一种判断的转变，这一转变直接动摇了审美趣味相对主义背后的哲学根基。

循着把审美趣味的基础看作判断的这条道路，休谟提出了他的“趣味标准”。耐人寻味的是，他并没有从艺术作品中发掘出某种具有普世性的审美原则或规律，对此他只是笼统地提了一下，他说“美的一般规律可以从公认

---

① 休谟．论趣味的标准［M］//休谟．论道德与文学：休谟论说文集卷二．马万利，张正萍，译．杭州：浙江大学出版社，2011：100.

② 在《怀疑论者》一文中，休谟写过这样的文字：“欧几里得充分解释了圆的每种性质，但没有在任何著作里提到圆的美。原因很简单，美并不是圆的性质。圆的美并不在于圆周的任何一点都与圆心距离相等。”（休谟．怀疑论者［M］//休谟．论道德与文学：休谟论说文集卷二．马万利，张正萍，译．杭州：浙江大学出版社，2011：59.）然而这里需要辨析的是，休谟是并非真的在以自己的口吻说这句话，因为在整篇论文中，休谟都在试图展示这样一种带有典型怀疑论者立场（而不是他自己）的观点：事物本身谈不上什么高贵与卑贱、可爱与可憎、美与丑，所有这些特性都不过源于人的喜恶性情的特殊构造而已。

的例子、从那些集中表现出快感或不快的观察中汲取”[1]，但是并没有指出这个规律到底是什么。事实上，休谟对此种规律的存在并没有信心，在论述文章时他就指出文章之美“还没有系统化，没有归纳为普遍的规律”[2]。休谟的趣味标准并不在客体上，而是在主体上，也就是鉴赏者身上。他找到了一批理想中的鉴赏家，他们拥有这样的品质，即“良好的判断力和敏锐的情感结合在一起，在实践中提高，在比较中完善，清除所有的偏见”[3]。休谟把他们的鉴赏意见奉为判定审美趣味的最终标准。由此可以看到，休谟所确立的趣味标准是通过诉诸理想鉴赏家的权威意见而间接获得的。也就是说，休谟的“趣味标准”并不是一个直接用来检验趣味的客观法则（rule），而是一群人的一个客观决议（decision）。[4] 休谟开列出来的这些重要品格符合把审美趣味的基础看作判断的思想的要求，诸如“良好的判断力”“敏锐的情感”“清除偏见”这些品质都是获得正确决议、正确判断的智力保证，它们是通往正确妥当判断的途径。例如他在谈到偏见的问题时说：“众所周知，在理解力的各种问题中，偏见足以毁掉正确的判断，颠倒所有心智机能的运行：它不仅与良好趣味相反，而且还会影响和腐蚀我们对美的情操。”[5]

综上所述可以看出，休谟的趣味理论反映了一种十分明显的客观化倾向，他所挑选的理想鉴赏家的五个品质均是审美鉴赏中获得精良判断的保证。因为判断力必须向外诉诸客观存在的东西，即把握藏于艺术作品中的事实，因此拥有敏锐的理解能力便成为审美活动的根本性的前提条件。从某种意义上讲，“休谟的美学变成了主要对艺术作品的经验性的考察”[6]。经验性的考察必然是以被考察对象的客观真实情况为准。鉴赏家们的意见之所以可被奉为趣味标准，终究是因为他们拥有比一般人更敏锐的用于做判断的理解能力。而在进行判断时，无论是科学判断还是审美判断，每一个人都应该尊重客观存在的事实。可见，休谟的趣味标准是建立在客观因素上的。

下面我们对休谟与康德的思想的共同之处进行简单的比较。第一，两位哲学家均否定审美趣味相对主义的观念。休谟在作家的伟大与平庸之间看到

---

① 休谟．论趣味的标准［M］//休谟．论道德与文学：休谟论说文集卷二．马万利，张正萍，译．杭州：浙江大学出版社，2011：101.

② 同①96.

③ 同①107.

④ SHELLEY J. Hume's double standard of taste［J］. Journal of aesthetics & art criticism，1994，52（4）：438.

⑤ 休谟．论道德与文学：休谟论说文集卷二［M］．马万利，张正萍，译．杭州：浙江大学出版社，2011：103.

⑥ KULENKAMPFF J. The objectivity of taste：Hume and Kant［J］. Nous，1990，24（1）：97.

了明确的界限，这里任何趣味相对主义都没有位置。趣味的标准就是对这个界限的确定，只不过这个标准存在于专家的具体意见之中，是间接地通过诉诸专家的判断力而得知的。休谟所采用的这种间接性的趣味标准，其根据本质上却是康德式的。在康德理论中，美不能通过确定的概念被规定，而如果趣味标准可以直接用一句或几句论断便被抽象地总结出来，那么这个标准就是概念式的。休谟凭借其从经验中而来的常识感与康德的纯思辨哲学不谋而合。从康德方面讲，康德主张审美判断有着普遍有效性，认为关于美丑的感受不是随心所欲的私人感受。虽然他没有诉诸专家的权威来裁判，但他的反思性判断理论事实上就是预设了一个训练有素、理智完善的理想型专家（就是他所谓的“天才”）。做出反思性判断的人必然要具备休谟所列出的鉴赏能力，没有鉴赏能力的人即便遇到美的事物，也无法让他的想象力与知性走向和谐统一。第二，他们均认为审美趣味尽管带有显著的情感成分，但本质上仍是一种认知判断活动。认知因素在审美中占据基础性地位，情感反应是由判断力所引发的自然结果。认知不是纯私人化事务，它隶属于公共领域，对认知妥当与否的评判准则存在于外部世界当中。理智要求一个人的认知与外部客观世界必须相符，而并不要求每个人的官能感受都必须与其他人相符。有的现代西方学者就把认知能力作为理解《判断力批判》的关键。延斯·库兰卡夫（Jens Kulenkampff）指出：

> “合目的性”这一思想对判断一个客体的美来说是最重要的思想，它是康德反思性趣味理论的框架。一个人类学的真理可以添加在这个框架之中，这个真理就是：人类必须总体上对一切与世界有关的经验和知识抱有兴趣，因为这是一个我们不得不生活在其中并且面对的世界。很清楚的是，认知能力普遍来说对我们人类非常有价值……回想一下在反思性判断中，**我们实际上是把美的事物看作对一般性的知性的一种表现和反映，这也就告诉了我们为什么美可以让人感到愉悦，并且告诉我们美为什么必将让每个人都感到愉悦。自然美承诺我们知性是可以企及的，它向我们保证了人类最基本的需求可以得到满足**（笔者加重）。①

这是对康德美学思想极为洞彻通透的概括和提炼，直抵审美判断能力的最深基底。人类为了更好地生存，需要认识和理解他身处其中的客观世界，这种知性渴望成为我们生命中最深刻的需求。审美愉悦感之所以会产生，从

① KULENKAMPFF J. The objectivity of taste：Hume and Kan［J］. Nous，1990，24（1）：107.

根本上说还是因为人类的求知本能在审美活动中得到了满足。所以，审美趣味就必然带有知性色彩，这也是为什么在美的判断中，我们有理由期待人群中存在一种一致的态度。面对同样的客观世界，我们每个人都有让自己的认知判断与外部世界匹配相称的责任。

朴素地讲，审美判断来源于一种智力能力的施展，它试图通过有别于科学理性的另外一种同样具有“客观性”的认知方式来观照和理解这个世界。如果审美鉴赏本质上就是知性活动，那么审美分歧就是关于知性的分歧。[①]而一切能正确指涉世界内容的知性形式都有权向整个世界去宣告它的普遍权威，即便它是艺术中的那种“非确定性知性”。所以知性分歧在逻辑上就必然是可以裁断的。因此卡西尔在《人论》中曾这样说：“审美的普遍性意味着，美的宾语不是局限于某一特殊个人的范围而是扩展到全部作评判的人们的范围。如果艺术品只是某一个别艺术家的异想天开的激情冲动，那它就不具有这种普遍的可传达性。艺术家的想象并不是任意地捏造事物的形式。他以它们的真实形态来向我们展示这些形式，并使这些形式成为可见和可认识的。艺术家选择实在的某一方面，但这种选择过程同时也是客观化的过程。”[②]

---

① 事实上，任何一个审美鉴赏判断都可以分解成为主词概念与谓词概念。对于像“这一朵玫瑰花很美”与“《西北偏北》这部电影很美”这样的鉴赏判断，作为主词的“这一朵玫瑰花”与“《西北偏北》这部电影”，都可以包含着丰富的知性内容。如果不同的人们面对着同一个主词，他们所意识到或联想到的知性内容不一致，那么他们心灵中各自的审美反应自然会不同。参见 COHEN T. An emendation in Kant's theory of taste [J]. Nous，1990，24 (1)：142 - 144。

② 卡西尔．人论 [M]. 甘阳，译．上海：上海译文出版社，1985：185.

第二章　古典诗歌审美活动所依据的普遍知性法则

第一节　概念何以能够用以指称世界？——普特南与“指称相似论”

我们已经知道，通过分门别类的诸多概念法则去认识繁复多样的世界是人类知性的最基本能力，以此方式认识世界的活动就是在做康德所说的“规定性判断”。在人类感官印象中显现的世界表象纷繁杂多，为了能更有效地理解与把握这个我们身处其中的世界，人类必须借助某种办法将一些事物聚合起来，而去将另一些事物分割开来，唯有这样我们的心灵才能一一识别和把握住千差万别的事物。这个办法就是借助“概念”这一人类才有的思维工具。常识告诉我们，每个概念都分别相对应地指称着一个事物。有一种古老的哲学观念认为，每一个概念与其所指称的特定事物之间都存在一种确定而唯一的对应关系（correspondence），该对应关系的两端分别是人的心灵与外部世界。[①] 当我们说“黄河水从巴颜喀拉山发源而来”这句话时，里面的每个概念都是有着明确的指称和意义的，它们分别明确地对应着现实中的东西。我们把在感官印象里那些流淌的东西从其他杂多的事物中切割区别开来并称之为“水”，将巍然屹立的东西从其他事物中切割区别开来叫作“山”，将开始的地方称为“源头”或“发源”，如此等等。这一古老的观念认为事物就客观地放在那里，它们每一个都拥有一个天然而成的概念标签与之匹配，事物的实在性决定着概念的发明和适用。

然而同时我们必须清楚地看到的是，自康德以来人类在认识论领域发生了革命性的转变，康德的伟大智识让我们认识到我们所看到的世界可能并不是其本来的样貌，而是一个经过了人类概念整理与划分后的世界，由于概念是人类根据自己的心智能力而创制的用以反映世界的思维工具，这些概念事实上都深刻地打上了人类主体性的烙印。从某种意义上说，是人类的概念深刻地决定着人们眼中的大千世界如何被划分、决定着一个个事物如何被感知与体认。这就

---

① 这个观念可以追溯到亚里士多德那里，详见下文。

是康德“人为自然立法”的意思。举例来说，那个“坚硬巍峨且屹立不倒的庞然大物”与“浩浩荡荡绵远流淌的柔软之物”之间的区别首先是人所感察到的区别。而事实上“山”与“水”两者之间还存在着许多相似点使得两者完全可以被合并归入其他某一类事物中，比如，山与水都是可见物，都是由分子构成的，都没有灵魂，都可以是其他生物寄生的场所，等等。完全可以想象的是浩渺的宇宙中还存在着其他划分和切割世界的方式，假设在茫茫宇宙中存有某些与我们心灵结构不同的智能生物，他们感官所见的印象世界与我们的截然不同，在他们那里没有（或者说根本不需要）高低、软硬、动静的感性印象，但他们的眼睛有某种可以直接洞照到微观粒子和物质能量的能力，因此我们的“黄河水从巴颜喀拉山发源而来”这句陈述依照他们的知觉与概念系统可能完全会被表述成另外一个样态。但问题是：明明面对着同一个独立于任何智慧生命而自在运行的物质世界，对它的认知难道还会存有多种答案吗？在真实的物理世界中，黄河之水事实上不就是从巴颜喀拉山发源而来吗？这难道不是关于世界的唯一事实吗？该问题的产生深深地根植于那个古老而又朴素的“真理符合论”思想当中，这种思想认为：存在一个独立于人类心灵之外的客观世界，而人如果想要获得对这个世界的真实知识，就必须使自己的判断与世界匹配相符，这意味着人类的概念与客观世界的实在状态必须能够相互“对应”起来。所以为了彻底搞清楚概念与世界之间究竟是怎样的关系，我们需要去考察概念与世界之间的“对应符合”关系到底是依据什么道理。

我们的感官系统通过接触外部的对象世界而在心灵中留下印象（和“感觉”同义），各类不同的对象事物会留下各类不同的印象，我们的心灵对那些相似的印象之间的共性特征进行提炼与把握，就形成某个共性印象（共相）。而当这个共性印象被抽象成语言概括时，它就是概念。毫无疑问概念源自我们的直观感官印象，它是对感官印象的抽象把握。然而从印象到概念的转变过程并不是那种用抽象来取代具象、理性来取代感性的过程。在我们面对着纷繁事物而做逐一识别的认知活动中，印象与概念交织在一起共同地发挥着“归摄”作用。我们说到“概念”的时候，它必然同时也包含着与之相应的事物“印象”，说到事物的“印象”时，亦必然包含着与之相应的“概念”。[①]当我们发现现实中的对象事物（以其反映在我们心中的印象）与

---

① 普特南说：“即使我们自己的感觉（它们作为知识的出发点对于一代又一代认识论家来说是相当重要的），我们对它们的描述也受到大量概念选择的严重影响（在这方面，就像感觉本身一样）。”（普特南．理性、真理与历史［M］．童世骏，李光程，译．上海：上海译文出版社，2005：61.）同样，美国当代重要的心灵哲学家麦克道威尔也指出人类的心灵并不存在不受概念影响的“赤裸的印象”，人类通过感官而直接从外部世界接纳过来的直观印象，其本身已经包含了概念内容在其中，在他“拥有任何选择之前，他的概念能力就已经启用了”（麦克道威尔．心灵与世界［M］．韩林合，译．北京：中国人民大学出版社，2014：30.）。

心中的特定概念足够"相似"时，我们即可断定该事物与概念之间是相互符合的关系，随即就把这个事物归入此特定概念中，这就是我们人类最基本的认知判断活动，也就是康德所说的那种"规定性判断"。这里在概念与对象之间之所以说"相似"而不是"相同"，是因为概念中所包含的"印象"与真实显现在眼前的事物在尺寸大小、细节程度上都不可能完全一样，它们所具有的仅仅是某种形式上的相似性。当然，这个"形式"既包括对象的直观轮廓或者外观边界，也包括对质料的某种直观感觉。比如藏在"山"概念中的印象与真实自然中我们所见之山在大小上绝不可同日而语，它也没有真实的山上的坚硬石料，所以两者之间只能相似而非相同[①]，但这种相似性已足以让印象与对象之间产生相互符合匹配的关系，而且此种关系是一一对应的，是"唯一的"。这种用概念去指称和匹配与概念有相似关系的外部事物的做法，被美国当代哲学家普特南称为哲学上的"指称相似论"，它是一个可以追溯到亚里士多那里的古老理论。亚里士多德在《论灵魂》中这样说：

> 我们可以对知识与感觉进行划分进而符合它们的对象，使潜在的符合潜在的，现实的符合现实的。灵魂的感觉能力和认识能力就是这些潜在的对象，即可以认识到的事物和可以感觉到的事物。**这些能力必然或者是对象自身同一，或者是与它们的形式同一，然而它们与对象并不同一**（笔者加重），因为石头在灵魂中并不存在，存在的只是石头的形式，灵魂就像一只手，因为手是一种使用工具的工具，同样，心灵是运用形式的形式，感觉是感觉对象的形式。但显然没有任何事物能够脱离感性的广延而分离存在。思想对象，所谓的抽象对象，感性事物的状态和属性，均存在于感性对象的形式之中。因此，离开了感觉我们既不能学习也不可能理解，甚至在我们沉思时，我们也一定是在沉思着某种影像，**因为影像除了无质料外，其余都类似于感觉对象**（笔者加重），然而影像还不同于肯定与否定。因为真理和谬误产生于概念的联结，最简单的概念又与影像有什么不同呢？无疑，无论是这些概念还是其他概念都不是影像，但是离开了影像，它们就无从发生。[②]

亚里士多德断言我们的认知活动就是使知识去符合其外在对象的活动，也就是让知识中的思想对象去匹配符合外在世界中的真实对象。思想对象只

---

① 但是山与山之间也是相似而非相同。

② 亚里士多德．论灵魂［M］//苗力田．亚里士多德全集：第九卷．北京：中国人民大学出版社，1992：83.

存在于心灵之中，它呈现为一种心灵影像（也就是上文所说的“印象”）。这些影像与真实的对象并不相同，因为它们毕竟只萌生于心中，不具有真实对象身上的那些物理质料，心灵中石头影像不同于真实的石头。之所以说两者之间相互符合是因为心灵影像是对真实对象的一种形式上的抽象，基于此两者之间产生出一种相似关系。而概念中就包含着与真实实物对象相似的心灵影像，概念凭此去指称外部世界。普特南认为亚里士多德指称相似论的根本立场是，我们心灵中的知性概念应该准确对应着外部的客观世界，心灵与世界的对应关系是由世界这一端所决定的。世界样态早已经替人类分门别类地切割和安排完毕，这意味着人类的概念完全是由世界所决定的，人类应做的仅仅是拿着这些概念去匹配世界上与其有唯一对应关系的相似之事物。**这种思想可以称被为“唯一性的指称相似论”**①**。**

但问题是“马”的概念（印象）不仅与真实的马有相似之处，也与真实的鹿有相似之处，比如它们都是四脚兽，都有较长的脖子，都有尾巴，都是食草动物等，只要我们有足够的精力和时间，就可以在概念与实物之间、实物与实物之间找到无数个相似点。关于这一点普特南曾这样分析道：

> 任一物都在无数方面与他物相似。例如，我此时对打字机的感觉和我口袋里的那个硬币就它们的某些性质（那感觉出现于现在、那硬币此刻存在于口袋）都是我的过去行动的结果而言，是相似的。如果我刚才没有坐下来打字，我就不会有那个感觉；如果我以前没有把那个硬币放在口袋里，它就不会在那儿。这感觉和这硬币都存在于20世纪，这感觉和这硬币都是用英语描绘的，等等，等等。如果你有足够的才智和时间，在任何两物之间都可以找到无限的相似之处。②

“任何两物之间都可以找到无限的相似之处”也适用于概念与实物之间的关系。我们再回到马与鹿的例子中去，现在的问题是，为何这么多相似性都没能让我们把一头真实的鹿归入“马”的概念之中去呢？说“马”的概念与真实的白马、黑马、汗血马、矮种马之间具有某种独属于它们之间的相似处意味着：“马”的概念与世界上各种鹿种之间不具有前面所谓的这种相似性。然而上文已讲到真实的马与真实的鹿之间存在着难以计数的相似之处，但“马”的概念只关心与真实的马之间的相似性而忽略它与真实的鹿之间的相似性。由此应当看出，**所谓概念与对象之间“唯一性的相似性”是被心灵**

---

①　普特南称亚里士多德的这种思想为“指称相似论”，这里之所以加上“唯一性的”意在突出其与后面“非唯一性的”之间的差别。

②　普特南．理性、真理与历史［M］．童世骏，李光程，译．上海：上海译文出版社，2005：72．

有意挑选（single out）出来的“相似性”，心灵有意地选择了两者间的一种相似性而忽视了其他无穷的相似性的存在。这意味着“马”的概念与真实的马之间根据相似性而产生的符合匹配关系（而不与真实的鹿匹配符合）这件事，并非如“真理符合论”所认为的那样只是由外在客观事物那一端所决定的，人类心灵在这里对概念与事物之间对应关系的形成起了很大的“构造性”作用。①

可以想象，如果任一物都在无数方面与他物相似，那么这个世界对于人类来说将混沌到何等地步。如果人类连山与水、马与鹿、打印机与硬币都区分不清，那我们将不可能理解并且掌控这个世界，这后果会是不言而喻的可怕。让我们回到那个概念切割世界的比喻中去，概念究竟是根据什么原则去切割世界的呢？从本质上说它根据的就是事物之间的种种“相似性”以及自然而来的“非相似性”。我们把一个个相似的印象归入一个又一个特定概念记号中去，凡是没有被归入其中的其他各种印象，就是与此概念没达成足够相似的。我们的心灵就是以这种方式把**“我们认为相似的”**东西整理合并起

① 可以预见会存有这样一种质疑：所谓“无穷相似点”不过是个归类的问题，任何一对事物都可以因为各种相似点被归入到各种集合群中去。但是A和B基于两者之间的相似点而被归类入的集合群，可以在完全包含A和Q之间所有可以想到的集合群的基础之上，再拥有比后者更多的集合群。这意味着A和Q之间的相似点，在A和B那里全都具备，但是A和B之间还具有A和Q之间不具有的更多相似点。这就导致A和B之间比A和Q之间更相似。这样的话，人们就没有理由不接受“A和B之间比A和Q之间更相似”这个事实，因为这就是世界的“客观事实”！这个反驳的根本问题在于它只看到了结果但没有看到始因。让我们假设这个世界在其洪荒之始只有圆形和三角这两个东西，除此之外便是一片混沌未开的黑暗宇宙。那么当人类只看到了这两个东西的时候，我们完全可以认为它们二者是相似的，并且找到很多相似之处，如它们都有形状、都有面积、都是封闭物、都是二维图形等等。基于这些相似点此我们完全可以把圆和三角统归到同一个概念X中去，而这个概念既不是我们现在使用的“圆”的概念也不是“三角”的概念。但是随着其他图形例如“椭圆”“正方形”“矩形”“菱形”等陆续被上帝创造出来并安排在我们的眼前，这时我们发现我难以再把“圆”和“三角”基于它们之间的相似点仍归入同一歌概念X中去了。因为如果我们不改变我们最初的概念的话，这些后续新出现的图形也都必须被归入到X这一概念中去。这将带来什么后果？后果是这些新出来的图形中其各自的变化与特点完全没有进入到我们的思维认知当中，我们仍抱守着基于圆和三角之间相似点而产生的共性概念，而对更丰富多元的事物在认知上毫无进展。事实上，在我们最早发现和确认圆与三角的相似点时，我们就已经在努力推进我们的认知了，即它就表现在我们感到有必要对仅有的这两个事物之间的关系加以把握。而无论我们一开始是将两者归入到一个概念X中去（基于我们所挑中的相似点），还是一开始将它们各自分归到不同的两个概念中去（尽管它们之间有相似点，但凭此不足以就成为同一个东西），这都是人所“有意挑选”出来的结果，而并不是客观事物那所谓绝对客观的属性。当后来加入的图形越来越多，为了更好地把握住它们，我们就不断改进我们的认知，将那些原本认为是相似的东西看得不再相似，或者说那些原本的相似点变得对认知来说不再那么重要。而一切“改进”的结果都是我们最初主观上决定如何看待圆和三角之间关系的那个根据的延展使用而已。回到本注释一开始假设的质疑，“A和B之间比A和Q之间更相似”在起源上是由我们的心灵最初决定如何看到最早两件事物之际关系的那个逻辑所决定的。最后我们需要注意的是，事物之间具有的诸多相似点与我们的心灵选不选择这些相似点是两回事。前者仍是受客观条件的制约，而后者则是心灵的自己决定。

来，而把不相似的东西区别开来，通过概念的切割作用，经验世界中的事物被心灵如此整合与区分。切割是独属于人类心灵的构建行为，如果没有这种人为的切割，任何事物之间其实都是相似的。万事万物之间那些被人类可以挑选出来的相似之处，对人类内部整体来说拥有着普遍有效性。个人在这里没有特权，“指鹿为马”的行为是不允许的。

用一种在逻辑上更完整的方式来解释这个问题可能会更加清楚。假设我们面对着同种事物 A_1、A_2、A_3 分别产生了 A^1、A^2、A^3 三个感官印象，我们看到虽然这三个印象间各有一些差异，但它们却都在 R_{A1} 与 R_{A2} 这两个地方是相似的，故我们将这三个印象进行总结提炼得出了 A 这个概念，A 这个概念中包含着 R_{A1} 与 R_{A2}。这样以后我们再遇到 A_1、A_2、A_3 中的任何一个的时候，便会基于上面两个相似点将其归入 A 的概念之中。可是 A^1、A^2、A^3 之间的相似性不是只有 R_{A1} 与 R_{A2}，事实上可以有无数个之多，但我们只关心 R_{A1} 与 R_{A2}。按照完全一样的逻辑，我们在面对事物 B_1、B_2、B_3 的印象时也基于它们在 R_{B1} 与 R_{B2} 处的共同相似性而产生了 B 这个概念。A_1、A_2、A_3 与 B_1、B_2、B_3 之间交叉起来也有无数个相似性如 R_{AB1}、R_{AB2}、R_{AB3}……但我们不在意它们，认为这些相似性不足以将它们归入同一个概念中，因此在心灵中还是把 A 与 B 两个概念区分开来。这样总结来看，所谓的“相似性”体现在这样三种关系里，第一个是 A_1 与 A^1 之间的相似性（同样地，B_1 与 B^2 之间的相似性），第二个是 A_1、A_2、A_3 与 A 之间的相似性（同样地，B_1、B_2、B_3 与 B 之间的相似性），第三个是 A_1、A_2、A_3 与 B 之间的相似性（同样地，B_1、B_2、B_3 与 A 之间的相似性）。**最重要的是后面两种情况，其中存在的相似性是我们从无数种相似性中有意“挑选”出来的。在第二种情形中，我们根据所“挑选”出来的相似性把事物整合归入一个概念中去。在第三种情形中，我们忽略掉那些相似性，从而将事物分开。我们可以把这种思想称为“非唯一性的指称相似论”。**

然而真理的探寻远没有那么轻松，为了消除上述思想中可能隐含着的问题，这里有必要做更深一步的考察。“非唯一性的指称相似论”其整个逻辑论证基于这样一个认识前提：如果 A 与 B 两个实物是相似的，则必然意味着两者一定在某个地方比如 R 上是相似的，且 R 具有概念属性（可以看作一种共性）。这就意味着：A 中的一部分 A’ 与 R 相似；B 中的一部分 B’ 也与 R 相似。但下面的问题来了：如果若使 A 与 B 相似需要借助 R 这个第三者才能实现，那么使得 A’ 与 R 相似、B’ 与 R 相似是否也需要继而借助某个**进一步的**第三者比如 R’？如果是，那么我们看到第三者还需要更进一步的第三者，这在逻辑上会导致需要设置无穷多的第三者，这将是无法接受的。如果不是，那么如何解释A与B需要凭借第三者R才能建立起相似关系，而A’与R之间反倒不需要凭借第三者R’就能彼此相似了呢？事实上，A与B之间的相似关系和A’与R之间的相似关系两者有着根本的区别，如果我们看不清这个区别，就会增加出无穷多的第三者。A与B是相同层次的事物，它们各自都是具体而独立的实物（通过印象被我们感受到），两者相互之间皆不是对方是其所是的原因与根据。因此，它们之间的相似性需要凭借某个第三者的中介作用才能建立起来。然而A’与R，以及B’与R则属于不同层次，A与B皆是具体的实物，而R则属于某种抽象出来的共性（在这里它以概念的形式存在），A’本身就是R的显现，B’也是R的显现，所以A与B与R相似就是根据R本身，它们不需要凭借某个其他第三者作为中介才能建立联系。

对“第三者”问题的回应还有另一条思路。如果实物A可归入X这个概念，那么这意味着A与X需要在某个地方R上是相似的（R代表着X的核心意义，它具有概念属性，是一种共性）。这就意味着：A中的一部分A’是R。下面的问题来了：如果A成为X需要借助与R这个第三者相似才有可能，那么使得A’成为R是否也需要通过与某个第三者比如R’相似来实现？如果是，那么我们看到第三者还需要更进一步的第三者，这在逻辑上会导致需要设置无穷多的第三者，这将是无法接受的。如果不是，那么如何解释A成为X需要凭借第三者R，A’成为R就反倒不需要凭借第三者R’了呢？事实上，在A与X的关系中，R并不是真正意义上的第三者，R是X的核心意义，它属于X，因此A与X的相似的根据就是X本身。同样地，A’与R的关系中可能出现的R’也不是真正意义上的第三者，它就是属于R的，A’与R相似的根据就是R本身。两者都不会导致出现不断出现第三者的无限倒退情况。**从本质上说，破除第三者之间的根本之处在于明确这样一件事：个性与共性之间的相似关系只需要根据共性自身，推理必须在这里终结。**①

---

① 事实上我们在第一章已经看到，康德认为如欲达到关于某个事物的**“正确知识判断”这一目标**，其前提条件是需要使该事物概念与该事物直观表象之间达成一致。而构成“一致”的前提条件则是需要在概念与直观表象之间找到正确的“相似关系”。然而**这个“相似关系”**之所以能是“正确的相似关系”，实质上就是需要依赖于**这个“知识判断”本身**首先必是“正确的”，这就意味着此时论证的**目标**成为论证的**前提**，在先者反过来需要以在后者为前提，由此陷入循环论证。那么解开这个循环论证的办法就是让正确的“相似关系”本身有自己更进一步的可靠条件而不依赖于论证的目标。但是到这一步我们看到，在关于如何得到“正确的相似关系”的问题上，我们面临两种情况：第一，一切事物都与一切事物相似，决定哪种相似关系是正确的根据只能是人类自己的主观挑选和约定（当然必然出于某种值得追求的目的）。第二，当一种正确的相似性被挑选出来确认后，在逻辑上就会转而遇到无穷“第三者问题”，这样为了避免逻辑上的无穷倒退，这个被挑选出来的“正确相似性”必须是终结性的，即它自己必须是一切逻辑展开的一个不能再后退的起点。关于“循环论证”的观点可以参见 MEERBOTE R. Reflection on beauty［M］//COHEN T，GUYER P. Essays in Kant’s aesthetics. Chicago：The University of Chicago Press，1982：67－68。

在哲学史上，“第三者问题”最早是由柏拉图在其《对话录》中借助巴门尼德之口向自己的理念论所设想出来的一个理论挑战。在柏拉图的思想中，我们上面所设的那个X就代表着柏拉图的“理念”，A与B这两个事物因为都“分有”或者“近似于”某个共同的、完美的、永恒的理念X（理念X的核心意义通过R来体现），才能彼此相似，从而被归入这个理念之中。在《巴门尼德篇》中，巴门尼德指出如果A与B需要通过X才能相似的话，那么A与X也需要通过另设一个第三者才能彼此相似。如此便会产生层出不穷的第三者，造成无限倒退。现代人早已抛弃了柏拉图那带有形而上学色彩的理念论，但其实理念论的阴影却仍然存在于我们的潜意识之中。柏拉图理念论背后所依赖的最根本的直觉是：不同事物因为共性而被归入相同的概念中。这个看法毫无疑问至今也是正确的。在亚里士多德的指称相似论中，不同的事物也是基于共性而获得相同的名称。所以无论是柏拉图还是亚里士多德，只要他们的概念理论是建立在对共性承认的基础上的，那么无论这个共性是天上的“理念”还是世间的“形式”（它实质上就是“概念”），“第三者问题”就都会出现。

以上就是“非唯一性的指称相似论”思想的全貌。我们从中可以看到，用概念去把握世界的做法中存有着很大的人类意志成分，这其实就是对康德“人为自然立法”这一格言的朴素解读。我们知道康德认识论哲学的根本精神正是在于重构了人与世界的关系，他改变了在他之前千百年来哲学家认为的那种人类心灵要去符合外部客观世界的看法。在康德哲学中，外部世界的“客观性”并不是那个在人类诞生之前或者灭亡之后都一直存在的与人无关的客观性，相反，它深刻地打上了人类自己思维的烙印。康德所说的“客观世界”是那个由我们的心灵通过感官印象和思维概念所把握到的经验世界，“世界”一旦进入“心灵”中去，则必然受到印象与概念的浸染，那种不受概念浸染的世界观念是不可能在心灵中产生的。现代分析哲学家纳尔逊·古德曼指出：“谈论未结构化的内容或一个未被概念化的所予之物或一个没有属性的实体都是一种自欺，因为谈论给它们强加了结构，把它们概念化，并最终归于它们的属性……我们可以有脱离世界的语词，但是却不可能有脱离语词或其他符号的世界。”[①] 在康德哲学中，世界的“客观性”不是那种居于人类思维外部、本体意义上的客观性，而是指相对于人类思维内部而言所普遍建立起来的那种客观性，这种看法在哲学史上被称为“内部实在论”，按照普特南的说法，康德是哲学史上最早提出“内部实在论”的哲学家。[②] 康德并没有像贝克莱那种纯主观唯心主义者一样否认外部实在世界的存在，但他

---

① 古德曼．构造世界的多种方式［M］．姬志闯，译．上海：上海译文出版社，2008：7.

② 普特南．理性、真理与历史［M］．童世骏，李光程，译．上海：上海译文出版社，2005：67.

也不赞同把我们的心灵看成完全像一张白板，只是被动地去反映外部世界的原貌。在康德的认识论中，心灵与外部事物经过合作而共同创造出我们**所理解到的**世界，所谓的“客观世界”是一个被心灵改造与整理过的对象世界，它只在拥有这种共同心灵结构的生命群体的内部才具有客观意义。普特南指出：

> 在某种意义上我可以说，世界确实包含一些“自我确认之物”——但并不是在外在论者所主张的意义上。在我看来，如果“对象”本身既是被发现的，又是被创造的，既是经验中的客观因素、不依赖于我们意志的因素，又是我们在概念上的发明，那么，对象当然内在地归于某些标签之下，因为这些标签是我们用来构造一幅世界（其中包括的首先是那些对象）图景的工具。但是，这种“自我确认之物”并不是不依赖于心灵的，外在论者企图把世界设想成既不依赖于心灵，同时又是自我确认的对象所构成的，这是办不到的。①

普特南认为不存在外部论者所主张的那种“自我确认之物”，也就是说世界并不是自动地将事物一个个区分和确认完成后交给人类去一一地加以认识和理解的。真实的情况是：心灵参与了切割世界的活动，心灵不是在被动地反映世界，而是主动地参与了世界样态的构造。普特南并没有否认“自我确认之物”的存在，但它们只有在人类所选择把握世界的特定概念模式中，或者只有在人类智力所顾及的范围之内才是有意义的。这意味着那个独立于人类概念模式之外的实在世界，对人类的理解而言是没有意义的。确实可能会存在构造世界的多种概念模式或多种说法，但“要求所有这些说法必须被还原为一个单一的说法，就是犯这样一个错误，即假设‘哪些是实在的对象’这个问题是一个独立于我们的概念选择而有意义的问题”②。这就是普特南的根本世界观。**然而现在我们遇到了一个更为深入的问题：根据事物间“相似”与“不相似”的特征去切割经验世界的方式有无数种，为何我们的心灵只选择一种方式而排除了其他的方式？**

在朴素的直觉上真理符合论更适合回答这个问题，提出这个理论的哲学家会直截了当地说：答案很简单，因为客观事实上确实就存在着山与水在属性上的分别。但前文通过对“指称相似论”的考察已经指出真理符合论在这里是行不通的，在我们的心灵之外不存在按照唯一方式将万事万物划分好和准备好以等待我们人类一一去加以认识的世界。普特南指出我们经验中的“对象”既是被发现出来的，又是被创造出来的，它们既有不依赖于我们意志而存在的实在

① 普特南．理性、真理与历史［M］．童世骏，李光程，译．上海：上海译文出版社，2005：60.
② 普特南．实在论的多副面孔［M］．冯艳，译．北京：中国人民大学出版社，2005：17.

性，同时又是我们在概念上的发明物。人的心灵并不是被动地反映外部对象，外部的对象被心灵“发现”和“识别”的过程即是此对象在思维中被“构造”出来的过程，这意味着我们眼中世界面貌的决定权是内部心灵与外部对象所共同拥有的。康德、普特南这样的持内部实在论的哲学家不是唯心论者，他们不否认世界的实在性，不否认外部对象确实为心灵的认知活动提供了物质基础，但他们认为这个实在的基础只是人类世界观形成的必要条件之一，而不是人类必须这样划分和理解世界的一个充分理由。这个世界最终在我们的**观念理解中**呈现怎样的面貌在很大程度上是由心灵或者说我们的先天理智结构所安排的，那种将思维世界与本体世界等同的做法已被内部实在论者所抛弃。认识活动不是简单地将目光对准一个现成的世界，人类**所认识到的**万事万物在本质上乃是心灵与对象合作共同创造出来的诸多事实。这正是康德留给后世的伟大思想遗产，当代重要的心灵哲学家约翰·麦克道威尔就这样指出，“康德仍然应当在我们有关思想与实在发生关联的方式的讨论中占一个中心的地位”①。

那么现在的问题是，到底背后是什么原因决定着两者之间选择以这种方式“合作”而不以另一种方式“合作”呢？或者说这背后是否存在着一个关于“合作方式”的制约性条件呢？

答案在价值层面中。我们之所以会认为世界“事实上”就是我们心灵中的概念所反映的那个样子，是因为以此方式来认识世界对我们人类而言是有价值的。普特南举了一个有趣的例子来生动地说明这个问题：

> 一个没有文化的人会走进一个房间并对房间作一番描述，但是如果他不知道桌椅是何物，他的描述恐怕很难传达其所属文化的其他成员希望得知的关于房间的信息。他的描述也许只包括真陈述，但这种描述是不恰当的。这个简单的例子表明，要求一个描述是恰当的，其本身就包含着要求叙述者有一套可行的概念。我们要求合理的叙述者在面对某些对象时能拥有某些概念，并能明了使用这些概念的必要性。如果叙述者未能运用某一概念，我们就有理由批评他以及他的描述。②

如果这位叙述者心中没有“桌椅板凳”的概念，而只有“长方形”这个概念，那么经过一番细心的观察后他报告说这个房间里有 56 个长方形。他的描述可能在事实上完全正确，但这种认知几乎没有反映出关于这个房间任何有价值的信息，知道房间之内总共有多少个几何图形无法帮助我们理解和掌握这个房间中那些对我们有用的真实情况。因此，普特南认为这样的观察

---

① 麦克道威尔．心灵与世界［M］．韩林合，译．北京：中国人民大学出版社，2014：21.

② 普特南．理性、真理与历史［M］．童世骏，李光程，译．上海：上海译文出版社，2005：156.

报告是“不合理”的。“要求一个描述是恰当的，其本身就包含着要求叙述者有一套可行的概念”，我们的文化之中发明了“桌子”“椅子”“床铺”这些概念，从根本上讲是因为这样做更有利于我们的生存，因为只有如此我们才能更好地理解和掌控身处其中的那个环境。一个房间是如此，整个世界更是如此。按照内部实在论，我们在描述这个世界时所使用的种种概念都是我们创造出来的，我们眼中的大量事实是经过概念浸透作用后而产生的事实。可以设想一个没有“桌椅”而只有“长方形”概念的人（即便他有关于桌椅的感官印象）在生活中将有多么困难。**拥有“桌子”“椅子”的概念意味着在所有桌子实物之间选择并确立了一种相似性，并且这个相似性不同于在所有椅子实物中也同样被选择和确立的那个相似性。而我们如果只有“长方形”的概念则意味着在桌子实物与椅子实物之间确认出了一种相似性，这种相似性使得我们只根据外观形状来识别和区分实物，而不管它们是桌子还是椅子。**普特南所举的例子完全可以体现在真实的生活经验中，如果把房间换成飞机驾驶室，那么我们这些不懂驾驶飞机的普通人就立刻变成了那位可怜的叙事者。当我们走进飞机驾驶室，所能报告的“事实”不过就是一个个色彩不同、形状各异的钮键罢了，而我们根本不知道它们代表着什么。因此，如果走进同一个驾驶室，尽管飞行员与普通人会分享着相同的感官体验，会看到一样的大大小小的钮键，但他们所“真正看到”的事实却完全不同，这也最终导致飞行员会比我们普通人能更好地理解与掌控驾驶室环境。可见，对象世界所提供的实实在在的东西就放在眼前，但至于它们被解读成怎样的“事实”，这是由人类所决定的。“事实”通过概念被建构从而能被人所理解，而概念的发明深刻地包含着其服务于人类生存和兴盛的价值意义，故普特南认为事实与价值是不可分离的，价值在背后制约着心灵与世界的合作方式。“事实”不光被看到或感觉到，它还需要被“理解”，而且人类在面对同样的感官体验的时候会拥有统一的理解，这是因为我们掌握了相同的概念。而概念的使用本身蕴含着“合理性”价值。普特南说：“事实（或真理）和合理性是相互依赖的概念。事实也就是可合理地相信的东西，或者更确切地说，事实（或真陈述）的概念，是对于能合理相信的陈述的概念加以理想化的结果。”① 在一段更为细致的讨论中，普特南对这个问题讲得更加清楚，他这样说：

> 以“猫在草垫上”这句话为例。如果某人在一个特殊的语境中实际地做出了这个判断，那么他就运用了概念元素“猫”“在……之上”和“草垫”。这些元素都是由一种特定的文化所提供的，其

---

① 普特南．理性、真理与历史［M］．童世骏，李光程，译．上海：上海译文出版社，2005：223.

出现和普遍存在揭示了有关该文化，以及差不多每一种文化的价值和兴趣的某些方面。我们之所以有“猫”这一范畴，是因为我们认定世界之划分为动物和非动物是有意义的，还因为我们对一个已知动物的种属也有浓厚兴趣。有一只猫而不仅仅是一个物在草垫上，是与这种意义和兴趣相关的。我们之所以有“草垫”的范畴，是因为我们认为非动物之划分为人造物和非人造物是有意义的，因为我们对一个特定的人造物的用途和本质有进一步的兴趣。因此，猫是在草垫上而不是在某物上，这是与上述意义和兴趣相关的。我们之所以有“在……上”的范畴，是由于我们还对空间关系发生兴趣。①

以上就是内部实在论的基本轮廓。内部实在论的一个核心主张是：世界由人类所划分，而人类划分世界的方式服务于“为了人类兴盛”这一实用目的。然而我们需要知道，进入20世纪90年代以后，普特南因为受到奎因、威廉·詹姆斯等哲学家的影响，逐渐意识到内部实在论在解释认知的发生机制上所存在的问题，于是逐渐改变了这一立场，转而走向了自然实在论（naturalistic realism)。②

---

① 普特南．理性、真理与历史［M]．童世骏，李光程，译．上海：上海译文出版社，2005：223.

② 普特南认为内部实在论的一个困难之处在于它无法圆满地解释心灵到底是如何去“勾连”外部世界的（hook on to the world)。这是因为内部实在论同几乎所有近代哲学思想一样都做了这样一个预设，即在人的心灵与世界之间存在一个分界面（interface)，它决定了我们感知世界的界限，导致我们的心灵只能止步于这个界限之内而无法认识到界限之外的世界面目。在这种预设下，我们所看到的世界都只是那个真实的外部世界在越过分界面之后给我们心中留下的影像或形成的心理事物（mental objects）而已，并非完全真实的世界，心灵由此成为一个与外部世界平行而对立的精神领域，它里面所发生的一切都被它内在地拥有。这些心理事物在笛卡尔那里被称为“观念”(idea)，在休谟那里被称为“感觉印象”(impression)，在恩斯特·马赫那里被称为“感知”(sensation)，在罗素那里被称为“感知数据”(sense data)。并且很重要的一点是，我们的心理事物是由分界面那一端的客观事物因果性地（causally）引发而来，这意味着分界面的两端——心灵与世界——处于一种因果性的对应关系中，而不是认知性（cognitively）的关系中。当我看到一个苹果的时候，在我心里形成的“苹果”影像仅仅是一个心理层面中的事实，它是经由那个真实的苹果物理实体“因果性地”触发而来的，但这不等于说我们所认出的苹果直接就是那个独立于我们心灵存在的外部真实苹果。分界面的预设是笛卡尔以来的近代哲学家们不自觉地采用二元分裂思维方式思考问题的产物。心灵与世界之间的鸿沟使得哲学家们在解释如何认识世界的问题上不得不去做这样的假设，即心灵一定拥有某种神秘的力量，借此独立地形成一个与外部世界相分离和相对峙的内部世界。而自然主义实在论则与此不同，它清除了分界面，指出我们所看到、听到、感知到的一切事物就是客观放在那里的事物（things out there)。对这个理论来说，心灵不再是一种非物质化的纯内在的精神领域，而是一种人在与自然的接触交往过程中所逐渐形成的能力系统，这种能力系统让我们可以直接地反映和把握自然，直接与外部世界挂钩而消除了分界面的隔阂。普特南后期转向的就是这种观点，普特南的这种转向实际上是受到威廉·詹姆斯的直接影响。但需要指出的是，自然实在论的立场并非与内部实在论有根本抵触，事实上，普特南后期仍然保留着内部实在论时期所提出的一些基本立场，其中最重要的一点是他依然反对心灵与世界只存在唯一的固定的对应关系这一看法。参见 PUTNAN H. Sense，nonsense，and the senses：an inquiry into the powers of the human mind [J]. Journal of philosophy，1994，91 (9)：463。

尽管有这样的改变，晚年的普特南仍然保留了他在拥护内部实在论时期所提出的两个基本观点，一个是对单一世界描述图景的拒斥，另一个则是对事实与价值不可分离的坚持。[①] 对单一世界描述图景的拒斥实质上就是对概念与事物之间只存有一种单一确实的对应关系的反对。在 1994 年的杜威讲座上，普特南表达了自己在前期内部实在论与后期自然实在论之间那些一直保持而未曾改变的立场，在其哲学生涯的后期他仍然认为：（1）世界上的事物不存在一个固定的总量；（2）事物的各类性质也不存在一个固定的总量；（3）在我们所“发现”的事物性质与我们所“制造”的事物性质之间不存在一个鲜明的界限；（4）在定义“真”的意义上概念与世界之间不存在一个天然固定好的对应关系（correspondence）。[②] 其中第四点非常重要，因为它直接表明概念与世界之间的对应关系并非由大自然先天就决定好的，人的心灵在对应世界的过程中自身有着相当大的主动权。我们可以看到，普特南内部实在论时期所提出的一些基本主张在后期转向自然实在论后并没有发生实质性改变。了解这整个哲学背景后让我们再回到最开始的那个思考中去，我们可以说“黄河之水从巴颜喀拉山发源而来”这句话之所以正确是因为它对我们整个人类内部来说是个“事实”，它有着对人类内部而言的现实客观性，它足够对所有人都产生认知上的效力，足以让所有人都负有承认这个陈述为真的义务。那么反过来看，“黄河之水天上来”这句诗为什么也会对一切人都产生普遍效力呢？笔者在第一章第二节“康德关于美的普遍有效性的论述”中已经指出艺术美的普遍有效性本质上仍是来源于知性上的普遍性，但在我们的经验知性中黄河之水毕竟并非从天而来，**说它“从天上来”是如何在知性上站得住脚的呢？**

第二节　古典诗歌艺术中的概念因素及其背后的知性法则

回答上节末所抛出的这个问题还需要我们回到“指称相似论”的思想中去。前面已经说过，普特南批判的是那种认为在概念与事物之间只存在着绝对、唯一对应关系的古老想法，该想法就是亚里士多德所创立的并影响久远的“指称相似论”。但普特南并没有否认这样一件事，即心灵在把握对象时仍然须依赖于直观印象之间的某些“相似性”特征，只不过这种相似性是从

---

① PUTNAN H. A half century of philosophy，viewed from within [J]. American academy of arts & science，1997，126（1）：199.

② PUTNAN H. Sense，nonsense，and the senses：an inquiry into the powers of the human mind [J]. Journal of philosophy，1994，91（9）：463.

无数的相似性中**被选择出来**的而已。例如，我们从东山（A_1）、西山（A_2）、南山（A_3）、北山（A_4）的直观印象中挑选出了“高（R_{A1}）”与“土石构成（R_{A2}）”这两个相似之处（当然被挑选出来的不止这两个直观相似之处，但它们显然最为重要）。同样的道理，从东天（B_1）、西天（B_2）、南天（B_3）、北天（B_4）的直观印象中挑选出“高（R_{B1}）”和“蔚蓝（R_{B2}）”这两个直观相似之处（同样它们是最重要的两个）。而**我们发现，这山之“高（R_{A1}）”与天之“高（R_{B1}）”之间也是相似的**。但在日常概念中，山与天虽然在“高”上是相似的，但我们并没有**只基于这个相似点**就把“山”与“天”联结整合成为一个概念。在我们的心灵分别形成“山”与“天”两个概念的过程中，“高”这个由彼此所共享的关键相似之处被忽视掉了，这个被忽视掉的相似点就归属于上文所说的第三种情况下的“相似性”①。实际上，人类为了更好地把握眼前这个纷繁万态的对象世界，没有只因为山与天均是“高居在上”就把它们混为一谈。人类只是根据有意挑选出来的相似性把对象进行整合与划分，由于创建概念所依赖的这些相似性被人类共同挑选，因此在人类内部具有普遍意义。

至此关键的地方出现了，下面的内容非常重要，笔者要表达的是：在人们划分事物、建立概念的过程中，事物之间那些被普通经验认知所舍弃掉的相似点，恰恰被诗人和艺术家所发觉并拾捡了起来（通过知性与想象力这两种心灵能力的结合做到的），成了诗人眼中万千事物间产生丰富联系的合理根据。**在概念划分世界的过程中，万千事物（呈现在概念中）之间这些长期被忽略或被掩盖了的合理联系借助艺术家的敏锐洞察力而昭示于世，事物与事物借由这些联系被前所未有地汇聚和协调在一起，这极大地丰富与拓深了人们对既有世界状况的认知，满足和顺应了人类潜藏于生命深处的那个去理解世界的渴望和本能，艺术审美的愉悦感由此而来。而千差万别的事物之间存有的那些千丝万缕的“联系”正是艺术认知的内容。**无论是传达何种情感、思想和精神的诗歌作品，它们最终都必须附着于和反映在具体的事物和事物的关系上，而各种不同的事物之所以能被安排在一句诗当中，是因为它们之间有合理的联系。**这里要指出的是：对各种“联系”的识察和表达是诗歌艺术之审美价值真正的安身之处，这是一个在西方近代美学史中被一些重**

① 创制概念过程中那些被忽略掉的相似性会在其他地方出现，当谈论“高的事物”的时候，“天”与“山”就都属于它的外延。相似性是对事物进行归类的根本依据，不同的归类标准依据的是事物间不同的相似之处。从宽泛的程度说，世界上所有的事物都可以基于“存在”这一相似性而归为一类。当我们区分“山”与“天”这两个概念的时候，“存在”这一相似点显然被忽略了，但当我们谈论事物间的统一属性的时候，“存在”这一相似点又出现在我们的视野中。换句话说，作为“属类”的事物之间的相似性在作为“种类”的事物之间可以被忽略掉。

要思想家明确揭示过的真理。[①] 而相似关系是最普遍和常见的一种联系。[②] 诗歌语言本就来自我们的日常经验语言，诗人所使用的每一个汉字都在这个文化传统中被人们所共同承认和接受，它们对事物的规定指涉早已被传统所确定下来，诗人没有造字与造义的特权。但是诗人的卓越之处在于，他们拥有某种极为敏锐和细腻的洞察力，发现了迥然不同事物之间那些被平日庸常经验所忽视和掩盖的潜在相似之处，并突破了日常经验的固有疆域，眺望见了事物之间丰富多彩的潜在关联。事物间暗藏的"潜在相似性"是突破普通经验中的常规联系而唤醒诗歌艺术中的特殊联系的最重要根据。所以明代王祎有一句极为精辟的总结一语道破这个诗学真相，他说："诗之为用，其托物连类，足以寓人不能宣之意。"[③] 这个"托物连类"本质就是去寻找不同事物间的暗合相似之处（即所谓的"类"）。此即诗歌艺术思维的一个根本法

---

① 培根这样说过："诗歌并不需要紧随事物的逻辑，它可以把自然状态中不相干的事情连接在一起，也可以把联系在一起的事物分隔开来，造成事物之间不合法的匹配和分离。"（培根．学术的进展［M］．刘运同，译．上海：上海人民出版社，2007：75.）狄德罗则讲得更细致一些，他说："在我们称之为美的一切物体所共有的品质中，我们将选择哪个品质来说明以美为其标记的东西呢？哪个品质？很明显，我以为只能是这样一个品质：它存在，一切物体就美；它常在或不常在——如果它有可能这样的话，物体就美得多些或少些；它不在，物体便不再美了；它改变性质，美也随之改变类别；与之相反的品质使最美的东西变得讨厌和丑陋。总而言之，是这样一个品质，美因为它而产生，而增长，而千变万化，而衰退，而消失。然而，只有关系这个概念才能产生这样的效果。"（狄德罗．狄德罗美学论文选［M］．张冠尧，桂裕芳，译．北京：人民文学出版社，1984：22.）在隔了几页的后面一个地方狄德罗这样写道："一般来说，关系是一种悟性的活动，悟性在考虑一个物体或者一种品质时往往假定存在着另一物体或另一品质：当我说皮埃尔是个好父亲时，我是观察他身上的一种品质，这种品质意味着存在另一种品质，即儿子的品质。其他的关系，不论是什么关系，也都如此。由此得出结论，尽管从感觉上说，**关系只存在于我们的悟性里，但它的基础则在客观事物之中**（笔者加重），而且我还要说，每当一个事物具有这些品质，以致身心构造如我这样的生物去观察它时，不能不设想有其他的物体或品质存在，或存在于这个事物身上，或存在于它之外，每当这个时候，这事物本身就具有真实的关系。"（狄德罗．狄德罗美学论文选［M］．张冠尧，桂裕芳，译．北京：人民文学出版社．1984：27－28.）

② 关于艺术中"相似性"联系苏格兰哲学家哈奇森做过这样一段深刻而又精彩的论述，他说："我们观察我们心灵中的一种奇特倾向，它总是会对呈现于我们视野的所有事物，甚至对彼此似乎不相关联的那些事物进行不断的比较。在类似的激情之中，所有动物恶行动都具有某种相似性，这是很容易被发现的可比之处，但这并不会满足我们的爱好。无生命的对象往往具有这样的姿势，它类似于各种情景中的人类身体的那些姿势，而身体的这些神态或姿态就是心灵中某些行为意向的表征，因此我们的激情和感情以及其他因素本身，都获得了与自然的无生命对象的某种类似之处。因此，海上的风暴常常是愤怒的象征，雨中低垂的草木是悲伤之人的象征，茎蔓低垂的罂粟或被犁割断而逐渐凋零的花朵象征着英雄的死亡；山峦中年迈的橡树代表着古老的帝国，吞噬森林的火焰代表着战争。简而言之，自然界中的每见事物，经由我们奇特的寻找相似性的心理意愿，都可以被用来代表其他事物，甚至最不相关的事物，尤其是我们更为亲密地关心着的激情和人类本性的因素。"（哈奇森．论美与德性观念的根源［M］．高乐田，黄文红，杨海军，译．杭州：浙江大学出版社，2009：34.）

③ 王忠文集［M］//文渊阁四库全书：第1226册．台北：台湾商务印书馆，1986：355.

则，我们可以称之为“相似性法则”[1]。**须着重提醒的是，相似性法则不仅适用于单个概念之间，也适用于事类之间。**前者如“明月”与“玉盘”、“时间”与“流水”、“浮云”与“游子”、“爱情”与“鸳鸯”等，后者如“玉辇纵横过主第，金鞭络绎向侯家”“吴宫花草埋幽径，晋代衣冠成古丘”“伏波故道风烟在，翁仲遗墟草树平”“晴空一鹤排云上，便引诗情到碧霄”“庄生晓梦迷蝴蝶，望帝春心托杜鹃”等，即是如此。事类之间基于相似性而被联结的情形非常重要，因为它在意义上超越了单个的事物，让成群的事物之间形成关联，并往往可以奠定上下两句诗的核心命意。

但任意两个事物之间都会存在无穷多的相似性，如此的话，事物之间一切被忽视掉的相似之处就均可以被视为“潜在相似性”。但诗歌艺术中的“潜在相似性”却远没有这么任意和泛滥，它们必须满足“联系的合理性”的要求，并不是每一个相似之处都足以促使事物之间产生“合理”的联系。[2]例如“风”“马”“牛”之间也有很多潜在的相似性，如“它们均能被感察得到”“均可以成为交通运输的动力”“均能发出声响”，但是诗人如果仅凭这些相似之处就将风与马或者风与牛咏入一句诗里，这在事物的关联性上会显得非常荒唐。事实上，风与马的相似之处还体现为两者均可以有很快的行动速度，而“速度”就正是一个可以将两者合理地关联起来的相似之处，所以苏轼会写出“快马争风鸣杂珮”（《安国寺寻春》）这句诗来。同样地，风与牛两物之间也潜存着能够满足“合理性”要求的相似之处，例如它们均能显现出与某一类意境相近或契合的特质，所以宋代词人吴渊才写出“家山梦，秋江渔唱，晚风牛笛”（《满江红・投老未归》）这种意境闲远的诗句。在这

---

① 康德是这样论述相似性问题的：“有一些形式，它们并不构成一个被给予的概念的展示，而是仅仅作为想象力的附带表象而表述与此联结的后果和这个概念与另一些表象的亲缘关系，人们把这些形式称为一个其概念作为理性理念不可能被适当地展示的对象的标志（审美标志）。所以朱庇特的鹰则是仪态万方的天后的一个标志。它们并不像逻辑标志那样，表现处在我们关于创造之崇高和壮丽的概念之中的东西，而是表现某种别的东西，**这东西给想象力提供诱因，去把自己扩展到有亲缘关系的表象的一个集合之外，这些表象让人思考比人们在一个通过语词来规定的概念中所能够表述的更多的东西（Which gives occasion to the imagination to spread itself over a number of kindred representations，that arouse more thought than can be expressed in a concept determined by words）**；并给出一个审美理念，这个理念取代逻辑的展示而服务于那个理性理念，但真正说来是为了使心灵活跃起来，因为它给心灵展现出有亲缘关系的表象的一个望不到边的远景。”（康德．判断力批判：注释本［M］．李秋零，译注．北京：中国人民大学出版社，2011：138。对应的英文版是 KANT I. The critique of judgment ［M］. BERNARD J H. trans. London：Macmillan，1914：315。）请注意，康德这里所说的“去把自己扩展到有亲缘关系的表象的一个集合之外”指的是把对某个概念的理解扩展到与之具有相似关系的概念的理解之中。“亲缘关系”在英文版的译文中被译成“kindred”，即“类似、近似”的意思。

② 这里所谓的“合理”，就是指知性与想象力之间所达到的协调一致状态，也就是艺术的“无目的的合目的性”状态。

句诗中，“晚风”与“牛笛”彼此协调地出现在同一幅夕阳暮照的画面之中，这一次，风与牛因为皆可以传达出故乡的典型景象而彼此产生了合理关联。那么，一个一般性的追问是：究竟是什么东西决定着艺术联系背后的这种合理性呢？或者说艺术联系的“合理性标准”究竟是什么呢？

它就藏在我们已有的知性概念体系之中。内部实在论已经告诉我们，概念是我们的心灵对事物之间的某些相似性加以选择、抽绎的结果，这个相似性一旦被心灵所挑取和确认，便牢固地根植于概念的规定内涵之中，**它自身就决定着我们看待和理解世界的“合理”方式**。世界被我们收笼在千千万万的概念法则之中，任何两个事物之间通过概念被挑选出来的相似性（因此被合并入一个概念）或通过概念被忽略掉的相似性（因此被区别成两个概念），都与其他无穷多的事物也在被概念化的知性进程中保持着某种统一的考量方式和统一的认知规定，从而共同形成一个相互支持、协调一致的庞大概念法则体系。人类通过知性概念系统建立供人类自己理解的广阔世界秩序，这个知性系统对繁众事物之间的固定联系进行了“合理化”的确认。我们的艺术思维就是在事物经由知性系统所确认过的合理联系基础上找到与此系统协调一致的另外一种关联事物的方式，从而扩展知性驱驰的那固有疆域，由此形成某些新的世界景象。因此艺术领域中的合理化标准必然以一般的知性概念系统为基础，前者是从后者庞大体系的间隙中生发，所以它必须以后者的整体为根据。这也就是比厄斯利评价康德美学思想时所说的“将总的表象官能（想象）归入总的概念（理解）之下”[①] 的意思。一些事物或事类之间会基于相似性而被合并，另一些事物和事类之间会因不相似而被区别，而某些相似性之所以会被心灵所忽视，不是因为它们不够相似，而是因为如若不舍弃它们，则我们无法促进形成一个庞大的且能够井然有序有效反映世界的概念系统，因此也就不符合人类最终把握世界的认知利益。艺术联系的合理性标准渗透在知性概念体系中，它本身就是人类知性能力的作品。下面我们就具体考察这些诗歌艺术领域中的知性法则。

先谈相似性法则。事实上，事物间那些被舍弃与忽略掉的潜在相似性往往在其他层次的概念中显露出来。“明月”与“露水”两物中潜藏的相似性在两个概念分别形成的过程中被刻意地忽略了，但它却在“明亮的事物”“圆润的事物”“幽静的事物”这一层次的概念中得以共同的保留。我们的古典诗歌艺术常用的手法就是通过这种寻找共性的途径，把在概念系统中那些本来只是分立存在的概念奇妙地联系起来，以拓宽人们的耳目。例如“思君

① 比厄斯利．西方美学简史［M］．高建平，译．北京：北京大学出版社，2007：196．

若汶水，浩荡寄南征”中的“思君”与“汶水”，“向前敲瘦骨，犹自带铜声”中的“瘦骨”与“铜声”；“大道如青天，我独不得出”中的“大道”与“青天”；“大漠沙如雪，燕山月似钩”中的“沙”与“雪”、“月”与“钩”；“秦王扫六合，虎视何雄哉”中的“扫六合”与“虎视”；“星垂平野阔，月涌大江流”中的“星垂平野”与“月涌大江”“试量东海水，看取浅深愁”中的“海水”与“愁”等不胜枚举。一般来说，概念根据相似性法则能建起两种联系，一种是比喻性的，另一种则是并列性的。前者是直接将一个事物比喻成另一个与之相似的事物，如“巴陵无限酒，醉杀洞庭秋”“忽如一夜春风来，千树万树梨花开”“离恨恰如春草，更行更远还生”“人生到处知何似，应似飞鸿踏雪泥”“若把西湖比西子，浓妆淡抹总相宜”“只恐双溪舴艋舟，载不动许多愁”。后者是两个事物或事类之间因相似而得以并列而论，如“寒灯耿宵梦，清镜悲晓鬓”“明月松间照，清泉石上流”“青松寒不落，碧海阔愈澄”“诗思竹间得，道心松下生”“池光不受月，野气欲沉山”“吴宫花草埋幽径，晋代衣冠成古丘”“蓝水远从千涧落，玉山高并两峰寒”“无边落木萧萧下，不尽长江滚滚来”“沉舟侧畔千帆过，病树前头万木春”“但是好花皆易落，从来尤物不长生”“春蚕到死丝方尽，蜡炬成灰泪始干”“几时拓土成王道，从古穷兵是祸胎”“翰林风月三千首，吏部文章二百年”“宦情薄似秋蝉翼，乡思多于春茧丝”“我见青山多妩媚，料青山见我应如是”，可谓不胜枚举。

事物间的相似性寓示了事物间的反差性，当相似性被确立起来之后，反差性也就自然地被决定了。我们对事物的认知往往是通过相似之处，继而过渡理解到反差之处，当依据某个相似之处把诸事物整合进同一个概念的时候，此事物的概念与其他事物概念的反差关系也就自然地蕴含在其中了。例如，“山”这个概念是从各种不同山体那里依据它们之间的某个相似性被总结出来的，而“谷”这个概念亦是如此而来，在先行分别了这两个概念之后，我们随即认识到它们是一对在规定内涵上反差性极大的概念。如果一个人在他的经历中只见过一座山与一壑谷，那么他不可能识察到山与谷在“高”与“低”上的反差性，他最多只是发现两者之间的海拔不同而已。直到他目睹了足够多的相似的高山、足够多的相似的低谷以及足够多的处于中间的事物之后，才可能会认识到山与谷之间的这种反差性。相似性是反差性产生的基础，它帮助我们分门别类地建立概念，然后通过这些概念我们发现了反差性的存在。反差性的运用比较常见，事实上许多古典诗歌警句都是通过事物之间鲜明的比照来凸显某些深刻的寓意的，例如“何意百炼钢，化为绕指柔”“死是征人死，功是将军功”“但见新人笑，哪闻旧人哭”“朱门酒肉臭，路有冻死骨”“社稷依明主，安危托妇人”“君若无定云，妾若不动山”“莫言炙手手可热，须臾火尽灰亦灭”“黄河捧土尚可塞，北风雨雪恨难裁”“自古圣贤多薄命，奸雄恶少皆封侯”“周公恐惧流言日，王莽谦恭未篡时”“夜半宴归宫漏永，薛王沉醉寿王醒”“座中醉客延醒客，江上晴云杂雨云”“荷尽已无擎雨盖，菊残犹有傲霜枝”“桃李春风一杯酒，江湖夜雨十年灯”“多少虎臣提将印，谁知战死是书生”“可怜三尺夷秦项，身后难存一妇人”等都是如此。反差性还有另外一种表现方式，就是“翻案”，即它意图打破某个世人早已习以为常的事理事态，通过反差性的理解让世人耳目一新。这些诗句典型的如“有耳莫洗颍川水，有口莫食首阳蕨”“东风不与周郎便，铜雀春深锁二乔”“若无水殿龙舟事，共禹论功不较多”“江东子弟今犹在，肯为君王卷土来”“意态由来画不成，当时枉杀毛延寿”。翻案做法并非意味着诗人们可以随心所欲地去标新立异，翻案诗即需要超乎常态，又需要合乎道理，它最终应符合“反常合道”的要求。

相似性法则也是艺术夸饰背后的理论基础。夸饰是古典文学常用的艺术手法，刘勰就说过：“虽《诗》《书》雅言，风俗训世，事必宜广，文亦过焉。是以言峻则嵩高极天，论狭则河不容舠，说多则子孙千亿，称少则民靡孑遗；襄陵举滔天之目，倒戈立漂杵之论；辞虽已甚，其义无害也。”[①] 刘勰所举的例子颇有典型性，这里择取其中两例来分析。比如古人常用“极天”来夸饰“高”，用“千亿”来夸饰“多”，这似乎已经是人们习以为常的艺术手法了，如“登位历寿，子孙千亿”“苍苍耸极天”“关塞极天惟鸟道”“何方可化身千亿”。那么这背后的根据是什么呢？答案就藏于相似性法则之中。以“高”为例，根据前面的论述我们已经知道，一个事物 X 如果想被称为“高”的话，那么 X 中的某种属性就必须与“高”这个概念相似。当我们看到或想象到“苍山极天”“关塞极天”的场景时，自然会形成一种“高”的感觉。这是因为说“苍山极天”无非是要表达“苍山高”这个意涵，而“极天”本身就是“高”这一概念下的一种显现，所以山“极天”的程度就自然与“高”相似，**这属于个性与共性之间的相似**。（当然“高”是一个相对化的概念，它的使用依赖于所参照的事物，人的“高”与山的“高”自然不可同日而语。）同样的道理，“白发三千丈”中的“三千丈”与“长”、“桃花潭水深千尺”中的“千尺”与“深”、“尔来四万八千岁”中的“八千岁”与“久”之间都仍然是一种相似关系。所不同的是，艺术夸饰追求的是一种逾越正常经验比例的相似性，除了相似之外，它必须做到足够的夸大其词。

---

① 刘勰．文心雕龙［M］．范文澜，注．北京：人民文学出版社，1958：608.

然而这里或许会出现这样一个疑问：相似性固然重要，但是否夸大了其在诗歌事业中的权重？因为许多意象间的关联并非依据于事物之间的相似关系，而仅仅是因为**“当时事实情况就是如此”**，例如曹植《公宴》中对笙歌夜宴场景的真实描述，这首诗的内容是：“公子敬爱客，终宴不知疲。清夜游西园，飞盖相追随。明月澄清景，列宿正参差。秋兰被长坂，朱华冒绿池。潜鱼跃清波，好鸟鸣高枝。神飚接丹毂，轻辇随风移。飘飖放志意，千秋长若斯。”这些诗句在内容上不同于“黄河之水天上来”“恰似一江春水向东流”这类带有想象性的诗句，前者更多的是诗人对其目击身历的场景的描述。但问题并没有这么简单，诗人所描述的事实场景是一个经过诗人有意裁剪和选择后的事实场景，在曹植处身其中的那场公宴之夜上，引起诗人注意的事物绝不止于诗中所刻画的有限内容。而曹植诗中所吟咏的内容，只关涉那些相互之间具有特定关联的事物与活动，它们之间之所以发生关联根本上还是由于其在属性上所分享的某种相似性。清夜游园、飞盖追随、明月清澈、列宿参差、鱼跃清波、鸟鸣高枝等内容都带有在美好景色之下豪贵行乐的情致与气息，因此它们彼此间可以合理地联络起来一并烘托出诗篇的主题。再如赵翼有一句诗是“江山代有才人出，各领风骚数百年”，这句诗所反映的诚然是历史的基本规律或历史基本事实。然而其在艺术上的妙绝之处在于，我们感受到了江山与文章、空间与时间在宏大格局上的某种相似性，这使得上下两句联结得如此自然和谐。

以上诗例所涉及的就是与相似性法则**密切相关**的“相邻性法则”，相邻性法则是指各种事物或各种活动在出现与发展进程中基于**时空上的邻近**而产生的自然联系，这样的诗句如“采菊东篱下，悠然见南山”“白日依山尽，黄河入海流”“明月松间照，清泉石上流”“行到水穷处，坐看云起时”“泊舟浔阳郭，始见香炉峰”“野旷天低树，江清月近人”“秋风吹渭水，落叶满长安”“秦时明月汉时关，万里长征人未还”“长风万里送秋雁，对此可以酣高楼”“疏影横斜水清浅，暗香浮动月黄昏”。像卢照邻《长安古意》、杜甫《哀王孙》这类对某一境况给予集中描写的诗歌，在物象和事类的选择安排上更是整体性地受到相邻性法则的制约。如《长安古意》中有“长安大道连狭斜，青牛白马七香车。玉辇纵横过主第，金鞭络绎向侯家。龙衔宝盖承朝日，凤吐流苏带晚霞。百尺游丝争绕树，一群娇鸟共啼花。游蜂戏蝶千门侧，碧树银台万种色。复道交窗作合欢，双阙连甍垂凤翼。梁家画阁中天起，汉帝金茎云外直”。《哀王孙》中有“长安城头头白乌，夜飞延秋门上呼。又向人家啄大屋，屋底达官走避胡。金鞭断折九马死，骨肉不得同驰驱。腰下宝玦青珊瑚，可怜王孙泣路隅。问之不肯道姓名，但道困苦乞为奴。已经百日窜荆棘，身上无有完肌肤……”我们看到，无论卢照邻对长安盛况的状绘还是杜甫对长安惨状的描写，他们所择取的物象与事类均处于相邻的时空范围内。然而问题是，即便在同一主题范围之内，相邻的事物在理论上也是无限多的。任何有限的时空范围之内都聚集着无限多的事物，诗人不可能把邻近范围内的所有物象与事类都刻画呈现出来，他必须于其中做出取舍。而这取舍背后则另有其他的独立根据，这就又回到了相似性法则。事实上，上文所举的两首诗围绕长安所展开的内容，在其各个具体事类和物象的细节上均保持着一种气氛上的相似性，卢照邻笔下的各个对象必须均能反映出升平繁华的气氛，同样地，杜甫笔下的各种描述也共同烘托着国破家亡的气氛。所以如果没有相似性法则在隐秘地起作用（这里反差性法则也可以起作用，比如“行到水穷处，坐看云起时”），相邻性法则将是一个空洞而无法实施的法则。

逻辑性法则也是诗歌艺术所依靠的一个重要根据，它主要显示在因果律与理由律之中。因果律是事物之间建起联系的一种根据，像“少壮不努力，老大徒伤悲”“读书破万卷，下笔如有神”“少小不识月，呼作白玉盘”“春宵苦短日高起，从此君王不早朝”“不识庐山真面目，只缘身在此山中”“问渠哪得清如许，为有源头活水来”“到底君王负旧盟，江山情重美人轻”等诗句皆在其句义的结构中展现出直接的因果联系。应该指出，有些诗句里的因果联系并不明显，它只是隐含在诗句思想的逻辑脉络之中。例如“古来芳饵下，谁是不吞钩?”“但使龙城飞将在，不教胡马度阴山”“吾观自古贤达人，功成不退皆殒身”“近水楼台先得月，向阳花木易为春”“粉骨碎身浑不怕，要留清白在人间”，等等。因果联系是人类认知活动中最为基本的思维法则，无论是在自然科学领域还是在人文思想领域，它都拥有普遍客观有效性。但这里须稍加解释的是，诗人和艺术家并不如同社会学家和历史学家那样，负有对事态的因果性做出全面洞察和揭示的理智职责，诗人们所负有的“职责”只在于将事态全部原因中的某一特殊部分揭示出来。而这一部分之所以是特殊的，要么由于它自身就是事态形成背后的决定性原因（如“少壮不努力，老大徒伤悲”“结庐在人境，而无车马喧，问君何能尔，心远地自偏”“南军不袒左边袖，四老安刘是灭刘”“历览前贤国与家，成由勤俭破由奢”“不识庐山真面目，只缘身在此山中”“到底君王负旧盟，江山情重美人轻”），要么由于它是一种可以将人们对某种事态的理解伸延至其他相关的思想理念领域或价值维度中的夸张性原因（如“但使龙城飞将在，不教胡马度阴山”“人生在世不称意，明朝散发弄扁舟”“春宵苦短日高起，从此君王不早朝”“若无闲事挂心头，便是人间好时节”）。而事实上，这种夸张性手法实乃根植于关于艺术的“诸多可能世界”当中，起源于“可能世界”对“现实世界”中真实因果律的某种**合乎知性的类比**，而这实际上仍遵循着艺术知性中的“相似性法则”。[①] 以上就是诗人在面对世界的因果问题时其所身处的两种理智境况。

因此，当诗歌艺术揭示了物态人情中的某些内在的因果联系时，它自然就获得了普遍的意义，而当这种因果联系以前所未有的精当语言形式被表达出来的时候，它就更会在人们的心中引发广泛共鸣。另外须注意的是，因果联系在诗歌上的适用范围会比较有限，往往在上下两句诗中只展现出一种因果联系，本段开头所举的诸多名句皆是如此。但相似性以及反差性法则却既可以适用在单独的事物与事物之间，也可以适用在成群的事类与事类之间。

除了因果律之外，逻辑性法则也体现在理由律上。例如“山无陵，江水为竭。冬雷震震，夏雨雪。天地合，乃敢与君绝”、“利剑不在掌，结友何须多”、“人生须达命，有酒且长歌”、“贵尔六尺躯，勿为名所驱”、“世界微尘里，吾宁爱与憎”、“何须待零落，然后始知空”（法眼禅师《观牡丹》）、“遥知不是雪，为有暗香来”、“劝君更尽一杯酒，西出阳关无故人”、“莫愁前路无知己，天下谁人不识君”、“出师未捷身先死，长使英雄泪满襟”、“欲为圣明除弊事，肯将衰朽惜残年”、“同是天涯沦落人，相逢何必曾相识”、“人生莫作妇人身，百年苦乐由他人”、“安能摧眉折腰事权贵，使我不得开心颜”、“呜呼！何日眼前突兀见此屋，吾庐独破受冻死亦足”、“九死南荒吾不恨，兹游奇绝冠平生”、“正统不惭传万古，莫将成败论三分”（佚名《武侯庙》）、“但有生离无死别，果然天上胜人间”（沈德潜《七夕悼亡》）、“惜秦皇汉武，略输文采，唐宗宋祖，稍逊风骚”等皆是如此。理由律决定着某种观念或者某种行为的合理性，对任何事物的合理性的证成都需要建立在诸多正反两面理由分量的权衡上。[②] 为了使某个事物、态度和行动得以合理化并为公众所接受，当诗人道出某个最重要的理由或者揭明了某个长期被人忽视的理由时，便会因为其在知性上所拥有的说服力，促进人们对该事物、态度和行动的理解，进而引发一种认知上的服悦感。这里值得提醒的是，理由律的使用往往会附着情感的色彩，或者换句话说，诗人提供的理由往往可能是他在情感驱使之下所做的选择，而这个选择的结果却又是那么的合情合理，以至于让读者一见到这个理由，就能立刻理解和认同诗人的典型心理与行为。例如李白的“安能摧眉折腰事权贵，使我不得开心颜”，李白无疑是带着激昂的

---

① 这里我们又遇到了艺术知性中的“相似性法则”。

② 理由律和因果律的最重要区别是：理由律的作用意在“正当化”某些事态和言行的发生和存在，具有说服证成的性质。因果律的作用意在“客观化”地解释某些事态和言行的发生和存在，具有描述的性质。

情感喊出这句震烁千古的名句的，后世读者对这个理由的真正理解，必须建立在对李白这种独特人格之情感特征以及其作为千古一人的生命价值的准确判断上。在历史和现实中，有太多的人即便迫使他摧眉折腰、奴颜婢膝也会很开心。因此理由的充分与否与诗人的人格特质、情感类型和价值观这些知识密不可分。

至此我们看到了诗歌艺术的四项基本知性法则[①]，它们分别是相似性法则、反差性法则、相邻性法则以及逻辑性法则。**其中相似性法则是反差性法则与相邻性法则的基础，并且相似性法则在适用的范围上也宽于其他法则，所以应当说相似性法则是诗歌艺术中最为基本、支配范围最为广泛的法则，而他法则实质上就是“隐喻”——这一诗人最钟情的艺术手法——背后的认识论基础。**这就是为何笔者投入如此重的篇幅曲折地从普特南的认识论哲学那里引入“相似性”哲学理论的根本原因。

需要指出，以上所总结出来的诸多知性法则既适用于诗的一联两句之中，也适用于联句与联句之间，甚至也可以用于连章体的各个独立诗章之间。但是我们也知道古代一首律诗之内向来有“起承转合”之法，长篇古体诗有“段落匀称”之法，连章体诗之间则讲求“次第分明”之法。[②] 事实上，上面所例举的三类古代诗法均属于关于整个诗作谋篇布局的规则，无论是“起承转合”“段落均匀”还是“次第分明”，其旨归一，即皆追求诗句意义内容之间的变化。然而无论这种变化是如何的纷繁多态与层出不穷，有一点是必须被保证的，那就是行句之间需要拥有适当的关联。

以律诗为例，律诗中“起”与“承”两联之间的联系，如果按照元代诗论家杨载的话就是“此联要接破题，要如骊龙之珠，抱而不脱”。而讲到“起承”句与“转”句之间的联系则是“与前联之意相应相避。要变化，如疾雷破山，观者惊愕”。最后讲到“合”句与之前所有句子间的联系则是：“或就题结，或开一步，或缴前联之意，或用事，必放一句作散场，如剡溪之棹，自去自回，言有尽而意无穷。”[③] 我们可以看到“起”“承”之间是“抱而不脱”，“起承”与“转”之间是“相避变化”，“起承转”与“合”之间是后者“或就题结，或开一步，或缴前联之意，放一句散场”。事实上，正是那些支配各个句子的各个知性法则之间的合理联系，最终构成了诗歌整体的章法。例如起、承之间的所谓“抱而不脱”，实际情况中诗人当如何做到“抱而不脱”呢？杨载云“或写意，或写景，或书事，用事引证”。那么

① 这个法则就是第三章所提到的“活法”。

② 仇兆鳌．杜诗详注．北京：中华书局，2015：168.

③ 杨载．诗法家数［M］//张健．元代诗法校考．北京：北京大学出版社，2001：17.

具体该如何展开呢？它们实质上仍然是反映在诸如相似性法则和邻近性法则之中，只不过它们是运用在联句衔接之处，其相似性或邻近性体现得不如其在各联句之内时那么典型。例如“昔人已乘黄鹤去，此地空余黄鹤楼。黄鹤一去不复返，白云千载空悠悠”，起承句之间体现为邻近性关系；“风急天高猿啸哀，渚清沙白鸟飞回。无边落木萧萧下，不尽长江滚滚来”，同样亦为邻近关系；“相见时难别亦难，东风无力百花残。春蚕到死丝方尽，蜡炬成灰泪始干”，起承句之间更多是体现为相似关系，是众多衰落之物基于其相似的处境而并置在一起；“人生何处不离群，世路干戈惜暂分。雪岭未归天外使，松州犹驻殿前军”，此处起承句间亦为相似关系，这属于“离群”的概念与“离群”的个例之间的相似关系。

再如“起承”与“转”之间的所谓“相避变化”，其中可蕴含不同知性法则之间的递转联结。所谓承、转之间“相避变化”之要求，其则实质上反映着避免重复、扩大诗中世界范围的要求。这乃是诗歌艺术载覆知性价值的本然指归，内容单一的诗其价值自然要逊色。至于如何相避变化，杨载还是指出“或写意、写景、书事、用事引证”。这里的变化必须足够大以避免与前两联重复，但也应与前联之主题保持住一定的关联，这就是“相避变化”的原则，其内容具体来说也可以是变化而不离其题。事实上，“变化而不离其题”本身就是我们在相似性法则与反差性法则的长期运用中培养出来的一种事物之间既能相关又很不相同的妥当距离感，这种妥当感完全是从我们对其他基础关系的熟稔把握中衍生而来。上段所举经典诗例中各自的“转”联都多少体现出了“相避变化”的原则。最终可以看出，那种用以调整诗歌联句之间关系的章法原则本身亦是诸项艺术知性法则的衍生物。

由此可见，诗人对世界万千物象事类潜在联系的发现和洞察本身就是一种深刻的认知活动，因为这些联系是真实地潜存在事物之间的。与其说这个世界是由一个个孤单的事物所构成的集合，毋宁说这个世界的内涵是显露在事物与事物之间的繁多联系当中的。我们努力认识世界，在很大程度上就是发现和把握世界上千差万别的事物之间所存在的各种未知的联系。诗歌本质上为我们提供了一种特殊的知识形态，它有别于道出事物之间那些我们早已习常的联系或秩序，深化和拓展了我们对世间万物的既有认知和理解，这一点是诗歌艺术可以为我们带来精神享受的根源。无论是言志诗、缘情诗、讽喻诗、咏史诗、怀古诗、哲理诗，它们在内容上都不能回避对事物间联系的揭示。诗歌不是诗人空洞无物、重言反复地倾诉，诗人的情志与思想必须托寄于对具体事物的吟咏之中。**主观的情感会投射到客观的世界当中，与其说诗人抒情言志，不如说诗人在感知与状绘着当他被某种情感笼罩时所历阅到**

的世界面貌，这一世界面貌只能显露在各类特定事物之间所形成的特定联系之中，而对这些联系的洞察与揭示就是典型的思维认知活动，它最终都会受到以上诸项艺术法则中的一项或几项的支配。[①] 这样，从康德到普特南，我们找到了足以安顿人类普通知性与诗歌艺术知性的那个共同基础，无论是哪种知性，它都具有对整体人类内部而言的那种普遍性与有效性。

第三节 “概念性命意”与“意象性命意”之分野：古典诗歌知性法则的基本类型

上一节中已讲到，诗歌艺术的生命在于发现世间万物之间隐含着的那些千丝万缕的合理联系。也正是基于此，笔者详尽地阐发了这些联系在诗歌艺术领域中获得普遍合理性的诸种根据，即相似性、反差性、相邻性以及逻辑性这四项艺术知性法则。它们构成了万千事物在诗人笔下得以关联起来的普遍客观基础。然而上一节所阐释的四项知性法则，其所面对的乃是作品的意义内涵层面，均属于用以引导和调整诗句思想主旨的规范，因此它们关切的对象乃是诗句中概念与概念之间的特定联系。例如杜甫“但见新人笑，哪闻旧人哭”这句诗的思想立意是由概念之间的联系所建立的，而这种联系背后的合理根据就是反差性法则。这意味着无论这句诗展现怎样的遣词造句，它的主旨大意——欲表现世间情侣在悲喜境况上的悬殊心态这一意图——都是可以维持基本不变的。我们可以通过对这句诗在选词上的改变而依旧基本保留其原初主旨，比如这句诗可以改写成“惟睹新人笑，岂知旧人哭”，或者改成“不见旧人泣，但闻新人歌”。由此可以看到，虽然变更了外在语言的表现形式，但是其中心内容与杜甫的原诗并无二致。诸如此类，其他法则皆做如是理解。

但是这引来了进一步的问题，虽然诗句的主旨大意没有改变，但是诗句的整体艺术表现效果却高低立判。“惟睹新人笑，岂知旧人哭”显然在艺术表现上不及“但见新人笑，哪闻旧人哭”，我们真实地感受到诗句在遣词上的调整变化实质性地影响了我们对作品艺术风貌的审美观感。古典诗歌自身就是建立在汉民族象形语言之上的最高艺术品，而且它对语言表现形式的依赖可能比任何其他语言文化群体都更深。古典诗歌所使用的语言不是如今的日常口语，甚至也不是唐宋时期的官方口语。按照吉川幸次郎先生的看法，它是一种很需要表现技术的“高层次言语”。吉川幸次郎指出：“（中国人）

---

① 这其实就是艺术创作中主客观融合的问题，其更详尽的论述参看第五章第三节的专论。

如下的意识可能较其他的任何文明都要强烈：文学首先在其表现的技术上必须使用高层次的言语。甚至不时产生这样偏颇的意识：表现的整饬是文学之根本性的必要条件。或者说，只有满足了这个条件，文学才得以形成。当这种意识高涨时，素材不再要求新颖。在素材方面毋宁是崇古的，只是表现得新为其猎取的目标。”① 吉川幸次郎确实所言非虚，应该承认的是，斟词酌句对古典诗歌的艺术表现力之影响非常巨大，许多世代脍炙人口的名句在思想内容上并无多少立意不凡或别出心裁之处，它们的成功往往非常倚重精心挑选出来的语言表现形式。

诗学史上将诗歌的思想内容与语言形式区别开来是古代诗论家的一种常态思维。著名的如空海（又作“遍照金刚”）的“古人后于语，先于意。因意成语，语不使意”②；刘攽的“诗以意义为主，文词次之。或意深义高，虽文词平易，自是奇作。世效古人语句平易，而不得其意义，翻成鄙野可笑”③；王士祯的“以意为主，以辞为辅，不可先辞后意”（《师友传诗续录》）④。他们的重叠之处是均将意义内涵看作诗歌的第一要素，而将语言表达看作对第一要素的帮衬与辅助，因此是第二位的。并且这些论述似乎都不约而同地秉持着这样一个观念，即“意”与“语”对文学作品的形成各自承担着不同的职责，故它们可以被分而论述。然而，真正的困难在于我们是否能找到一条清晰的界线把作品的思想内容与语言形式区别开来，它们之于文学的各自作用真的有泾渭分明的体现吗？我们以“读书破万卷，下笔如有神”这个名句为例，此句的绝妙之处并非只在于其内容上的构思命意，因为每一个读书人都应知道多读书有助于培养才思的道理，它是世间最朴素的常识之一（即便在唐代它也是常识）。如果杜甫的意图只是要言说出这层意思，那么他的作品将平凡无奇，然而，实际上杜甫在这里施展了他炼字的才华，“破”与“神”的使用一下子提升了这句诗的整体艺术表现力，增强了文采效果。我们现在继而要问的是，杜甫所炼的这个“破”字到底给这句诗带来的是内容上的影响还是形式上的影响？

回答问题之前，我们先看看在中国诗学的传统话语脉络中这个问题是怎么被处理的。古人当然没有“内容”与“形式”这样的术语，但他们会从意义、音节以及字象这三个方面来入手去审视诗作的整体艺术效果。李重华《贞一斋诗说》中对此做过一个一般性、总结性的讨论，他的论述体量可观、

① 吉川幸次郎．中国诗史［M］．上海：复旦大学出版社，2001：2.
② 遍照金刚．文镜秘府论［M］．周维德，校．北京：人民文学出版社，1997：147.
③ 刘攽．中山诗话［M］//何文焕．历代诗话．北京：中华书局，1981：285.
④ 王士祯．师友传诗续录［M］//王夫之．清诗话．上海：上海古籍出版社，2015：153.

内容周全，故我们以其论为例：

诗有三要曰：发窍于音，征色于象，运神于意。何谓“音”？曰：诗本空中出音，即庄生所云“天籁”是已。籁有大有细，总各有其自然之节；故作诗曰吟、曰哦，贵在叩寂寞而求之也。求之果得，则此中或悲或喜或激或平，一一随其音以出焉。如洞箫长笛各有窍，一一按律调之其凄锵要眇莫不感人之深。今不悟其音，而惟吾所为，犹断竹而妄吹之也。如是以为文字且不可奚当于诗？何谓象与意？曰：物有声即有色象者，摹色以称音也。如舞曲者，动容而歌，则意惬悉关飞动，无论兴、比与赋，皆有恍然心目者。故诗家写景是大半工夫。今读古人诗，望而知为谁氏作，象固然矣，斯不独征声又当选色也。意之运神，难以言传，其能者常在有意无意间。何者？诗缘情而生，而不欲直致其情；其蕴含只在言中，其妙会更在言外。《易》曰：“鼓之舞之以尽神。”善写意者，意动而其神跃然欲来，意尽而其神渺然无际，此默而成之存乎其人矣。曰：是三者孰为先？曰：意立，而象与音随之，余所以先论音，缘人不知韵语由来，则缀辑牵合举谓之诗，即千古自然之节胥泯焉；若悟其空中之音，则取象命意自可由浅入深。故指示初学音特居首也。

……律诗止论平仄，终身不得入门。既讲律调，同一仄声须细分上去入，应用上声者，不得误用去入，反此亦然。就平声中，又须审量阴阳清浊，仄声亦复如是……音节一道难以言传，有略可浅为指示者亦得因类悟入。如杜律“群山万壑赴荆门”使用“千山万壑”便不入调，此轻重清浊法也。又如龙标绝句“不斩楼兰更不还”俗本作“终不还”便属钝句，此平仄一定法也。又如杜五言“曲留明怨惜，梦尽失欢娱”“怨惜”换作“怨恨”不稳叶，此仄声中分辨法也。

……夫诗以运意为先，意定而征声选色，相附成章；必其章、其声、其色融洽，各从其类方得神彩飞动，所谓“言语通眷属”是也。①

李重华直接指出诗有三种要素，即音节、字象以及意义。他首先强调了一直以来被人们所忽略的音调要素，认为诗如“空中出音”，而音本各有不同，会产生悲伤、喜乐、激荡、平和的不同效果，故诗人作诗时应加以辨别，不可任意混用。李重华就音节问题展开了较详细的探讨，他认为音节之

---

① 李重华．贞一斋诗说［M］//王夫之．清诗话．上海：上海古籍出版社，2015：955－960.

辨不可只停留在平仄之分上，还须在平声的基础上细加辨别清平与浊平，在仄声的基础上分辨出上声、去声与入声，这种区分显然是有意义的。如“群山万壑”与“千山万壑”首字都为平声，但“群”字为浊平发音，念起来比清平音的“千”字更有力度和节奏感。事实上唐人早已有此洞察，甚至看得更加细致。旧题王昌龄《诗格》中就说过：“律调其言，言无相妨。以字轻重清浊间之须稳。至如有轻重者，有轻中重，重中轻，当韵之即见。且‘庄’字全轻，‘霜’字轻中重，‘疮’字重中轻，‘床’字全重。如‘清’字全轻，‘青’字全浊。”① 唐人甚至辨察出全轻、轻中重、重中轻以及全重四种情况。以上皆是关于音节性质分类的说法，至于在具体的句子中清平与浊平、上去入该如何安排与组合，历史上人们一直以来也没有达成共识或形成公认的规则，唯一有章可循的就是近体诗那尽人皆知的平仄格律规范，但它没有更进一步去规定清平、浊平、上声、去声、入声在诗句中的排列组织方法。至于对古体诗声调问题的研究在清代虽然一度非常兴盛，但最终还是莫衷一是，没有形成普遍公认的声律规则。② 所以李重华说：“音节一道难以言传，有略可浅为指示者亦得因类悟入。”

关于字象的问题，李重华将字象与物象相比。李重华认为“物有声即有色象”，且物的声与色应当相称，就如同歌与舞的配合一样。所以诗人摹写物境时，在遣词上就须做到“不独征声亦当选色”。而遣词上的“选色”又往往会留下诗人的个人色彩，它反映了诗人自己的风格趣味。我们经常可以凭借诗句中的字象面貌而辨别出作品出于哪位诗家之手。李重华最后谈到诗的意义，他认为“意之运神，难以言传”。但他还是指出了一个大致的追求方向，即命意需在“有意无意间”。他反对直致其情，而主张意在言外，这当然也并非新奇之论。最终李重华就诗的三个要素的关系总结道：“夫诗以运意为先，意定而征声选色，相附成章；必其章、其声、其色融洽，各从其类方得神采飞动，所谓‘言语通眷属’是也。”很清楚，诗歌构思中立意是最当先的，音节与字象随后，最后三者须达到和谐融洽之境地。如此，古典诗歌三大要素已展露无遗，自然而通行的看法是把诗意看成诗歌的思想内容，而将音节与字象看成诗歌的外在形式。③ 须加提醒的是，诗的形式要素不止于音节与字象，它还包括句子与句子之间的关系，即谋篇布局的章法。然而再妙的章法也需凭借句子来构建，没有出色的句子，对章法的亦步亦趋只能保证催产出中规中矩的作品，而这是任何一个有抱负的诗人都欲避免

① 张伯伟．全唐五代诗格汇考［M］．南京：江苏古籍出版社，2002：149．

② 参见蒋寅先生在《王渔洋与康熙诗坛》一书中第五章“王渔洋与清代古诗声调论”里的探讨。

③ 内容形式之辨在古代更为直接的说法是质与文的对立。

的。诗歌艺术的动人之处终究是浓缩在具体的句子当中，千百年来让人们念兹在兹的往往不是整个名篇，而是单个的名言警句。例如如今几乎人人都知道“读书破万卷，下笔如有神”这句诗，却不必知道这句诗的原始出处《奉赠韦左丞丈二十二韵》一诗的全貌。单独的诗句自身有那种可以超越诗篇而独立传世的能力。以上就是我们在讨论古典诗歌的内容和形式之前所应具有的知识。

现在，我们可以再回到之前展开的关于“破”字的尚未结束的讨论中来。从内容上看，“破”的概念本有“打破”“击破”之意，之所以“破”之后连上“万卷”二字非常精当，是因为对书的“读破”在意义上与对书中知识的“读尽”“读遍”有着潜在相似性，书中的内容被人所悉数汲取和掌握就如同这些内容被人们所攻破了一样。所以“读破”与“读遍”之间的关联遵循的是相似性法则。诗人的高妙之处在于将这种潜存在事物之间的相似性发掘出来，把原本不同类型、关系疏远的事物概念合理地联结起来，使人耳目为之一新，故能引人称叹。**这显然属于意义内涵上的范畴，属于在概念层面上的联系。**另外从形式上看，“破”字属于入声，其音响明亮清脆，比“读书攻万卷”“读书遍万卷”“读书尽万卷”都有更好的吟诵效果。且“破”字可以让人获得一种意象画面感。故宜看到，用“破”字之妙不仅代表着意义内容之妙，它是字义、字象和字音综合作用的结果。但也须承认的是，在这句诗中，意义内容对整体艺术表现力上的影响要比字象和音节更大。因为“读书破万卷”其真正超拔之处还是在于诗人语出惊人的命意，杜甫不只是在申说一个众人皆知的朴素道理，而是立足于艺术的相似性法则，发现了不同事物间暗含的一种微妙联系，把这个原本平淡无奇的常理表现得焕然一新，这显然仍属于“命意”层面上的成功，它是这句诗得以震撼人心的决定性要素。

如果“破”字的使用还能反映出诗歌艺术中思想立意方面的重要性的话，那么其他一些例子则让我们犹豫了。谢榛《四溟诗话》中有过这样一段讨论：

> 凡字异而意同者，不可概用之，宜分乎彼此，此先声律而后义意，用之中的，尤见精工。然禽不如鸟，翔不如飞，莎不如草，凉不如寒，此皆声律中之细微。作者审而用之，勿专于义意而忽于声律也。①

谢榛这里想说的是在字意相同的情况下诗人要注重在声律上的揣摩。然

① 谢榛．四溟诗话［M］//丁福保．历代诗话续编．北京：中华书局，1983：1202.

而他所设置的“字异而意同者”这个前提可能是有问题的。我们看谢榛所举的这几个例子如“禽”与“鸟”、“翔”与“飞”、“莎”与“草”、“凉”与“寒”，它们在意义上并非完全相同，但差别又显然不大，没有理由认为用“鸟”字就比用“禽”字**在意义上**更深刻或者更出奇，像“飞”与“翔”之间的差异则更是微乎其微。

这就把问题引向了这样一个地方，如果我们以极为严格的眼光辨察每一个汉字字义的话，那么这世界上就没有两个字义完全等同的汉字。诗人炼字过程中其所更换的每个字都代表着意义的改变。诗歌史上存在着的“一字之师”的经典改诗案例，实质上都伴随着诗句在意义内容上的改动，哪怕仅仅是微小的差别。古典诗词中的语言是极为浓缩的，故一字之变往往会对诗句的全貌带来较大的影响。如郑谷把齐己“前村深雪里，昨夜数枝开”改为“前村深雪里，昨夜一枝开”，僧人贯休改王贞白“此波涵帝泽，无处濯尘缨”为“此中涵帝泽，无处濯尘缨”，改后之作与前作在意义内容上已不完全一样了。但我们也须看到，一字之师固然有画龙点睛之功，但毕竟有些情况下“龙形”是既有的，点睛之笔只是在句子原有构思的基础上对诗意给予点染与锤炼，它所改变的不是诗句中通过概念联系所确立的基本立意格局，而是改变意象用语的表达效果，此种变化确实可以在一定程度上带来诗句意义的变化，并由此为诗句增强整体的艺术意味，但它不会动摇诗句的主旨思想，比如“此波涵帝泽”与“此中涵帝泽”在意义上的差异并不影响整句主旨。**因此在这里，我们可以将诗句所包含的主旨思想大意称为“概念性命意”，而将个别字词所涉及的细微意义内容称为“意象性命意”，实质上两种命意代表着大、小两种程度的立意活动。**对于概念性命意来说，无论它付诸怎样的辞藻，都可以维持其基本的中心意义。而对于意象性命意来说，每更替一个字都会带来意义上的不同（即便是微乎其微的不同），因而可能造成另外一种艺术效果。

“概念性命意”可以不假借外部的语言文采而独凭其内容就足以打动人心，语言雕琢只是提升了它最终的艺术表现力而已。比如“同是天涯沦落人，相逢何必曾相识”“英雄亦到分香处，能共常人较几多”“人生自古谁无死，留取丹心照汗青”“人生若只如初见，何事秋风悲画扇”“石壕村里夫妻别，泪比长生殿上多”，这些名句蕴含的思想内涵本身就超出俗见、不袭故常，诗人**通过知性概念思维活动**敏感地发掘出不同事类间的潜藏联系，于是道出了启人深思的物态人情。没有知性概念的活动，白居易绝无可能道出“同是天涯沦落人，相逢何必曾相识”这一千古名句，因为他能咏出这句诗首先需要建立在对世间众多“理由律”的理解把握之上。而对于这种水准的诗句而言，即便抛开文采的藻饰而单论其**知性内容**，或者直接将其翻译成现代白话文，它们也依旧当称警句。

“意象性命意”则不同，其价值并非主要源自诗句的思想内涵，而是寄托于思想内容与语言形式在充分融合之后所达到的综合效果。在此情况中，字词的音节与色象最终将会在相当大的程度上关系着作品艺术表现上的成败。意象性命意的知性内容却与其语言表现力深度地交织在一起，诗歌的知性内容深入渗透在语言形式即文采润饰当中，它无法被萃取成某个不依赖于文采而独立存在的思想实体。这样的诗句多显现视觉印象、表露出丰富的物象色彩，如“明月松间照，清泉石上流”“畅以沙际鹤，兼之云外山”“鸡声茅店月，人迹板桥霜”“秦时明月汉时关”“雪上空留马行处”“三峡星河影动摇”“昨夜星辰昨夜风”“疏影横斜水清浅”等。它们各自皆可以被分解成若干孤立的意象，世上原本没人将这些意象同提并论过，或者将其联系在一个句子的表述之中，直到诗人的横空出世，这种孤立状态才被终结。当王昌龄把“秦时明月”与“汉时关”联结成一句时，诗中生发出一股雄浑苍凉的历史感。当温庭筠把“鸡声”“茅店”与“月”、“人迹”“板桥”与“霜”联结成一句时，某种寂寞、孤落的气息氛围油然而生。“鸡声茅店月，人迹板桥霜”这句诗是有意义内涵的，但它非常依赖于字义、字音与字象三要素的共同作用。如果改成“鸡鸣旅店月，人过木桥霜”，虽然原旨大意尚在，但诗歌意味顿觉面目全非。尽管温庭筠把不同的意象联结组合起来并形成了有意义的陈述，但此句的出众之处却并不主要在知性概念的“意义”上。当然它的知性内涵远不及“夕阳无限好，只是近黄昏”“所以嵇中散，至死薄殷周”这种诗句来得警拔。但温庭筠通过对意象间的精当联结而给人带来的那种整体视觉美感，却在千百年来让我们流连叹赏。我们要问的是，对于意象性命意来说，意象词汇与意象词汇间的联系之所以会产生如此普遍性的审美效果，其背后的原因是什么？

这就又要回到“联系”的问题。我们已经在前面讲过，认知活动就是去发现与揭示事物之间的“联系”。概念性命意试图通过“事物的概念”来发现事物之间的联系，诗句所道出的种种联系是独立于文采表现的，它们本身就拥有可欲的（desirable）知性价值，用精当的意象对其加以润饰则属于锦上添花的修辞之事。质言之，那些警拔的概念性命意实质上完全可以诉诸**现代概念用语**来表述而不失其警拔，或者换句话说，**概念性命意所寻找的联系是“概念之间的联系”**。本书前面的哲学基础部分中已经指出，“事物自身”只有通过“事物的概念”才能被我们的思维所理解和把握，两者在我们的思维中总是合一的。人类眼里的世界是经过概念浸染后的世界，没有概念，世界在人类心灵中就是一片直观的混乱杂多景象。我们可以把“夕阳无限好，只是近黄昏”改写成“落日时刻的景色多美啊，只可惜它快走到了尽头”。这句诗因为立意构思太出色、太警策，换言之，其在同一个事物中看到了“辉煌”与“落寞”这两种概念之间的反差与联系，实在是太立意不凡，所以即便失去了古典意象的文采辅助，读起来也依然令人动容，因为它使人在纯思想层面上折服。

另一方面，意象性命意亦是体现在对“联系”的发现，但其两端所联系的东西却不是“事物概念”，而是“事物概念”与“意象语词”之间的联系。“事物意象”不等于“事物概念”，意象词汇本源于象形文字，它们是对事物概念的模仿，也就是《易经·系辞上》中所说的“拟诸其形容，象其物宜”，它非常近似于绘画中的事物形象对现实事物的模仿。举例来说，太阳的概念是“太阳”，有着它自己规定下来的意义，而太阳的意象则有“日”“白日”或者“日轮”等很多。如果我们把“白日依山尽，黄河入海流”改换成“太阳依山尽，黄河入海流”，其所改变的不是太阳的“概念”，而是太阳的“意象”。换言之，整句诗在概念性命意上并没有变化，但却造成了截然不同的艺术审美效果。我们说“白日”比“太阳”更好，因为“白日”的意象让整个诗句更富有艺术表现力。袁行霈先生对“白日”这一意象做过这样一番深刻的讨论：

> 例如“白日”，除了指太阳以外还带着一种特殊的情韵。曹植说“惊风飘白日”（《箜篌引》）；左思说“皓天舒白日”（《咏史》其五）；鲍照说“白日正中时，天下共明光”（《学刘公干体》其五）；李商隐说：“白日当天三月半”（《无题》）。“白日”这个词有一种光芒万丈的气象，用白形容太阳的光亮，给人以灿烂辉煌的联想。盛唐诗人王之涣《登鹳雀楼》“白日依山尽，黄河入海流。欲穷千里目，更上一层楼”一开头“白日”二字和诗里那种乐观向上的精神正相吻合。①

袁行霈先生认为“白日”里透着一种特殊的情韵、一种光明灿烂的气象、一股乐观的精神，诗人“用白形容太阳的光亮，给人以灿烂辉煌的联想”。可见，“白日”的意象催使我们围绕着“太阳”这一概念而展开了许多联想，意象拓增了概念原先的内容，在与原概念保持充分相似性的同时，使之更富有表现力。袁行霈先生曾洞察到了“意象”与“概念”之间的这种关系，这体现在他对意象的两种意义——“宣示义”与“启示义”——所做的

---

① 袁行霈．中国诗歌艺术研究［M］．北京：北京大学出版社，2009：8.

区分上：

> 宣示义是诗歌借助语言明确传达给读者的意义；启示义是诗歌以它的**语言和意象**启示给读者的意义…… 宣示义，是一切日常的口语和书面语言共有的；启示义，在文学作品中特别是诗歌作品中更丰富。所谓诗的多义性，就是说诗歌除了宣示义之外，还具有种种启示义。一首诗艺术上的优劣，在一定程度上取决于启示义的有无。一个读者欣赏水平的高低，在一定程度上也取决于对启示义的体会能力。①

由此可见，宣示义是公开而明确的，它其实就等于概念的规定性意义。而启示义则属于意象所带来的那多一层的意义。袁行霈先生认为，诗人所使用的艺术手法会部分地强调或者改变词语的意义，赋予它们以诗的情趣，使得本来公认的、确定的语词由此而获得了某种复杂的意味和诗人主观的色彩。我们须知道，这多一层的意义并没有使得意象脱离原概念而独立成为新概念，它仍然是依附在原概念之上的意象。故“白日”仍是“太阳”的意象，而不构成新概念，“明月”仍是“月亮”的意象，而不构成新概念。它们只是让以前的概念显得更有艺术意味了。

然而，笔者所提出的“概念性命意”与“意象性命意”之间的区分理论与古人所说的“内意”“外意”之分可能让人感到很难相互对照起来。例如旧题白居易《金针诗格》中云：“诗有内外意。一曰内意，欲尽其理。理，谓义理之理，美、刺、箴、诲之类是也。二曰外意，欲尽其象。象，谓物象之象，日月、山河、虫鱼、草木之类是也。内外含蓄，方入诗格。”② 可以看到，古人在这里把“日月、山河、虫鱼、草木之类”都视为“象”，也就是我们现在所谓的意象，并且它们看来只归属于外意。而本书的看法则是把“日月、山河、虫鱼、草木之类”本身视为概念与意象的结合，其中概念的成分可以等同于古人所谓的内意，而意象成分则代表着古人所谓的外意。所以“白日依山尽，黄河入海流”“鸡声茅店月，人迹板桥霜”之类的句子之中是含有概念因素的，尽管它的意象因素对最终的审美效果而言更重要。现代有的学者使用外意与内意去解析意象，如屈光先生在《中国古典诗歌意象论》一文中指出：“意象的本质是寄托隐含、委婉不露，不直接言意而将意寄托隐含于象中，因而意象具有双重意义，即外意和内意，也称字面意义和隐意。不具有双重意义的词语……不是意象。”③ 屈光先生认为像在“鸡声茅

---

① 袁行霈. 中国诗歌艺术研究［M］. 北京：北京大学出版社，2009：6.

② 张伯伟. 全唐五代诗格汇考［M］. 南京：江苏古籍出版社，2002：351.

③ 屈光. 中国古典诗歌意象论［J］. 中国社会科学，2002（3）：165.

店月，人迹板桥霜”这一诗句中，外意就是那些意象语词的字面意思，而内意则是“道路辛苦，羁愁旅思”这层隐含的思想情感。[①] 他还举元稹“取次花丛懒回顾，半缘修道半缘君”这句诗为例，认为“花丛”是外意，而其内意则是“美女群”[②]。在此我们便可以找出两种话语之间的对应性了，笔者所谓的“概念性命意”实质上既可生发出“内意”也可生发出“外意”，当诗人用“花丛”这个事物概念去暗喻“美女群”（所谓“内意”）的时候，我们是通过“花丛”这个概念而领会到这层暗示的。而“意象性命意”所使用的独特意象语词则确实也可以增拓“概念性命意”所确立的有限度内容，因此，“意象性命意”也完全可以影响到诗句“外意”的形成。

这样我们就看到，**因为意象是关于概念的意象，它自身必须保持概念既有的核心规定性内涵**。笔者将“概念”从“意象”中独立分离出来，是因为唯有这样才能更清楚地说明“概念性命意”与“意象性命意”各自所发挥的作用。即概念性命意彰显在概念与概念之间的联系之中，意象性命意则彰显在概念与意象之间的联系中。像“夕阳无限好，只是近黄昏”这种闻名古今的名句，既是成就在概念性命意之上，又是成就在意象性命意之上。李商隐对意象的精当选择为我们展现了一幅比真实夕阳落景更为缤纷绚烂、更为意味深长的图景。而像“池塘生春草”这类单纯表现为视觉美的诗句，虽然在概念与概念的联系上并无出奇之处，但它却在概念与意象的联系上取得了相当大的成功。[③] 确实，我们读“池塘生春草”时脑海里所浮现的画面要比真实地站立池塘前目击一片春草会更有艺术意味，更为赏心悦目。这里需要特别指出的是：产生这种意味的根本原因在于“池塘生春草”让我们看到了意象语言与现实世界凭借相似性所建起的一种联系，亦即通过现实，我们准确地找到了意象的现实对应物；同时，通过意象语言我们惊喜地发现，原来平凡的现实世界还可以表现出这样一番别有意蕴的生动面貌。这就是意象性命意中所蕴含的世间“联系”，意象语言的审美认知价值正在于此。

意象与概念之间的联系全然建立在相似性法则之上，那些真实情况中寻常无奇的场景一旦浸染上精当的意象语言便会产生奇妙的意味，如“蝴蝶飞

---

① 屈光．中国古典诗歌意象论［J］．中国社会科学，2002（3）：167.

② 同②167.

③ 有人可能会认为“池塘生春草”这句诗里没有“概念”，有的只是意象。“概念”仅属于像“致君尧舜上，再使风俗淳”“几时拓土成王道，从古穷兵是祸胎”这样的句子。产生这种看法的原因实际上乃是预设了这样一个前提，即概念都只能是抽象的语词，形象化的语词不是概念。然而这个前提是站不住脚的。在我们的心智中，理解“池塘”这个词和理解“王道”这个词在方法上是一致的，即均是凭借知性对事物的“立法规定”而认识事物。只不过知性在前者中可以形成一方池塘的“表象”，而在后者中则是一系列其他“概念”的表象的汇聚，它们均有着被规定好的范围边界。

南园”“单车欲问边”“秋风吹渭水”“卷帘唯白水”“千山鸟飞绝”“洛阳城里见秋风”“两个黄鹂鸣翠柳”“一重浪灭一重生”“白云深处有人家”。**单看这些诗句，其出彩之处并非立足于概念构思上，而是在于意象的表现力上。**在这里，诗人就如同一位画家，其每一句诗都为我们眼前展现了一幅似曾相识却又与从前的经历有所不同的画面，它们或表现出来一股在现实境况中难以感受到的情韵，或者表现出来现实景况之外的某层更深的意涵。**正是这种与世界原型“似是”而又“非是”的关系让我们惊喜地看到，原来现实世界还可以显现如此不同的更好的样态。**正如亚里士多德所说的那样：“诗人就应向优秀的画家学习。他们画出了原型特有的形貌，在求得相似的同时，把肖像画得比人更美。”① 在亚里士多德看来，诗歌与绘画本质上都是模仿性的艺术，而模仿性活动所能给人带来的愉悦感归根结底源自一种知性上的收获，关于这点他这样说：

> 人和动物的一个区别就在于人最善模仿并通过模仿获得了最初的知识。其次，每个人都能从模仿的成果中得到快感。可资证明的是，尽管我们在生活中讨厌看到某些实物，比如最讨人嫌的动物形体和尸体，但当我们观看此类物体的极其逼真的艺术再现时，却会产生一种快感。这是因为求知不仅于哲学家，而且对一般人来说都是一件最快乐的事，尽管后者领略此类感觉的能力差一些。因此，人们乐于观看艺术形象，因为通过对作品的观察，他们可以学到东西，并可就每个具体形象进行推论，比如认出作品中的某个人物是某某人。②

亚里士多德宣言般地指出，人可以从模仿活动中获得知识，并由于这种知性上的收获而得到了快感。比如，人们通过观看作品中的艺术形象而认出了这个形象的原型，并在原型的艺术形象中学到了关于那个原型的一些新知，心灵的愉悦感就此而来。中国古典诗歌的意象正拥有类似绘画艺术那样的再现世界的功能，20 世纪杰出的汉学家欧内斯特·费诺罗萨在其《汉字作为诗媒》中就指出：“汉字比那些约定俗成的任意性符号蕴含更多的东西，它的生成基础是生动描绘自然运行的速记图形（Chinese notation is something much more than the arbitrary symbols. it is based upon a vivid shorthand picture of the operations of nature）。”③ “对于代数符号和口头语言符号

---

① 亚里士多德．诗学［M］．陈中梅，译注．北京：商务印书馆，2008：113.

② 同①47.

③ FENOLLOSA E. The Chinese written character as a medium for poetry：a critical edition［M］. New York：Fordham University Press，2008：45.

来说，并不存在事物与符号之间的自然联系，一切都建立在约定俗成之上。但是汉字却接受了源自自然的启示。”① 事实上，中国的诗人正是通过意象语词之间的精妙组合从而摹画出意象所指向的那个自然世界，这样诗歌作品与其所表现的世界之间必须维持有足够的相似性。② 关于这一点，金末元初时代的诗论家王若虚这样讲：

> 东坡云：“论画以形似，见与儿童邻。赋诗必此诗，定非知诗人。”夫所贵于画者，为其似耳。画而不似，则如勿画。命题而赋诗，不必此诗果为何语。然则坡之论非欤？曰：论妙于形似之外，而非遗其形似，不窘于题，而要不失其题，如是而已耳。世之人不本其实，无得于心，而借此论以为高。画山水者，未能正作一木一石，而托云烟杳霭，谓之气象。赋诗者茫昧僻远，按题而索之，不知所谓，乃曰格律贵尔。一有不然，则必相嗤点，以为浅易而寻常，不求是而求奇，真伪未知，而先论高下，亦自欺而已矣，岂坡公之本意也哉?③

苏轼著名的“论画以形似，见与儿童邻。赋诗必此诗，定非知诗人”（《书鄢陵王主簿所画折枝二首其一》）一诗表达了他的关于绘画和诗歌艺术皆不应拘于形似的重要观点，王若虚此论则是对苏轼这一观点的解释和澄清。他认为苏轼的本意并非要舍弃艺术作品与世界原型之间的相似关系，而是意图指出诗歌应在单纯地与物形似之外表现出妙趣来，如果作品与其所描摹的世界原型之间毫无相似之处可言，那么这样的作品就是不知所云的东西。宋人晁说之也对苏轼此论做出过回应，他赋诗说：“画写物外形，要物形不改。诗传画外意，贵有画中态。”④ 古典诗歌与绘画艺术殊途而同归，它们都需要立基在相似性法则之上从而更好地去状绘世界千姿百态的面貌，从而给人以逼真世界的感观效果。正如清代诗论家方东树在《昭昧詹言》中所云：“读古人诗文，……须赏其兴象逼真处：或疾雷怒涛，或凄风苦雨，或丽日春敷，或秋清皎洁，或玉佩琼琚，或箫参寂寥，凡天地，四时万物之情状，可悲可泣，一涉其笔，如见目前。”⑤

---

① FENOLLOSA E. The Chinese written character as a medium for poetry：a critical edition [M]. New York：Fordham University Press，2008：45.

② 注意，笔者并没有说古典诗歌艺术从根本上说就是模仿性的艺术，而是说古典诗歌所依赖的意象语言是模仿性艺术。

③ 王若虚．滹南诗话［M]//丁福保．历代诗话续编．北京：中华书局，1983：515.

④ 杨慎．升庵诗话卷十三［M]//丁福保．历代诗话续编．北京：中华书局，1983：897.

⑤ 方东树．昭昧詹言［M］//丁福保．历代诗话续编．北京：中华书局，1983：23.

意象摹绘概念但毕竟不同于概念，正如叶维廉先生曾指出的那样，诸如“云山”“松风”“烟渚”这些古典意象并不等于“带云的山”“松中之风”“带烟的渚”这些在英文诗或白话诗中多见的概念性语汇。“松风”这一意象之语中既能“见松”亦“感风”，二者合为一具体的经验。而“松中之风”（winds in the pines）则是平记事实的直述而已。[①] 事实上，“松风”与“松中之风”之别正体现了文言意象与现代概念之分别，前者之所以高妙于后者，**恰是因为在两者意义接近相同的前提下，意象所展现出来的表象**（representation）**比概念所展现出来的世界表象要更大、更多，也更富意味**。而造成这一区别其背后的一个重要原因——按照叶维廉先生的看法——就是文言意象之中没有现代概念里所出现的那些用来确定文法关系的词，“松”与“风”二字之间正是省略了“中”“之”这样的词，使“松风”的意象不受固定文法关系的限制，所以使“松风”的组合比“松中之风”的组合在其表象的内涵上更为丰富。古典诗歌意象词汇之间恰恰是用这种省略文法关系的方式，将不同的词联结成极为凝练和简约的句式，因此给人的想象力带来更大的空间画面感。而对于那些谈理明道的诗句，它们所使用的更多的是非形象化的语词，例如“此中有真意，欲辩已忘言”“致君尧舜上，再使风俗淳”“几时拓土成王道，从古穷兵是祸胎”。须注意，即使在这些诗句中，诗人们的措辞仍然是意象化词汇，它们固然各自建立在特定概念规定之上（如“真意”基本建立在“真正的乐趣”这个概念上，“王道”大致建立在“君王的德性”这个概念上），但在诗句中它们作为意象语词又比其所含的概念规定展现和传递了更多的东西。古典诗句“几时拓土成王道”与现代白话“历史上何曾看到过开疆拓土能成就君王的政德”两者在概念性立意层面上近乎相同，但前者显然比后者能引发人们更多的驰骋想象的空间。在这个意义上说，**诗句中**“王道”这个意象是对“君王的德性”这个概念的仿效[②]，但同时又为后者增加了更多的东西。这意味着独特的意象化语言扩大了知性概念的有限边界规定，而最终为我们的心灵敞开了更广阔的的世界远景。古典诗歌意象语言之所以动人心弦的秘密即在于此。

当然，古人没有在概念与意象之间做出区分，他们凭借着敏锐的直觉与丰富的经验识察到古典诗歌艺术更接近于绘画，古典诗歌与绘画艺术都立基在相似性法则上去状绘世界无限的面貌，而这实质上就是由我们独有的意象

---

① 叶维廉．中国诗学［M］．北京：人民文学出版社，2006：31.

② 这里笔者强调的是“**诗句中**的‘王道’”，因为每个意象语词所展现的世界面貌必须在与同句中的其他意象语词联系起来才能被理解。字典意义上的“王道”这个语词不是字典意义上的“君王的德性”这个概念的意象，前者的意象功能只有在具体的诗句中才能形成和被把握。

语言所带来的。**相似性法则的认识论意义是，相似性本身蕴含着客观普遍性，两个事物之间的相似关系不以个人的意志为转移。**我们在普特南哲学部分已经全面论证过这个问题。

行文至此，请允许笔者稍微驻足来设想这样一个极可能产生的质疑，即将概念与意象区分开来的做法是否真的有道理？我们需要看到这种区分存在一个默认的前提，即概念与意象在数量上不是一比一的，而是概念少而意象多，并且多个意象可以共同围绕指向同一个概念。如"明月""皓月""素月"等意象都指向"月亮"这个天体概念。**但是这些意象之间毕竟有意义上的差别，这种差别难道不足以让它们各自形成新的概念吗？**"明月"难道不是"明"与"月"两个概念组合而成的新概念吗？这是一个很有攻击力的质问，因此必须严肃地去面对。让我们做如下的论证，如果我们承认如下三个命题为真，即：

（1）任何两个词在意义上都不一样，即使仅是微乎其微的不同。

（2）没有哪个词可以在全部意义上等同和替代另一个词。

（3）词具有核心意义，它类似一个稳定不变的实体。①

那么就应该推出如下两个结论：

（1）一个词可以在核心意义上与另一个词相同，故可在核心意义上替代

---

①　从逻辑上说，"实体性"与"同义性"是两个不可分离的主张，两者必须同时承认或同时否认。奎因在《对真理的追求》中这样讲道："假如我们可以想办法得到一种可接受的意义相同性关系，那么就能轻易地得到关于意义的一种可接受的定义。因为，正如不止一个哲学家所指出的，我们可以把一表达式的意义定义为由意义相似的所有表达式组成的类。相反，既然没有同一性就没有实体，如果我们一开始便拥有意义，那么这些意义和同一性便会提供意义的相同性。总之，意义与意义的相同性所提出的是同一个问题。"（QUINE W V. Pursuit of truth [M]. Cambridge：Harvard University Press，1990：52.）奎因曾反对将词的意义看作实体，因为他认为一个词的意义是无法被完全清晰地确定下来的，因此，也没有两个词能是同义的。奎因因为采用一种极为苛刻的清晰标准来确定词的"意义"进而导致否认意义的实体性地位这一做法，被其他哲学家称为"清晰主义"（explicitism）。后来奎因在讨论语言学家翻译原始部落语言的例子时引入了"刺激意义"的概念，"刺激意义"理论的核心观念是要说明这样一件事，即人们在一个词上所达成的一致理解，往往需要通过反复观察同一个社群中的其他人在接受同一个词的刺激时所做的反应。词的意义经由对人群心理活动的外在经验观察而得到确定，它是在主体之间获得的。但是经验观察不可能达到奎因所追求的那种清晰程度，两个人只需要从彼此可见的外部态度反应中就足以断定他们在同一个词上的理解是否一致。在奎因自己所举的例子中，语言学家与原始部落就同一个词上所达成的一致理解指向的是同一个类就够了，不需要那么严苛的清晰标准，这就使得通过刺激反应而得出的词语意义具有了实体性的特征。南开大学李国山指出："（奎因认为）语言表达式的意义只能根据当下刺激情境凭观察而把握到。尽管通过观察的途径不可能完全确定语言表达式的意义，但是，从理论上我们仍可把刺激意义定义为能引起说话者赞同的那些刺激的类。由于奎因认为类作为抽象实体是可以被承诺的，所以刺激意义似乎是可以作为实体承诺下来的。"（李国山．意义是实体吗?：奎因的意义理论探析[J]. 哲学研究，2005（3).）"刺激意义"的存在让奎因重拾了他之前放弃了的"意义实体论"，可以看到奎因对意义的实体地位有着一种矛盾的心理。

另一个词，这个结论叫作“同义性原理”。

（2）在两个词处于“同义性”的情况下，它们在表现的内容上会存有一定程度的差异，这个结论叫“差异性原理”。

同义性原理让我们看到不同的意象可以指向同一个核心意义即概念，差异性原理让我们看到同一个概念可以有不同的表现方式即意象。我们需要承认的是，决定概念性命意好坏的因素是概念核心意义之间的联系（尽管它离不开表面的意象），决定意象性命意好坏的因素则是意象之间的联系（尽管它离不开背后的概念）。如果我们否认同义性原理，而将措辞上的一切差异都视为概念核心意义上的不同，也就是说把“明月”这样的意象都看成在其核心意义上与“月球”不同的独立概念，那么这必然会带来这样的结果：**所有折服我们心灵的诗句都是依靠其思想概念中的意义，而这就使得那些真正靠思想概念而折服我们的诗句与那些靠意象表现而折服我们的诗句都共处同一种智量水平**。举例来说就是类似“夕阳无限好，只是近黄昏”“古来芳饵下，谁是不吞钩”这样的诗句与“明月松间照”“大漠孤烟直”“疏雨滴梧桐”在内涵的构思上属于同一种智性层次。这显然是严重违反基本常识和直觉的结论，因而完全无法接受。它们都是公认的传世名句，但传世的原因却截然不同。概念与概念联系起来所促发的知性愉悦在性质上不同于概念与意象联系所带来的那种知性愉悦。“明月”“松间”“照”连在一起之所以那么优美动人，其原因不在几个词的核心意义上，而是在它们的整体意象表现力上，这样的诗句并不凭思想的颖异而动人。因此，概念与意象必须被分开对待。

我们从意象与概念之间的相似性关联中获得了认知上的愉悦，但是这还不足以解释这样一个问题：到底是什么东西决定了有的相似性关联可以产生知性愉悦，而有的则不行；有的联系让人感到出色，有的则逊色？

让我们来回忆一下概念性命意是如何产生愉悦感的。我们在论述普特南哲学思想的时候已经着重强调过，概念与概念之间往往存在着隐含的相似性，它被世人所普遍忽略但却被诗人所独到地洞察发觉。一旦它们显露于世，便会引发认知上的愉悦。然而根据普特南哲学，一切概念之间都含有相似性（既指名物概念，也指事类概念），但是诗歌艺术却只择取其中的某些相似性作为概念联系的根据，而不是所有。自古以来，古今中外的诗人们就陆陆续续发现了女人与花、与玉、与月、与鸿雁之间的相似性，而排除了女人与桌子、与大树、与牛马之间的相似性。尽管女人与大树之间也确实存在诸多相似之处，但没有诗人会将女人与大树连在一起。那么什么决定了近乎所有的诗人们均做了如此的取舍呢？答案是：我们自身那个庞大而又有序的知性概念体系。决定“女人”的概念与“花”的概念之间得以相似的那个根**据弥漫在整个概念的分类体系中，它是在概念现有的分类体系中所必然指向的结果**。我们为了认知世界而建立的整个概念体系是为人类族群兴盛的目的而服务的，这就必然使人类所认知到的某些概念之间的共性会比其他共性更有价值。尽管女人与树也会在“是生命体”“有表皮”“都需要水”这些地方相似或者在这些地方形成共性，但它们也同样可以适用于女人与任何生命体，这样的共性或者相似之处难以给我们的认知带来有价值的东西。相比之下，我们在女人与花之间发觉相似性却是有认知价值的，这并不是说女人与花更接近、与大树更遥远，而是因为人们在女人与花之间确认出相似之处这一做法，符合整个概念体系在做繁复分类时所欲达到的目的——**认识事物之间有价值的联系**。说女人和树木相似，这本没有问题，但却没有多少认知价值。它既没有帮助我们更深入地理解女人的概念，也没有帮助我们更深入地理解大树的概念。因为支撑女人与大树得以相似的理由可以移植到太多其他概念之间，以至于这种相似性显得过于泛滥，**所以给人一种相似度不够、不到位的感觉**。而用花来形容女人，则似乎瞬间加深了我们对两个概念的理解，它们在这种相似关系中得到了相互间的确认，使得彼此共同在内涵上得到了拓展。这也就是为什么第一个将女人比作鲜花的人是天才的原因。

意象性命意背后的相似性法则也是如此，但也绝非每一种意象与概念之间的相似性都带有等同的认知价值。试举一个例，清代申涵光有一首题为《雨》的诗这样说：“暝色连天地，柴门处士家，茅茨历风雨，鸡犬带泥沙。”诗后面两句说的是乡村的茅屋经过风吹雨打之后，屋外的鸡犬身上沾满了淤泥与湿沙的场景。如果一个人真的身临其境的话，他定会觉得这是一个极为常见的乡村雨后景象，本无诗意甚至还让人感到颇有些脏乱。但是一旦诉诸“茅茨历风雨，鸡犬带泥沙”这样的意象化诗句来模拟它，这番乡间常景立刻殊有诗味。“历”字与“带”字用得精当，这两个字的使用顿时把“茅茨”与“鸡犬”经受外物影响的场面表现得很有画面感，但又脱离了真实景况中的凌乱泥泞之象。“历”虽与“经历”意义相同，前者模拟着后者的意思，但却因为前者比后者更简略，因此包含更大的表象；“带”字与“沾带”意义相同，前者模拟着后者的意思，但也因为前者比后者更简略，因此包含着更大的表象。另外，如果将“历”字改成“过”字，写成“茅茨过风雨”，虽然整句意义未变，但“过”字里的表象缺少“历”字中的那股“遭受”的表象，所以无法精恰地表现出茅茨在风雨中的那种境况。像陶渊明的“环堵萧然，不蔽风日”这样的句子硬是把毫无诗意的陋室寒舍写得那么有意味，“萧然”这个意象既表现出“萧条破落”的概念，又在此概念的基础之上展露出一个更富想象空间的表象。你如果去一些贫困的乡村看到真实的破落屋舍，绝不会产生任何的诗意，但是意象语言的精当组合却可以给你营造一幅奇妙的境象。再举一例，潘岳在《悼亡诗》中发出物遗人逝的感慨之时写道“流芳未及歇，遗挂犹在壁”，如果你眼前真实地出现挂在墙上的亡者衣物，绝对与你在读到“遗挂犹在壁”这句诗时所想象到的画面截然不同，因为“壁”这个意象虽然指涉的就是一般的墙壁，但诗中所促发展开的墙壁表象则比眼前看到的更耐咀嚼。真实的眼前之物往往显得很寻常甚至庸常，而当它进入意象诗句中后则立刻变得画境生动、意味深长。这就是意象语言的伟大奇迹，它模拟着自然但又超越自然，反而会让自然本身都相形见绌。

诗句的意象是意象语词相互联结之后产生的综合效果，字典上任何孤立的古典意象字词都不会产生什么审美诗意，唯有当它们在概念性命意的基础上被精当地组织起来的时候，意象的世界才向我们豁然敞开。我们应看到，有的意象与特定其他意象结合在一起时确实更能触发人们的愉悦和感动。例如“明”这个意象字，当它组成“明月”“明杯”“明朝”“明主”“明妃”“空明”时，就会给人带来一种诗的意味，但如果组成“明花”“明水”“明露”则顿觉不惬。我们都觉得“姑苏城外寒山寺”很美，如果更换成“通州城外金龙庙”则顿觉反胃。意象字词既有自己的概念基础，更兼有自己的表象疆域，后者比前者更广阔故能覆盖前者。意象与意象之间的联结就如同意象疆域与意象疆域之间的接壤。当概念命意相同或相近的时候，一句诗好不好就看意象语词之间的接壤是否能激发出各个意象语词的潜能，使它们因为相接而共同生发**新的表象**，这一“新的表象”自身就能延展和贡献出一片与前不同且画面协调的世界疆域，它绝不是靠对意象语词的任意生硬拼凑而得来。实质上，决定一个意象语词和另一个意象语词之间相互联系而焕发出一个新表象的原因，首先就是那些支配着概念命意的艺术知性法则，然后才是各个意象语词天然所带有的疆域特征。对后者来说，当一个个意象语词被分别创立之后，哪些意象语词之间的联结更有美学意味事实上就已经被潜在地奠定了，只待天才的诗人们将它们敏锐地识别出来。至此应见，**古典诗歌对意象表象之疆域的开拓帮助心灵领略到更多的东西，这归根结底是一种知性意义上的前进，因为知性本身离不开表象。知性是规定事物边界的思维能力，而古典诗歌中的意象语词仍然是知性能力的一种施展方式，因为任何意象语词都有着自己的指涉疆域，尽管它的疆域比概念语词要更大。**

而事实上，最杰出的诗句往往是概念性命意与意象性命意融合在一起的诗句，如李商隐的“春蚕到死丝方尽，蜡炬成灰泪始干”，春蚕与蜡炬本来是不相干的异类事物，两件事物本无甚联系，但诗人却发现了这层联系并把两者连在一起。在李商隐的这旷世名句当中，上下两句之间属于典型的概念上的关联，它们构成了这句诗的概念性命意。然而单独“春蚕到死丝方尽”一句（“蜡炬成灰泪始干”一句也一样）则属于意象性命意，世界上确实存在春蚕吐丝直到死的现象，这本是蚕身上一个相当普遍的自然事实，养蚕的人并不会觉得它多么有诗意、多么有韵味。而诗人的超绝之处在于他用意象语言把如此索然无味的事情状绘得竟那么的情韵婉转和意味深长，这其中联系的两端不再是概念与概念，而是概念与意象。像“何意百炼钢，化为绕指柔”“古来芳饵下，谁是不吞钩”“日月每从肩上过，山河常在掌中看”“人有悲欢离合，月有阴晴圆缺”这类不朽的诗句皆达到了两种命意之间的绝妙融合。

行文至此进行一下总结，诗歌艺术的知性蕴含显现在三重“联系”之中：第一重是概念与概念之间的联系，它是概念性命意的内容，其背后的知性法则是相似性法则、反差性法则、相邻性法则以及逻辑性法则（此法则分成因果律与理由律）；第二重是意象与概念之间的联系，它体现在意象性命意当中，其知性法则有且只有相似性法则；第三重是意象词汇与意象词汇之间的联系，它是第二重联系能否得以很好实现的保证，意象语词最终能否和概念建立有审美意味的联系，依赖于诸多意象词汇通过它们之间关联起来的具体方式而显现的整体艺术效果。所以第二、第三重联系是不容分割的，它们都属于意象性命意的范畴，必须被一起谈论。[①] 诗人在遣词造句的过程中必须时刻提醒自己，他所中意的意象词汇既要同世界的真实情况相似，又要比其选用其他意象词汇更好、更有表现力。**至此我们应能看到，概念性命意与意象性命意之间的区分相比内容与形式之间的区分能更好地揭示和道破古典诗歌引发审美愉悦的深层原因。**

这样的话，两种命意与康德美学之间的关系也就不言自明。通过康德我们知道，美是人类心灵的两种认识能力——知性以其概念思维上的合法则性与想象力以其直观表象上的自由性——在运动过程中相互之间达到和谐一致的状态。概念性命意恰恰是在概念与概念之间的联系（即凭借想象力携带着各个知性概念之下的规定表象，自由地在各个知性概念之间穿巡）中反映出两种认知能力经相互激发与互动而走向和谐一致的状态，无论这种概念间的

---

① 看到这个结论有人可能会提出这样的疑问：“你把诗歌解析成三重联系的结构，那么这三重联系最终结合在一起形成综合审美效果的时候，它们之间的‘联系’是否还需要另外的法则予以支配?”这是一个非常具有思辨趣味的问题，这个问题的核心其实就是在问：“非确定性知性法则”（即艺术知性法则）之间的联系是否还需要更进一步的其他法则？笔者这里的看法是不必有。因为作品三重联系间的综合效果已经由支配第二、第三重联系的相似性法则所主导。这一法则其实就是一个打通作品文本结构层次的“综合性法则”。

联系是基于相似性、反差性、相邻性还是因果律、理由律等艺术法则，它们都能营造和传递出一种超越任何已知概念既有规定疆界的认知格局。这最直接地契合了康德美学的核心立场。而意象性命意则是在“意象”与“概念”之间基于相似关系而使那两种认知能力相互抵达和谐一致的状态，即在此情形中，心灵中的知性携手想象力，在“意象语词”中所包含的事物表象与其所对应的“概念语词”中所包含的事物表象之间发现了一种摹绘式的关系，即前者摹绘后者，进而为心灵引发一种观画式的愉悦，同时非常重要的是，意象与意象之间的组合制造出一种比概念与概念之间的组合更有美学意味的画面。例如“春蚕到死丝方尽”这句诗就比真实地去观看“春蚕一直吐丝直到死去”这一**经由概念直接把握**的现实直观场景更富有美感和意味。[①] 因为我们的想象力在“春蚕”“到死”“丝方尽”这些意象语词之间又展开了自由联络和穿巡，意象与意象之间衔接激发出了更多的协调一致的世界表象，使得此三个意象在我们的头脑中联结成一幅动人心魄的画面。古典诗歌艺术的知性就这样栖息于概念之中而翱翔于意象之表。

第四节　与传统诗学话语之间的对应转化问题

本章最后单辟一节专门讨论诗学话语之间的相互衔接和转化问题，这主要是源自如下这样一种担忧，即笔者所努力抽绎出来的诗歌艺术知性法则可能会使得初读此书的人感到与传统古代诗学话语实在是相距甚远以至于彼此难以相互对应，故也就产生了与传统诗学话语的巨大隔阂。而这将给人们带来一个非常危险的印象，即笔者的诗学理论远离或者抛弃了我国已经传习了两千多年的辉煌诗学传统。可以先举一个简单的例子。现代智识将古典诗歌审美理解成为一种特殊的认知活动，而这一点最直切地与钟嵘著名的诗歌“滋味说”所抵触。我们知道钟嵘《诗品序》中曾云：“五言居文词之要，是众作之有滋味者也。故云会于流俗。岂不以指事造形，穷情写物，最为详切者耶?”此语之后紧接着说：“故诗有三义焉：一曰兴，二曰比，三曰赋。文已尽而义有余，兴也；因物喻志，比也；直书其事，寓言写物，赋也。弘斯三义，酌而用之，干之以风力，润之以丹彩，使味之者无极，闻之者动心，是诗之至也。”其他的重要诗论家如刘勰亦说过：“繁采寡情，味之必厌。”[②]

---

① 养蚕人必须首先掌握“春蚕”“吐丝”“死”，还有“时间上的连续性”这些概念和范畴，才可能在他身处“春蚕吐丝一直到死”这一真实场面时理解这一场面的意义。没有概念的参与，在我们眼前发生的任何事情都不可能被我们的精神所理解和把握。

② 刘勰．文心雕龙［M］．范文澜，注．北京：中华书局，1958：539.

空海亦云："夫诗工创心，以情为地，以兴为经，然后清音韵其风律，丽句增其文彩。如杨林积翠之下，翘楚幽花，时时间发。乃知斯文，味益深矣。"① 毋庸多言，这些经典论说皆是将对诗歌的审美比喻成对饮食的品味，将精神上的愉悦类比成生理上的快感。我们看到钟嵘在提出他著名的"滋味说"之后，紧接着便去指出诗歌作品之所以能如此合于世人之口味，正是因为它们在"指事造形""穷情写物"上的详切。而此正是用艺术审美的专有概念去解释生理官感滋味，这反映出钟嵘对诗歌"滋味"的解释仍是建立在其对艺术审美原则的理解之上。同样地空海也是这样做的，他所谓的"夫诗工创心，以情为地，以兴为经，然后清音韵其风律，丽句增其文彩"正解释了"斯文之味"从何处而来的问题。故我们切莫让"味"或"滋味"这种常见的古代诗学话语遮蔽了诗歌艺术审美背后那深刻的思维属性。

再举一个更能集中反映问题的稍复杂的例子，旧题元代杨载所撰的《诗法家数》中有这样一段可以典型反映传统诗学话语的议论方式：

作诗准绳

立意

要高古浑厚，有气概，要沉着。忌卑弱浅陋。

炼句

要雄伟清健，有金石声。

琢对

要宁粗毋弱，宁拙毋巧，宁朴毋华。忌俗野。

写景

景中含意，事中瞰景，要细密清淡。忌庸腐雕巧。

写意

要意中带景，议论发明。

书事

大而国事，小而家事，身事，心事。

用事

陈古讽今，因彼证此，不可着迹，只使影子可也。虽死事亦当活用。

押韵

押韵稳健，则一句有精神，如柱磉欲其坚牢也。

---

① 遍照金刚．文镜秘府论［M］．周维得，校．北京：人民文学出版社，1997：148.

下字

或在腰，或在膝，在足，最要精思，宜得当。①

这是古代第一流诗论著作最为典型的话语方式，这里论者试图总结出诗歌创作背后的普遍艺术审美规律，这也就是其所说的“作诗准绳”。而笔者竭力所欲指明的也正是这样的审美规律，用本书贯穿始终的标志性术语来说就是“诗歌艺术的知性法则”。具体而言，杨载论“立意”时云：“要高古浑厚，有气概，要沉着。忌卑弱浅陋。”那么我们在创作诗歌时该如何去理解与遵循这个准绳呢？杨载给出的方法是“要意中带景，议论发明”。而本章在对“概念性命意”与“意象性命意”的区分中已经揭示出隐含在三重联系之间的诗艺知性法则，杨载所谓的“意中带景”则正是**践行这些艺术知性法则的结果**。我们可以说李白的“黄河若不断，白首长相思”这句诗正符合杨载“写意”时须“意中带景”的要求，而笔者所抽绎的艺术知性法则足以去解释何以这种“意中带景”之句在审美效果上会获得如此成功，因为显然并非每一种“意中带景”的句子都值得艺术上的称道。道理很明显，李白在自然界中的“黄河之水”与人类心灵中的“相思之情”之间，更准确地说是在“若不断”与“长相思”之间找到了普遍的相似性基础，诗人洞察到内在情意与外在自然这两个相差巨大的事物之间的某种深层合理关联，由此使得这“意”与“景”在诗中联结和融合得非常精当（这还仅在概念性命意的层次中讨论，除此之外李白还赋上了一重意象化语言）。没有哪类确定的知性法则预先将情感与流水的关联归摄入某个确定的概念规定中，唯有凭知性与想象力之间自由而有序的驰骋（即通过“非确定性知性”）才能洞知和把握住这种带有艺术意味的特殊联系。并且，“黄河”与“白首”之间的关联又同时符合反差性艺术法则。再如杜甫的名句“青松寒不落，碧海阔愈澄”，此句亦属于“意中带景”的情形，其背后也是相似性法则与反差性法则的并存，上下两句在立意上相似，而各句之内则展现出物态各自的反差性情境。

至于杨载所云“写意”时有“议论发明”的例子更是信手拈来，如曹植的“利剑不在掌，结友何须多”、孟浩然的“人事有代谢，往来成古今”、张继的“古来芳饵下，谁是不吞钩”、柳宗元的“贵尔六尺躯，勿为名所驱”、杜牧的“君王若悟治安论，安史何人敢弄兵”、李商隐的“历览前贤国与家，成由勤俭破由奢”、邵雍的“山河虽好非完璧，不信黄金是祸胎”、袁枚的“到底君王负旧盟，江山情重美人轻”等名句中，都各自受到不同的艺术知性法则的支配，它们要么是理由律，要么是因果律。又如在论述“用事”的

---

① 杨载．诗法家数［M］//张健．元代诗法校考．北京：北京大学出版社，2001：16.

诗法时，杨载云："陈古讽今，因彼证此，不可着迹"，这其中也深刻蕴含着艺术知性法则。"陈古讽今，因彼证此"正是主要依据古今时际之间所彰显的"相似性法则"，如李白的"燕昭延郭隗，遂筑黄金台。剧辛方赵至，邹衍复齐来。奈何青云士，弃我如尘埃"、杜甫的"去时里正与裹头，归来头白还戍边。边庭流血成海水，武皇开边意未已"、李商隐的"云台高议正纷纷，谁定当时荡寇勋。日暮灞陵原上猎，李将军是故将军"、张养浩的"伤心秦汉经行处，宫阙万间都做了土"等，无须赘论俱是如此。至于杨载所说的"押韵稳健，则一句有精神，如柱磉欲其坚牢也"，要掌握这句论断的精髓，唯有在理解了诗句两种命意之间的结合以及声韵的基本规则之后才能够真正做到。押韵之事绝非仅仅是一个孤立的声调问题，它从来脱离不了概念与意象因素（也就是意义的因素），只有在综合考察了各项审美要素之后，我们才能精确地判断出一个韵押得到底稳不稳健。

至于《诗法家数》中所说的炼句须"雄伟清健，有金石声"，这种具有意象化特征的批评语言是古代文论中典型的用语方式，最典型的如旧题司空图所著的《二十四诗品》中就充满着这样的语言。我们知道在古人的诗学思想中是从来看不到"知性""联系""概念"等用语的，这是近代以来的智识的产物。当我们的古贤试图对纷繁多态的诗歌现象总结出一些基本规律的时候，他们往往诉诸的是直觉性思维和意象化用语。如旧题李峤的《评诗格》在"诗有十体"之下有这样一段文字：

> 一曰形似。二曰质气。三曰情理。四曰直置。五曰雕藻。六曰影带。七曰婉转。八曰飞动。九曰清切。十曰精华。
>
> 形似一。谓貌其形而得似也。诗曰："风花无定影，露竹有余清。"
>
> 质气二。谓有质骨而依其气也。诗曰："霜峰暗无色"，"雪覆登道白。"
>
> 情理三。谓叙情以入理致也。诗曰："游禽知暮返，行客独未归。"
>
> 直置四。谓直书可置于句也。诗曰："隐隐山分地，苍苍海接天。"
>
> 雕藻五。谓以凡目前事而雕妍之也。诗曰："岸绿开河柳，池红照海榴。"
>
> 影带六。谓以事意相惬而用之也。诗曰："露花如濯锦，泉月似沉钩。"
>
> 婉转七。谓屈曲其词，婉转成句也。诗曰："流波将月去，潮

水带星来。”

飞动八。诗曰：“空葭凝露色，落叶动秋声。”

清切九。诗曰：“猿声出峡断，月影落江寒。”

精华十。诗曰：“青田拟驾鹤，丹穴欲乘凤。”[①]

作者用意象化的语言将所有的诗歌划分出 10 种风格体貌，然而我们通过那些佐证的诗例可以发现，这些体貌与体貌之间在很多情况下是交叉重叠的，彼此之间并没有清晰的界限。例如“形似”这一体貌，文中所举的例子是“风花无定影，露竹有余清”，这句诗确实对风花摇曳、露竹余清的物态实景状绘得十分生动形象，但是归入“婉转”体貌中的“流波将月去，潮水带星来”、归入“影带”体貌中的“露花如濯锦，泉月似沉钩”等如果归入这句诗对物景的状绘不也是非常形象生动吗？甚至对于文中所标举的“情理”体貌，如“游禽知暮返，行客独未归”这样的诗句在表现一种情理的时候，不也在用生动形象的意象化语言去描绘和呈现一些相关物况吗？事实上，只要是在援用古典意象去写诗，诗人就必须努力追求诗中世界与诗外世界之间的形似效果，因为我们的语言本具有像绘画一般的表象特质，上一节在谈到概念现实与意象词汇之间的联系时已经对此做出过阐明。所以“形似”不应被视为一种风格体貌，而应被奉为奠定古典诗歌艺术审美理想的一项基本原则。至于像直置、雕藻、影带、婉转、飞动、清切、精华等风格体貌，它们确实可以在我们细致精微的审美体察中被感知和确认出来，然而这种创体归类的方法自身却缺乏清晰的原则，它非常依赖于批评家自身个体的主观感受。事实上不同的批评家完全可以总结出不同内涵和数量的风格体类，历史上已经证明了这一点，它可以粗略到仅分为如严羽所说的“沉着痛快”和“优游不迫”这两大类，也可以繁细到像清代诗论家陈明祚那样分成 135 种之多。[②] 精察的人可以发现，对诗歌的体类划分几乎成为一件随心所欲的事情，鉴于汉字在组合上的千变万化，诗的审美体类可以层出不穷。

但这意味着什么？这意味着风格体类并不属于诗歌文学的基础问题，因为它变化莫测没有终止，我们的智识抱负是去探寻那万变不离其宗的恒久的东西。而笔者在本章末所提出来的诗歌知性内涵的三重联系，是决定一切风格体类变化的根本原因，即任何诗作都必然要具备这三个条件。**我们的理智能确知的是这样一件事，即不同的风格是由概念和意象围绕着诗歌知性的三重联系而展开的千形万态的组合结果。**每两字之间调换一下位置，就可能衍

---

① 李峤．评诗格［M］//张伯伟．全唐五代诗格汇考．南京：江苏古籍出版社，2002：142－144.

② 蒋寅．清代诗学史：第一卷［M］．北京：中国社会科学出版社，2012：529.

变出不同的风格。我们没有必要再去探讨比如决定一首诗呈现“婉转”体貌的背后那个**一般性的**因素是什么，又是什么因素**总能**让一首诗显得“飞动”。这样的问题根本没有清楚可证的答案，因为首先根本无法确定体类的边界和数量。假设诗歌的审美体类真有如清代陈明祚所举的135种之多，那么我们难道可能在理论上找寻出135种负责支配不同审美效果的规律吗？这非常有违求知之路的基本直觉。这种直觉让我们回想起亚里士多德那句流传千古的治学格言：我们不应期待得到大于主题容许的准确性。

或有学人会说，如果我们的智识找不出135种风格规律，至少应该能找寻到严羽所说的“沉着痛快”和“优游不迫”两大风格背后的规律吧。而笔者的回应是，即便这两大规律也只能通过运用反思性判断力去洞察和把握，而且就只能具体显现在**由概念和意象围绕着诗歌知性的三重联系而展开的千形万态的组合结果之中**。古往今来的诗学论家没有一位确证过构成某一类诗歌风格的确定标准。面对一首作品，他们都能正确迅速地指出它属于哪一种具体风格，并且擅长用各种体验式的细微意象词汇去描绘出这种风格特征，但是没有人能总结出哪怕一种可用以明确无疑地指引人们去复刻的诗体风格规律。这是因为艺术的规律不同于技术规律，它无法通过确定的概念语言来加以总结，从而一劳永逸地形成可供人们按图索骥的路径，它只能在知性与想象力的自由驰骋关系中被具体地体会和把握。所以引用这句亚里士多德的格言并非为了自我安慰，而是坦率和谦逊地承认我们理智能力的边界。说句实话，笔者倒是希望能看到文学界有某位学人突然有一天宣布找到了135种艺术风格各自的内部规律，然而恐怕到下个世纪也很难等到这样的喜讯。

第三章　中国诗学史上最富知性意蕴的命题：诗以“识”为主

第一节　叶燮之前的“贵识论”诗学传统及其局限

通过前两章的阐述我们已经洞晓到，审美判断的本质就是让心灵去施展某种特殊的认知的能力以达到“无目的的合目的性”这一特殊认知状态，如果准确地讲，这种特殊能力即是“非确定性知性”。而在悠久的中国古代文学批评史上，同样也存在着能直接洞察到这一审美本质的真知灼见，它就反映在“贵识论”这一中国古代诗学思想传统之中。本章正式回归到我国的批评史渊源上，通过对“贵识论”这一传统予以系统考察，找寻出中西这两种异质文艺思想之间在认识论基础上的殊途同归之处。“识”这个字最早的意义是指人的认知能力，《说文》中云：“识，知也。”孔子著名的“多识于鸟兽草木之名”即为此义。随着概念内涵的流变发展，“识”后来用来指人的思想与才略，如葛洪《抱朴子·微旨》中云：“黄老玄圣，深识独见。”① 颜延之《五君咏》诗云：“阮公虽沦迹，识密鉴亦洞。”《北齐书·帝纪第六》载：“帝（高演）聪敏有识度，深沉能断，不可窥测。”② 苏轼《答乔舍人启》中云：“某闻人才以智术为后，而以识度为先，文章以华采为末，而以体用为本。”③ 这里所说的“识”都反映着人所怀有的某种高级智能。

“识”的认知意义与佛教也有着很深的渊源。印度大乘佛教的唯识宗将世界分为“我”与“法”两大部分，“我”就是指人的主体生命，它包括人的情欲、意志，属于是精神的现象；“法”则指事物及其规律，像客观可见的山岳河流其内在规律等都属于“法”，此归属为物质的现象。唯识宗认为人的任何意识活动都包含有“见分”（即意识的能力，如眼看、耳听、鼻嗅）与“相分”（即意识的对象）。“我”和“法”无非意识的见分与相分，若无此见、相二分，也就没有“我”和“法”的存在。唯识宗的一个根本看法

---

① 葛洪．抱朴子［M］．上海：上海古籍出版社，1990：45.

② 李百药．北齐书［M］．北京：中华书局，2000：56.

③ 苏轼．苏轼文集．孔凡礼，点校．北京：中华书局，1986：1383.

是，从表面上看世界上的各种现象好像都在人的心识之外存在，而其实它们都在心识之内，是由内识“转似外境”而生成的。唯识宗将人的心识分为八种，即一眼识，二耳识，三鼻识，四舌识，五身识，六意识，七末那识，八阿赖耶识。前五识代表着各种感觉性的官能，第六识指的是思维观照，第六识作用于前五识中的感觉材料，使它们能被统摄为思维的对象，此前六识共同构成了“了别境识”，即指那种能分辨对象的识。前五识不能单独存在，须和第六识一同升起。第七识“末那识”可译为“思量识”，这种识执着于“我”，构成了潜在的自我意识，产生我痴、我见、我慢、我爱四大烦恼。最后“阿赖耶识”可译为“藏识”，此识为最重要之识，它含藏有世界一切法的种子，此种子分为有漏种子与无漏种子，前者产生世间诸法，使人不断地生死轮回，后者产生出世间诸法，是走向成佛的种子。唯识宗的根本论旨是人内识之外的世界万有现象，皆是由内识自体所变现而来，亦即由第八阿赖耶识中的种子所变现生起。由此可以看到，唯识宗典型地反映着佛教的认识论思想，这个“识”有着深刻的宗教认知内涵。

“识”在唐代以前的文论中并不多见，《文心雕龙·知音》云：“夫缀文者情动而辞发，观文者披文以入情，沿波讨源，虽幽必显。世远莫见其面，觇文辄见其心。岂成篇之足深，患识照之自浅耳。夫志在山水，琴表其情，况形之笔端，理将焉匿？故心之照理，譬目之照形，目瞭则形无不分，心敏则理无不达。”[①] 刘勰所云之“识”既是指鉴赏者“观文见心”的鉴赏判断力，也指作者表达情志、洞晓物理的敏锐感知力。虽然刘勰已将文学的创作和鉴赏活动与人心的认知能力联系起来，然而“识”还并没有像志、情、气、意这些概念一样成为独立的文学批评术语，就更不要谈拥有自己的文学命题了。另外，唐代史学家刘知几提出了举世皆知的“史家三长”，其中的“史识”被视为史学家治史最重要的素养，这个“史识”就是指对历史的精锐判断力和洞察力。然而它还并不等同于诗歌艺术所需要的那种独特的心灵认知能力。唐代日僧空海在其《文镜秘府论》中曾这样提到过“且文章关其本性，识高才劣者，理周而文窒；才多识微者，句佳而味少”。[②] “识”在这里已经是一个文学概念了，但空海在此也就是一带而过、笼统成论，并未予以翔实展开。

直到宋代范温那里，“识”终于有了自己在文学上的正式位置并一跃成为最重要的概念。活动于北宋中后期的诗论家范温在中国古代文学思想史上有着举足轻重的地位，他所撰写的《潜溪诗眼》可谓是整个宋代诗学著述中

① 刘勰．文心雕龙［M］．范文澜，注．北京：人民文学出版社，1958：715.

② 遍照金刚．文镜秘府论［M］．周维得，校．北京：人民文学出版社，1997：148.

具有里程碑意义的典范之作。《潜溪诗眼》已经摆脱了宋代早期诗话那种以记叙为主的撰写模式，其中充盈着深警明察的大段议论见解。《潜溪诗眼》原书佚失，《苕溪渔隐丛话》《诗话总龟》《诗人玉屑》《诗林广记》等书中对其都有一定的存录，如今可以看到的最为完整的《潜溪诗眼》是经过郭绍虞先生在《宋诗话辑佚》中辑得的合计 29 个条目的残编，共一万多字的体量篇幅，吴文治主编的《宋诗话全编》全文收录了郭绍虞先生的辑佚成果。在《潜溪诗眼》中范温开创性地提出了“学诗贵识”的思想，他这样写道：

> 学诗贵识。山谷言学者若不见古人用意处，但得其皮毛，所以去之更远。如“风吹柳花满店香”，若人复能为此句，亦未是太白。至于“吴姬压酒劝客尝”，“压酒”字他人亦难及。“金陵子弟来相送，欲行不行各尽觞”，益不同。“请君试问东流水，别意与之谁短长”，至此乃真太白妙处，当潜心焉。故学者要先以识为主，如禅家所谓正法眼者。直须具此眼目，方可入道。①

在这一条目里，范温使用了禅宗“正法眼藏”的说法。佛的心眼彻见正法，名正法眼，深广而万德含藏，叫做藏。正法眼藏，是禅宗用来称其教外别传的心印。范温借此来比喻学诗者所需要拥有的洞明烛照的智性，这种智性就是“识”，它是学诗者最先决和最重要的能力，文中所举李白的名篇佳句均是李白具有慧眼特识之处。我们可以遵循范温自己的用语措辞而将这一论断称为“贵识论”，它的核心主张便是“诗以识为主”。后面我们会看到，肇始于范温的“贵识论”思想在后世的批评家那里形成了延绵长远的“贵识论传统”，范温的这个开创性论断是他对诗歌文艺理论最为深远的贡献。然而范温的“识”绝非凭空而存，它需要寓于一定的形式载体之中，这个形式载体就是“意”。要想充分理解范温的“贵识论”思想，则必须考察他对“意”的精审论述，但为了保证文章思考的连续性，笔者会在后面第四章第三节专门阐释“识”与“意”的关系。

范温把“识”拔擢到前所未有的高度，但并没有对“识”一词本身展开多少说明，在随后的条目中他更集中于对“意”的阐发。范温之后的严羽也将“识”奉为诗歌艺术的第一要义，提出“诗以识为主”的命题。在《沧浪诗话》中他有过这样一个在诗学史上极为著名的论断：“学诗者以识为主，入门须正，立志须高，以汉、魏、晋、盛唐为师，不作开元、天宝以下人物。”这个“识”就是那种对诗歌艺术作品能够辨析高低优劣的判断力，是诗家最重要的文学素养。可见，严羽也是范温“贵识论”思想的拥护者。关

---

① 范温．潜溪诗眼［M］//吴文治．宋诗话全编．南京：凤凰出版社，1998：1246.

于他的“识”有两个方面值得注意：第一，严羽之“识”也是受到禅宗的启发，他说“大抵禅道唯在妙悟，诗道亦在妙悟，且孟襄阳学力下韩退之远甚，而其诗独出退之之上者，一味妙悟而已”。此处的“妙悟”即是“识”在禅学中的对应说法，在以禅喻“识”这一点上，严羽和范温是共同的。然而虽然严羽以命题的形式把“识”拔擢到了第一义的地位，他的“贵识论”却主要依托在“妙悟说”当中，这也是《沧浪诗话》给后人留下的主要思想遗产。[①] 第二，严羽不仅提出了“识”，还指出了获得真识的两条并存的途径，就是“取法高正”与“博通熟参”，关于前者他这样说：

> 工夫须从上做下，不可从下做上。先须熟读《楚辞》，朝夕讽咏以为之本；及读《古诗十九首》，乐府四篇；李陵苏武汉魏五言皆须熟读，即以李杜二集枕藉观之，如今人之治经，然后博取盛唐名家，酝酿胸中，久之自然悟入。虽学之不至，亦不失正路。[②]

学诗者首先需要对古人作品做出有判断力的取舍，如此才能达到所谓的入正门而立高志，否则将堕入歧途。严羽在这里确立了对后世影响深远的学诗当取法汉魏—盛唐的诗歌典范意识。然而在“取法”之后还需将历代诗作“熟参”方可致获“真识”，他说：

> 试取汉魏之诗而熟参之，次取晋宋之诗而熟参之，次取南北朝之诗而熟参之，次取沈宋王杨卢骆陈拾遗之诗而熟参之，次取开元天宝诸家之诗而熟参之，次独取李杜二公之诗而熟参之，又取大历十才子之诗而熟参之，又取元和之诗而熟参之，又尽取晚唐诸家之诗而熟参之，又取本朝苏黄以下诸家之诗而熟参之，其真是非自有不能隐者。傥犹于此而无见焉，则是野狐外道，蒙蔽其真识，不可救药，终不悟也。[③]

严羽认为学诗者如能从作为源头的汉魏诗那里沿流而下直至苏黄以下诸家，尽相熟参其间历代诗家诗作之后则真识自显。由此可以看到，严羽所提出的这条由熟参遍览通向真识的学诗道路，在内容上涵盖了当时的整个中国诗歌史，这就是达到严羽所谓的“真识”与“妙悟”境界背后所必须达到的博观通览程度。严羽不仅是在理论层面上标举“识”这一独特的心灵能力，而且为了切实可行地廓清当时江西诗派与江湖诗派的流弊，他还继而树立了有典范

---

① 严羽．沧浪诗话校释［M］．郭绍虞，校释．北京：人民文学出版社，1983：17－25．郭绍虞先生在释文部分广举了后世论家对严羽“妙悟”一说的众多评论。

② 严羽．沧浪诗话校释［M］．郭绍虞，校释．北京：人民文学出版社，1983：1.

③ 同②12.

意义的诗家—诗作群体。严羽非常看重自己所推崇的这个诗歌典范，他甚至说："推原汉魏以来，而截然谓当以盛唐为法，虽获罪于世之君子，不辞也。"①

然而，严羽对"识"本身没有多少阐说，只是反复地用禅家妙悟之说来引喻诗歌，他更多的是将"识"与他所确立的诗歌典范意识紧密联系在一起，用具体的诗歌典范群体去阐说"诗以识为主"的思想内核。前文已经说过，《沧浪诗话》中的"识"托迹于"妙悟"之中，然而严羽对后世最大的影响不在于他的以禅说诗，而在于他对汉魏—盛唐诗尤其是盛唐诗"唯在兴趣"艺术风貌的高举。② 这就会不可避免地引发出这样一个饶有深意的问题：如果《沧浪诗话》的最终指归和贡献在于汉魏—盛唐之诗这一艺术典范的确立，那么"识"这一能力对于学诗者来说就成了多余之事。因为严羽已经凭借他自己的"识"和"妙语"为人们指明了诗道的法门正途，人们只需效法汉魏—盛唐之诗即可。权威标准就永恒地矗立在那里，好诗佳作无非就是以汉魏—盛唐之诗为准。后世的学诗者由此也就不必有自己太多的主观见解和判断。如此一来，"学诗以识为主"实质上就转变成了"学诗以汉魏—盛唐为主"，那么一个本意在从内部揭示出诗人心灵最关键才能的一般性命题，也就转变成了从外部确立诗歌艺术典范之标准的具体化命题。这样，"识"在《沧浪诗话》中的地位就似乎成了问题，因为外在"汉唐标准"的存在让心灵内部之"识"变得不再重要。叶燮就洞察到了严羽论识与树立典范之间存在的这种紧张关系，在《原诗》中他这样评价：

> 羽之言曰："学诗者以识为主，入门须正，立意须高，以汉、魏、晋、盛唐为师，不作开元、天宝以下人物。若自退屈，即有下劣诗魔，入其肺腑。"夫羽言学诗须识，是矣。既有识，则当以汉、魏、六朝、全唐及宋之诗，悉陈于前，彼必自能知所抉择、知所依归，所谓信手拈来，无不是道。若云汉魏、盛唐，则五尺童子，三家村塾师之学诗者，亦熟于听闻、得于授受久矣。此如康庄之路，众所群趋，即瞽者亦能相随而行，何待有识而方知乎？吾以为若无识，则一一步趋汉魏、盛唐，而无处不是诗魔；苟有识，即不步趋汉魏、盛唐，而诗魔悉是智慧，仍不害于汉魏、盛唐也。羽之言何其谬戾而意且矛盾也！③

叶燮非常深刻地指出了严羽之"识"的问题，在叶燮看来，"识"不应

---

① 严羽．沧浪诗话校释［M］．郭绍虞，校释．北京：人民文学出版社，1983：27.

② 宋人用禅悟来说诗以及非常普遍，参见钱钟书．以禅喻诗［M］//谈艺录．北京：商务印书馆，2011：628。

③ 叶燮．原诗笺注［M］．蒋寅，笺注．上海：上海古籍出版社，2014：321.

该仅仅等同于对汉魏—盛唐诗歌的那种尽人皆知而趋之若鹜的尊奉。显而易见，即便五尺童子、村塾之师都知道学诗当学汉魏盛唐，天下人对此无不知晓，这与“识”有何关系？真正的“识”是一种发源于个体之内的独立识察力与判断力，它不对权威标准唯命是从，独立于权威的影响之外，却与权威的判断最终不谋而合。对于一个“有识”之人来说，当历代的诗作悉陈于眼前之时他自能慧目识珠地发现汉魏盛唐诗的不朽之处。这就是叶燮所谓的“苟有识，即不步趋汉、魏、盛唐，而诗魔悉是智慧，仍不害于汉、魏、盛唐也”。叶燮高举“识”的独立判断价值，反对以普遍权威之“识”来代替个人判断之“识”，强调个体独立获得真知灼见的意义，这与康德将美的标准置于人的主体正确洞见之中而非服从于外在众人意见的观点不谋而合，此无疑有着巨大的进步意义。① 叶燮是极为敏锐的诗论家，他看到了严羽极力所标举的汉魏—盛唐典范意识给后世创作带来的消极影响。明代的复古诗派继承了严羽的典范论，偏执孤陋地高举“诗必盛唐”的口号从而导致严重泛滥的蹈袭模拟之风，将诗歌带入千篇一律、面目可憎的境地。正是因为主体失去了独立的判断力，便造成了凡庸之辈对古代权威不加审辨的竞相膜拜，最终演变成了趋之若鹜的庸俗模仿。现实的讽刺之处在于，一个首倡“学诗以识为主”的诗论家却在后世成了僵化的复古派的思想来源。严羽“贵识论”思想中的矛盾之处在明代复古派那里被体现得非常极致。

明代的梁桥是自严羽之后又一位崇尚“识”的诗论家。梁桥字公济，号冰川子，真定人（今河北正定人），由选贡生授四川布政司，嘉靖年间在世，生平不详。他的“贵识论”思想体现在其积三十余年之学力而撰写的十卷本《冰川诗式》中。梁桥继承了严羽的“贵识”与“妙悟”思想，他说：“善说诗者以识为主，而贵入门之正，以悟为得，而底透澈之精诗者，可以易视乎？”② 这段议论在内容与措辞上都庶几是严羽之论的翻版，然而梁桥论识最有独创之处是他所拈出的诗家之“真识”，他说：

> 夫学诗莫先于清识，清识有四：有天理、有物理、有事理、有神理。万理不同，同归于是，谓之至理。至理一本，其变无方，谓之众理。至理惟当心解，更不可以言求，以言求者是谓无识。众理必须根干枝叶脉络纹理纤悉推究，目无不真见，心无不真知，口无

---

① 康德说：“（审美判断的）这种普遍有效性不应当是建立在搜罗选票和到处向别人询问其感觉方式上面，而是仿佛基于对（在被给予的表象上）愉快情感做出判断的主体的一种自律，亦即基于他自己的鉴赏。”（康德．判断力批判：注释本［M］．李秋零，译注．北京：中国人民大学出版社，2011：107.）

② 吴文治．明诗话全编［M］．南京：凤凰出版社，2006：5337.

> 不可以真言，是谓真识。真识之目有四：一曰其然，耳可闻、目可见之实体；二曰当然，心可知、身可行之正理；三曰所以然，口不可言、心不可思，理势自然之所必至；四曰不然，正理之外，百种邪辟，所当防戒者于此。四者推研之，庶几可以见理而进于真识矣。①

梁桥论“识”寓于“理”中，并将理分为“至理”与“众理”。“至理”非常玄妙，它只能心解而不可言说，“众理”则可以被人们真切理解并通过言语表达出来，而人足以把握众理的那种能力就是“真识”。真识根据所识内容对象之不同又可分为“识其实然”“识其当然”“识其所以然”与“识其不然”四种类型。“识其实然”是指人通过耳闻目见的观察而对经验现象的把握，“识其当然”就是指对那些具有应然属性和规范意义的事理的知晓，“识其所以然”是指对事物现象背后必然原因的洞察，“识其不然”则近似于指对种种谬误的辨别。可以看到梁桥对“真识”的划分颇具思辨的水准，他能把世间之理分成“事实—实然”与“规范—应然”两大部分，这是非常可贵的见识。然而诗歌艺术中除了事理之外，另一个不可或缺的要素就是情感。梁桥认为情、理不能分离，情中自有理的成分。他说：“曰理者，有所兴起而言，故凡一事之感，一物之悟，皆兴起也。而其悲欢通塞，总属自然，非有造设，惟不尽所以尽之兴，犹王家之疆理也。”② 人因受外在事物刺激而触发的悲欢通塞之情必然会符合一种自然道理，它不是凭空造设出来的，情与理俱是“识”的对象。相比“贵识论”的代表人物范温对“识”的阐说主要落定在“意”上、严羽对“识”的解释重在艺术典范的确立，梁桥则首次在理论上全面地考察了“识”的对象内容，他的贵识论不局限于诗歌艺术事业，其背后有洞察和把握整个世界的知性企图。梁桥对“真识”四种类型的划分，尤其是他对世界所做的“经验—规范”的二元划分是他比前代贵识论思想更为深刻的地方。

贵识论思想为后世的许多批评家所绍介，在这些批评家的思想中，“识”成为批评话语中最优先、最重要的概念，这里稍加枚举如下：

> 惟严沧浪所论超离尘俗，真若有所自得，反复譬说，未尝有失。顾其所自为，徒得唐人体面，而亦少超拔警策之处。予尝谓，识得十分，只做得八九分，其一二分乃拘于才力，其沧浪之谓乎。若是者往往而然。然未有识分数少而作分数多者，故识先而力后。③

---

① 吴文治．明诗话全编［M］．南京：凤凰出版社，2006：5337.

② 同①5353.

③ 李东阳．麓堂诗话［M］//吴文治．明诗话全编［M］．南京：凤凰出版社，2006：1625.

诗之道，至大矣至妙矣，非夫洞彻无遗之识，其孰能知之？非夫员神不滞之才，其孰能为之？①

信乎器识文艺，表里相须，而器识猥薄者，即文艺并失之矣。虽然器识先矣，而识尤要焉。盖识不宏远者，其器必且浅浮；而包罗一世之襟度，固赖有昭晰六合之识见也。大其识者宜何如？曰：豁之以致知，养之以无欲，其庶乎！②

今之为诗者，矜声律，较时代，知见封锢，学术柴塞，片言只句，侧出于元和、永明之间，以为失机落节，引绳而批之，是可与言诗乎？此世界山河大地，皆唯识中所变之相分，而吾人之为诗也，山川、草木、水陆、空行、情器、依止、尘沙、法界，皆含摄流变于此中。唯识所现之见分，盖莫亲切于此。③

学问以识为本，有识则虚心，虚心则识进；无识则气骄，气骄则识益下。诗无论三唐，看识力实是如何。④

吾尝语作诗者：须要向题意上透出一层，见识到哪里，字句亦随到哪里，方有第一等诗作出来。⑤

作史三长：才、学、识，缺一不可，余谓诗亦如之，而识最为先。非识，则才与学俱误用矣。北朝徐遵明指其心曰：“吾今而知真师之所在。”其识之谓欤？’⑥

笔墨之事，俱尚有才，而诗为甚。然无识不能有才，才与识实相表里。作诗须多读书，书所以长我才识也。然必有才识者方善读书，不然，万卷之书，都化尘埃矣。⑦

有文通而理不通者，是学上事。有理通而文不通，是才上事。文与理清通而平滞，无奇妙高古惊人，是法上事。然徒讲义法，而不解精神气脉，则于古人之妙，终未有领会悟入处，是识上事。⑧

诗有三超：识见欲超，气象欲超，语意欲超。⑨

严氏云：“学诗以识为主”，语尤中的。盖作诗如作史，宜兼

---

① 赵南星．李于田诗集序［M］//吴文治．明诗话全编．南京：凤凰出版社，2006：5423.

② 袁宗道．士先器识而后文艺［M］//吴文治．明诗话全编．南京：凤凰出版社，2006：5959.

③ 钱谦益．陈古公诗集序［M］//钱牧斋全集．钱曾，笺注．上海：上海古籍出版社，1996：799.

④ 吴乔．围炉诗话［M］//郭绍虞．清诗话续编．富寿荪，校点．上海：上海古籍出版社，1983：461.

⑤ 徐增．而菴诗话［M］//王夫之．清诗话．上海：上海古籍出版社，2015：445.

⑥ 袁枚．随园诗话［M］．顾学颉，点校．北京：人民文学出版社，1982：87.

⑦ 吴雷发．说诗管蒯［M］//王夫之．清诗话．上海：上海古籍出版社，2015：933.

⑧ 方东树．昭昧詹言［M］．汪绍楹，校点．北京：人民文学出版社，1961：9.

⑨ 王寿昌．小清华园诗谈［M］//王夫之．清诗话．上海：上海古籍出版社，2015：1757.

才、学、识三长，而识见未真，才学两废。严氏虽知以识为主，犹病识量不足，辟见未化。①

作史者以才学识为三长，缺一不可。诗家亦然。三者并重，而识为尤先，非识则才与学恐或误用，适以成其背驰也。炼识之道，不外乎得真传而已。传授既真，则千古名大家不言之秘，若合符契，而消息一贯，精神相通，视万法皆由心出，**得力于诗之外，精进于诗之中，自不难超凡入圣矣**（笔者加重）。释家最重传法，一脉亲承，衣钵密付，然后能明心见性，得无上菩提，以成佛作祖。道家内丹口诀，亦须密得指授，而后能性命双修，三化朝元，五炁聚顶，以登仙班。诗人欲求成名家大家，千秋不朽，非得真传，契自古诗家心法，安可得哉？若夫无所师承，而能成家者，自非生知天纵之才，未之有也。虽得真传之后，仍须学养功深，方能成就。然心有主宰，其识已精，则用力确有把握，自日见进境。故积理养气，用笔运法，使典取神，皆仗识以领之。识为诗中先天，理法才气为诗之后天。有先天以导其前，有后天以赴于后，以先天为天功，以后天为人力，能合天人功力，并造其极，斯大成矣。②

这些贵识论思想均突出了“识”的第一义，有些诗论家如李东阳、袁宗道、袁枚、吴雷发、方东树、朱庭珍还更进一步指出“识”之于“才”的优先性和统摄性。

可是这里有两个问题需要引起注意。第一，在这些论述中“识”可能并非同指一事。比如，赵南星所谓的“识”是指那种能洞彻明达诗道的认识能力，而袁宗道的“识”就似乎不是这个意思。袁宗道在《士先器识而后文艺》一文中将司马相如、扬雄、祢衡、杨修、谢灵运，还有初唐王、杨、卢、骆这些古代第一流文士均视为有才而无识，而将皋陶、大禹、伊尹这样的古圣往贤视为“器识深沉浑厚”③。显然，袁宗道的“识”是指文学才艺之

① 许印芳．许印芳诗论评注［M］．张文勋，郑思礼，姜文涛，评注．昆明：云南教育出版社，1992：84.

② 朱庭珍．筱园诗话［M］//郭绍虞．清诗话续编．富寿荪，校点．上海：上海古籍出版社，1983：2213.

③ 袁宗道《士先器识而后文艺》中云：“是故长卿摛藻于《上林》，而聆窃赀之行者汗颜矣。子云苦心于《太玄》，而诵《美新》之辞者靦颜矣。正平弄笔于《鹦鹉》，而诵江夏之厄者扪舌矣。杨修斗捷于色丝，而悲舐犊之语者惊魂矣。康乐吐奇于春草，而耳其叛逆之谋者秽谭矣。下逮卢、骆、王、杨，亦皆用以负俗而贾祸，此岂其才之不赡哉？本不立也。”“盖昔者咎、禹、尹、虺、召、毕之徒，皆备明圣显懿之德，其器识深沉浑厚，莫可涯涘。”（袁宗道．白苏斋类集．上海：上海古籍出版社，1989：174.）

外的某种器度宏伟的精神品格和境界，它是一种“器识”而非“文识”。而其他批评家所说的“识”仍然是限定在文艺才能的范围之内，没有上升到那种道德品格的高度。第二，以上这些“贵识”的思想多为只言片语，它们宣告了“识”的第一义地位，多数却没有对“识”概念本身给予充分详尽的澄清。例如，吴乔的“诗无论三唐，看识力实是如何”一论就并未指明这个“识力”的高下到底如何辨别。像徐增的“见识到哪里，字句亦随到哪里，方有第一等诗作出来”一论也未说清楚这个“见识”的内涵到底是什么。这些诗论家中须加关注的是钱谦益，他对“识”的阐述保留着极为浓厚的唯识宗色彩，并将它与诗学结合了起来。他提出“世界山河大地，皆唯识中所变之相分，而吾人之为诗也，山川、草木、水陆、空行、情器、依止、尘沙、法界，皆含摄流变于此中”之论。然而钱谦益的思想毕竟是从佛家义理向诗家义理的推展，因此也使他的诗论过多地染上了宗教神秘色彩而缺乏文艺理论的专指性。这里最值得称道的是朱庭珍对“识”的讨论，他指出“炼识之道”乃是“得力于诗之外，精进于诗之中”，如此才能最终“超凡入圣”。他将“识”的来源置于诗歌艺术之外那个无限广阔的世界之中，鼓励敞开心灵去广泛地理解这个世界，这是一个非常贤明的洞察。同时朱庭珍还指出“识”本身具有的先验属性，看到了先验与经验的区别。然而他虽然提出了令人敬佩的见解，却没有展开详论，这不免还是产生了语焉不详的问题（方东树的四类归因之论也是存有这个问题）。总结而言，**以上这些贵识论思想实质上更多是有关“识”的断言而不是有关“识”的辨析，这就使得它们总体上仍然没有超越范温所开创的对“识”的认知格局**。只有在叶燮那里，从范温开始的贵识论传统才告别了零散的断言式命题，真正发展成为一套精审自洽的诗学理论。

第二节　叶燮杰出的“贵识论”思想

可以毫不夸张地讲，叶燮的“贵识论”达到了中国古代文学批评史上贵识论传统的顶峰，它有着我们之前考察过的所有贵识主张都不具备的完整性与严密性。叶燮的“贵识论”出自其撰写的《原诗》这部思想极为丰富的诗学理论著作，关于这部书的价值蒋寅先生在其《原诗笺注》中指出：“历来论者无不赞赏理论意识鲜明、诗史视野开阔。现实针对性强、批判眼光犀利且长于论辩的特点。”[①]事实上从著述体量与识鉴深度上看，《原诗》这部雄

① 叶燮．原诗笺注［M］．蒋寅，笺注．上海：上海古籍出版社，2014：1.

著本身就足可被视为自《文心雕龙》以来最伟大的诗歌文学理论著述。叶燮著《原诗》有着极高的抱负，他企图廓清以往文学史上流传的种种谬见，以结束那种由于古今诗评多“杂而无章、纷而不一”而致使“诗道之不能长振”[①] 的局面。叶燮极擅长立论，他感到即便是钟嵘、刘勰这样的人物，其书也多有“吞吐抑扬，不能持论”之处。他对诗学史上一些吉光片羽式的见解也感到不满，认为此“属一斑之见，终非大家体段”[②]。叶燮之所以敢负有此等心气，从根源上说是因为他自身具备了《原诗》所推崇的那种卓越的心智能力——识，这使他深刻地洞鉴到诗歌艺术价值的本质所在，并让他敢于去挑战和批判前人所留下的各种似是而非的诗学观念。[③] 由于这个“识”意味着一种诗歌才能，故我们也可以称之为“诗识”，以区别于“史识”“器识”“性识”这些属于其他精神领域中的概念。

叶燮的“贵识论”有着超越以往论家的完整性与清晰性，他首先从“识”的对象开始谈起，在《原诗·内篇上》中他说：

> 自开辟以来，天地之大，古今之变，万汇之赜，日星河岳，赋物象形，兵刑礼乐，饮食男女，于以发为文章，形为诗赋，其道万千。余得以三语蔽之：曰理、曰事、曰情，不出乎此而已。然则，诗文一道，岂有定法哉！先揆乎其理，揆之于理而不谬，则理得。次征诸事，征之于事而不悖，则事得。终絜诸情，絜之于情而可通，则情得。三者得而不可易，则自然之法立。故法者，当乎理，确乎事，酌乎情，为三者之平准，而无所自为法也。[④]

从“古今之变”到“万汇之赜”、从“日星河岳”到“饮食男女”，叶燮将天地间万事万物尽划归入“理”“事”“情”这三类范畴，它们包罗涵盖了万事万物的一切形态与变化，并均可以“发为文章，形于诗赋”。这段话提出了三个重要的见解：其一，三个范畴尽可以归摄世间的万事万物；其二，这三个范畴之下的万事万物均可以成为诗歌文学的发咏对象；其三，诗人之才思若能不违于“理”“事”“情”，即做到“于理而不谬”“于事而不悖”“于情而可通”，则自然能合乎法度。叶燮三大范畴的提出将整个世界划分为三大类对象以待诗人们去观察把握，确定地将诗歌艺术的吟咏内容置于整个对象世界中。叶燮在后来回顾《原诗》一书的撰写时说：“仆尝有《原诗》一编，以为盈天地间万有不同之物之数总不出乎理、事、情三者，故圣人之

---

① 叶燮．原诗笺注［M］．蒋寅，笺注．上海：上海古籍出版社，2014：317.

② 同①318.

③ 典型的例如他在《原诗·内篇》中对各种“文学代际递降论”和“诗歌复古论”的批驳。

④ 同①118.

道自格物始。盖格夫凡物之无不有理、事、情也，为文者亦格之文之为物而已矣。”① 叶燮的门生薛雪《一瓢诗话》中亦云：“吾师横山先生诲余曰：作诗有三字，曰情、曰理、曰事。余服膺至今。”②

然而诗人应如何把握“理”“事”“情”呢？叶燮指出关键是通过“识”，他说：

> 曰理、曰事、曰情，此三言者足以穷尽万有之变态。凡形形色色，音声状貌，举不能越乎此。此举在物者而为言，而无一物之或能去此者也。曰才、曰胆、曰识、曰力，此四言者所以穷尽此心之神明。凡形形色色，音声状貌，无不待于此而为之发宣昭著。此举在我者而为言，而无一不如此心以出之者也。以在我之四，衡在物之三，合而为作者之文章。大之经纬天地，细而一动一植，咏叹讴吟，俱不能离是而为言者矣。
>
> 在物者前已论悉之。在我者虽有天分之不齐，要无不可以人力充之。其优于天者，四者具足，而才独外见，则群称其才；而不知其才之不能无所凭而独见也。其欠乎天者，才见不足，人皆曰才之欠也，不可勉强也；不知有识以居乎才之先，识为体而才为用，若不足于才，当先研精推求乎其识。③

在叶燮看来，那些包揽着世间千变万化之样态的“理”“事”“情”，终都有待于人将其“发宣昭著”出来。而诗人正是凭借着存于心灵当中的“识”“才”“力”“胆”这四种能力，始可能体察洞悉到那个经由三个范畴所统揽的外部世界④，并最终将体察的内容形诸诗歌文章。在此四种能力之中，“识”是最先决亦是最重要的，它是“才”得以施展发挥的前提基础。才华的外溢很容易被世人看到，而难以看到的是隐藏于才华背后并决定着才华之高低的那个“识见”能力。叶燮认为，如果一个人才华不足（当然这里所谓的“才”是指“真正”的才华），那往往是“识”之不足所致。于是叶燮提出了“识为体而才为用”这个十分令人瞩目的命题，以宣告“识”对“才”的统摄作用。接着他便对“识”做深度的辨析，叶燮说：

> **人惟中藏无识，则理、事、情错陈于前，而浑然茫然，是非可否，妍媸黑白，悉眩惑而不能辨，安望其敷而出之为才乎！**（笔者

---

① 叶燮．与友人论文书［M］//已畦集卷一三．清康熙二弃草堂刊本．

② 薛雪．一瓢诗话［M］//王夫之．清诗话．上海：上海古籍出版社，2015：707.

③ 叶燮．原诗笺注［M］．蒋寅，笺注．上海：上海古籍出版社，2014：150－153.

④ 关于“外部世界”的更详细的澄清阐释，请详见第五章第三节的内容。

加重）文章之能事，实始乎此。今夫诗，彼无识者，既不能知古来作者之意，并不自知其何所兴感、触发而为诗。或亦闻古今诗家之诗，所谓体裁、格力、声调、兴会等语，不过影响于耳，含糊于心，附会于口。而眼光从无着处，腕力从无措处。即历代之诗陈于前，何所抉择？何所适从？人言是则是之，人言非则非之。夫非必谓人言之不可凭也，而彼先不能得我心之是非而是非之，又安能知人言之是非而是非之也。①

自两宋之际的范温在中国文学批评史上开创了“贵识论”的思想传统以来，历经五百多年日迁月移，叶燮的这段关涉“识”的议论将这个传统在理论上推向了极致。他不再像往昔的“贵识”传统那样只去含混地标举有关“识”的种种断言，而是围绕“识”建立了体量可观、辨析细致的诗学理论，并揭示出“识”与其他一众诗学基本概念之间的关系。“识”乃指人的心灵中那种特殊的认知能力，它分别彰显在诗歌的创作与鉴赏活动当中。在创作中，一个诗人倘若没有“识”，则“理”“事”“情”纵然皆陈置于眼前而其心仍茫然无知，才华也自然就无从施展；在鉴赏中，他倘若没有识，则必然难以体会出古代诗家的种种感兴和深意，也无法真正领略到诗歌艺术的“体裁”“格力”“声调”和“兴会”。② 最终，他对历代作品的鉴赏也不过是沦为毫无主见的人云亦云。可以看到，无论对于诗歌创作还是鉴赏，“识”都是最重要的心灵能力。叶燮创作、鉴赏并举的做法使他的“贵识论”在解释力上更为成熟完备。

“识”居先而至要的地位还反映在它对其他心灵能力的统摄上，叶燮对此的论述也颇为精详，他说：

大约才、识、胆、力，四者交相为济。苟一有所欠，则不可登作者之坛。四者无缓急，而要在先之以识：使无识，则三者俱无所托。无识而有胆，则为妄、为鲁莽、为无知，其言背理、叛道，蔑如也。无识而有才，虽议论纵横，思致挥霍，而是非淆乱，黑白颠倒，才反为累矣。无识而有力，则坚僻、妄诞之辞，足以误人而惑世，为害甚烈。若在骚坛，均为风雅之罪人。惟有识，则能知所从、知所奋、知所决，而后才与胆力，皆确然有以自信；举世非之，举世誉之，而不为其所摇。安有随人之是非以为是非者哉！③

---

① 叶燮．原诗笺注［M］．蒋寅，笺注．上海：上海古籍出版社，2014：153－154.

② 这意味着叶燮所说的“识”是一种把握作品综合艺术效果（即“体裁”“格力”“声调”和“兴会”）的审美能力，它所面对的是概念与意象之间合作的最终综合结果，并非偏向于诗作的概念性命意层面。

③ 同①189.

“使无识，则三者俱无所托”，这本身就是一个极具“胆识”的论断。在之前的贵识论传统之中，从未有人如此清楚地指出它们之间的关系。叶燮极力告诉我们，人在无识的情况下，他的才华与胆力则会堕入淆乱荒诞之中并因此可能导致惑世误人。这段议论让我们看到，识的统摄作用就体现在通过正确精当的判断从而去引导才华与胆力的发挥与施展。在宇文所安的研究中，叶燮的“识”就是被译成“判断力”（judgment）①，而判断所指涉的内容就是“理”“事”与“情”。“识”就是能让人（不限于诗人）洞悉和把握到世间各种理、事、情的那种精微的认知判断能力。② 这个能力的具备让人即使在面对“举世非之”和“举世誉之”的处境时，仍能“不为其所摇”，做到不“随人之是非以为是非”。当然，叶燮这里所谈的“识”主要还是指一种诗歌艺术能力，尽管它完全可以运用在艺术之外的广阔领域当中。在这里我们看到，这个用心灵认知能力去反映外部世界的创作鉴赏过程，让叶燮的“贵识论”拥有了相当鲜明的认识论色彩（epistemology）。

这里值得特别指出的是，“识”的发挥本身亦离不开“才”的先行存在，因为诗人如果缺少“才”的话，则首先根本不会形成任何构成作品的那些基本心思或想法，此即叶燮所云“大凡人无才则心思不出”的意思③；而“识”事实上乃是一种比“才”更高的“才能”，它对由“才”而生发出来的心思再给予返照与取舍，此即叶燮所云“无识则不能取舍”之义。④ 可以说，是“识”使“才”成为真正的“才”，唯有有“识”，诗人才“能知所从、知所奋、知所决，而后才与胆力，皆确然有以自信”。此亦正印合上一节所引的吴雷发的那句话，即“笔墨之事，俱尚有才，而诗为甚。然无识不能有才，才与识实相表里。作诗须多读书，书所以长我才识也。然必有才识者方善读书，不然，万卷之书，都化尘埃矣”（《说诗菅蒯》）⑤。可见“才”与“识”相表里，二者不可以分割开来，脱离了“识”的“才”难以称为真正的“才”。⑥我们看到前一节所引方东树的一段话其实亦有此义，他说：“有文通

---

① 宇文所安．中国文论：英译与评论［M］．王柏华，陶庆梅，译．上海：上海社会科学出版社，2003：567.

② 叶燮这里的“情”不是一种完全主观内在的情感，它是指一种融合与显现在外部世界当中的内部情感，因此它亦具有外在客观的表征，参见第五章第三节。

③ 原诗：91.

④ 同③.

⑤ 王夫之．清诗话［M］．上海：上海古籍出版社，2015：933.

⑥ 吴雷此论还涉及一个饶有意思的话题：一个人只要通过读书积累便可增长才识，还是首先要善于读书而后才能通过读书增长才识？这实际上是关于才识是“先天”还是“后天”的问题，读者可以深思。

而理不通者，是学上事。有理通而文不通，是才上事。文与理清通而平滞，无奇妙高古惊人，是法上事。然徒讲义法，而不解精神气脉，则于古人之妙，终未有领会悟入处，是识上事。”（《昭昧詹言》）方东树认为作品中文理之通顺所涉及的乃是思想学问问题，而作品的语言表达之通顺则属于才华问题。作品能否惊动世人，这是“义法”问题，而作品最终能否得古人之精神气脉，这是作者“识”的问题。而应该指出的是，正是最后这个“识”的存在囊括和统摄了之前所有的能力。方东树此论确实有见地，对思想义理的思考能力确实与文学语言的表达能力不同，我们知道历史上很多博古通今的鸿儒或沉潜考索的学人一提笔写诗就会显露出他们文学语言表达能力上的局限，而古往今来很多没有读过多少书的人，倒还可以偶发灵感而做出精辟的语言表达。而事实上如欲真正接近古人之精神气貌，则作者必须能深入洞察和思维到作品两种命意之中、三重联系之间的综合联结效果，目击到那概念和意象通过共同驰骋延展且彼此达到契合一致而缔造的精神世界。如果深度品察一下叶燮《原诗》中所举的诗例，诸如“蜀道之难，难于上青天”“似将海水添宫漏”“春风不度玉门关”“天若有情天亦老”“玉颜不及寒鸦色”这些唐诗名句[①]，我们就会察觉到它们的过人之处更多是反映在精妙的概念性命意之上，是诗人的奇思将世界上分隔遥远的事物联系了起来。而意象性命意的全面融入更是将那本已出奇的概念性命意呈现出更加动人的视觉表象。这不是诗人单独凭靠“学”与“才”（即一般的“理通”与一般的“文通”）而能企及的。必须在学与才的基础上，锻炼出“识”这一更高和更综合的思维能力。

可以这样说，“贵识论者”独立不惧地拥奉一套不偏不倚的审美准则，他们不在意一首诗是大家手笔还是小家体段，不在意一首诗是源自男性诗人还是女性诗人，不在意一首诗是抒情绘景还是言理明道，不在意一首诗是豪放壮阔还是婉约含蓄。他所在意的是世界的“事理情”是否在诗中被成功地表现出来。“贵识论者”拥有的是一个超越了一切风格划分、诗派流别、时代风会之限的审美准则，其从一开始就鼓励创作者和鉴赏者锤炼出一种兼收并蓄、海纳百川的审美胸襟，不以自己所爱或所擅之风格去轻诋他人的审美趣味，亦不以他人所爱或所擅之风格去菲薄自己的审美趣味。换句话说，真正的“贵识论者”并不是严羽那种只钟情于某一特定审美理想（汉魏、盛唐诗歌）的“贵识论”者。也不会如叶燮对其时人的描述，他们一时仿学汉魏盛唐之诗，一时又转而学晚唐、宋元之诗，一时去学刘长卿，一时又转而去

---

① 叶燮．原诗笺注［M］．蒋寅，笺注．上海：上海古籍出版社，2014：208.

学陆游。[①] 然而，海纳百川的“贵识论”理论也绝非意味着这样一件事：每一种诗歌审美趣味都有艺术价值并且值得追求。而是毋宁只意味着唯有经过了“识”所甄别与考验过的审美趣味才能有如此地位。在真正的“贵识论者”看来，每一种被前代诗人的独特人格精神所照亮的世界状态，无论它是带着唐人所多有的“蕴藉”还是宋人所多有的“直露”、是偏于世界的“形容”一面还是世界的“理致”一面，只要它被诗人在诗歌艺术上“成功地”表现出来，则都会给他那爱知的灵魂带去知性愉悦。“贵识论者”所贵之“识”终究是须对古典诗歌两种命意之中三重联系之交汇而引发出来的综合审美效果给予正确评价和把握。中国诗既是概念思维的艺术，亦是意象语言的艺术，一首诗最终的审美价值取决于其综合知性效果。唐诗“榆柳萧疏楼阁闲，月明直见嵩山雪”与宋诗“纸上得来终觉浅，绝知此事要躬行”均是名世佳句，应能看出前者中的意象性命意起了更大的作用，后者则是概念性命意有着更大分量，而它们均为世人带来了艺术意义上的认知价值，前者更多是靠意象的视觉表象以对世界进行复现和展开，后者则更多是靠概念的思维规定以对世界进行洞察和把握。“贵识论者”不应偏袒或拒绝两者之中的任何一位。含蓄蕴藉之作有其艺术上的综合理想效果，坦率直露之作亦有其艺术上的综合理想效果，它们最终都须遵守各自的艺术成功准则，而这些准则都能为“识”所接纳。所以那些不知所云或属意卑浅的含蓄蕴藉之作，那些毫无启示或者全失古雅的坦率直露之作都将为有识者所厌弃。

最终应指出的是，叶燮在他的诗学中对“识”这一认知能力的高举以及关于“识之对象”的阐释，可以说是非常郑重地宣告了中国古代诗学自己的知性传统。宇文所安先生在《中国文论：英译与评论》一书中将中国文学知性传统的思想渊源追溯到孔孟那里，他从孔子的“视其所以，观其所由，察其所安，人焉廋哉？人焉廋哉？”与孟子的“知言养气”之论中发现了中国古代思想中亦存在的重视认知的传统。[②] 虽然孔孟二圣所欲认知的事情并不

---

① 叶燮本人所持有的乃是诗歌进化论的观念，顾名思义这种观念认为诗歌史是一部后代不断超越前代的发展史，他说：“建安诗则生长至于拱把，六朝诗则有枝叶，唐诗则枝叶垂荫，宋诗则能开花，而木之能事方毕。自宋以后之诗，不过花开而谢、花谢而复开。”尽管叶燮打破了那些胶固不化的审美理想，事实上，叶燮的个人审美立场偏向于宋诗，属于清初时代的主宋诗派。有时他对宋诗的推崇也显得有所过当，例如他说“宋诗在工拙之外，其工处固有意求工，拙处亦有意为拙，若以工拙上下之，宋人不受也。”（《原诗·外篇下》）这是我们需要对叶燮个人审美偏好加以限制的地方。然而叶燮在尊申宋诗的情况下并不贬黜唐诗，我们从他所例举的诸名句基本上都是唐诗这一点就可以多少窥知。参见叶燮．原诗笺注［M］．蒋寅，笺注．上海：上海古籍出版社，2014：154。

② 宇文所安．中国文论：英译与评论［M］．王柏华，陶庆梅，译．上海：上海社会科学出版社，2003：18.

同于西方思辨哲学中那些有关本体性、终极性的抽象问题，二人事实上在知性的问题上更为倾向于去关切人间现实的事物，但这已经足以表明中国古代思想中对“知”的重视。宇文所安认为“中国文学正是围绕着这个‘知’（knowledge）的问题发展起来的”[①]。需要承认，这是一个极符合西方学人智识倾向的看法，深度呼应着西方文明的理性主义传统，但却真实地揭示了中国文学中一个长久被忽略的重要因素。宇文所安非常推崇叶燮的诗学思想，他认为《原诗》一书的指归在于“探询诗的根基”“全盘清理以往的文学理论传统”并提出“一套全面统一的基本的艺术原则”。[②] 而这个统一的基本艺术原则简单地讲就是要求：在诗歌的创作与鉴赏活动中应当展现出作为主体判断能力的“识”，与作为对象世界存在方式的“理、事、情”之间达到相符一致。宇文所安对此这样总结道：“（叶燮认为）构成诗歌的东西和读一首诗所理解的东西与构成世界的东西和在经验世界中所理解的东西是一致的。”[③] 据此可见，叶燮所企图做的是拓宽诗歌既有国度的疆界，突破它有限的自治领域，向世人证明诗歌艺术如何与万事万物产生关联，而实现这一切的基础就是诗人需具备“识”这个高级的认知能力。在宇文所安看来，叶燮的“识”关涉的是一个以“洞察事物的能力为基础的认识论问题”[④]。

第三节 “识”背后的知性秩序：“活法”及其与康德“不确定的概念”之间的比较

事实上，从《原诗》整体的论述逻辑上看，叶燮正是为了阐明“法”的问题才提出关于“识”的对象三个范畴的划分。上一节曾简单地提过，诗中所咏的“理”“事”“情”三者须能符合“于理而不谬”“于事而不悖”“于情而可通”之法，而这个“法”就是决定诗歌作品能否“当乎理，确乎事，酌乎情”的根本准则，它成为指引和安排“理”“事”“情”之间妥当关系的一种具有规范意义的秩序。因此，我们对“理”“事”“情”的掌握就脱离不了对“法”本身的深度理解。而叶燮这里所谈及的“法”实乃指“活法”，他关于“法”的论述因为有着古代文论中罕见的精审程度而非常精彩，故有必要整体引用：

---

① 宇文所安．中国文论：英译与评论［M］．王柏华，陶庆梅，译．上海：上海社会科学出版社，2003：18.

② 同①547.

③ 同①549.

④ 同①546.

乃称诗者，不能言法所以然之故，而哓哓曰：“法”。吾不知其离一切以为法乎？将有所缘以为法乎？离一切以为法，则法不能凭虚而立；有所缘以为法，则法仍托他物以见矣。吾不知统提法者之于何属也。彼曰：“凡事凡物皆有法，何独于诗而不然?”是也。然法有死法，有活法。若以死法论，今誉一人之美，当问之曰：“若固眉在眼上乎？鼻口居中乎？若固手操作而足循履乎?”夫妍媸万态，而此数者必不渝，此死法也。彼美之绝世独立，不在是也。又朝庙享燕以及士庶宴会，揖让升降，叙坐献酬，无不然者，此亦死法也。而格鬼神、通爱敬，不在是也。然则彼美之绝世独立，果有法乎？不过即耳目口鼻之常，而神明之。而神明之法，果可言乎？彼享宴之格鬼神、合爱敬，果有法乎？不过即揖让献酬而感通之。而感通之法，又可言乎？死法，则执涂之人能言之。若曰活法，法既活而不可执矣，又焉得泥于法！而所谓诗之法，得毋平平仄仄之拈乎？村塾中曾读《千家诗》者，亦不屑言之。若更有进，必将曰：律诗必首句如何起，三四如何承，五六如何接，末句如何结；古诗要照应，要起伏。析之为句法，总之为章法。此三家村词伯相传久矣，不可谓称诗者独得之秘也。若舍此两端，而谓作诗另有法，法在神明之中，巧力之外，是谓变化生心。变化生心之法，又何若乎？则死法为“定位”，活法为“虚名”。“虚名”不可以为有，“定位”不可以为无。不可为无者，初学能言之；不可为有者，作者之匠心变化，不可言也。①

叶燮用颇为精妙的例子形象地诠释“死法”与“活法”的区别。所谓“死法”就如同在人的相貌中，虽然媸妍万态但是耳目口鼻之间均有着固定的方位关系，它们遵循着固定的“法则”，这对所有人都一样。然而这种万人一面的五官法则远不足以帮助人们去判断面目的妍媸美丑，因为它的条件太过简单和宽泛，几乎没有面孔不能满足这个条件。而真正最终能够判断美丑的标准是深藏于背后的那“不可执涂”的“活法”。在耳目口鼻之间的基本方位关系中，有无数种细微的方位关系都有可能催生出美丽的面容，它们千变万化而难以被总结出一条定律出来，但这些美的面容似乎又都在冥冥之中有着暗合。叶燮认为诗歌的创作亦是如此。“平仄格律”与“起承转合”的诗法规矩事实上人人皆可教习授受，这是“死法”；然而诗中的“神明变化”“风骨神韵”则只能通过心灵的感通体察才能被把握到，它们遵循着无

---

① 叶燮．原诗笺注［M］．蒋寅，笺注．上海：上海古籍出版社，2014：118－124.

踪迹可循的“活法”。所以叶燮最后总结道：“死法”为“定位”，它不能是虚无的（“不可以为无”），而“活法”为“虚名”，它不是真实可见的（“其不可以为有”）。

中国古代诗学史上述及过“活法”的批评家不在少数，他们的看法汇聚起来形成了尊尚“活法”的诗学传统。众所周知，诗学意义上的“活法”概念最早由宋人吕本中提出，他说：“学诗当识活法。所谓活法者，规矩备具而能出于规矩之外，变化不测而亦不背于规矩也。是道也，盖有定法而无定法，无定法而有定法，如是者则可以与语活法矣。谢玄晖有言：‘好诗流转，圆美，如弹丸’此眞活法也。近世惟豫章黄公首变前作之弊，而后学者知所趣向，毕精尽知，左规右矩，庶几至于变化不测。”[①] 吕本中的“活法”最初仅限于诗学领域，但随着这个概念被人们广泛地接受，它的影响也逐渐向文章学领域传播开来。[②]“活法”概念的明确提出是文学思想史上的一次非常重大的进步，传统诗学在经过一千多年的沉淀与反思之后终于发现了主宰诗歌艺术成败的那个根本规律。诗歌文学创作终究是一种艺术活动，尽管历史上流传下来的诗歌作品在艺术表现上千变万化，但它们背后终究是某种恒定规律的支配。变化中暗藏着不变，“活法”概念所带有的这一辩证性特征就是吕本中所说的“是道也，盖有定法而无定法，无定法而有定法”。

自吕本中之后，“活法”思想在后世的诗论家那里虽屡有提及但多见于零篇散见之中，论述不甚精详，比较有代表性的如叶燮的学生沈德潜曾说：“诗贵性情，亦须论法。乱杂而无章，非诗也。然所谓法者，行所不得不行，止所不得不止，而起伏照应，承接转换，自神明变化其中；若泥定此处应如何，彼处应如何，不以意运法，转以意从法，则死法矣。试看天地间水流云在，月到风来，何处著得死法！”[③] 沈德潜所谈的“法”就是与“死法”相对的“活法”，然而这段论述中更多的是表现了沈德潜对“活法”的推崇态度，他援用了不少感性的笔墨去直观描述“活法”是如何在真实诗歌创作场景当中显迹的，但却没有对“活法”本身给予理论上的辨析。而对于“活法”问题沈德潜的老师叶燮比其弟子阐述得更为深透，从吕本中到叶燮，我们看到了“活法”概念走向精密与完善的思想发展历程。

然而吕氏的思想毕竟是来源于一种由艺术经验所涵养出来的艺术直觉，他虽然洞识到了“活法”的真实存在（这一点足以让他显赫于文学批评史中），却还没有道破和揭示出其背后的深刻原理，也就是说并未去解释究竟

---

① 俞平伯．中国历代诗话选．长沙：岳麓书社，1985：886.

② 祝尚书．论南宋的文章“活法”[M]．北京大学学报，2012（2）：60－70.

③ 沈德潜．说诗晬语［M］//王夫之．清诗话．上海：上海古籍出版社，2015：538.

为什么“是道也，盖有定法而无定法，无定法而有定法”。叶燮虽然从诗歌审美经验中枚举了不少非常形象的事例丰富和精确化了我们对“活法”的理解，但这毕竟属于一种经验式和感性化的思考。凭借它我们虽然能感受到“活法”在审美判断中的作用，但仍有待追问的是：诸如在容貌评价和诗歌鉴赏中，为什么“死法”是如此力不从心而根本派不上用场，以至于我们不得不去依赖“活法”呢？为什么一个在内容上难以明确的模糊东西却依然可以被称为“法”呢？

对这个问题的彻底回答需要我们再回到第一章所讲到的康德哲学中去。我们知道当我们去评判一件艺术作品是否是“美”的时候，规定性判断就无能为力了，当我们去评判一件艺术作品是否“美”的时候，规定性判断就无法使用了，因为我们手上没有一个事先确定好的“美”的概念供我们使用。在评价一件艺术作品是否为“美”的场合中我们本质上仍然是在做判断，只不过这时不是把艺术作品置于一个事先存在的普遍概念即“美”之下加以识别，而是通过对作品的具体鉴赏，看看它能否调动人的知性能力与想象力，从而使二者相互激发并进入一种协调一致的思维关系之中，如果人的知性与想象力在作品的触发下走向协调一致，那么我们心中就会产生美的感觉。

然而这个“协调一致”的关系虽然具有归摄的能力，却不是被事先确定好的。这时候，我们只有具体而特殊的艺术作品，却没有“美”的普遍概念法则。这就是康德在定义反思性判断时所说的“只有特殊的东西被给予了，判断力为此必须找到普遍的东西”的情况。审美鉴赏就是一种做出反思性判断的思维活动，世界上不存在普遍而通用的“美”的概念，但我们终究需要去寻找到某个具有普遍意义的法则或根据以绳准和判定艺术作品的高低优劣。康德指出反思性判断实质上也是一种“归摄”活动，但它并不是通过使用确定的概念法则去归摄艺术作品，而是使用“不确定的概念”，它对艺术作品最终能否让我们的知性与想象力走向协调一致起着决定性的作用。可见，作为反思性判断的审美判断亦需要“概念”的参与，尽管是“不确定的概念”，但也足以使其成为一种人类的知性活动。“不确定性”是相对于“确定性”而言的，所以深入理解规定性判断中所用到的概念究竟具有怎样一种“确定性”，就势必先行。

我们已知在做规定性判断时，人们是通过使用“确定的概念”（它们已经先行确定地存在于我们的心灵中）来审查客观对象的情况，从而去判定对象是否符合概念的规定。这就如同拿着确定的标准（由概念提供）去衡量东西一样，它只择取符合此“标准”的东西而忽略掉不合“标准”或者与标准自身无关的繁杂东西。一个事物中可能存在着无数的与确定标准无关的繁杂而具体的细节表象，这些表象被那个确定的概念统一与集合在一个有更高概括性的标准之中。用康德的说法是这样的：

一切判断都是我们的表象中间的统一性的功能，因为不是一个直接的表象，而是一个把前者和更多的表象包含在自己之下的更高的表象，被用于对象的知识，**由此诸多可能的知识被集合在一个知识之中**。①

这段话通过举例来说会更好理解。譬如“山”的概念，现实中无论是青山还是荒山，无论是南山还是北山，都应当归摄入“山”这个概念中。至于每一座上山具体地生长出了什么东西、这些山又在什么方位，这些都属于“山”概念里那“诸多可能的知识”，它们已经被“山”的概念集合和统一了起来，无关“山”这一概念本身的使用标准。现实中那些不同山上的杂多事物因为被“山”的概念统一了起来，所以它们的具体样态和它们之间千丝万缕的关系变得不再重要了，换句话说，这些被“山”的概念忽视掉了。

“确定的概念”可以帮助我们概括性地认知这个世界，世界因人的这种能力被**简化**从而更容易被把握，然而它却无法帮助我们认知那些拥有更为复杂表象的“美”的事物（无论是自然还是艺术）。在审美的世界中，每一种可称之为“美”的事物均是由其表象上的众多事物经过某种联结而形成的，而这些事物以及它们之间的关系都是鉴赏活动所必须加以观照而不能忽视的内容。在鉴赏活动中，恰恰是因为人们在这些不同的事物之间意外地发现了某种协调一致的关系，才产生了愉悦的感受。然而事物在性质属类上可能会有极大的差异，它们之间可以联结成千形万态的关系，因此也就产生了千形万态的美，这就使人类无法找到一个确定好的概念或经验法则来一劳永逸地把“美的各种样态”全部事先规定或者确定下来。然而即便情况是人类只掌握有限的知性概念和经验法则，我们的知性（通过携手想象力）仍然在努力地寻找出不同事物之间潜在的某种秩序，尽管这秩序是那么偶然、特殊和不确定，超出了我们已经掌握的那些“确定概念”的把握能力。关于知性的这种寻找特殊秩序的能力，康德这样说：

自然依据其特殊的法则的秩序，无论有怎样超出我们的把握能力的、至少可能的多样性和不同类性，毕竟还是现实地适合这种把握能力的，这一点，就我们能够看出的而言，是偶然的；而找出这

① 康德．纯粹理性批判：注释本［M］．李秋零，译注．北京：中国人民大学出版社，2011：87.

种秩序，是我们的知性的工作，它被有意地引向知性的一个必然的目的，即把诸原则的统一性带进自然……①

“找出这种秩序，是我们的知性的工作”这句话道出了审美判断的真正本质，即在世界多样且不同类型的诸法则之间找到一种彼此协调一致的秩序。在这个秩序中，那些不同类性的法则（即确定的概念法则）之间呈现出一种可以被相互解释和相互把握的关系，而这一切只有通过反思性判断借助“不确定的概念”才能领会到。所以一言以蔽之，“不确定的概念”就是指对于一个审美对象，其表象所体现的诸多确定的概念法则之间存在着一种偶然的协调一致的秩序，但这个秩序无法被统一在更高的确定性概念之中，每当我们发现这样一种秩序的时候就会感到愉悦。**在一个审美对象身上汇聚着各种各样的“确定性概念”，这些“确定性概念”之间又存在着无数的联系，它们有的可以引发审美愉悦，有的则不能。而“不确定的概念”的作用是可以排除一些情形中的联系，断定这些联系不能产生美感，但它却无法将所有可以引发审美愉悦感的联系全部都确定地指出来。**②

这样再回头联系叶燮诗学可以看出，叶燮对“死法”“活法”的细致剖析深刻地契合着康德在“确定的概念”和“不确定的概念”上所做的哲学区分。以叶燮所举的“鼻”这一概念为例，“鼻”是一个“确定的概念”，它有着确定的使用标准，即指那个在人面孔上位置居中并且具有嗅觉功能的器官。然而世人的鼻子在具体的形状、大小、高矮上会非常不同，但这些情况都不是“鼻”这个概念的“使用标准”所关心的。只要是那个面孔上居中的嗅觉器官，那么不论它长成什么样，都已经满足了“鼻”这一概念的使用标准，因而可以被称为“鼻”。再如叶燮所举的“起承转合”中“起”这个概念，这个概念所确定的使用标准就是指律诗中肇起全篇的首联二句。事实上只要是开头两句，就应当被称为“起”句，而其可能属于“或对景兴起，或比起，或引事起，或就题起”这几种概念定位③，但它们可能展开的具体内容却异常丰富，而这些都在概念标准所关心的范围之外。因此可以看到，“确定的概念”是一种对事物特征在经过高度简化之后的概括式把握，它的使用标准只有在这个简化的程度内才是确定的（它把现实中那些各式各类杂多的特征统一了起来）。“确定的概念”将这个经验中的世界大略地予以分门别类，每个“确定的概念”根据其确定的使用标准对准经验世界中的每个相

---

① 康德．判断力批判：注释本［M］．李秋零，译注．北京：中国人民大学出版社，2011：19.

② GUYER P. Kant and the claims of taste［M］. 2th ed. Cambridge：Cambridge University Press，1997：267.

③ 杨载．诗法家数［M］//张健．元代诗法校考．北京：北京大学出版社，2001：17.

应的对象事物，这就如同拿着概念的尺度去衡量世界一样，所以“确定的概念”就更像是一种固定的“死法”。我们语言中绝大多数概念都属于这种“确定的概念”，人们正是通过掌握这些概念的使用标准从而去识别经验世界中的事物。①

但是在涉及“美”的问题上，作为“确定性概念”的“死法”就派不上用场了。艺术审美中所运用的“不确定的概念”并非通过高度简化的方式来把握事物，而是突破这种简化，意在繁杂事物的细节表象之中找到一种协调一致的关系。这个世界上并没有哪条固定的法则可以保证繁杂表象之中存在一种必然协调一致的关系。例如元代诗论家杨载在其著名的《诗法家数》中界定了“起承转合”之法，然而我们如果去仔细审视这些法则的话就会发现，它们皆属于一种“定位”式的“死法”，仅凭它是无法真正确保诗歌审美效果的达成的。杨载的描述是这样的：

律诗要法

起承转合。

破题

或对景兴起，或比起，或引事起，或就题起。要突兀高远，如狂风卷浪，势欲滔天。

颔联

或写意，或写景，或书事，用事引证。此联要接破题，要如骊龙之珠，抱而不脱。

颈联

或写意、写景、书事、用事引证，与前联之意相应相避。要变化，如疾雷破山，观者惊愕。

结句

或就题结，或开一步，或缴前联之意，或用事，必放一句作散

---

① 有两点需要指出，第一，所有概念的使用标准都有可能遇到它无法做出判断的情况，这些就是概念下的边界情况。当公园外的告示牌写道“禁止一切车辆入内”时，那么儿童骑的脚踏三轮车是否包含在内就会成为问题。然而这种概念中的边界情形或模糊地带是不会影响到概念使用标准中那些毋庸置疑的核心地带的，像“大卡车”“火车”就处于这个核心地带之中。第二，对一些抽象的概念来说，它们没有清晰的使用标准，甚至人们还会对标准产生争论，“正义”“道德”“封建主义”就是这样的概念。在判断一个行为是否“道德”的时候，康德式的道义论者与边沁式的功利论者会产生根本的分歧，因为他们在使用“道德”一词时彼此遵循着不同的使用标准。然而即便存在这种分歧，同一个词的使用标准仍然对各自学派来说仍是确定的。参见赫伯特·哈特关于语词概念的开放性结构（open texture）的讨论（哈特．法律的概念［M］．许家馨，李冠宜，译．北京：法律出版社，2006：121.）。

场，如剡溪之棹，自去自回，言有尽而意无穷。[1]

杨载指出起句之处应有“破题”之效，这破题之法无非是“对景兴起”“比起”“引事起”“就题起”这几种方式。而无论哪一种方式，最终都要保证能达到如“狂风卷浪”“势欲滔天”的效果。这几种起句的方式实质上就是供人们去选择的“定位”。然而杨载并没有说清人们到底应该如何去“对景兴起”、如何去“比起”、如何去“引事起”，或者如何去“就题起”。事实上任何一种上述情况下都会存在着无数种意象（包括概念）组合方式去表现它，只有当这些意象语词彼此结合到了一个精恰的程度时，我们才会称赞其绝妙。[2] 而这一点仅仅靠这些粗泛的“定位”是无法指引和传授的。此事就如同一个鼻子的表象上可能有无数个细节事物，这些细节事物又各自都有自己的概念，只有当这些细节之间排成了一种特定的和谐秩序时，我们才会感到美。事实上任一个现实中的鼻子（无论美、丑）都可以很容易地满足“鼻子”这一概念的固定使用标准，**这就是叶燮所谓的“夫妍媸万态，而此数者必不渝，此死法也”。故我们只凭借“鼻子”“起句”的这样的概念，是根本无法判断出对象是否真的就是“美丽”与“绝妙”的。**

诗歌该如何契合理、事、情实质上并没有固定的方法，诗人所做的是通过运用反思性判断，在代表着不同类性的事物的确定知性法则之间找到某种偶然而特殊的关联，并且这种关联使得我们看到这些不同的知性法则之间竟然被如此出人意料地并且协调地联系在一起（因此这不是任何确定概念可以规定下来的关系），这种协调关系即达到了叶燮所说的“当乎理，确乎事，酌乎情”。古典诗歌史上的那些经典名句皆具备这种特征，对诗歌艺术典范的具体分析可以更清楚地反映出“不确定的概念”在艺术活动背后的重要作用。例如，我们无法在“露从今夜白，月是故乡明”的上下两句之间找到一个确保它们联结起来可以成为名句的有章可循的确定法则或固定标准。虽然它们各自在通向艺术杰作的道路上并没有事先确定好的蹊径，但又在一件事情是非常确定的，那就是我们发现（通过知性和想象力的相互激发）这两句诗均确定无疑地向我们展现出潜藏于不同物类之间的某些一直未被发现的和谐关系。在这些关系之中，一个概念通过某个渠道与另一个完全不同的概念之间发生了联系。没有哪个艺术法则会先天地规定“露水”与“明月”只要联系在一起就一定是美的，故二者因关联起来而产生的美感只是偶然和特殊的，但它又是那么的和谐。这种和谐关系本质上仍是一种“非确定性知性”

---

① 杨载．诗法家数［M］//张健．元代诗法校考［M］．北京：北京大学出版社，2001：17.

② 参见第二章第三节最后部分。

意义上的关系："露水"与"明月"尽管完全属于不同种类的事物，但却在知性特质上分享着某种潜在的相似性，它们共有的皎洁、幽静、圆润特征使得彼此联结在一起就非常自然合理。另外它们在位置和形态上一低一高、一小一大的差异也使得把它们联结在一句诗里会有很殊妙的对比性。

可以看出，上文所谈到的这些联系的背后根据，其实就是第二章所提出的那些有关诗歌艺术的知性法则。虽然诗人鼓动了想象力，但最终仍然受到知性的制约，想象力的飞驰不能脱离世界万物所构成的总的知性法则。这就是康德所谓的"诗艺是把想象力的一种自由游戏作为知性的事务来实施的艺术"①。到这里我们就看到了康德美学与叶燮诗学的会通之处：**在诗歌艺术中，一个概念可以与其他不同类性的概念之间产生许多超越固有概念法则的联系，因为它们无法被其他固有法则所事先预见到或规定下来，故它们的联系是"不确定的"，这种"不确定"可谓之"活"；又由于这些不同概念终须达到"和谐一致"的关系时才能产生美的愉悦感，故可谓冥冥中又似乎受到"法"的支配。我们这里可以回顾本书第二章中曾谈到的构成诗歌艺术之美的三大类知性联系，"不确定"的联系既包括概念与概念之间的联系，也包括概念与意象、意象与意象之间的联系。**"活法"是"法"，但它又不是一般意义上可供人们按部就班遵守的"死法"，这就是（如叶燮所指出的那样）人们在掌握了"起""承""转""合"概念的"死法"之后仍可能写不出好诗的根本原因。满足"起承转合"的诗句可以多到无穷无尽，但天底下究竟哪些概念组合在一起才可以产生出良好的艺术效果，却是这四个概念自身无法事先规定的。"起""承""转""合"这些概念的使用标准无法帮助人们知道到底应该如何去起承转合，"死法"在真正的艺术创作中派不上用场。这就是叶燮诗学与康德认识论相通的地方。最后我们可以用袁枚的一句极为精辟的话作为对"法"问题的总结："能为文，则无法如有法。不能为文，则有法如无法。"② 诚其然哉！

---

① 康德．判断力批判：注释本［M］．李秋零，译注．北京：中国人民大学出版社，2011：144．

② 袁枚．小仓山房续文集//王英志．袁枚全集：第二册．南京：江苏古籍出版社，1993：536．

第四章 “志”“情”与“识”之间的关系及“意”的媒介作用

第一节 “言志”“缘情”与“思无邪”

作为中国最早的诗学命题，出自舜帝之口的“诗言志”在古代文学史上一直拥有着至高的话语权威，被历代批评家奉为诗歌艺术不可动摇的起点与指归。当然，后世学者早已对此命题做出过确凿翔实的考辨，否定了它出自上古五帝时代的说法。但作为一个“出自圣贤”而又“最为古老”的命题，它深深契合着古人“崇古贵远”的心理，因而成为具有长期统治性的古代中国诗学观念。这种统治力在许多地方体现为后人对其本旨的接受和发扬上，如宋代陈襄云：

> 诗之言，志也，持也。志之所至，言以持之。诗者，君子之所以持其志也。善作诗者，以先务求其志，待其志以养其气。志至焉，气次焉，志气俱至焉，而后五性诚，固而不反，外物至，无所动于其心。虽时有感触、忧悲、愉怿、舞蹈、咏叹之来，必处乎五者之间，无所不得正，夫然后可以求为诗也。①

顾炎武《日知录》中云：

> 舜曰：“诗言志。”此诗之本也。《王制》：“命太师陈诗以观民风。”此诗之用也，荀子论《小雅》曰：“疾今之政以思往者，其言有文焉，其声有哀焉。”此诗之情也。故诗者王者之迹也。建安以下洎乎齐、梁，所谓辞人之赋丽以淫，而于作诗之旨失之远矣。②

潘德舆《养一斋诗话》中云：

> 三代以后诗，或一代，或一集，全无入《三百篇》之室者，以

① 吴文治．宋诗话全编［M］．南京：凤凰出版社，1998：321.
② 顾炎武．日知录集释［M］．黄汝成，集释．上海：上海古籍出版社，2006：1167.

圣贤相传“诗言志”“思无邪”之旨，或不得之，或得之而未醇也，然其中可择而取焉。①

这里之所以引用这三个人的论述为例，是因为它们正好完整地展现了“诗言志”观念的三个维度，三人分别从诗家个体的道德性情、国家公共的政教宣化以及文学事业的终极评断标准这三个维度对“诗言志”这一古老命题加以阐发和推崇。陈襄的“以言持志”之说所涉及的是诗歌的缘起问题，指出诗歌作品当从诗人端正的性情中发源而来。顾炎武的“王者之迹”反映了诗的社会意义，表明诗须传达出一种对世道政教的深度关切。潘德舆的“可择而取”则提出了诗歌文学的评判标准，即诗的创作须满足“诗言志”与“思无邪”的要求。可以说，这三个维度构成了诗言志思想传统的基本内涵，体现着“诗言志”观念对后世的主要影响。然而从另一个方面看，这种影响在某些地方又以一种耐人寻味的方式延续着，崇尚性灵的清代诗论家袁枚对诗言志做出过这样一种饶有深意的评论，他说：

来札所讲“诗言志”三字，历举李、杜、放翁之志，是矣。然亦不可太拘。诗人有终身之志，有一日之志，有诗外之志，有事外之志，有偶然兴到、流连光景、即事成诗之志。志字不可看杀也。谢傅之游山，韩熙载之纵妓，此岂其本志哉？②

从这段议论来看，袁枚试图扩大“志”的内涵，将其扩及“诗外之志”的层面。他认为既存在“诗内之志”的情况，也存在“诗外之志”的情况；存在“事内之志”，亦存有“事外之志”；有的“志”属于“终身不渝”，有的“志”则属于“偶然兴到”。然而袁枚这种对“志”的分类虽然极大地发展了“志”的内涵，却也在暗地里远离了古老的“言志说”的本义。如果谢灵运的登山临水尚可视为一种清怀雅志的话，韩熙载的纵妓夜饮则无论如何也难以被说成是一种有志趣的行为。袁枚提及韩熙载意在表明“纵妓”之举并非诗人之本志，按照朱自清先生的见解，它属于那种“诗外之志”③。袁枚认为人们不应该把“诗言志”看得太过狭窄，这就放宽了诗言志的范围。然而必然出现的问题是，如果允许诗人将各种声色之事带入“诗内”，通过诗歌来表现和传达行乐场面的诗外之志，那这些作品在价值上就很有可能会同古老的“诗言志”之说所倾向的那种“诗内之志”发生冲突。韩熙载有一首

---

① 郭绍虞．清诗话续编［M］．富寿荪，校点．上海：上海古籍出版社，1983：2109.

② 袁枚．小仓山房尺牍［M］//王英志．袁枚全集：第五册．南京：江苏古籍出版社，1993：208.

③ 朱自清．诗言志辨［M］．上海：开明书店，1947：43.

流传颇远的“纵妓”之诗叫《书歌妓泥金带》，这首诗写得很动人：“风柳摇摇无定枝，阳台云雨梦中归。他年蓬岛音尘断，留取尊前旧舞衣。”声色之事从“诗外”走入了“诗内”，从生活中的行乐举动转化成了文学作品中的动人表现。然而一旦这些行为场景被诗歌化，它就自然需要受到“诗言志”观念的**检省**，而唯一不受此检省的可能就是诗人在创作中永不去触碰这些题材。

诚然我们经常能够看到，在古代那些怀才抱志之人的生命历程中，他们于某些特定境况下所做的偶然生活消遣并不应该被看作丧失志向、不顾名节的行为，甚至像范仲淹、欧阳修、真德秀这些气节与文章俱为后人景仰的前贤名公，也都留下过赠妓的诗篇。[①] 由此看来，诗人写流连光景声色的作品也无妨于他们写下那些志气轩昂的诗篇。士人君子的精神本来自然就既可以包含忠孝节义的内容，亦可以包含行乐消遣的情趣，诗歌中那些深沉严肃的言志之篇与随兴取适的缘情行乐之作在精神上并不相互拒斥。适度的行乐消遣本身就是合理与正当的，是对那种严肃而单一的精神世界的补充。苏轼《次韵赵景贶春思且怀吴越山水》中云：“飘然不系舟，乘此无尽兴。醉翁行乐处，草木皆可敬。”王阳明《寻春》诗中云：“十里湖光放小舟，漫寻春事及西畴。江鸥意到忽飞去，野老情深只自留。日暮草香含雨气，九峰晴色散溪流。吾侪是处皆行乐，何必兰亭说旧游？”这样的诗句典型地反映出严肃志节与行乐消遣在同一个人的身上可以和谐并存。然而维持这种和谐并存的关系是需要条件的，诗内所反映的那些带有欢情色彩的行乐消遣必须被限制在一定的条件范围之内，以与“言志”观念相协调统一。那些描写极度纵情恣意之乐的诗歌，比如陈后主的《玉树后庭花》就因为逾越了这个适度的范围，也就因此走向了反面。至此可以看到，袁枚把“志”的范围扩展到了流连光景、随兴取适的欢情活动中去，而他的意思是这些活动位居于诗人的“本志”之外，不必受传统“诗言志”观念的审视。但这却留下了一个问题：许多的诗歌作品就是纯粹表现游冶欢愉之事，那么这些事情一旦进入“诗内”，它将在何种程度下才能与“诗言志”观念下的“本志”不发生矛盾？或者说保证诗歌在“志”与“情”两方面之间能够和谐统一的那个条件是什么？如果任何“本志”之外的活动均可以不受限制地进入诗歌艺术当中而成

---

① “自古忠臣义士皆不拘于小节，如苏子卿娶胡妇，胡忠简公狎黎女，皆载在史策。近偶阅范文正公、真西山公、欧阳文忠公诸集，皆有赠妓之诗。数公皆所谓天下正人，理学名儒，然而不免于此，可知粉黛乌裙，固无妨于名教也。因偶题诗云：‘希文正气千秋在，欧九才名天下知。’至竟二公集具在，也皆有赠女郎词。”（昭梿．啸亭杂录［M］．何英芳，点校．北京：中华书局，1980：513.）

为艺术表现的对象，那么这必然会消解“诗言志”的本旨。对像袁枚这样一个可以在自己的私印上刻出“钱塘苏小是乡亲”① 的性情随放的诗人来说，“诗言志”的巨大权威仍使他不敢公开违背先贤的教谕，他巧妙地在“志”的概念上做出了区分，把一些关涉到“情趣”的行为分离出去从而归入诗外之志中去，让它们成为诗家可以偶一为之的可咏之事，从而避免了对“诗言志”观念的直接挑战。但这些诗外之志毕竟不会永远飘荡在诗歌文学之外，一旦它们成为诗人笔下吟咏的对象，在逻辑上就不可避免地要遇到“诗言志”古老观念的省察。人的志趣与情趣似乎总具有这样一种相背而驰的可能。这就使得两者在进入诗歌文学后，在它们的关系上潜藏着某种逻辑上的张力。所谓“张力”，就是在同一个框架下两物因背道而驰所产生的紧张关系。我们需要找到克服这种张力的方法，以使得“志”与“情”能够无矛盾地统一在某个诗学理念之下。

为了弄清楚这个问题，需要我们回到对“诗言志”原义的考察上。《汉书·艺文志》中云：“古者诸侯卿大夫交接邻国，以微言相感，当揖让之时，必称诗以谕其志，盖以别贤不肖而观盛衰焉。”即通过诗中所谕之志可以看出称诗者的贤与不肖以及未来的盛衰成败。《左传·襄公二十七年》中记载了郑国诸臣在晋郑两国的外交宴会赋诗言志的情况，郑国诸臣所赋之诗都是出自《诗》三百的篇章，其大多是在称美晋卿赵孟，只有伯有借此场合赋诗“人之无良，我以为君”讥刺了自己的国君郑伯。宴会结束后，赵孟私下里对叔向说：“伯有将为戮矣。《诗》以言志，志诬其上，而公怨之，以为宾荣，其能久乎？”可见，这些诗虽然是在诸侯的外交场合作酬酢荣宾之用，但也可以表露出赋诗者内心深处的美刺之意，反映出他们的人格与心志。这是“诗言志”的最早含义。孔子没有直接提过“诗言志”，他只是在谈“言志”本身的重要性，他说过“‘言以足志，文以足言。’不言，谁知其志？”(《左传·襄公二十五年》) 虽然孔子没有直接将诗与志联系起来，但他对“言志”的重视深刻地影响了“诗言志”的观念。《论语·公冶长》中记载：

> 颜渊、季路侍。子曰：“盍各言尔志？”子路曰：“愿车马衣裘，与朋友共，敝之而无憾。”颜渊曰：“愿无伐善，无施劳。”子路曰：“愿闻子之志。”子曰：“老者安之，朋友信之，少者怀之。”

这里，颜渊、子路与孔子各抒己怀，各言己志。同样，《论语·先进》也记载了子路、曾皙、冉有、公西华在孔子的启发下各言其志的情况。子路的回答是“千乘之国，摄乎大国之间，加之以师旅，因之以饥馑，由也为

---

① 袁枚．随园诗话［M］．顾学颉，点校．北京：人民文学出版社，1982：15．

之，比及三年，可使有勇，且知方也”。冉有的是“方六七十，如五六十，求也为之，比及三年，可使足民。如其礼乐，以俟君子”。公西华的是“非曰能之，愿学焉。宗庙之事，如会同，端章甫，愿为小相焉”。曾皙的是“莫春者，春服既成，冠者五六人，童子六七人，浴乎沂，风乎舞雩，咏而归”。孔子学生各自的所言之志按朱自清先生讲“非关修身，即关治国”①，大体上都可以视为具有某种政教德化的意涵，这与《左传》中的诸侯赋诗言志以观贤与不肖其指归是相同的。《左传》与《论语》中“言志观”的核心关切是政教德化，有着极为严肃的现实观照性，其中并没有给予人的情感多少位置。

然而，这种情况在后来出现的《诗大序》里发生了质的变化，其中云：

> 诗者，志之所之也，在心为志，发言为诗。情动于中而形于言，言之不足故嗟叹之，嗟叹之不足故永歌之，永歌之不足，不知手之舞之，足之蹈之也。

这里的一个重要变化是，《诗大序》的作者明确承认了情感在诗歌中的地位。从“诗者，志之所之，在心为志，发言为诗”到“情动于中而形于言”，这里存在着一个意义深远的跨越，是对情感地位的一次了不起的宣告。孔颖达《毛诗正义》对“诗者，志之所之也”的疏云：“包管万虑，其名曰心；感物而动，乃呼为志。志之所适，外物感焉。言悦豫之志则和乐兴而颂声作，忧愁之志则哀伤起而怨刺生。《艺文志》云‘哀乐之情感，歌咏之声发’，此之谓也。”对“情动于中而形于言”的疏云：“情谓哀乐之情，中谓中心，言哀乐之情动于心志之中，出口而形见于言。”孔颖达在注疏“志”的时候提出了“悦豫之志”和“忧愁之志”的区分。在注疏“情”的地方，他认为情感有哀有乐。孔颖达把“志”分类成“悦豫”与“忧愁”，这无疑是赋予“志”以情感的色彩，也就与后面情有哀乐之别统一起来。在《春秋左传正义》对郑子产“民有好恶、喜怒、哀乐，生于六气。是故审则宜类，以制六志”的疏文中，孔颖达指出：“此六志，《礼记》谓之六情。在己为情，情动为志，情志一也，所从言之异耳。”这就是孔颖达著名的“情志合一”的命题。在《毛诗正义》的其他地方孔颖达也贯彻了这种“情志合一”的思想，如他说：“发乎情者，民之性，言其民性不同，故各言其志也。”可见，从《毛诗正义》到《春秋左传正义》，情志相通的观念在他那里是一致的。然而孔颖达毕竟是唐代人，而《诗大序》的作者虽然历来众说纷纭，但其成文在两汉之间基本是没有问题的。这中间近五六百年的时间里，历经了

---

① 朱自清．诗言志辨［M］．上海：上海书店，1947：3．

《古诗十九首》的横空出世、建安风骨的慷慨任气、太康体调的缘情绮靡、元嘉文学的山水清音、永明诗的应节审音、梁陈宫体诗的艳薄斯极等一系列重要的发展阶段，情感的地位早已在实际的创作活动被承认乃至被高扬，尤其是陆机所宣扬的“诗缘情而绮靡”更是在理论上把诗歌艺术中的情感因素拔擢到第一性的本质地位上来。从《诗大序》到《毛诗正义》，中国的诗学观念发生了深刻的变化。在《诗大序》中，“情”首次出现在“言志”的语境中，与“言志”并列而称。我们看到，凭借着“心”这一概念的中介作用，从“言志”到“缘情”的过渡表现得顺理成章。然而此时的“志”与“情”尚分属于独立的两事，与后来孔颖达“情志一也”的命题有所不同，这是由其不同的历史语境所决定的。在《诗大序》的时代，情感的地位在理论上被初次承认，它从过去的纯是政教德化的言志观中被解放出来。汉代之前就产生了像屈原的《离骚》与宋玉的《九辩》那种关于诗人一己之穷通出处、升沉荣辱的抒情性极强的文学作品，两汉期间又产生了“感于哀乐，缘事而发”的汉乐府，这些文学作品在初衷上与政教德化无多关涉。故朱自清先生这样评价《诗大序》中的情与志的关系：

> 《诗大序》既说了“在心为志，发言为诗”，又说“情动于中而形于言”，又说“吟咏性情”；后二语虽可以算是“言志”的同义语，意味究竟不同。《大序》的作者似乎看出“言志”一语总关政教，不适用于原是“缘情”的诗，所以转换一个说法来解释。①

《诗大序》的作者暗地里改变和拓展了“诗言志”观的内涵，为缘情而生的诗歌找到了一个合适的位置。东汉之前的抒情文学例如《楚辞》，虽然是直接地“抒中情而属诗”，但其所抒之情多源自骚人未酬之心志，因此对传统的言志观念尚未构成挑战，其程度远未达到六朝文学那种“缘情而绮靡”的地步。然而由建安文学开启的对情感的高扬与对文采的追求，经过陆机破天荒地提出了挑战“诗言志”命题的“缘情说”，一直发展到情荒辞奢的宫体诗，情感的地位在文学实践中产生了翻天覆地的变化。“缘情”从在诗歌中没有位置到拥有一个合适的位置，再到取代“言志”而成为诗歌文学最根本的表现方式，这是《诗大序》与《毛诗正义》所处的根本不同的历史阶段。对于作为经学家的孔颖达来说，“情志合一”的命题是在目睹了六朝文学中情感逐渐泛滥、辞藻逐渐绮靡之后提出来的，带有矫正偏失、复归正本的意味。

“情志合一”的命题把情感推到了一个正当的地位，既明确高扬了情感

---

① 朱自清．诗言志辨［M］. 上海：上海书店，1947：21.

之于诗歌的意义，又矫正了情感过度泛滥的趋势，而这归根结底是因为情与志拥有共同的起源。其实在孔颖达之前，情与志之间就逐渐显现出合流的趋势，文献中将两者并举而称的情形非常多，如《后汉书·张衡传》“衡常思图身之事，以为吉凶倚伏，幽微难明，乃作《思玄赋》，以宣寄情志”，嵇康《琴赋》“导养神气，宣和情志，处穷独而不闷者，莫近于音声也”，《文心雕龙·附会》“夫才量学文，宜正体制，必以情志为神明，事义为骨髓”[①] 等，这些情形与《诗大序》里在分述情、志二事的基础上建立一种自然的过渡关系有所不同。然而无论是情志分述、情志并举还是情志合一，其根本精神都指向“言志”与“缘情”之间的相通与互见。从某种角度看，诗言志的观念只有包容了人性中的那些丰富情感才可能彰显其解释力上的涵括性（generality），缘情的观念似乎也只有不脱离政教德化始可获得其道德上的正当性。在后世的文论中，这种情、志紧密相通互见的思想反复出现，如《珊瑚钩诗话》：“吟咏情性，总合而言志谓之诗。”[②] 这是说缘情即是言志。[③]《诗义固说》：“作诗本意在‘诗言志’内，‘辞达而已矣’内，方见得诗本性情。”[④]《随园诗话》：“千古善言诗者，莫如虞舜。教夔典乐曰：‘诗言志。’言诗之必本乎性情也。”[⑤] 这是说言志即是缘情。《野鸿诗的》：“一曰诗言志，又曰诗以导情性。则情志者，诗之根柢也。”[⑥]《筱园诗话》：“诗所以言志，又道性情之具也。”[⑦] 这是并举言志与缘情，把它们视为诗歌文学的共同根基。以上这些诗论本质上都遵循着《诗大序》所开创的那种情、志相通的观念。

情、志相通的观念在概念层面上蕴含了两者的和谐统一，这种和谐统一使得情与志能够在彼此相互影响的关系中被协调起来。从一个方面看，“缘情”拓展了“言志”观念原来仅有的关乎政教德化的内涵，并使后者在解释文学现象时拥有更大的涵括性，这实质上也就把“诗言志”的原义引申开来，从而使该观念在解释现实中纯粹缘情而起的文学创作活动时能更富有说服力。千百年来“诗言志”思想可以屹立不倒的一个根本原因，正在于它总是可以不断地吸纳外部的新思想来拓展其古老的本旨。从另一方面看，“言

---

① 刘勰．文心雕龙［M］．范文澜，注．北京：人民文学出版社，1958：650．

② 何文焕．历代诗话［M］．北京：中华书局，1981：476．

③ 朱自清先生认为陆机“缘情”一语本是对“吟咏情性”一语的简单化与普遍化，二语同义。参见朱自清．诗言志辨［M］．上海：开明书店，1947：36．

④ 郭绍虞．清诗话续编［M］．富寿荪，校点．上海：上海古籍出版社，1983：726．

⑤ 袁枚．随园诗话［M］．顾学颉，点校．北京：人民文学出版社，1982：90．

⑥ 王夫之．清诗话．上海：上海古籍出版社，2015：887．

⑦ 同④2340．

志”对“缘情”起到了制约的作用，规范着情感的产生与发展，使情感活动行于正轨之中。孔颖达就说过：“设有言而非志，谓之矫情。”非志之言必产生矫作之情，这较直接明确地指出了志对情的制约作用。于是，在情、志相通的观念下，我们把“缘情”对“言志”的拓展意义与“言志”对“缘情”的制约意义这两个方面结合起来，那个保证情、志之间和谐统一的条件便开始清晰起来。“缘情”对“言志”内涵的拓展使其逐渐超越了固有范围，像屈原、阮籍、鲍照那些关于一己之穷通出处的感叹，像谢灵运、陶渊明、李峤所写的那些缘情体物的诗篇，像陈子昂、杜甫那些对古往今来、宇宙万物的寄情抒怀均不是政教德化一事可以涵括的。正如《四库全书总目》中云“考三百篇以至诗余，大都抒写性灵，缘情绮靡”①。一个朴素的道理是，如果现实中诗人和他们的作品不再只局限于狭窄的范围内言志，那么“诗言志”的观念就必须被拓展。然而这种拓展却不能与该观念的原义相悖，它需要首先在精神指归上保持一致，才能顺理成章地把原义引申开来。国家的政教德化与个人的穷通出处、体物缘情之间虽然不同，然而却可以在根本的精神指归上被统一起来，这个精神指归就是孔子所说的“思无邪”。孔子把《诗》三百中的言志诗与缘情诗放在了一个共同的基础上，后世产生的诗歌也都将立于这个基础之上，它为“言志”内涵的拓展开辟了蹊径。随着诗歌文学的发展，情感得到了公开的承认并开始逐渐趋于泛滥的时候，也就产生了被节制的需要，以保证它不会走向失控。“诗言志”的观念可以承担起节制情感的作用，而节制的宗旨也正是回归“思无邪”的精神。故回看本节开篇时陈襄的那段议论可以看到，他认为“君子之所以持其志”，则其情“无所不得正”，其中这个“正”字便是“无邪”的意思。“思无邪”有着“言志”与“缘情”均不具有的广泛涵括性，是对现实中的诗歌创作活动最为全面的规定与概括。《诗经》中既有讽刺统治者丑恶荒淫从而表露作者心志的作品，又有描写男女爱情从而体现作者情感的歌谣，其内容跨度很大，而“思无邪”的命题却能恰到好处地把它们都涵括进来。如朱熹指出：“孔子之称‘思无邪’也，以为《诗》三百篇劝善惩恶，虽其要归无不出于正，然未有若此言之约而尽者耳。”②

另外，不仅是对诗歌，“思无邪”的观念甚至可以把整个六经的学问都包容进来，《传习录》中记载：

> 问：“‘思无邪’一言，如何便盖得三百篇之义？”先生曰：“岂特

① 永瑢．钦定曲谱提要［M］//四库全书总目．北京：中华书局，1965：1828.

② 朱熹．读吕氏诗记桑中篇//朱熹．朱熹集［M］．成都：四川教育出版社，1996：3650.

三百篇？六经只此一言，便可该贯，以至穷古今天下圣贤的话。‘思无邪’一言，也可该贯。此外便有何说？此是一了百当的功夫。”①

王阳明的这番发挥充分反映了“思无邪”命题的广泛涵括性，使该观念贯通了六经以及古往今来的所有圣贤之言。**如同王阳明把“思无邪”看作贯通六经使其和谐统一的那个共有条件一样，我们也可以把“思无邪”看作情、志关系和谐统一的那个共有条件，或者换句话说，“思无邪”通过施加条件而统摄着言志与缘情。**这种统摄性是双向的：在拓展的方向上，只要诗人能做到思而无邪，那么诗歌就不必限于道德政教言志之事；在制约的方向上，也正是诗人首先需要做到思而无邪，故他们所兴发的情感都该当归于性情之正。但是，古往今来，关于“思无邪”的阐发多注重于其对情感的制约作用，而少言及其对言志的拓展意义。如《文心雕龙·明诗》这样讲：

大舜云：诗言志，歌永言。圣谟所析，义已明矣。是以“在心为志，发言为诗”，舒文载实，其在兹乎？诗者，持也，持人情性；三百之蔽，义归“无邪”，持之为训，有符焉尔。②

刘勰把“思无邪”置于“持人性情”的语境下，看作性情的最终指归，这明显意味着该观念对性情的持正与制约意义，“思无邪”并非出现在“言志”的语境当中，似乎与“言志”没有直接的关系。类似的例子还有，如潘德舆《养一斋诗话》：

“诗言志”，“思无邪”，诗之能事毕矣。人人知之而不肯述之者，惧人笑其迂而不便于己之私也。虽然，汉、魏、六朝、唐、宋、元、明之诗，物之不齐也。“言志”“无邪”之旨，权度也。权度立，而物之轻重长短不得遁矣；“言志”“无邪”之旨立，而诗之美恶不得遁矣。不肯述者私心，不得遁者定理，夫诗亦简而易明者矣。③

潘德舆此处并称“诗言志”与“思无邪”，将它们看作解决诗歌一切问题的权度和宗旨，这样就是把两者地位上视为平起平坐的关系。“思无邪”观念的涵括性没有上升到可以统摄“诗言志”的那种高度，它对“诗言志”内涵的拓展意义也没有被提及。从整体语境逻辑上看，“思无邪”在潘德舆的眼里明显属于诗人“有所不为”的问题，带着浓厚的制约性色彩，这正好与“有所为”的“言志”共同构成一反一正两个方面。刘熙载《艺概·诗

① 陈荣捷．王阳明传习录详注集评［M］．台北：台湾学生书局，1983：317.

② 刘勰．文心雕龙［M］．范文澜，注．北京：人民文学出版社，1958：65.

③ 郭绍虞．清诗话续编［M］．富寿荪，校点．上海：上海古籍出版社，1983：2001.

概》中也有着类似潘德舆的看法，他说：

> “诗言志”，孟子“文、辞、志”之说所本也。“思无邪”，子夏《诗序》“发乎情，止乎礼义”之说所本也。①

刘熙载认为“思无邪”就是“发乎情，止乎礼”的思想本源，这仍是把“思无邪”仅看作对情感的制约，没有明指或暗指“言志”原来的德教内涵由此也可以得到拓展。须知，“思无邪”的观念要高于“言志”与“缘情”，孔子会用这个观念来涵盖整部“诗三百”，不仅是因为他把《诗经》中的作品均作思想纯正来看待，还在于“思”比“情”与“志”更有涵括性。到这里，我们在“言志”“缘情”之上找到了“思无邪”这样更为一般性、更有统摄性的观念，它把“诗言志”和“诗缘情”这两个命题贯通起来，是保证“言志”与“缘情”之间能够和谐统一的那个根本性的条件。“思无邪”观念在中国古代诗论中的重要意义就在于它的广泛涵括性，它的中心是“思”，既可以包含“情”，亦可以包含“志”，这是“情”与“志”在外延上均不能与之比拟的。只要诗人能做到思而无邪，那么就无所谓所言诗内之志还是诗外之志，是美刺讽喻还是缘情体物。诗歌史上纯言志与纯缘情的诗作各自都可以闪耀永恒的文学价值，这是中国古典诗歌最朴素的经验。这样也就应当承认，“情”与“志”任何一个概念都不具备能够把握古典诗歌所有面向的那种涵括性。

第二节 “意”对“情”与“志”的统摄作用

基于某种崇古贵远的心态同时又不脱离文学现实，批评家们努力地协调“诗言志”与“诗缘情”两个命题之间的关系，而使得两者达到和谐统一的就是“思无邪”观念所具有的那种涵括性。**确立“思无邪”观念的统摄地位，尤其是用“思”来涵括“情”与“志”是理论上向“文以意为主”迈进的关键一步，文学创作中的“思”其本质上就是命意构思的活动。**刘勰云：“意翻空而易奇，言征实而难巧也。是以意授于思，言授于意，密则无际，疏则千里。”② 这里的“意授于思”指明了“意”与“思”的关系，即意本源于思，意是思的结果。陆机《文赋》中多次提及“意”与“思”，虽没有像刘勰那样直接揭示两者的关系，但从整体语境中能反映出意本源于思的观念。关于“思”，陆机有“其始也，皆收视反听，耽思傍讯。精骛八极，心游万仞”“伫中区以玄览，颐情志于典坟。遵四时以叹逝，瞻万物而思纷”

---

① 刘熙载．艺概注稿［M］．袁津琥，校注．北京：中华书局，2009：215．

② 刘勰．文心雕龙［M］．范文澜，注．北京：中华书局，1958：494．

“罄澄心以凝思，眇众虑而为言”等说法，而这里的“思”就是指文学创作中的构思过程。而关于“意”，陆机则云：“辞程才以效伎，意司契而为匠。”“其为物也多姿，其为体也屡迁，其会意也尚巧，其遣言也贵妍。”尤其在“恒患意不称物，文不逮意”这一著名的论断中，陆机把“意”与“文”分别看作文学作品的内容与形式，突出了“意”之于文学作品的内涵性价值。思与意的关系散见于陆机的整篇《文赋》当中，其实质精神与刘勰的“意授于思”相同。更为重要的是，“意”的概念被陆机提升到了一个比“思”更为凸显的位置，郭绍虞先生曾对陆机《文赋》中“意”这一词的含义做出过辨析，在《论陆机之所谓“意”》一文中他说：

> “文意”之“意”，可有三种解释，第一种是意义之意，这是最简单也是最基本的。任何一种语言不能没有思想，因此任何一篇作品——书面语，就不能没有意义……第二种，是指通过构思所形成的“意”。当然，任何思想用语言表达的时候，都可说通过构思作用，但是可随作者的表现手法而不同。尽管它的思想内容或有所本，但既化作自己的语言，那么所表达的也就是成为自己的思想，并不觉得抄袭雷同了……第三种，指结合思想倾向性的意，当然这也是所谓思想内容，但似乎更重在作品所起的作用，因为这是可以看出作者的思想倾向的……这三种解释，当然都有关联，不可能分得太死，但也确实有分别，有时也不宜混而为一……**《文赋》中所特别强调的正是第二种“意”**（笔者加重）。《文赋序》开端便说：“余每观才士之所作，窃有以得其用心。”他从古人的作品中体会他如何用心，所以《文赋》中所讨论的不外是构思的问题。①

在缜密的辨析之后，郭绍虞先生指出陆机《文赋》中的“意”特指的是文学创作中的构思活动，并且也指创作完成之后显诸作品之中的意义内容。这个观点如今看起来非常朴素，然而在中国文学批评史中却是开创性的，从现有文献看陆机是历史上第一位正式把“意”提升为文学批评概念的人。庄子的“言者所以在意，得意而忘言”（《庄子·外物》），王弼的“尽意莫若象，尽象莫若言”（《周易略例·明象》）虽然对后世有着巨大的启示，但都不是在专门的文学意义上谈论“意”。司马迁在《史记·太史公自序》中就提出过“《书以道事》，《诗》以达意”的说法，然而这一说法只是对《诗经》这部经典内容的事实陈述，尚未上升为一般的文学命题。曹丕《典论·论文》中的“是以古之作者，寄身于翰墨，见意于篇籍”虽关文学，但此处

---

① 郭绍虞．照隅室古典文学论集［M］．上海：上海古籍出版社，2009：141.

“意”一词尚未进入特定的文学命题之中，还不具备陆机“恒患意不称物，文不逮意”中“意”的那种作为严肃而独立文学批评概念的专门论断能力。事实上，从这句话的必然引申义上看陆机乃提出“意当称物，文须逮意”这个命题，他用“意”来指称文学作品的实质内容，而用“文”来指作品的表现形式。陆机将“意”升格为独立的文学批评概念，这是古代文学批评史上重要的里程碑，乃后世“诗文以意为主”思想的先驱。

揭示了“思”对“情”与“志”的涵括能力，并辨析了“意”授于“思”的关系，于是“意”之于“情”与“志”的那种涵括性也就清楚了。自陆机之后，范晔第一个指出“意”的这种涵括性和统摄性，他在《狱中与诸甥侄书》中云：“常谓情志所托，故当以意为主，以文传意。以意为主，则其旨必见；以文传意，则其词不流。”范晔将“情”“志”依托于“意”之上，用后者来诠释前者，随即明确地提出“文以意为主”的命题。范晔用“意”来诠释“情”与“志”，实质上也是在用“情”与“志”去诠释“意”，这些概念在内涵上本处于一种相互渗透、相互诠释的密切关系中，古人的论述中经常能反映这一点。例如，涉及“意”与“情”密切关系的表述如上官仪云“情新因意胜，意胜逐情新”，《文镜秘府论》中云“古今诗人，多称丽句，开意为上，反此为下。如‘盈盈一水间，脉脉不得语’，‘临河濯长缨，念别怅悠阻’，此情句也。如‘白云抱幽石，绿条媚清涟’，‘露湿寒塘草，月映清淮流’，此物色带情句也 ”①，《冷斋夜话》中云“古之人意有所至，则见于情，诗句盖其寓也”②，《诗源辨体·卷三十五》中云“《三百篇》之风，汉、魏之五言，唐人之律、绝，莫不以情为主。情之所至，即意之所在”③，《姜斋诗话》中云“夫景以情合，情以景生，初不相离，唯意所适”④，《诗义固说》中云“所谓性情真，为其能达意也”⑤，《筱园诗话》中云“性寂于中，有触则动，有感遂迁，而情生矣。情生则意立……”⑥；言及“意”与“志”密切关系的地方如许慎《说文解字》中云“意，志也。从心察言而知意也。从心从音”，《荀子·修身篇》云“志意修则骄富贵，道义重则轻王公”，赵岐注疏《孟子》之“以意逆志，是为得之”时云“人情不远，以己之意逆诗人之志，是谓得其实矣”⑦，郑玄注《尧典》中的“诗言志，歌

---

① 遍照金刚．文镜秘府论［M］．周维得，校．北京：人民文学出版社，1997：148.

② 吴文治．宋诗话全编［M］．南京：凤凰出版社，1998：2436.

③ 吴文治．明诗话全编．南京：凤凰出版社，2006：6273.

④ 王夫之．清诗话［M］．上海：上海古籍出版社，2015：10.

⑤ 郭绍虞．清诗话续编［M］．富寿荪，校点．上海：上海古籍出版社，1983：715.

⑥ 同⑤2272.

⑦ 赵岐，孙奭．孟子注疏［M］//李学勤．十三经注疏．北京：北京大学出版社，1999：253.

永言”时云“《诗》所以言人志，意也；永，长也，歌又所以长诗之意”，《广雅·释言》曰“诗，意也”，李东阳《麓堂诗话》中云“以陶写情性，感发志意，动荡血脉，流通精神，有至于手舞足蹈而不自觉者”①；而同时表现出“志”“情”与“意”三者之间紧密关系的典型的如旧题王昌龄《诗格》中的“诗本志也，在心为志，发言为诗，情动于中而形于言，然后书之于纸也。高手作势，一句更起别意，其次两句起意。意如涌烟，从地升天，向后渐高渐高，不可阶上也”②。在王昌龄的这段论述中，他径直地用“意”去诠释传统的“情志说”，两者中间不见任何过渡之处，由此可见在古人那里“意”对“情志”的那种直接涵括性。

综上可见，从逻辑推理上讲“意”既可以通过“思”来涵括“情”与“志”，在文献中我们也能找到它与“情”“志”概念发生直接联系的依据，这就为用“以意为主”来统摄“诗言志”与“诗缘情”这两大命题奠定了坚实的基础。在范晔之后的文学批评史中，“文以意为主”的思想一直反复出现而从未消减，择其较为知名的枚举如下：

> 凡属文之人，常须作意。凝心天海之外，用思元气之前，巧运言词，精练意魄，所作词句，莫用古语及今烂字旧意。③
>
> 凡为文以意为主，以气为辅，以辞采章句为之兵卫。④
>
> 诗以意为主，文词次之，或意深义高，虽文词平易，自是奇作。世效古人平易句，而不得其意义，翻成鄙野可笑。⑤
>
> 东坡在儋耳时，余三从兄讳延之，自江阴担簦万里，绝海往见，留一月。坡尝诲以作文之法曰：“儋州虽数百家之聚，州人之所须，取之市而足，然不可徒得也，必有一物以摄之，然后为己用。所谓一物者，钱是也。作文亦然，天下之事，散在经子史中，不可徒使，必得一物以摄之，然后为己用。所谓一物者，意是也。不得钱不可以取物，不得意不可以明事。此作文之要也。”⑥
>
> 诗文不可凿空强作，待境而生，便自工耳。每作一篇，先立大意，长篇须曲折三致意，乃可成章。⑦

---

① 吴文治．明诗话全编．南京：凤凰出版社，2006：1623.

② 张伯伟．全唐五代诗格汇考［M］．南京：江苏古籍出版社，2002：161.

③ 遍照金刚．文镜秘府论［M］．周维德，校．北京：人民文学出版社，1997：131.

④ 杜牧．杜牧选集［M］．朱碧莲，选注．上海：上海古籍出版社，2016：299.

⑤ 刘攽．中山诗话［M］//何文焕．历代诗话．北京：中华书局，1981：285.

⑥ 葛立方．韵语阳秋［M］//何文焕．历代诗话．北京：中华书局，1981：509.

⑦ 魏庆之．诗人玉屑［M］//吴文治．宋诗话全编［M］．南京：凤凰出版社，1998：9010.

诗以意为主，又须篇中炼句，句中炼字，乃得工耳。[①]

《剑阁》云“吾将罪真宰，意欲刬叠嶂”，与太白“捶碎黄鹤楼，刬却君山好”语亦何异。然《剑阁》诗意在削平僭窃，尊崇王室，凛凛有忠义气，“捶碎”、“刬却”之语，但觉一味粗豪耳。故昔人论文字，以意为上。[②]

凡作古诗，体格、句法俱要苍古，且先立大意，铺叙既定，然后下笔，则文脉贯通，意无断续，整然可观。[③]

吾舅尝论诗云：“文章以意为之主，字语为之役。主强而役弱，则无使不从。世人往往骄其所役，至跋扈难制，甚者反役其主。”可谓深中其病矣。[④]

无论诗歌与长行文字，俱以意为主。意犹帅也。无帅之兵，谓之乌合。李、杜所以称大家者，无意之诗，十不得一二也。烟云泉石，花鸟苔林，金铺锦帐，寓意则灵。若齐、梁绮语，宋人抟合成句之出处，役心向彼掇索，而不恤己情之所处发，此之谓小家数，总在圈缋中求活计也。[⑤]

作诗贵于用意，又必有味，斯佳。[⑥]

唐人作诗最重意，不顾功令。省试诗多是六联。祖咏《终南馀雪》云：“终南阴岭秀，积雪浮云端。林表明霁色，城中增暮寒。”二联便呈主司，云“意尽”。唐人自重如此。[⑦]

问：萧亭先生论诗修辞为“要辞佳而意自在其中”，未达其旨？（王士祯）答：以意为主，以辞为辅，不可先辞后意。[⑧]

作诗必先立意。不能命意，沾沾于字句者，犹新装村夫，终是俗人。而知命意者，迥不犹人，则神骨自超，风度自异。[⑨]

虞舜教夔，曰“诗言志”。何今之人，多辞寡意？意似主人，

---

① 张表臣．珊瑚钩诗话［M］//何文焕．历代诗话．北京：中华书局，1981：455.

② 黄彻．䂬溪诗话［M］//丁福保．历代诗话续编．北京：中华书局，1983：347－348.

③ 杨载．诗法家数［M］//张健．元代诗法校考．北京：北京大学出版社，2001：21.

④ 王若虚．滹南诗话［M］//丁福保．历代诗话续编．北京：中华书局，1983：507.

⑤ 王夫之．姜斋诗话笺注［M］．戴鸿森，笺注．北京：人民文学出版社，1981：44.

⑥ 贺裳．载酒园诗话［M］//郭绍虞．清诗话续编．富寿荪，校点．上海：上海古籍出版社，1983：217.

⑦ 吴乔．围炉诗话［M］//郭绍虞．清诗话续编．富寿荪，校点．上海：上海古籍出版社，1983：482.

⑧ 王士祯，等．师友诗传续录［M］//王夫之．清诗话．上海：上海古籍出版社，2015：153.

⑨ 冒春荣．葚原诗说［M］//郭绍虞．清诗话续编．富寿荪，校点．上海：上海古籍出版社，1983：1502.

辞如奴婢。主弱奴强，呼之不至。穿贯无绳，散钱委地。开千枝花，一本所系。[①]

诗人首重炼意以此。惨淡经营于方寸之中，以思引意，以才辅意，以气行意，以笔宣意，使意发为词，词足达意。而意中意外，志隐跃其欲现，情悱恻其莫穷，斯言之有物，衷怀几若揭焉。故可以感动后人，以意逆志，虽地隔千里，时阅百代，而心心相印，如见其人，所谓言为心声，人各有真是也。[②]

以上所援引的都是能够直接反映“文以意为主”思想的著名表述，其中杜牧、刘攽、王夫之的论断更是在文学批评史中占据着显著的位置。这些论断虽然在内容上各有侧重，在阐释方式上也不尽相同，然都可以归入范晔开辟的“以意为主”这一思想传统当中。在这些表述之中，“意”既指文学创作中的构思活动（此为上文所引的大多数的用法），也指作品完成后含藏于本文之中的意义内涵（如刘攽的“世效古人平易句，而不得其意义，翻成鄙野可笑”、朱庭珍的“以意逆志，虽地隔千里，时阅百代，而心心相印，如见其人”）。稍加提醒的是，古人为了文辞上的整饬简约，在措辞表意上常会产生模糊之处，故无论是“文以意为主”还是“诗以意为主”，它们的指归其实是一致的，这一点王夫之的“无论诗歌与长行文字，俱以意为主”一语讲得最清楚。所以我们既可以说“文以意为主”，也可以说“诗以意为主”，还可以说“诗文以意为主”。

第三节 关键环节：“意由于识”以及对下面诸章的统领

在前面第三章我们已经考察了中国古代几乎整个贵识论传统对“识”的种种表述。到此为止我们虽然知道了“识”的意义、地位与价值，却尚不知道它与其他的中国古代文学批评概念例如“志”与“情”之间的关系。贵识论者认为“识”是诗人最重要的心灵能力，它可以统摄“才”“胆”和“力”，然而在整个中国古代诗学的批评概念谱系中，它与其他重要的批评概念之间的关系如何尚未揭明。这个问题对贵识论思想来说意义重大，因为它是保证“识”这一概念与其他主要的文学批评概念建立起有效联系的关键环节，关系着“识”是否能胜任成为最能够全面揭示诗歌本质的古代诗学概念。

还是范温最早意识到了这个问题，我们回顾一下在《潜溪诗眼》所提出

---

① 袁枚．续诗品［M］//王夫之．清诗话．上海：上海古籍出版社，2015：1065.

② 朱庭珍．筱园诗话［M］//郭绍虞．清诗话续编．富寿荪，校点．上海：上海古籍出版社，1983：2272.

的“学诗贵识”那个条目中范温是如何表述的，他说：“学诗贵识。山谷言学者若不见古人用意处，但得其皮毛，所以去之更远。”范温在提出“学诗贵识”之后立即引用黄庭坚的“见古人用意处”一论来加以申说。作为贵识论在中国古代文学批评史上的第一个命题，通过“意”来诠释“识”的思路就已经明确地出现于其中。在整个《潜溪诗眼》中，范温多次谈到“用意”的问题，如第五条“渊明出处”、第九条“律诗法同文章”、第十一条“炼字”、第十四条“山谷言诗法”、第十五条“命意用事”、第十九条“柳子厚诗”、第二十条“李义山诗”、第二十五条“评诗病”、第二十六条“坡文工于命意”等条目中就是如此。这不是一种巧合，而是范温有意识地在使“意”这个概念成为他“贵识”思想的立论基石。这里以第二十六条“坡公工于命意”为例，原文段如下：

> 老坡作文，工于命意，必超然独立于众人之上。如《赵清献碑》，世间称治郡者曰宽，立朝者曰直，盖已大矣，则进于二者，又有说焉。故曰：“其于治郡，不专于宽，时出猛政，严而不残。”其在朝廷不专于直，为国爱人，掩其疵病。如吾家蜀公坚卧不起，人知其高，而不称其用。则为碑铭曰：“世皆谓公贵身贱名，孰知其功侔圣人之清”，然后知其有功于世也。又曰：“君实之用，出而时施，如彼水火，宁除渴饥。公虽不用，亦相其行。如彼山川，出云相望。”然后知其相为表里，废一不可也。此皆非世人所能到者。平日得意处多如此。其源盖出于《庄子》。故其论刘伶、庄子、阮千里、阎立本，皆于世人意外，别出眼目，其平日取舍文意亦多以此为法。①

这段关于苏东坡的文章工于用意的议论在《潜溪诗眼》里很具有代表性，故先以枚举。范温指出苏轼的文章之所以可以“独立于众人之上”乃在于其文工于命意。他举出在《赵清献碑》中苏轼的议论均有出“世人意外”的过人之处，他总能够做到别出心裁，以此为平时作文立意之法。识度不凡确实是苏轼文章最为突出的特征。苏轼生来天资卓越，据《王直方诗话》记载，苏轼 10 岁的时候，其父苏洵让小苏轼作《夏侯太初论》，苏轼文中便有“人能碎千金之璧，不能无失声于破釜；能博猛虎，不能无变色于蜂虿”这样的见解，让苏洵大为赏爱。这句话后来在苏轼的《颜乐亭诗》和《黠鼠赋》中均可看到，但实际上却出自幼年苏轼之手。② 苏轼的议论之所以令人

① 吴文治．宋诗话全编［M］．南京：凤凰出版社，1998：1257.

② 同①1194.

千年之后还能为之叹赏，就在于苏轼的立意不凡，他的理解力与想象力迥出于常流之上。每个稍通国史的学人都知道到大义凛然的蔺相如与勇锐过人的周处，也都能在生活中见过或想象到一个人因不慎打破锅釜而产生的懊恼和突遇蜂虿而变得惊慌失措的情形，但能将这两类境况联系起来并使之产生鲜明对比的效果则真正反映了苏轼不同凡响的命意。

此外，《潜溪诗眼》第九条“律诗法同文章”中范温论道：“古人律诗亦是一篇文章，语或似无伦次，而意若贯珠……然所谓意若贯珠，非唯文章，书亦如此……今人不求意处关纽，但以相似语言为贯穿，以停稳笔画为端直，岂不浅近也哉”；第十一条“炼字”中云：“世俗所谓乐天《金针集》，殊鄙浅，然其中有可取者，‘炼句不如炼意’，非老于文学不能道此”；第十四条“山谷言诗法”云：“山谷言文章必谨布置，每见后学，多告以《原道》命意曲折”；第十五条“命意用事”：“诗有一篇命意，有句中命意。如老杜上韦见素诗（指《奉赠韦左丞杖二十二韵》。——引者注），布置如此，是一篇命意也。至其道迟迟不忍去之意，则曰：‘尚怜终南山，回首清渭滨’；其道欲与见素别，则曰：‘常拟报一饭，况怀辞大臣’，此句中命意也”；第十九条“柳子厚诗”：“‘淡然离言说，悟悦心自足’盖言因指而见月，遗经而得道，于是终焉。其本末立意遣词，可谓曲尽其妙，毫发无遗恨者也”；第二十条“李义山诗”：“义山诗世人但称其巧丽，至与温庭筠齐名。盖俗学只见其皮肤，其高情远意，皆不识也”；第二十五条“评诗病”：“夫李白意先立，故（指‘一杯一杯复一杯’一句。——引者注）七字六相犯，而语势益健，读之不觉其长。”范温谈及“意”的次数如此频繁，覆盖了诗歌体裁与创作、鉴赏等方面，有关“意”的论述构成了范温创作论与鉴赏论思想的核心内容。我们应该说，在整部《潜溪诗眼》中，贵识论是其纲领性的思想，而它的实质内涵是由“意”来支撑的。“识”在“意”中方可彰显，不俗之意终究是源于不俗之“识”。

事实上，贵识论传统中的不少其他诗论家如梁桥、李东阳、吴乔、袁枚、朱庭珍等也同范温一样，**虽然标举着“识”的纲领性地位，但一个颇为意味深长的诗学现象就是，当他们在谈到“诗歌的创作与鉴赏”的问题时却都不约而同地围绕着“意”这一核心概念去展开论述，这对于理解“意”与“识”之间的关系而言是一个非常具有启示意义的思想现象。**如梁桥云：“作诗须先立大意，长篇曲折，须三致意，方可成章”[①]；李东阳云：“诗贵意，意贵远不贵近，贵淡不贵浓，浓而近者易识，淡而远者难知”[②]；袁枚云：

① 吴文治．明诗话全编［M］．南京：凤凰出版社，2006：5345．

② 同①4523．

“虞舜教夔曰：‘诗言志’。胡今之人多辞寡意，意似主人，辞如奴婢，主弱奴强呼之不至，穿贯无绳，散钱委地，开千枝花，一本所系”①；朱庭珍云：“凡怀古诗，须上下千古，包罗浑含，出新奇以正大之域，融议论于神韵之中，则气韵雄壮，情文相生，有我有人，意不竭而识自见，始非史论一派”②；吴乔云：“**意由于识**。马嵬事吟咏甚多，而子美云：‘不闻夏殷衰，中自诛褒妲。’曲折有含蓄，子瞻称之”③。其中吴乔这段话尤为值得注意，因为他径直指明了“意”来源于“识”的这层关系，并援用了杜甫《北征》中的诗句以表明诗人之“识”对其诗歌创作中“命意”的重要指导作用（这句诗中杜甫的“识”更多显示在他对历史与今况之间相似性的洞察上）。

另一方面，一些诗论家在论述中将“识”与“意”放在一起去谈论，如张表臣云：“杜牧之《息夫人诗》曰：‘细腰宫里露桃新，脉脉无言几度春。至竟息亡缘底事？可怜金谷堕楼人！’与所谓‘莫以今朝宠，能忘旧日恩。看花满眼泪，不共楚王言。’语意远矣。盖学有浅深，识有高下，故形于言者不同矣。”④ 在这段文字中张表臣刚用“意”来总结评价完整首诗歌作品的艺术效果之后，紧接着便将“意”联系和贯通到“识”这一能力上去。他指出，因为诗人之“学”与“识”有深浅高下之分，故形之于诗歌后必然会产生不同的效果。由此可见“识”对“意”的影响作用。再如叶燮云：“唯有识，则是非明；是非明，则取舍定。不但不随世人脚跟，并亦不随古人脚跟。非薄古人为不足学也；盖天地有自然之文章，随我之所触而发宣之，必有克肖其自然者，为至文以立极。我之命意发言，自当求其至极者。”⑤ 从这段话中可以看到，“唯有识”是“我之命意发言，自当求其至极者”之所以可能实现的逻辑前提和基础，诗人唯凭借这超群卓识，才能不随世人之见解而拥有独立的判断能力，然后再去命意赋诗则必能达到极致，这体现了识对意的先要性。叶燮还有一句更为直捷的表述：“我之命意发言，一一皆从识见中流布。”⑥ 叶燮这句话清楚无疑地表露了在他心目中“识”与“意”的关系。叶燮的这个观点我们可以用吴乔所说的“意由于识”这一表述来扼要概括。

我们看到在“贵识论”学者的典型话语中，“意”占据着无可替代的重要地位，它支撑着“识”的发越施展并承载着“识”的实际内容，“贵识论”

① 王夫之．清诗话［M］．上海：上海古籍出版社，2015：1065.
② 郭绍虞．清诗话续编［M］．富寿荪，校点．上海：上海古籍出版社，1983：2357.
③ 同②495.
④ 何文焕．历代诗话［M］．北京：中华书局，1981：471.
⑤ 叶燮．原诗笺注［M］．蒋寅，笺注．上海：上海古籍出版社，2014：160.
⑥ 同⑤.

如果不想沦为高而不切的空言虚名则必须依托于作者的实际“命意”，从这个意义上我们可以说“识”的身躯是由“意”来构筑的。同时，“识”又高于“意”，它激起和指引作者的“命意”以不同凡响的卓越面貌形成和出现，促使诗人所命之意获得了值得称赞的可贵认知价值，避免平庸无奇和荒谬悖理的作品问世。在真实的创作过程中，诗人前后可能会构思出许多诗意，但在优秀的诗人那里最终得以被择取和保留下来的乃是经过其“诗识”所判断鉴别过后的那部分内容。这些经受过察省考验的内容才是真正具有恒久文学价值的精神瑰宝。这样我们就看到了“意”与“识”之间的真实关系。**“意由于识”在诗学理论上的重要意义在于：它让用“识”来统摄其他文学批评概念成为可能。只要我们能证明“意”对“情”“志”“思”“气”“格”“理”“意境”具有统摄作用，那么“识”的统摄性也就不言而喻。**

我们看到，这一章从中国古代的诗学思想理论资源中发现和确证了以“识”统“意”——以“意”统“情志”——最终以“识”统“情志”这条逻辑脉络，“意”成了这条脉络的关键环节，它凭借成为“识”的载体和表现方式从而拥有了知性意义。最后需要提及的是，“意由于识”这一说法只是就价值层面而论的，它是一种对诗歌的构思创作活动提出的具有应然价值的要求，其全部意思就是指“作诗应当源于识而属于意”。正如清代诗论家毛先舒所说：“古人工处须学，拙处亦不必尽避，乃成大家。钟、谭只欲避板避恒，用意良苦，落于褊识。”① 有的诗人刻意追求标新立异，远离古往今来的诗歌主流传统，那么便会堕入褊狭的“褊识”之中，在它引导下的诗歌创作即使是再多良苦用意也成不了格局与气候。

---

① 郭绍虞．清诗话续编［M］．富寿荪，校点．上海：上海古籍出版社，1983：80.

第五章 “意”的知性分析

第一节 “意”的运动方式：“辞前意”与“辞后意”问题

前一章的末节中我们谈及了“意”在“贵识论”诗学思想体系中的关键地位。我们也已经看到，古代诗学话语中“以意为主”的观念源远流长，直到在传统文论后期的著作（如晚清的《筱园诗话》）中还维持着巨大的影响力。传统文学批评话语中关于“意”的各种重要思考和经典论述基本上已展现在我们眼前。鉴于“意”这一概念本身的重要性和复杂性，尤其它和诗人创作之时的思维认知运动状态的密切相关，仅仅笼统地宣称和断言“诗歌文学以意为主”尚不足以增进我们对“意”在创作过程中真实运动情况的理解。我们还需要知道的是当诗人们在心营意构从事创作的时候，他们脑海中的“意”如何一步一步形成并汇聚成最后的作品。

事实上，古人在理解“文以意为主”的思想时主要涉及两个角度：一个角度关注的是已经创作完成的作品在其最终客观的文本形态中所蕴含的“意”，这接近于文学作品的本体论；另一个则关注是正在创作的作品被赋予“意”的过程，而这接近于创作论。前者在前一章刘攽、黄彻的论述中可见，后者则反映在空海、黄庭坚、王士禛、冒春荣的见解中。大致地讲，“文以意为主”这一表述更适合于用来揭示文学作品的本体论境况，它的思想对象是已经形成客观结果的作品；而创作论则更适合用“文以意为先”这一表述，因为它所关注的是作品形成的构思过程。须知，在一些诗论家心目中，“以意为主”与“以意为先”是两个相互关联的命题，它们相互支撑而不能分割，“为先”即是“为主”，例如上面王士禛所说的“以意为主，以辞为辅，不可先辞后意”就反映了这种关系。然而在批评史中却存在着另外一种不同的声音，这就是以谢榛为代表的“辞后意”思想，它反映了一种更为复杂的创作观念。我们知道，“以意为先”的观念要求在诗文创作的构思过程中应当首先立意，然后再辅之以辞藻文采将之言说出来，此“意”乃是典型的“辞前意”。而谢榛则认为在实际的创作过程中作者存在着因辞生意的情况，他有一段著名的见解这样说：

四溟子曰：“今人作诗，忽立许大意思，束之以句则窘，辞不能达，意不能悉。譬如凿池贮青天，则所得不多；举杯收甘露，则被泽不广。此乃内出者有限，所谓‘辞前意’也。或造句弗就，勿令疲其神思，且阅书醒心，忽然有得，意随笔生，而兴不可遏，入乎神化，殊非思虑所及。或因字得句，句由韵成，出乎天然，句意双美。若接竹引泉而潺湲之声在耳，登城望海而浩荡之色盈目。此乃外来者无穷，所谓‘辞后意’也。”①

谢榛首先指出人们在诗文创作活动中所存在的一种通病，即许多人在作诗之时都是先确立行文大意，然后再苦思冥想地去遣词造句以表达之前所立之意。在整个创作过程中，因为“意”先于“辞”而存在，故谢榛将这里所立之意称为“辞前意”。然而这种作诗的路径在现实中会产生一个问题，即作者经常会遇到意多辞寡、辞难达意的困境。由于文意在构思中已事先确立，那么作者属辞的过程就只能向内诉诸，从自己已有的才学储备中找寻出恰当的词汇以表现最初立意，此即谢榛所谓的（将意）“束之以句”，而这就必然会遇到因才学储备不足从而使创作陷入停顿的问题。因为人的才学有限，出现辞不胜意的情况也就自然不可避免。然而还存在另外一种相反的创作过程，在此过程中作者并非事先去立意，而是在创作伊始时先阅书醒心来涵泳诗感，一旦灵感忽至，便凭借书中所阅览到的语句词象催发新的辞句，此即谢榛所谓的“或因字得句，句由韵成”。在这个过程中，最后形成的句意并非属于作者一开始“思虑所及”的范围，它完全是因为作者在阅读中受到了其他辞句的触动与刺激才突然发现和联想到的东西，本质上是一种附随文辞之后而出现的文意，故谢榛称之为“辞后意”。意在辞后的创作过程有一个显著的优长之处，即作者在遣词造句之时并不一定只去依靠自己胸中既有的才学，而是能够向外诉诸，从其他作品无穷无尽的辞章文藻中汲取灵感、获得启示。辞后意因为其后于文辞出现，所以对遣词造句的过程不形成约束力，自然就不会产生辞难达意的情况，因为根本就不存在事先的“意”，所以作者最终得到的文意完全是他自己“始料未及”的。② 谢榛“辞后意”的思想与唐代日僧空海的见解遥相呼应，空海《文镜秘府论》中云：

凡作诗之人，皆自抄古今诗语精妙之处，名为随身卷子，以防苦思。作文兴若不来，即须看随身卷子，以发兴也。③

① 丁福保．历代诗话续编［M］．北京：中华书局，1983：1219．

② 在本段中后半部分谢榛命字造句的活动，便是贯行此理。

③ 遍照金刚．文镜秘府论［M］．周维德，校．北京：人民文学出版社，1997：145．

空海指出，作诗时如果没有灵感，则可以通过阅读古人之作来寻觅启示。此时的作者或者还没有确立好诗文大意，或者确立了大意却在修辞上陷于苦思冥想，那么通过借助他人现成的精妙诗语来启发兴会，就是颇有成效的办法。空海此论实质上就是谢榛"辞后意"的最早雏形，它来源于古人对实际创作过程的观察总结。有旧体诗文创作经验的人确实会对"辞后意"的存在心有同契，当我们的创作陷入困境之时，通过阅读一些前人写的诗篇往往可以收获灵感从而催生新的诗句，这些被催生的诗句完全在我们的初始构思之外，这种借助别人先有的辞章来催生新意的做法，就是典型的意在辞后的情况。其实，"辞后意"的产生也不必只看作如空海、谢榛所说的那样诉诸外部他人作品的过程，创作陷入窘困的作者即便不凭借外力，也可以暂时放下原已确立好的行文大意，对自己脑海内部储存的其他词汇意象进行搜罗，从而偶然激发出含有崭新文意的句子。然而在真实的创作活动中，"辞后意"的说法似乎只能解释部分的创作情形，更多时候我们遇到的仍然是"辞前意"的情形。而当我们深入地反省考察"辞前意"现象时便会经常发现这样一种情况，即在行文的主旨大意确立之后，作者心中实际上并不存在十分清晰具体的想法，而最终完成的作品必然包含了许多初始大意没有预想到的东西。可这里就产生了一个饶有思辨性的问题：如果最终完成的作品出现了预期之外的文意，这些新增的文意显然不能算作典型的"辞前意"。因为作为事先确立好的主旨大意（"辞前意"）一般非常笼统、模糊而且**没有具体内容**，致使我们将后来新增的文意都归因、归功于初始的"辞前意"这一做法看上去非常可疑。但这些新增的文意又似乎很难算作典型的"辞后意"，因为谢榛所谓的"辞后意"指的是作者在基本毫无意绪线索的情况下仅凭借外部词象语句的激发所偶然获得的意料之外的文意，而作品中那些预期之外的新增文意**毕竟有时**是在初始大意的范围内形成的，它们或多或少仍受到初始大意的某种模糊指引。这就使得问题变得复杂并有趣起来，最终形成的文意似乎既不是典型的辞前意，也不是典型的辞后意，那么它们是什么？又是怎么产生的呢？

这个问题带我们触及了文学心理的领域，需要对文学创作过程和语言机制给予深度的考察与剖析。苏联著名的神经语言学家鲁利亚于 20 世纪 70 年代发展了维果茨基在《思维与语言》一书中提出的"内部言语"① 的思想。维果茨基指出，人在凭借言语词汇向外表达心中的意涵之前，在大脑中已经先行发生了一种特殊的言语活动，这是一种言语与思维融合在一起的内部思

① 维果茨基．思维与语言［M］．李维，译．北京：北京大学出版社，2010：146.

维现象。内部言语是思维最初得以产生以及衍化的载体，此时的思维尚没有被明晰和确定的语言表现出来。而外部言语是思维通过一系列活动最终转化成显露在外的言语表现形式，即已经被说出口或写出来的表达，它使内部思维最后得以定型、明晰和具体。然而无论是外部言语还是内部言语，思维和言语是高度融合的，维果茨基有一句著名的论断：“思维不仅仅用言语来表达，思维是通过言语才开始产生并存在的。”① 鲁利亚继承了维果茨基的这个思想，并在内部言语说的理论框架下对思维转化成言语的复杂过程给予了深刻的心理学分析，他把这个从内心思想到外部言语的转化过程描述为如下的阶段：

（1）起始于某种表达或交流的动机、欲望、总的意象。

（2）出现一种词汇稀少、句法关系松散、结构残缺但却黏附着丰富的心理表象、充满活力的内部言语。

（3）形成深层句法结构。

（4）扩展为以表层句法结构为基础的外部言语。②

我们看到，内部言语没有完整的语法形态，却有着独立的发生机制，是言语活动形成的初始阶段。内部言语理论的提出和深化对我们回答古代文学中的“文意从何而来”的问题有着重要启示意义，因为文学创动本身就是一种由内部思维向外部言语过渡的活动。其中第一阶段就是创作之始作品大意初步形成（以“辞前意”为例）的阶段，这个时候的文意确实只是初生于脑海之中的近似于“动机”“欲望”和“总的意象”的东西，它非常笼统和模糊。随后便进入第二阶段，这时最初那个笼统模糊的总意象开始在脑海中表现为“词汇稀少、句法关系松散、结构残缺但却黏附着丰富的心理表象、充满活力的内部言语”。这时虽然粗具一些言语形态，但离最终满意的表达相距甚远。于是便进入第三、第四阶段，这时的作者要诉诸词汇的公认内涵以及通用的语法结构调整已形成的内部言语，内部言语遂最终演变成词汇清晰、句法关系紧密、结构完整的外部言语表达形式。维果茨基和鲁利亚的内部言语理论揭示了思维活动的真实状况：一种思想或意图被说出或写出之前，在人的脑海中已经具备了初步的言语形式，内部言语本质上是外部言语在脑海中的一种松散、模糊的形态，它既是言语现象也是思维现象。没有言语承载的思维是不能想象的，正如维果茨基所指出的那样：“思维是通过词而产生的。一个词一旦没有了思维便成了死的东西，而一种思维如果不通过词来体现也不过是一个影子。”③ 所以我们不能把词句仅看成思维的外衣、将

① 维果茨基．思维与语言［M］．李维，译．北京：北京大学出版社，2010：146.

② 鲁利亚．神经语言学的主要问题［J］．赵吉生，译．国外语言学，1983（2）：41.

③ 同①180.

创作活动视为某种事先已经孤立存在的思维实体向外去寻找恰当语汇表达的过程，思维和言语不能分开。

须特加辨析的是，第一阶段所谓的那个最初“总的意象”并不等于整部作品的“总的意象”，它可以具体划分到单个或若干意义相连的诗句中，成为每一个独立意义单元中的“总的意象”。中国古典诗词的创作和鉴赏以句为单位，积句而成篇。如《白石诗说》中云：“意格欲高，句法欲响，只求工于句、字，亦末矣。故始于意格，成于句、字。句意欲深、欲远，句调欲清、欲古、欲和，是为作者。”[①]“始于意格，成于句、字”背后的理念正是以句为单位，这其实也是古人为何如此重视“炼句”的原因。《诗家一指》中云：“一诗之中，妙在一句，句为诗之根。根本不凡，则花叶自异。”[②]在古典诗歌里，句子有着独立的艺术价值，古今文士常会因“一句清巧，神厉九霄，志凌千载，自吟自赏，不觉更有傍人”[③]，像谢灵运这种总体上有句无篇的诗人，其文采依旧可以垂名后世。所以“以意为主”的核心立足点在单句上，这个命题的本质是“**诗句**以意为主”。以上的辨析可以帮助我们更深入地理解鲁利亚的理论，在真实创作的过程中四个阶段以极快的速度在脑海中次第行进，并且更重要的是它们可以循环往复，直到整个作品的最终完成。这里循环往复行进的原因就在于如果每个单独句子（或者相连的几个句子）可以构成一个相对独立的意义单元，那么每写出一个句子便是经历了一个从内心意蕴到外部语言的完整过程，因为诗歌毕竟是一句一句写成的。

心理学为我们回答前文所留下的问题提供了重要启示，“辞”与“意”不可分割，并且“辞”可以区分成内部的辞与外部的辞。作为思维活动中的“意”其本身无法脱离作为言语表达的“辞”，即便是作者创作时先行构画出来的主旨大意仍需要凭借“辞”来承载与生成，这个“辞”就是内部言语意义上的“辞”。严格地说，有辞必有意，有意必有辞，它们一定是同步的。古人之所以会在意与辞之间区分出先后顺序，是因为他们没有现代神经语言学中“内部言语”的概念。如果我们不知道“内部言语”的存在，那么自然就会以为是心中先有了大意，再随后把此大意转化成了外在的语言表达，也就是说，“辞”是永远滞后于“意”的。**需要指出的是，这里的“意”乃是“概念性命意”与“意象性命意”的结合，任何一个古典意象词汇本身都包含着概念功能。**然而需要特别注意的是，即便“辞”与“意”按照内部言语理论总是同步而不可分离的，但是通常认为那些单个意象化的字和词语还是

---

① 何文焕．历代诗话［M］．北京：中华书局，1981：682.

② 张健．元代诗法校考［M］．北京：北京大学出版社，2001：281.

③ 颜之推．颜氏家训［M］．檀作文，译注．北京：中华书局，2007：142.

更偏重于“辞”的层面（比如“明月”“山川”“六朝”这些字眼），而单个的句子（哪怕是不完整的句子）则更偏重于“意”也就是“意义内涵”的层面。故“辞”与“意”仍然可以区分开来而不必混合交织在一起，所以古人“辞前意”与“辞后意”的提法在逻辑上仍是可行的。内部言语在真实的创作活动中其运动过程是非常复杂的。**在古人所讲的典型“辞前意”情形中，作者创作之时首先在思维中确立主旨大意，这个主旨大意最开始表现为有大致意图指向但是词汇稀少、结构残缺、意思模糊的内部言语，于是后继的思维在初始大意的笼统统摄下逐渐衍生并形成具体的新增文意。这些新增的文意开始也以松散、残缺、模糊的方式存在于内部言语中，随着内部言语趋向丰富、完整和清晰，新增的文意最终被承载于外部言语的表达之中。**

这样讲有些晦涩，下面我们设想如下一种典型的“意在辞前”的创作情形来加以说明。如果一位诗人打算题咏一首关于雪的诗，并在创作之初确立了主旨大意，设想他意图凸显雪与人品气节的联系（构成了鲁利亚所说的第一阶段中的“动机、欲望、总的意象”），但此时他对整首作品还远没有形成清晰而具体的构思。于是便进入鲁利亚所说的第二到第四阶段，这位诗人开始回忆和调遣其才学中已有的与此相关的词汇意象，诸如“燕山”“代北”“严霜”“柳絮”“梁园”“苏武”“袁安”“劲节”“雪腮”这些可作主词用的名词性意象以及“寒彻”“飘飒”“飞斜”“苍莽”这些可作谓词用的动词、形容词性意象。[①] 须加注意的是，这些意象是一个一个单独的词，因而偏重于“辞”的层面，但里面却也包含着丰富的意义内涵。这样，诗人在搜罗到大致相关的意象后，受到最初设篇立意的指引和约束，他需要选取与主旨契合的意象（“苏武”“袁安”“劲节”），排除掉那些关系较远或者与主旨风格不协的意象（如“梁园”“雪腮”“柳絮”）。再接着，那些被选出的意象便开始在诗人思维中自发地运动和衍生开来，如“苏武”“袁安”这样的意象便可以拓展出“苏武啮雪”“袁安困雪”的典故来，“苍莽”“飘飒”也可以衍生出诸如“边塞苍莽”“寒原飘飒”这样的景象。随后这些经过衍生和展开而来的意象群之间便会共同形成一种词汇稀少、关系松散、结构残缺的内部言语形态，它们之间的组合方式有着千变万化的可能。到这个阶段我们便可以说新增的文意已经开始出现在内部言语当中，尽管此时这位诗人可能一个字都还没有写出来。这个过程会继续向外部言语推进，直到作品遣词造句的

---

① 这些初见的意象也可以更为丰富，为了讨论的方便以及意象后面的展开的方便，笔者将这些初始意象设定得相对简明。对讨论的逻辑来说，例子中的初始意象是“苏武”还是意义更丰富的“苏武啮雪”，是没有区别的。

最终完成。可以看到，初始的主旨大意指引着诗人在脑海中选择恰当契合的意象，然而这些意象各自渐渐地拓展、衍生并组合成最后在意涵上清楚完整的外在表达形式，整个过程中显然初始大意比外部言语出现得更早，一切过程的推进似乎都在初始大意的掌控与指引之下。然而这里的“初始大意”真的就是古人信以为真的那个“辞前意”吗？或者说它就是王士祯所谓的“以意为主，以辞为辅，不可先辞后意”中的那个“意”吗？

我们回顾一下在赋雪的例子中“辞前意”是如何起作用的，它做了两件事：第一，它首先确立了比如“以雪思及气节”的主旨，这样也就划定了大致的词汇意象范围；第二，它继而指引着诗人对范围内的词汇意象进行取舍。然而仅凭这两点是不能形成内部言语的，更遑论最终形成外部言语。内部言语中虽然词汇稀少、关系松散且不稳定，但已经出现了许多在初始大意中**不曾存在的新意涵**。初始大意固然最早出现，但它非常笼统，只是划定了意象范围、指引诗人择取到有限的相关意象，一旦这些意象被确定下来，诗人余下的构思活动便主要交给这些意象去自发地衍生和拓展。主旨大意固然也会限制这种随后的衍生活动（这是它仍起作用的地方），然而却无法对意象的衍生活动起到直接的推动作用。还是回到赋雪的例子，从“苏武”这个意象到“苏武啮雪”“持节牧羊”“鸿雁传书”，新的内容次第出现，它们之间随时可以相互结合形成新的意义内涵。这些新的、具体的内涵实际上均处于笼统的初始大意的**预想范围之外**，它们不是由初始大意所直接激发的。也就是说它们都直接来源于“苏武”这个极具历史文化内涵的意象，被“苏武”这个意象所激发、衍生出来，但是和“雪与气节”这个笼统的初始大意**没有直接的生成关系**。以上描述的过程可以被表述为如下“意—辞—意”式的三阶段结构，这个结构是诗人构思过程中所具有的一种最基本、最典型的模式，实际的创作情况中的复杂性都是建立在这一基本模式上的拓展：

第Ⅰ阶段：确立初始的主旨大意，划定大致可用意象范围 主于“意”	指引 ——→	第Ⅱ阶段：选择合适的意象（或意象群） 主于“辞”	激发衍生 ——→	第Ⅲ阶段：拓展出新的意义内涵（或意义内涵群） 主于“意”
将雪与气节关联起来	——→	选择如“苏武”“寒彻”等意象	——→	产生如“持节牧羊”“鸿雁传书”“寒彻冻骨”“须发蒙霜”这样衍生出来的新意义内涵

由此可以看到，这是由“初意”生“新辞”，再由“新辞”生“新意”

的过程。须知，第Ⅲ阶段中新意涵的出现远不是创作过程的终结，它还可以继续激发、衍生进一步的意象，此时这个处于第Ⅲ阶段的新意象就等于又回到了初始主旨大意所居的位置第Ⅰ阶段，如同初始主旨大意一样，它将进一步划定和指引诗人去选取合适的意象，这些进一步产生的意象就等于又来到了第Ⅱ阶段，然后它们再去衍生出新的意涵，这就又到了第Ⅲ阶段。所以整个创作过程可以**循环往复**地进行下去直到最后作品的完成（付诸外部言语）。依上表，当诸如“持节牧羊”“鸿雁传书”这些新的意涵产生后，它们也就拥有了指引思维进一步拓展出新意象群的能力。以“持节牧羊”这一新增意涵为例，这个意涵会继续展开并催生出更进一步的意象群供诗人来选择，比如诗人最后选择了“节旄”“须发”“北海”等。思维基于这些新的意象会再次受到激发从而衍生出更新更多的意义内涵，这又是“持节牧羊”这一意涵（之前处于第Ⅲ阶段，现在处于第Ⅰ阶段）最初不能预想到的。从纵向面看，单个意象的展开会变得越来越深化和具体。例如从“苏武”到“持节牧羊”再到“节旄”“须发”“北海”一层一层深入下去、拓展开来，纵向过程比较简单，它就是一条线走下来。而横向面则比较复杂，处于第Ⅱ阶段的意象群在思维中可以同时并行地衍生，所衍生出来的处于第Ⅲ阶段位置的新意涵群相互之间还可以再发生各种交叉联系，从而继续激发出新的意象群（又回到了第Ⅱ阶段）。例如“苏武”和“袁安”这两个意象（在第Ⅱ阶段）可同时历经“指引—激发”式的过程，“苏武”衍生出了“持节牧羊”，“袁安”衍生出了“困雪僵卧”。然而“苏武”与“袁安”这两个并列的意象之间也可能发生联系从而催生出新意象乃至新意涵。已经知道“苏武”这个意象可以衍生出“持节牧羊”这个意涵，这是典型的由第Ⅱ阶段向第Ⅲ阶段的过渡。但“苏武”这个意象也完全可以自发地或者与“袁安”一起衍生出“忠烈”这个意象，此时思维并没有过渡到第Ⅲ阶段，还是在第Ⅱ阶段。可以看出横向方面的一个复杂之处就在于，每个位置阶段的意象与意涵既可以是受到前一个阶段意象或意涵所激发的结果，又可以是本阶段意象或意涵自我衍生的结果。“意—辞—意”式的三阶段结构只是一个最为基本的诗歌构思思维模式，但有了这个模式后对其他的模式的理解也就迎刃而解。其实，“意”可以生“辞”，“意”还可以直接生“意”，“辞”可以生“意”，“辞”还可以直接生“辞”。而其中“由意生辞”与“由辞生意”则是理解辞前意、辞后意的最为典型的过程。总之，这个模式的思维过程可以非常复杂，意象与意象、意涵与意涵、意象与意涵之间都会产生密集、活跃、变动不居的联系，它们**以快得难以想象的速度，以及可能多到无法统计出来的循环次数**共同衍生，相互激发，直到作品的最终完成。整个这个过程不停地往下走，而且每个阶段被选择和保留下来的意象和意涵，会共同对后续的衍生起到限制作用，除非诗人的创作走到绝境，把之前所有的构思全部推翻另起炉灶。

有了这个思维图式就可以更好地审视“辞前意”“辞后意”的问题了。无须多言，在这整个思维运动的过程中，第Ⅰ阶段上的最初大意显然是古人观念中标准的**“辞前意”**，创作中它被诗人最早确定，事先存在于作品最终定型的文辞之前。然而已知的是，第Ⅲ阶段位置中的意涵是由第Ⅱ阶段中的意象激发衍生而来的，它们并不直接来自第Ⅰ阶段的初始大意。因为一个笼统的主旨大意只能引领一个创作的方向，擘画一个构思的范围，它本身无法亲自去充实和丰满作品的内涵。**这就等于说，处于第Ⅲ阶段的新意涵不是由第Ⅰ阶段的“辞前意”所产生的，它们间的直接联系被第Ⅱ阶段给截断了。**是第Ⅱ阶段产生了第Ⅲ阶段，但是第Ⅱ阶段上的意象群更接近于“词”而非“句子”。词的本质是意象，而句子的本质则是意涵。**第Ⅲ阶段那些因为受到了意象激发而产生出来的新意涵更接近于“辞后意”**，因为意象化的词汇可以催生出让作者始料不及的新意涵，这个新意涵事实上产生在旧词汇之后，故为“辞后意”。“指引—激发”的思维图式描述出了创作过程中的基本面貌，如果抛开处于第Ⅰ阶段的“辞前意”，那么剩下来的第Ⅱ阶段与第Ⅲ阶段就是谢榛所说的“或造句弗就，勿令疲其神思，且阅书醒心，忽然有得，意随笔生，而兴不可遏”这一“辞后意”现象的发生过程。当诗人的思维在第Ⅱ阶段陷入困境而久久不能推进的时候，通过外来“意象”或“意涵”的注入，是可能迎来峰回路转的效果的。第Ⅲ阶段中形成的新增文意尽管可能仍然会很模糊，但已经比初始大意具体和清晰得多。周而复始的思维过程会让处于第Ⅲ阶段的“辞后意”重新回到第Ⅰ阶段即那个“初始大意”的位置上，并再次指引诗人去选取适当意象，这时它自己就变成了新的“辞前意”（区别于旧的作为初始大意的“辞前意”）。

由此看来，整个创作活动是一个“辞前意”与“辞后意”不停循环的过程，它们相互催生，共同推动着创作的进程。诚然，循环往复的关系似乎仍然有一个起点，而这个起点仍旧是初始主旨大意（就最普遍的创作经验来说是这样，在一般情况下，诗人写作之时会首先确立一个先行的主旨大意）。然而即便是这个笼统而模糊的起点也不可能毫无依傍地独立存在，它仍然可能来源于诗人之前某次生活经历或阅读活动中受到的偶然启发，随后便一直深埋在心中，直到被这次创作活动所唤醒。所以，从更长的因果律链上看，文学创作活动中“意先还是辞先”的问题是一个非常近似于“鸡生蛋”还是“蛋生鸡”的循环问题。客观地说，谢榛的“辞后意”思想在批评史上有着重要的意义，它揭示出创作中那个容易被忽略的“缘辞生意”的思维现象。

在诗歌创作中，文意的生发固然终究是源于作者的才情与学识，但在真实的创作活动中，它经常要凭借意象化的词汇被激起和唤醒，再有才华的诗人也不可能在一开始就把作品所有的思想内涵都在脑海中建构出来。**实质上，诗人是一边在循着初始大意所划定的方向来创作，一边又在不停地发现新的辞、意来充实和调整作品的具体内容。对于一首完整的作品来说，不存在单独只有“辞前意”的构思过程，也不存在单独只有“辞后意”的构思过程。**内部言语的存在让我们看到了“意”与“辞”相互激发的真实情况，如果没有“内部言语”这个概念，人们便很容易忽略掉思维内部这个复杂的运动过程，从而以为最终的作品文辞都是由最初的大意所产生的。“辞前意”与“辞后意”交替共起作用，这才是诗歌创作背后的根本机理，这样也就基本澄清了“辞前意”与“辞后意”的问题。

最后为了论证的全面严谨这里须稍作补充，事实上在批评史上还存在一种反对诗歌创作中“意在辞前”的声音，这种思想认为优秀的诗作是诗人不假思索而妙手偶得的自然天成之作，它源自心灵与外界接触之后灵感突然的闪耀和迸发，非是依从诗人心营意匠的结果。宋人叶梦得就是持有这种观点的代表之一，其《石林诗话》（卷中）云：

> “池塘生春草，园柳变鸣禽。”世多不解此语为工，盖欲以奇求之耳。此语之工，正在无所用意，猝然与景相遇，借以成章，不假绳削，故非常情所能到。诗家妙处，当须以此为根本，而思苦言难者，往往不悟。钟嵘《诗品》论之最详，其略云：“‘思君如流水’，既是即目，‘高台多悲风’，亦惟所见，‘清晨登陇首’，羌无故实，‘明月照积雪’，非出经史。古今胜语，多非补假，皆由直寻……”①

叶梦得以历史名句为例指出有些传世之句的问世只是诗人“猝然与景相遇”的结果，诗人事先本无所用意，一切都是自然而成。他将关于这一见解的更为详尽的论述推及钟嵘的《诗品》那里，在钟嵘著名的“古今胜语，皆有直寻”一语中寻获到了印证与支持。像胡应麟说的“两汉之诗，所以冠古绝今，率以得之无意”②，也是持这种看法。

应于此指出的是，所谓的“辞后意”并非限制在因文辞而催生新意的情形中，它还体现在由真实际遇而催生新意的情形。毫无疑问，无论是钟嵘“即是即目”的直寻胜语、叶梦得的“猝然与景相遇，借以成章”，还是胡应麟的“率以得之无意”，它们实质上都是“辞后意”的表现。诗人可以在创

---

① 何文焕．历代诗话［M］．北京：中华书局，1981：426.

② 吴文治．明诗话全编［M］．南京：凤凰出版社，2006：5455.

作之前并无什么准备和预想，只是忽然感触于某种不期而遇的情景而由此写出诗篇，其所遇之情景的确在他意料之外，而这就如同诗人在创作构思中突然遇到某个能为他启发新思的词句一样，此在性质上亦属于“辞后意”的情况。一旦诗人落笔成文，即便一开始猝然所得的词句意义是一种“辞后意”的表现，它也将不可避免地转变成为一种对于后续构思而言的“辞前意”，去继续引导和启发作品余下部分的创作。所以，用一些经由“辞后意”而猝然成篇的创作案例去否定“辞前意”的存在，实是犯了以偏概全的错误。“辞前意”“辞后意”循环往复、共同推进诗歌创作的完成是一个基本的客观的艺术规律，两者皆不可缺席。

第二节 “意”的知性属性：科林伍德的杰出分析

到此为止笔者已经论证了“辞前意”和“辞后意”之间的关系，充分解析了文意产生的过程。“辞前意”催生“辞后意”，“辞后意”反过来又激发新的“辞前意”，这个循环的关系已经得以明确。然而凭借对创作活动中“意”与“辞”之间运动关系的考察，在逻辑上尚不足以证明诗歌“以意为主”这一命题的真理性。因为我们完全有理由去试问：在诗人的心智中是否还有什么其他元素可能先于“意”发生和存在，并推动着“意”的产生和运动？或者说，我们是如何知道“意”就是诗歌创作中最重要、最普遍的精神要素的呢？这些困惑都源自这样一件事，即我们尚没有考察人的心智深处是如何产生“意”的。

中国古代批评史对此没有为我们留下太多启示。从陆机将“意”引入文学批评话语中开始，“意”被用来指代文学作品之中的思想内涵以及文学创作过程中的构思活动。就整个古代文学批评史来看，千百年来这个概念主要出现在两种批评话语中：第一种是概括式的，如前文所枚举的历代对“以意为主”的断言；第二种是鉴赏式的，这在各代诗话中也是屡见不鲜。然而古代的批评家们有时为了强调和突出诗作中的某种特质，并不会在完全精准的意义上来使用批评术语，尤其是在鉴赏式的批评中。如皎然《诗式·卷一》中这样说：

不用事第一格

汉班婕妤诗：“出入君怀袖，动摇微风发。常恐秋节至，凉飚夺炎热。”情也。

苏子卿诗：“黄鹄一远别，千里顾徘徊。”思也。

蔡伯喈诗：“青青河畔草，绵绵思远道。”又：“客从远方来，遗我双鲤鱼。呼儿烹鲤鱼，中有尺素书。”情也。

又：“客从远方来，橘柚垂华实。”意也。

古诗：“冉冉孤生竹，结根泰山阿。与君为新婚，兔丝附女萝。”意也。

古诗：“青青陵上柏，磊磊涧中石。人生天地间，忽如远行客。”意也。

古诗：“客从远方来，遗我一端绮。”意也。“文彩双鸳鸯，裁为合欢被。”情也。①

我们如今完全可以理解皎然品鉴诗文时所处的真实思想境况。同是托物抒情，班婕妤的“出入君怀袖”一句确实比“冉冉孤生竹”一句蕴含着更浓烈的情感，前者四句中带着对爱情是否能长久的深忧以及对忠贞不渝爱情的向往，比后者四句中所所表现的情感更为深切。故皎然会用“情”来总结评价前者，而用“意”来评价情感力度稍弱的后者。虽然从范晔以降的文论家们就对“意”之于“情”的统摄地位做出过许多论述，但是皎然在非精准的意义上运用术语的做法仍然会给人们增加理解问题的难度，使得重要批评术语之间的关系变得含混不清，有时候甚至到了几乎不能理解的程度。如皎然用“思”来概括苏子卿的“黄鹄一远别，千里顾徘徊”，然而远飞的黄鹄在浩瀚天际顾念徘徊这一景象中蕴含着情感与意绪，不清楚的是这里他为什么不用“情”或者“意”来概括这句诗。还有一个问题是，无论我们在前文援引多少宣称“意”之于“情”“志”有统摄地位的古代诗学文论材料，都没有实质性地澄清“意”的本质。这些意旨相同的材料能起到文献佐证作用，但这也只是**重复的佐证**而已，它们无法为论断的得出**提供充分解释**。因为这些批评论述均在直接使用未经清晰考察过的现成术语概念，可以说它们都是建立在一个未经反思的基础上，而这种反思在中国古代的学术资源中是难以找到的。

下面笔者将引入英国 20 世纪的哲学家科林伍德的艺术哲学思想，尤其是他的“意识思维”理论来诠释“意”的本质。前文已经指出，古代文学中的“意”有诗人心灵的“构思”与作品文本的“意义”两层内涵，前者是后者得以形成的原因，而科林伍德对艺术思想的“构思过程”有着极为缜密周详的考察，在他的体系中这个构思过程就是由心灵活动中最重要的环节——“意识”——来推动的。介绍科林伍德的艺术思想主要基于如下几个理由：

---

① 张伯伟．全唐五代诗格汇考［M］．南京：江苏古籍出版社，2002：245．皎然《诗式》历代流传下来的版本较多，张伯伟先生所编的《诗式》以《十万卷楼丛书》为底本。

第一，他非常完整地揭示了艺术创作活动以“意识”为核心的全部心理过程，符合诗人与艺术家真实的创作经验。第二，科林伍德把他的艺术哲学建筑在“意识”这一思维能力上，“意识”是一切艺术构思的起点，这与中国“诗以意为主”的诗学观念有着无以复加的契合度。[①] 第三，科林伍德继承了康德对审美活动中知性本质的洞察，并且其艺术哲学的精神整体上看应当归入客观主义阵营，这同康德美学看似主观主义实为客观主义立场的情况一致。

科林伍德的建构从辨析“感觉”（feeling）的概念开始，他将感觉首先区分为官感（sensation）与情感（emotion）。官感指的是我们的外部官能由于受到诸如声音、色彩、气味、口味等的刺激而产生的感觉，而情感则是诸如快乐、悲伤、痛苦、恐惧等这些由内部心理活动所引发的感觉。这两者虽然归于不同的属类，但有着密不可分的关系。在日常经验中，它们往往同时出现在我们对同一事物的感知当中，如行走在一片被晚霞映照的枫林中时，我们既可以看到枫林与晚霞的颜色，也能感受到一种愉悦的情感。科林伍德指出，官感因素与情感因素的孪生属性不能掩盖它们在结构上存在一种逻辑上的先后关系[②]，在一次特定的经验中，情感由相应的官感所引起，前者是后者的“情感负荷”。以上两种“感觉”自主地发生在我们的生物本性之中并独立于思维活动之外，它们产生了在层次上低于思维活动的经验感受，科林伍德称这种“官感—情感”的经验为“心理水平”的经验。在科林伍德的观念里，“心理”“心灵”以及“精神”有着显著的不同，“心理水平”的经验是那个时代心理学所专门研究的领域，这种水平的经验还没有**思维的介入**，不是艺术哲学关注的中心问题。

而当我们因为外物的刺激而产生感觉经验时，思维就可能会被引向去关注这种感觉。当我们产生或表达“这是一片金黄的枫叶”“在晚霞映照的枫林中漫步很惬意”的想法时，思维活动就拉开了序幕。科林伍德说：“我们

---

① 就我所知，在西方美学史上，很难再找到科林伍德这样能与中国“以意为主”观念对接得如此自然的思想家。选择科林伍德不是因为其艺术思想的独特性，实质上，从柏拉图一直到现代的分析美学派，整个西方美学思想史上均是将艺术置于认识论的领域加以考察，科林伍德也不例外。但绝大多数的思想家对创作中的“意识”现象都没有做出如科林伍德那样的精审辨析。古代哲学家如柏拉图的“模仿论”，亚里士多德的“净化论”，普拉提诺的“流溢论”，到近代启蒙运动时期霍布斯、洛克、艾迪生的“想象论”，夏夫兹博里的“内部的眼睛”，鲍姆加登的“艺术真理”，休谟的“趣味”，康德的“审美判断”，黑格尔的“理念论”，席勒的“审美人类学”，克罗齐和卡西尔的纯粹精神哲学化的倾向，桑塔耶那的“客观化的快乐”，盖格尔的“审美价值”，贝尔的“有意味的形式”，以及整个分析美学流派对概念所做的哲学辨析均没有像科林伍德那样可以把“意识”的问题诠释得那么细致。

② 科林伍德．艺术原理［M］．王至元，陈华中，译．北京：中国社会科学出版社，1987：220.

是在思考我们的种种感觉，一旦有了某些感觉，就会凭借**注意活动**逐渐意识到这些感觉。”[①] 这意味着在“心理水平”的感觉之上存在着“思维水平”的感觉，我们通过**意识到**感觉的发生和存在从而将感觉提升到更高的思维层次。只有当思维能察觉到具体的事物以及由这些事物所触发的感觉经验时，那些更高的思维（比如“理智”）才能够掌握足够的经验材料，从而去思考经验材料之间的关系。“思维活动或理智活动总是以注意活动为前提……思维活动依靠注意就像依靠基础一样。”[②] 这个“注意”的活动本质上就是思维，只不过它是初级意义上的思维，起着对单纯心理水平层面的经验加以“识别”的作用。当“注意”介入后，“官感—情感”的经验中那些被识别出来的部分就转化成了我们的“意识”部分。放远到整个认知过程来看，我们是先拥有感觉经验，再通过“注意”活动来产生对先前感觉的意识。在这个过程中，“注意”并不是被动地跟随感觉的刺激，“它（注意）并不从感觉接受任何命令，意识是一家之主，支配着感觉”[③]。这是因为在任何一次心理水平的经验中，我们能够意识到的感觉只是“所有感觉”中的一部分，意识可以让一些心理感觉成为注意的焦点，而另一些则置于边缘。我们不能决定可以感觉到什么，却可以决定是否将某些感觉放在意识的焦点上。王维的《终南别业》一诗就典型地反映了这种心理—思维的活动过程，诗云：

> 中岁颇好道，晚家南山陲。兴来每独往，胜事空自知。行到水穷处，坐看云起时。偶然值林叟，谈笑无还期。

诗中王维首先在感觉上触发了有关“终南胜事”的诸种心理水平层面的经验，登山临水而看云霞起灭，偶值林叟而谈笑忘还。[④] 在得到种种心理层面的经验之后，诗人必须调动自己的注意力去关注那些直观的感觉经验才能形成意识，当然这都在极短的瞬间完成。“兴来每独往，胜事空自知”就是在意识作用下形成的思想表达，它意味着诗人不仅在事实上独自享受和领略着山中的胜事，而且更**意识到**他的这种独特经验的**“独特性”**。空山独往所触遇到的感觉可以有很多，而被王维注意到并形之于诗的就是那八句诗中的景象。“兴来每独往，胜事空自知”两句诗带有极强的艺术哲学意味，向我

---

① 科林伍德．艺术原理［M］．王至元，陈华中，译．北京：中国社会科学出版社，1987：169.

② 同①211.

③ 同①214.

④ 这种类型的经验在王维的《山中与裴秀才迪书》一文中写得更加丰富，他说：“足下方温经，猥不敢相烦，辄便往山中，憩感配寺，与山僧饭讫而去。北涉玄灞，清月映郭。夜登华子冈，辋水沦涟，与月上下；寒山远火，明灭林外；深巷寒犬，吠声如豹；村墟夜舂，复与疏钟相间。此时独坐，僮仆静默，多思曩昔携手赋诗，步仄径，临清流也。”

们揭示了诗人创作的心理到思维的历程。

我们的感觉由外部刺激所触发，并随着时间的流逝而变弱，它是一股变动不居的活动之流。然而一种感觉一旦被“意识到”，便具有了长久化的可能，并且这种长久化是我们拥有回忆能力的前提。任何的感觉都指向当下的经验并且将转瞬即逝，当我们后来谈论我们之前所经验到的某种感觉时，那种感觉经验事实上早已消逝不见，那么我们言之凿凿的“感觉”就不是曾经产生过而现已不在的那些感觉，浮现在我们回忆中的只能是某种其他东西。这就引向了科林伍德关于“想象”的理论，科林伍德认为我们是通过引导“意识”，对纯感觉经验加以“想象”，使得本来流动不居的感觉被长久地保留了下来。他说：“想象是介于感觉和理智之间的一种不同水平的经验，是思维世界和纯心理经验世界相互联系的接触点。”① “想象”的概念在这里指的不是文学浪漫主义意义上的那种天马行空、自由驰骋的“想象”，不是那种作为特殊禀赋的想象能力，而是所有人都必须拥有的最基础、最普遍的思维能力。对流逝而去的感觉，我们借助其被想象起来的样态将其重新召回到脑海中。一片黄色的枫叶已经不在身边，眼前没有东西可以重新引发“黄色枫叶”的视觉。但当时那“黄色枫叶”的视觉因为受到过我们思维在当时的特加“注意”而被以想象的形式潜在地保留了下来，所以当我们再回头谈起它们时，我们谈的是“被想象起来的感觉”，而不是曾经的直观感觉本身。科林伍德指出：“意识活动把印象转变成了观念，也就是说把未被加工的感觉变成了想象。”② “意识和想象是两个同义词，它们代表了同一个东西。”③ “感觉”与“对感觉的想象”二者不能混为一谈。

然而，从最初心理水平上的“视觉官感”到这种官感因受到我们的注意而变成了一种潜在的、可以重现的“对视觉官感的想象”，这其中经历了一种深刻的变化。最初反映在我们视觉官感中的景象，与那些经过注意活动而得到的景象可能会很不同。进入我们视觉官能的东西会有很多，而受到过注意从而形成意识的却只是其中的一部分，意识在关注着感觉的同时也在修正着感觉，在这个意义上，**意识支配着感觉**，“它挑选并隔离感觉中所包含的任何一个因素，把这个因素置于注意的焦点”④。这样，后来那些呈现在想象中的感觉只是我们曾经特地注意过、挑选出、隔离出的那部分感觉。我们知道，感觉随着外部环境的变化而变化，我们的经验实际上是由一系列连续的

---

① 科林伍德．艺术原理［M］．王至元，陈华中，译．北京：中国社会科学出版社，1987：222.

② 同①221.

③ 同①211.

④ 同①216.

感觉所构成。那些先出现的感觉如果不能转化成为“想象”便会转瞬即逝，不可能与居后的感觉联系起来形成完整的经验。终南山的胜事有很多，然而王维却发现在“行到水穷”处时竟可以“坐看云起”，这首先需要王维分别意识（注意）到“水穷”与“云起”两种视觉（感觉），并把它们转化为“想象的形式”以使之能够长久化，才可能随后在它们之间建立关系。而此山中林叟在面对同样的景色时会与诗人的意识活动很不同，林叟可能分别注意（意识）到了“水穷”和“云起”，**但却没有意识到二者之间的关联。这就是一般人与诗人之间最大的差异。**而且，王维不仅意识到山中的诸多美妙胜事，更意识到自己竟很有可能是在“独享”着它们。“兴来每独往，胜事空自知”这句诗深刻地反映了他对自己“意识”的再“意识”、对“想象”的再“想象”，整个过程中的每一次意识活动都把当时历经的“感觉”改造并转化成了某种特定的“想象”，它可以潜在而长久地保留在脑海中，随时为日后的创作活动提供材质。到此我们就掌握了和“感觉”相关的所有心理活动内容。科林伍德这样总结道：

> 实际上，我们把感觉的生命历程划分为三个阶段：(1) 第一阶段是单纯的感觉，它处于意识水平之下。(2) 第二阶段是我们逐渐意识到的一种感觉。(3) 第三阶段的感觉，我们除了意识到它之外，还把它与别的感觉联系起来。我们不必发问，这三个阶段在时间上是否有时或者永久分开，它们的本质关系不是时间上的而是逻辑上的。[①]

第一阶段的感觉是我们一切思维活动的前提和基础，意识把第一阶段的感觉转化为一种呈现于想象形式当中的第二阶段的感觉，并在第二阶段的感觉之间建立联系从而形成了第三阶段意义上的感觉，这一切加在一起最终都成为理智活动的资料。“为理智提供资料的并不是感受本身，而是受到意识作用过后而成为想象观念的感受物。”[②] 应当看到，第二阶段意义上的感觉最为重要，因为在这个阶段中我们的“意识”才开始真正地介入。**然而这个“意识”是如何与“知性”相关的呢？**

概要地讲，我们的思维具有意识和理智两种层次。通过意识对第一阶段的感觉施加作用而获得的大量的转化成为想象观念的感受物，为更高层次的理智活动提供了丰富的材料。而理智做何之用呢？科林伍德说：**“理智的作用就在于把握或建立各种关系。”**[③] 这个关系就包括已经被转化成想象的感受

① 科林伍德．艺术原理［M］．王至元，陈华中，译．北京：中国社会科学出版社，1987：220.

② 同①222.

③ 同①222.

物之间的关系。只有当牛顿通过观察先将“苹果树”“苹果”“坠落”“掉地”等这些视觉物转化为可以长久保留在心中的想象物，并记住事物在时间上连续发生的前后顺序之后，才能进而去揭示它们之间存在的引力关系。理智思维所试图理解的是事物之间在客观的确定性法则支配下所呈现的关系，科学（包括社会科学）就是这种思维的典型代表，它们反映着人类最纯粹的知性能力。例如，如果我们以科学理智来看待月亮，就应当把它只当作物理天体，它与宇宙中其他事物之间的关系都遵循着某些确定的物理法则，如月球与地球的距离、月球对潮汐的影响、月球永远只有一面朝向地球等。地月之间的这些联系各自是明确而唯一的，它们构成了我们有关地月的基本知识。

然而除此之外，事物之间还存在着大量的其他联系，它们不处于确定性法则的直接支配之下，超越了我们熟知的概念法则、经验法则和逻辑规律，因此无法直接用科学思维来把握。“少小不识月，呼作白玉盘”“举头邀明月，对影成三人”“斫却月中桂，清光应更多”“青女素娥俱耐冷，月中霜里斗婵娟”“多情只有春庭月，犹为离人照落花”等这些诗句并不能用科学理智思维来解释，诗句中反映出来的月亮与其他物态人情之间的种种关联，并非被任何经验或逻辑性法则所直接规定，它们主要是根据事物之间的某种相似性法则（当然还包括其他几种艺术知性法则）而建立的。对相似性法则的运用是另一类理智思维活动的典型体现，而这就是艺术的“非确定性知性”思维。通过事物之间潜藏的某些相似之处，诗人把月表的阴影联想成为桂树的影子，将流照的月光联想成人心的多情和不舍。科林伍德说：“艺术意识（就是意识本身）在它自己和它的世界之间并无区别，它的世界对它不过是此时此地所经验的东西，而它本身不过是一个事实，表明这就是此时此地被体验到的东西。”[①] 但毕竟这种思维能力意在从万千不同类性的事物之间发现和寻获联系，任何一个事物都可以与许多其他不同的事物基于某种根据而建立联系，而这些联系超越了我们已经熟谙的普通知性法则，所以万事万物的关系因为这种艺术思维的施展变得丰富多样而不再确定。

这就是康德所说的“鉴赏判断毕竟是建立在一种不确定的概念之上的”观点在文学领域中的反映[②]，在第一章中我们已经看到，概念代表着知性能力。在审美鉴赏中，不同类型的知性概念之间的联系方式因为其无穷变化而不可能用一个更大的并且确定的知性概念来统一把握，而能统一它的知性只能是“不确定”的，也就是“非确定性知性”。非确定性知性的一个重大意义是，它可以在相对孤立、关系渺远的物态人情之间发现科学或者普通经验

---

① 科林伍德．艺术原理［M］．王至元，陈华中，译．北京：中国社会科学出版社，1987：297.

② 参见本书第一章第二节。

并不关心的潜在关联，让整个世界万物之间呈现出更多元、更丰富的联系。此处让我们回忆起了第一章中康德的那个“审美鉴赏的二律背反”理论，我们应该还记得康德对它的表述：

正论：鉴赏判断不是建立在概念之上的；因为若不然，对此就可以争辩（通过证明来裁决）。

反论：鉴赏判断是建立在概念之上的；因为若不然，尽管这种判断有差异，对此也根本不可以争执（要求别人必然赞同这个判断）。

在第一章我们说过，康德为了消除正反两论之间的矛盾，把正论中的“概念”理解为“确定的概念”，而反论中的“概念”则指“非确定的概念”，如此便解决了两条定律相互矛盾的问题。H. G. 布洛克在评述康德的“审美鉴赏的二律背反”时这样讲道：

> 尽管康德使用的语言比较模糊，但他的真正用心却不难看出。在康德的心目中，艺术的欣赏，其实是一种观照。这就是说，我们的确会一连几个小时对一幅作品进行沉思、反省、品尝和琢磨，它不同于某种瞬间的享受，如像寒冷天气洗一个热水澡一样的享受。在体验一幅艺术品时，我们似乎在以一种愉快的方式思考着隐含于其中的难题，品评着其中这一部分同那一部分之间的**关系**，然而并没有想到得出一个固定的结论——感到简直没有必要去达到这样一个结果。当然，一个不具有理性能力的生物是不可能从一场持续 20 分钟的交响乐、一场持续了几个钟头的戏剧、一部需要几天时间才能读完的小说中得到许多东西的。其中各部分必须通过理性能力结合起来，形成一个整体，将许多事物联系在一起，离开高明的理性能力是万万不能完成的。这就是说，理性能力总是在起作用，只是我们没有意识到罢了。
>
> 当我们积极主动地从事这种**“联系”**时，我们的确经验到了各种事物正在集合为一个整体，但绝没有以一种理性的结论或答案作为这种联系的结束。**当其中各个部分开始结合为一体从而使我们即刻要达到某种重要理解，但又未到达那种使知性经验结束，致力于用语言解释的认识性理解时，我们就获得一种极为愉快的感受。**（笔者加重）①

在这段引文中布洛克反复提及“联系”这一概念，他认为艺术家就是把分散的各个事物或事物的各个部分联系成一个更高的整体，这个更高的整体

---

① 布洛克．美学新解［M］．滕守尧，译．沈阳：辽宁人民出版社，1987：230－231.

让我们在对事物的认识上获得了某种重要的新理解。这就是布洛克为何会说在欣赏一幅画的时候，我们“品评着其中这一部分同那一部分之间的关系，然而并没有想到得出一个固定的结论——感到简直没有必要去达到这样一个结果”。诗歌作品由一个个具体意象（里面包含着相应的概念）组成，意象指称着各个事物或者一个事物的各个部分，诗人就是意欲在这些不同意象之间建立起殊妙的联系，由是让人们惊喜地看到世界那不同寻常的面容。弗朗西斯·培根在其划时代的巨著《学术的进展》中讨论过诗歌艺术的问题，他说：“诗歌并不需要紧随事物的逻辑，它可以把自然状态中不相干的事情连接在一起，也可以把联系在一起的事物分隔开来，造成事物之间不合法的匹配和分离。”① 这句话直接一语道破了诗歌艺术在建立事物之间联系的过程中具有的那种非一般法则性、非确定性特征。

非确定性知性并不企图成为一种绝对“可靠的”知识，它只是要成为一种“可能的”知识，它大大丰富了我们对世间万物的感知和理解，最终锻炼和促进了我们在理解力上的增强。在“思君若汶水，浩荡寄南征”“露从今夜白，月是故乡明”“海内存知己，天涯若比邻”“问君能有几多愁，恰似一江春水向东流”“蜀道之难，难于上青天”这些诗句中，诗人告诉我们情感与流水之间的相似、故乡与明月之间的亲缘、友谊对空间离阔的超越、险路同高天一样的相近。它们之所以能引发我们弥久的赞叹，是因为它们让我们看到原本毫不相干的事物之间竟然还会存有着这样的联系，**而在诗人发现它们之前，我们从未如此清晰地看到过**。相思之情与水流之间基于相似性而产生的联系并非是唯一而确定的，相思之情也完全可以同其他事物关联起来，如王维的“唯有相思似春色，江南江北送君归”、李商隐的“春心莫教花共发，一寸相思一寸灰”就是如此。物态与人情之间的这些跨越范畴性的关系不会通过哲学与科学之路而被程式化地规定下来，它们是多重的而且充满着各种可能的变化。然而恰恰是这类多重而非确定的关联同时又如此合乎物情事理各自的本性，因此让世界万物之间的关系变得更为紧密和亲缘。正如卡西尔所说：“审美经验则是无可比拟的丰富，它孕育着在普通感觉经验中永远不可能实现的无限可能性。在艺术家的作品中，这些可能性成了现实性：它们被显露出来并且有了明确的形态。展示事物各个方面的这种不可穷尽性就是艺术的最大特权之一和最强的魅力之一。”②

作为一种“可能的知识”，非确定性知性就蕴含在科林伍德所说的“意识”活动之中。所有的诗歌艺术创作最开始皆起源于人对世界所产生的纯心

① 培根．学术的进展［M］．刘运同，译．上海：上海人民出版社，2007：75.
② 卡西尔．人论［M］．甘阳，译．上海：上海译文出版社，1985：184.

理水准上的感觉，这些感觉逐渐被诗人所“意识”到并转化成可以长久保留的“想象的形式”，这一切都为随后的理智活动预备着资料。随着我们通过意识的“注意作用”把纯粹的感觉转化为想象形式的感受物，心灵于是再通过理智在这些感受物之间建立起联系以便把握它们，正如上面科林伍德所说的：“第三阶段的感觉，我们除了意识到它之外，还把它与别的感觉联系起来。”这就是一个完整的从官能感觉到思想认知的产生过程。在整个过程中，“意识”的介入这一步至为关键，因为它为心灵开辟了从官能感受通向思维认知的道路，也就是从私人感觉走向公共判断的道路。意识的加入使得我们对世界的直观感觉上升到对世界予以思考与认知的层次。正如科林伍德所说：“意识并不是某种与思维不同的东西，它就是思维本身。”① 我们应该看到，意识的介入并非只存在于对官能感觉的认知与加工这一阶段，它在后面的理智活动中也扮演着重要角色。**科林伍德认为理智活动的主要功能就体现在其对感受物之间关联的发觉和把握上，而这必然离不开意识的参与。**意识如果可以发觉和认识到官能水平上的感觉，并将之转化为可保留的感受物，它也必然能够发觉和认识到感觉物与感觉物之间的联系。没有“意识”辅佐的“理智”是不可思议的。显而易见，发现感受物之间联系的能力无疑正是知性的能力，而知性的标志属性就是它的公共指涉性。事物间的联系——如果它是合理的——则一定不是私人随心所欲而创设的联系，它必然要遵守着某种公共的认知规范。而当这些被发现的联系游离于经验与逻辑这些典型的确定性法则之外的时候，它就可以属于艺术领域中“非确定性知性”所支配的东西。到这里，意识与知性的关系也就显明了。我们看到了科林伍德的艺术原理与康德美学之间的汇合之处，科林伍德说的“意识”是一种与“想象力”高度融合在一起的思维能力，意识推动着想象力，把未经加工的感觉变成了诸多想象品，然后再交由给理智去把握这些想象品之间的关系。这与康德关于人在认识活动中何以能形成有关对象之直观表象的论述如出一辙。康德直接说过知性活动是从意识活动开始的。他说：

> 一切直观，如果不被接纳入意识，无论它们是直接地还是间接地影响意识的，对我们来说都是无，与我们毫不相干，而且唯有通过意识，知识才是可能的。就能够在某时属于我们的知识的所有表象而言，我们先天地意识到我们自己一贯的同一性，它是一切表象的可能性的一个必要条件（因为这些表象毕竟唯有通过

① 科林伍德．艺术原理［M］．王至元，陈华中，译．北京：中国社会科学出版社，1987：222.

与其他一切东西共属于一个意识，从而至少必须能够在其中被联结起来，才在我里面表现某种东西）。这条原则是先天地确定的，可以叫作我们的表象（因而也在直观中）的一切杂多的统一性的先验原则。[①]

"意识到"事物的直观表象是我们认知该事物的前提。通过意识作用，事物上的诸多表象（这些表象的形成需要借助想象力）按照一定方式被联结起来从而使我们给予关于事物的直观印象，随后这个印象同它的概念规定结合起来产生了关于这个事物的知识。当然康德这里所谈及的"知识"是从规定性判断中得来的确定性知识，而我们已经通过前面的论证知道，非确定性知识在审美活动中的施展仍然遵守着同属性的思维运动法则，它仍然需要从意识开始，通过想象力和概念的运动，逐渐上升为一种特殊的知识。只不过这个知识须通过反思性判断得出。而科林伍德与康德在反思性判断对于意识的知性意义这一议题上走向一致。

第三节 "意"中的情感：表现情感为何本质上是认知活动

这一节所要讨论的问题极为重要，关系到全书论证上的成败。本书的根本立场是：诗歌的创作与鉴赏活动在本质上是认知活动，因为它是认知性的（即我们所说的"非确定性知性"），所以关于一首诗作在艺术上是否成功、是否美妙的问题必然存在着超越个体意见的普遍正确答案。然而众所周知的是，中国古典诗歌以抒情为主，拥有着自己历史悠久的抒情传统，并且批评史上存有无数种的类似于"诗以道性情"的说法。我们要问的是：那些饱含深情的诗词名作千百年来是何以能在不同时代的中国人心中得到普遍的理解与共鸣的？关于此元代诗论家李冶曾提供过这样的解释，他说："文章气焰，天机所到，虽云古今一辙，至其写手足之爱，道违离之苦，千载而下读其诗，则犹能使人酸鼻。此岂真有物以触之，特诗人能道人情之所同然者，人易为之感动耳。"[②]李冶认为诗人的独拔之处在于他们能道出"人情之所同然者"，所以他们的诗歌可以打动人心。明代李梦阳亦有相近的见解，他说："夫天下百虑而一致，故人不必同，同于心；言不必同，同于情。……其为言也，直宛区，忧乐殊，同境而异途，均感而各应之矣。至其情，则无不同也，何也？出诸心者一也。故曰诗可以观。"[③] 李梦阳认为诗之所以可以观，是因为人情是共通

① 康德．纯粹理性批判：注释本［M］．李秋零，译注．北京：中国人民大学出版社，2011：137.
② 俞平伯．中国历代诗话选［M］．长沙：岳麓书社，1985：1006.
③ 李梦阳．叙九日宴集［M］//蔡景康．明代文论选［M］．北京：人民文学出版社，1999：110.

的。两位批评家的观点我们可以结合起来看。李冶是从诗人创作的角度来论说诗能引发共鸣的原因的，即所谓“诗人能道人情之所同然者”；而李梦阳则是从读者鉴赏的角度解释诗歌共鸣的现象的，即读者因为“情无不同”而使得诗得以被观。古人的说法提供了一个很切合直觉的解释进路，指向了一个很好的思考方向。那么善思的人会进一步问：诗人是如何做到只凭借对自己情感的体验，就随即可以把握住和表现出所有人心中那种潜在的、普遍可能发生的情感体验的呢？诗人在创作过程中所把握的那种普通情感又是如何被读者把握到从而使得读者可以去“观诗”的呢？

我们需要在之前的思考成果上继续前进才能将这些问题回答好。在上一节中，我们已经看到科林伍德的理论，他揭示了艺术创作从“官感—情感”这种“心理水平”的经验上升到“思维”经验的过程。在专门谈论情感的一段文字中，科林伍德这样分析道：

> 当说起某人要表现情感时，所说的无非是这个意思：首先，他意识到有某种情感，但是却没有意识到这种情感是什么；他所意识到的一切是一种烦躁不安或兴奋激动，他感到它在内心进行着，但是对于它的性质一无所知。处于此种状态的时候，关于他的情感他只能说：“我感到……我不知道我感到的是什么。”他通过做某种事情把自己从这种无依靠的受压抑的处境中解救出来，这种事情我们称之为表现他自己。这是一种和我们叫作语言的东西有关系的活动：他通过说话表现他自己。这种事情和意识也有某种关系：对于表现出来的情感，感受它的人对于它的性质不再是无意识的了。这种事情和他所感受这种情感的方式也有某种关系：未加表现时，他感受的方式我们曾称之为是无依靠的和受压抑的方式；既加表现之后，这种抑郁的感觉从他的感受的方式中消失了，他的精神不知什么原因就感到轻松自如了。
>
> ……一个人未到表现出情感时，他并不知道自己有些什么情感。因此，表现情感的动作就是对他自己情感的一种探测，他试图发现这些情感都是些什么。[①]

科林伍德清楚地指出“拥有一种情感”与“表现这种情感”是在不同的两种水平程度上的事情，在情感发生但尚未得到表现的时候，它仅仅模糊地存在于感受之中，只有当人通过施加意识而借助语言将这种情感表现出来的

---

① 科林伍德．艺术原理［M］．王至元，陈华中，译．北京：中国社会科学出版社，1987：112－113.

时候，他才清楚地知道这些情感到底是什么、有怎样的性状特征。表现情感的行为是对自己情感的反思与探知，它必须伴有意识。H. G. 布洛克对科林伍德这段话有过这样一段评论：

> 通过将意识的水平从感觉上升到反思，我们便失去了情感在初始状态中的那种强烈性。事实上，这种升格的“感情”也不能再称之为感情，而应称之为“概念”。假如这种感情状态仅仅是为了产生一种焦虑不安，那还没有什么，但是，如果这种感情状态乃是艺术家创造的能量源泉，它的失去就很可能导致创造力的丧失……艺术表现本身，乃是使某种尚不确定的情感明晰起来。①

诗人的内在情感状态通过他的反思而被表现出来，这时的情感就从模糊的感官心理水平升格到清楚地含有思维成分的概念水平，最终的结果是诗人使用概念去表现他的情感。由上述内容可以看到，两位杰出的美学家为我们指出了一直以来在艺术情感方面存在的一个容易混淆的问题，即将“拥有一种情感”混同于能“表现一种情感”。

让我们来考察这个问题。情感之于诗歌的重要性不必再强调，对于中国这个有着绵远的抒情诗文学传统的国度，历代批评家对“情”之地位的高扬随处可见。然而为什么唯独是诗人这个群体总能表现出他们自己的内在情感，并通过诗篇给世人带来激荡人心的效果？李白的“安能摧眉折腰事权贵，使我不得开心颜”、李煜的“问君能有几多愁，恰似一江春水向东流”、苏轼的“欲寄相思千点泪，流不到，楚江东”，这些至今传诵的句子被呈现在世人面前仅仅是因为李白有着高傲的心气、李煜有着亡国的哀思、苏轼有着不舍的留恋之情吗？历史上超拔孤傲、睥睨权贵的人不止李白一个，李白也一定不是这类人群中性情最为孤傲的一位（至少祢衡、嵇康就在他之上），但李白却代言式地喊出了这类人共同的心声；历史上亡国之君也不止李煜一人，和那些亡国的无愁天子们相比李煜确实是一位多情易感的皇帝，但面对国破家亡的局面，心智正常的末代皇帝们多少都会有哀痛之感，而李煜却能用最精切的比喻将这种哀痛之情道出来；同样，自古以来辞别徐州而南下的旅人何止苏轼一个，但苏轼却能吟出这样感人至深的词句。由此可以看到，世间的情感经历本不为诗人们所独有，但却在诗人的命意造句之间被他们“独有地”表现出来。另外一件值得注意的事情是，诗人所拥有的情感事实上不必总源于他们自己真实的目击身历，他自己完全可以想象出在他人心中所萌生的情感，这种情况实质上也可以称为“拥有一种情感”。钟嵘那段著名的论

① 布洛克．美学新解［M］．滕守尧，译．沈阳：辽宁人民出版社，1987：139－140．

述中就涉及这个问题，他说：“至于楚臣去境，汉妾辞宫；或骨横朔野，或魂逐飞蓬；或负戈外戍，杀气雄边；塞客衣单，孀闺泪尽；或士有解佩出朝，一去忘返；女有扬娥入宠，再盼倾国。凡斯种种，感荡心灵，非陈诗何以展其义，非长歌何以骋其情？”① 屈原去境时的悲痛、昭君出塞时的苍凉、壮士奋驰沙场时的激壮、闺人帘闱中的凄婉等，钟嵘所举的这些境况对绝大多数人来说一生都可能经历不到，即便是当时的亲历者也未必能把它们言说出来，但作为非亲历者的诗人，他们却可以凭借想象力的发挥体会亲历者的情感。

然而，“拥有一种情感”真的并不是什么特别的事情，它是一切有同理心的正常人都会产生的自然反应，可以说人人生而有之。诚然，艺术家和诗人在受到外界刺激时可能会比一般人更容易生发感触，但在一些基本情感反应上，比如人处于生死、兴亡、荣辱、离合之际，两类人之间并不存在什么根本性的不同。我们甚至可以说有的时候在一些场合下一般人可能比诗人反应更强烈，第一次远离家乡的人在情感上的反应肯定要强烈于早已习惯了颠沛流离的诗人。然而可以凭借复杂的语言将离别之情精当地表现出来，却总是那些对离别早已司空见惯的诗人，而不是情感可能更为深切和浓烈的一般人。这说明并不是人的情感越强、越不可遏制，它就越容易被表现。另外我们需要注意的是那些初次体验别离之情的一般人，虽然他们都能说出“孤独”“忧伤”“怀念”这样的词，但这些词并不是对情感的表现，而只是对所拥有情感的描述而已。关于“表现”与“描述”的区别，科林伍德这样分析道：“如果你要表现某种东西所造成的恐惧，你绝不可使用‘可怕的’那种形容词，因为那是描述情感而不是表现情感，而且你的语言马上就会变得索然无味，即没有了表现力。一个真正的诗人在写作真正的诗歌的时候，从不直称他正在表现的那种情感。”② 现实中，几乎所有人在感到恐惧的时候都能说出“我感到恐惧或害怕”这样的话，但“恐惧”“害怕”这些词只是用于情感分类的概念，它们只能将“恐惧”从“和恐惧无关的诸多情感”中区分出来，却无法指明到底内心中是怎样的一种恐惧之情，无法表现出恐惧的种种具体的个性化细节状态，因此就缺乏科林伍德所说的那种“表现力”。对此蒋寅先生也指出过：“感觉或情感每个人都有，只是强弱、状态和清晰程度不同而已。大多数人只能说出感觉的类型，而不能说出感觉的状态本身，只有作家才有这种能力。因此诗的表达就成了诗人资格所要求的证明方式。”③ 至

---

① 何文焕．历代诗话［M］．北京：中华书局，1981：3.

② 科林伍德．艺术原理［M］．王至元，陈华中，译．北京：中国社会科学出版社，1987：115.

③ 蒋寅．古典诗学的现代诠释：增订版［M］．北京：中华书局，2009：91.

此应能看出，描述一种情感更像是对情感的一种对号入座式的贴标签行为，这几乎是每个人都具备的基本心智功能，无论是处于幼稚阶段的儿童还是在病床上处于弥留之际的老人，只要从父母询问儿童以及医生询问患者所怀感受时的对答场景中就可以观察出来。现实中，说一个人“拥有一种情感”基本上等于预见他可以将它“描述”出来。

那么到底什么是“表现情感”呢？首先，人的情感好似一股涌动在心灵深处的暗流，它因为受到外部事态环境的触发而产生，当它来临的时候我们会觉得我们的精神受到了某种东西的支配，被某种弥漫的东西所充占，而随着时间的推移这种感觉会逐渐退却减弱，以至于几乎无法被觉察的地步。当情感支配和占据着我们的心灵时，我们平时眼中的外部世界骤然变得与平常不同，原来的外部世界都蒙上了一层情感色彩，世界展现出了一种被情感浸染过的面貌。而事实上，人的内部情感与外部世界并不是截然隔绝、互不往通的两个独立世界，在我们的感知活动中它们往往是交织在一起而难解难分的。H. G. 布洛克指出：

> 情感并不是像心理-物理论所说，简单地存在于我们的心灵（或头脑）中，情感乃是人类从一种特殊的角度观看世界的方式。既然我们观看世界时都免不了要有一个特殊视点或角度，所以人类对世界的一切知觉，包括最科学的知觉，都不可避免地要有“主观”的或“情感”的成分。例如，科学观察要受到某种追求“秩序”“规则”或“准确”的情感的支配——而这一点在人类社会中往往受到高度赞扬。也就是说，人类正是从这样一个角度去探索世界的科学性质或层面的。然而除此之外，还有另一种为人类所称誉的观察世界的角度，这就是艺术家所选择的那种探索世界的角度，每一种这样的观察都揭示出世界的一个不同的性质或方面——正如康定斯基所说，每一个这样的新的方面或性质都是由艺术家首先“瞥见”的。①

情感深刻地参与和影响了我们认知世界的活动，我们眼中所看到的世界实质上都融合着某种类型的情感因素，这就是布洛克“情感乃是人类从一种特殊的角度观看世界的方式”这句断言所正确揭示的道理。即便是对于科学这种一直以来被人们视为最客观的知性事业，仍然潜在地渗透着人类希望在世界中找到“秩序”“规则”“准确”的深层情感。科学尚且如此，情感对艺术事业的影响就更是如此。科学家与艺术家均是世界的探索者，布洛克区分出世界的两种存在方式——科学世界与艺术世界，它们之间的区别就在于人

---

① 布洛克．美学新解［M］．滕守尧，译．沈阳：辽宁人民出版社，1987：157.

在探索活动中所持的眼光与角度的不同。这个观点非常重要，因为它打破了长期以来将科学归于纯客观而将艺术归于纯主观的惯有做法。一直以来我们将“世界”划分成不依赖于人而独立存在的客观世界与只与人心灵感受相关的主观世界，这种截然二分、非此即彼的做法对我们去理解和把握科学与艺术的本质造成了无穷困扰。它导致我们既忽视了科学认知中深刻浸透的人的内部主体性成分，又忽视了艺术表现中所需要的外部世界基础。20 世纪最重要的分析美学家纳尔逊·古德曼也反对这种将认知与情感截然分裂的二元论思维模式，他这样说过：

> 我曾经提出，那些总是折磨我们的麻烦，大多可以归咎于认识与情绪的那种独断的二分法。一方面，我们面对着感觉、知觉、推理、推测，面对着各种冷静的观察和考察，面对着事实，面对着真理；另一方面，则是愉悦、痛苦、兴奋、满足、失望，是各种无须动脑子的感情反应，是喜爱，是厌恶。**这种二分法尤其使我们忽视了在审美经验当中情绪担负着认识的功能**（笔者加重）。对艺术作品的认识，既通过感情，也通过情绪。[①]

事实上并没有关于世界的绝对客观知识，也没有内在于心的绝对主观的艺术作品，世界是什么样子取决于人以什么方式去观察，它一定是人的内部精神与外部世界之间合作的结果。所以科林伍德会说：“诗人把人类体验转化成为诗歌，并不是首先净化体验，去掉理智因素而保留情感因素，然后再表现这一剩余部分，**而是把思维本身融合在情感之中，即以某种方式进行思维，然后再表现出用这种方式进行思维是怎样的一种感受**（笔者加重）。”[②] 在本书的哲学基础部分，我们已经从康德与普特南的思想那里掌握了这个真相。表现情感就是去表现人在情感影响之下所“瞥见”的那个世界面貌，是对被情感浸透过的世界面貌的认知。

苏珊·朗格非常赞赏的一位德国哲学家奥托·巴恩施（Otto Baensch）也对艺术中情感的认知意义提出过类似深刻的洞见，他说：“艺术像科学一样是一种精神活动，借此，我们将世界的一定内容带入客观有效的认识领域。运用世界的情感内容进行这一工作，恰恰是艺术的特殊智能。所以，按照这个观点，艺术的作用不是给欣赏者以各类愉快，而是使人们认识某种以前不知道的东西。艺术就像科学，其目的首先在于被‘理解’。”[③] 另外更重

---

① 古德曼．艺术语言［M］．褚朔维，译．北京：光明日报出版社，1990：219.
② 科林伍德．艺术原理［M］．王至元，陈华中，译．北京：中国社会科学出版社，1987：301.
③ 朗格．情感与形式［M］．刘大基，译．北京：中国社会科学出版社，1986：28.

要的是，巴恩施提出了艺术家在创作中将情感“置存于”无生命的外在客观对象之中的看法，这就是他的“客观情感”的观念。他说：“存在着赋予我们意识的客观情感。即客观的、脱离我们而存在的、没有生命内在状态的情感。**必须承认这种客观情感绝不会由于自己而发生于一种独立状态中，它们总是被包含、置存于客观事物之上**（笔者加重）。它们不能与这个物体实际分开而只能抽象地分离出来。客观情感始终是客观物质的一个从属部分。”① “客观情感”看上去是一个自相矛盾的概念，主观的情感怎么又客观化了呢？然而我们一旦知道艺术作品中的情感已经深度融入外部客观事物的丰富形态之中，因而不再属于那种纯粹的内在心理感觉，一旦了解到情感在与世界的物态结合之后便可以转化成被艺术家认知和把握的整体对象后，就能理解这个概念的深刻之处。

这样，如今再看袁枚著名的“诗者由情生者也，有必不可解之情，而后有必不可朽之诗”这句话时，我们就不会轻率地认为只要有了情感，就必能产生杰出的作品。情感的激发只是一个契机、“诗人创作的一种内在动力”，“人只要内心有情，就有抒发于外的需求，这是人的天然本性”②。然而情感作为动力只是成诗的一个必要条件，诗人唯有对情感施予思维上的观照才有可能将情感真正精切地表现出来。《毛诗序》中留有著名的“情动于中而形于外”之论，在刘勰那里被凝练成“情动而言形”（《文心雕龙·体性》）。然而在真实的创作中，从“情动”到“言形”之间存在着一个极为关键的用思维去理解情感的“认知阶段”。我们必须要看到，一直以来古代文论话语中各种有关“情动而言形”的观念都忽略了对情感表现活动的深层知性意义的关切，这也造成我们的文学理论史中很难看到认识论的形迹。

这里应再稍评析一下大诗学家叶燮关于“情”的论述。我们知道“识”的三种对象分别是理、事与情，而情占其一。关于三者的特性叶燮曾做出过这样分析：“譬之一木一草，其能发生者，理也；其既发生，则事也；既发生之后，夭矫滋植，情状万千，咸有自得之趣。”③ 有的学者根据这段话指出叶燮所谓的“情”并不是人内心萌发和流动的主观情感，而只是客观物态展现的情状，这意味着人的情感概念根本不在叶燮贵识论的内涵之中，所以叶燮的诗学背离了中国古代“诗缘情”“诗主性情”的传统。④ 但本节的整个阐

---

① 朗格．情感与形式［M］．刘大基，译．北京：中国社会科学出版社，1986：29.

② 吴建民．中国古代诗学原理［M］．北京：人民文学出版社，2001：117.

③ 叶燮．原诗笺注［M］．蒋寅，笺注．上海：上海古籍出版社，2014：135.

④ 魏耕原．叶燮《原诗》的偏激与失误［M］//胡晓明．古代文学理论研究：中国文论的价值论与文体论：第三十九辑．上海：华东师范大学出版社，2014：281.

述已经让我们看到，在诗歌艺术创作中，情感事实上深刻地参与和影响了我们体察和认知世界的活动方式，诗人表现情感实际上即是表现那个受此情感作用而显现出来的外部世界情状，在诗人咏叹的过程中，世界的客观情状必然与人的主观感情无法割裂开来。叶燮认为像“蜀道之难，难于上青天”“似将海水添宫漏，共滴长门一夜长”“羌笛何须怨杨柳，春风不度玉门关”“衰兰送客咸阳道，天若有情天亦老”这样的诗句皆是“情至之语”，但诗人的这些情语又无一不依乎事理，从而三者共同融浸在外部世界的客观情状中，故叶燮在评价这些“情至之语”时说：**“夫情必依乎理，情得然后理真。情理交至，事尚不得耶！”**[①] 可见叶燮的“理事情”中的“情”体现在人的主观情感与外部客观事态和客观情状的结合之中，而在此之中又始终有“理”的存在，事理情三者不能分离。这背后依据的其实就是古老的“情景交融”思想。[②] 并且更重要的是，诗人在世界中所投注的情感不是他一人专属之情感，而是人类普遍拥有的共通情感，只不过诗人用其语言才华将它表现了出来而已，正如亚历山大·蒲柏的那句世界性名言所云：“诗人的任务就是说出大家都感受到了却没有人很好地表现出来的东西。”凭其超凡的敏锐感和表现能力，诗人和艺术家推动了人类对自己情感的理解，成为人类共同情感的代言人。如布洛克所说的那样：“如果不是艺术家把‘实在’再现出来，一般人很难看清它的真相。同样，如果没有艺术家对人类情感的解释，一般人也很难理解自己的情感。”[③]

所以，对情感的“理解”活动，就是去认知判断那处在某一情感观照之下的世界样态。世界的面貌都是由各种事物间千丝万缕的联系所构成，当人的一种情感施加在外部世界上时，众多繁杂事物之间便形成一些非惯常的关联，它们呈现在概念与概念、概念与意象、意象与意象之间，形成了某一种被情感渲染过后的世界面目。正如我们在第二章所论证的那样，对“联系”的揭示是认知活动的目的和结果，它根本上依赖于判断力的施展，那些抒情诗句之所以能够对一切人都有效，是因为它们对情感的表现诉诸了客观化的知性概念。苏珊·朗格说：“艺术所表现的并非是实际情感，而是情感的概念，正如语言并非表达实际的事物和事件，而是事物和事件的概念一样。”[④]

---

① 叶燮．原诗笺注［M］．蒋寅，笺注．上海：上海古籍出版社，2014：210.

② 对情景交融的讨论，详见本书第九章第三节。史震林《华阳散稿》“序”中云：“诗文之道有四，理、事、情、景而已。理有理趣，事有事趣，情有情趣，景有景趣。”可以注意到的是，此论在“理事情”之外又单辟出一个“景”。事实上，叶燮心中的“景”早已融合在理、事、情三者之中，他的“譬之一木一草，其能发生者，理也；其既发生，则事也；既所生之后，夭矫滋植，情状万千，咸有自得之趣”正说明了这一点。

③ 布洛克．美学新解［M］．滕守尧，译．沈阳：辽宁人民出版社，1987：165.

④ 朗格．情感与形式［M］．刘大基，译．北京：中国社会科学出版社，1986：70.

布洛克也很精辟地指出："所谓内在情感的外化，不是情感的释放或涌出，而是改变它的性质，使它从一种非理性的冲动变成一种艺术的理解。艺术家的目的不是像因果理论所说的那样，将某种内在情感展示出来，而是真正**理解这种情感**（笔者加重），而这就意味着从一种'情感状态'转变成一种'审美概念'（或美的意象）。"[①] "情绪或情感并不仅仅是与理性和认识无关的内在感受，它们是对世界的**一种判断性态度**（笔者加重）。"[②] 而任何一种判断性的态度都必然在人群中具有宣称普遍效力的权利，因为判断的本质乃是认知。在这里，我们看到了情感与知性之间的关系。一种被概念化（也包括意象化）的情感如果想被世人所理解和接受，则必须建立在概念之间（也包括意象之间）那种合乎人类普遍知性法则性的有序联系上。对于多数诗歌艺术作品来说，**思维本身就融合在情感之中，思维得以合理展开所凭借的那些艺术知性法则本身就可以诱发相应的特定情感，而当情感发生时，它又可以相应地诱发特定的思维展开方式**。典型的像"苍山如海，残阳如血"这类符合相似性法则的诗句（壮阔的革命情怀让诗人思维到了壮阔激烈事物之间的联系）、"朱门酒肉臭，路有冻死骨"这类符合反差性法则的诗句（悲天悯人之情促使诗人注意到了现实极端的贫富反差）、"世界微尘里，吾宁爱与憎"这类符合理由律的诗句（在佛家的精神人格中世界如同一粒微尘，那么还有何必要再去纠缠深陷于尘间的爱恨情仇之中?），无一例外地都和主体人格情感交织在一起。这些诗句事实上也反映了清代诗论家赵执信在其《谈龙录》中所力主的那个"诗之中须有人在"的观念，诗人主体的意识情感、精神人格在诗中世界得以尽相展现。[③] 在这里，我们不必再去探讨知性与情感谁更先决。当情感发生的时候，眼前的世界就会展现出具有情感意义的关联；而当眼前世界展现出一种特殊的关联时，相应情感也就随即被激起。情感与世界形成了某种带有法则性的稳定对应关系，而这个关系是可以被我们所认知和把握的。对此范仲淹说过一段与此论在指归上非常近似的话，他说：

> 诗之为意也，范围乎一气，出入乎万物，卷舒变化，其体甚大。故夫喜焉如春，悲焉如秋，徘徊如云，峥嵘如山；高乎如月星，远乎如神仙；森如武库，铿如乐府。羽翰乎教化之声，献酬乎仁义之醇。上以德于君，下以风于民。不然何以动天地而感鬼神哉！[④]

---

① 布洛克．美学新解［M］．滕守尧，译．沈阳：辽宁人民出版社，1987：142.

② 同①254.

③ 王夫之．清诗话［M］．上海：上海古籍出版社，2015：319－320.

④ 范仲淹．唐异诗序［M］//吴文治．宋诗话全编．南京：江苏古籍出版社，1998：114.

情感与世界彼此渗透而难解难分，它们形成了特定情感相对稳定地对应着特定世界面貌的关系。而这正是范仲淹“夫喜焉如春，悲焉如秋，徘徊如云，峥嵘如山；高乎如月星，远乎如神仙；森如武库，铿如乐府……”这句话的真谛所在，范仲淹看到了诗歌艺术中主体多样感受与客体多样物态之间的统一性。而事实上，情感与物态的对应统一关系背后正彰显着某种普遍法则的存在（当然他并没有用“法则”这个词）。到此为止本节开头所提出的两个问题也都已经得到了回答。

本节最后一个留意的地方是，探寻情感表现活动背后的知性基础，这件事的现实意义是什么？就是让我们尽量能识别出平庸的诗作以及避免去创作这些平庸之作。在古往今来的诗论史中，我们已经看到太多关于诗歌当“性情之正”、当“温柔敦厚”的重言复说。笔者每次看到古人尤其是明清诗论家翻来覆去地重述那些孔子诗论中的陈词故调的时候，都会对这种理解力停滞的现象生厌，就更不要说看到今代学者还在那里老生常谈了。那些在诗歌情感问题上还停留在“性情之正”与“温柔敦厚”之说的见解，并没有揭示出情感之于诗歌艺术的真正价值所在。即便最粗糙的经验也足以告诉我们历史上有多少“性情之正”的诗篇沦为不值一提的平庸之作。诗歌艺术的最大敌人不是别的，而是“平庸”。“诗人的平庸，无论是神、人，还是书店的柱子都不能容忍。”这是出自贺拉斯的千古名言。在贺拉斯看来，诗人的平庸连书店的柱子都无法容忍，何况人和神明！没有精良敏锐感和知解力辅佐的情感表现，无论它多么符合温柔敦厚和中庸之道，都只能沦为庸人俗儒之作。历史上没有人敢说杜甫不是性情之正、温柔敦厚的人，但是杜诗艺术的光辉并非来源于诗人的性情，而是来源于诗人对情感影响下世界内容的精微独到的“洞识”，这就是杜诗的艺术认知能力，也就是所谓的“诗识”。本书将在最后一章对杜甫的“诗识”给予详尽的考察。

第六章 “气”何以通向“识”：“气”的知性分析

第一节 自然之气与道德之气

在解释客观世界缘何产生的各种古代思想见解中，“气”无论是否被看作第一性的原因，都始终有着无可替代的重要位置。古往今来关于“气”的论述尽管极为繁多，但它们大体上均把“气”视作一种推动客观物质之生成、转化和消灭的重要自然根据。在中国古人的观念中，无论是否属于第一性的存在，“气”都是自然界物质生灭运化的客观原因，也是人之体性强弱与寿命长短的客观原因。古人关于“气”在自然物质界中作用的阐述有很多，如《子夏易传》云：“生者，形也，合天地之精，聚气而为物。”董仲舒《春秋繁露》云：“春气爱，秋气严，夏气乐，冬气哀。爱气以生物，严气以成功，乐气以养生，哀气以丧终，天之志也。”周敦颐《太极图说》云：“太极，本无极也。五行之生也，各一其性。无极之真，二五之精，妙合而凝。乾道成男，坤道成女。二气交感，化生万物。万物生生，而变化无穷焉。”张载《正蒙·乾称》云：“凡可状皆有也，凡有皆象也，凡象皆气也。”朱熹《答黄道夫书》云：“天地之间，有理有气。理也者，形而上之道也，生物之本也。气也者，形而下之器也，生物之具也。”王夫之《读四书大全说·卷十》：“尽天地之间，无不是气，即无不是理也。”另外，“气”也指一种与人的生命活动有关的物质能力，它常用来指人的体气，包含生物上的血气和精神上的气质。血气是指那些决定生命生死、强弱、长短方面的自然因素，如《庄子·知北游》云：“人之生，气之聚也。聚则为生，散则为死。”《列子·天瑞》云：“其在婴孩，气专志一，和之至也，物不伤焉，德莫加焉。其在少壮，则血气飘溢，欲虑充起，物所攻焉，德故衰焉。”王充《论衡·气寿篇》云：“若夫强弱夭寿以百为数，不至百者，气自不足也。夫禀气渥则其体强，体强则其命长；气薄则其体弱，体弱则命短。”嵇康《养生论》中云：“故修性以保神，安心以全身，爱憎不栖于情，忧喜不留于意，泊然无感，而体气和平。”精神层面的气质则是指某种与生俱来的人格特征与禀赋，如

《三国志·吴书·王蕃传》：“蕃体气高亮，不能承颜顺旨。”《世说新语·品藻》引三国姚信《士纬》云：“陈仲举体气高烈，有王臣之节”。历史上陈蕃与王蕃均是威武不屈的名臣，这里的“气”就是对他们身上的这种主要来源于自然禀赋的人格特质予以概括。

古今之人对“气”这一范畴的理解和阐述十分繁杂，但它们皆源自这样一个共同的思想背景。一方面，“气”虽然最早来源于对天上云气之类的实物的具体象形，但从上面所引的文献来看，先秦时期的许多自然哲学类著述中就已经完成了对它的抽象化和普遍化，用它来解释万物生灭的始因。另一方面，万事万物的直观存在总可以被人们真切地体会和把握，我们的祖先在事物之间的直观差异中感到其背后存在一种起着统一性、决定性作用的力量。《道德经》中说：“道生一，一生二，二生三，三生万物。”其中关于“道生一”河上公注云：“道使所生者一也”；“一生二”，河上公注云：“一生阴与阳也”；“二生三”，河上公注云：“阴阳生和、清、浊三气，分为天地人也”；“三生万物”，河上公注云：“天地人共生万物也，天施地化，人长养之也。”河上公注的意思是，道生阴、阳，而阴、阳生“和”“清”“浊”三气，三气最终衍生出来了万物。老子的这段话是把“道”看作世界的终极本原，而“气”则实际地创造着世界。《淮南子》中云：“道始生虚廓，虚廓生宇宙，宇宙生气。气有涯垠，清阳者薄靡而为天，重浊者凝滞而为地。”意思是，事物之间最大的差别从直观上看莫过于天与地之间的悬殊，刘安认为正是“气”的清浊之判决定了天地的分别，而其中“道”虽然是本原、是第一性的，但物质却是由“气”直接产生的。“气本来是物质的气体状态，中国古代朴素唯物主义哲学认为物质的气体状态就是物质的原始状态，于是气就成了表示物质实体的概念。”① 中国古人认为气体状态是一切物质存在的原始状态，这背后其实反映着人类在试图解释世界的早期阶段在思维上的共通之处。因为不仅在中国，在古希腊苏格拉底之前的自然哲学派时代，米利都学派的哲学家阿那克西美尼就把空气这一自然元素视为世界的始因，他说：“一切均由空气中产生，一切又都消失于空气之中。”② 黑格尔后来这样评价他的哲学说：“他（阿那克西美尼）深知物质必须要有一种感性的存在，而同时空气却有一个优点，就是更加不具形式，它比水更加不具形体；我们看不见它，只有在它的运动中我们才能感觉到它。”③ 古希腊哲学在自然哲学家时期仍然带有浓厚的直观感性的色彩，西方这个阶段的认知方式与中国古代

---

① 北京大学哲学系中国哲学教研室．中国哲学史［M］．北京：北京大学出版社，2003：273.

② 黑格尔．哲学史讲演录［M］．贺麟，王太庆，译．北京：商务印书馆，1997：198.

③ 同②198.

哲学非常接近，而它后来在毕达哥拉斯手中才发生了理性上的空前转折和飞跃。

“气”的这种直观而又无形的特性使它更适宜于解释万事万物的生长和衰灭。朱熹后来发展出来的“理一元论”把“理”奉为创立世界的第一性始因，但他却把构形世界的任务交给“气”来完成，并认为“理”与“气”不可分离。他说：“理气本无先后之可言，然必欲推其所从来，则须说先有是理。”（《朱子语类》卷一）“人物之生，必禀此理，然后有性；必禀此气，然后有形。”（《答黄道夫书》）“天下未有无理之气，亦未有无气之理。”（《朱子语类》卷一）由此可以看到，在朱熹那里“理是第一性的，是创造万物的根本；气是第二性的，是创造万物的材料”①。朱熹论“气”是对古代哲学中的那种具有创物功能的气化论思想的继承，他把“气”视为第二性的创物材料，这与《道德经》中道生阴阳、阴阳生气、气生万物的思想一脉相承。纵观传统哲学史，中国思想家对于“气”的不同看法在很大程度上是关于气是否第一性的分歧，例如张载的“气一元论”与朱熹的“理一元论”就是这种分歧的代表。尽管存在分歧，然而他们往往对“气”的创物功能采取不约而同的接受态度。像上面黑格尔言外之意所暗示的那样，“气”所具有的直观性和弥散性使它在“客观感性的世界如何生成”这一问题上具有其他概念范畴所没有的解释力上的优势。我们看到“气”的创物功能一直贯穿于中国古代的哲学思想中，“气”的概念在整个中国哲学史上表现出来的稳定性和延绵性，这可以反过来可以印证“气”在最初进入文学领域时所保留的那种创物功能，即“气”也在创造着文。

然而“气”如何创造着“文”是一个需要深入辨析的问题，文学创作毕竟是一种心智思维活动，它的最终形态是带有精神属性的作品而不是具体实在物质。孟子是最早把“气”与人的心智活动明确地联系起来予以讨论的古代思想家，他曾说：“我知言，我善养吾浩然之气。”学生公孙丑问他“何谓知言”，他回答说：“诐辞知其所蔽，淫辞知其所谄，邪辞知其所离，遁辞知其所穷。”郭绍虞先生对孟子这段话有着十分精辟透彻的解读，他从孟子强调养气以洞知“他人之言”看出了孟子养气以建立“自己之言”的内在逻辑。他说：

> 明白了“诐辞知其所蔽，淫辞知其所谄，邪辞知其所离，遁辞知其所穷”，那么对自己之言，当然不欲其有所遮，有所谄，有所离，有所穷；当然更不欲其成为诐辞，为淫辞，为邪辞，为遁辞

① 北京大学哲学系中国哲学教研室．中国哲学史［M］．北京：北京大学出版社，2003：284.

了。但是又将怎样做到不为诐辞、淫辞、邪辞、遁辞呢？又将怎样做到使其言之无所蔽、无所谄、无所离、无所穷呢？于是才会进一步想到配义与道的养气功夫。[①]

郭绍虞先生认为，“配义与道”的养气功夫从促进洞知他人之言转化到促进建立自我之言，而自我之言建立的前提则仍是具备辨别真伪善恶的知言能力。朱熹《四书章句集注》对孟子“知言”的解释是“知言者，尽心知性，于凡天下之言，无不有以究极其理，而识其是非得失之所以然也”[②]。朱熹注释中诸如“究极其理”“识其是非得失”这些话明显地反映出“知言”概念中所含有的理智底蕴。知言的终极目的是抵达道德实践上的完善，然而一切完善的道德实践必须要建立在对道义的正确判断认知上。子贡评价孔子：“学不厌，智也；教不倦，仁也。仁且智，夫子既圣矣。”[③] 可见，德性与智能是成圣的两个不可或缺的条件。我们从思想发展的逻辑脉络上看到，孟子对养气观念的理智化阐释为虚无缥缈的自然之气向文学作品之气的转化奠定了一个非常关键的基础，这个基础使得“气”在哲学领域所具有的那种创物功能，后来在进入文学领域时以另一种方式被保留下来。然而孟子的“气”是如何促进人们做到知他人之言与立自己之言的呢？对此问题的探讨涉及孟子与公孙丑一段非常重要的对话，这段对话记载于《孟子·公孙丑上》：

曰：“敢问夫子之不动心，与告子之不动心，可得闻与？”“告子曰：‘不得于言，勿求于心；不得于心，勿求于气。’不得于心，勿求于气，可；不得于言，勿求于心，不可。夫志，气之帅也；气，体之充也。夫志至焉，气次焉。故曰：‘持其志，无暴其气。’”[④]

这是由告子的“不动心”之说而引发的师生间的讨论。告子的“不动心”之说按照朱熹的解释是：“告子谓于言有所不达，则当舍置其言，而不必反求其理于心；于心有所不安，则当力制其心，而不必更求其助于气，此所以固守其心而不动之速也。”[⑤] 孟子对告子此论采取一种区别看待的态度，他赞同告子所说的“不得于心，勿求于气”，而反对其所说的“不得于言，

---

① 郭绍虞．照隅室古典文学论集［M］．上海：上海古籍出版社，2009：56.

② 朱熹．四书章句集注．北京：中华书局，1983：231.

③ 同②233.

④ 同②230.

⑤ 朱熹．四书章句集注．北京：中华书局，1983：230. 朱子亦云：“孟子是义精理明天下之物不足以动其心，不是把捉得定；告子不动心是硬把定。又曰告子之不动心，是麤法或强制而能不动或临大事而能不动亦未可知，非若孟子酬酢万变而不动也曰不动心。”（蔡模．孟子集疏［M］//文渊阁四库全书：第200册．台北：台湾商务印书馆，1986：412.）

勿求于心”。孟子把“心”视作比人的外在形貌与辞气更为根本的东西，批判了告子在识言察人过程中不能一贯地推求和理解人心的做法。在孟子看来，人之心往往反映在其“志”之上，结合孟子的“夫志，气之帅也”“夫志至焉，气次焉”这些话，可以看出其本意是表明心乃是气的本原。在关于志与气的关系问题上，朱熹说：“孟子言志之所向专一，则气固从之。”[①] 程颐说：“志动气者什九，气动志者什一。”[②] 结合前面可以看到孟论此处中的逻辑脉络，即若“养气”则须先“知言”，而“知言”便是让自己的心志去通晓和配有道义从而无所疑惧，这样在心志的统率下，人的外在拥有一股浩然之气是自然的结果。所以朱熹总结孟子与告子之学时这样评价道：

> 盖惟知言，则有以明夫道义，而于天下之事无所疑；养气，则有以配夫道义，而于天下之事无所惧，此其所以当大任而不动心也。告子之学，与此正相反。**其不动心，殆亦冥然无觉，悍然不顾而已尔。**[③]

这段总结的意义非常重要，至此告子的“不动心”与孟子的“不动心”彻底区分开来。朱熹在这里把“气”与“勇”联系起来，当他谈论“气”的时候，实际上暗地里也是在谈论“勇”。朱熹认为孟子眼中的有些人之所以能够担当大任，是因为其心能洞明世间道义，故任事能无所疑惧。而告子之学则与之截然不同，告子的不动心源于一种认知上的混沌与怠惰，他并不试图去洞晓道义以及凭此去推求与判别人心。《孟子》赵岐注云“告子为人，勇而无虑，不原其情”，可见告子的勇气不过是一种冥然无觉的悍勇而已。它并不值得被推崇，因为那些在自然禀赋上生而刚猛的人并不少见，人身上确实可以存在着不养而致、不思而得、不明所以的“气”，这种气的形成不以人心对道德理性的意识为前提。故苏辙云：“夫志意既修，志盛夺气，则气无能为，而惟志之从；志意不修，气盛夺志，则志无能为，而惟气之听。故气易致也，而难在于养心。”[④] 欧阳修的一段著名的论述也印证着勇气与认知条件的关系，他说：“夫世无师矣，学者当师经，师经必先求其意。意得则心定，心定则道纯，道纯则充于中者实，中充实则发为文者辉光，施于世者果敢。”果敢的勇气源于内心之定，而心定则终究源于对经典中圣贤遗意的领会和晓察。欧阳修此论也正是把勇气的获得推本溯源到洞悉圣贤遗意的

① 朱熹．四书章句集注．北京：中华书局，1983：231．

② 同①．

③ 同①．

④ 苏辙．孟子解二十四章［M］//苏辙集．陈宏天，高秀芳，点校．北京：中华书局，2004：949．

知言能力中去。对“知言”“养气”“道义”这些概念之间的关系，宋代蔡模这样总结道：

> 孟子发明养气之论有功于后世大矣，然其所以养气者必先于集义，所以集义者必先于知言，能知言则是非邪正晓然于胸中，动容周旋无适而不合于义，夫是以仰不愧俯不怍，有以全吾浩然刚大之体矣，养性也，养心也，养气也，盖一理而已。①

孟子在知言与养气之间建立了一种因果上的关联，养气不是徒养一种莽夫式的悍勇，它最终须建立在“知言”的基础上，心在认知上须首先能够集取古今道义，洞晓是非邪正，随后动容周旋之中皆合于道义，从而才可能养成一种散发于体貌之外的浩然之气。

到这里一个关键的问题浮现了，我们看到孟子的养气之说并不是在谈论文学，那它是在何种程度上影响了文学中的气论？我们需要对孟子的养气之说在本旨层面与引申层面两处予以考察，如此才能够看清文气论对孟子学说的继承。养气之说若只从文意上看确实只是一种道德学说，它所要宣明的是这样一个道理：浩然之气源自心中的道义感。而如果我们抽绎出养气论背后所依赖的立论逻辑，从道德维度推及更为一般性的思想，便可以抵达其引申的层面，并对我们理解后来形成的文气论提供重要的资鉴。赵岐、朱熹、蔡模对孟子此论的注疏均肯定养气论中道德理性的基础地位。更一般性地说，孟子所谈的养气是一种带有明显理智化倾向的修身活动，与告子的冥然无知的莽气相比，孟子的养气论根植于人内心深处的道德自觉和道德意识。我们如果抽离其中的养气论中的道德成分便可看到，所养之气终不过是一种内心意识在人体形貌上的外在流露。苏辙的一段议论颇能触及问题的这个根本之处，他说：“气者心之使也。心所欲为，则其气勃然而应之；心所不欲，而强为之，则其气索然而不应。**人必先有是心也，而后有是气。**”② 苏辙这里所讲的心气关系，其本质上就是精神意识活动对外在气貌的影响。以道德为核心的养气论，如果抽离道德成分，保留其意识的成分，便为“气”进入文学领域在逻辑上铺平了道路。

第二节 拨开文气的隐喻之雾：气附“意”而生

对孟子养气论做出考察之后，文气的本质也就不再那么扑朔迷离。尽管

---

① 蔡模．孟子集疏［M］//文渊阁四库全书：第200册．台北：台湾商务印书馆，1986：418.

② 苏辙．孟子解二十四章［M］//苏辙集．陈宏天，高秀芳，点校．北京：中华书局，2004：949.

曾子说过“出辞气，斯远鄙倍矣”《论语·泰伯》，从而把辞与气联系在一起，然而此“气”是指人形貌言谈所显露的气色，不是指文学之气。众所周知，曹丕是第一个把“气”的概念引入文学的人，他曾在《典论·论文》里开天辟地地说：“文以气为主，气之清浊有体，不可力强而致。譬如音乐，曲度虽均，节奏同检，至于引气不齐，巧拙有素，虽在父兄，不能以移子弟。”此处的“气”有两层含义，可以分别从创作论与鉴赏论两个角度来看待。从创作论角度说，“气”可以被理解为一种藏于作者体内的才性，它源发于作者的精神之中，在创作构思的过程中施展出来并形成作品文本。从鉴赏论角度说，此“气”乃是作品文本所彰显出来的特定艺术风貌，是作者发挥体内才性之后最终所凝结而成的客观艺术表达。另外，曹丕继承古人的说法将文气分为“清”“浊”两类，但是他没有指明何谓清气、何谓浊气，只是通过音乐上的例子来比喻两气之间的难以逾越的分别。然而，文中之气与乐中之气在对“气”概念的使用上存在明显区别，无法直接相互释通。音乐中的“气”，本身就是那种具象意义上的“气”。对于管乐来说，以人口中所出之气推动乐器周边之气才会产生声音，在曲度、节奏相同的情况下，人在气力使用上的不同决定着演奏效果的高下巧拙之别。我们可以通过音乐原理很顺畅地把握住引气与声效之高下巧拙之间的关系，并理解音乐之气其概念的实质内核。然而在涉及文气问题时情况就非常不同，“气”与“文”之间存在着一种隐喻的关系，喻体概念“气”和本体概念“文”（准确地说应该是文学作品的整体直观感觉）完全分属于不同概念的领域。

实际上在我们的日常语言运用中存在着大量不易察觉的隐喻现象，像“时间就是金钱”“争论是场战争”“你的理由根本站不住脚”这些隐喻用法比比皆是。现代认知语言学家乔治·莱考夫甚至这样指出说：“我们通常的概念系统从本质上来说基本上是隐喻的。”① 在《我们赖以生存的隐喻》一书中，莱考夫突出强调这个断言：“隐喻的本质，是在一事物的基础上体验理解另一事物（The essence of metaphor is understanding and experiencing on kind of thing in term of another）。”② 不光是在现代的日常语言中，中国古代文论中的隐喻使用更为常见，有时这些隐喻甚至会集中出现，如颜之推的“文章当以理致为心肾，气调为筋骨。事义为皮肤，华丽为冠冕”③，杨载的“凡作诗，气象欲其浑厚，体面欲其宏阔，血脉欲其贯串，风度欲其飘逸”④，

① 莱考夫，约翰逊．我们赖以生存的隐喻［M］．何文忠，译．杭州：浙江大学出版社，2015：1.

② 同②2.

③ 颜之推．颜氏家训［M］．檀作文，译注．北京：中华书局，2007：149.

④ 杨载．诗法家数［M］//张健．元代诗法校考．北京：北京大学出版社，2001：24.

姜夔的“大凡诗，自有气象、体面、血脉、韵度。气象欲其浑厚，其失也俗；体面欲其宏大，其失也狂；血脉欲其贯穿，其失也露；韵度欲其飘逸，其失也轻”[①]。而有的隐喻已经上升为公认的文学批评概念，它的喻体和本体高度融合在一起，甚至本体完全被隐藏而不见踪迹，其中最有代表性的可能就是“风骨”，而我们所考察的“文气”也正属于“风骨”这种情况。从某种程度上说，曹丕所开创的“文气”这一概念，因其喻体被广泛地接受和使用导致其本体概念的固有内涵变得模糊起来。在《典论》那里，“气”进入文学领域而形成“文气”是如此顺利和畅通，以至于让人几乎没有感到有必要去深究它们结合在一起的基础是什么。“气”所保留的它原本在文学领域之外的那种创物性和弥散性等特征很自然地就迁移成了可用以解释作品的产生以及描述特定艺术外观的概念，然而这种迁移事实上带着深刻的隐喻性。

隐喻关系当然是建立在相似性基础之上，用乔治·莱考夫所给的例子来说就是，金钱与时间两者之间的相似性体现在两者均为有价资源，战争与争论之间的相似性体现在两者均为对抗性状态。而观念属性的“文”与物质属性的“气”之间的相似性则更多地体现在一种直观感受上，当我们说建安七子中刘桢的诗有一股苍浑刚健之气时，我们是说阅读其作品时所获得的整体直观感受就如同体验到一股自然雄风扑面而来一般。相似性基础既连接着本体和喻体，也是对本体与喻体各自重要基本特征的一种提炼。我们之前对孟子养气论的辨析为理解这种隐喻性奠定了基础。如前所说，孟子的浩然之气有着浓厚的道德理性意味，所养之气本质上来源于人的道德意识活动。**需加辨析的是，孟子养气论中深藏着因果性与隐喻性两种结构。人精神中深藏的道德意识影响着外在气貌，这一点体现着因果性；而正义凛然的外表形貌给人以“浩然之气”的观感，这里则反映着隐喻性。**值得指出的是，在这种隐喻结构中，本体指的是人的外表形貌，喻体则是浩然之气，两者完全是属性异质的东西。构成两者之间隐喻关系的“相似性基础”则是那种浩然正大的整体直观感觉，而正是“精神意识活动”成为本体和喻体间隐喻关系得以建立的关键环节，它是人的那种浩然外观产生的内在根源。**孟子养气论中并存的因果性与隐喻性关系，对我们考察“文”与“气”之间那个关键环节非常有启发。**由于存在因果性，“气”的来源将归结到人内心的精神意识活动当中去（尽管在孟子那里还只是道德意识），“气”是果，“意”是因。由于存在隐喻性，那么养气论与文气论之间便具有了共通的地方，因为两者所涉之“气”均不是自然物理之气，而是由人和文章所散发流露出来的那种整体直

---

① 姜夔．白石诗说［M］//何文焕．历代诗话．北京：中华书局，1981：680.

观印象，这种共通的印象加强了“人的气貌”与“文的气貌”之间的相似性。

通过上面的分析，现在我们已经确证了这样几个观念：第一，孟子养气之“气”本质上来源于精神意识活动，简单地讲就是“意”；第二，养气论与文气论都是隐喻性的；第三，人所散发的“气”和文所散发的“气”有着很大的相似性。第一个观念是实质性的，它确认了内在意识与外在气貌之间的因果关系。第二和第三个观念联结了两个相隔五百年的命题，具有证成性的意义，保证了从养气论到文气论推理的“合法性”。这样我们便有理由认为，决定人之气貌的那个内在始因，也极可能是决定作品之气貌的内在根由，孟子养气论中的“意识性活动”这一关键的实质性要素于是就迁移过渡到曹丕的文气论中。正如人内在的精神意识最终将影响塑造他的外观气貌一样，作家特定的“意识性活动”注入文学作品之后最终也将会使作品散发出直观可感的文气。[①] 于是我们在逻辑上看到了“意识性活动—文气”这样的递进关系。这样，我们就初步（prime facia）证明了这样一个命题：文气的本质是文意。简言之就是“因意成气”[②]。

围绕“气”的概念，笔者试图在孟子与曹丕之间建立一种内在逻辑关联，无可否认，这种考察进路带有浓厚的概念分析和概念批评的色彩。从诉诸的经典文本范围上讲，文献的佐证并非不充足，然而毕竟还是缺少直接的史料去证明曹丕所云的“气”正来源于“意”。由于养气论与文气论之间所建立的这种内在脉络仅仅是逻辑性的，所以“因意成气”这个命题似乎就只是个推理而已，不是直接从曹丕的真实意图中而来。本节后面会举出古代文论中那些直接可用以佐证此命题的诸多论断，然而即便有此类直接的支持，在论证中我们仍然会遇到这样的问题：从整个《典论·论文》的语境来看，曹丕所使用的是“清”“浊”这样的隐喻，他内心想法中的“气”到底隐喻着什么我们难以洞晓。当然，即便我们不能知晓他的内心，也至少可以推知他极有可能心中未曾考虑到哪些东西。几乎可以确定的是，孟子养气论对曹丕的直接影响非常小，曹丕关于文气的发明极有可能是从他对所处的邺下文人集团的文学创作环境的观察中而来，也就是说，文气论主要来源于文学经验。文学意识在汉末建安年间的突然觉醒、一批杰出诗人的涌现以及他们作品各有千秋的艺术风貌是诞生文气论的真正现实来源。从本质上讲，文气论

---

① 当然两者也有区别，人的外在气貌既可以在言谈举止中体现，也可以在沉默不语中流露，而作品的气貌则只能通过语言的“诉说”来展现。

② 接踵而来的问题是“因意成气”的命题是事实性的还是规范性的，回答这个问题前须先解决完与推论过程相关的所有问题。

实乃一种创作天赋论，直面的是文学创作活动中作者才华不均的显著事实。文气论的一个突破性发现在于看到作为一种才能的“文气”，“虽在父兄”却“不能以移子弟”，这无疑属于一个才华天授的问题。曹丕青年时代一直生活在曹植才华的阴影之下，他想方设法避开曹植才华的锋芒，希图以其他举动获得父亲曹操的好感。[①]（这种阴影如今怎么推断都不过分，因为正是曹植的天纵才华在很长一段时间使得曹丕在储君之争中处于弱势地位。）我们有理由推知，曹丕以其切身的刻骨经历道出了天赋之事“虽在父兄，（却）不能以移子弟”这个事实真理。

天赋论在建安时期的提出与之前古代先哲的思想确实非常不同，孔子的习性之辨、子思的至诚无敌、孟子的知言养气等道德之论均立足于人自身后天的修为。无论在现实中还是理论上，天赋问题都不可能在道德学说中占据决定性的或主要的位置，因为如果道德是一种天赋的话，那么道德实践就不是意志能自由决定的，而意志的自由是人能对自己的行为负担责任的道德基础。然而到了文学领域中，天赋问题则完全获得了话语的合理性，柏拉图对诗人乃“神灵凭附”的论断便是西方文学艺术天赋论的开端。横向而看，曹丕文气论的意义也正是中国文学天赋论的开端，如今但凡严肃地从事过文学创作的人，都会与曹子桓这一开天辟地的真知灼见产生共鸣。通过还原历史文本的背景，我们知道曹丕文气论思想的来源与孟子的极为不同，虽然二人使用了相同的概念“气”。

那么，概念批评的研究方式所引发的问题便清楚起来：我们在两个命题间建立的**概念联系**是反历史的，纯粹属于后人的附会。**一个冰冷的事实是：曹丕的文气极有可能不是直接从孟子那里来的。我们该如何面对观念史上的这个事实呢？**

这里我们可以借鉴英国哲学家昆廷·斯金纳的历史语境主义思想来对问题进行深度考察。斯金纳的学说在中国颇有影响，这种影响甚至渗透到了古代文学研究领域中，并为否定文论中概念批评式的研究方法提供思想外援。[②]斯金纳极力批判如下意义上的学者：他们只考察经典文本中的基本概念和逻辑理路，而放弃对经典文本背后经典作家所处的社会条件、历史境况以及知识语境的关注。在斯金纳看来，这类学者通过“后见之明”，在理解和解释

① 陈寿《三国志·魏志·吴质传》裴松之注引《魏略》：“魏王尝出征，世子及临淄侯植并送路侧。植称颂功德，发言有章，左右属目，王亦悦焉。世子怅然自失，吴质耳曰：‘王当行，流涕可也。’及行，世子泣而拜，王及左右皆歔欷，于是皆以植辞多华，而诚心不及也。”

② 夏静．编年批评史的意涵与理解［J］．首都师范大学学报（社会科学版），2014（6）：79－86.

经典文本时总是无意识地使用某些优先性的范式（priority of paradigms）。这些范式完全控制着对经典文本的解释进路，使得我们对经典文本的理解永远指向现代返照过去时所确立起来的某种永恒主题和永恒观念，排除了文本形成之时复杂而特定的历史语境，因此这些学者们生活在一个自己缔造的神话（mythology）中。由于这类学者沉浸在超历史的各种观念之中，他们用自以为不变的观念去解释历史中产生过的思想，所以他们也被斯金纳称为观念史学家。**而我们在孟子养气论与曹丕文气论之间基于同一概念“气”而建立起的联系确实是观念性的而非历史性的，**“气是意识性活动的外在反映”这一思想从孟论中被提炼成一种优先性的范式，并用它来解释后世其他关于“气”的论断。于是一种自我省察的精神会向自己这样提问：这会不会也陷入了观念史家们不能自拔的神话虚构之中？斯金纳指出：“我们可能‘发现’某位著作家持有某一论点，而在原则上他根本不可能有这样的意图，只是碰巧使用了类似的术语罢了。”[①] 那么文气论是否也正是曹丕“碰巧”使用了与孟子相同的术语呢？根据前面的分析，曹丕谈“气”的时候其背后的意图确实与孟子完全不同，那么用更早作家的思想来解释后来作家的思想就大成问题。斯金纳对此有一段非常精彩的分析，他先提出了一种论证模式：

> 假若我们通过某一更早著作家A的“影响”来解释著作家B作品中的某一思想，不妨考察一下这样做的必要条件，这样的神话便很容易被揭穿。这样做的条件应当至少包括：一、人们知道B研读过A的著作。二、除了A、B，不可能在任何其他著作家那里找到相关学说。三、B不可能在没有受到其他任何作者的影响的情况下自己提出相关学说。

接着，斯金纳把由这三个条件构成的论证模式应用到学术史上的著名例子中，他说：

> 现在我们不妨从这一模式角度考察我上文提供的例证。所谓马基雅维利对霍布斯的影响、霍布斯对洛克的影响，都是有疑问的，它们甚至连条件一也无法满足。显而易见的是，霍布斯从未提及过马基雅维利，洛克也从未直接讨论过霍布斯。不难发现，所谓的霍布斯对洛克的影响、博林布鲁克对柏克的影响，都不能满足条件二。柏克完全有可能在18世纪早期许多反对沃尔波尔（Wapole）政府的政治手册的作者们那里找到类似于博林布鲁克的影响。同

---

① 丁耘．什么是思想史［M］．上海：上海人民出版社，2006：99.

样，洛克可以在17世纪50年代许多事实上（de facto）的政治著作中找到据称是霍布斯才有的学说，至少我们知道洛克读过这些著作，而我们并不清楚他对霍布斯读到什么程度。最后，显而易见的是，上文的所有举证都无法满足条件三，甚至可以说我们并不清楚如何满足条件三。①

现在回来考察古代文论，由于曹丕著作失传的很多，仅从现有流传下来的文集中看，曹丕并没有直接提及孟子的地方，所以就像斯金纳无法确定洛克对霍布斯读到什么程度一样，我们也无法知道曹丕对孟子养气论能读到什么程度。按照斯金纳的看法并结合文气天赋论的相关讨论，我们基本可以断定，认为养气论影响了文气论，把从养气论中探析出的“气是一种意识性活动的外在反映”的结论推至文气论，不过是一种观念史家们虚构出来的理论神话。

这也是为什么古代文论中概念式或者观念史式的研究备受质疑的原因。观念史的研究会把经典文本的意涵与作家在发表这些言论时的意图混淆起来，并想当然地仅从文本上使用的相同术语就断定后来的作家都必然受到早先作家的影响，因此，一部观念史上前后连贯的历史便被虚构起来。斯金纳旗帜鲜明地反对把经典文本视为自足的研究对象，反对把历史上每位思想家都看成在承前启后地处理着同一永恒的问题。就像他指出的那样，在观念史的重要领域如政治哲学史中，各时期的思想家们之间并没有后世以为的那种对同一永恒问题给予关切的连续性。这种连续性就好比是认为“马基雅维利之所以值得关注，在于他为‘马克思奠定了基础’；洛克有关符号的理论之所以值得关注，‘因为它已经预见到了贝克莱的形而上学’……莎士比亚，‘这位杰出的政治著作家’，对‘有着不同种族，不同信仰的人们组成社会的可能性’持怀疑态度，这表明他的作品‘作为道德和政治教育文本’的价值所在，等等，不一而足”②。斯金纳所举的观念史上种种误读经典的例子是很有见地的，我们确实不能武断地并以对历史完全无知的方式虚构不同时代理论家们之间的联系。然而，斯金纳决然地排斥人类观念史中永恒性、根本性问题的存在这一做法，却和我们在历史与传统中逐渐培植起来的基本直觉感相抵触。人类的根本处境并没有随着历史条件的改变而改变，关于人类“在政治上如何实现善治”“如何在生命中致获幸福”这样的问题一直是人类面对自身境况时所不曾改变的终极性叩问。施特劳斯指出：“历史远没有证明

① 丁耘．什么是思想史［M］．上海：上海人民出版社，2006：119.

② 同①103.

历史主义的推论的合法性，它倒是证明了，一切的人类思想，而且当然地，一切的哲学思想所关切的都是相同的根本整体或者说是相同的根本问题。”[①]

在文学理论中，这样的根本问题始终存在。古希腊的亚里士多德对诗之本质乃“可能性真理”的论断与英国19世纪浪漫主义诗人华兹华斯认为诗所歌咏的对象是“普遍的和有效力的”[②]，以及与德国的鲍姆加登宣称诗是一种“真实的虚构”一道，都是在回答“诗的本质是什么”这一普遍和永恒的问题。无论后世的思想家是否受到前世思想家的影响，他们都自知在面对着同一个永恒问题。在中国古代文论中，对永恒问题的探寻从未缺席。无论是“文以气为主”“文以意为主”还是“文以识为主”，都是对诗本质的严肃追寻。**如果我们的兴趣不在于考证和还原文气论的历史，而是检省文气论是否能胜任揭示文学之真谛**，那么我们就应该在充分掌握历史语境的前提下最终超越斯金纳的历史语境主义。我们已经承认孟子的养气论显然不是关于文学的，曹丕的文气论也显然不是继承了孟子之说，如果还企图证明历史上文气论来源于养气论，那就是在编造斯金纳意义上的“神话”，这和证明玛塞勒斯影响了美国采用分权制度那种神话没有区别。但如果我们的企图不是去

---

① 施特劳斯．自然权利与历史［M］．彭刚，译．北京：三联书店，2006：25．理解施特劳斯与斯金纳分歧的一种进路就是弄清楚什么是永恒性、根本性问题。斯金纳认为人类关于道德、政治、社会的种种观念在很大程度上来源于特定时代环境下的实践，这些实践具有很强的历史独特性，并构成了深刻影响文本意涵的历史语境，所以理论家们极可能各自在回答着看似相同而实质不同的问题。用斯金纳自己举的例子说，一个出生在前200年左右的西方政论家玛塞勒斯做了一段关于行政权与立法权分立的论述，然而并不能说他做此论述时的意图是为了捍卫后来美国三权分立理论所崇尚的那种政治自由。前200年时的政治实践和人类业已积累的政治历史教训与18世纪时不可能同日而语，故两个时代政治分权思想的设计完全可能是出于不同的目的。然而即便存在这样巨大的历史语境上的差异，分权思想的产生却无疑是理论家们对人类良好政治治理模式探索的结果，他们在追问同一个问题：如何实现善治？面对这样一个根本性的问题，理论家们既可能给出不同的答案，也可能出于不同的认知程度而给出相同的答案，上面这个例子就反映了后一种情况。然而，永恒性、根本性问题之所以与众不同就在于它的“企图”是揭示唯一正确的答案而不是去还原历史情况。如果我们仅是想知道“何谓分权学说”或者“分权学说的历史”，那就必须仰仗充分的历史资料，对玛塞勒斯分权理论背后完全缺乏近代分权思想中的那种政治自由意识有清晰的认识，了解背后丰富的历史语境，梳理出各种学说。而如果我们的目的是想知道“为什么分权是一种通向善治的道路”或者“分权制度为什么是可欲的”，那么我们就要用一种范式来观照整部充满历史语境差异的观念史。这时，我们不是不知道异代思想的语境差异，但我们却抱有更高的目标。由这个目标的引领，古代与近代的分权学说于是被置于统一框架中，其统一的基础在于思想家们都在面对“如何实现善治”这个永恒的问题。这时，他们之间在历史上的那种影响与继承的关系便不再重要，重要的是谁的理论更富有解释力。故我们把历史上所有的分权学说加以考察和比对，用深刻的理论修正表浅的理论，用说服力强的理论来修正说服力弱的理论，最终通过建立概念上的而不是历史语境上的联系，得出那个唯一正确的答案。尽管在回答永恒问题时，思想家们从来没有达成过一致的意见，然而在一点上却从未有分歧，即均认为在这些根本问题上世界上一定存在着唯一正解。如果历史上哪位思想家豁达地认为他的见解在逻辑上可以兼容与之相竞争的或相反的意见的话，那么他就会自相矛盾。

② 比厄斯利．西方美学简史［M］．高建平，译．北京：北京大学出版社，2007：234．

还原曹丕心中的文气到底是什么，而是去探寻**文气论应该怎样构建才能具有揭示诗歌本质的解释力**的话，那么历史上孟子与曹丕之间的相互影响关系就变得不再重要。相反地，他们的理论彼此在概念上的联系就变得重要起来。孟子养气论在道德学说的语境中揭开了“气”背后存在的道德意识，文气属于“气”的一种，因此孟子养气论其中所蕴含的“意识性活动”这一要素，完全可以**合理地进入**曹丕基于现实自然禀赋之差异而提出的文气论观念之中。文学创作天赋究其本质是一种特殊的意识活动，这种看法完全可以站得住脚，所谓的文气不过是这种活动的一种外在直观或修辞性的说法。总之，养气论在历史上没有实质性地影响文气论这一事实，并不会让它们在概念意义上的互联变成一种“神话”。

到此可知，孟子的养气论是“因意成气”思想的最早渊源，而通过一系列注疏家们的解释来证明养气之“气”带有知性底蕴这一点并不难。随后通过“养气论与文气论都是隐喻性的”和“人所散发的气和作品所散发的气有着很大的相似性”这两个观念的建立，我们也初步证明了养气论可以成为文气论的渊源。**但在养气论与文气论之间建立的“影响关系”却是概念性的而不是历史性的。**概念性的研究让我们超越了具体的历史语境，绕开思想家们的真实意图与目的从而把异代思想家们的观念放置在如同回答同一个根本性问题的框架内，而这就必然会遭到历史主义者们的批评。为了保证每一步论证的严谨性，从而去证成孟子养气论**在概念上**能够成为“因意成气”命题的最终渊源，对历史语境主义的质疑做出上述回应是不可避免的。

此外，我们为在养气论与文气论之间建立一种概念上的联系所做出的辩护努力还有另一个意义。在中国古代文论关于气的言论中存在很多类似于曹丕文气论中的那种模糊性，它们在宣称或默认“气”的重要性时，却没有穿透“气”之上的那层隐喻之雾从而揭示出文气的本质。例如吴可《藏海诗话》中载：“凡诗切对求工，必气弱。宁对不工，不可使气弱。（评：气自弱耳，何关切对求工耶?）”[①] 吴可这里并未指明导致“气”弱的因素是什么。惠洪《冷斋夜话》中载李格非之言云：“是数君子（此指诸葛亮、刘伶、陶渊明。——引者注），在后汉之末、两晋之间，初未尝以文章名世，而其意（此指文章之意。——引者注）超迈如此。吾是以知文章以气为主，气以诚为主。”[②]刘大櫆《论文偶记》中云：“行文之道，神为主，气辅之。曹子桓、苏子由论文，以气为主，是矣。然气随神转，神浑则气灏，神远则气逸，神伟则气高，神变则气奇，神深则气静，故神为气之主。”[③] 这里李格非与刘

① 丁福保．历代诗话续编［M］．北京：中华书局，1983：331.

② 吴文治．宋诗话全编［M］．南京：凤凰出版社，1998：2436.

③ 郭绍虞主编．中国历代文论选［M］．上海：上海古籍出版社，2001：348.

大樾分别指出“诚”与“神”才是气的决定性要素。洪亮吉《北江诗话》中云：“至诗文之有真气者，秦汉以降，孔北海、刘越石以迄有唐李、杜、韩、高、岑诸人，其尤著也。”[①] 他没有对“真气”进行剖析。姚鼐《答翁学士书》中云：“故诗文美者，命意必善。文字者，犹人之言语也。有气以充之，则观其文也，虽百世而后，如立其人而与言于此，无气则积字焉而已。意与气相御而为辞，然后有声音节奏高下抗坠之度，反复进退之态，彩色之华。”姚鼐提到了“意”的重要作用，然而此段论述中的“意”与“气”似乎是处于一种并列协作的关系中（即“意与气相御而为辞”），他并没有明确“意”的决定性地位。可以看到，以上这些经典论述虽然都各自道出或突出了文气的某些重要特质，但关于“文气本质是什么”的问题，或者如吴可那样语焉不详，或者如李格非、刘大樾那样援入其他概念来取代“意”去进行解释，或者如姚鼐那样降低了“意”之于文气的决定性影响。

在概念上完成了从养气到文气的证成之后，便需要我们从文论文献中寻找佐证“因意成气”的直接依据，以增加该论断的说服力。空海《文镜秘府论》中云：“夫文章兴作，先动气，气生乎心，心发乎言，闻于耳，见于目，录于纸。意须出万人之境，望古人于格下，攒天海于方寸。诗人用心，当于此也。”[②] 可以看到，空海直接指出“气生乎心”，认为心是气的来源。而且从“意须出万人之境，望古人于格下，攒天海于方寸。诗人用心，当于此也”这段话中可以看出，空海认为创作中的“用心”之处就是去“立意”。另外，在《文镜秘府论》中，空海多次强调“意”之于文学创作的重要性，例如他的“凡属文之人，常须作意”“夫作文章，但多立意”“夫诗，入头即论其意”“但古人后于语，先于意。因意成语，语不使意”等等论述均为佐证。[③] 综上可见，“气”与“意”均源自心，而“立意”又是“诗人用心”的根本途径。[④] 那么我们就可以做出这样的逻辑推理，即“气生乎心”实质上就是“气生乎意”。

其他能说明“气以意为主”的例子也不少，朱承爵《存余堂诗话》中云：“诗词虽同一机杼，而词家意象亦或与诗略有不同。字欲敏，句欲捷，

---

① 洪亮吉．北江诗话［M］．陈迩冬，校点．北京：人民文学出版社，1998：22.

② 遍照金刚．文镜秘府论［M］．周维德，校．北京：人民大学出版社，1997：130.

③ 同②127－150.

④ 空海在别处谈到“气因律而生”，那么我们就需要结合《文镜秘府论》的总体语境去判断“气生乎心”与“气因律而生”哪一个才是空海的本意。空海反复强调“意”之于诗文的先决性，并强调心之于意的发源性，故“气生乎心”是综合了《文镜秘府论》整体语境后得出的最合逻辑脉络的结论。至于空海同时又说“气因律而生”，这并不是排斥“气生乎心”的说法，而是指出音律对气的影响。应该讲，空海对“气”的观念既注意到了意义层面，又注意到了音律层面，是非常全面周详的。但其认为对“气”的决定性要素仍然是“意”，而不是“律”，这是《文镜秘府论》整体语境和内部逻辑的必然指向。

长篇须曲折三致意，而气自流贯乃得。”[①] 王世贞《艺苑卮言》：“遇有操觚，一师心匠，气从意畅，神与境合，分途策驭，默受指挥，台阁山林，绝迹大漠，岂不快哉！”[②] 王夫之《夕堂永日绪论外编》中也指出：“李、杜则内极才情，外周物理，言必有意，意必由衷；或雕或率，或丽或清，或放或敛，兼该驰骋，唯意所适，而神气随御以行。”[③] 他还说：“一篇载一意，一意则自一气。首尾顺成，谓之成章。”[④] 潘德舆《养一斋诗话》中云：“‘辞达而已矣’，千古文章之大法也。东坡尝拈此示人，然以东坡诗文观之，其所谓达，第取气之滔滔流行，能畅其意而已。”[⑤] 这些论述均反映了“意”之于“气”的先决性和“气”之于“意”的依从性。

而最清楚明确主张“因意成气”的要数清代的厉志，他在《白华山人诗说·卷二》中说：“今人作诗，气在前，以意尾之。古人作诗，意在前，以气运之。气在前，必为气使，**意在前，则气附意而生**，自然无猛戾之病。”[⑥] 此论简直可谓是孟子养气论在文学上的翻版，孟子就说过：“夫志，气之帅也；气，体之充也。夫志至焉，气次焉；故曰：‘持其志，无暴其气。’”两人均主张“气”的非根柢性地位，并强调了意识性活动（“意”和“志”）对“气”予以驾御的重要性。厉志指出：“唐之诗人盈千累百，而其有真气、有灵气者，亦不过数十人。其余特铺排妥适而已。有明诸公皆力摹唐贤，但苦其概而学之，未能择其有真气、有灵气者耳。盖所谓真气灵气，以意见不以词见，能师法古人用意之妙，何至有‘优孟衣冠’之诮耶！”[⑦] 此处厉志认为唐贤之诗其有“真气”、有“灵气”者，皆“以意见不以词见”。他批评明人袭拟唐诗，却不能精悟唐人的“用意之妙”，造成了优孟衣冠的恶果，可见“意”在厉志文气论中的核心地位。**注意，上面所说的“意”既包含“概念性命意”也包含“意象性命意”。**[⑧]

---

① 何文焕．历代诗话［M］．北京：中华书局，1981：794.

② 丁福保．历代诗话续编［M］．北京：中华书局，1983：964.

③ 王夫之．姜斋诗话笺注［M］．戴鸿森，笺注．北京：人民文学出版社，1981：199.

④ 同③205.

⑤ 郭绍虞．清诗话续编［M］．富寿荪，校点．上海：上海古籍出版社，1983：2043.

⑥ 厉志．白华山人诗集［M］．詹亚园，点校．成都：巴蜀书社，2008：300.

⑦ 同⑥304.

⑧ 在第二章中，笔者曾确立了一个总的主张，即构成诗歌审美效果的全部要素就是“概念性命意”与“意象性命意”。那么这就必然在逻辑上意味着一切其他的文学批评概念都可以被还原成诗人对“意”的某种安排，或者说“意”就是一切其他核心批评概念的来源。然而需指出的是，这个总的主张的效力并不能被用作去证成“意”和其他具体批评概念之间关系的充分依据，这个总的主张的充分有效性还需要后续对其他各个核心概念的单独考察论证来加以支撑。现在，当我们面对“意”和其他具体的概念如“气”之间的关系时，还需要提供另外一个具体而有力的考察去表明“气”的确来源于“意”，这就是本节的工作。

除了以上以断言陈述的方式直接主张“气以意为主”之外，在审美鉴赏过程中间接地暗示“气以意为主”的情况也存在。如《藏海诗话》中云：

余题黄节夫所临唐元度《十体书》卷末云：“游戏墨池传十体，纵横笔阵扫千军。谁知气压唐元度，一段风流自不群。”当改“游”为“漫”，改“传”为“追”，以“纵横”为“真成”，便觉两句有气骨，而又意脉联贯。[①]

改后之作顿觉“两句有气骨”，实质上是由“意脉联贯”引发的，因为所改之字都改变了原有的意义，使得诗作在整体文意上显得更为痛快沉着。再如，明代谢榛以改诗著称，《四溟诗话》中有此记载：

汝思曰：“闻子能假古人之作为己稿，凡作有疵而不纯者，一经点窜则浑成。子聊试笔力，成则人各一大白，否则三罚而勿辞。如戴叔伦《除夜宿石头驿》诗云：‘旅馆谁相问？寒灯独可亲。一年将尽夜，万里未归人。寥落悲前事，支离笑此身。愁颜与衰鬓，明日又逢春。’此晚唐入选者，可能搜其疵而正其格欤？”予曰：“观此体轻气薄如叶子金，非锭子金也。凡五言律，两联若纲目四条，辞不必详，意不必贯，此皆上句生下句之意，八句意相联属，中无罅隙，何以含蓄？颔联虽曲尽旅况，然两句一意，合则味长，离则味短。晚唐人多此句法。”遂勉更六句云：“灯火石头驿，风烟扬子津。一年将尽夜，万里未归人。萍梗南浮越，功名西向秦。明朝对清镜，衰鬓又逢春。”举座鼓掌笑曰：“如此气重体厚，非‘锭子金’而何！”[②]

谢榛所改的是戴叔伦的一首名作，这首诗改成之后得到了当时举座的赞叹，它比原作确实更为显得“气重体厚”。此诗的意脉在谢榛手里大变，首联便从“旅馆谁相问，寒灯独可亲”变成了“灯火石头驿，风烟扬子津”，颈联又把诗人孤馆自悲的情境换成了跨涉极大的空间意象即“南浮越”与“西向秦”，尾联复把空泛的伤老悲时改换成了对镜嗟叹的生动影像。可以看出，这些改换无疑都是对诗句意脉的重新安排。在批评戴叔伦的作品时，谢榛明确地表露了他对诗意的重视，他所说的“凡五言律，两联若纲目四条，辞不必详，意不必贯，此皆上句生下句之意，八句意相联属，中无罅隙，何以含蓄？颔联虽曲尽旅况，然两句一意，合则味长，离则味短。晚唐人多此

---

① 丁福保．历代诗话续编［M］．北京：中华书局，1983：329.

② 同①1183.

句法”便揭示了他品评作品的艺术标准。从整体上来看，正是诗意的改变，才使得戴叔伦的诗文气焕发。谢榛还有一例：

> 杜牧之《清明》诗曰：“借问酒家何处有，牧童遥指杏花村。”此作宛然入画，但气格不高。或易之曰：“酒家何处是，江上杏花村。”此有盛唐调，予拟之曰：“日斜人策马，酒肆杏花西。”不用问答，情景自见。刘禹锡《怀古》诗曰：“旧时王谢堂前燕，飞入寻常百姓家。”或易之曰：“王谢堂前燕，今飞百姓家。”此作不伤气格。予拟之曰：“王谢豪华春草里，堂前燕子落谁家？”此非奇语，只是讲得不细。①

杜牧和刘禹锡的七绝名作被谢榛改成五言诗后而气格浑生。如改《清明》一诗，从“借问酒家何处有，牧童遥指杏花村”删繁就简变成“酒家何处是，江上杏花村”。上句删却“借问”二字，换“有”为“是”，虽然意义大体接近，但细察起来，口气已大为不同，这是由意义上的微妙变化所致。后一句则在句意上变动较大，一个“江上”在气势上完全压住了“牧童遥指”四字，给人以浩渺空阔之感。可见诗意的变化让气格瞬间从晚唐回到了盛唐。另外须知的是，五言诗因为比七言诗更为凝练，故在表意接近的情况下更容易产生端稳沉着的气象。以上便是对气附“意”而生的说明。

第三节 文气与声调的关系

然而“因意成气”并不等于“气唯意是从”，作品文气的形成固然受到了其意义内涵的决定性影响，然而独立于意义内涵的声调因素也对文气的形成起着重要作用。李东阳《麓堂诗话》云：

> 五七言古诗仄韵者，上句末字类用平声。惟杜子美多用仄，如《玉华宫》《哀江头》诸作，概亦可见。其音调起伏顿挫，独为矫捷，以别出一格。回视纯用平字者，便觉萎弱无生气。……此虽细故末节，盖举世历代而不之觉也。偶一启钥，为知音者道之。若用此太多，过于生硬，则又矫枉之失，不可不戒也。②

李东阳单独从用字的声调方面去分析杜甫五言古诗的艺术效果，他看到杜甫在古体诗中经常在上下两句中均使用仄声韵脚，这种别具一格的安排在

① 丁福保．历代诗话续编［M］．北京：中华书局，1983：1152.

② 吴文治．明诗话全编［M］．南京：凤凰出版社，1998：4527.

音调上产生了矫健顿挫的效果，同上句完全用平声韵脚的古诗相比有更多的生气。李东阳这里对声调效果的探讨完全独立于诗歌的意涵，他自己也认为这种纯声调的问题虽属于细枝末节，但却不可不知。清代人对声调影响文气的认识更为周详细致，可以融入一字一句的考察中，如刘大櫆《论文偶记》云：

> 音节高则神气必高，音节下则神气必下，故音节为神气之迹。一句之中，或多一字，或少一字；一字之中，或用平声，或用仄声；同一平字仄字，或用阴平、阳平、上声、去声、入声，则音节迥异，故字句为音节之矩。积字成句，积句成章，积章成篇，合而读之，音节见矣；歌而咏之，神气出矣。①

刘大櫆此论虽多指文章，但亦适用韵文。他明确地指出音节声调对作品神气的那种独断的影响力，它既是产生神气的原因也是神气自身显现的迹象。而且这里的划分非常细致，在平、仄的划分之下又区分出阴平、阳平、上声、去声、入声五种声调，对同一个字而言每一种不同的声调都会引起音节上迥异的效果。刘大櫆在此文中将音节声调之事比作“匠人之能事”，而认为义理、书卷、经济这些具有实质内容性的东西则属于“匠人之材料”。“材料”与“能事”俱不可少，但诗文家之所以是诗文家就在于他们掌握音节声调之能事，把材料运化成有神气的作品。他说：“义理、书卷、经济者，行文之实，若行文自另是一事。譬如大匠操斤，无土木材料，纵有成风尽垩手段，何处设施？然即土木材料，而不善设施者甚多，终不可为大匠。”② 此可见刘大櫆声调论之于艺术效果影响的相对独立性，他最后总结道：“学者求神气而得之于音节，求音节而得之于字句，则思过半矣。”③

用声调去分析文气的做法在清代李瑛的《诗法易简录》中则表现得更为精细，他依托具体的文学鉴赏对古诗声调论进行了非常细密的剖析，旨在确证声调的使用对作品艺术效果的影响和作用。在分析李白的名作《江上吟》时，他是这样分析的：

> “木兰之枻沙棠舟（三平脚），玉箫金管坐两头（第五字仄，第四第六字复皆用仄，则别于律句矣）。美酒樽中置千斛（第五字仄便劲），载妓随波任去留（合律句，音节流宕矣，故下叠用排偶句以停蓄之）。仙人有待乘黄鹤（必平乃得提起），海客无心随白鸥

① 郭绍虞．中国历代文论选［M］．上海：上海古籍出版社，2001：349．

② 同①348．

③ 同①350．

（第五字必平）。屈平辞赋悬日月（第六字仄），楚王台榭空山丘（三平脚）。兴酣落笔摇五岳，诗成笑傲凌沧洲（三平脚）。功名富贵若长在（第五字仄收勒，全篇健劲之至），汉水亦应西北流（第四字必平，第五字必平）。”起四句夷犹和婉，中六句停蓄排荡，结二句挽千钧，气劲调响，皆节拍自然之妙处。[①]

李瑛完全从声调音节上分析全诗，对句中足以引起“气劲调响”艺术效果的个别字词给予突出观照和强调，让我们一目了然地看到声调对文气的作用。如对“功名富贵若长在”这一名句的分析，李瑛所云的第五字上选用仄声“若”对整句效果有提振之用确属深刻洞见。在《诗法易简录》中，这种纯声调分析比比皆是，不胜枚举。须注意的是，虽然李瑛对声调的作用给予了种种慧眼独到的分析，并郑重指出了声调在诗作艺术中的意义，但他并没有抽象出某种固定的声调规律。在此书序言中他说：“诗不以无法，又不可以滞于法，法行乎其所不得不行，止乎其所不得不止，无用法之迹而法自行乎其中，乃为真法……斯录也，以诗征法，即因法录诗，取其可言者言之，其非可以言尽者神而明之，亦在乎善学者之自悟而已。”[②] 这就说明，他的《诗法易简录》是意在向人们指出声调与艺术效果之间的某种微妙内在关系，这种关系有的可以被言明，有的则只能靠心的体悟才能理解，所以其目的并不是从这种关系中抽象出一个放之四海而皆准的声调规律。

以上李东阳、刘大櫆和李瑛三家声调之论的共同之处在于指明这样一个道理：声调音节对文气的形成有相对独立的意义，这就意味着作品的文气不止来源于文本意涵，也来源于声调的某种安排。声调固然会影响文气，但我们更为好奇和关心的是，意涵与声调哪个才是文气的主要来源？或者说哪一个才是文气形成的决定性要素？我们已经知道诗人的内心意识活动最终凝结成有意涵的诗句，从而有可能为作品带来一股浩荡充沛之气。**然而意涵与声调密不可分，每一个汉字都是意义与声调的结合体，一旦一种内心的意识活动外化为一个客观可见的语句，它就必然融合了意义和声调两个方面。这两方面往往交织在一起，难解难分，难题就在于应该如何把两者析分开来，从而去证明哪一个因素对文气的形成起主要作用。**

这里可以尝试采用控制变量的方法来解决这个问题。意涵与声调对文气均产生影响，在考量哪一因素影响更大时，可以分别在保证一个因素不变的情况下改变另一个因素，这样就得出两种艺术效果，然后去比较这两种效

① 李瑛．诗法易简录［M］//续修四库全书·集部·诗文评类．上海：上海古籍出版社，2002：522.

② 同①497.

果哪一个和原作在文气上差别更大。如果这种方法能在大体上估计出意涵与声调两个因素各自的分量，并且能够证明不同分量之间有足够大的差距，那么它就能满足理性证明的要求，从而确证出哪一个因素在最后艺术效果的形成上起主要作用。关于字义，其毫无疑问是千变万化的，每个字的意义都会与其他字不同（即便是最微小的差别），但我们仍可以将字义相近的字看成意义相同的字（如谢榛所指的“飞”与“翔”、“禽”与“鸟”、“寒”与“凉”、“莎”与“草”[①]）。而字声的变化范围则远小于字义的变化范围，它大体上只有阳平、阴平、上声、去声、入声等总共五种变化情况。现在我们可以用李瑛对“功名富贵若长在”一句中的入声字“若”字的分析为例来说明，大前提是初步判断在一句中是**入声**提振了文气效果，于是我们的分析如下：

> a. 如果字义不变而仅字声变，最终得到的文气效果与原来的效果相比，其提振和削弱的情形要**多于**保持不变的情形，那么我们可以说特定的字声对文气的形成是有影响的。
>
> b. 如果字声不变而仅字义变，最终得到的文气效果和原来的效果相比，其提振和削弱的情形要**多于**保持不变的情形，那么我们可以说特定的字义对文气的形成是有影响的。
>
> c. 比较 a 与 b，如果 a 的情形在**数量上**多于 b 的情形，那么字声对文气的影响大于字义；如果 b 的情形在**数量上**多于 a 的情形，那么字义对文气的影响大于字声。

分析分为三步：第一，在 a 的情形中，即变声不变义的情形中，我们将入声字“若”改换成平声字“如”、上声字“苟”、上声字“倘”等，诗句的文气都显然不如之前的效果强，可以看到在此情况下文气削弱的情形要**多于**保持不变的情形，故 a 成立，即应判定“若”字背后的入声调对文气的形成是有影响的。第二，在 b 的情形中，我们保持入声音不变而改换字义，但是我们知道汉字有一千余个入声字，而且绝大部分的意义与“若”字不同。如果把“若”换成其他意义的入声字，那么这句诗在文意上读起来可能根本就不通，不通的诗句不可能产生任何文气效果。因此可以说 b 的情形中所换的大多数字都会改变甚至会毁掉原有的文气效果，故 b 亦成立，即字义对文气的形成是有影响的。第三，接着我们来到 c 的阶段，在数量上比较 a 与 b 的多少，一个显而易见的事实是 a 的情形远远少于 b 的情形。因此我们得出结论，在“若”这个字上，字义对文气的影响要大于字声。同样的逻辑可以推

---

① 参见第二章第三节。

而广之用在其他字上，从而得出字义对文气的影响要大于字声这一一般性结论。[①]

以上这种比较方式是立足于比较**情形数量上的多少**来判断字声与字义的影响力，此外还有**从质量上**来权衡两者影响分量的方式，方式如下：

a′. 如果字义不变而仅字声变，记住每一次改变特定字声之后的文气效果。

b′. 如果字声不变而仅字义变，记住每一次改变特定字义之后的文气效果。

c′. 一一比较 a′与 b′在文气效果上的强弱，如果 a′中对文气效果改变的幅度大于 b′中对文气改变的幅度，那么字声影响大于字义，反之则字义大于字声。

事实上，因为 b′中字义的改换会造成诗句的文意不通与不可理解，所以其对文气影响的幅度会大大超过 a′中对文气影响的幅度。然而在一些特定情况下，比如“仄仄仄平平”的律句中，中间这个“仄”声的重要性是不可替代的，如果换成其他平声字的话，如我们用王夫之的例子将“昔闻洞庭水，今上岳阳楼”的下句改成“今上巴陵楼”，则下句尾部就出现了三连平的硬伤，非常不畅听。[②] 这意味着在句子的某个特定位置，某一声调比其他声调对诗句最后的总体效果（包括文气）有更大的作用。然而字声的影响再大也不能比及字义的影响，前者最多影响的是听觉的适畅感，而后者则会影响诗句的整体可理解性。“今上巴陵楼”固然文气效果上弱于“今上岳阳楼”，但其效果却远好于“今上阅江楼”，因为后者的诗义莫名其妙（前提是我们已经知道阅江楼在南京而不在岳阳）。所以结论仍然是，字义对文气的影响要大于字声。这个分析可以推而广之从而得出相同的一般性结论。两种分析方式殊途而同归，这就让我们看到意义是文气形成的最主要的原因。

---

① 或许存有这样一种质疑：在 c 的阶段中我们不应该去比较 a 与 b 的数量，而是考虑有影响力的情形在 a 与 b 各自可选的情形范围中所占的数量比例。例如在 a 中，可选的范围总共只有平声字“如”、上声字“苟”、上声字“倘”三种，且这三种都改变了原来的文气，那么“变声不变义”对文气的影响就是绝对的（即在意义不变的前提下，只要变声文气效果就一定变）。而在 b 中，虽然可选的范围远远大于 a，且大部分更换的字义会使全句语义不通从而改变乃至丧失文气，但总有所改换的字义是通顺的且不影响诗句最终文气效果的情形。这就意味着“变义不变声”对文气效果影响就不是绝对的（即在意义变化的前提下，保持声调不变有可能还能保持住文气效果不变）。如此下来，反倒是声调对文气的影响比字义要大了。然而以各自范围内部的影响比例为衡量标准，终究是违背了一个最基本常识，即只有屈指可数的种类的声调，其影响诗句文气效果的总体机会远远小于千变万化的字义。

② 王夫之．清诗话［M］．上海：上海古籍出版社，2015：11.

以上的对比分析意在指出，诗歌文学本质上是一种表意的艺术，这其实从字义的千变万化与字声的屈指可数这一悬殊差别上就可以看出。诗歌艺术的表现之所以千形万态而难以端倪，正因为字词在表意组合上的广阔性与丰富性。

声调对作品的表现力确实是不可或缺的，但它须依附于字义。对于诗歌作品来说，无论声调上予以何种安排，作品的成败最终都需要建立在字词联结的可理解性或者说是思维性上。我们的精神在真实的鉴赏过程中所获得的满足感必然是在理解的进程中伴随着节奏的合当性而一并产生，在这里，诗人的知性被精巧地安排成为抑扬顿挫的表现形式。思维在韵律的辅佐下彰显其无与伦比的精彩与活跃，世界通过精当的节律展露出其动人心弦的面貌。

第七章　“格”何以通向“识”：“格”的知性分析

第一节　以“意”释“格”：“格”对“意”的依附性地位

本章笔者将论证“格”在本源上终归是一种“意”。我们知道，“格”在中国古代文学的批评概念群中有着相当显要的位置，它和“情”“志”“气”“意”“识”“法”这些核心概念共同奠定了古代文学批评理论大厦的基石。以“格”为核心而衍生出来的批评概念也非常丰富，主要的有“气格”“体格”“风格”“格力”“格致”“格韵”“格调”。其中“格调”在明代以后伴随着诗学复古运动的兴起还演变成了一个影响巨大的诗学流派，并在清代沈德潜那里与其他批评概念合流最终形成了一个内涵丰富的诗歌艺术准则。核心概念与衍生概念彼此相互影响与作用，一方面，因为同属一个概念集群，上面那些依“格”而衍生出来的概念之间存在着“意义关联”，而集群中的核心概念“格”就是产生关联意义的基础。另一方面，衍生出来的概念在核心概念的基础上为其增拓了新的含义，对原有的核心概念起到了补充、发展与深化的作用。当然，在这种关系中，前者是基础性、决定性的，共同的意义把所有衍生性概念联系或统一了起来，成了它们的共相。故对“格”的语义概念给予分析是十分有价值的工作。

在“格”成为文学批评概念之前，它主要是作为衡量事物的体式、标准以及用以品鉴人物的品格风范。文学意义上的“格”在南朝时期出现，到了唐代才得到广泛的运用，涌现出大量的诗格类著作。与南朝沈约、陆厥等人同时的王斌撰写过《五格四声论》一书，这是现存可考的第一部书名中出现“格”字的著作。[①] 唐人以“格”“式”命名的书多讨论诗的法度与规则，创立了繁多的名目。诸如旧题王昌龄《诗格》中所举诗有“生思”“感思”“取思”三格[②]；旧题王昌龄《诗中密旨》中围绕诗的用事、比兴、体时状物举出了九种“格”，

---

① 张伯伟．全唐五代诗格汇考［M］．南京：江苏古籍出版社，2002：2.

② 同①173.

分别是“重叠用事格”“上句立兴，下句是意格”“上句立兴，下句是比格”“上句体物，下句状成格”“上句体时，下句状成格”“上句体事，下句意成格”“句中比物成意格”“句中叠语格”“轻重错谬格”[①]；旧题白居易《金针诗格》中所列诗有四种不入格的情况，即“轻重不等”“用意太过”“指事不实”“用意偏枯”[②]；旧题贾岛《二南密旨》中说诗有“情”“意”“事”三格[③]；李洪宣《缘情手鉴诗格》中说诗有“情”“理”“景”三格[④]；齐已《风骚旨格》中也有“上格用意”“中格用气”“下格用事”的三格划分[⑤]。

以上这些是唐人比较重要和知名的关于“格”的讨论，从中可以看到，不同含义的“格”有一个共同之处，即它们都有较强的关于诗作实质意义内涵方面的指涉性。在这些重要的例子当中，如王昌龄“生思”“感思”“取思”三格就揭示了作诗的心营意构活动中所存在的三类获得灵感的情形，分别是从力疲智竭中放松下来之后的偶然而得、在寻味涵泳前人作品中的感发而得，以及在搜求境象中的相与神会。关于此他原话这样说：“诗有三思。生思一。久用精思，未契意象。力疲智竭，放安神思。心偶照境，率然而生。感思二。寻味前言，吟讽古制，感而生思。取思三。搜求于象，心入于境，神会于物，因心而得。”[⑥]“生思”“感思”“取思”三格无一不围绕着“思”而展开，也就必然关涉着作品的实质内涵。灵感思绪的获得是诗歌形成实质内容的前提。再如贾岛的“情”“意”“事”三格，谈“情格”他说“动天地、感鬼神，无出于情，三格中情最切也”，谈“意格”时他说“取诗中之意，不形于物象”，论及“事格”时他说“须兴怀属思，有所冥合。若将古事比今事，无冥合之意，何益于诗教”[⑦]。这些论述都是将“格”与诗歌的意义内涵紧密关联起来。“思”“情”“意”“理”“景”“事”“气”这些概念与声调音律以及字数长短非常不同，前者关涉诗歌的意义内涵，后者则主要关涉诗歌独立于意义内涵的形式特征。

当然，唐人也有指涉形式特征的“格”，如前面提到的王昌龄“九格”中的“句中叠语格”就是关于形式方面的规定，还有《金针诗格》中所说的“扇对格”即那种“第一句对第三句，第二句对第四句”的诗格体例。[⑧] 此

---

① 张伯伟．全唐五代诗格汇考［M］．南京：江苏古籍出版社，2002：196.
② 同①355.
③ 同①376.
④ 同①394.
⑤ 同①415.
⑥ 同①173.
⑦ 同①376－377.
⑧ 同①356.

外，皎然《诗议》也指出“诗对”有六种格，包括“的名对”“双拟对”“隔句对”“联绵对”“互成对”“异类对”①；而桂林僧景淳的《诗评》中列举了“当句对格”“当字对格”“假色对格”“假数对格”“十字句格”“第一、第二、第三、第四句见题格”等。② 可以看到，这些带有形式意涵的“格”仅限于对诗歌命意遣词组合中结构形式类型的讨论，主要是关于诗句字数、诗句对属、诗歌结构等问题的总结。这些问题中的无论哪一种都可以独立于内容意义而被专门讨论，可以从任何“思”“情”“意”“理”“景”“事”“气”实质内容中被单独提炼出来。诗句的字数格式有着无关内容的自足性，千变万化的汉字与它按照字数要求所组成的诗句意义之间没有必然的联系，各自归属于两个领域。而诗句间的对属则可能稍受到词象意义和声调的限制，但“对属”被当作一种“体例”提炼出来，其核心关注却并不在词象意义本身，而是在于词象意义之间的“对属性”这一形式特征。至于文题之间的呼应关系，虽然呼应的位置的确会影响诗歌整体的意义内涵，但文题间的呼应关系更多是一种形式结构关系，意义截然不同甚至可能背道而驰的诗作完全可以共属同一结构。

比较之下可见，内容指涉的“格”比形式指涉的“格”在唐人的议论中更有价值也更受重视，那些流传下来的重要诗格类著作都有意识地把诗的实质内容安排进“格”含义中。唐人对“格”广泛而深入的探讨为基于“格”而衍生出来的概念群开拓了疆域，这就是内容指涉的疆域。无论唐代诸家之间对“格”的阐释分歧如何，他们都更倾向于让“格”成为特定实质内容的代称。纯粹关于形式的讨论虽然存在但并不占据主要位置。青木正儿先生在评价旧题王昌龄《诗格》“论文意”中的那段“意高则格高”的著名议论时指出：“格是意即关于诗的内容方面的东西……就是说，格是思想表达的样式。”③ 我们看到，唐人的“格”是一个主要关涉诗歌内容的、带有评判准则性质的概念。

唐人对“格”的讨论为我们理解这一核心概念的本质内涵奠定了基础，到宋人那里，“格”被置于更宽的论域中加以阐发。他们不再仅是就格论格，而是在对诗歌艺术效果的整体关切中辩察“格”的问题。这样，在与其他层次问题的对照中，格的含义得到更为清楚的展现。陈师道的一段精要论述为我们理解“格”提供了一个整全的诗学视角，最合宜于语义分析的切入，我们就从他的论述开始，这段话记载在张表臣的《珊瑚钩诗话》中：

---

① 张伯伟．全唐五代诗格汇考［M］．南京：江苏古籍出版社，2002：210.

② 同①507.

③ 青木正儿．清代文学评论史［M］．杨铁婴，译．北京：中国社会科学出版社，1998：121.

陈无己先生语余曰："今人爱杜甫诗，一句之内，至窃取数字以仿像之，非善学者。学诗之要，在乎立格命意用字而已。"余曰："如何等是?"曰：《冬日谒玄元皇帝庙诗》，叙述功德，反复外意，事核而理长，《阆中歌》，辞致峭丽，语脉新奇，句清而体好，兹非立格之妙乎?《江汉诗》，言乾坤之大，腐儒无所寄其身，《缚鸡行》，言鸡虫得失，不如两忘而寓于道，兹非命意之深乎?《赠蔡希鲁诗》云"身轻一鸟过"，力在一过字，《徐步》诗云："蕊粉上蜂须"，功在一上字，兹非用字之精乎?学者体其格，高其意，炼其字，则自然有合矣。何必规规然仿像之乎！①

陈师道这段议论通过对世人学杜诗存在的窃字模拟这种弊病提出了作诗的一般性原则，即须在"立格""命意""用字"三个方面均有所得，始可谓善于学诗。在具体阐述时，陈师道使用了"意""事""理""辞""语""句""体"等一组概念来充实"立格"的内涵，尽管根据作品主旨、风格的殊异（如《冬日谒玄元皇帝庙诗》与《阆中歌》之间的不同），不同作品的"立格之妙"必然会侧重于不同的内涵。比较之下，在"命意"与"用字"的问题上，其牵涉的概念则十分简要，分别使用了"深"与"精"这样的单个谓词，没有出现那么多进一步的限定。"命意"就是指要达到诗句在意义上的深远，"用字"无非是追求遣词造句上的精当。于是在解释上我们看到这样的逻辑进路：

（1）立格（即立格之妙）——须反复外意、事核、理长/辞致峭丽，语脉新奇，句清而体好——作品；

（2）命意——须深——作品；

（3）用字——须精——作品。

从前面所展示的陈师道的三个解释进路来看，"立格"显示出了两个不同于"命意"和"用字"的特征。其一，"立格"是个内涵复杂的概念，对它的解释需要诉诸许多其他的概念，它依附于其他概念之上；其二，在阐发"立格"时使用了"反复外意"，而"反复外意"正是"命意"的一种方式，这就表示对"立格"的理解在逻辑上就需要先行理解"命意"的含义。相形之下，陈师道对"命意"与"用字"的解说则独立于"立格"并且相当简单，即它们都在用单一（或少量）并且带有形容性色彩的语词来做"命意""用字"的谓词。"深"和"精"这些形容性的语词都可以独立地承担对"命意"概念解释说明的任务，这种"独立性"就集中反映在不必返回到比"意"更为抽象（或者更笼统）的概念上就足以增进我们对"命意"这一概

① 何文焕．历代诗话［M］．北京：中华书局，1981：464.

念的把握，虽然它仍然不是理解的终点。在陈师道的评述中，对《冬日谒玄元皇帝庙诗》来说，“立格”（或“立格之妙”）的概念本身包含着“命意”的内涵（反复外意），而“命意”“用字”的概念则借助“深”“精”这样的谓词来得到进一步说明①，但对“深”“精”这两个概念的解释，陈师道却没有继续更进一步地诉诸其他概念，而是引导人们直接从对具体诗文的鉴赏中去理解。**我们看出，“格”与“意”在概念上并不属于同一层次。**“立格”（或“立格之妙”）的成功须达到那种表现为“反复外意”的“命意”程度，而“命意”的成功则须追求“意之深”的境界。其实，立格中的其他概念诸如“事核”“理长”也无不体现在诗人的命意当中，它们一定是通过诗人之“意”来得以彰显。而“辞致”“语脉”“句体”又无不是以对“意”的精当表现为依准。陈师道的逻辑进路可以总结如下：理解“立格”需要首先理解“命意”，而理解“命意”则需要理解藏于作品中的“意之深”。在“格”—“意”的关系中，我们看到概念的模糊性有下降的趋势，“意”的概念较之于“格”更清楚、更容易把握。

事实上，“格”以及“格”的衍生概念与“意”的这种关系在早期的诗格类著作中就能够见到，旧题王昌龄《诗格》就有一段很有名的话这样说：“格，意也。意高为之格高，意下为之下格。”② 从这个语句的结构上来看，“格”是有待解释的概念，而“意”则是解释“格”的概念，欲想知格，先须知意，故我们可以称之为“以意释格”。旧题王昌龄《诗格》中云：“古文格高，一句见意，则‘股肱良哉’是也。其次两句见意，则‘关关雎鸠，在河之洲’是也。其次古诗，四句见意，则‘青青陵上柏，磊磊涧中石。人生天地间，忽如远行客’是也。”③ 旧题白居易《金针诗格》中云：“诗有内外意。一曰内意，欲尽其理。理，谓义理之理，美、刺、箴、诲之类是也。二曰外意，欲尽其象。象，谓物象之象，日月、山河、虫鱼、草木之类是也。内外含蓄，方入诗格。”④ 由此可见先须得内外含蓄之意，方可抵达立格之

---

① 虽然在谈立格与命意时，陈师道举用不同的诗例加以阐述，但这显然不影响两者之间的逻辑连贯性。《江汉诗》中反映出来的命意的内涵可以适用于《冬日谒玄元皇帝庙诗》。其实我们看到，对《冬日谒玄元皇帝庙诗》“反复外意”的评价与对《江汉诗》《息夫人诗》“命意之深之远”的评价极为近似。

② 张伯伟．全唐五代诗格汇考［M］．南京：江苏古籍出版社，2002：148.

③ 同②161.

④ 同②351. 谢榛《四溟诗话》对这段话有过批判，他说：“《金针诗格》曰：‘内意欲尽其理，外意欲尽其象。内外涵蓄，方入诗格。若子美“旌旗日暖龙蛇动，宫殿风微燕雀高”是也。’此固上乘之论，殆非盛唐之法。且如贾至王维岑参诸联，皆非内意，谓之不入诗格，可乎？然格高气畅，自是盛唐家数。太白曰：‘划却君山好，平铺湘水流。巴陵无限酒，醉杀洞庭秋。’迄今脍炙人口。谓有含蓄，则凿矣。”谢榛此处批判的是《金针诗格》的“内意含蓄”观，不是针对用“意”释“格”的逻辑进路。

境。后来的《蔡夫宽诗话》中云："诗语大忌用工太过，盖炼句胜则意必不足，语工而意不足，则格力必弱，此自然之理也。"① 杨载《诗法家数》中云："凡作古诗，体格、句法俱要苍古，且先立大意，铺叙既定，然后下笔，则文脉贯通，意无断续，整然可观。"② 李瑛《诗法易简录》评苏颋《汾上惊秋》云："必有不尽之意蕴蓄于字句之外者，方见格力高深。"③ 以上诸论中都反映出"命意"对"立格"的影响，均遵循着通过提出"意"来释通"格"的内在理路。

稍须提及的是，以意释格的方法在古代文论中也存在例外情形，如在《金针诗格》中就有这么一段话："诗有四炼：一曰炼字。二曰炼句。三曰炼意。四曰炼格。炼句不如炼字，炼字不如炼意，炼意不如炼格。"④ 对于这段话的解读，刘熙载在《艺概·诗概》中这样评价："论诗者或谓炼格不如炼意，或谓炼意不如炼格。惟姜夔《白石诗说》为得之，曰：'意出于格，先得格也；格出于意，先得意也。'"⑤ 此处所举两例都比较著名，它们的共同点是均承认"格"是"意"的渊源，对"格"的 锤炼和掌握可以先于"意"而实现，而这就与以意释格的观点相反。我们知道中国古代文论源远流长，不同论家对立相左的见解并不少见。姜夔、刘熙载都承认"意"与"格"可互为先后，可是"格先于意"的说法非常模糊，并且两人对此只是提而不论。"格"与"意"孰先孰后的问题，在很大程度上是一个如何理解"炼格"的问题。《诗人玉屑》卷四《风骚句法》中云："诗有四炼。……三曰炼意：'老骥思千里，饥鹰待一呼''风前灯易灭，川上月难留'。四曰炼格：'日暮长安道，秋深云汉心''岛屿分诸国，星河共一天'。"⑥ 所举三句诗并看起来可以发现，炼格实属于炼出一种有规模、有高度、有气象的诗意。诗歌的规模不可凭虚存在，文采雕琢无法改变诗作命意上的卑缓之气，像"日暮长安""星河一天"这样的格高诗句多出于一种高阔的属意。故所谓"格先于意"（即意出于格）的说法不是指概念出现的历史顺序，而是指概念在介入诗人的创作过程中所起作用的先后顺序。从认知的历史来看，"意"仍是先于"格"并决定着"格"，我们仍然是先有了文学上"意"的概念，才会进而有文学上"格"的概念。在实际鉴赏中，我们只有在读懂了诗作之"意"

① 吴文治．宋诗话全编［M］．南京：凤凰出版社，1998：613.

② 张健．元代诗法校考［M］．北京：北京大学出版社，2001：21.

③ 李瑛．诗法易简录［M］//续修四库全书·集部·诗文评类．上海：上海古籍出版社，2002：591.

④ 张伯伟．全唐五代诗格汇考［M］．南京：江苏古籍出版社，2002：353.

⑤ 刘熙载．艺概注稿［M］．袁津琥，校注．北京：中华书局，2009：9000.

⑥ 同①9000.

后才可能进而体察诗作之“格”，例如在前面所引王昌龄“意高为之格高，意下为之下格”的话之后他旋即举例说：“古诗‘耕田而食，凿井而饮’，此高格也。沈休文诗‘平生少年日，分手易前期’，此下格也。”① 这便是以诗意来知诗格的典型。像旧题梅尧臣的《续金针诗格》中说：“诗曰：‘日月光天德，山河壮帝居。’此物象显明，格所以高也。”② 该论表面上看似是以“物象”来决定“格”之高低，然而物象仍须在物象之外的东西即“意”的统领和贯通下才能组织成为有意义的诗句。该论所引陈后主之诗之所以显得格高，实为帝王诗本有极高的自我命意，托之物象表述之而已。此句的格高之处不在于山河物象，而在于君主拥有江山的不凡自命，可见格高的本原仍是命意之高、情致之高。③

当人们积累了足够丰富的诗歌审美经验后，被“意”决定的“格”便逐渐拥有了独立而稳定的内涵，这时，一种“格”，无论它叫“格力”“体格”还是“格调”，就都稳定地代表着一种艺术风貌，或者是一种诗歌精神风致。例如盛唐之格与中唐之格。盛唐诗的神韵轩举与中唐诗的平淡悠缓本质上是由不同时代气运下所涵泳的不同命意风尚所导致的。这样，从阅读一首首名篇佳作开始，深入品察每首诗中的命意选辞，积少成多，积意成格，最终把不同时代、流派的诗作按其整体艺术风貌归入不同类型的诗格之中。须指出，选辞用字的过程也是一种命意，它是诗人在构思大意已定的情况下，斟酌更好、更精当的词象。该词象的确定使得之前笼统模糊的大意清晰起来，这在本质上也属于一种命意活动，因为每一个不同的词象都蕴含着不尽相同的意义，在相同的主旨大意下，其在表现力上可以产生出很不同的意义效果。我们不能否认用字选词对诗歌意义的影响，命意与用字在很多情况下混融一体而难以分离。但是正如我们在第二章所说的那样，命意还是有思想主旨上的大意与艺术表现上的微意之分。**所以陈师道所说的“命意”可以对应第二章所说的“概念性命意”，“用字”则可以对应“意象性命意”。**

有了“成格”之后，于是反过来，在经验中诗人以这种类型化的诗格作

① 张伯伟．全唐五代诗格汇考［M］．南京：江苏古籍出版社，2002：194.

② 同①525.

③ 许学夷《诗源辨体》卷三十二中云：“或谓晚唐人多用山水、木石、烟云、花鸟为诗，故其格甚卑，舍此而后，可以观诗矣。予曰不然。诗有赋、比、兴，山水、木石、烟云、花鸟，即古诗之比、兴也。孔子论《诗》亦曰：‘多识于鸟兽、草木之名。’故山水、木石、烟云、花鸟自《三百篇》而下，即初、盛唐不能舍此为诗，顾可以责晚唐乎？晚唐之诗，惟是气象萎苶，情致都绝，而徒籍于山水、木石以为藻饰，故其格卑下，要不可尽废山水、木石而为诗也。”可见，许学夷认为作为物象的风云月露、山水木石仍需要凭借物象之外的东西（情致、命意）方可彰显高格。参见吴文治．明诗话全编［M］．南京：凤凰出版社，2006：6252。

为他们创作的直接指引和典范，从中找寻以类型化的方式凝铸在其中的“意”的蹊径。尽管这凝于“格”中之“意”可能非常宽泛和笼统，但毕竟可以排除许多其他蹊径，大体上趋向一个较为集中的方向、一种稳定的理想风貌。“格”的类型既可以按时代划分，如魏晋、三唐，又可以按主题划分，如田园诗、山水诗，还可以按诗人个体划分，如李白、杜甫。这里的“格”几乎就是整体艺术风貌的代名词，固然时代、主题、诗人个体的划分来源于诗歌整体艺术风貌给人带来的差异印象，但艺术风貌的形成其根本是受命意选辞的影响的。后代诗人在创作时，心中那个确定的艺术典范对其命意选辞起着指引与制约的作用，他必须努力使作品在整体上靠近那种公认的理想艺术风貌。在明代复古派那里，魏晋诗与盛唐诗各自所树立的不同艺术风貌在均为典范这个意义上被“格”统一起来。到清代沈德潜那里，以“格”为核心的“格调”概念发展成了融“宗旨”“体裁”“音节”“神韵”为一体的新格调理论。[①] 这时它对于诗文创作的典范性、指引性意义就更加凸显，这就是“意出于格”（格先于意）的内涵，它如同是已经有既成的“格”确立在那里，诗人要做的就是对它全面地逼近和模仿。其实，在诗人具体的创作过程中，“格出于意”与“意出于格”是并存的。每首诗作最终都将形成一种属于它自己的格，这是诗人命意选词成诗的自然结果，此正所谓“格出于意”；而诗人在命意之前，脑海中先须有所欲接近的理想诗格典范，然后再去完成具体的命意构思，此所谓“意出于格”。但须看到，如果没有“积意成格”的过程，理想而类型化的诗格就不会被认知把握，也就无从成为指引创作的典范。“意”在认知上先于“格”，并对“格”起着决定性作用。由是可见，我们对“格”概念的把握最终是依附于“意”的概念的。“格”依附于“意”，那么以“格”为中心而衍生出来的“体格”“格力”“气格”“风格”这些常见概念也自然就附“意”而生。下一节我们对它们分别进行考察。

第二节　典型的以“格”为中心的衍生概念

“体格”一词既在一定程度上反映诗作的艺术风貌，又隐含着品级的意味。《雅道机要》在谈论古今诗作之体格时分别援引了时态句、繁杂句、质朴句、囚缚句、沉静句、细碎句、惟异句、浮艳句等八种诗文例句来说明八种体格。[②] 这些例句出自各诗家之手，诗句的意义内涵迥然不同。如沉静体

---

① 蒋寅．“正宗”的气象和蕴含：沈德潜新格调诗学的理论品位［J］．文艺研究，2016（10）．

② 张伯伟．全唐五代诗格汇考［M］．南京：江苏古籍出版社，2002：385．

格的例句是“冷落菊花雨，参差荷叶风”，浮艳体格的是“好花红照水，芳草绿随船”。可见，代表不同体格的诗句最根本的差异就在于它们表意上的不同，同是摹绘花草，它们有的可以突出其冷落寂寞的一面，形成沉静体格，有的可以突出其华美繁丽的一面，形成浮艳体格。对物态不同方面意义的体察直接导致不同诗文体格的形成，诗歌的意义内涵对诗文体格的影响是非常显著的，体格与意义内涵关系密切。陆时雍《诗镜总论》中有一段论述反映了这种关联，他说：

> 中唐反盛之风，攒意而取精，选言而取胜，所谓绮绣非珍，冰纨是贵，其致迥然异矣。然其病在雕刻太甚，元气不完，体格卑而声气亦降，故其诗往往不长于古而长于律，自有所由来矣。①

陆时雍认为中唐诗之所以衰于盛唐，就在于“攒意”与“选言”上的雕刻过甚，这种解释是直达根本的。过度攒意选言的后果就是诗的元气不整，自然也就体格卑下，这种问题在古诗创作方面往往显露得比在律诗创作上更为明显。陆时雍此论在潜在逻辑预设上仍然是秉持表意内容对诗文体格的决定性影响，中唐诗体格卑下的原因应推溯至其表意上的过度雕刻。表意内容对体格的影响从《诗人玉屑》所载《丹阳集》的一段议论中可以更直接地看出：

> 僧祖可作诗多佳句。如“怀人更作梦千里，归思欲迷云一滩”“窗间一榻篆烟碧，门外四山秋叶红”等句，皆清新可喜。然读书不多，故变态少。观其体格，亦不过烟云、草树、山川、鸥鸟而已。而徐师川极称其诗，不知何也！②

论者在谈到“观其体格”的方式时，乃是聚焦于烟云、草木、山川、鸥鸟这些诗文内容之上，认为这些单调重复的物象使得祖可诗内容空乏，变化不够，因此其诗之体格也难以称极。这是典型的把诗歌体格问题放置在诗歌的表意内容中进行理解的例子。《唐音癸签》中也有把体格置于“意”的维度中加以说明的情况：

> 钱员外起体格新奇，理致清赡，芟削浮游，迥立莫群。如“鸟道挂疏雨，人家残夕阳”，又“牛羊上山小，烟火隔林疏”，又“长乐钟声花外尽，龙池柳色雨中深”，皆特出意表，标雅古今。③

这里是用“特出意表”来说明钱起诗体格“新奇”的原因，钱起特出意

① 丁福保．历代诗话续编［M］．北京：中华书局，1983：1417.
② 吴文治．宋诗话全编［M］．南京：凤凰出版社，1998：3972.
③ 胡震亨．唐音癸签［M］．上海：上海古籍出版社，1981：62.

表的构思对其诗新奇体格的影响在这段话里不言而喻。《四溟诗话》卷四从选词用字的角度阐发体格与表意用字之间的关系，其中说：

> 刘长卿《送道标上人归南岳》诗曰："悠然倚孤棹，却忆卧中林。江草将归远，湘山独往深。白云留不住，绿水去无心。衡岳千峰乱，禅房何处寻？"此作雅淡有味，但虚字太多，体格稍弱。[①]

刘长卿此诗中过多地使用虚字削弱了其体格，读起来确实给人一种十分飘摇不稳、轻虚空浮的感受，尤其是颈联句的意象太过单薄稀疏，起不到承中转接的作用。虚字如果用得好，也可以达到绝妙的境界，例如陶渊明《饮酒》的"衰荣无定在，彼此更共之"，杜甫的"古墙犹竹色，虚阁自松声"，都未见体格孱弱，而单看"白云留不住，绿水去无心"便觉无力。可见，选词用字的虚实对格力强弱的影响非常明显，体格是一个在诸多方面受制于命意选言的概念。

"格力"一词常见于诗论文献，从词面上看，最直接的意涵是指一种带有力度气魄的艺术风貌，例如，范温《潜溪诗眼》评价建安诗"风词高雅，格力遒壮"，元稹论宋齐间诗文"盖吟写性灵，流连光景之文也，意义格力无取焉"(《唐故工部员外郎杜君墓系铭并序》)，苏轼评价杜甫诗歌"杜子美诗，格力天纵，奄有汉、魏晋、宋以来风流"(《苏文忠公全集》)，《诗人玉屑》中载"少游词虽婉美，然格力失之弱"[②]，《唐宋诗醇》评李白"白发三千丈"一诗云"突然而起，四句三折，格力极健"[③]。然而"格力"并不仅限于气魄力度，也可指一种优游不迫的气貌，《全唐诗录》中评价韦应物诗："其为诗驰骤建安以还，各得风韵而摆去陈言，格力闲暇，意致简远，超然似其为人。"[④] 可以看到，格力既可反映出一种遒壮雅健的力度，也可以表现出一种简远高致的精神，建安诗作的风骨可有之，陶韦诗作的古澹亦足以当之，当然在现实中用格力指"遒壮雅健"确实更为常见。所以许学夷论格力时只取汉魏诗的做法就需要重新被理解，他曾说：

> 沧浪论诗之法有五：一曰体制，二曰格力，予得之以论汉、魏；三曰气象，予得之以论初唐；四曰兴趣，予得之以论盛唐；五曰音节，则予得之以概论唐律也。[⑤]

---

① 丁福保．历代诗话续编［M］．北京：中华书局，1983：1207.
② 吴文治．宋诗话全编［M］．南京：凤凰出版社，1998：9262.
③ 御制唐宋诗醇［M］//文渊阁四库全书：第1448册．台北：台湾商务印书馆，1986：141.
④ 全唐诗录［M］//文渊阁四库全书：第1472册．台北：台湾商务印书馆，1986：586.
⑤ 吴文治．明诗话全编［M］．南京：凤凰出版社，2006：6270.

中国古代文论中常存在这种现象，就是用一个概念来涵括评价一个时代或一位诗家的整体艺术成就。论家这样做其意图往往是凸显某个概念的重要性，而不是真的就如此偏颇和绝对。刘熙载对此现象有过评论，他说：

《文心雕龙》云：“嵇志清峻，阮旨遥深。”钟嵘《诗品》云：“郭景纯用俊上之才，刘越石仗清刚之气。”余谓“志”“旨”“才”“气”，人占一字，此特就其所尤重者言之，其实此四字，诗家不可缺一也。[①]

这样我们就好理解许学夷前面的那段议论的目的了，他在突出一个时代诗风的核心特质，并非认为只有汉魏之诗堪当“格力”之称。

除“格力”可以适用于不同时代的不同诗风之外，它更深层的底蕴还是在于与“意”相关。张表臣《珊瑚钩诗话》云：“诗以意为主，又须篇中炼句，句中炼字，乃得工耳。以气韵清高深眇者绝，以格力雅健雄豪者胜。元轻白俗，郊寒岛瘦，皆其病也”[②]；张表臣的“以意为主”与“炼句炼字”是对诗人在创作构思阶段的要求，而气韵的“清高深眇”以及格力的“雅健雄豪”则是对诗作之最终艺术效果的追求。这其中命意选词与气韵格力之间的因果关联是不言自明的。李瑛《诗法易简录》评苏颋《汾上惊秋》云：“必有不尽之意蕴蓄于字句之外者，方见格力高深。”[③] 此处含蓄不尽之意乃是形成“格力”的原因。李瑛在其他地方讨论律诗这一诗体时这样说：“律诗中二联全写景者较之一景一情，格力稍逊，然必有层次变化，不得一例致蹈重复之弊。”[④] 律诗对中间二联给予情景交错的安排与让二联全部写景相比，会产生更强的格力。这里可见无论是含蓄不尽之意还是情景交错变化，它们都指向实质的诗歌命意活动。

“气格”也是指一种艺术风貌，它落定在“格”上，而彰显于“气”中，是一种对特定艺术风貌的概观说法，这一点与“体格”“格力”有所不同。《雪浪斋日记》云：

为诗欲词格清美，当看鲍照、谢灵运；浑成而有正始以来风气，当看渊明；欲清深闲淡，当看韦苏州、柳子厚、孟浩然、王摩诘、贾长江；欲气格豪逸，当看退之、李白；欲法度备足，当看杜子美；欲知诗之源流，当看《三百篇》及《楚辞》、汉、魏等诗。[⑤]

---

① 郭绍虞．清诗话续编［M］．富寿荪，校点．上海：上海古籍出版社，1983：2440.

② 何文焕．历代诗话［M］．北京：中华书局，1981：455.

③ 李瑛．诗法易简录［M］．//续修四库全书·集部·诗文评类．上海：上海古籍出版社，2002：591.

④ 同③624.

⑤ 吴文治．宋诗话全编［M］．南京：凤凰出版社，1998：9104.

这里“气格”与“清美”“浑成”“清深闲淡”等并举，它代表那种雄放豪逸的艺术风貌。“气格”有着明显的评价性，倾向于指称达到特定风貌类型的诗作，而之前提到的“体格”“格力”则在涵盖范围上更为广泛。质朴的诗与浮艳的诗均可以有其“体格”，曹植的雄健高古和韦应物的淡泊闲静也均称“格力”之高，但“气格”一词却不宜被用来评价韦、柳、王、孟一派的总体诗风，它有着其特定的指称范围。[①] 以“气格”来专门评价雄劲刚健的艺术风貌的例子有不少，如皎然《诗式》中说：“刘桢辞气，偏正得其中，不拘对属，偶或有之，语与兴驱，势逐情起，不由作意，气格自高，与《十九首》其流一也。”[②]《唐诗境》说：“四杰气格雄浑，不以组绘为工。”[③] 刘熙载《艺概·诗概》中说：“近体气格高古尤难，此少陵五排、五七律所以品居最上。”[④] 这些都是对特定类型诗家的特定艺术风貌进行的恰如其分的总结。

然而对气格的精审理解仍须立足于具体的艺术鉴赏。气格除了指称雄放豪逸的诗作外，也适用于整饬工稳的诗风，这就需要我们从笼统的标签式概括中走出来，去品察诗歌一行一句中的气格风貌。命意选言、体制规范的不同会有截然不同的效果，《四溟诗话》中云：

> 杜牧之《清明》诗曰：“借问酒家何处有，牧童遥指杏花村。”此作宛然入画，但气格不高。或易之曰：“酒家何处是，江上杏花村。”[⑤]

在后七子当中，谢榛尤为擅长改诗，常有点铁成金之妙，其才思敏捷，能得一韵相引便可连续口占数十行诗句。此论中，在命意大抵相同的情况下，谢榛的五言改作确实比杜牧的原句更有工整沉稳之气，当然也不复有原来的乡田意趣。我们看到，是诗作意义的改变从根本上影响着气格的强弱，谢榛去掉两个字，删减的正是某一部分意义。《诗薮》中亦有一例云：

> 晚唐有一首之中，世共传其一联而其所不传反过之者，如张祜“树影中流见，钟声两岸闻”虽工密，气格故不如“僧归夜船月，

---

① 这说的是王维诗集整体的诗风，并不排除王维某些篇什亦有气格之雄，如杨载《诗法家数》中说：“王维、贾至诸公早朝之作，气格雄深，句意严整，如宫商迭奏，音韵铿锵，真麟游灵沼，凤鸣朝阳也。”

② 张伯伟．全唐五代诗格汇考［M］．南京：江苏古籍出版社，2002：：228.

③ 唐诗镜［M］//文渊阁四库全书：第1411册．台北：台湾商务印书馆，1986：309.

④ 刘熙载．艺概注稿［M］．袁津琥，校注．北京：中华书局，2009：294.

⑤ 丁福保．历代诗话续编［M］．北京：中华书局，1983：1152.

龙出晓堂云”也。如贾岛“鸟宿池中树，僧敲月下门”虽幽奇，气格故不如“过桥分野色，移石动云根”也。①

张祜《题润州金山寺》一诗中颔联“树影”“钟声”两句凭其词象工密、意境广远而成传世佳句，但其颈联“僧归”二句与之相比则更富有气势。贾岛的“过桥”两句则更是气格不凡，这里没有豪荡不羁的风调，却隐隐地挟藏着一股气势。可以看出，“龙出晓堂云”在意义上截然不同于“钟声两岸闻”，“移石动云根”在意义上截然不同于“僧敲月下门”。可见气格唯有在特定的命意表达中才能形成。

“风格”一词最早用于形容人的体态外观与精神风貌，后逐渐成为重要的文学批评概念。风格在古代文学批评话语中与其现代的含义最为接近，均是指作品在其整体上所呈现出来的带有类型化的外观面貌。《升庵诗话》卷七评价徐凝宫词时这样说：

“水色帘前流玉霜，汉家飞燕在昭阳。掌中舞罢箫声绝，三十六宫秋夜长。”徐凝诗多浅俗，《瀑布》诗为东坡所鄙，独此诗有盛唐风格。②

此处，盛唐诗的整体艺术面貌被“风格”一词来归摄，实际上，“盛唐风格”用“盛唐体格”来代替也未尝不可。“盛唐体格”有着较强的在品级价值方面的暗示，它深藏着强烈的典范意识和价值色彩。而“盛唐风格”则给人感觉更多的是中性地概括一家诗歌或者一代诗歌的整体艺术风貌，其中价值、典范蕴含不如“体格”那么明显。然而这并不意味着“风格”一词与品级层次无关。中立性的“风格”概念也可用在对诗歌作品做出高低之判断的语境中，例如陈廷焯在《词坛丛话》所云：

然平心而论，风格之高，断推北宋。且要言不烦，以少胜多，南宋诸家，或未之闻焉。南宋非不尚风格，然不免有生硬处，且太着力，终不若北宋之自然也。

这里“风格”一词除了是对北宋一代词风的整体艺术面貌的客观概括外，也同时拥有评价功能。北宋词的风格有“要言不烦”的特点，这是描述性的说法。而北宋词的风格高于南宋，这是评判性的说法。此论中可以看到“风格”一词兼有的两层含义。再来看看沈德潜《说诗晬语》中的论述：

大历后渐近收敛，选言取胜，元气未完，辞意新而风格自降

---

① 吴文治．明诗话全编［M］．南京：凤凰出版社，2006：6120.
② 丁福保．历代诗话续编［M］．北京：中华书局，1983：785.

矣。刘随州工于铸语，不伤大雅，然“老至居人下，春归在客先”，“万里通秋雁，千峰共夕阳”，名俊有余，自非盛唐人语。[①]

“风格自降”这一表述意味着风格的评价功能，然而仍然要强调的是，这与前面提到的刘长卿《送归南岳》一诗“体格稍弱”、秦观词“格力失之弱”、杜牧《清明》一诗“气格不高”有着明显的不同。“体格”“格力”“气格”这些概念自身都预设着明显的关于品级价值的属性，当我们评价一首诗作“格力不高”“气格不高”的时候，实际上是在对该作品取消其适用“格力”与“气格”这些概念的资格，尽管这些概念在句内的出现容易使我们误以为它们还真的以某种较低的程度“存在于”外部的实际作品中。这就像我们无论如何也无法说一个“勇气不足”的人还保有着属于他自己程度的“勇气”，“见识不足”的人有着他自己的水准的“见识”，我们所意图的实际上乃是去否定他们的勇气与见识。到了“体格”一词时则情况稍有些复杂，因为正像上文辨析过的那样，“体格”除了其有内在的品级价值属性之外，还有外在的中性形貌意义。所以当我们评述一篇诗作“体格不高”的时候，往往仍承认它可以保有属于它自己的体格形态。在通常观念上，再纤弱不堪的诗歌也它自己的体格，就如同体质再羸弱的人也还有他的体质一样。而对“风格”来说，这种中性意味的内涵则更深。“风格”在很大程度是一个描述性概念，每一首诗作都有它独有的艺术风格，这无关于它的真实艺术价值。而这种独立的艺术风格仍然是受制于诗作的特定意义内涵的。“老至居人下，春归在客先”“万里通秋雁，千峰共夕阳”在表意上确实缺少了盛唐名公的那份气度轩昂的用意（此指“概念性命意”与“意象性命意”之合）。以上就是对由“格”所衍生出来的重要概念所做的考察，应能看出，它们都受到诗歌意义内涵的决定性影响。

第三节　“命意”的非概念化以及“格”依附性地位在康德美学上的根据

澄清了“意”之于“格”在认知上的优先地位后，还需要对“命意”做进一步的探讨才能深刻而全面地洞察与“立格”相关的各种问题。前面陈师道对“立格”“命意”“用字”概念的三种解释进路最终都回到了对作品的鉴赏，这当然只是他的做法。在古代文论中，对“命意”和“用字”的说明也存在像“立格”那样只借助概念而不诉诸作品的情形。《文镜秘府论》中这样说：

---

① 王夫之．清诗话［M］．上海：上海古籍出版社，2015：554.

夫诗，入头即论其意，意尽则肚宽，肚宽则诗得，容颜物色乱下，至尾则却收前意，节节仍须有分付。夫用字有数般：有轻，有重；有重中轻，有轻中重；有虽重浊可用者，有轻清不可用者。事须细律之，若用重字，即以轻字拂之，便快也。①

空海此论不是直接依托作品鉴赏，而是对诗歌审美经验给予的抽象提炼，把命意与用字的内涵用诸多概念化的语言总结出来。同样，后世的朱庭珍在《筱园诗话》中云：

立意宜审某意为题所应有，某意为题所应无，某意为人人所共见，某意为我所独得，某为先路正面，某为左右对面，孰重孰轻，孰宾孰主，一一审择于微，分毫不爽，于题之真际妙谛，一眼注定，不啻立竿见影……②

此处“立意”与“命意”同义，可以看到朱庭珍也使用了许多其他概念来澄清“立意”的内涵，不同于陈师道和张表臣只用“深”“精”的那种简练方式。与前面空海的引文相对照看可知，两人在对“立意”的解释中并没有借助“格”的概念，而是基于诗人创作构思时的真实境况做出细致总结。但必须指出的是，即便动用许多其他概念来充实支撑“命意”的内涵，若要真正理解，仍需要放在具体的鉴赏环境中。欲使人明白何谓“命意”，最终还是要诉诸作品，也就是沿着陈师道的逻辑进路。因为诗人的“命意”完全弥散在作品之中，人们脱离作品而只沉浸于抽象的总结和理论的提炼，则终难得其全貌。为解释“命意”而新引入的概念（如“肚宽”“物色”“分寸”“轻重”“共见”“独得”）只有在真切的诗歌鉴赏中，才能完全展现其所指称的世界对应物，从而真正推动对这些概念的理解。古代对“命意”的这种特征就有近似的看法，《诗家一指》中“十科”之首“意”云：

诗先命意，如构宫室，必法度形似备于胸中，始焉斤斧；此以实论。取于譬，则风之于空，春之于世，虽暂有其迹，而无能得之以为物者。是以造端超诣，变化易成。若立意卑凡，清真愈远。③

此论中最引人注目的地方是对“命意”的比喻。诗中之意如同在空中穿行的风、在世间盛兴的春天一样，虽然看似都有迹可循，但终究不能以直接观照实物的方式去对它们加以领会。这是因为无论是空中之风还是物候之

① 遍照金刚．文镜秘府论［M］．周维德．校．北京：人民文学出版社，1997：130.
② 郭绍虞．清诗话续编［M］．富寿荪，校点．上海：上海古籍出版社，1983：2335.
③ 张健．元代诗法校考［M］．北京：北京大学出版社，2001：277.

春，均弥漫式地流通于世界的万事万物之间。它们的无处不在和变化无穷超越了具体实物所能承载和反映的能力，使得我们无法凭借某种概括性语言来加以把握。“无能得之以为物者”这句话有着极深的哲学意味，此中之“物”本义指自然界的实存之物。如果春风行于绿水之上，那么“碧波”便是春和风的一种“迹象”。但春和风却并非是全依托在碧波上，它飘忽不定而来去自由，单凭涟漪碧波是抓不住春与风的所有特质的。命意也是如此，命意在结构上乃是指概念与概念之间的联结，世界每一个事物都可以被归摄入一个相对应的概念中。如果诗人想对某座高耸山峦或者某种人生苦境加以命意作诗，那么单凭“高山”与“苦境”概念中某些规定的意涵是无法充分反映和预料到最终的诗意全貌的。因为“高山”的概念包括“高”之义，“苦境”的概念包含“失落”之义，然而“高”与“失落”的概括性太强，忽略掉了许多可能的审美细节。诗家状写山之“高”的方式有无数种，它既可以是“岱宗夫如何，齐鲁青未了”、可以是“岂知五岳外，别有他山尊”、可以是“南山与秋色，气势两相高”，也可以是“不敢高声语，恐惊天上人”等等，不一而足。所以前面所说的春与风不能得之以为物，就如同是命意不能得之以为概念一样。如果脱离文学鉴赏的支撑，仅凭掌握诗法理论中的抽象概念，则根本无法增进我们对诗家“命意”的把握。诗法理论中的核心概念基本上全都是审美性的，带有康德美学意义上的反思判断色彩。它们的功能并不像一般名词、动词、形容词那样去给事物和事态规定边界和确定范围，从而让人们可以仅仅依赖概念下的事物共相，忽略归摄于同一概念下的不同事物千变万化的细节差别，就足以在心灵中最终充分领会概念的意义。比较之下，当审美性概念组合在一起形成判断性语句时，我们对它们的理解则无法忽略掉事物事态中的细微差别，无法只从这些概念所揭示的笼统共性就找到它们真正的所指。这些概念只作为我们理解诗家“命意”的大致指引，对“命意”的全面理解最终还要回归到具体而多变的作品鉴赏中去，正如《诗家一指》所比喻的那样，“命意”就像风吹遍于万物之间一样弥散在作品中，不可从事物概念上全然得之。

另外，甚至对于理解“深”这样的概念，我们也可以通过“意”来理解。大约生活在五代宋初时期的桂林僧景淳大师在《诗评》中讲道：

> 夫缘情蓄意，诗之要旨也。一曰高不言高，意中含其高；二曰远不言远，意中含其远；三曰闲不言闲，意中含其闲；四曰静不言静，意中含其静。[①]

① 张伯伟．全唐五代诗格汇考［M］．南京：江苏古籍出版社，2002：505.

在《诗评》中，像“高”“远”“闲”“静”这些概念也都是融汇在具体的诗意当中才能被体会出来，这同陈师道对“命意之深”的说明方式一致。陈师道正是在作品的具体赏析中澄清了“命意之深”的内涵，他并没有继而转诉其他概念。关于“深”与“精”的自足性，其实更像是“命意”本身的自足性。“深”之所以能够承担对“命意”的解释任务，是建立在具体鉴赏中对“意”的领悟之上。

须强调的是，我们并非仅从陈师道只言片语当中就总结出“立格”与“命意”之间的关系以及各自解释模式上的深刻差异。即便在《珊瑚钩诗话》里，张表臣自己也说过“以气韵清高深眇者绝，以格力雅健雄豪者胜”的话。这里张表臣以“雅健雄豪”这样并列式的形容性语词去限定“格力”，这一点恰与用“深”“远”来形容“意”时的那种模式非常相似。这时我们对“格”的理解就不再是通过“反复外意”“事核”“理长”“辞致”这些自身仍有待澄清的概念词组，而是可以直接通过具体的文学鉴赏去把握了。这种做法在《然灯记闻》里就出现过：

> 为诗各有体格，不可混一。如说田园之乐，自是陶、韦、摩诘；说山水之胜，自是二谢；若道一种艰苦流离之状，自然老杜。不可云我学某一家，则无论那一等题，只用此一家风味也。①

把不同风貌的“体格”直接与诗家的作品联系起来，中间没有诉诸其他概念的阶段，我们只要去翻看诗作就可以对这些迥异体格的含义有清楚的认识。这时的“格”在表面上就不再是通过“意”的概念来诠释自己，而是直接诉诸鉴赏本身。就如同前面在景淳引文段后所分析的那样，理解“命意”的概念最终也并非依附于**“深”的概念**，而是通过鉴赏体察本身。可是，从“格”绕开“意”概念而直接诉诸作品，与从“意”绕开“深”的概念而直接诉诸作品，二者非常不同，前者给人感觉缺少某些重要的过渡和衔接。直接读韦应物的诗，我们完全领会它的体格风致。但如果没有“意”这一概念的介入，也就只能空用“格高”“格妙”“格清”之类的概念来评价，无法道出这种体格到底为什么会产生这种“高”“妙”“清”的艺术效果。这就引发了这样一个问题：**为什么“意”的介入对理解“格”如此必要呢？**

答案还是在康德美学之中。通过康德我们知道人是通过凭借“知性”与“想象力”这两个有关心灵能力的概念才知道“美”概念的抽象意涵的。然而康德指出“美”是不能通过概念来把握的，人们唯有将精神凝聚在具体的

---

① 王夫之．清诗话［M］．上海：上海古籍出版社，2015：119．

审美对象上才能真切感知到这两种心灵能力是如何走向协调一致的。虽然，我们并不是仅凭靠“知性”和“想象力”这两个抽象的概念去理解“美”是什么的，但是康德将“美”的概念进一步分解成“知性”和“想象力”这两个关键概念之间的特定关系，已经带来认知上的一个飞跃。在中国诗学文论中，“格”代表着一种整体艺术风貌的典范形态，无论是“气格”“体格”“风格”还是“格力”，都蕴含着对作品的整体审美效果的评判，所以鉴赏中对它们的使用在性质上非常接近于使用“美”这一概念。而对真正理解“格”起到至关重要作用的“意”（它既包含“概念性命意”，也包含“意象性命意”），则非常类似于“知性”与“想象力”在审美判断活动中合作时的总地位。这里援引康德美的定义并不是声称康德的理论可以直接移植并转译成中国古典诗歌的美学原则，而是意在指出“命意”对“格”形成的决定性作用。康德的艺术美是依附在知性概念之上的，同样地，古典诗歌之“格”是依附于“意”之上的。在哲学意义上，就像“美”无法脱离“知性”而被理解一样，“格”也无法脱离“命意”而被理解，这就是中国古代所有“以意释格”主张背后的哲学根据。

第八章 “理”和“识”的关系：“理”的知性分析

第一节 罕见的思维高度：叶燮论“理”

为“理”的问题单独开辟一章更多的是为了整部书体例上的完善。显而易见的是，“理”本身所带有的那种客观性与普遍性特征，让它自然就成为最值得人类用心探问和致力理解的认知对象。同样，古代诗学中的“理”这个范畴在诗论家的观念中与知性亦有着很自然的亲缘关系。当听到有人声称古典诗歌具有推进人们更好地理解世界的知性价值的时候，人们首先很可能会想到的是那些富含哲理启示和思想价值的诗歌作品，这类题材的诗作本身就以揭示和表达某个发人深省的道理为最高目的和旨趣。然而诗歌之“理”比哲理之“理”在内涵上要宽泛得多。通常我们所说的“理”，简而言之就是指事物之间产生必然性联系与行为之间产生应然性联系的普遍性根据，此即程颐所云：“凡眼前无非是物，物物皆有理，如火之所以热，水之所以寒。至于君臣父子间，皆是理。”①

“理”在诗歌文学中的展现按照最粗略的标准可以被划分为“事理”与“情理”两大类型。“事理”直接决定着事态之间的可能性和必然性联系或人们行为之间的应然性联系，如刘琨的“重耳任五贤，小白相射钩。苟能隆二伯，安问党与雠”、陶渊明的“天地长不没，山川无改时。草木得常理，霜露荣悴之”、虞世南的“居高声自远，非是藉秋风”、孟浩然的“看取莲花净，应知不染心”、杜甫的“王侯与蝼蚁，同尽随丘墟。愿闻第一义，回向心地初”、白居易的“荣华急如水，忧患大于山。见苦方知乐，经忙始爱闲。未闻笼里鸟，飞出肯飞还”、李商隐的“历览前贤国与家，成由勤俭破由奢”、苏轼的“不识庐山真面目，只缘身在此山中”、陆游的“纸上得来终觉浅，绝知此事要躬行”等等诸如此类。须注意的是，包含“事理”的诗句中并非缺席情感，而是没有“情理”之句中那种充沛的情感。“情理”决定的

---

① 程颢，程颐．二程遗书［M］．潘富恩，导读．上海：上海古籍出版社，2000：300.

则是在人类普遍情感作用之下世界所显现出来的诸事态间的可能性、必然性联系或人们行为之间的应然性联系，如曹操的“烈士暮年，壮心不已”、曹植的“高树多悲风，海水扬其波。利剑不在掌，结友何须多”、鲍照的“自古圣贤尽贫贱，何况我辈孤且直”、沈约的“梦中不识路，何以慰相思”、卢照邻的“得成比目何辞死，愿作鸳鸯不羡仙”、李白的“仰天大笑出门去，我辈岂是蓬蒿人”、白居易的“无论海角与天涯，大抵心安即是家”、罗隐的“我未成名君未嫁，可能俱是不如人”、苏轼的“欲寄相思千点泪，流不到，楚江东”、纳兰性德的“人生若只如初见，何事秋风悲画扇”、龚自珍的“落红不是无情物，化作春泥更护花”诸如此类。我们可以看到无论是“事理”还是“情理”，它们所指向的皆是诗歌艺术内涵的可理解性问题，也就是说，它们支配着诗歌艺术在概念层次上的命意，决定着诗句的基本思想内涵。前段所举的诗例即便脱略了意象语言的渲染修饰而转译成白话诗歌，仍然是在思想立意上非常“合乎情理”的诗句。以上内容是意在给人们一个诗中之理的印象，意在表明它并非只以哲理的形态存在。

我们的古代诗学中对“理”这一范畴反思得最深微的仍然是叶燮。本章我们从古代诗学中发展最成熟的思想学说那里出发开始讨论，因为在前面的章节中已经积累了足够的相关知识和见解，所以此处不必再从一个概念或范畴的源头上重新讲起。还是在《原诗》中，严谨的叶燮对自己提出了这样的设问：

> 或曰：“先生发挥理、事、情三言，可谓详且至矣。然此三言，固文家之切要关键。而语于诗，则情之一言，义固不易；而理与事，似于诗之义未为切要也。先儒云：‘天下之物，莫不有理。’若夫诗，似未可以物物也。诗之至处，妙在含蓄无垠，思致微渺，其寄托在可言不可言之间，其指归在可解不可解之会，言在此而意在彼，泯端倪而离形象，绝议论而穷思维，引人于冥漠恍惚之境，所以为至也。若一切以理概之，理者，一定之衡，则能实而不能虚，为执而不为化，非板则腐。如学究之说书、闾师之读律，又如禅家之参死句不参活句，窃恐有乖于风人之旨。以言乎事：天下固有有其理而不可见诸事者。若夫诗，则理尚不可执，又焉能一一征之实事者乎？而先生断断焉必以理事二者与情同律乎诗，不使有毫发之或离，愚窃惑焉。此何也？”①

问题起源于他经典的“事理情”三分之说，问者首先承认“情”对于诗歌文学的关键意义，肯定了叶燮对“情”的提倡，但却对“理”与“事”抱

① 叶燮．原诗笺注［M］．蒋寅，笺注．上海：上海古籍出版社，2014：193.

有疑虑。问者接受朱熹的“天下之物，莫不有理”的说法，然而却认为诗歌之作不能以寻常事物相待。诗歌的妙处在于“含蓄无垠”和“思致微渺”，其情思所托之处在于“可言不可言之间”，指归所向之处在于“可解不可解之会”。唯有当其无端倪可寻，无形象可依，摒弃议论和思维从而引人进入一种“冥漠恍惚”之境时，方为至臻至佳。而“理”总有一定的衡准，只能有实在形态而不能虚化，容易流于板滞僵化，这就显然违反了诗歌那微妙的风人旨趣。至于“事”的话，如果“理”都不适宜进入诗歌作品中，那么贯通和表征着“理”的诸多“实事”又如何能适宜呢？因此疑问者感到对于诗歌艺术而言，“理”和“事”的重要性不应同“情”相等。对于这个疑问，叶燮这样回应：

> 予曰：子之言诚是也。子所以称诗者，深有得乎诗之旨者也。然子但知可言可执之理之为理，而抑知名言所绝之理之为至理乎？子但知有是事之为事，而抑知无是事之为凡事之所出乎？可言之理，人人能言之，又安在诗人之言之？可征之事，人人能述之，又安在诗人之述之？必有不可言之理，不可述之事，遇之于默会意象之表，而理与事无不灿然于前者也。今试举杜甫集中一二名句，为子晰而剖之，以见其概，可乎？①

叶燮的这段回答可以说直抵问题的要害。叶燮首先肯定提问者对诗歌之旨的正确理解和把握，然后指出其只是知道那些可言说、可把握之理，而不知道那些无法言明之理②，只知道实际已发生和已看到之事，而不知道许多虚构之事恰恰本是潜隐在常见之事中，前者从后者中发端而来。由此叶燮直接明确地反问道：那些可言之理人人都能说出，则何须待诗人言说？那些可看到的事实人人都能讲述出来，又何须待诗人讲述出来？一定是那些不可言明之理和不可讲述之事，与心灵默然相会于意象之外，而理与事于此灿然明晓。随后叶燮列举了杜诗中的句子印证上面的看法：

> 如玄元皇帝庙作“碧瓦初寒外”句，逐字论之：言乎“外”，与内为界也。“初寒”何物，可以内外界乎？将“碧瓦”之外，无“初寒”乎？“寒者”，天地之气也。是气也，尽宇宙之内，无处不充塞；而“碧瓦”独居其“外”，“寒”气独盘踞于“碧瓦”之内

---

① 叶燮．原诗笺注［M］．蒋寅，笺注．上海：上海古籍出版社，2014：194.

② 依照蒋寅先生所注，这里叶燮所说的“名言”之“名”，意味着“概念”的意思。读者应能联想到它在本书哲学基础部分的对应内容。参见叶燮．原诗笺注［M］．蒋寅，笺注．上海：上海古籍出版社，2014：195。

> 乎？“寒”而曰“初”，将严寒或不如是乎？“初寒”无象无形，“碧瓦”有物有质；合虚实而分内外，吾不知其写“碧瓦”乎、写“初寒”乎？写近乎？写远乎？使必以理而实诸事以解之，虽稷下谈天之辩，恐至此亦穷矣。然设身而处当时之境会，觉此五字之情景，恍如天造地设，呈于象、感于目、会于心。意中之言，而口不能言；口能言之，而意又不可解。划然示我以默会想象之表，竟若有内、有外，有寒、有初寒。特借“碧瓦”一实相发之，有中间，有边际，虚实相成，有无互立，取之当前而自得，其理昭然，其事的然也。昔人云：“王维诗中有画。”凡诗可入画者，为诗家能事。如风云雨雪，景象之至虚者，画家无不可绘之于笔；若初寒内外之景色，即董、巨复生，恐亦束手搁笔矣。天下惟理事之入神境者，固非庸凡人可摹拟而得也。①

叶燮所举的诗例是杜甫的“碧瓦初寒外”，他首先指明这句诗内种种非合常理之处，尤其是“初寒外”这个词组最令人费解。“寒”本天地之气，无处不在地充塞宇内，当寒气来临的时候，万物皆在其笼罩之中，碧瓦怎么可能居于寒气之外呢？并且“碧瓦”是实物，“寒气”是虚物，合并虚实两物而分有内外之别，这到底是在写“碧瓦”还是在写“寒气”？实际上，这句诗的超凡之处就在于**诸多不同的要素**巧妙地联系在一起。所以叶燮极富洞察力地说道：“竟若有内、有外，有寒、有初寒。特借‘碧瓦’一实相发之，有中间，有边际，虚实相成，有无互立，取之当前而自得，其理昭然，其事的然也。”诗中各物象之间有内外之分、虚实之别，这让我们很自然地联想到诗歌艺术知性中的反差性原则：相反的概念之间可以建立某种微妙而又精当的联系，不同概念各自所规定的表象，借助想象力的发挥在彼此之间相互穿巡，使得原概念之间产生了彼此相互启发和相互解释的关系。当然这句诗是用古典意象语词写成的，所以还必然涉及意象与概念、意象与意象间的合法则性联系。在这里，概念和意象的合作共同营造了令人称奇的艺术效果，所以叶燮会说“划然示我以默会想象之表”这句话。蒋寅先生高度称赞叶燮此论，称其为“在想象经验中呈现为清晰的心理表象，这无疑是古典诗学中对美感经验形成方式、过程最深刻的理论阐述”②。我们知道，激发心理表象使之活跃起来的原因就主要深存在那个用以指引概念性立意的反差性艺术知性法则之中，然而这又离不开意象语词各自之“表象疆域”之间的精当有序联合。这里的法则

---

① 叶燮．原诗笺注［M］．蒋寅，笺注．上海：上海古籍出版社，2014：200.

② 同①204.

正是深藏于诗歌作品背后的“名言所绝之理”，它超越了那些常理的范围。

为了更好地阐释“名言所绝之理”的问题，叶燮接着杜甫“月傍九霄多”一句来解析：

> 又《宿左省》作“月傍九霄多”句：从来言月者，祇有言圆缺、言明暗、言升沉、言高下，未有言多少者。若俗儒，不曰“月傍九霄明”，则曰“月傍九霄高”。以为景象真而使字切矣。今曰“多”，不知月本来多乎？抑“傍九霄”而始“多”乎？不知月“多”乎？月所照之境“多”乎？有不可名言者。试想当时之情景，非言“明”、言“高”、言“升”可得，而惟此“多”字可以尽括此夜宫殿当前之景象。他人共见之而不能知、不能言，惟甫见而知之、而能言之。其事如是，其理不能不如是也。①

这句诗的奇警之处在“多”这个字。一般人描写月亮的时候向来多依照其实际真况，或言圆缺，或言明暗，或言高下，或言升沉。然而杜甫却用“多”来形容之，确实匪夷所思。月亮千古就此一轮，所谓“多”究竟指何意？它是指月亮出现在九霄之云附近的次数多，还是月亮临照人间之境的场景多？或者两者兼有？我们先看看这首名为《春宿左省》诗的全文：“花隐掖垣暮，啾啾栖鸟过。星临万户动，月傍九霄多。不寝听金钥，因风想玉珂。明朝有封事，数问夜如何。”这首诗所描绘的是杜甫夜宿宫殿时的情景。颔联“星临万户动”根据仇兆鳌的注解为“武帝起建章宫，有千门万户”。可以想象当时身处九重禁城之内的杜甫，其所感受到的自然是身边重连不绝的千门万户，又正值星辰夜照，因此会写出“星临万户动”的诗句。如此的话“月傍九霄多”的意涵也就容易理解了，“九霄”与“万户”相对，都表示某种数量上的庞大规模，“星临万户动”传达一种空间上的广大格局，而“月傍九霄多”则传达一种时间上的深邃格局，一个“多”字使得后者隐约地给人一种月亮古往今来一直总是出现在云霄附近的恒常感，同时借助前一句创造的空间格局使自己也多少获得了某种广照人间之境的空间感。我们可以看到，这里面诗人在直觉上仍是诉诸艺术知性中那个常见的“相似性原则”，在“广阔性”这一点上空间与时间二者产生了相似的气息，于是“月傍九霄多”与“星临万户动”被合理地联系了起来。此种“相似性”的真实存在就是这句诗背后之“理”。而对此“理”的洞知就是叶燮所盛赞的那种“他人共见之而不能知、不能言，惟甫见而知之、而能言之”的心灵能力。叶燮还举了一个例子予以分析：

---

① 叶燮．原诗笺注［M］．蒋寅，笺注．上海：上海古籍出版社，2014：205.

> 又摩诃池泛舟作“高城秋自落”句：夫“秋”何物，若何而“落”乎？时序有代谢，未闻云“落”也。即“秋”能“落”，何系之以“高城”乎？而曰“高城落”，则“秋”实自“高城”而“落”，理与事俱不可易也。[①]

叶燮所举的这句诗也是杜诗中的奇警之句。叶燮所问的是：秋天是一种季节，本是时序自然代谢的产物，怎么能是“落”在人间呢？就算秋季可以“落”在人间，那么为何要系上一个“高城”呢？实质上，支撑此诗之理的就是诗歌艺术的相似性法则。秋季的感觉是弥漫在整个人间的，秋凉之气充塞着整个天地之间，人近于地面而气浮于上空，所以诗人池上泛舟时所感到的秋气就如同是“从天而降”一样落在身上、落在城中，这种感受非常精恰合理。

基于上面对“名言所绝之理”的具体举例分析，叶燮触类旁通地一连举出了一系列异于常理之句，他说：

> 古人妙于事理之句，如此极多，姑举此四语，以例其余耳。其更有事所必无者，偶举唐人一二语：如“蜀道之难，难于上青天”，“似将海水添宫漏”，“春风不度玉门关”，“天若有情天亦老”，“玉颜不及寒鸦色”等句，如此者何止盈千累万！决不能有其事，实为情至之语。**夫情必依乎理，情得然后理真。情理交至，事尚不得耶！**（笔者加重）[②]

这段文字集中彰显了叶燮的宏通识鉴，他所枚举的诗例都是实至名归的不朽名句，而它们还会继续不朽下去。这些诗句有一个共同之处就是它们所表现的内容在现实中皆不存在，均是诗人在极度强烈的情感之下写成的奇思妙想之句，而诗人们的奇想却无一例外地契合着“理”。叶燮说“夫情必依乎理，情得然后理真”。那么这个“情”到底在依乎着什么样的“理”？在前面的章节中我们曾讨论过情感与知性的关系问题，在那里我们通过 H.G. 布洛克、苏珊·朗格的论证看到内部情感对外部世界所显样态可以有巨大的影响和作用。我们对世界的认知实际上不可能摆脱主观的限制，世界所呈现出来的一切面貌都是主客观互浸结合的结果，无论它是作为科学理智中的世界还是作为艺术观照的世界。当人的内部情感充溢和高涨的时候，外界事物之间的联系就会表现得与情感平缓时人们所目击身历的情况截然不同，其最典型的特征是，世界突然发生了一些在平常难见的新的联系。

---

① 叶燮．原诗笺注［M］．蒋寅，笺注．上海：上海古籍出版社，2014：208.

② 同①210.

这些新联系乃是受情感之驱使而产生的，它们的妥当性潜在地服从于我们心灵中所普遍深刻存在的某些认知法则，此即叶燮所谓“**情得然后理真**”。这些法则如果按照我在本书所使用的语汇来说就是“诗歌艺术的知性法则”，如用叶燮的用语就是“名言所绝之理”。同时艺术认知法则也规范着情的宣泄，情感的表达也必须同时是合乎法则性的，此即叶燮所谓“**夫情必依乎理**”。“蜀道之难，难于上青天”，这是诗人在望山兴叹的情绪激发下所感受到的“山高”与“天高”之间的“相似性”。当一个人为山路之高险感到望而却步的时候，这种情感会合乎知性地驱使着他将“山高”的概念扩展到一个与之有亲缘关系的事物上，从而瞭望到了比原初的“山高”这一概念所能提供的更多的东西。同样地，“似将海水添宫漏，共滴长门一夜长”“玉颜不及寒鸦色，犹带昭阳日影来”也是在某种情感支配下合乎知性地使用了相似性法则。“羌笛何须怨杨柳，春风不度玉门关”则是在两句之间的关系上诉诸“理由律”，春风吹度不到大漠边城，对这一事实的认知与承认本身就可触发荒凉的情感，也唯有在这种情感之下，诗人才看到羌笛与春风之间的联系。在欣赏这些传世名句之时，心灵中的“知性”与“想象力”这两种认知能力在经历了相互激发与共同运动之后走向了和谐一致的新的关系状态，这种状态对所有人的心灵来说都应当一致，因为我们的心灵分享着共同既有的知性概念体系。当相同的情感来临时，它就必然会对我们认知功能的展开有相同的触动和影响，从而催生出对世界的相同理解和感受。

在此我们不要忘了前面苏珊·朗格与 H. G. 布洛克关于“情感表现”的精辟洞见，人的情感一旦被表现出来，它就已经是被“概念化”与“客观化”的了。这也佐证了叶燮所言的“夫情必依乎理，情得然后理真。情理交至，事尚不得耶”这句精审之论。经过概念化与客观化的人类情感必然同“理”与“事”无法分割，它们已经融浸在一起。这里需要说的是，情感在我们的日常经验中确实也是可以与“事”“理”分开的，而一旦它们相互分离，那么心中的情感之流也就不再属于“被表现的”东西，从而失去了它的敏感细腻和丰富多彩，成为与艺术隔绝的东西。诗歌艺术只要还认为它对于情感的职责在于将其“表现”出来，而不是仅向世界宣布“拥有”它们而已，那么叶燮的“夫情必依乎理，情得然后理真。情理交至，事尚不得耶”这句话就是千古不易之论。

第二节 翁方纲“肌理说”新探

叶燮对“理”的洞察建立在其精良和完善的审美鉴赏能力上，这从他所引证的诸多经典诗例中可以得到最有说服力的展示。在“理”的问题思考上，我们从叶燮那里起航无异于是明智地选择站在巨人之肩上眺望整个理论世界，因为叶燮的学说和其他诗学家相比有着他们难以企及的思想水准和理论深度。而在古代诗学史上另一位值得我们认真对待的有关“诗理”的学说就是清代翁方纲的“肌理说”。一个古典诗学的一般常识是，“肌理”说是翁方纲一生诗学成就的概括，它与王士祯的“神韵说”、沈德潜的“格调说”以及袁枚的“性灵说”并称为清代诗歌理论的四大学说。在了解翁方纲的“肌理说”前，我们先看他是如何讨论“理”的，在他的一篇名为《杜诗“熟精〈文选〉理”理字说》的文章中他这样说：

> 杜之言理也，盖根极于六经矣。曰“斯文忧患余，圣哲垂象系”，《易》之理也；曰“舜举十六相，身尊道何高”，《书》之理也；曰“春官验讨论”，《礼》之理也；曰“天王狩太白”，《春秋》之理也。其他推阐事变，究极物则者，盖不可以指屈。则夫大辂椎轮之旨，沿波而讨原者，非杜莫能证明也。然则何以别夫《击壤》之开陈、庄者欤？曰：理之中通也，而理不外露，故俟读者而后知之云尔。若白沙、定山之为“击壤派”也，则直言理耳，非诗之言理也。故曰“如玉如莹，爰变丹青”。此善言文理者也。理者，治玉也。字从玉，从里声。其在于人，则肌理也；其在于乐，则条理也。《易》曰“君子以言有物”，理之本也。又曰“言有序”，理之经也。天下未有舍理而言文者。且萧氏之为《选》也，首原夫孝敬之准式，人伦之师友，所谓“事出于沉思”者，惟杜诗之真实足以当之。而或仅以藻缋目之，不亦诬乎！①

翁方纲认为杜诗是言理诗的模则典范，其所咏之内容广阔地涉及《周易》《尚书》《礼记》以及《春秋》之理，至于其他千变万化之理难以加以枚举。然而杜诗言理的方式和邵雍开创的宋代言理诗派截然不同，因为杜甫能做到理贯诗中、理不外露，而邵雍仅仅是直陈其理、过于显露。翁方纲用《周易》“君子以言有物”这句著名的箴言来表明“理”之于杜诗的根本意义，即它构成了杜诗的真正内涵。天下的文辞没有可以脱离“理”而能独立存在的。翁方纲在《言志集序》中提出了“发言为诗，一衷诸理”这一将“理”之作用推至极致的命题，他说：

> 然则在心为志，发言为诗，一衷诸理而已。理者，民之秉也，

---

① 翁方纲．复初斋文集［M］//续修四库全书：第1454－1455册．上海：上海古籍出版社，2002：439－440.

物之质也，事境之归也，声音律度之矩也。是故渊泉时出，察诸文理焉；金声玉振，集诸条理焉；畅于四肢，发于事业，美诸通理焉。义理之理，即文理之理，即肌理之理也。①

在这里翁方纲是全然表现出朱熹理学家的姿态，他将心性、物态、事境、声音律度存在的根据皆归诸一个“理”字，并明确指出“义理”之“理”就是“文理”之“理”，也是“肌理”之理。这几乎就是朱熹的“天下之物，莫不有理”观念的再现。须注意的是，此处出现了翁方纲诗学的一个最具标志性的概念即“肌理”。我们知道翁方纲的诗学被后世称为“肌理说”，而作为诗学概念的“肌理”一词，就源自翁方纲自己的首倡。在一段关于学诗者该如何取法的议论中，翁方纲充分地展示了“肌理”的内涵：

杜少陵之诗，即儒者圣经也，若以文例之，则在前马迁之史也，在后昌黎之文也；以艺事例之，即王右军之书也。今如读书者，且先诵法诸子史集，俟其有得，然后进而读六经，有是理乎？为文者且先学柳子厚、李习之、孙可之诸家，俟其有所得，然后再进而读韩文，有是理乎？学书者且先习学王献之、萧子云、羊欣、薄绍之，俟其有得，然后再进而学右军，有是理乎？正惟四书五经，布帛菽粟，人人日用饮食所亟需而不可须臾离者，未有以道高且美若登天然，而姑远之，姑俟之者也。且劝学者先从根柢下手。经史，根柢也，杜诗亦即根柢也。非并欲效其貌，效其浑古，效其沉雄徽壮也，学古人诗断无效其貌者也。**正惟此中“细肌密理”，深研其虚实衔接、乘承伸缩之所以然**（笔者加重）。在诸家虽亦有之，而无若杜之正变开合，纵敛起伏，无外非规矩方圆之极则也。且如右丞七律，亦岂非“细肌密理”可以见规矩方圆之则者乎？然而有说焉。右丞、东川七律，其肌理即在格韵之中，渊然不露，为难寻也。是以若刘文房七律即右丞、东川七律，所不及右丞、东川者，味稍薄耳。中唐十子七律，亦又何尝非此种七律？不过味又较更薄耳。其味渐薄矣，而其肌理、格韵无以别于右丞、东川七律也。初无人敢以貌袭右丞、东川之伪体目之者，所以渔洋于右丞、东川七律外，必首举文房，其势然也。即使其学右丞七律，真到右丞分际者，亦只望之如是；即使其后中晚唐人学右丞，具体而非造真际者，亦复望之如是。故曰，右丞七律，其肌理即在格韵中，渊

① 翁方纲．复初斋文集［M］//续修四库全书：第 1454－1455 册．上海：上海古籍出版社，2002：390－391.

> 然不露，为难寻也。杜则不然，杜之肌理于气骨筋节出之，于章法顿宕出之，学者诚能造其深微，得其肌理运转之所以然，则其外貌原不必斤斤杜诗之似也。既深得其肌理运转，则其外貌之浓淡傅色，且各有取材制胜处，岂必自名为学杜？此则义山、山谷、道园皆如是也。其不善学者，不知其内腠理密运之所以然，第以词色声音之术，步趋而模仿之，则其啫伪者艳以为近真也。其有识者则斥为伪体，若李空同、何大复、李沧溟是也。①

这段文字议论虽长，但无非是传递了两个观念：一是表明了翁方纲对杜诗地位的极力推崇，将杜诗推尊至儒家“圣经”的地位。二是他指出了杜诗艺术究竟是好在何处，即提出了“肌理”这一重要的诗学批评术语。翁方纲认为杜甫之于诗就仿佛是司马迁之于史、韩愈之于文、王羲之之于书和四书五经之于一切学问一样，其均是各自畛域的根柢与基石。正如学写文章者必从效习韩愈之文开始、练习书法者必从模拟王羲之开始一样，学习写诗的人也自然地须从杜诗学起。但是学习杜诗却并非只是去模仿其诗的外在形貌，仿效其表面的浑古沉雄之态，而是去深研诗句之中的“细肌密理”。对“细肌密理”的深研指的就是去深求杜诗诗句中造成“虚实衔接、乘承伸缩”之效果的背后原因。事实上在翁方纲看来，像王维、李颀这些杰出名家的七言律诗也各自拥有自己的“细肌密理”，然而它们的“肌理”皆藏在格韵之中而不露于外，因此让人们难以寻求和模仿。后人学之最多也就是学到个表面形似而已。然而杜诗则不然。翁方纲认为杜诗中的“肌理”乃是由“气骨筋节出之，于章法顿宕出之”，学者完全可以做到“造其深微”，而掌握“其肌理运转之所以然”。学杜诗者若能达此境地，则不必斤斤计较于所写之诗与杜诗原作在表面风貌上是否足够近似。所写之诗在内容的“取材立意”以及修辞的“浓淡傅色”上完全可以独擅其一家之风格特色，关于此最成功的范例就是李商隐、黄庭坚这样的大诗人。而对那些不善学杜的人，即那些不知其诗中肌理之所以然的人，则徒然在词色声音上探求，步趋和蹈袭杜诗的形貌，最后沦为仿真的赝品。这样的诗人最典型的代表就是李梦阳、何景明以及李攀龙之属。

那么翁方纲所谓的这个“虚实衔接、乘承伸缩之所以然”所指的究竟是什么呢？翁方纲在其《杜诗附记·自序》中对此做过详细的阐说，其云：

---

① 翁方纲：石洲诗话：卷十．手稿本．上海图书馆藏．此文献出处转引自唐芸芸老师《翁方纲诗学研究》。感谢唐芸芸老师对翁方纲诗学研究做出的重要贡献，她的研究将对该领域的思考提升到了一个新的高度，笔者在本节的很多的想法都受启于《翁方纲诗学研究》一书中的内容。参见唐芸芸．翁方纲诗学研究［M］．北京：中华书局，2018。

“（杜甫）篇中情境虚实之乘承，筍缝上下之消纳，是乃杜公所以超出中晚宋后诸千百家独至之诣。”[1] 唐芸芸在其《翁方纲诗学研究》这部力作中对此这样解释说：

> 所谓“乘承”，即注重诗歌结构中上下单位之间的衔接，及其效用。“筍缝”即指结构单位之间交合连接的地方，“消纳”即自然开合，浑成一体。[2]

我们应能看出，翁方纲是对杜诗的语句进行了析解，并试图在一个个单位的界缝之间的联结关系上找到杜诗艺术的超绝之处。典型的例子如他在分析杜甫《行次昭陵》一诗时便使用了这种方法，这首诗原文如下：

> 旧俗疲庸主，群雄问独夫。谶归龙凤质，威定虎狼都。
> 天属尊尧典，神功协禹谟。风云随绝足，日月继高衢。
> 文物多师古，朝廷半老儒。直词宁戮辱，贤路不崎岖。
> 往者灾犹降，苍生喘未苏。指麾安率土，荡涤抚洪炉。
> 壮士悲陵邑，幽人拜鼎湖。玉衣晨自举，铁马汗常趋。
> 松柏瞻虚殿，尘沙立暝途。寂寥开国日，流恨满山隅。

这首诗讲述了杜甫途经唐太宗的昭陵，追念了太宗皇帝承命开国、缔造治世的圣德功业，而在诗的末尾之处抒发了对斯人已去、宫殿寂寞和盛业不在的感慨。翁方纲运用他的“肌理”学说评论云：

> “寂寥”二字，似与“开国日”三字不接者，此正以“寂寥”二字幽咽到极处，乃忽然“开国日”三字一声飞出，方是惊心动魄之笔也。上接“瞻”字、“立”字，下接“流恨”，则“恨”字即从“开国日”流出，正以无筍缝为筍缝耳。[3]

翁方纲指出“寂寥”与“开国日”看似不接，但是却能产生忽然起势、惊心动魄之感。按照我们艺术知性的理论稍作思考便可知，杜甫此句正是使用了反差性的艺术知性法则，使得“寂寥”一词与本应“壮阔”的开国创业之举在一种反差性的对比中激发艺术效果。另外，“寂寥开国日”一句上接“松柏瞻虚殿，尘沙立暝途”，诗人站在尘沙满眼的暝暗道路上，看到松柏幽森、殿室虚空的景象，这正是造成诗人心中感到一股强烈“寂寥感”的前因所在，这里即隐含地体现出对因果律的运用。事实上，上面的这些景象也正反

---

① 翁方纲．杜诗附记［M］//续修四库全书：第1704册．上海：上海古籍出版社，2002：225.
② 唐芸芸．翁方纲诗学研究［M］．北京：中华书局，2018：58.
③ 同①288－289.

映出一种与“寂寥感”相似的整体物况气氛，应能看出这也契合相似性法则。“寂寥开国日”后接“流恨满山隅”，翁方纲说“恨”字从前句中流出，这展露出前后的因果关联。所以这里可见，保证翁方纲所云的“以无筍缝为筍缝”这句话之所以合理的那个条件，实质上就是诗句之间在相互衔接上所实际遵循的艺术法则，此乃翁氏所谓的“肌理运转之所以然”之处。翁方纲在《诗法论》中谈到了“诗法”的问题，将“诗法”与“肌理”联系起来一起讨论，他说：

> 有立乎其节目，立乎其肌理界缝者，此法之穷形尽变也。杜云“法自儒家有”，此法之立本者也。又曰“佳句法如何”，此法之尽变者也。夫惟法之立本者，不自我始之，则先河后海，或原或委，必求诸古人也。夫惟法之尽变者，大而终始条理，细而一字之虚实单双，一音之低昂尺黍，其前后接筍、乘承转换、开合正变，必求诸古人也。乃知其悉准诸绳墨规矩，悉校诸六律五声，而我不得丝毫以己意与焉。①

翁方纲这里谈到了“诗法”的千变万化和难以穷尽，其所摄之事大到作品整体构思的“终始条理”，小到一字字义上的“虚实单双”和字音上的“低昂尺黍”，而这都需要在古人诗句的“前后接筍、乘承转换、开合正变”中去体悟和把握。总而言之，诗法的“穷形尽变”皆体现在诗句的肌理界缝之中。

这样我们就较为清楚地看到，翁方纲的“肌理”就是指诗歌的字句在彼此“界缝”之间所抵达的那种契合普遍审美法则的联结方式。翁方纲非常敏锐地洞察到这样一个真理：诗歌作品前后字句之间的联结方式是引发审美效果的根本的来源。在这一点上翁方纲可谓慧眼如炬，他超越了以往诗论家那种标举诗歌的某种风格体裁以奉为艺术之典范的常态做法（诸如“格调”“神韵”等说法），而是径直地对作品予以析解，考察到构成作品艺术效果的最小元素——筍缝。无疑，他的“筍缝”之说实质上已经近乎揭示出成就诗歌艺术之美的根本元素——联系，并且翁方纲赋予这种“联系”以普遍的美学效力，正是在字句间的千变万化的联系造就了艺术作品的多姿多彩。

然而翁方纲肌理诗学的不足之处也是明显的，尽管他洞识到了“联系”的核心地位，但是对它的阐释却始终语焉未详。肌理和筍缝的说法多展露在翁方纲具体的诗歌批评鉴赏之中，而他并没有对千差万别的筍缝予以抽绎把握和分类概括，没有就肌理之“理”总结提炼出有普遍效力的法则，因此他的“肌理说”就显现得像一个含混的理念（尽管它已经接近了审美问题的要害），

---

① 翁方纲．复初斋文集［M］//续修四库全书：第 1454－1455 册．上海：上海古籍出版社，2002：420－421.

难以切实地指导人们做艺术批评活动。正如唐芸芸《翁方纲诗学研究》这部关于翁方纲诗学的最新力作中所做的判定那样：“我们除了可以领略他用‘肌理’分析杜诗的精彩之处，并不知道如何运用‘肌理’分析其他诗歌。”[①] 这确实是翁方纲肌理学说的最大问题。

第三节 “有理而不涉理路”：严羽的审美二律背反

通过叶燮和翁方纲这两位清代一流诗论家，我们历览了诗学史上关于“理”的最洞深和最密实的见解，凭仗此种见识之高度以及所用的分析方法，我们再去审视诗学史上其他有关“理”的重要表述就会有“一览众山小”的观感。如此，那些长期含混不清、难以捉摸的说法自然便会迎刃而解。

严羽在《沧浪诗话》中评价南朝、唐代、宋代这三个不同时期的诗歌艺术成就时说过这样一句流传甚广的话，他说：“诗有词、理、意兴。南朝人尚词而病于理，本朝人尚理而病于意兴，唐人尚意兴而理在其中，汉魏之诗词、理、意兴无迹可求。”[②] 严羽在这里提出了“词”“理”与“意兴”三个概念，按照郭绍虞先生的解释，“词”和“理”这里分别代表诗歌的“形式”与“内容”，也就是“语言”和“思想”，而“意兴”则代表着一种“象被意化”（亦即“意融于象”），或者“景被情化”（亦即“情融于景”）的状态。[③] 严羽之意是，南朝的诗和宋代的诗分别代表着两种偏颇的艺术风貌，前者在艺术表现上过于偏重“词”的方面，而后者则过于偏重“理”，二者在艺术造诣上皆有缺失。唯有唐诗和汉魏古诗可以表现出“意兴”的艺术风貌，并且在此“意兴”之中自然贯通着“理”。

所以这里应能看出，同样是“理”，宋诗之中的“理”与唐诗之中的“理”非指一事。前者独立于“意兴”的艺术效果之外，而后者则融会于“意兴”之中。那么在这里，“意兴”就成了一个关键的概念。“意兴”其实就是“象被意化”或者“景被情化”的结果，即诗人通过诗歌使客观的外部世界与主观的内部情意走向统一。[④] 而汉、魏、唐时期诗歌作品中的“理”正体现在这种主客之间的“统一性”之中。诗人在主体内部的情感的驱使作

① 唐芸芸．翁方纲诗学研究［M］．北京：中华书局，2018：72.

② 严羽．沧浪诗话校释［M］．郭绍虞．校释．北京：人民文学出版社，1983：148.

③ 同②149.

④ 还有一种解释是将“意兴”分成“意”与“兴”两个概念，诗人通过赋把“意”直接陈述出来，此时可以有“意”而无“兴”。而严羽所推崇的当然是指“意”在“兴”中而两不分离，从中“意”被含蓄地表现出来。参见严羽．沧浪诗话校笺［M］．张健，校笺．上海：上海古籍出版社，2012：527。

用下选择了“精当的”意象语词（当然意象中也必然包含概念），并且用“精当的”方式把不同意象语词联系起来形成一个有完整意义的诗句。而决定着这种联系方式是否“精当”的根据就是我们一以贯之强调的诗歌艺术知性法则。在法则的支配下，特定的“概念性命意”与特定的“意象性命意”相互结合起来，于是概念与意象之间形成了特定的三重联系，诗歌的大千世界就在这三重联系中展现出来。而我们知道，并非任何联系都会产生各类理想的审美效果，唯有特定适当的联系才可能促使知性与想象力走向协调一致。当一种强烈的主体情意在心中产生时，出色的诗人会通过外部事物之间合乎艺术法则的特殊关联方式去承载这种情意，他用相似法则把遥远的事物联系起来，用反差性法则在本来有隔阂的事物间进行比照，用因果律道出一个鲜为人知的事态间关系，用理由律去宣扬一个并不被重视的行为或状态等。**当然，以上这一切的构思都是在意象化语言中推进和完成的，而且他必须将意象的表象功能发挥到极致，由此达到“兴象”的境界。**总之，他只需要直接面对与状绘外部的世界关系就可以了，因为这时的世界和情感已经渗融为一体。因此我们可以说此时该诗句呈现出了一个经主体情意浸润过的外部世界，或者也可以说该诗句所状绘的外部世界流溢出了浓厚的主体情意。这就是说在诗歌艺术中，外部世界与内部情意“合乎法则地”统一起来，“意兴”中的“理”就是指这个“合乎法则性”。所以像曹植的“明月照高楼，流光正徘徊”、刘琨“何意百炼钢，化为绕指柔”、王维的“明月松间照，清泉石上流”、李白的“蜀道之难，难于上青天”这些经典的诗句正反映出“意兴”中主客世界相统一的艺术境界。

我们知道严羽有一句名言是“诗有别材，非关书也；诗有别趣，非关理也”。然后他又接着说“然非多读书、多穷理，则不能极其至。所谓不涉理路，不落言筌者，上也”。这两句话的意义明显相互背道而驰，因为他既说“别趣”不是“理”，又说“别趣”最终离不开“理”，总结一句话就是“诗当有理而不涉理路”。这非常接近于康德“审美鉴赏的二律背反”的结构，康德同时指出“审美鉴赏不是建立在概念之上的”与“审美鉴赏是建立在概念之上的”这两条相互冲突的定律。同样地，我们可以将此称为严羽诗学中的一个“二律背反”问题。张健先生在《沧浪诗话校笺》中提出了这样一个问题，他问道：“别趣非关理，那么，如何既有理又有别趣?”事实上这个问题的关键在如何去理解“有理而不涉理路”的意思。对此张健先生做了这样一番很具启发意义的讨论，他对“有理而不涉理路”的意义进行了两种解读：

> 一是“理”作为一种价值取向，体现在情感中，情感具有道德理性内涵，就是所谓“发乎情，止乎礼义”，情感合乎礼义，就是

> 合乎理。严羽同时的真德秀即是如此理解诗歌中的理。其《文章正宗》编选宗旨是明义理而切世用，但他承认《诗经》中“正言义理者”很少，他认为“得性情之正”就是“义理”，“不必颛言性命而后为关于义理也”(《文章正宗 ·纲目· 诗赋》)。所谓“得性情之正”就是情感符合理，就是“发乎情，止乎礼义”。严羽在《诗评》中说“南朝人尚词而病于理”，所谓“病于理”，并不是说南朝人在诗歌中说理，涉理路，而是以理为标准衡量南朝诗，认为其有弊病，其实就是嫌南朝诗发乎情而不止乎礼义。①

张健先生对“理”的第一种解释乃此理即“情理”，它反映着一种道德理性和价值取向，例如《诗经》中那些表现“好色而不淫，怨诽而不乱”之情的诗歌，就都是合乎着礼义的情感，故也就合乎着“理”。当诗歌作品传递出一种“性情之正”的价值取向时，例如杜甫那些公忠体国的诗篇，就必然承载着理。南朝诗人由于多耽溺于“为文放荡”的风气之中，其诗中所含之情则自然病于理。当诗人咏诗既能符合人间的情理，又不像理学家那样去专门地立论阐发性命之道时，我们就可以称赞其是“有理而不涉理路”。这里，让我们联系本书所提出的那些根本的诗学主张以更深入地理解张健先生的分析。“情理之理”从根本上说是一种寄存于“概念性命意”中的“理”，它属于诗歌的思想内涵范畴。当有人咏出“窈窕淑女，君子好逑”或者“公若登台辅，临危莫爱身”这样的诗句时，尽管表面上是使用古典意象语言，但作者的“性情之正”是由诗句中的概念内涵所传达出来的。这些概念具有超越特定文化语言的普遍可理解性，即便是被转译成其他民族的语言，依然不改变其表达“性情之正”的意义。没有这些概念因素的参与，我们根本不可能理解一个人的性情是否敦厚中正。

张健先生对“有理而不涉理路”的第二种解读是这样的：

> 有理而不涉理路的第二种途径，是将理寓于兴象当中，将理形象化、感性化、不直言说出。用传统的赋比兴的说法，就是不用赋法说理，而用比兴的方式来表达。严羽《诗评》中说“本朝人尚理而病于意兴”，意兴与兴趣近，核心在兴，所谓“病于意兴”，是说宋人不能寄理于兴，不能将理感性化、形象化，涉于理路。严羽《诗评》说“唐人尚意兴而理在其中”，理在意兴之中，就是不直言理，将理感性化、形象化，有理而不涉理路。②

---

① 严羽．沧浪诗话校笺［M］. 张健，校笺．上海：上海古籍出版社，2012：145.

② 同①.

这第二种解读极为重要，张健先生指出“理”还可以解释成那种被“形象化”、被“感性化”的“理”。那么“理”是何以被诗人“形象化”或者“感性化”的呢？

这里的问题比第一种“情理之理”要复杂，对“理”的“形象化”表达往往是“概念性命意”与“意象性命意”结合的结果。当一个诗人说出“古来芳饵下，谁是不吞钩”时，这句诗显然是概念与意象俱佳的典范。诗人把人性的弱点比作鱼的弱点，这实质上是在“人”的概念与“鱼”的概念之间所做的立意联系。可以设想，如果一个读者没有关于人性软弱、贪婪方面的知识，缺乏对鱼容易上钩这一天性的经验认识，那么他就无法理解张继这句诗的出色之处。这些基本的知识无疑是从对广泛经验的观察中来，而最终都沉淀成为以事物的概念形式存在的知识。另外，张继这句诗运用了“芳饵”“吞钩”这样的典型意象语词，它们的联结形成了我们所说的“意象性命意”，呈现出一幅寓有形象感的画面。那么“对理的形象化”这一说法究竟对应着我们上述分析中的哪一部分呢？答案是“均有”。当诗人在概念上用鱼的天性比喻人的天性之时，他就已经开始对“理”予以“形象化”把握了，这里他实际上是援用了艺术的“相似性法则”，“理”就显示在迥异事物之间某种有根据的深刻联系之中。而这里所显示出来的“理”并不是通过诗人直接的论理言道行为去实现的。同时，诗人用精当的意象语词去摹绘“概念性命意”所确立的主旨思想，这就更加推进了形象化的程度。试想如果这首诗没有选择精当的意象，例如改换成“自古诱饵下，谁能不上钩”，那么诗句的艺术意味将大受折损。而选用“芳饵”“吞钩”，则在保留了原有概念性命意的基础上，还在意象语词的组合联结上达到了精当的程度，找寻到了各个意象得以相互联结的适恰方式，最终展现了更形象化的动人面貌。综上所述，这句诗可谓是“有理而不涉理路”的典范。

当然对一些人来说，张继的这两句名诗言理的成分或者说概念性的成分可能还是比较重的。我们可再以盛唐绝句为例，如王昌龄《送柴侍御》：“沅水通波接武冈，送君不觉有离伤。青山一道同云雨，明月何曾是两乡。”这首诗最后两句历来脍炙人口，是标准的盛唐杰作，在今年世界抗疫的情势下我们更是见证其流传之深广，日本民众为我国捐助的抗疫物资上就精心地附上了这两句唐诗以表其情。在“青山一道同云雨，明月何曾是两乡”这一句中，我们看到的是人的精神对物象的统摄，主体与客体交融于一体。如若单从概念立意的角度看，诗人举首仰望知道自古以来人间只有这一片天空和一轮明月，这无疑是关于世界事实的最基本知识（当然这无人不知）。然而诗人的高妙之处在于他将离别时刻的深挚情感侵浸作用于外部世界之中，由此发现了异类事物之间某种非同寻常的合理关联，即在人间的山川与天上的明月这两个相隔殊远的事物之间明察到了这层反差性的联系。在这种反差性之中，山川迥隔被明月同天所逾越，离愁别绪被相守相望所替代，低落的情感被昂扬的气质所驱散。正是这种事物间的反差性联系平复了暂时的伤感，使得情谊通向了长久。这层反差性联系给了我们如此多的启示，是因为心灵中的知性能理解和把握住迥异的事物概念及它们若联系起来意味着什么。另外，王昌龄所使用的意象组合非常精当，“青山”“一道”“云雨”“两乡”这些意象语词在概念性命意的基础上，被诗人恰到好处地联合起来，最终形成了绘画般的审美效果。

到此可见，汉魏唐诗“意兴”中的“理”与宋诗中的“理”之间的重要差别。宋诗中的“理”多是由诗人从对世界的冷峻观察中提取出来，它们以一种客观独立的状态存在于外部世界之中，往往反映着那些主宰着自然界与人世间的种种规律法则。在这个意义上，诗人对“理”的观照独立于情感的影响之外，他们所欲追求的正是直接表述出这些普遍存在的事理。那么唐诗中的“意兴”自然就消失不见了，取而代之的是冷静的思考和精审的表达，诗歌艺术的风格便迥然不同起来。如王禹偁的“任无功业调金鼎，且有篇章到古人”、邵雍的“山河虽好非完璧，不信黄金是祸胎”、苏轼的“不识庐山真面目，只缘身在此山中”、程颐的“富贵不淫贫贱乐，男儿到此是豪雄”、王安石的“不畏浮云遮望眼，只缘身在最高层”、朱熹的“问渠哪得清如许，为有源头活水来”、陆游的“书到用时方恨少，事非经过不知难”，这些诗句可谓句句流传千古，但也可以说是几乎毫无“意兴”可言的千古名句。诚然，在这些诗句中我们几乎感受不到唐诗的那种充满流美兴象之感的“风人之致”，而更多地感受到的是那股郑重严肃的文人和学问家气质。我们几乎感受不到主体情感的存在，也体会不出主客世界间的融合。在这些诗句中，我们所看到的是带有深刻客观意义的因果律和理由律，它们是支配着自然世界与人类实践的诸普遍法则，诗人的意兴没有过多的投射在外部世界当中。但这并不意味着这些诗中没有情感存在，而是说这时诗人的情感处于一种冷静、理性和有所定守的精神状态，并在此精神之下创造了一个洋溢理趣的宋诗世界。

我们知道，宋代诗人对“理”的钟情与宋代崇尚理学的独特士风精神相关，周裕楷先生在其雄著《宋代诗学通论》中指出：“宋诗学与宋理学属于同一文化心理结构的产物，读书治学既为理学入道的功夫，也是诗学进境的功夫。理学家讲求格物致知，诗人也认为‘非多读书、多穷理，则不能极其至’。读的范围愈广，知识愈丰富，审辨愈精当，见解愈高明。”[①] 上段所引

① 周裕楷．宋代诗学通论［M］．上海：上海古籍出版社，2007：146．

的像邵雍、苏轼、程颐、王安石、朱熹这些宋代诗人他们本身也都是积学广博而且深怀宏通识鉴的大学问家，这和唐代诗人在思想深度上有着极大的差别。这些诗句历代以来持续启迪着人们的心智，汇聚成了宝贵的智慧箴言。它们尽管是赋之于意象的语言，但主要是胜在思想上，是概念性命意上的独拔不凡让这些诗句光彩灼照。没有人有理由去批评这类诗歌在表现一个道理上流于直露，因为道理就应该可以被径直地揭示出来，给世人以深刻启示，这就像我们自幼听到的那些来自世界不同地方的传世格言一样。在这样的诗句中，我们仅仅通过在“理”上的认知增进就足以补偿乃至忽视掉其在“情”或“意兴”上的索然无味。毫无疑问这是“知性”对心灵的典型征服，彰显出诗歌艺术追求反映世界的高卓雄心和开阔格局。事实上，清代诗论家许印芳对严羽的审美趣味有过这样的评价：“严氏举汉唐人鸿篇巨制，未能细意寻绎，深探原本，启迪后学，正是见诗不广，参诗不熟，所取兴趣，大抵流连光景，风云月露之辞耳，何足贵乎？”[①] 的确，风云月露很美，但它也只是诗歌艺术的一部分而已。

---

① 许印芳．沧浪诗话跋［M］// 许印芳诗论评注．张文勋，郑思礼，姜文清，评注．昆明：云南教育出版社，1992：84．

第九章 “意境”和“识”的关系：“意境”中的知性问题

第一节 “意境”概念的性质：中性还是评价性？

对绝大多数受过古典诗词教育熏陶的中国人而言，“意境”可能是他们自幼听闻到的最多也是最熟悉的文学批评概念，而且在很多人的心目中，古典诗歌之美基本上就等同于意境之美。然而，从古至今的诗歌浩如烟海，它们的具体艺术风格千形万态，单一的“意境”概念和丰富的艺术风格概念之间到底具有怎样的关系就成了一个值得思考的问题。在批评史上，对诗歌多种艺术风格的一个最为粗略的分类就是严羽所谓的“优游不迫”与“沉着痛快”；稍细致一些的划分则有杨载的“雄浑”“悲壮”“平淡”“苍古”“沉着痛快”“优游不迫”六体；更为精细的分类当属司空图著名的《二十四诗品》，它们分别是“雄浑”“冲淡”“纤秾”“沉著”“高古”“典雅”“洗炼”“劲健”“绮丽”“自然”“含蓄”“豪放”“精神”“缜密”“疏野”“清奇”“委曲”“实境”“悲慨”“形容”“超诣”“飘逸”“旷达”“流动”。而到清代诗学家陈明祚那里，这些有关诗歌整体风格的审美概念被前无古人地划分出了一百三十五种来。[①] 若无论其他朝代，即便仅就唐诗而言，其在艺术风格上的变化之多也足以使人赞叹。高棅《〈唐诗品汇〉总序》中有这样一段非常著名的议论：

> 有唐三百年诗，众体备矣……神龙以还，洎开元初，陈子昂古风雅正，李巨山文章宿老，沈、宋之新声，苏、张之大手笔，此初唐之渐盛也。开元、天宝间，则有李翰林之飘逸，杜工部之沉郁，孟襄阳之清雅，王右丞之精致，储光羲之真率，王昌龄之声俊，高适、岑参之悲壮，李颀、常建之超凡，此盛唐之盛者也。大历、贞元中，则有韦苏州之雅淡，刘随州之闲旷，钱、郎之清赡，皇甫之冲秀，秦公绪之山林，李从一之台阁，此中唐之再盛也。下暨元和

① 蒋寅．清代诗学史：第一卷［M］．北京：中国社会科学出版社，2012：529.

> 之际，则有柳愚溪之超然复古，韩昌黎之博大其词，张、王乐府，得其故实，元、白叙事，务在分明，与夫李贺、卢仝之鬼怪，孟郊、贾岛之饥寒，此晚唐之变也。降而开成以后，则有杜牧之之豪纵，温飞卿之绮靡，李义山之隐僻，许用晦之偶对，他若刘沧、马戴、李频、李群玉辈，尚能黾勉气格，特迈时流，此晚唐变态之极，而遗风余韵，犹有存者焉。①

三唐之际名家辈出，从高棅拟制的这份“艺术风格清单”中可以清楚地看到唐诗诗风的变化多端。我们的问题的是，王维诗的“精致”与杜甫诗的“沉郁”、元白诗的“叙事”与温庭筠的“绮靡”、孟郊和贾岛诗的“饥寒”与杜牧诗的“豪纵”，它们各自迥然不同的艺术表现效果能被共同归摄入“意境美”的艺术标准之中吗？若仅从概念上看，“意境”一词似乎表现出了极大的伸缩性和适应性，它可以非常自然妥当地联结以上所有的风格类概念，成为它们共同的条件，比如“意境冲淡”“意境绮靡”“意境雄浑”“意境沉郁”“意境博大”等。但若从具体直观的艺术鉴赏出发，则情况就似乎变得非常不同。如果王维的“松风吹解带，山月照弹琴”是最典型的带有意境之美的诗句的话，那么李白的“秦王扫六合，虎视何雄哉”其意境如何？说后者“意境雄浑”或者“意境超凡”合适吗？如果许浑的“湘潭云尽暮烟出，巴蜀雪消春水来”颇有意境之美的话，那么杜甫的“死为星辰终不灭，致君尧舜焉肯朽”其意境如何？说后者“意境沉郁”或“意境高古”合适吗？如果杜牧的“东风不与周郎便，铜雀春深锁二乔”意境极佳的话，那么李商隐的“历览前贤国与家，成由勤俭破由奢”其意境如何？它又应当归属于哪一种“意境”呢？以上都是经过历史的大浪淘沙之后而流传下来的不朽名句，后举的诗句并不比前面的黯淡逊色，甚至有的比前者更为脍炙人口。到此可知，用意境之美来评判所有杰出的诗句让我们感到与艺术直觉颇为违和。一个水到渠成的问题是：对“意境”在单纯概念层面上的思考与将其置于审美鉴赏中的体察之间为什么会产生这种违和之感？

这是由两个原因造成的，一是有关“意境”概念的性质，二是有关“意境”概念的内涵，两者不能分离且前者取决于后者。**在不同的语用环境下，事实上我们有时会不自觉地使用不同性质的“意境”概念。**如果不读作品而只看文学批评和议论，我们容易将“意境”视为一个用来指称一首诗整体艺术面貌的中性概念，那么所有的诗无论高低优劣、风格如何就都会自带意境。从上一段的各式各样的风格概念都可以与“意境”自然地结合在一起这

---

① 高棅. 唐诗品汇［M］. 汪宗泥，校订，葛景春，胡永杰，点校. 北京：中华书局，2015：7.

一点来看，我们的潜意识是将其中有的“意境”视为一个中性的、描述性意义上的概念的。然而如果回到直观真切的艺术鉴赏中去，我们会不自觉地把“意境”视为一个带有特定价值取向的概念，认为它只应用以指称某类特定艺术风格的作品，显然并非所有作品都适合被称为“有意境”的。但问题有时候要比这复杂一些，因为“意境”在很多场合下并没有表现出上面两种非此即彼的用法，它表现出模棱两可的特征。如纪昀在《瀛奎律髓汇评》中点评许浑的《晓发鄞江北渡寄崔韩二先辈》中云：“用晦五律胜七律，然终是意境浅狭。”[①] 由于古汉语措辞简要，许多连接词往往被省略，故“意境浅狭”可以作两种解读。一种常见的解释是“诗的意境浅狭”，此时“意境”被视为中性概念，**也就是说“许浑五律诗自有意境，但终归是浅狭的意境”**。另一种解释则是“诗从意境标准上来评判是浅狭的”，这时“意境”就是一个带有价值取向的概念，**因此纪昀的这句话就可以被理解成“许浑的五律没有意境，终归为浅狭”**。这两种关于“意境”的理解在词的属性及内涵上均不同，“浅狭的意境”与“没有意境终归为浅狭”判然有别。在其他诗论家的评述中也可以发现存在这样的歧义理解，如冯浩《玉溪生诗集笺注》中评李商隐《送阿龟归华》一诗云：“（此诗）意境不似玉溪，蓄疑者久矣，今而知为香山诗也。”[②] 方东树《昭昧詹言》中云：“山谷笔力专在句上弄远，成篇之后意境皆不甚远。”[③] 这里也出现了在纪昀评述中同样存在的问题。这个问题已经引起现代学术界注意并且还产生过争论，蒋寅先生在《原始与会通：“意境”概念的古与今——兼论王国维对“意境”的曲解》一文中主张“意境”在传统诗学中是一个中性的概念，他实质上赞同的是第一种解释。而韩金太先生与陶文鹏先生在其合撰的《中国诗学“意境”阐释的若干问题——与蒋寅先生再讨论》一文中则主张“意境”是一个有价值色彩的概念，他们赞同的是第二种解释。[④]

由于“意境”可以被视为反映一首作品其整体艺术面貌的中性概念，这就使它在与其他风格概念的衔接组句上更为自然畅通，试想如果纪昀“浅狭的意境”这种提法**都可以**被接受的话，那么“意境”一词与哪个风格类概念不能恰当地组合在一起呢？因此我们会非常自然地觉得各种风格类概念之后缀属上一个“意境”并不会产生什么龃龉之感。然而一旦进入具体的审美鉴

---

① 方回．瀛奎律髓汇评［M］．李庆甲，集评校点．上海：上海古籍出版社，2005，510.

② 冯浩．玉溪生诗集笺注［M］．上海：上海古籍出版社，1979：767.

③ 方东树．昭昧詹言［M］．北京：人民文学出版社，1961：226.

④ 蒋寅．原始与会通：“意境”概念的古与今：兼论王国维对“意境”的曲解［J］．北京大学学报（哲学社会科学版），2007（3）：12－25；韩经太，陶文鹏．中国诗学“意境”阐释的若干问题：与蒋寅先生再讨论［J］．北京大学学报（哲学社会科学版），2007（6）：75－87.

赏，我们便会感到艺术直觉对概念演绎的冲击，认为像“安能摧眉折腰事权贵，使我不得开心颜”“位卑未敢忘忧国，事定犹须待阖棺”“社稷依明主，安危托妇人”“天上众星皆拱北，世间无水不朝东”这些杰出诗句都有自己的意境之美（无论在“意境”一词后面缀以什么样的“风格”谓词），这种看法非常地违反艺术直觉，这意味着我们在单纯概念语言层面中所理解的“意境”不同于在真实审美经验中体会到的“意境”。

现在回到那个更为关键的问题上来，我们对“意境”究竟应该采用哪一种理解呢？我们试图凭借留传下来的文字来揣摩古人的意图，并通过对概念所处之语境给予详尽考察来确证我们的推测与判断。然而当许多被挑选出来的语境自身已经无法做出明确清晰的指引，并且它们对多种可能的解释兼具开放性的时候，这些语境也就变得难以依靠。朱承爵《存余堂诗话》中云：“作诗之妙，全在意境融彻，出音声之外，乃得真味。”[①] 朱庭珍《筱园诗话》中云：“（高岑）词不欲尽，故意境宽然有余。气不欲放，故笔力锐而时敛。”[②] 皎然评价宋之问“不愁明月尽，自有夜珠来”一句时云：“意境深远。”从这些例子中我们均很难明断出作者心中到底采用了哪一种意义上的“意境”，“意境”一词所处的各个语境也无法提供出排他性的答案指引。

对产生上述这种情况的原因的一个合理推断是：受制于“意境”一词在构词上的特殊性以及古文句式那种省约简略的特质，“意境”概念在古人的意识里很可能本身就是含混的。“意境”由“意”与“境”结合而成并最后定于“境”字之上。文学意义上的这个“境”本从佛家的色、声、香、味、触、法六境引借而来。在佛家那里，“境”由人心之妄念所产生，它构成了物象纷呈的眼中世界。佛家文献中用“境”来指称世界的这一做法给中国的诗家带来了启迪，罗宗强先生指出：“由于诗歌创作的长期实践经验的巨大力量的作用，（诗人们）不自觉地将佛家心造之妄境的‘境’，变为由客观物色的映象加以再创造的诗境。”[③] 在诗歌文学吸收佛教思想并且转化成自己的概念的过程中，诗歌之境脱略掉了佛家意义上那层“虚妄”的色彩，演变成为反映世界事实状态的具有描述性功能的概念，这就使得“意境”之“境”总给人留下一种无涉价值的中性观感。一个基本共识是：古往今来并非所有的诗作都有“风骨”“气韵”“理致”或者“洞识”，因为这些概念自身就带有审美价值和风格旨趣，唯有那些真正蕴含着这些类艺术特征的作品才足以配当这样的称许。然而“意境”一词的中性风格使其价值评判功能在很大程

① 何文焕．历代诗话［M］．北京：中华书局，1981：792.

② 郭绍虞．清诗话续编［M］．富寿荪，校点．上海：上海古籍出版社，1983：2254

③ 罗宗强．隋唐五代文学思想史［M］．北京：中华书局，183.

度上被弱化了，这就导致我们感到似乎一切诗歌作品——只要它在刻画与反映这个世界——都会拥有属于自己的意境。但是，我们又似乎可以看到古人在文学批评活动中经常将“意境”当作一个富有褒贬评判色彩的概念来使用，似乎在古人心中“意境”代表着某种可欲的审美理想。《诗家一指》中的一段文字就典型集中地包含了这两种情况，其云：“耳闻目击，神遇意接，凡于形似声响，皆境也。然达其幽深玄虚，发而为佳言；遇其浅陋陈腐，积而为俗意，不能复有心之境。”① 这里的“凡于形似声响，皆境也”即指中性之境；而“幽深玄虚”之境为佳、“浅陋陈腐”之境为俗，且“俗意”不足为心之境，此又实乃指含有某种价值指向之境。

除“意境”概念本身的特殊性原因之外，古文简省的表达方式也促成了歧义的产生。语言作为思想的承担者，其表达模式深刻地影响着思想本身的形成和发展。语法结构上的缩略往往会带来思想表达上的模糊，并且这种模糊性使得后人对古人意思的推讨很容易陷入逡巡不前的境地。我们已经看到在古代文学批评的表述中，“意境”经常出现于**“作品＋意境＋风格特征”**这样的句态中。上文所举的“（作诗之妙，全在）意境融彻”“（‘不愁明月尽，自有夜珠来’一句）意境深远”“（高岑之作）意境宽然有余”等皆是如此。这种句态性质上均属于判断句，其基本结构是主词联结谓词。我们知道康德考察判断句性质的前提和基础就是确认语词的主谓功能以及它们之间的主谓关系，他继而将所有的主谓关系区别为分析式的与综合式的两种类型，前者是指谓词早已隐蔽地包含在主词之中的那种关系，后者则是指谓词虽然与主词关联却独立处于主词之外的那种关系。于是我们可以做这样的分析：如果“意境”是一个中性概念，即指一切作品无论媸妍美丑其都具备的整体艺术面貌，那么“作品”与“意境”之间就是一种分析式的关系。“作品的意境”这一表述就如同“物体的广延”“地球的整体”一样，都属于前面概念自身已经隐含了后面概念的情形。此时这个句态就可以改写成**“（作品＋意境）＋风格特征”**的样式。于是，“（作品＋意境）”可以整体上充当主词，而括号外的“风格特征”则作为谓词，而这层主谓关系则必然属于综合式的关系。因为前者在概念上绝不包含后者，它们之间的主谓联结是一种来源于审美经验中的偶然事实。蒋寅先生实际上就是赞同这种解读，他认为：“（意境）意味着作品除声律以外的艺术表现总和，因此，虽也有沈德潜、乔亿指称作品局部的用法，但在更多的场合，‘意境’还是指代作品传达的总体印象。”②

---

① 张健．元代诗法校考［M］．北京：北京大学出版社，2001：280．

② 蒋寅．原始与会通：“意境”概念的古与今——兼论王国维对“意境”的曲解．北京大学学报，2007（3）：14．

据此理解，任何一首诗歌作品都会给读者传达自己独有的总体艺术印象，这就是“意境”，至于该意境具体展现怎样的艺术风格特质，则完全偶然地因作品而异。

反过来，如果“意境”是一个评价性的概念，那么它在概念上就必然隐含着其他特定风格类的概念，两者之间是典型的分析式关系，说“有意境”就等于说“有那类风格特征”。韩经太就是赞同这种解读，他这样说：“诗论家关于‘意境’的评说，大体上有着讲求其幽远、阔远、旷逸的整体意向，如说陆游‘意境不远’便等于以‘意境深远’为理想……”① 这里的“幽深、阔远、旷逸”正是指“那类风格特征”，它们隐含在“意境”概念之中，是后者内涵的一部分。因此，上面的句态便可以改写成“**作品＋（意境＋风格特征）**”，这时“作品”是主词，而后面括号里的内容则属于谓词，它们之间的关系则是综合性的。也就是说，“作品”与“意境”之间的联结是偶然性，它来自作品特定的审美效果，而“意境”与“风格特征”之间的联结是必然性的，它源于概念本身的内在规定。我们看到，同样是“**作品＋意境＋风格特征**”的句态，“意境”与前后两个词的关系既可以是分析式的，也可以是综合式的，关键是看这个括号落在什么地方。简略的古文措辞使得词与词之间缺乏明朗的关系介词来联结它们，最终使得对同一个句态产生了两种都有可能的解读方式，最典型的例子就是上文纪昀所说的“（许浑五言律诗）意境浅狭”这种表达。因此，“意境”既可以是中性的概念，也可以是评价性的概念，在模糊性的句态中两种理解均可行。所以，有关意境是“中性”还是“评价性”的争论是一个无法得到真正解决的问题，前人语境的模棱两可性让这个争论失去了可用以裁断的依据，什么样的解释都合情合理。

事实上我们在批评鉴赏活动中经常使用的正是“评价性”的意境概念，比如某首诗因为有意境从而被称赞为佳作，某首诗因为缺乏意境从而遭到批评。但是一个基本事实是，从汉魏五言古诗那里开始一直发展到如今这近两千年的古典诗歌史中，许多在我们的艺术直觉上缺乏“意境感”的作品其艺术成就依然备受后世批评家们的高度关注。尽管对于这些作品往往赞赏与反对的声音同时存在，但正是这种审美意见上的分歧引发了这样一个严肃的问题：文学史上为数不少的非意境派作品其艺术价值到底几何？如果对它们价值的肯定与称许是一种正确的判断的话，那么其背后的理由是什么？我们古典诗歌史中的一个非常显著的事实是：那些意境浑融、兴象玲珑的作品只集中在某些特定时代以及特定的几位诗家的艺术风格之中。放眼整个典诗歌

① 韩经太，陶文鹏．中国诗学“意境”阐释的若干问题：与蒋寅先生再讨论［J］．文学评论，2007（6）：81.

史，浩瀚无垠的作品表现出了仪态万方的艺术风格，如果只把“意境”奉为古典诗歌艺术风格的最高抽象和最高美学标准，那么中国古典诗歌所取得的整体艺术成就是否应该得到重新评价？或直接坦率地问，其整体艺术成就会不会就此遭到价值上的贬损？因为我们确实看到了相当数量的缺乏或者没有明显意境之美的作品，它们就世世代代地安静地躺在这份我们从古人那里继承下来的文学遗产之中，而且许多这类作品是出自那些公认的名家之手，其中甚至还包括我们熟知的最伟大的诗人。一个非常基本的问题是我们应当如何看待“评价性”意境概念在批评概念谱系中的地位，是把“意境”视为众多艺术风格中的一种（哪怕是在严羽的风格二分法中占半壁江山），还是将其视为一切诗艺风格都应有的共同追求？这就需要我们去深入详尽地探微“意境”的价值内涵。

第二节 “评价性意境概念”在近代以来的兴起

关于“意境”，从王昌龄的“三境说”一直到王国维的“境界说”，已有太多的诗人和评论家使用或者论述过它。到了20世纪，凭借着王国维《人间词话》的巨大影响，以及朱光潜、宗白华等现代美学家的继承发展，“意境”在现代中国人心中几乎成了中国古典诗歌艺术的代名词，成为中华民族诗歌审美的最高境界。尽管“意境”作为一个文学批评概念有着悠久的历史，并且发展到清代已经成为诗论家手中最常用的文学批评熟语，然而我们现代人对于“意境”的理解主要还是受到王国维的深刻影响，在很大程度上是由王国维所直接塑造的。[①] 在王国维那里，“意境”毫无疑问是一个带有强烈价值归宿的概念，我们对此概念的考察拟从王国维开始，即采取一个由今及古的顺序，这也更接近我们的认知习惯。

《人间词话》多处谈到“境界”，这里先要明确两个问题。第一，王国维的“境界”从整个《人间词话》的内部逻辑上看，实质上指的就是“意境”。如冯友兰先生指出：“哲学所能使人达到的全部精神状态应该称为境界，艺术作品所表达的可以称为意境，《人间词话》所讲的主要是艺术作品所表达的，所以应该称为意境。这里所说的‘应该’并不是本书强加于王国维的，这是从他的美学思想的内部逻辑推出来的，而且是王国维自己用的一个概念。”[②] 第

---

① 蒋寅．原始与会通：“意境”概念的古与今——兼论王国维对“意境”的曲解［J］．北京大学学报，2007（3）：12-25；罗钢．意境说是德国美学的中国变体［J］．南京大学学报（哲学·人文科学·社会科学版），2011（5）：41.

② 冯友兰．三松堂全集：第十卷［M］．郑州：河南人民出版社，2001：467.

二，王国维虽然写的是“词话”，但他自己也将其“境界说”移用到了诗歌文学的评价上，如他评鉴诗歌时说：“‘明月照积雪’‘大江流日夜’‘中天悬明月’‘长河落日圆’，此种境界，可谓千古壮观。”① “境界说”从词域向诗域渐浸并最终发展成为古典诗词之美的最高艺术理想，这是遵照《人间词话》思想理路的自然解读。下面除了引用王国维的原话之外，我们统一地使用“意境”来指称“境界”。关于“意境”，先看王国维这段话：

> 文学之工不工，亦视其意境之有无与其深浅而已……苟持此以观古今人之词，则其得失可得而言焉。温、韦之精绝，所以不如正中者，意境有深浅也。珠玉所以逊六一，小山所以愧淮海者，意境异也。美成晚出，始以辞采擅长，然终不失为北宋之词者，有意境也。南宋词人之有意境者，唯一稼轩，然亦若不欲以意境胜。白石之词，气体雅健耳，至于意境，则去北宋人远甚。及梦窗玉田出，并不求诸气体，而惟文字之是务，于是词之道息矣。自元迄明，益以不振。至于国朝，而纳兰侍卫以天赋之才，崛起于方兴之族，其所为词，悲凉顽艳，独有得于意境之深，可谓豪杰之士，奋乎百世之下者矣。同时朱陈，既非劲敌；后世项蒋，尤难鼎足。至乾、嘉以降，审乎体格韵律之间者愈微，而意味之溢于字句之表者愈浅，岂非拘泥文字而不求诸意境之失欤？②

王国维将“意境”的“有无”与“深浅”视为文学作品成功与否的衡量标准，他细数了古今词家在意境上的得失成败。温庭筠与韦庄的词之所以不如冯延巳，乃是因为前者意境浅，而后者意境深。辛弃疾之所以独拔于整个南宋词坛，乃因在南宋只有他的词拥有意境，其他词人没有。王国维显然没有将“意境”看成一个中性的概念，而是赋予其极强的文学价值，而这个价值就是“真情”与“真景”的存在。在《文学小言》中王国维说：“文学中有二原质焉：曰景，曰情。”③ 在《人间词话》中他把情、景二原质与意境联系起来，他说：“境非独谓景物也。喜怒哀乐，亦人心中之一境界。故能写真景物、真感情者，谓之有境界，否则谓之无境界。”④ 可见，“情”与“景”被王国维奉为文学的两大基本元素，它们被包含入他的“意境说”之中。而关于情、景二者的关系，他有一句非常著名的话：“昔人论诗词，有景语、

① 王国维．人间词话［M］．南宁：广西人民出版社，2017：21.
② 同①70.
③ 同①117.
④ 同①5.

情语之别，不知一切景语皆情语也。”① 凭借此语王国维也被世人目为古老的“情景交融”思想的现代提倡者。然而他也并不反对单独凭情、景取胜的句子，例如他说：“‘生年不满百，常怀千岁忧。昼短苦夜长，何不秉烛游’‘服食求神仙，多为药所误。不如饮美酒，被服纨与素’，写情如此，方为不隔。‘采菊东篱下，悠然见南山。山气日夕佳，飞鸟相与还’‘天似穹庐，笼盖四野。天苍苍，野茫茫，风吹草低见牛羊’，写景如此，方为不隔。”② 这里他还提出了“不隔”的概念，这是“意境说”中除情、景二元素之外的另一个重要内容，当一首作品如果就其整体意境而言能给人带来那种可置于目前如临其境的艺术体验的话，那么它就是“不隔”的。关于“不隔”，王国维这样解释：

> 问“隔”与“不隔”之别，曰：陶谢之诗不隔，延年则稍隔矣。东坡之诗不隔，山谷则稍隔矣。“池塘生春草”“空梁落燕泥”等二句，妙处唯在不隔。词亦如是。即以一人一词论，如欧阳公《少年游》咏春草上半阕云“阑干十二独凭春，晴碧远连云。千里万里，二月三月，行色苦愁人”，语语都在目前，便是不隔；至云“谢家池上，江淹浦畔”，则隔矣。白石《翠楼吟》“此地宜有词仙，拥素云黄鹤，与君游戏。玉梯凝望久，叹芳草萋萋千里”，便是不隔；至“酒祓清愁，花消英气”，则隔矣。然南宋词虽不隔处，比之前人，自有浅深厚薄之别。③

王国维将其挑选出来的名章迥句在鉴赏中进行横向对比，以使它们高下立判。他有着很精敏的审美判断力，所做的鉴赏评判确实契合着人们普遍的审美感受。欧阳修的《少年游》其上半阕比下半阕写得更容易给人带来目击身历之感，姜夔的《翠楼吟》下半阕前面比其后面的“酒祓清愁，花消英气”更能让人神驰心游在当时的情景之中。王国维还有另一种说法来表达“不隔”的意思，这就是他在评价欧公《少年游》一词的上半阕时所赞赏的“语语都在目前”的评论，在他看来，有意境的古典诗词佳作应当可以给人带来亲历其境一般的真切感受。“语语都在目前”这几个字非常关键，因它精准地反映了“意境”在王国维的心灵体验中到底是怎样一种审美经历，这种审美经历就是“能观”。《人间词乙稿序》中云：

> 文学之事，其内足以摅己，而外足以感人者，意与境二者而

---

① 王国维．人间词话［M］．南宁：广西人民出版社，2017：32.

② 同①19.

③ 同①18.

已。上焉者意与境浑，其次或以境胜，或以意胜，苟缺其一，不足以言文学。原夫文学之所以有意境者，以其能观也。出于观我者，意余于境。而出于观物者，境多于意。然非物无以见我，而观我之时，又自有我在。故二者常互相错综，能有所偏重，而不能有所偏废也。①

“原夫文学之所以有意境者，以其能观也。”这是王国维对“意境说”的又一个重要的解释。所谓“能观”就是通过作品能达到“观我”与“观物”的境地，是指诗词作品呈现出来的那种如在目前的场景感受。这里又出现了“意余于境”和“境多于意”两种情形，我们结合情景二原质论以及王国维在其他各处的文字可以做出这样的判断，所谓“意余于境”实乃指作品中的寄情成分多于摹景，而所谓“境多于意”乃是指摹景多于寄情。

这里存在一个问题需要稍予辨析，我们知道王国维的“境”既包含“景境”也包含“情境”，现在又多出了一个“意”，那么这三者的关系就有必要理清。这个问题的出现实质上还是源于古汉语措辞本身的灵活性，王国维虽然在使用同一个概念，但在不同的语境中为了追求简古的行文效果可能会侧重指其中的某个意涵。从整个语境来看，“意与境浑”中的“境”指的仅仅是“景物”之境，而“意”的概念则显然包含了情感内容。而且中国古代文论素来有“以意为主”的传统，它在文论史上比“言志说”与“缘情说”都更为晚出，从刘宋时期的范晔开始就明确提出“情志所托，固当以意为主”，后世批评家逐渐将“志”与“情”提升到在内涵上更富有涵括性的“意”的层面。这样就可以看到王国维在“境”的问题上其立场仍是前后一致的，只是在特定语境中会有所偏重而已。

到此为止，我们就可以说通览了王国维“意境说”思想的全貌，情景二原质是它的内部要素，不隔而能观的艺术感受是它的外部标准。**一言以蔽之，王国维心中最高的意境层次就是那种具有情景浑融，览之如在目前、如临其境特征的艺术作品。**“意境说”深刻地影响了现代人对古典诗词艺术之美的趣味，是如今最为深入人心的古典美学观念，甚至成了中国古典艺术最高的审美理想。薛富兴先生这样评价王国维“意境说”的意义：“一个民族如果没有明确体现自己最高艺术审美理想的核心范畴和命题，这不能不说是该民族美学史上的巨大遗憾。感谢王国维，他不仅忠实地继承了意境范畴多代表的艺术审美理想，而且第一次赋予这一理想以明确的逻辑表达形式。意境在他的《人间词话》里，不再是一个隐隐约约值得崇尚的理念，而是被用

① 王国维．人间词话［M］．南宁：广西人民出版社，2017：69．

明确的概念和命题表达了出来，意境终于第一次具有了自己早该具有的成熟理论形态……中国古典美学最终不是以其他范畴，而是以意境来作结语。”[①]诚然，在中国漫长的文学批评史长河中，因为王国维在现代的巨大影响力，“意境”成了古典诗歌在现代人心目中最高的审美旨趣，被升华为一个超越各种其他批评概念的终极理想性概念。“意境”对王国维来说显然不是一个中性语词，它鲜明地带有价值评判的色彩，在有关艺术价值的批判标准这一问题上，它为两千多年的中国诗歌文学批评史做了一个盖棺定论式的总结。

对“意境”概念在当代的兴起有推动作用的另外一位近代批评家是常州词派的代表人物陈廷焯。按照罗钢的看法，陈廷焯是“唯一一位把‘意境’作为评词的核心术语的清代词学家”[②]，并且“陈廷焯的《白雨斋词话》又恰恰是王国维十分熟悉的一部著作”[③]。《白雨斋词话》中频繁地使用“意境”一词来品鉴词家作品其总体的艺术成就，如评柳永云“耆卿词，善于铺叙，羁旅行役，尤属擅长。然意境不高，思路微左，全失温、韦忠厚之意”；评毛滂云“毛泽民词，意境不深，间有雅调”；评辛弃疾云“辛稼轩，词中之龙也，气魄极雄大，意境却极沉郁。不善学之，流入叫嚣一派”；评纳兰性德云“容若之饮水词，在国初亦推作手，较东白堂词，似更闲雅。然意境不深厚，措辞亦浅显”；评王士祯云“渔洋词含蓄有味，但不能沉厚。盖含蓄之意境浅、沉厚之根柢深也”[④]。总结可见，陈廷焯的“意境”可以“深”亦可以“浅”，可以“含蓄”亦可以“沉厚”，可以“高”亦可以“不高”。然而从以上的各种表述看很难确定陈廷焯到底是在哪一种属性上使用“意境”一词。他说柳永之词“意境不高”，“意境”一词在这里是“中性的”抑或“评价性的”两者其实都可解释通，说它“固有意境，可惜意境不高”与说它“还没有高到可以被称为意境”似乎均可行。由此可见，陈廷焯在灵活地使用“意境”一词，它兼具中性与评价性两种功能。然而更值得我们感兴趣的是，陈廷焯的“意境”在价值意义上包含了哪些王国维“意境说”不具有的东西。

陈廷焯在其词学中标举“沉郁”的艺术风格，并奉之为诗词家最高的境界。他说：“作词之法，首贵沉郁，沉则不浮，郁则不薄。顾沉郁未易强求，

---

① 薛富兴．东方神韵：意境论［M］．北京：人民文学出版社，2000：55.

② 罗钢．意境说是德国美学的中国变体［J］．南京大学学报（哲学・人文科学・社会科学版），2011（5）：38－58.

③ 同②.

④ 唐圭璋．词话丛编［M］．北京：中华书局，1986：3783，3786，3791，3829，3827.

不根柢于风骚，乌能沉郁。”① 在谈及诗的时候，他也说：“诗词一理，然亦有不尽同者。诗之高境，亦在沉郁，然或以古朴胜，或以冲淡胜，或以钜丽胜，或以雄苍胜。”可见，在陈廷焯心中诗词本于一道，各自之高境同归于沉郁之体。在解释何谓“沉郁”时，他说道：

> 所谓沉郁者，意在笔先，神余言外，写怨夫思妇之怀，寓孽子孤臣之感。凡交情之冷淡，身世之飘零，皆可于一草一木发之。而发之又必若隐若现，欲露不露，反复缠绵，终不许一语道破，匪独体格之高，亦见性情之厚。飞卿词，如“懒起画蛾眉，弄妆梳洗迟”，无限伤心，溢于言表。又“春梦正关情，镜中蝉鬓轻”，凄凉哀怨，真有欲言难言之苦。又“花落子规啼，绿窗残梦迷”，又“鸾镜与花枝，此情谁得知”，皆含深意。此种词，第自写性情，不必求胜人，已成绝响。后人刻意争奇，愈趋愈下，安得一二豪杰之士，与之挽回风气哉。②

我们可以看得很清楚，陈廷焯心目中的沉郁典范是那种“欲露不露，反复缠绵”的词风，它对世态情感的吐咏终须是含蓄婉约而不可“一语道破”。陈廷焯所举的例子均是意味深厚的抒情类词作，这就是他心目中最高层次的意境形态。与王国维相比，此意境说更加高扬人的情感活动，“怨夫思妇之怀”“孽子孤臣之感”“交情之冷淡”“身世之飘零”成了意境中所承载的主要思想内涵，并且情感“皆可于一草一木发之”，从而得与景物交融在一起。另外，对于作品的整体艺术效果，陈廷焯在王国维“意境说”中的“情景交融”“不隔可观”之外又多了一个“不露”的要求。

这样，由于受到王国维和陈廷焯的影响，近代以来高扬的那种“意境”之概念其内涵中的三个基本要素就展现在我们的面前，它们就是“情景交融”“能观不隔”以及“含蓄不露”。这些要素从源头上说皆来自我们的古代文学批评史，它们零散地存在于古人对“意境”的各种直觉化论述之中，因此也绝不是近代突然横空出世的思想。然而它们却在近代批评家那里得到了总结，形成了较为完整清晰的理论面貌。需要强调的是，我们并不是说“意境”的概念只有这三个要素，而是主张此三要素是构成“意境”概念的最基本内涵。**那些在我们审美经验中公认的属于“有意境”的诗作，均不出于这三个要素的解释力之范围。**也许，有人还可以找出其他要素来增添意境内涵，但这三个要素的根本地位是无法被取代的。所以，要真正理解“意境”

---

① 唐圭璋．词话丛编［M］．北京：中华书局，1986：3776．

② 同①3777．

的概念回避不了对这三个要素的考察。

第三节 “意境”的诸要素分析及其整体艺术理想上的局限性

一、情景交融

我们在唐代以及唐代之前的文学评论著作那里可以发现“情景交融”观念的早期痕迹，从刘勰的“登山则情满于山，观海则意溢于海，我才之多少，将与风云而并驱矣”“窥情风景之上，钻貌草木之中”到皎然的“缘情不尽曰情”、王昌龄的“诗贵销题目中意尽。然看所见景物与意惬者当相兼道。若一向言意，诗中不妙及无味。景语若多，与意相兼不紧，虽理通亦无味”①，还有日僧空海的“诗一向言意，则不清及无味；一向言景，亦无味。事须景与意相兼始好”②，这些见解皆大体反映出情与景统一共存、不相分离的思想。虽然唐人在真实创作实践中普遍奉行的正是融情于景、借景抒情的艺术手法，但在文学批评史上明确总结出“情景交融”观念的还是宋人，范晞文《对床夜语》中有一段内涵相当丰富的“情景论”，他这样说：

> 老杜诗：“天高云去尽，江迥月来迟。衰谢多扶病，招邀屡有期。”上联景，下联情。“身无却少壮，迹有但羁栖。江水流城郭，春风入鼓鼙。”上联情，下联景。“水流心不竞，云在意俱迟。”景中之情也。“卷帘唯白水，隐几亦青山。”情中之景也。“感时花溅泪，恨别鸟惊心。”情景相触而莫分也。“白首多年疾，秋天昨夜凉。”“高风下木叶，永夜揽貂裘。”一句情一句景也。固知景无情不发，情无景不生，或者便谓首首当如此作，则失之甚矣 。如“淅淅风生砌，团团月隐墙。遥空秋雁灭，半岭暮云长。病叶多先坠，寒花只暂香。巴城添泪眼，今夕复清光”，前六句皆景也。“清秋望不尽，迢递起层阴。远水兼天净，孤城隐雾深。叶稀风更落，山迥日初沈。独鹤归何晚，昏鸦已满林”，后六句皆景也。何患乎情少？③

范晞文对前代诗文作品中蕴含的情景关系做了相当明晰的辨识，把它们分为纯景、纯情、景中之情、情中之景以及情景相触而莫分这五种艺术表现

---

① 张伯伟．全唐五代诗格汇考［M］．南京：江苏古籍出版社，2002：169.

② 遍照金刚．文镜秘府论［M］．周维德．校．北京：人民文学出版社，1997：44.

③ 丁福保．历代诗话续编［M］．北京：中华书局，1983：417.

类型。我们现在姑且不去探析这五种类型的划分是否在更广泛的诗歌范本中还能保有清晰的边界以及普遍有效的解释力，而只介绍范晞文在“情景交融”观念形成过程中的贡献。范晞文直接言明了“景无情不发，情无景不生”的艺术旨趣，通过分析名篇佳作而指出情景交错更换的构句原则。同时他也提醒人们对此原则不可做过于刻板的理解，那些连续描绘景致的诗歌联句中亦可使人感受到情感的留存。范晞文在评说以“鸡声茅店月，人迹板桥霜”为代表的晚唐诸多警句时，说它们是“情景兼融，句意两极，琢磨瑕垢，发扬光彩，殆玉人之攻玉，锦工之机锦也”①。“情景兼融”这一表达在范晞文那里被正式提出，这是“情景交融”这一提法在古代诗学中的最早呈现。后代宗尚“情景交融”观念的诗论家其典型的言论如下：

意中有景，景中有意。②

（诗）要其归不过情与景二字而已，情景兼者为上，偏到者次之，情景兼者，如‘露从今夜白，月是故乡明’是也。（陈绎曾《文式》中引他人诗论为己用时说）

作诗必情与景会，景与情合，始可与言诗矣。如“芳草伴人还易老，落花随水亦东流”，此情与景合也；“雨中黄叶树，灯下白头人”，此景与情合也。③

少陵七言律，蕴藉最深。有余地，有余情。情中有景，景外含情。一咏三讽，味之不尽。④

景乃诗之媒，情乃诗之胚，合而为诗，以数言而统万形，元气浑成，其浩无涯矣。⑤

善诗者，就景中写意，不善诗者，去意中写景。如杜诗“无边落木萧萧下，不尽长江滚滚来”“疏灯自照孤帆宿，新月犹悬双杵明”“殊方落日玄猿哭，故国霜前白雁来”，即景物之中含蓄多少愁恨意思，并不着愁恨字眼，便见意思深远。⑥

夫诗以情为主，景为宾。景物无自生，惟情所化。情哀则景哀，情乐则景乐。唐诗能融景入情，寄情于景。⑦

---

① 丁福保．历代诗话续编［M］．北京：中华书局，1983：417.

② 姜夔．白石诗说［M］//何文焕．历代诗话．北京：中华书局．1981：682.

③ 都穆．南濠诗话［M］//丁福保．历代诗话续编．北京：中华书局，1983：1359.

④ 陆时雍．诗镜总论［M］//丁福保．历代诗话续编．北京：中华书局，1983：1416.

⑤ 谢榛．四溟诗话［M］//丁福保．历代诗话续编．北京：中华书局，1983：1180.

⑥ 仇兆鳌．杜诗详注［M］．北京：中华书局，2015：1210.

⑦ 吴乔．围炉诗话［M］//郭绍虞．清诗话续编．富寿荪，校点．上海：上海古籍出版社，1983：463.

类似的例子批评史上屡见不鲜，此处只援举其中最知名几家的论述，他们的共同宗尚是提倡诗歌文学情中有景、景中有情的艺术效果，而在议论内容的粗详深浅程度上它们之间应该说没有多少差别。

应多加留意的是王夫之，他可能是在古往今来对情景关系阐发得最多并且在文学批评活动中将之贯行得最为彻底的诗论家。王夫之仍然推崇情景交融的思想，这与前人并无二致，如他说：“情、景名为二，而实不可离。神于诗者，妙合无垠。巧者则有情中景，景中情。”但他的情景论的独到之处还在于强调诗人主体性之于作品的决定意义：

> 诗文俱有主宾。无主之宾，谓之乌合。俗论以比为宾，以赋为主，……皆塾师赚童子死法耳。立一主以待宾，宾非无主之宾者，乃俱有情而相浃洽。若夫“秋风吹渭水，落叶满长安”，于贾岛何与？“湘潭云尽暮烟出，巴蜀雪消春水来”，于许浑奚涉？皆乌合也。“影静千官里，心苏七校前”，得主矣，尚有痕迹；“花迎剑佩星初落”，则宾主历然，镕合一片。
>
> 身之所历，目之所见，是铁门限。即极写大景，如“阴晴众壑殊”“乾坤日夜浮”，亦必不逾此限。非按舆地图便可云“平野入青徐”也，抑登楼所得见者耳。隔垣听演杂剧，可闻其歌，不见其舞，更远则但闻鼓声，而可云所演何出乎？前有齐梁，后有晚唐及宋人，皆欺心以炫巧。①

王夫之极为看重诗人的内部情感之于外在物态景色所投下的那种精神观照，主体情感是“主”，外界景色是“宾”，主立而待宾至，宾不能无主而立。在情景关系中他高举情对于景的统摄性和主宰性，自然地也就非常贬抑那些看不到主体情感存在迹象的客观绘景诗句。他十分看重“景中有人，人中有景”的融合状态，像贾岛的“秋风吹渭水，落叶满长安”、许浑的“湘潭云尽暮烟出，巴蜀雪消春水来”这些传唱千古的名句在王夫之看来都因为缺少诗人主体情愫的投注而受到批评。王夫之赫然指出写景之句的艺术底线（“铁门限”）必须源自诗人亲身的目击身历，他感到上面两位名家的诗句并非从他们切身真实的经历中生发而来，不过是凭空想象的妆排景物之语，所以无论它们措辞上写得有多工巧丽致皆不足称道。由此可见王夫之对主体性的要求达到何种苛严程度，他就这样对传统情景论赋予了极强的主体性的限制。另外，人的情感因素在王夫之那里不需要直接地体现在情感字眼之中，但它必须能从整体的诗境中流溢出来，如他评说谢朓的名篇《之宣城郡出新

---

① 王夫之．姜斋诗话笺注［M］．戴鸿森，笺注．北京：人民文学出版社，1981：54-55.

林浦向板桥》时云："语有全不及情而情自无限者，心目为之，政不恃外物故也。'天际识归舟，云间辨江树'，隐然一含情凝眺之人，呼之欲出，从此写景，乃为活景。"[①] 而且在王夫之那里，"景"亦不限于风景物色，它还可以包含物象事类。他评说曹植《当来日大难》云："于景得景易，于事得景难，于情得景尤难。'游马后来，辕车解轮'，事之景也。'今日同堂，出门异乡'，情之景也。"[②] 我们看到，连"游马""辕车""同堂""异乡"之类的物象也可以归于"景"中，这又反映了王夫之对传统情景论内涵范围的拓宽。王夫之对情景关系做了前所未有的发明，他极力提高精神主体在诗中的地位，使得那些在他看来"景中无人"的诗句——无论它们写得多么清丽工致——都不足称道；他又拓宽了景的内涵，提出"事之景"的说法，这就增加了诗中可取的物象范围。

以上便是对传统情景交融观念渊源的考察，从刘勰、钟嵘那里始发的模糊体认到范晞文的明白提法，中间经过许多论家的反复申说，再到王夫之的独特深化，一条情景交融的观念史线索展现于前。

然而对于王夫之的情景论，我们需要给予认真的检省。他理论的最大可疑之处就是过高地强调了诗人的主体存在感，导致这个理论的包容性太有限，最终把许多批评史上世代公认的精彩诗句都排除在外，上面贾岛与许浑的名句就是例证。一种审美理论与经过了历史检验而存留下来的审美判断力产生冲突，就是这个理论失去解释力和说服力的最好证据。

二、能观不隔

下面转入考察"意境"概念中的第二个因素："能观不隔"。顾名思义，"能观"即是诗歌给人带来的如在目前、如造真境的审美体验。刘勰有"情在词外曰隐，状溢目前曰秀"（《文心雕龙·隐秀》）之论，后来戴叔伦更是道出："诗家之景，如蓝田日暖，良玉生烟，可望而不可置于眉睫之前也。"这种"可望"但又不可触及的状态就是一种如在目前的视觉感受。对这个问题给出精致的反思和讨论的还是宋人，欧阳修《六一诗话》中云：

> 圣俞尝语余曰："诗家虽率意，而造语亦难。若意新语工，得前人所未道者，斯为善也。必能状难写之景，如在目前，含不尽之意，见于言外，然后为至矣。贾岛云：'竹笼拾山果，瓦瓶担石泉。'姚合云：'马随山鹿放，鸡逐野禽栖。'等是山邑荒僻，官况萧条，不如'县古槐根出，官清马骨高'为工也。"余曰："语之工

① 王夫之．古诗评选［M］．张国星，点校．保定：河北大学出版社，2008：275.

② 同①28.

者固如是。状难写之景，含不尽之意，何诗为然?”圣俞曰：“作者得于心，览者会以意，殆难指陈以言也。虽然，亦可略道其仿佛：若严维‘柳塘春水漫，花坞夕阳迟’，则天容时态，融和骀荡，岂不如在目前乎? 又若温庭筠‘鸡声茅店月，人迹板桥霜’，贾岛‘怪禽啼旷野，落日恐行人’，则道路辛苦，羁愁旅思，岂不见于言外乎?”[①]

欧阳修记叙了和梅尧臣私下的一次诗学探讨，并留下了梅尧臣“必能状难写之景，如在目前，含不尽之意，见于言外”这句批评史上的千古名论。欧阳修问梅尧臣什么样的诗能达此境界，梅尧臣举出“柳塘春水漫，花坞夕阳迟”一句来说明诗句给读者带来的视觉景象效果，它生动地呈现了一幅“天容时态，融和骀荡”的画面，让人览之有历历可观、如在目前的感受。随后他又举出“鸡声茅店月，人迹板桥霜”之句，此句道尽行客的羁愁旅思，言语之外又含有无穷之意。

承梅尧臣此论，诗歌那即目可观的艺术效果在后世诗论家那里得到了广泛的接受，并经常施用于鉴赏批评之中。《诗人玉屑》载南宋张文潜一段话这样说：

“冷于陂水淡于秋，远陌初穷到渡头。赖是丹青不能画，画成应遣一生愁。”右行色诗，故待制司马公所作也。公讳池，是生丞相温公。梅圣俞尝言：诗之工者，写难状之景，如在目前；含不尽之意，见于言外。此诗有焉。[②]

作者这里直接引用梅尧臣的话来评价司马池的代表作《行色》一诗，夸赞其达到了状景表意之妙。诗歌批评史上这种例子还有不少，宋代廖莹中评价韩愈《雉带箭》一诗时说：“此诗公佐张仆射于徐从猎而作也，读之其壮如在目前，盖写物之妙者。”[③]《诗人玉屑》载蔡絛《西清诗话》中评价孟浩然《望洞庭湖诗》云：“洞庭天下壮观，自昔骚人墨客题之者众矣。如‘水涵天影阔，山拔地形高’‘四顾疑无地，中流忽有山’‘鸟飞应畏堕，帆远却如闲’，皆见称于世。然未若孟浩然‘气蒸云梦泽，波动岳阳城’，则洞庭空旷无际，气象雄张，如在目前。”[④]《升庵诗话》中云：“江淹《别赋》：‘春草

① 何文焕．历代诗话［M］．北京：中华书局，1981：267.

② 魏庆之．诗人玉屑：卷八［M］//吴文治．宋诗话全编．南京：凤凰出版社，1998：9016.

③ 东雅堂昌黎集注：卷三［M］//文渊阁四库全书：第1075册：第1075册．台北：台湾商务印书馆，1986：71.

④ 同②9143.

碧色，春水绿波。送君南浦，伤如之何。’取诸目前，不雕琢而自工，可谓天然之句。”[①]《载酒园诗话》：“（陆龟蒙）《樵歌》云：‘出林方自转，隔水犹相应。’《樵火》曰：‘深炉与远烧，此夜仍交光。或似坐奇兽，或如焚异香。’真若目击，皮所不及也。”[②] 余皆此类。

“如在目前”的艺术标准不仅用于批评鉴赏，还涉及文学事业自身的终极目的。如潘德舆《养一斋诗话》中云：

> “辞达而已矣”，千古文章之大法也。东坡尝拈此示人，然以东坡诗文观之，其所谓达，第取气之滔滔流行，能畅其意而已。孔子之所谓达，不止如是也。盖达者，理义心术，人事物状，深微难见，而辞能阐之，斯谓之达，达则天地万物之性情可见矣。此岂易易事，而徒以滔滔流行之气当之乎？以其细者论之，“杨柳依依”，能达杨柳之性情者也；“蒹葭苍苍”能达蒹葭之性情者也。任举一境一物，皆能曲肖神理，托出豪素，百世之下，如在目前，此达之妙也。《三百篇》以后之诗，到此境者，陶乎？杜乎？坡未尽逮也。[③]

该段文字的立意相当之高，它直接溯及孔子的“辞达而已矣”这一千古文章之大法。潘德舆指出尽管苏轼常提此古训以示人，并且其文章有汪洋肆意之气，但也并未全尽孔子“辞达”的本义。潘德舆说所谓“辞达”乃是指文字能将“理义心术”与“人事物状”的深微之处均阐发出来，使得天地万物各自的“性情”于我们粲然可见，而这并非仅凭苏轼那股勃发的文气就可以实现的。潘德舆所说的“性情”是指世间事物所表现出来的各自独特并且直观可见的存在状态，文字如果能“曲肖神理”而“托出毫素”，以至把客观物态惟妙惟肖地曲写出来，便是“辞达”的境界。如“杨柳依依”“蒹葭苍苍”这样的诗句就非常精当地表现了物态的细微体态，它们能够“窥情风景之上，钻貌草木之中”，使后人览之如在目前。对物情的肖写是保证诗“能观不隔”的重要前提。《唐宋诗醇》中载：“顾嗣立曰：‘将军欲以巧伏人，盘马弯弓惜不发’（韩愈《雉带箭》。——引者注）二句，无限神情，无限顿挫，公盖示人以运笔作文之法也。至其全首波澜委曲，细微熨帖，王留耕所谓‘写物之妙，其状如在目前’，信然，信然。”[④] 这也表明诗人只有通

① 丁福保．历代诗话续编［M］．北京：中华书局，1983：683.

② 郭绍虞．清诗话续编［M］．富寿荪，校点．上海：上海古籍出版社，1983：371.

③ 同②2035.

④ 爱新觉罗·弘历．御制唐宋诗醇：卷二十九［M］//文渊阁四库全书：第1448册．台北：台湾商务印书馆，1986：567.

过对物态熨帖而细微的体察才能使读者产生如在目前的艺术体验。

上面我们已经看到不少诗论家在评点前面韩愈《雉带箭》一诗时多对其“能观”的艺术效果称赏有加，这首诗全文是这样的：“原头火烧静兀兀，野雉畏鹰出复没。将军欲以巧伏人，盘马弯弓惜不发。地形渐窄观者多，雉惊弓满劲箭加。冲人决起百余尺，红翎白镞随倾斜。将军仰笑军吏贺，五色离披马前堕。”实事求是地说，完整读这首诗后的确给人以身临其境的观感，诗中射猎的将军（张建封）欲以巧难之技来折服他的将士，他身姿矫健而气势恢弘，疾驰中开弓射箭，仰笑之间雉禽翩然坠落马前。韩愈刻画了一个气势高昂、节奏疾速的射猎场面，仿佛一千多年前那位有豪杰之姿的雄镇刺史就出现在我们的眼前。但是，这首诗却没有我们念兹在兹的那种意境感，虽然它确实成功地营造了如在目前的画面感，却显然感觉距离“意境”还缺少一个很重要的元素。

三、含蓄不露

韩愈《雉带箭》一诗缺少的一个重要的元素就是“含蓄不露”，这是在意境概念中最为关键的元素。“含蓄不露”作为一个经典的诗学批评术语，是指诗词章句所流露出来的那种意在言外、弦外有音的隽永感受。姜夔《白石诗说》中云：“语贵含蓄。东坡云：‘言有尽而意无穷者，天下之至言也。’”[①] 此正是将“含蓄”与“言有尽而意无穷”看作一回事。“含蓄”起源于古代哲学中“言不尽意”的观念，其最早可以追溯到《周易·系辞上》里“书不尽言，言不尽意”这句话。后来的道家将其发展成为影响深远的哲学观念，《庄子·天道》中云：“世之所贵道者书也，书不过语，语有贵也。语之所贵者意也，意有所随。意之所随者，不可以言传也，而世因贵言传书。世虽贵之，我犹不足贵也，为其贵非其贵也。”此处这个“意之所随”而又不可言说的东西就是庄子的“道”。在庄子那里，“书”以载“语”，“语”所贵“意”，“意”本随“道”，此逻辑链中的“道”乃是最高深和最根本性的东西，相形之下言语则最为浅表最为次要。在“言”与“意”之间，道家轻贵分明的态度是对《周易》“言不尽意”观念的反映。到了魏晋时期，“言意之辨”成了当时知识界关注的一个主要问题，对“言不尽意”与“言能尽意”两者的辨析和讨论一时间颇为兴盛。然而当时的知识界主流态度还是拥护玄学家“言不尽意”的立场，欧阳建《言尽意论》中云“世之论者，以为言不尽意，由来尚矣。至乎通才达识，咸以为然。若夫蒋公之论眸子，钟傅之言才性，莫不引此为谈证”[②]，正是反映了这种情况。

① 何文焕．历代诗话［M］．北京：中华书局，1981：681.

② 欧阳询等．艺文类聚［M］．上海：上海古籍出版社，1999：348.

文学中“含蓄”或者说“言有尽而意无穷”的观念正是从哲学思想界那里脱胎而来的，钟嵘较早地提出了“文已尽而意有余，兴也”的看法。在旧题白居易《文苑诗格》中则有更为详致的表述，其云：

为诗须精搜，不得语剩而智穷，须令语尽而意远。古诗云：“余霞散成绮，澄江静如练。”又古诗：“前有寒泉井，了然水中月。”此语尽意未穷也。①

这段文字最宜引起注意的地方在于“不得语剩而智穷”与“须令语尽而意远”之间的关系。诗家之所以追求“言有尽而意无穷”的艺术效果，就是为了避免在诗文中暴露出“才竭智穷”的窘况。“语尽而意远”的作品在才智上要高于“语剩而智穷”的作品，这其实就是本书始终反复提及的文学的认知价值的问题。诗文在语言文字上都是有限的，而其背后展示的意义则可以突破文本的限制而开拓出更为寥远的世界容貌。同为一首诗，那种能启迪读者得到无尽回味与广阔遐想的作品必然在知性上能给人带来更多的愉悦感，而那种一览便尽、不胜思索的作品必然会因为其有限的才智含量而难以让人满足。我们之所以在鉴赏文学作品的过程中能收获愉悦感，终究是因为通过对作品的阅读我们每个人过往有限的见闻经验被有益地拓宽了，曾经模糊存在的各种感受因受到作品的触发而变得清楚和细腻起来。文学的价值就在于它涵泳和锐化了我们体察和理解世界的智能，这是评价一切文学作品之高下的衡准。立意深远的诗句确实比意近的诗句含有更多的知性价值，故前者比后者在艺术上更为成功。惠洪《冷斋夜话》中有这么一段经典的品鉴：

东坡云：“深秋帘幕千家雨，落日楼台一笛风。”皆如寒乞相，一览便尽。初如秀整，熟视无神气，以其字露也。东坡作对则不然，如曰：“山中老宿依然在，案上楞严已不看”之类，更无龃龉之态。细味对甚的而字不露，此其得渊明之遗意耳。②

如今我们仔细去品味这两句诗也应该得出同批评家一致的感觉，“深秋帘幕千家雨，落日楼台一笛风”虽然摹景秀整并且对仗工属，但是其意涵全无保留地收束在表面的文字之中，使人一览便尽而毫无余事。比较来看，“山中老宿依然在，案上楞严已不看”，虽没有多少绮色秀美的意象，却让人回味无穷——我们不知道老宿为何不再去看那本久放在书案上的《楞严经》，

① 张伯伟．全唐五代诗格汇考［M］．南京：江苏古籍出版社，2002：367.
② 吴文治．宋诗话全编［M］．南京：凤凰出版社，1998：2428.

这引起我们对其可能原因的各种猜想。后者显然比前者拥有更大的思维空间和更多的智力施展，我们的认知天性中更喜欢“智量有余”而不是“智穷”的作品，因为前者比后者能给我们带来更多的思量与回味。“含蓄不露”正是这样一种“智有余地”的艺术境界。

批评史上那些我们再熟稔不过的推崇含蓄诗风的著名断言，有司空图的“味外之旨”（《与李生论诗书》）；梅尧臣的“含不尽之意，见于言外”（《六一诗话》）；姜夔的“句中有余味，篇中有余意，善之善者也”（《白石诗说》）；严羽的“盛唐诸人惟在兴趣，……故其妙处透彻玲珑，不可凑泊，如空中之音，相中之色，水中之月，镜中之象，言有尽而意无穷”（《沧浪诗话》）。这些议论宗旨相同，甚至在文字表达上都颇为近似。更值得我们注意的是范温，因为他把“含蓄”和“有余意”同我们熟悉的另一个常见的批评概念联系了起来，这就是“韵味”。《潜溪诗眼》中云：

> ……定观请余发其端，乃告之曰：“有余意之谓韵。”定观曰：“余得之矣。盖尝闻之撞钟，大声已去，余音复来，悠扬宛转，声外之音，其是之谓矣。”余曰：“子得其梗概而未得其详，且韵恶从生?”定观又不能答。予曰：“盖生于有余。请为子毕其说。自三代秦汉，非声不言韵；舍声言韵，自晋人始；唐人言韵者，亦不多见，惟论书画者颇及之。至近代先达，始推尊之以为极致；**凡事既尽其美，必有其韵，韵苟不胜，亦亡其美**（笔者加重）。夫立一言于千载之下，考诸载籍而不缪，出于百善而不愧，发明古人郁塞之长，度越世间闻见之陋，其为有包括众妙、经纬万善者矣。且以文章言之，有巧丽，有雄伟，有奇，有巧，有典，有富，有深，有稳，有清，有古。有此一者，则可以立于世而成名矣；然而一不借焉，不足以为韵，众善皆备而露才用长，亦不足以为韵。必也备众善而自韬晦，行于简易闲澹之中，而有深远无穷之味，观于世俗，若出寻常。至于识者遇之，则暗然心服，油然神会。测之而益深，究之而益来，其是之谓矣。其次一长有余，亦足以为韵；故巧丽者发之于平澹，奇伟有余者行之于简易，如此之类是也。①

范温对韵的界定是“有余意”，这可真是看似寻常而实乃奇崛之论！范温之前关于“韵”的提及并不少见，较有名的司空图《二十四诗品》里的“韵外之致”“不着一字，尽得风流”“味在咸酸之外”都反映其对幽远、清淡、回味无穷之趣的追求。对范温影响较深的黄庭坚提出了“凡书画当观

① 吴文治．宋诗话全编［M］．南京：凤凰出版社，1998：1259．

韵”的见解，其《书徐浩题经后》中有论：“若论工不论韵，则王著优于季海，季海不下子敬。若论韵胜，则右军、大令之门，谁不服膺！……前朝翰林侍书王著笔法圆劲，今所藏《乐毅论》、周兴嗣《千字文》皆著书墨迹，此其长处不减季海，所乏者韵尔。”① 然而无论范温之前有多少名公巨伯论及过“韵”，但首先把“韵”简明扼要地界定为“有余意”是范温。他甚至极为肯定地宣称：“凡事既尽其美，必有其韵，韵苟不胜，亦亡其美。”可见，范温主张“韵”是所有成功的诗歌艺术作品的必要条件。

世间的作品原本风姿多彩，它们可以有巧丽、雄伟、奇警、典雅、富丽、深沉、雄稳、清淡、高古等不一而足的风格类型。范温认为，不管这些风格之间如何不同，它们的共同之处在于唯有各自在艺术上能达到含蓄即“有余意”的境界时才可谓之拥有韵味之美，才可以说是真正实现了各类的艺术风格样态。范温没有将“韵”看成一种独立的风格类型，而是视之为一切风格类型的作品都应具有的统一特质。在范温那里，有韵味的诗作都是趋向于一种涵容有余的智量，它们不是仅在修辞文藻上故作出来的优游不迫，它们是内在思维性的。正如范温所高扬的那样：“是以识有余者，无往而不韵也。”《潜溪诗眼》中的“韵”或者说“有余意”其实等于“识有余者”，它代表着诗人的一种在智量上有余地而不穷竭的状态，这同前面所引《文苑诗格》中“不得语剩而智穷，须令语尽而意远”的观念如出一辙。

然而在实际写作中，“言有尽而意无穷”的含蓄效果是如何在诗歌中体现出来的呢？或者说诗人是如何在艺术创造中实现它的呢？旧题梅尧臣《续金针诗格》中提出了保证诗歌含蓄有味的七个要求，其云：

诗有七不得

说见不得言见。诗曰：“僧房嵩岳色。”
说闻不得言闻。诗曰：“公府洛河声。”
说远不得言远。诗曰：“孤舟行一日，万水与千山。”
说静不得言静。诗曰：“竹里柴扉掩，庭前鸟雀行。”
说苦不得言苦。诗曰：“别地叶频落，去程山已寒。”
说乐不得言乐。诗曰：“乘舟泊山寺，着屐到人家。”
说恨不得言恨。诗曰：“但取诗名得，何论下第频。”②

笔者个人认为这可能是古人对诗风含蓄在道理上解释得最为通透的一段话，作者指出作诗当曲折致意而避免直述。细细品察其所举之例，确实都因

① 黄庭坚．黄庭坚全集［M］．郑永晓，整理．南昌：江苏人民出版社，2008：1560.
② 梅尧臣．续金针诗格［M］．//吴文治．宋诗话全编．南京：凤凰出版社，1998：150.

其在意思上迂回遂使人顿觉良有余味。诗人不直接表意，而是转借某些相关意象以及这些意象之间所营造的语境氛围让读者自然合理地联想到那层意图，从而起到间接致意的含蓄效果。《续金针诗格》中所举之句无一不含蓄微远而在意境上耐人寻味。像“别地叶频落，去程山已寒”这样的诗句，诗人愁苦的精神自然而然地向外部世界投下了浓厚的主体观照，从而使得他的所见所闻皆蒙上一层“愁色”，他只要“直接地”描绘面前这个着染上愁色的世界，就已经是在间接地表露言外之意言外之旨了，从而让读者在领会这层意旨的过程中获得一种含蓄的审美观感。这里须加区分的是，如果其言外之旨是某种情感内容的话，那么它多可能是情景交融的诗句，**这意味着直接所写的是景色，含蓄所致的是情感**。如贾岛的“别地叶频落，去程山已寒”、李商隐的“池光不受月，野气欲沉山”即如此；如果其言外之旨是思想上的某些寓意，**那么这意味着它直接所写的是一层意思，含蓄所指的则是另一层意思**，如杜甫的“既称绝世无，天子何不换来守京都”、李商隐的“夜半宴归宫漏永，薛王沉醉寿王醒”、袁枚的“石壕村里夫妻别，泪比长生殿上多”这些名句即如此。[①] 这些诗皆属于“识有余者”，皆非“语剩而智穷者”，用美学或者艺术哲学的话语来说就是皆能为我们的认知带来更多的内容。

但现在的问题是，在古人留下来的诗词瑰宝中我们看到有太多的传世名句并不具有多少让人回味的言外之意和味外之旨，也没有让人能观不隔的效果。这些诗句对世间的物态事类多作直寻写照，少有含蓄曲折的幽远致意，它们就是直接地描绘出一种物色景致、说出一些道理或者一种直率的感情，没有多少情与景的交融，也没有含蓄不露，但这却不妨碍它们在艺术上的成功与历史上的不朽。这些句子如曹植的“捐躯赴国难，视死忽如归”、陶渊明的“身没名亦尽，念之五情热”、鲍照的“自古圣贤尽贫贱，何况我辈孤且直”、陈子昂的“自古皆有死，徇义良独稀”、王昌龄的“人生须达命，有酒且长歌”、李白的“安能摧眉折腰事权贵，使我不得开心颜”、杜甫的“会当凌绝顶，一览众山小”、李贺的“向前敲瘦骨，犹自带铜声”、白居易的“君以明为圣，臣以直为忠”、罗隐的“时来天地皆同力，运去英雄不自由”、杜荀鹤的“诗旨未能忘救物，世情奈何不容真”、邵雍的“身经两世太平日，眼见四朝全盛时”、程颢的“富贵不以贫贱乐，男儿到此是豪雄”、苏轼的“世事一场大梦，人生几度秋凉”、黄庭坚的“人得交游是风月，天开画图即

---

① 从诗艺的知性法则角度去解释这些诗句之所以会产生言外之旨，根本上还是出于“概念性命意”与“意象性命意”之间紧密合作的效果。不同的概念和意象元素之间基于某种或某些知性法则被恰当地联系起来，它们由此共同引发出某种超越了被联系者固有内容之外的新的意涵。这种新的意涵让人的智力获得了更多的驰骋和展望空间。

江山”、李清照的“生当作人杰，死亦为鬼雄”、陆游的“位卑未敢忘忧国，事定犹须待阖棺”等，这样的这些传世之句实在太多了。把这些精彩的诗句罗列在眼前，其效果足以反驳任何“唯意境论”的诗学趣味。这些诗句并不含蓄，也没有什么景致之美，但依旧令人动容乃至震撼。只因为它们做到了概念性命意与意象性命意的精妙结合，这些诗句用意象化的语言直言出一个概念知性上新奇的命意，它们的成功和意境之美没有关系。**一言以蔽之，这些诗句在知性上的不同凡响使得它们不需要制造出什么“言外之意”的审美效果就足以震撼人心、令人难忘。**试想一下，如果中国古典诗歌遗产中没有上述名句的存在，留下来满眼所见尽是“松风吹解带，山月照弹琴”“别地叶频落，去程山已寒”这样的诗句，那么古典诗歌的智量水平将受到何等的削弱，中国古典文学在思维认知能力上将变得何其贫瘠。

另外值得指出的是，“意在言外”的审美追求可能会导致诗歌作品思想立意的贫瘠和空乏，例如那类受到严羽“兴象”“妙悟”之说深刻影响的以王士祯为代表的“神韵派”诗风就是如此。众所周知清代王士祯的诗风以清雅幽远、含蓄空灵著称，然而这种诗风的缺陷亦是明显的。钱钟书先生就曾这样评价过王士祯的诗：“渔洋天赋不厚，才力颇薄，乃遁而言神韵妙悟，以自掩饰。一吞半吐，撮摩虚空，往往并未悟入，已作点头微笑，闭目猛省，出口无从，会心不远之态。故余尝谓渔洋诗病在误解沧浪，而所以误解沧浪，亦正为文饰才薄。”钱钟书先生随即更是径直犀利地指出王士祯诗风的症疾所在：“但意在言外，认为言中不必有意；将弦外余音，认为弦上无音；将有话不说，认作无话可说。”① 钱钟书先生的这一批判简直深入骨髓、直击要害，也印合了我们平时对这类诗风的审美观感。读完这类诗后不知作者意指所云，空留下一片清雅悦目的辞藻，而这归根结底是缺乏思想见识的表现。至此应该看到，“意境”并不是构成杰作的必要条件，那种“唯意境论”的审美趣味有着显而易见的局限性。

---

① 钱钟书. 谈艺录［M］. 北京：生活·读书·新知三联书店，2001：276.

第十章　古典诗歌知性价值的集大成代表：杜甫的诗识与杜诗艺术的知性含量

第一节　杜甫“诗史”类作品引发的争议及古人对“诗”“史”关系的理解

本章要将已经确证的诗的知性意义置于杜甫诗歌中予以考察，以表明杜甫这一古今最伟大的诗人的诗歌中如何深刻地蕴藏着诗的认识论意义和知性价值。杜诗总体上给人留下规模宏大而又体察细微的印象，他竭尽毕生心力所创作的一千四百余首诗足以构成一幅涵盖将近半个世纪的、履迹遍及半个天下的文史画卷。自唐代孟棨《本事诗·高逸》中奉杜诗为“诗史”以来，这个称谓沿用至今以概括杜甫那充分反映开元和天宝年间“五十年间似反掌”的强烈纪实性诗风。然而杜诗的伟大之处表面上看来源于他对广阔社会历史现实的寥廓写照，而其实质则本自他对世间事、理、情的体察和把握超越了“史实”的层面，抵达更高的叶燮所谓的“诗识”的境界。具备“诗识”是杜甫能够取得如此伟大艺术成就的先决条件，这种文学素养最终使得杜诗在整体上充满着知性意义。

“诗史”一词是对杜甫在历史与诗歌两方面均有卓越成就的极高称誉。然而史学家与诗人有着天然不同的司职，历史与诗歌在概念上也存在着不可逾越的界限。历史要求史学家远离想象与虚构，忠实地去记录和还原那个过往的世界；而诗歌则正相反，它需要诗人抒发情感与施展想象，去表现一种融入诗人精神之中的世界面貌。因此，把“诗”与“史”并称为“诗史”的做法从概念上讲似乎存在着一种混淆，在古代诗歌批评史上，对“诗史”这一概念的批评较为著名的是杨慎和王夫之，在《升庵诗话》中，杨慎这样讲：

> 宋人以杜子美能以韵语纪时事，谓之“诗史”。鄙哉宋人之见，不足以论诗也。夫六经各有体，《易》以道阴阳，《书》以道政事，《诗》以道性情，《春秋》以道名分。后世之所谓史者，左记言，右记事，古之《尚书》《春秋》也。若诗者，其体其旨，与《易》

《书》《春秋》判然矣。《三百篇》皆约情合性而归之道德也，然未尝有道德字也，未尝有道德性情句也。二南者，修身齐家其旨也，然其言琴瑟钟鼓，荇菜芣苡，夭桃秾李，雀角鼠牙，何尝有修身齐家字耶？皆意在言外，使人自悟。至于变风变雅，尤其含蓄，言之者无罪，闻之者足以戒。如刺淫乱，则曰“雝雝鸣雁，旭日始旦”，不必曰“慎莫近前丞相嗔”也；悯流民，则曰“鸿雁于飞，哀鸣嗷嗷”，不必曰“千家今有百家存”也；伤暴敛，则曰“维南有箕，载翕其舌”，不必曰“哀哀寡妇诛求尽”也；叙饥荒，则曰“牂羊羵首，三星在罶”，不必曰“但有牙齿存，可堪皮骨乾”也。杜诗之含蓄蕴藉者，盖亦多矣，宋人不能学之。至于直陈时事，类于讪讦，乃其下乘末脚，而宋人拾以为己宝，又撰出“诗史”二字以误后人。如诗可兼史，则《尚书》《春秋》可以并省。又如今俗卦气歌、纳甲歌，兼阴阳而道之，谓之“诗《易》”可乎？①

杨慎认为诗的“体旨”与《易》《春秋》判然不同，《诗经》三百篇所咏之性情皆能归入道德之正，但它们并无显眼的道德词汇。即便在变风变雅的诗章中，其美刺之义也是在含蓄的文风中表露出来，它们不同于杜甫那些对社会问题直言不讳揭露与批判的诗句。杨慎批评宋人不去学杜诗的含蓄有味之处，却将他那些直陈时事而毫无韵致的诗篇推尊为“诗史”。杨慎此论中一个非常显著的优点是他对文体的形式与内容做了区分。从议论的整个逻辑上看，杨慎认同宋人称杜甫的诗史类作品实乃“以韵语纪时事”的观点，但他质疑的正是杜甫这种做法的合理性。杨慎所真正关切的是那些诗史之作的实质内容，而并非它们表面的韵语外观。像“慎莫近前丞相嗔”“千家今有百家存”这样的句子纵然有合辙押韵的诗歌形式，但表现内容上仍然属于对事实的直陈直叙，因而终究缺乏杨慎欣赏的那种含蓄之美。由此可以看到在杨慎心目中，纪实性的文字不会因为披上一层韵语形式就变成了诗歌，诗与史决然不能混同，它们之间的区别是根本性的。最后杨慎从反面意义上说：“如诗可兼史，则《尚书》《春秋》可以并省。”这足见他对“诗史”概念的贬斥。

相比杨慎对“诗史”还算彬彬有礼的批评，王夫之对“诗史”的态度要激烈得多，他曾这样评价道：

诗有叙事叙语者，较史尤不易。史才固以隳栝生色，而从实着笔自易；诗则即事生情，即语绘状，一用史法，则相感不在永言和

① 丁福保．历代诗话续编［M］．北京：中华书局，1983：868.

声之中，诗道废矣。此“上山采蘼芜”一诗，所以妙夺天工也。杜子美仿之作《石壕吏》，亦将酷肖，而每于刻画处犹以逼写见真，终觉于史有余，于诗不足。论者以‘诗史’誉杜，见驼则恨马背之不肿，是则名为可怜悯者。①

王夫之明确指出了“诗”与“史”之间的根本区别，认为诗须“即事生情，即语绘状”，而历史则是“檃栝声色，而从实着笔”。在他看来，杜甫在诗歌创作中的“一用史法”导致其诗歌丧失了“永言和声”的艺术美感，诗道由此而废亡。王夫之认为唯有那些发源于性情而形之于“永言和声”的诗才算是真正意义上的诗，王夫之把情感之外的东西全部排除在诗歌艺术的范围之外，画定诗歌的明确疆界，并指责杜甫对这种疆界的破坏，他说：

诗以道性情，道性之情也。性中尽有天德、王道、事功、节义、礼乐、文章，却分派与《易》《书》《礼》《春秋》去。彼不能代诗而言性之情，诗亦不能代彼也。决破此疆界，自杜甫始。桎梏人情，以掩性之光辉，风雅罪魁，非杜其谁邪？②

王夫之对杜诗的批判力度甚为惊人，简直可以说到了口诛笔伐的程度。杜甫因为“混淆”了文体的界限从而导致其诗歌作品缺乏应有的情韵，遂被贬斥为“桎梏人情”的“风雅罪魁”。毋庸置疑，王夫之对杜诗所持的这种颠覆性论调与中国古代文学批评史上尊崇杜诗的主流意见悍然相悖。下文将会对杜诗的诗歌艺术价值给予全面的省察和讨论，这里对王夫之的观点略提一句，因为蒋寅先生就曾指出：“王夫之虽然是个有见识的诗论家，但他在某些方面观念是有问题的，艺术感觉似乎也不太好，因此他有些批评决不可轻从。”③ 并指出王夫之对杜诗的责难“适足暴露出他文学观念的狭隘和审美鉴赏力的欠缺而已”④。

回到“诗史”的问题中来，我们看到杨慎与王夫之二人均质疑“诗史”这一概念的可接受性，并均主张诗歌艺术应该表现出有别于历史著述的特定审美风貌，杨慎的“含蓄蕴藉”与王夫之的“永言和声”就是他们心目中诗歌应达到的审美风貌。然而杨慎与王夫之对“诗史”的贬斥态度却引发我们这样一个深思：诗歌与历史之间究竟是否存在那样一条不可逾越的疆界？或者说，杜诗中随处可见的纪实性内容是否背离了诗歌艺术的本旨和定义？也

---

① 王夫之．古诗评选［M］．张国星，点校．保定：河北大学出版社，2008：166．

② 王夫之．明诗评选［M］．李金善，点校．保定：河北大学出版社，2008：300．

③ 蒋寅．杜甫是伟大诗人吗？历代贬杜论的谱系［J］．国学学刊，2009（3）．

④ 同③．

可以有更深一层的探问：鉴于杜诗在中国诗歌史上公认的崇高地位，我们是否有理由怀疑两位重要的批评家对“诗史”概念的批判受到了他们个人的审美趣味和艺术好恶感的影响，而不是源自对“诗”概念的客观审辨的分析？面对这些问题，我们需要弄清诗歌与历史在古人心目中究竟具有何种关系。因此我们下面专门要探究的是：“诗史”究竟属于诗还是史？

中国古代一直有推尊史学的传统，后来甚至出现了以章学诚为代表的“六经皆史”的思想。由于史学在学术中逐渐上升到了中心地位，这自然就产生了其他学问朝史学靠近的倾向，诗、史同源的观念就属于这种情况，如钱谦益云：

> 孟子曰：“《诗》亡然后《春秋》作。”《春秋》未作以前之诗，皆国史也。人知夫子之删《诗》，不知其为定史。人知夫子之作《春秋》，不知其为续《诗》。《诗》也，《书》也，《春秋》也，首尾为一书，离而三之者也。三代以降，史自史，诗自诗，而诗之义，不能不本于史。曹之《赠白马》，阮之《咏怀》，刘之《扶风》，张之《七哀》，千古之兴亡升降，感叹悲愤，皆于诗发之。驯至于少陵，而诗中之史大备，天下称之曰“诗史”。①

钱谦益将孔子的“删诗”看作“定史”的行为，将孔子作《春秋》视为对《诗》的延续。他认为诗与史本来浑然一体，只不过到了三代以后两者才在形式上分道扬镳。虽然两者同根同源，但钱谦益更看重历史在文化传统中的地位，他曾说：“史者，天地之渊府，运数之勾股，君臣之元龟，内外之疆索，道理之窟宅，智谞之伏藏，人才之薮泽，文章之苑圃。以神州函夏为棋局，史其为谱；以兴亡治乱为药病，史其为方。”② 张晖先生针对钱谦益的这句话指出：“在钱谦益看来，历史是一切文化的根本。”③ 这样我们就能理解“诗之义，不能不本于史”这句话背后的思想意涵了。在钱谦益心目中，像曹植的《赠白马王彪》、阮籍的《咏怀诗》、张载的《七哀诗二首》这些诗作兼具史家的兴亡升降之叹，而到杜诗那里，诗中载史的情况发展到了极为周备的程度，故世称“诗史”。缘于对历史学问极为看重，钱谦益高度肯定诗与史之间的结合。浙东学派的李邺嗣也有近似看法，他说：

> 至诗与史学，更相表里。盖诗义主述治乱、陈美刺，其所叙两

---

① 钱谦益．胡致果诗序［M］//牧斋有学集：卷十八．上海：上海古籍出版社，1996：800.

② 钱谦益．汲古阁毛氏新刻《十七史》序［M］//牧斋有学集：卷十四．上海：上海古籍出版社，1996：681.

③ 张晖．中国“诗史”传统［M］．北京：三联书店，2016：181.

朝主德及中兴将相勋业灿然，自板荡以后，记王室衰微之由，下至列国盛衰，历历可诵，故《诗》与《春秋》相接，而汉以下诗家则称彭泽、杜陵，二公俱诗之圣，然陶公诗上自述史、咏古、传赞，托契千载，以寄其遥情；而杜公尤善叙其所历时事，发于忠愤感激，读之遂足当一代之史。二公所长若此。余故曰：诗非无益于史也。①

李邺嗣认为，诗可以"述治乱""陈美刺"，《诗经》中就叙及周王室与列国的兴衰治乱，其义足与《春秋》相接。杜诗正是因为具有这种善述时事的功能所以可以像历史一样去读，故它"足当一代之史"。李邺嗣指出的"诗与史学，更相表里"反映出两者之间的紧密关联。"诗非无益于史也"这句话体现出李邺嗣是站在史学的角度去看待诗歌的价值，"诗史"之类的作品因其可以增进我们对历史真况的理解而具有重要的价值。他与钱谦益一样认为诗歌之体完全可以用来记载过去的历史，二人均未在诗与史之间画出一条泾渭分明的界限，更没有因为"诗史"之作缺乏某些艺术风致而取消它"诗歌"的身份。

另一方面，立足于把握诗歌自身的渊源流变而去解释诗、史关系也是古代批评家的一条重要思路，王世贞有一段议论正循此路，这段话是他专对杨慎批评"诗史"的回应，王世贞这样说：

……其言（指杨慎上面那段"诗史"之论。——引者注）甚辩而核，然不知向所称皆兴比耳。《诗》固有赋，以述情切事为快，不尽含蓄也。语荒而曰"周馀黎民，靡有孑遗"，劝乐而曰"宛其死矣，它人入室"，讥失仪而曰"人而无礼，胡不遄死"，怨谗而曰"豺虎不受，投畀有昊"，若使出少陵口，不知用修何如贬剥也。且"慎莫近前丞相嗔"，乐府雅语，用修乌足知之。②

王世贞指出《诗经》中本来就有赋、比、兴三体，而"赋"居其一。赋的特点就是直述其事而不尽含蓄，王世贞列举了《诗经》中的一些内容直快的诗句来佐证这个观点。从这段文字可以看出，王世贞主要反驳的是杨慎"诗须含蓄蕴藉"的论调，认为该论调褊狭地只去接受诗歌的"比兴"之体而忽视了"赋"体的存在。王世贞通过回溯和检省诗歌历史的源头而明确指出赋体乃自诗经时代就业已出现的一种诗歌表现手法，它的特质正是以"述情切事为快"而"不尽含蓄"。

稍晚的许学夷也对诗、史关系做出过讨论，其亦是从对杨慎"诗史"之

---

① 李邺嗣．杲堂诗文集［M］．张道勤，校点．杭州：浙江古籍出版社，1988：562.

② 丁福保．历代诗话续编［M］．北京：中华书局，1983：1010.

论的反思而来，许学夷说：

……用修（此指杨慎。——引者注）之论虽善，而未尽当。夫诗与史，其体、其旨，固不待辩而明矣。即杜之《石壕吏》《新安吏》《新婚别》《垂老别》《无家别》《哀王孙》《哀江头》等，虽若有意纪时事，而抑扬讽刺，悉合诗体，安得以史目之？至于含蓄蕴藉虽子美所长，而感伤乱离、耳目所及，以述情切事为快，是亦变雅之类耳，不足为子美累也。[①]

许学夷认同杨慎“诗与史体旨不同”的观点，但却反对杨慎将杜诗中那些直陈时事的纪实性篇章看成没有诗歌含蓄蕴藉之味的史家文字。他的理由是：第一，即便像杜甫《石壕吏》这类纯现实主义题材的诗歌的确在纪备时事，但它却深刻地怀带着抑扬讽刺的目的，而“抑扬讽刺”正属于诗体的一种。第二，诗歌之体原本可以包含那种切事抒情的直快风格，那些含蓄不足的纪实性诗篇本就属于诗的一种类型，它们归于“变雅”之类，因此不可以被视为史。

在把“赋”体视为诗的一种天然的表现手段这一立场上，清代诗论家陈沆走得更远，他甚至指出“赋”实际上亦有“比兴”之用，打破了赋与比兴之间的传统界限，让“赋”从铺陈直述的观念中解放了出来，他说：

风以比兴为工，雅以直赋为体，枘凿各异方圆，源流同符三百。所贵诗史，讵取铺陈。谓能以美刺代褒贬，以诵诗佐论世，苟能意在词先，何异兴含象外，知同导乎情，则源流合矣。[②]

陈沆指出“诗史”之谓并非只在于铺陈与直述，“诗史”的可贵价值在于诗作之外所深托的美刺之意。诗人如果在落笔之前就已经确立好了讽咏美刺的意图（即“意在词先”），从而赋予那些铺陈直叙的诗句以其他深意，那么这就与那种“兴含象外”的比兴之法没有什么不同。

这样我们就看到，无论是立于史学角度还是立于诗歌角度，诗均可以合理地包含纪实性的文字。钱谦益和李邺嗣站在史学的立场上高扬了“诗”叙事述史的功能，但是鉴于历史在他们心目中的重要地位，这一观点多少造成了诗歌对历史的附庸，不是立足于诗歌艺术的本体地位而做的反思。因此在该观点里诗歌艺术自身的独立性可能会受到减损。而王世贞、许学夷、陈沆则从对诗歌艺术的自身起源和流变考察出发，各自为直叙性的“赋”体在诗歌中的“合法地位”而辩护，最终捍卫那种以“述事切情为快”的诗歌艺术

① 吴文治．明诗话全编［M］．南京：凤凰出版社，2006：6196．
② 陈沆．诗比兴笺［M］．上海：上海古籍出版社，1981：59．

风格。总结来看，这五位批评家均肯定了杜甫“诗史”之作的意义和价值，这就与前面杨慎、王夫之的观点形成鲜明对照。事实上，杨慎、王夫之的“反诗史之论”背后所折射出来的极有可能是一种反映特定偏好的诗歌艺术趣味。以王夫之为例，他在《唐诗评选》中评论李白的《登高丘而望远海》一诗中云：“后人称杜陵为诗史，乃不知此九十一字中有一部开元天宝本纪在内。”[①] 王夫之认为李白的《登高丘而望远海》一诗也和杜甫的诗史之作一样包含着历史内容，但是他更钟情于李诗的艺术风貌。他在评价庾信的《燕歌行》时说道：“句句叙事，句句用兴用比；比中生兴，兴外得比，婉转相生，逢原皆给。”[②] 可见王夫之并不反对诗中的叙事成分，但他所提倡的乃是叙事之中须带着比兴，只有这样诗句才能拥有婉转的韵味。从这两例应能看出，王夫之更欣赏李白和庾信那类叙事咏史的风格，而他所反感的是杜甫那种逼写见真、直言少情的叙事风格。至于杨慎则直接明确地表达对“含蓄蕴藉”之作的喜爱，他说：“杜诗之含蓄蕴藉者，盖亦多矣，宋人不能学之。至于直陈时事，类于讪讦，乃其下乘末脚，而宋人拾以为己宝，又撰出‘诗史’二字以误后人。”可见二人在诗歌审美上均更偏向于含蓄蕴藉、意味隽永的诗风，而不喜欢直叙风格的诗歌作品。我们有理由认为，那个背后导致杨慎与王夫之批判“诗史”的决定性缘由，极可能是来自他们内心深底对婉转含蓄诗风的审美偏好，也就是说他们的审美趣味深刻地影响了对于诗歌定义的理解。他们反对的不是诗歌中的历史内容，而是对历史内容直叙的表现方式。在他们心中，诗中所叙的历史一旦陷入平铺直叙，就变成了史家文字。

第二节 “诗歌”区别于“历史”的独特知性品格

这里真正需要解决的问题是：抛开一切趣味方面上的影响，那个在概念上使得诗歌区别于历史的决定性条件是什么？诗中平铺直叙的历史内容是否让诗歌作品变质成了历史作品？在人类思想史上，从区别诗与历史的概念出发进而对诗的自身规定性做出明确论断的思想家，最早应该追溯到亚里士多德。他在《诗学》中这样说：“与其说诗人是格律文的制作者，倒不如说应是情节的编制者。即使偶然写了过去发生的事，他仍然是位诗人，因为没有理由否认，在过去的往事中，有些事情的发生是符合可然性［和可能发生］的——正因为这样，他才是这些事件的编制者。”[③] 这个论断亦可以从亚里士

① 王夫之．船山全书：第 14 册［M］．长沙：岳麓书社，1996：909.

② 同①562.

③ 亚里士多德．诗学［M］．陈中梅，译注．北京：商务印书馆，2008：82.

多德在《诗学》同一章节的另一段话那里得到反向的印证，他说："希罗多德的作品可以被改写为格律文，但仍然是一种历史，用不用格律不会改变这一点。"[①] 我们看到在亚里士多德的眼中，诗人不会只因为书写了过去的事就转变成了史学家，史学家也同样不会由于使用了格律韵文就因此变成了诗人。两类人之间存在的这种判然区别体现在亚里士多德那句广为流传的论断之中："诗是一种比历史更富哲学性、更严肃的艺术，因为诗倾向于表现带有普遍性的事，而历史却倾向于记载具体事件。所谓'带普遍性的事'，指根据可然或必然的原则某一类人可能会说或会做的事——诗要表现的就是这种普遍性，虽然其中的人物都有名字。"[②] 亚里士多德这句话对后世影响深远，在他的认识中，诗歌区别于历史的本质要素或者说诗之所以为诗的真正原因在于它对普遍真理的揭示能力。

然而我们知道，亚里士多德所说的"诗"实质上指的是古希腊的史诗，古希腊史诗基本上是虚构性的叙事作品，那些虚构的情节却因能够反映出人性中的普遍特质而又显得那么的真实，并由此而引发世人的共鸣。"所谓普遍真理就是指某一类型的人在某种情况下可能或必然会说的话或会做的事"，这意味着诗人必须能洞察到和揭示出一般人性在特定境况下很可能普遍展露出来的东西。也就是说，问题的本质不在于诗中发生的内容是否存在"虚构"，而在于它们的发生在道理上是否"真正可能"，这才是"诗"的定义性特质。然而古希腊的史诗与中国古典诗歌非常不同。中国古典诗歌以缘情体物、感事写意为主，其篇幅多限为短诗，它们不像长篇史诗那样需要设计情节，也没有虚构人物和虚构场景的安排。所以亚里士多德所说的那种"某一类型的人在某种情况下可能或必然会说的话或会做的事"的"普遍真理"，在中国古典诗歌里是难以看到的，只有在像《孔雀东南飞》《木兰辞》《长恨歌》那些半虚构的长篇叙事诗中才可能依稀见到亚里士多德所谓的"普遍真理"。中国诗学史上对诗的定义要追溯到"诗言志"与"诗缘情"这两个悠久的而又权威性的观念中去，我们可以将其合并称为诗歌概念的"情志说"（在孔颖达那里它已经出现）。然而从表面上看，中国古代的"情志说"似乎与亚里士多德的"普遍真理说"没有什么交集之处。

但问题并没有这么简单，中西诗学在诗定义上的交集不是自明的，它需要通过深度解释才能显露出来。众所周知，中国古典诗歌的鲜明特质是抒情性，诗人在状绘世界的过程中不可避免地会留刻下主体精神的烙印，而诗人自己的情志无疑就是他生命精神的最主要体现。在古典诗歌作品中，"某一

---

① 亚里士多德．诗学［M］．陈中梅，译注．北京：商务印书馆，2008：81.

② 同①81.

类型的人”与此人所处的“某种客观情况”往往融合在一起而难见分解，诗人对客体世界情态状况的感知和描绘深深受到他们自己精神的支配和影响。中国古代诗学史上产生了各种各样“情景交融”的观念，它们一致地反映出诗歌艺术中主客融合的思想。在中国的古典诗歌里，主体精神与客体世界相互融合渗透，诗中所传现的物态与事类归根结底是在某一类型精神的观照之下所呈现出来的物态与事类。这一精神通过诗人自身的情感、志气与智识而得以显露，并且弥漫于诗中所安排的种种客体意象之中。这既反映在如“夕阳无限好，只是近黄昏”“暗水流花径，春星带草堂”这种精神与物态相融汇的诗句中，也体现在诸如“商女不知亡国恨，隔江犹唱后庭花”“出师未捷身先死，长使英雄泪满襟”这种精神与事类相交织的句子里。横向比照来看，中国“主客融合”的观念在西方艺术哲学思想中亦能找到相契合的声音。在《情感与形式》一书中，苏珊·朗格赞赏般地引用了美学家普罗尔的这样一句话：

> 如果有人问，艺术特质方面的想象内容是如何表现情感的呢？它怎么能是艺术所表现的情感呢？答案是：它是我们所讨论的精神的体现——人们常常设想艺术即是那种奇迹。不过，我们也许想象不到奇迹。而且既然我们稍动脑筋就能发现艺术作品确实表现情感，**那么，我们只能依照艺术因素明显的特点在表现出来的内容之内去寻找情感了**（笔者加重）。同时，我们把情感作为艺术的一个方面，即与它实际呈现出来的特点结成一体的一个方面，或者把情感作为整个艺术不可分割的部分。①

普罗尔认为艺术所表现出来的情感只有在作品“表现出来的内容之内”才能找寻到，它与作品中所表现出来的东西结成一体，成为作品不可分割的部分。现实中的诗歌艺术作品多以对各种风景、事态和经历的呈现为内容，它们作为客体对象原本属于世界的客观事实的范畴，然而一旦经过了诗人的瞩目，它们向我们的呈现方式就融入了精神的因素。一方面，内在精神层面的东西通过向外部事实的浸透而获得了它在客体世界中的某些形态，另一方面，客体世界也因为受到了主体精神的观照而获得了精神层面的意义，而这实际上就是一种“移情”的现象。这种现象在古典诗歌中体现得非常明显，我们可以以韦应物《赋得暮雨送李胄》为例来分析，这首诗全文是这样的：“楚江微雨里，建业暮钟时。漠漠帆来重，冥冥鸟去迟。海门深不见，浦树远含滋。相送情无限，沾襟比散丝。”苏珊·朗格对这首古老的东方诗歌颇

---

① 朗格．情感与形式［M］．刘大基，译．北京：中国社会科学出版社，1986：70.

为赞赏，她分析此诗时指出："在整个诗歌中，没有不具有情感价值的东西，也没有无助于形成明确而熟见的人类情境之意象的东西。"① 我们确实可以感到深浓的离别之情弥漫在整个建业城微雨暮钟、重帆鸟影的景象之中，诗里的自然物态似乎皆浸染上了离别的情绪，而这种情绪也借助于这些丰富的物态面貌而更具有表现力和感染力。事实上，建业城附近真实可见的景物不胜枚举，但诗人只挑选出那些有助于渲染离别意境的风景物象，也就是说诗中所展现的内容是经过诗人取舍过后的内容，它们虽然不是虚构的事实，但却属于被人为挑选过的事实。朗格最后总结道："（诗的）情节中的每一因素也就是情节中的情感表现，因此，诗人是以心理方式编制事件，而不是把它们当作一段客观的历史。"②

"诗人以心理方式编制事件，而不是把它们当作一段客观的历史"，朗格的这句话对我们打通"情志说"与"普遍真理说"之间的壁垒，找寻到它们在定义诗歌问题上的共同立场有着关键的启示意义。我们已经看到，古典诗歌中所吟咏的内容是通过精神与物态事类之间的相互结合而展现出来的，诗人的主体精神弥漫在客体对象当中，而诗中的客体对象则是经主体精神裁炼之后而留下的东西。诚然，中国古典诗歌中很少有"虚构"的人物在"虚构"的环境中表现出某种"虚构"的行动这样的情节，但我们所拥有的往往是"**真实的人物**"在"**真实的环境中**"所表现出来的"**真实感受**"（它虽然在现实的基础上不排除一定程度的想象，但这不同于虚构）。"情志说"与"普遍真理说"之间存在着相似的内在结构，主客融合的思想让非属于虚构文学的中国古典诗歌也显现出"特定人物""特定环境"以及"特定反应"这三个基本要素。如果用亚里士多德"普遍真理说"的表述方式来诠释古典"情志说"的话，那么它就可以被这样表述：**当"现实中拥有某一类型精神气质的人"对"某种真实的物态事类环境"产生感触并意欲付之于诗歌表现的时候，他所感触到的特定内容若置于同类型人的心中则是"普遍可能"乃至"必然"会发生的。**"普遍性意义"是"普遍真理说"的灵魂，它同时也是中国古典诗歌的艺术指归。成功的诗作之所以能在人们的心灵中激发共鸣，乃是因为它们道出了世界上那些普遍可见的物态、事类和人情。正如元代诗论家李冶曾说的："文章气焰，天机所到，虽云古今一辙，至其写手足之爱，道违离之苦，千载而下读其诗，则犹能使人酸鼻。此岂真有物以触之，特诗人能道人情之所同然者，人易为之感动耳。"③ 后世读者即便没有亲

① 朗格．情感与形式［M］．刘大基，译．北京：中国社会科学出版社，1986：246.

② 同①247.

③ 俞平伯．中国历代诗话选［M］．长海：岳麓书社，1985：1006.

身历经诗人所处的境况，却仍能被诗人的情思所打动，因为不同时代的人假设能身处诗中所状绘的境况的话，则很有可能会产生与诗人相同或近似的感触，此可谓“千载而下”而“人情同然”①。

这样我们就辨析了“诗”的概念，“主客融合”以及“普遍性意义”是使得诗之所以为诗的两个决定性条件，它们与诗人用赋、比、兴哪种手法来写诗，或者与诗作展现出来哪种风格趣味没有概念意义上的关联。应当看到，历史作品并不具备诗歌概念中的这两个条件。首先历史学家对历史的叙述须做到尽可能的客观，他们须尽力去减少叙事过程中史家个人的主观成分。史学家记载史实固然也需要对事实的取舍裁剪与对文辞的修饰润色，但这是为了实现史学自身的目的，既是为了能更好地整理和还原历史的真貌，亦是为了能让后世读者通过栩栩如生的描述更好地看见过去。刘知几云：“夫国史之美者，以叙事为工，而叙事之工者，以简要为主。”（《史通·叙事》）② 而简要的叙事必然建立在对繁复的历史事实加以裁剪的基础之上，但它最终不能背离那些核心的客观事实，故刘知几会说：“夫叙事者，或虚益散辞，广加闲说，必取其所要，不过一言一句耳。”（《史通·叙事》）③

我们知道，在对往事的“叙述”这一问题上，西方史学界过去二百年中先后兴起了两股截然对立的史学思想。一派是兰克所代表的“科学史学观”，这派思想认为史家的分内职事乃是以直叙去呈现客观史实。史家对过往事实的取舍受制于客观事实的限制，他不能随心所欲地只去写自己感兴趣或者自我觉得重要的史实，而需要尊重史实在发生中的客观性与顺序性，所以历史“仅是陈述事实的真况而已”④。

另一派则是海登·怀特所代表的“历史语艺学”（poetics of history），这派思想认为史书与诗歌、小说、戏剧等文学作品一样均需要通过使用自然语言（nature language）来表意，因此它们之间会呈现出同样的语艺模式。对“过去”进行叙述，本质上是史学家对零散的事实资料赋予了一种可供后人理解的叙述轮廓，而这些“过往资料”本是杂乱无章的存在，并没有构成任何意义。史家将“过去”架构成形，这一点上与构造神话故事的叙述过程形成相似之处，由此使得史书叙事趋近于语艺的样态。这样，叙事遂成了对

① 这里，“情志说”仍受“普遍知性法则”的支配，只不过在这里“相似性”“反差性”“因果律”“理由律”等法则的运用与诗人情感的表达已融合为一件事情。

② 刘知几．史通［M］．北京：中华书局，2014：284.

③ 同②291.

④ 黄进兴．后现代主义与史学研究．北京：三联书店．2008：130.

“过去”的建构或发明，而不是对“过去”的发现，如此便消解了历史与文学之间的区别。[①] 我们应该承认“历史语艺学”中的一些深刻洞见，史家对往事的编写确实同时伴有进行建构的意图，在对零散的往事进行整合与编制的过程中，史家必然要赋予一定的理解模式和语艺样态，而这都显示出了“建构”的意义。但是建构绝不等同于虚构，从零散的历史事实到有形的叙述轮廓之间的转变仍然受到基本客观性的制约。史家建构事实也不同于诗人叙述事实的那种精神历程，历史的建构不同于诗人那种以特定的心理方式对事件进行的编制，无论史学家拥有哪一种精神气质或情感状态，在对“秦始皇统一六国”“汉武帝独尊儒术”“唐太宗策划玄武门之变”这些基本史实及其发展的基本历程的认知上都是不应有分歧的，即便史家们在叙述立场和语言组织上存有差别。史家笔下的事实是一个个具体的过往事件，对它们的记载不需要诗人那类的精神或情感参与，因此尽管这些内容具有客观的真实性，但却不具有诗歌艺术那种基于主客融合而彰显在人类普遍精神中的普遍特质。同样是描述过去的事，诗人则比史家有更大的主体自由，因为诗人表现的是他自己所代表的这类精神人格在对物态事类目击身历之后而生发的心灵触动。**诗人即便在书写历史，也是他精神体验中的历史**，这一点绝不同于必须按照事态发展顺序来客观秉笔直书的历史学家。对于这个问题明代徐光启有过一段非常深刻的议论：

> 诗人作诗，不比史官作史。史家编年叙事，不容错乱。若诗人之旨，一章自为一义。或顺时述事，或错举成文，或预道将来，或追称往昔，或更端别叙，或重言复说，或因枝振叶，或沿波讨源，换章则换事，换韵则换义。变化错综如春山夏云，顷刻异态，不可拿捏，初非拘拘以时月为先后也。[②]

徐光启举出了诗人在操觚命笔时迥别于史家著史的诸多自由之处，他们无须拘束于编年叙事的时间顺序，或可以追忆平昔，或可以顺时述事，或可以展望未来，或可以在主题之外更叙他事，抑或可以就一主旨反复申说，总之诗歌作品可以错综变化，任凭诗人情思的自由驰骋。这印证了朗格“诗人以心理方式编制事件，而不是把它们当作一段客观的历史”的说法。

我们以杜甫最伟大的诗史类作品《北征》为例来说明这一观点，从诗歌开篇的“皇帝二载秋，闰八月初吉。杜子将北征，苍茫问家室”到“君诚中兴主，经纬固密勿。东胡反未已，臣甫愤所切”，此 16 句是诗人对此次北征

---

① 黄进兴．后现代主义与史学研究［M］．北京：三联书店，2008：53－95．

② 徐光启．毛诗六帖讲义［M］//吴文治．明诗话全编．南京：凤凰出版社，2006：6027．

之行来龙去脉的交代，此处诗人所遵照的是叙事的一般逻辑。从“挥涕恋行在，道途犹恍惚”一直到“祸转亡胡岁，势成擒胡月”这中间 102 句所叙述的是诗人在征途之中所见到的山河疮痍、人烟萧瑟之状以及历经艰险与家人重逢时的悲喜景况，这前后两部分共同构成《北征》一诗的叙事主干。在述写途中惨况的部分，杜甫除了顺时性地记载自己的目击身历，他的情思还忍不住去追忆过去之事，在写到“夜深经战场，寒月照白骨”之后，他接着说：“潼关百万师，往者散何卒。遂令半秦民，残害为异物。”浦起龙在此处的注释是：“节末就月中白骨，追愤潼关一败，见近畿残害皆由于此。”[①] 这里杜甫暂止了顺时叙述而进入“追愤”之中，史家显然不应该以这种方式来著史。叙事主干的第二部分写的是杜甫与家人的重逢场面，然而诗人的情思却仍没有只停留在眼前的庭帷之景中。在写到“生还对童稚，似欲忘饥渴。问事竞挽须，谁能即嗔喝”这一乱后重逢后极具生活气息的画面时，他笔锋一转长叹道：“翻思在贼愁，甘受杂乱聒。新归且慰意，生理焉能说。至尊尚蒙尘，几日休练卒。”浦起龙此处的注释是：“备述到家景况。于篇法为中腹，于题目为正面。俗情妙语，时以诙谐破涕。而节末‘翻思’四句，忽然借径搭入国事，是下半转关处。”[②] 诗人讲家事讲着讲着忽然转入国事，这种更端别叙之法显然也并非史家之笔。诗的最后一部分则表达了诗人对朝廷未来必将胜利的信念，但同时又溯及往昔回忆了开战以来唐朝廷所做的许多诛奸除恶的英明之举，他说：“胡命其能久，皇纲未宜绝。忆昨狼狈初，事与古先别。奸臣竟菹醢，同恶随荡析。不闻夏殷衰，中自诛褒妲。周汉获再兴，宣光果明哲。”在长诗的最后，杜甫以“园陵固有神，扫洒数不缺。煌煌太宗业，树立甚宏达”表露了对唐太宗开创的煌煌基业终将克服危难的坚定信念，史家显然绝不应该写出这样饱含情感的文字。我们看到在整个《北征》叙事脉络中，杜甫并非如同史家那样按照事情的客观发展顺时而叙，他确实如徐光启总结的那样或预道将来，或追称往昔，或更端别叙，因为诗人将精神与情感融进了他对经历的感察之中，使得他在描述这些经历的时候始终受到主体精神的支配。杜诗中大量的历史描述深度地和诗人的精神人格与情感状态结合在一起，状绘出了诗人在他那典型的悲悯精神主导之下目击和感察到的重大社会现实，并由此在后世的读者心中得到普遍的理解与共鸣。尽管这首诗既不含蓄蕴藉也不永言和声，但它显然属于典型的诗歌表现活动，而不是史家著史，杜甫其他的诗史作品皆可做此类分析。

　　我们从杨慎与王夫之对杜甫“诗史”类作品价值的贬斥而引发出对

---

① 浦起龙．读杜心解［M］．北京：中华书局，1977：42．

② 同①．

"诗"与"史"关系的讨论，并通过考察中国古代批评家对诗、史关系的理解进而转向对"诗"予以纯概念上的反思，再凭借结合中国古典诗歌的普遍特质与西方艺术理论从而找到了构成"诗"概念的两个决定性条件，最后通过分析杜甫最有代表性的诗史类作品《北征》证明了诗史属于诗歌而不是历史的结论。值得再次强调的是，杨慎与王夫之对"诗史"类作品"诗歌"身份的否定更多的还是由于受到了他们自己审美偏好的影响，而对"诗"概念的辨析与澄清可以让我们更准确、恰当地去理解诗史之作在诗歌艺术上的价值，继而以更宽容的态度去面对传统留给我们的那些彰显不同艺术风格的伟大文学遗产。

第三节　杜甫的伟大"诗识"

长期以来学术界对杜甫诗歌价值的思考多处于"诗史价值"的维度之中，然而我们知道古往今来的评论家对杜诗成就的最高赞誉其实并非是"诗史"，而是"集大成"这个可以同圣人媲美的盛誉。杜诗在内容上确实彰显了地负海涵般的格局，在杜集中随处可见的是他那些语出不凡而又风格内涵多变的佳句，正是这些佳句的积少成多才逐渐奠定了杜诗"集大成"的历史地位。而我们感兴趣的是杜甫到底具备了怎样的心灵能力让他能取得如此伟大的艺术成就。诚然，过往研究杜甫的文章可谓浩如烟海，但即便我们竭力找遍以往的文献，也很难找到对杜甫的心灵能力——"识"这一能力——加以探讨的文章，而其意义却又显而易见，因为它最直接地关涉诗人的创作才能。一个非常朴素的看法是，无论杜甫在人格上如何光辉、如何悯怀苍生，又如何"一饭未尝忘君"，如果没有杰出的诗歌才能，他也不可能成为诗圣。

众所周知，从元稹在《唐故工部员外郎杜君墓系铭并序》中对杜诗给予"尽得古今之体势，而兼人人之所独专"的评价开始，人们便倾向于从"兼备众长"的观念来看待杜甫诗歌艺术的总体成就。到了秦观的《韩愈论》一文中，杜诗则被明确地冠以"集大成"的美誉。所谓的"集大成"实质上指的就是杜诗在反映世界的内容范围上所展现出来的那种规模宏远的格局以及在艺术风格上所表现出来的千变万化的样态。因为杜甫既可以构思出"江山有巴蜀，栋宇自齐梁"的寥廓景象，也可以体察到"仰蜂沾落絮，行蚁上枯梨"的细微物态；既能描绘出"无风云出塞，不夜月临关"这样的边塞奇景，又能吟咏出"遥怜小儿女，未解忆长安"这样的庭帷温情；既能借"死为星辰终不灭，致君尧舜焉肯朽"来宣明其严肃与崇高的人生理想，又能在"公子华筵势最高，秦川对酒平如掌"这样的句子中尽情展现出他作为诗人的豪气与洒脱。大到江山风物小到细事微情，杜甫总可以发现其中潜藏的诗意并将它们表达出来。在极大与极小之间，则是杜诗从心所欲地自由驰骋的空间。也是基于这一点，历代批评家在评价杜诗艺术的总体成就时经常对其波澜壮阔、千姿百态的艺术风貌发出由衷的赞叹，这其中评价最高的可能就是明代的胡应麟了，他说："唯杜工部诸作（此还仅就五律而论），气象巍峨，规模宏远，当其神来境诣，错综幻化，不可端倪，千秋以还，一人而已。"[①] 而分析评价的较为翔实的则是宋人张表臣，他说：

> 予读杜诗云："江汉思归客，乾坤一腐儒"，"功业频看镜，行藏独倚楼"，叹其含蓄如此；及云"虎气必腾上，龙身宁久藏"，"蛟龙得云雨，雕鹗在秋天"，则又骇其奋迅也。"草深迷市井，地僻懒衣裳"，"经心石镜月，到面雪山风"，爱其清旷如此；及云"退朝花底散，规院柳边迷"，"君随丞相后，我住日华东"，则又怪其华艳也。"久客得无泪，故妻难及晨"，"囊空恐羞涩，留得一钱看"，嗟其穷愁如此；及云"香雾云鬟湿，清辉玉臂寒"，"笑时花近靥，舞罢锦缠头"，则又疑其侈丽也。至读"识归龙凤质，威定虎狼都"，"风尘三尺剑，社稷一戎衣"，则又见其发扬而蹈厉矣；"五圣联龙衮，千官列雁行"，"圣图天广大，宗祀日光辉"，则又得其雄深而雅健矣。"许身一何愚，自比稷与契"，"虽乏谏诤资，恐君有遗失"，则又知其许国而爱君也；"对食不能餐，我心殊未谐"，"人生无家别，何以为蒸黎"，则知其伤时而忧民也。"未闻夏商衰，中自诛褒妲"，"堂堂太宗业，树立甚宏达"，斯则隐恶扬善而春秋之义耳；"巡非瑶水远，迹是雕墙后"，"天王守太白，伫立更搔首"，斯则忧深思远而诗人之旨耳。至于"上有蔚蓝天，垂光抱琼台"，"风帆倚翠盖，暮把东皇衣"，乃神仙之致耶？"惟有摩尼珠，可照浊水源"，"欲闻第一义，回向心地初"，乃佛乘之义耶？呜呼！有能窥其一二者，便可名家，况深造而具体者乎？此予所以稚齿服膺，华颠未至也。"[②]

张表臣列举了杜甫不同风貌的诗句，分别用"含蓄""奋迅""清旷""华艳""穷愁""侈丽""蹈厉""雄深雅健""许国爱君""伤时忧民""隐恶扬善""忧深思远""神仙之致""佛乘之义"来总结杜诗风貌的多样性，可以看出，他对杜诗的这种集大成的特征非常推崇。

然而一个根本性的问题是：杜甫何以能够在诗歌艺术上取得如此辉煌的

---

① 吴文治．明诗话全编［M］．南京：凤凰出版社，2006：5484.

② 张表臣．珊瑚钩诗话［M］//丁福保．历代诗话．北京：中华书局，1981：453－454.

成就？这个问题似乎并不是仅用严羽在评价杜甫时所说的一句“诗以学力胜”或者像元代刘埙所说的“少陵以学力融天分”[①] 就足以回答的。因为这些都是对其如何获得才能的外部解释，我们更需要问的是：作为“千古以还，一人而已”的伟大诗人，杜甫的内部心智到底具备了什么样的特殊能力，才使他得以创作出如此多的传世不朽的名章迥句呢？古人已经意识到这一点，赵翼在《瓯北诗话》中就曾指出：“荆公、东坡、山谷等，各就一首一句，叹以为不可及，皆未说着少陵之真本领也。其真本领仍在少陵诗中‘语不惊人死不休’一句。”[②] 赵翼认为过往论家皆未道出杜甫的“真本领”之处，而这个真本领就是他对惊人之句的追求。确实，杜甫的语出惊人在其实际的创作之中多有反映，葛立方在《韵语阳秋》中云：

> 诗人赞美同志诗篇之善，多比珠玑、璧玉、锦绣、花草之类，至杜子美则岂肯作此陈腐语邪？诗人赞美同志诗篇之善，多比珠玑碧玉锦绣花草之类。至杜子美则肯作此陈腐语邪？《寄岑参诗》云：“意惬关飞动，篇终接混茫。”《夜听许十一诵诗》云：“精微穿溟涬，飞动摧霹雳。”《赠庐琚诗》曰：“藻翰惟牵率，湖山合动摇。”《赠郑谏议诗》云：“毫发无遗憾，波澜独老成。”《赠高适诗》云：“美名人不及，佳句法如何。”《寄李白诗》云：“笔落惊风雨，诗成泣鬼神。”皆惊人语也。[③]

普通诗人在书写赞美同志之谊的诗篇时所采用的陈词故调在杜诗中被一扫而尽，杜甫突破了那些陈旧之语，在同一种主题中开创性地吟咏出了这么多精彩的诗句。事实上，杜诗的惊人之处并非只体现在像“笔落惊风雨，诗成泣鬼神”这类动人心魄、荡气回肠的艺术风貌中，他总能够敏锐地发现和精当地表现出一般人难以察觉到的世界的面貌与样态，因而使读者耳目一新，给人带来不落俗套的惊叹感觉。宋代诗论家吴沆就看到了杜甫的这个本领，在《环溪诗话》中他有一段非常精审的论述：

> 环溪既见诸公，信杜愈笃，因取所选，昼夜熟读，愈久愈深，所见诸人说不到处。或问杜诗之妙，环溪云：“杜诗句意大抵皆远，一句在天，一句在地。如‘三分割据纡筹策’，即一句在地；‘万古云霄一羽毛’，即一句在天。如‘江汉思归客，乾坤一腐儒’，即上一句在地，下一句在天。如‘高风下木叶’，即一句在天；‘永夜揽

① 俞平伯．中国历代诗话选［M］．长海：岳麓书社，1985：1038.
② 郭绍虞．清诗话续编［M］．富寿荪，校点．上海：上海古籍出版社，1983：1151.
③ 何文焕．历代诗话［M］．北京：中华书局，1981：502.

貂裘’，即一句在地。如‘关塞极天惟鸟道’，即一句在天；‘江湖满地一渔翁’，即一句在地。惟其意远，故举上句即人不能知下句。又有险语出人意外，如‘白摧朽骨龙蛇死’，人犹能道；至‘黑入太阴雷雨垂’，则人不能道矣：为险处在一‘垂’字，无人能下。如‘峡坼云埋龙虎睡’，人犹能道；至‘江清日抱鼋鼍游’，则人不能道矣：为险处在一‘抱’字，无人能下。如‘江海阔无津’，人犹能道；‘豫章深出地’，则人不能道矣：为一‘出’字难下。如‘高浪蹴天浮’，人犹能道；‘大声吹地转’，则人不能道矣：为一‘吹’字难下。如‘竹光团野色’，人犹能道；至‘舍影漾江流’，人不能道矣：为一‘漾’字难下。如‘月涌大江流’，人犹能道；‘星垂平野阔’，则人不能道矣：为一‘垂’字难下。如‘暗水流花径’，人犹能道；‘春星带草堂’，则人不能道矣：为一‘带’字难下，‘春’字又难下。凡如此等字，虽使古今诗人极力思之，终不能到。……”①

吴沆认为，杜甫经常能写出别人纵然极力思索也无法道出的诗句，他通过考察杜甫诗上下两句间的内部关系来说明杜甫在命意造语过程中所表现出来的出奇性。在这段议论中，他举了很多这样的例子来佐证他的说法。确实，如果只看杜甫所写的上半句诗，我们很难预测到他的下半句会是什么样子，而每当我们看到下半句时，便总会情不自禁地拍案称绝，并感慨此非一般人所能道出。在逻辑上吴沆此论可以做举一反三来看，杜诗的惊人出奇之处并非仅限于上下两句的对比之中，他在上下两联、上下两段的诗中其实也均可抵此境界。当我们读到“吴楚东南坼，乾坤日夜浮”一句时已觉震撼，接着再读下一联是“亲朋无一字，老病有孤舟”则更为其能有如此之大却又如此合乎情理的转折而感到赞叹。再比如当读到杜甫自述往事的“甫昔少年日，早充观国宾”一句后面紧接着的是“读书破万卷，下笔如有神”时，我们又何尝不为诗人如此的安排而击节叹赏呢?

若出有惊人之句，则必然要拥有某种不凡的心灵能力，其可识得别人所不能识，而道出别人所不能道。苏珊·朗格指出：“艺术家通常凭借认识能力的增长，而获得发现自己环境之外的素材的本领，因为他日渐善于理解一切事物的可能性与现实性。”② 从根本上说，诗人的这种心灵能力是一种与思维相关的认知能力，诗人将他自己对世界的体察与理解（这里面往往包含着情感成分）注入诗歌作品之中。诗歌欣赏之所以能够给人们带来愉悦和惊

---

① 吴沆．环溪诗话［M］//吴文治．宋诗话全编．南京：凤凰出版社，1998：4339.

② 朗格．情感与形式［M］．刘大基，译．北京：中国社会科学出版社，1986：294.

奇，本质上是因为我们能从诗歌中获得某种知识，正如我们反复引述的亚里士多德的那句名言："既然学习和惊奇是令人快乐的，那么与此同类的事物必然也是令人快乐的，例如模仿的事物，如绘画、雕像、诗歌以及所有模仿得逼真的作品；即便是被模仿的原物本身并不令人愉快，因为引起愉快的并不是原物本身，而是观赏者做出的'这就是那事物'的结论，从而还学到了某种东西。"诚然如此，我们在诗歌意象和现实事物之间看到了某种对应吻合的关系，这就让我们愉悦地发现原来现实中的事物（或者诸多事物之间）竟还可以呈现出诗歌意象中所表现的那种样貌（或关系），这无疑是认知上的一种收获，惊奇与愉悦的感受正来源于此。即便对于西方浪漫派诗人来说，心灵中卓越的认知功能也至为重要。门罗·C. 比厄斯利在其《西方美学简史》评价西方浪漫派的文学理论的部分中就指出，即便是在浪漫派的诗人眼里，"成为诗意生活核心的感受原不过是一种洞见"①。比厄斯利说："有趣的是，例如，华兹华斯和雪莱说出或几乎要说，诗是怎样成为或包含着知识的。华兹华斯说：'诗是所有知识的生气和精神，是以各种科学面貌出现的东西富有激情的表现。'他接着说：'诗与种种知识相伴始终，它像人心一样不朽。'"② 华兹华斯非常赞同亚里士多德那众所周知的关于诗具有普遍意义的断言，他说："它（诗）的对象是真理，不是个别的局部的，而是普遍的和有效力的；不是依赖于外在的验证，而是带着激情而活在心田中。"③ 即便在高扬情感、崇尚想象的浪漫主义诗人眼中，认知的问题也是诗歌艺术的根本问题，而且这种认知还拥有普遍的效力。

不仅在西方，中国的诗歌批评史上也有着重视认知的传统，这就是我们一直念兹在兹的叶燮，下面再次援引他那段振聋发聩的论断来加以证明：

> 人惟中藏无识，则理、事、情错陈于前，而浑然茫然，是非可否，妍媸黑白，悉眩惑而不能辨，安望其敷而出之为才乎！文章之能事，实始乎此。④
>
> 可言之理，人人能言之，又安在诗人之言之？可征之事，人人能述之，又安在诗人之述之？必有不可言之理，不可述之事，遇之于默会意象之表，而理与事无不灿然于前者也。⑤

当世间的理、事、情呈现在诗人面前的时候，唯当诗人中藏有"识"，

---

① 比厄斯利．西方美学简史［M］．高建平，译．北京：北京大学出版社，2007：234.

② 同①233.

③ 同①234.

④ 叶燮．原诗笺注［M］．蒋寅，笺注．上海：上海古籍出版社，2014：153.

⑤ 同④194.

他才不会堕入混沌茫然之中，才不会眩惑而不能辨。这时候诗人心灵敏锐地识察到自己与理、事、情的际会，因此后者通过诗人意象化的诗歌语言被“灿然”地彰显出来。可以看到，“识”的对象是世界上那些具有普遍意义的理、事与情，叶燮这里使用了“无处不然”“无之而不在”这样的措辞来描述理事情具有的普遍性意义，他只差直接用“普遍性”这三个字来概括了：

惟理、事、情三语，无处不然。三者得，则胸中通达无阻，出而敷为辞，则夫子所云“辞达”。达者，通也。通乎理、通乎事、通乎情之谓……曰理、曰事、曰情三语，大而乾坤以之定位、日月以之运行，以至一草一木一飞一走，三者缺一，则不成物。文章者，所以表天地万物之情状也……①

草木气断则立萎，理、事、情俱随之而尽，固也。虽然，气断则气无矣，而理、事、情依然在也。何也？草木气断，则立萎，是理也；萎则成枯木，其事也；枯木岂无形状？向背、高低、上下，则其情也。由是言之，气有时而或离，理、事、情无之而不在。②

这就是诗歌文学在叶燮心中所应抵达的高度，即那种总可以揭示出无处不在的理、事、情的能力。以草木为例，草木可以气断立即枯萎，但其背后的理、事、情却永恒不变。诗人表面上吟咏的是草木的荣枯兴灭，但这种荣枯兴灭本质上是由其背后普遍存在的理、事、情所决定的。诗人看上去好像只是在关注那些转瞬即逝的个别事物，而实则这些事物无时无地不受到普遍法则的支配，普遍性因素就隐藏于天地万物的特殊情状之中，这普遍性因素其实就是我们之前所说的种种知性法则，文学之能事就是要通过借助诗人之识把它们发掘和表现出来。

杜甫是叶燮最为推崇的诗人，在《原诗》中叶燮就总是以杜诗名句为例来阐释他的“贵识论”思想以及诗歌的认识论问题，其中有代表性的是他对杜甫“月傍九霄多”一句的探讨：

又《宿左省》作“月傍九霄多”句：从来言月者，祇有言圆缺、言明暗、言升沉、言高下，未有言多少者。若俗儒，不曰“月傍九霄明”，则曰“月傍九霄高”。以为景象真而使字切矣。今曰“多”，不知月本来多乎？抑“傍九霄”而始“多”乎？不知月“多”乎？月所照之境“多”乎？有不可名言者。试想当时之情景，

---

① 叶燮．原诗笺注［M］．蒋寅，笺注．上海：上海古籍出版社，2014：125－135.

② 同①137.

非言“明”、言“高”、言“升”可得，而惟此“多”字可以尽括此夜宫殿当前之景象。他人共见之而不能知、不能言，惟甫见而知之、而能言之。其事如是，其理不能不如是也。①

杜甫这句诗的出奇之处就在于对“多”字的使用上，其所营造出的艺术境界是寻常咏月辞章所不能比拟的。叶燮强调，“多”字的使用从事理上看是唯一可以精恰反映出杜甫当时眼中景象的字眼。“星临万户动，月傍九霄多”一句中，“多”字最能传神地道出月光照遍九霄天际的那种美妙的景致。古今之人仰望同一轮明月，但“他人共见之而不能知、不能言”，唯杜甫“见而知之、而能言之”。这就是诗人在认知与表现能力上的卓绝之处。虽然从鉴赏角度上看，我们把这句诗写成“月傍九霄明”“月傍九霄升”也并非不佳，但叶燮之所以盛赞“月傍九霄多”这句诗乃是因为它非常精切地揭示出了月亮的某个亘古长存且在人间本普遍可见，却从未被人们道出口的物理情态。“月傍九霄多”这句诗所展现的事理千百年以来就一直重复地出现，在唐代是如此，在如今也一样，无论你带有怎样的情感去仰望夜空，它都应是“月傍九霄多”。杜甫凭借其“诗识”而写出来的这句诗代表了他第一类具有普遍知性价值的名句。须提醒注意的是，诗人心中对世界的洞见与形于外的文字意象表现之间不能分离，只有当心中的洞见能够成功地托之于文字表现时，我们才能说这位诗人是有“识”的，这在本书前文章节中已经集中阐述过。此句诗中，杜甫之“识”体现在他对物态对象既能在思维上做到“知之”，同时又能在语言上做到“言之”，“多”这个字正是思维与语言的精恰统一。这实际上正是呼应了本书第二章所证立的那个统摄全书的核心观念，即杰出的古典诗歌作品一定源自概念性命意与意象性命意两者之间绝妙的融合。

无论诗中吟咏的对象是视觉景象（融合在情感中）、思维观念还是其他，诗人都可以于其中识别出某些普遍和永恒的特征，并将之结合在诗歌韵语之中。我们知道杜诗中这类揭示普遍理、事与情的名句屡见不鲜，如“读书破万卷，下笔如有神”“会当凌绝顶，一览众山小”“莫取金汤固，长令宇宙新”“但见新人笑，哪闻旧人哭”“别裁伪体亲风雅，转益多师是汝师”“回首可怜歌舞地，秦中自古帝王州”“出师未捷身先死，长使英雄泪满襟”等等不胜枚举。杜甫通过自己卓绝的洞察力识别出人间普遍存在的理、事与情，并以古雅蕴藉的诗歌语言将它们精当地表现出来。严谨地说，我们如果考察上面这些名句所处的整个语境会发现，许多诗句原本只是杜甫针对自己

① 叶燮．原诗笺注［M］．蒋寅，笺注．上海：上海古籍出版社，2014：205.

个体情况而兴发的咏叹，比如杜甫其实只是在说自己“读书破万卷，下笔如有神”，或“会当凌绝顶，一览众山小”。然而千百年来，这些诗句从诞生起就获得了超越诗人生命个体经历的那种普世意义，脱离了它们所依赖的诗篇语境而独自成为脍炙人口的名句。这些杜诗名句有的是在揭示一种客观规律（如“读书破万卷”两句），有的是在揭示一种普遍的世态人情（如“但见新人笑”两句），有的是在提出一个公认的政治道德箴言（如“莫取金汤固”两句），有的则在发表一种恒久的历史见解（如“出师未捷身先死”两句）。虽然它们在内容上各自不同，但这些名垂千古的诗句无一不道出了世上存在的某种具有普遍意义的理、事或者情，后世的我们通过阅读这些名句而提升了对世界的理解与体认。这里**请不要忘记的是，这些诗句的杰出和不朽之处就在于概念性命意与意象性命意两者之间的绝妙融合，这种融合又展现在诗歌艺术作品内部的三重知性联系中，而这三重知性联系的建立正是依据我们所总结出来的普遍知性法则。像我们所列举的诸如“读书破万卷，下笔如有神”这样的句子，其在概念性命意层面上的知性联系乃典型地建立在普遍的因果律上的。同时其在意象的表现上也契合着相似性法则。**其他例句的普遍知性效力也可以得到类似的分析。

除此之外，叶燮通过分析杜甫的名句还反映出杜甫的另一种“诗识”以及杜诗中存在的另一种带有普遍性的知性价值。叶燮说：

> （杜甫的）《夔州雨湿不得上岸作》“晨钟云外湿”句：以“晨钟”为物而“湿”乎？“云外”之物，何啻以万万计？且钟必于寺观，即寺观中，钟之外物亦无算，何独湿钟乎？然为此语者，因闻钟声有触而云然也。声无形，安能湿？钟声入耳而有闻，闻在耳，止能辨其声，安能辨其湿？曰“云外”，是又以目始见云，不见钟，故云“云外”。然此诗为雨湿而作，有云然后有雨，钟为雨湿，则钟在云内，不应云“外”也。斯语也，吾不知其为耳闻耶，为目见耶，为意揣耶？俗儒于此，必曰“晨钟云外度”，又必曰“晨钟云外发”，决无下“湿”字者。不知其于隔云见钟，声中闻湿，妙悟天开，从至理实事中领悟，乃得此境界也。①

叶燮这里集中探讨了这样一个问题：为什么杜诗中的“晨钟”会处于“云外”并且居然还“沾湿”了？一个更进一步的问题是：凡钟必在寺观之中，寺观中除了钟还有很多东西，然而为何只有钟会湿？想必杜甫一定是闻钟声而觉有湿之感。但是声音怎么会有干湿之分呢？继而再问：如果钟被雨

① 叶燮．原诗笺注［M］．蒋寅，笺注．上海：上海古籍出版社，2014：207.

所淋湿，那么此钟必在云雨之内，但杜甫为何要言“云外”呢？叶燮指出如果按照世俗的经验来说，此诗句必当难以释通，但是杜甫的超凡之处就在于他超越了一般的俗见。我们看看这首诗全篇是怎么说的：

船下夔州郭宿　雨湿不得上岸　别王十二判官

依沙宿舸船，石濑月娟娟。
风起春灯乱，江鸣夜雨悬。
晨钟云外湿，胜地石堂烟。
柔橹轻鸥外，含凄觉汝贤。

可见，杜甫行船至夔州，当时因为雨下得太大而无法登岸，于是在江船之上留宿一夜，到次日清晨，诗人听闻到从岸上传来的钟声。仇兆鳌《杜诗详注》中引张远注云：“宿船见月，忽而风起雨悬，直至钟响烟生，从薄暮至平明景象，历历清出。”① 诗人当时的境遇是岸在眼前却无法上岸，江水与雨水将诗人与陆岸隔离了开来，这时听见传来的钟声自然会感觉到距离自己非常遥远。这种“远”在诗人的感觉之中能远到什么程度，诗人说在“云外”。这是一种非常合理的夸饰，在古人的视觉经验中，用“隔云”或“云外”的词汇来比喻无法跨越的距离是相当普遍的。李白就有“卷帷望月空长叹，美人如花隔云端”的诗句（《长相思》），独孤及也有“明日相望隔云水，解颜唯有袖中诗”（《答皇甫十六侍御北归留别作》），岑参有“一身虏云外，万里胡天西”（《早发焉耆怀终南别业》）。杜甫实际上就是造就了一种“隔云见钟，声中闻湿”的奇妙体验，它超越了简单的目见耳闻之经验，需要调动敏锐的认知感受能力才能够把握到。叶燮最后评价道：“不知其于隔云见钟，声中闻湿，妙悟天开，从至理实事中领悟，乃得此境界也。”

“晨钟云外湿”这句诗中蕴含的知性内容不同于上文所举的以“读书破万卷，下笔如有神”为代表的那类作品，前者没有揭示出什么普遍的或者永恒的事理，它只是反映了诗人在特殊境况中的体验。事实上“晨钟云外湿”在知性的种类上更接近于岑参的“读书破万卷，何事来从戎”（《北庭贻宗学士道别》），它们虽然均是在表达诗人自己的特殊经历，却均足以令后人在阅读时产生心灵间的共鸣，因为它们道出了在特定事态、情景类型下人类心理可能发生的共同反应。在“晨钟云外湿”这句诗里，杜甫当时困在风雨飘摇的客舟之中而情感失落，诗人早晨忽闻岸上传来的钟声自然而然地产生了其声雨湿且遥在云外的感受，这在杜甫那里是完全真实的，在别人那里也是完

① 仇兆鳌．杜诗详注［M］．北京：中华书局，2015：1046．

全可能的。尽管这句诗里面没有包含那种放之四海而皆准的普世道理，但是杜甫基于当时极为特殊的境遇而诉说的个体体验，却完全可以被从未有此亲身经历的人所普遍地想象和把握，因为它深度符合了世界上普遍存在的某些事理情。在这种明显带有浓厚情感色彩的诗句里，诗人对自身情感的表达已不再是纯粹的情感活动本身，而是一种将情感作为认知对象的思维活动，在情感的作用之下，外部客观世界的诸事物之间展露出了一种在通常情况下难以见到的富有情感意义的关联。在这个意义上，与其说诗句表现出了某种普遍典型的情感，不如说它展现出了那些必然可以传递出此种典型情感色彩的“诸事物之间的联系”。而心灵对这些关联的确认背后皆受到艺术知性法则的支配，知性法则与情感在这里结合在了一起，普遍性由此而产生。这里再次强调的是，情感的具备对于诗歌创作来说是必要而非充分条件，只有当诗人能够识别出和把握住内心流动的情感时，情感才可能升华成诗歌艺术的实质内容而为人们所理解。美学家 H. G. 布洛克指出，“‘情感’的较为完整的含义应包括两个部分：所经历的内心感受；认识到这是一种什么样的情感”①。科林伍德在《艺术原理》一书中也反复强调思维意识在表达情感时的决定性作用，那种在纯粹心理学意义上所产生的感觉——情感体验，只有通过思维的识别作用才可能被表现出来，最终形成于艺术作品当中。② 作为鉴赏者的我们，通过别人的诗句理解到一个人处于此种情感下所看到的世界原来可以呈现出如此特殊而又合理的关联样态，通过认知的增进我们拓宽了自己既有的人生经验范围。

实质上，除了将种种放之四海而皆准的普遍事理引入诗歌的国度，杜甫主要还是在表达与传递他自己那些可以被世人所普遍感知和理解的特殊人生经历。这些经历有的是对那些亲历的重大现实事件的洞察，有的是对过往历史的咏怀，有的是纯粹情感的流溢，有的是个人志气或愿望的表露，有的则是情景交融的体验。杜诗号称“诗史”，其记录现实事件的诗句俯拾即是，如“朱门酒肉臭，路有冻死骨”“坐见幽州骑，长驱河洛昏”“军中异苦乐，主将宁尽闻”“忆昔狼狈初，事与古先别”“乾坤含疮痍，忧虞何时毕”“边庭流血成海水，武皇开边意未已”“三年笛里关山月，万国兵前草木风”“野旷天清无战声，四万义军同日死”“青春复随冠冕入，紫禁正耐烟花绕”“忆昔开元全盛日，小邑犹藏万家室”；怀古咏史的诗句如“功盖三分国，名成八阵图”“古人日以远，青史字不泯”“庾信平生最萧瑟，暮年诗赋动江关”

---

① 布洛克．美学新解［M］．滕守尧，译．沈阳：辽宁人民出版社，1987：149.

② 科林伍德．艺术原理［M］．王至元，陈华中，译．北京：中国社会科学出版社，1987：161－176.

“怅望千秋一洒泪，萧条异代不同时”“一去紫台连朔漠，独留青冢向黄昏”；纯抒发情感的诗句有“从来多古意，临眺独踌躇”“明日隔山岳，世事两茫茫”“纨绔不饿死，儒冠多误身”“天意高难问，人情老易悲”“死去凭谁报，归来始自怜”“此身饮罢无归处，独立苍茫自咏诗”“艰难苦恨繁霜鬓，潦倒新停浊酒杯”“万里伤心严谴日，百年垂死中兴时”“花径不曾缘客扫，蓬门今始为君开”；表露个人志气或者个人愿望的诗句有“白鸥没浩荡，万里谁能驯”“男儿生世间，及壮当封侯”“非无江海志，潇洒送日月”“致君唐虞际，淳朴忆大庭”“公若登台辅，临危莫爱身”“死为星辰终不灭，致君尧舜焉肯朽”“安得壮士挽天河，净洗兵甲长不用”“安得广厦千万间，大庇天下寒士俱欢颜”；情景交融的诗句有“荡胸生层云，决眦入归鸟”“暗水流花径，春星带草堂”“露从今夜白，月是故乡明”“汉使黄河远，凉州白麦枯”“犹瞻太白雪，喜遇武功天”“五更鼓角声悲壮，三峡星河影动摇”“窗含西岭千秋雪，门泊东吴万里船”“正是江南好风景，落花时节又逢君”。以上所举的杜诗名句无不来源于杜甫其特定的个人经历，却由于他识察到了可以被世人所普遍能理解到的事、理与情，因此也就能够在所有人的心灵中引发集体共鸣。正如英国文学批评家艾·阿·瑞恰兹所指出的：“有些经验虽然独特，但是仍然属于人性的主流并且能为所有的人所接受，只要这些经验朝着正常的方向得到充分的良好发挥。”[①] 真正的诗歌艺术所传达的虽然是个体的经验经历，却一定是反映了整体人类的心声，正如卡西尔所说的那样：“审美的普遍性意味着，美的宾语不是局限于某一特殊个人的范围而是扩展到全部作评判的人们的范围。”[②] **这种类型的诗句之所以能揭示出普遍之事理情，因为它们归根结底还是诉诸了普遍的诗歌艺术知性法则。**

我们从杜甫“语不惊人死不休”这句话中看到了他诗歌艺术成就的真本领处，发现了“诗识”这一成就其伟大诗人地位的根本心智条件。而“诗识”所洞察到的对象就是杜诗中所揭示和表现出来的那些具有普遍意义的道理、事态与情感，正是它们的积少成多最终促成了杜诗“集大成”的地位。杜甫以磅礴的气势拓宽了古典诗歌反映世界面貌的范围，让诗歌艺术在认知和表达世界的能力上得到了前所未有的发展。我们看到无论是中国的诗学还是西方的艺术理论，它们均承认诗歌可以深刻地包含着关于世界的知识。一首诗或一句诗的艺术价值取决于其能否成功地向人们展现出一个从前从未清晰认识到的世界样态，在于其能否增进我们对世界的体察与理解，而不管这

① 瑞恰慈．文学批评原理［M］．杨自伍，译．南昌：百花洲文艺出版社，1992：166.

② 卡西尔．人论［M］．甘阳，译．上海：上海译文出版社，1985：185.

个世界指的是外部的物态世界还是内部的情感世界。成功的作品之所以会引起世代人们普遍的赞赏，是因为它能够普遍地为人们带来知性上的收获。杜甫的诗歌作品得以传世不朽的根本原因就藏在他凭其卓绝之诗识而创作出来的那两类具有普遍知性意义的名句之中。杜甫的诗识与叶燮为代表的“贵识论”诗学立场揭示了中国古典诗歌自身所拥有的那个重视认知的传统。在这里，中西方诗歌艺术思想走向交汇。

结 语

在本书的绪论部分笔者提出了八个长期笼罩古代诗学领域的一般性问题，对它们的回答都已经分散在本书的各个章节之中，此处不再赘述。在这里唯一需要指出的是，这八个问题汇聚起来最终都指向一个洞见，即对诗歌艺术的欣赏与创作活动需要人拥有“识”这种特殊的判断能力，而通过正确之“识”所做出的审美判断则对一切人均有权威性与普遍性。这就是读完这部书所应获得的最核心见解。本书从始至终都在讨论着一些古代诗学中的基本概念，而“识”就是在终极来源上将它们统一起来的最高概念。因此一首成功的诗作其风格上无论是“优游不迫”还是“沉着痛快”，无论是“兴象玲珑”还是“议论警拔”，在本源上均可统一到“识”这一根本的艺术知性能力中去。爱知性的灵魂自然不会拒绝一切被诗人成功表现出来的艺术风格，因为他的灵魂会真诚地对艺术为他带来的每一处认知上的开拓感到欣然愉悦。“统一论”不是将诗歌的审美鉴赏统一到一种所谓最好的艺术风格理念之中而排斥异己者，它毋宁是将世人纷繁的审美态度统一到一种人类理想的并具有普遍意义的思维能力之中，亦可以说是统一到一种开怀服善的智识格局之中。本书用了三十多万字的篇幅，实质上就是为了宣明和提振一个古老的但却在如今中国甚为寂寞的观念，即认知世界的纯粹渴望与理解世界的精察能力是人类灵魂中最为高贵的禀赋之一，凭借着它我们在无穷错综复杂的世界现象中找到了某种深刻的秩序，凭借此秩序万千分散的事物被联系在了一起。人类在理解和把握世界进程中的任何前进步伐，最终都是服务于人类这个族群自身的长久繁荣这一最高目的。人类确实应该总体上对一切能反映世界的知识抱有兴趣，因为这是一个我们不得不生活在其中并且朝夕面对的世界，认识它对我们人类有着非常巨大的价值。而文学艺术在整个人类的认知事业中占据着无可替代的位置，文学艺术为有健全知性的人在不断观照世界的生命历程中提供了自由想象的羽翼，让心灵目击到在固有经验中前所未见的世界远景，使得长期受到驯化和限制的思想得到了可贵的解放。在这个意义上，文学艺术可以说创造了无数其他的合理世界，最终推动了人类认知疆域的发展与增长。

毫无疑问，热爱求知尤其是热爱追寻那些超功利意义上的知性增长，是整个人类文明走向繁荣的根本精神源泉，世界文明史上那些伟大的思想家和艺术巨匠均体现了这种超越实用性的纯粹精神品格，也正因为这种品格，他们一个个化身成为人类文明进步的明亮灯塔。

本书想指明的是：任何精良的审美能力或高雅的艺术情操究其根本都是思维的一种敏锐的洞察力，都是个体灵魂在认知功能上出色的表现。“诗以识为主”这个命题——究其最高指归而言——是对人类智德的礼赞。智能的繁荣本身就是一种德性，它就是亚里士多德所宣称的“理论德性”，当古希腊哲学家在文明的曙光阶段就将人的智能看作一种与神明相关的德性的时候，这一点虽不是对普罗大众的要求，但却毫无疑问应该成为治学之人努力追求的第一品格。对认知能力的崇尚并不是意在拥有某种炫耀智能的资本，而只是为了智德的繁荣这一人类终极目的之本身。当我们沉浸在诗歌作品所展现的广阔世界之中时，我们事实上是本能地为眼界的拓宽而感到欢愉。独特的意象化语言扩大着知性概念的有限边界，历代杰出的作品不断地展示出概念与意象之间的动人合作，最终把人们带向了更寥廓的思维认知空间。中国古典诗歌就这样以其艺术独特的方式锐化着我们的思维，锻炼着我们的判断力，并最终增进着我们的智德。

参考文献

（大量诗话类著作都包含在《宋诗话全编》与《明诗话全编》两部集丛中，不再单独罗列）

何文焕．历代诗话［M］．北京：中华书局，1981.

丁福保．历代诗话续编［M］．北京：中华书局，1983.

王夫之等．清诗话［M］．上海：上海古籍出版社，2015.

郭绍虞．清诗话续编［M］．富寿荪，校点．上海：上海古籍出版社，1983.

吴文治：宋诗话全编［M］．南京：凤凰出版社，1998.

吴文治：明诗话全编［M］．南京：凤凰出版社，2006.

陈寿．三国志［M］．裴松之，注．北京：中华书局，2006.

钟嵘．诗品集注［M］．曹旭，集注．上海：上海古籍出版社，1994.

刘勰．文心雕龙［M］．范文澜，注．北京：人民文学出版社，1958.

颜之推．颜氏家训［M］．檀作文，译注．北京：中华书局，2007.

皎然．诗式校注［M］．李壮鹰，校注．济南：齐鲁书社，1986.

遍照金刚．文镜秘府论［M］．周维德，校．北京：人民文学出版社，1997.

严羽．沧浪诗话校释［M］．郭绍虞，校释．北京：人民文学出版社，1983.

严羽．沧浪诗话校笺［M］．张健，校笺．上海：上海古籍出版社，2012.

苏辙．苏辙集［M］．陈宏天，高秀芳，点校．北京：中华书局，2007.

黄庭坚．豫章黄先生文集［M］//四部丛刊．上海：上海书店出版社，1989.

朱熹．四书章句集注［M］．北京：中华书局，1983.

朱熹．朱熹集［M］．成都：四川教育出版社，1996.

李攀龙．唐诗广选［M］//四库全书存目丛书补编：第34册．济南：齐鲁书社，2001.

袁宗道．白苏斋类集［M］．上海：上海古籍出版社，1989.

王夫之．姜斋诗话笺注［M］．戴鸿森，笺注．北京：人民文学出版社，1981.

王夫之．古诗评选［M］．张国星，点校．保定：河北大学出版社，2008．
王夫之．明诗评选［M］．李金善，点校．保定：河北大学出版社，2008．
仇兆鳌．杜诗详注［M］．北京：中华书局，2015．
叶燮．原诗笺注［M］．蒋寅，笺注．上海：上海古籍出版社，2014．
叶燮．已畦集［M］．刻本．清康熙二弃草堂刊本．
厉志．白华山人诗集［M］．詹亚园，点校．成都：巴蜀书社，2008．
袁枚．续诗品注评［M］．王英志，注评．杭州：浙江古籍出版社，1989．
袁枚．随园诗话［M］．顾学颉，点校．北京：人民文学出版社，1982．
李瑛．诗法易简录［M］//续修四库全书·集部·诗文评类．上海：上海古籍出版社，2002．
赵翼．瓯北诗话［M］．霍松林，胡主佑，校点．北京：人民文学出版社，2005．
刘熙载．艺概注稿［M］．袁津琥，校注．北京：中华书局，2009．
许印芳．许印芳诗论评注［M］．张文勋，郑思礼，姜文涛，评注．昆明：云南教育出版社，1992．
王国维．静安文集续编［M］//王国维遗书：第三册．上海：上海书店出版社，1983．
佛雏．王国维诗学研究［M］．北京：北京大学出版社，1999．
蓝国桥．王国维与康德美学［M］．北京：人民出版社，2016．
朱自清．诗言志辨［M］．上海：开明书店，1947．
郭绍虞．照隅室古典文学论集［M］．上海：上海古籍出版社，2009．
张健．元代诗法校考［M］．北京：北京大学出版社，2001．
张晖．中国“诗史”传统［M］．北京：三联书店，2016．
张伯伟．全唐五代诗格汇考［M］．南京：江苏古籍出版社，2002．
北京大学哲学系中国哲学教研室．中国哲学史［M］．北京：北京大学出版社，2003．
丁耘．什么是思想史［M］．上海：上海人民出版社，2006．
青木正儿．清代文学评论史［M］．杨铁婴，译．北京：中国社会科学出版社，1998．
张隆溪．道与逻各斯［M］．南京：江苏教育出版社，2006．
刘若愚．中国诗学［M］．郑州：河南人民出版社，1990．
蔡宗齐．比较诗学结构：中西文论研究的三种视角［M］．刘青海，译．北京：北京大学出版社，2012．
陈良运．中国诗学体系论［M］．北京：中国社会科学出版社，1998．

汪涌豪．中国文学批评范畴及体系［M］．上海：复旦大学出版社，2006.
刘毅青．中国美学现代意义的探寻［M］．济南：山东大学出版社，2013.
党圣元．返本与开新：中国传统文论的当代阐释［M］．郑州：河南大学出版社，2011.
钱钟书．谈艺录［M］．北京：商务印书馆，2011.
傅庚生．中国文学欣赏举隅［M］．北京：北京出版社，2003.
蒋孔阳，朱立元：西方美学史［M］．北京：北京师范大学出版社，2013.
朱立元．当代西方文艺理论［M］．上海：华东师范大学出版社，1997.
凌继尧．西方美学史［M］．北京：北京大学出版社，2004.
刘悦笛．分析美学史［M］．北京：北京大学出版社，2009.
张少康．古典文艺美学论稿［M］．北京：中国社会科学出版社，1988.
周宪．20世纪西方美学［M］．北京：高等教育出版社，2004.
萧华荣．中国诗学思想史［M］．上海：华东师范大学出版社，1996.
郭绍虞．中国历代文论选［M］．上海：上海古籍出版社，2001.
郭绍虞．中国文学批评史［M］．北京：商务印书馆，2010.
俞平伯．中国历代诗话选［M］．长沙：岳麓书社，1985.
叶郎．中国历代美学文库［M］．北京：高等教育出版社，2003.
叶维廉．中国诗学［M］．北京：人民文学出版社，2006.
蔡景康．明代文论选［M］．北京：人民文学出版社，1999.
祁志祥．中国文学美学史［M］．太原：山西教育出版社，2014.
祁志祥．中国古代文学理论［M］．太原：山西教育出版社，2008.
吴建民．中国古代诗学原理［M］．北京：人民文学出版社，2001.
曹顺庆．中西比较诗学［M］．北京：中国人民大学出版社，2010.
蔡镇楚．中国诗话史［M］．长沙：湖南文艺出版社，1988.
陈伯海．唐诗学引论［M］．上海：东方出版中心，1988.
罗宗强．隋唐五代文学思想史［M］．北京：中华书局，1999.
蒋寅．古典诗学的现代诠释［M］．北京：中华书局，2009.
王树人，喻柏林．传统智慧再发现［M］．北京：作家出版社，1996.
钱谷融，鲁枢元．文学心理学［M］．上海：华东师范大学出版社，2013.
罗光．中国哲学认识论［M］．台北：学生书局，1995.
叶朗．叶燮的美学体系［J］．文艺理论研究，1980（3）.
夏静．文气话语形态研究［M］．北京：商务印书馆，2014.
陈中梅．柏拉图诗学和艺术思想研究［M］．北京：商务印书馆，2002.
宫睿．康德的想象力理论［M］．北京：中国政法大学出版社，2012.

易晓波．论康德的知性与理性［M］．长沙：湖南教育出版社，2010.

吉川幸次郎．中国诗史［M］．章培恒，等译．上海：复旦大学出版社，2001.

亚里士多德．诗学［M］．陈中梅，译注．北京：商务印书馆，2008.

苗力田．亚里士多德全集：第九卷［M］．北京：中国人民大学出版社，1992.

章安祺．缪灵珠美学译文集［M］．北京：中国人民大学出版社，1998.

伍蠡甫．西方文论选［M］．上海：上海译文出版社，1988.

鲍姆加登．美学［M］．简明，王旭晓，译．北京：文化艺术出版社，1987.

休谟．论道德与文学：休谟论说文集卷二［M］．马万利，张正萍，译．杭州：浙江大学出版社，2011.

休谟．道德原则研究［M］．曾晓平，译．北京：商务印书馆，2001.

休谟．人类理解研究［M］．关文运，译．北京：商务印书馆，1997.

哈奇森．论美与德性观念的根源［M］．高乐田，黄文红，杨海军，译．杭州：浙江大学出版社，2009.

康德．纯粹理性批判：注释本．李秋零，译注．北京：中国人民大学出版社，2011.

康德．判断力批判：注释本．李秋零，译注．北京：中国人民大学出版社，2011.

康德．任何一种能够作为科学出现的未来形而上学导论［M］．庞景仁，译．北京：商务印书馆，1978.

黑格尔．哲学史讲演录［M］．贺麟，王太庆，译．北京：商务印书馆，1997.

黑格尔．美学［M］．朱光潜，译．北京：北京大学出版社，2017.

黑格尔．小逻辑［M］．贺麟，译．北京：商务印书馆，1980.

黑格尔．精神现象学［M］．贺麟，译．北京：商务印书馆，1983.

培根．学术的进展［M］．刘运同，译．上海：上海人民出版社，2007.

狄德罗．狄德罗美学论文选［M］．张冠尧，桂裕芳，译．北京：人民文学出版社．1984.

席勒．美育书简［M］．徐恒醇，译．北京：中国文联出版公司，1984.

克罗齐．美学原理［M］．朱光潜，译．北京：商务印书馆，2012.

克罗齐．美学的历史［M］．王天清，译．北京：商务印书馆，2018.

布洛克．美学新解［M］．滕守尧，译．沈阳：辽宁人民出版社，1987.

鲍桑葵．美学史［M］．张今，译．北京：商务印书馆，1985.

科林伍德．艺术原理［M］．王至元，陈华中，译．北京：中国社会科学出版社，1987.

贝尔．艺术［M］．马钟元，周金环，译，北京：中国文联出版社，2015.

盖格尔．艺术的意味．艾彦，译．南京：译林出版社，2014.

卡西尔．人论［M］．甘阳，译．上海：上海译文出版社，1985.

朗格．情感与形式［M］．刘大基，译．北京：中国社会科学出版社，1986.

朗格．艺术问题［M］．滕守尧，译．南京：南京出版社，2006.

维果茨基．思维与语言［M］．李维，译．北京：北京大学出版社，2010.

古德曼．艺术语言［M］．褚朔维，译．北京：光明日报出版社，1990.

古德曼．构造世界的多种方式［M］．姬志闯，译．上海：上海译文出版社，2008.

普特南．理性、真理与历史［M］．童世骏，李光程，译．上海：上海译文出版社，2005.

普特南．实在论的多副面孔［M］．冯艳，译．中国人民大学出版社，2005.

斯托洛斯奇．审美价值的本质［M］．凌继尧，译．北京：中国社会科学出版社，1984.

鲁利亚．神经语言学的主要问题［J］．国外语言学，1983（2）.

施特劳斯．自然权利与历史［M］．彭刚，译．北京：三联书店，2006.

马利坦．艺术与诗中的创造性直觉［M］．克冰，译．北京：商务印书馆，2013.

比厄斯利．西方美学简史［M］．高建平，译．北京：北京大学出版社，2007.

瑞恰慈．文学批评原理［M］．杨自伍，译．南昌：百花洲文艺出版社，1992.

塔达基维奇．西方美学概念史［M］．褚朔维，译．北京：学苑出版社，1990.

李普曼．当代美学［M］．邓鹏，译．北京：光明日报出版社，1986.

莱考夫，约翰逊．我们赖以生存的隐喻［M］．何文忠，译．杭州：浙江大学出版社，2015.

丹托．何谓艺术［M］．夏开丰，译．北京：商务印书馆，2018.

宇文所安．中国文论：英译与评论［M］．王柏华，陶庆梅，译．上海：上海社会科学出版社，2003.

伽达默尔．真理与方法［M］．洪汉鼎，译．北京：商务印书馆，2013.

韦勒克，沃伦．文学理论［M］．刘象愚，译．北京：文化艺术出版社，2010.

韦勒克．批评的概念［M］．张金言，译．杭州：中国美术学院出版社，1999.

阿瑞提．创造的秘密［M］．钱岗南，译．沈阳：辽宁人民出版社，1987.

哈特．法律的概念［M］．许家馨，李冠宜，译．北京：法律出版社，2006.

哈特．法理学与哲学论文集［M］．支振锋，译．北京：法律出版社，2005.

德沃金．法律帝国［M］．李冠宜，译．台北：时英出版社，2002.

科尔曼．原则的实践：为法律理论的实用主义方法辩护［M］．丁海俊，译．北京：法律出版社，2006.

拉兹．法律的权威［M］．朱峰，译．北京：法律出版社，2005.

西蒙斯．道德原则与政治义务［M］．郭为桂，李艳丽，译．南京：江苏人民出版社，2009.

BLOCKER H. Kant's theory of the relation of imagination and understanding in a aesthetic judgments of taste [J]. British journal of aesthetics, 1965, 5 (1): 37 - 45.

BLOCKER H G. Kant for kids [J]. Symposium: Arts Education from Past to Present, 2005, 107 (1): 31 - 33.

COHEN T, GUYER P. Essays in Kant's aesthetics [M]. Chicago: The University of Chicago Press, 1982.

COHEN T. An emendation in Kant's theory of taste [J]. Nous, 1990, 24 (1): 137 - 145.

COHEN T. The philosophy of taste: thoughts on the idea [J]. The Blackwell guide to aesthetics, 2004: 164 - 173.

COSTELLOE T M. Hume, Kant and the "antinomy of taste" [J]. Journal of the history of philosophy, 2003, 41 (2): 165 - 185.

CROCE B. Logic as the science of pure concept [M]. AINSLIE D, trans. London: Macmillan and Co., Limited, 1917.

FENOLLOSA E. The Chinese written character as a medium for poetry: a critical edition [M]. New York: Fordham University Press, 2008.

FISHER J. Universalizability and judgments of taste [J]. American philosophical quarterly, 1974, 11 (3): 219 - 225.

GENOVA A C. Kant's complex problem of reflective judgment [J].

The review of metaphysics, 1970, 23 (3): 452 - 480.

GERWEN R V. Kant's regulative principle of aesthetic excellence: the ideal aesthetic experience [J]. Kant-Studien, 1995, 86 (3): 331 - 345.

GISBORG H. Lawfulness without a law: Kant on the free play of imagination and understanding [J]. Philosophical topics, 1997, 25 (1): 37 - 81.

GRABAU R F. Kant's concept of the thing in itself: an interpretation [J]. The review of metaphysics, 1963, 16 (4): 770 - 779.

GRACYK T A. Rethinking Hume's standard of taste [J]. The Journal of aesthetics and art criticism, 1994, 52 (2): 169 - 182.

GUYER P. The harmony of faculties revisited [M]//GUYER P. Values of beauty: historical essays in aesthetics. Cambridge: Cambridge University Press, 2005: 162 - 193.

GUYER P. Kant and the claims of knowledge [M]. Cambridge: Cambridge University Press, 1987.

GUYER P. Kant and the claims of taste [M]. 2th ed. Cambridge: Cambridge University Press, 1997.

KULENKAMPFF J. The objectivity of taste: Hume and Kant [J]. Noûus, 1990, 24 (1): 93 - 110.

KUPLEN M. Aesthetic of ugliness: a kantian perspective [J]. Proceedings of the European Society for Aesthetics, 2013, 5: 260 - 279.

MORAN D. Hilary Putnam and Immanuel Kant: two "internal realists"? [J]. Synthese, 2000, 123: 65 - 104.

NAUCKHOFF J C. Objectivity and expression in Thomas Reid's aesthetics [J]. The journal of aesthetics and art criticism, 1994, 52 (2): 183 - 191.

PUTNAN H. A half century of philosophy, viewed from within [J]. American academy of arts&science, 1997, 126 (1): 175 - 208.

PUTNAN H. Sense, nonsense, and the senses: an inquiry into the powers of the human mind [J]. Journal of philosophy, 1994, 91 (9): 445 - 517.

PUTNAN H. Realism [J]. Philosophy and social criticism, 2016, 42 (2): 117 - 131.

PUTNAN H. Realism and reason [J]. Rroceedings and Addresses of the American Pilosophical Association, 1977, 50 (6): 483 - 498.

PUTNAN H. Why there isn't a ready-made world [J]. Synthese, 1982, 51 (2): 141 - 167.

SOSA E. Putnam's pragmatic realism [J]. The journal of philosophy, 1993, 90 (12): 605-626.

STANLEY G. FRENCH, "Kant's Constitutive-Regulative Distinction [J]. The monist, 1967, 51 (4): 623-639.

ROGERSON K. The meaning of universal validity in Kant's aesthetics [J]. The journal of aesthetics and art criticism, 1982, 40 (3): 301-308.

ROWE M W. The objectivity of aesthetic judgments [J]. British journal of Aesthetics, 1999, 39 (1): 40-52.

SHELLEY J. Hume's double standard of taste [J]. Journal of aesthetics & art criticism, 1994, 52 (4): 437-445.

SHINER R A. Hume and the causal theory of taste [J]. The journal of aesthetics and art criticism, 1996, 54 (3): 237-249.

附录

作者古典诗词选

代言

释卷登楼上，狂风独倚阑。
吹过千壁雨，淋透半生寒。
徇世良难悦，掩才何易安?
但将传识炬，明焰照人看。

广化寺春行

节转清明后，莺飞四月天。
芳菲初带露，园柳半含烟。
院僻寥香客，楼深锁故年。
红尘销迹处，风景共谁怜。

雪后访广化寺

廊檐绕梵音，迷者踏声寻。
殿外香炉寂，亭前暮雪深。
尘缘如剪断，俗理莫劳侵。
欲到慈悲境，先怀铁石心。

夜读谢朓诗集感怀作

古寺钟声晚，青枫两岸飞。
澄江长自在，霞景每无违。
樽渌邀云影，琴声抚月辉。
摄生山水界，仕隐若忘机。

读诸葛武侯《诫子书》

孤落昏灯下，奢情扰倦身。
文辞非害道，心境自含尘。
澹泊修高节，繁华有宿因。
前贤名久盛，后学苦相伦。

公宴

玉佩连华盖，凤城宴集开。
筵花迎烛照，袖影逐风徊。
既没甘泉殿，再升铜雀台。
长河无彼岸，歌舞忘余哀。

故国徐州

横枕长淮上，彭城雄丽姿。
五朝开国主，一代至情词。
山月清澄夜，林花繁落时。
凭陵川景望，今古忽如遗。

京郊访傅海鹏兄馆舍临行赠别

朱弦闻似雨，双影照离觞。
明月随君远，西风送客长。
浮生多契阔，世路本苍黄。
但守青云志，升沉俱未妨。

重阳

西风吹梦破，帘幄湛晴光。
一夜云烟尽，满城秋气凉。
寒空唯语默，黄叶郁飞长。
待我桑榆日，与谁同鬓苍。

读《陈汤传》

汉剑挥诛远，将军震怒声。
沙蹄开贡道，琵琶奏行征。
勋从留青简，僚自妒赫荣。
可怜功著后，便见毁长城。

端午

士人无自贵，荣起谢文王。
观取臣形色，依随君道场。
谏官兴宋世，宰相弃秦皇。
不省公舆地，何颜祭楚湘。

斋中读史

熟览千秋节，名贤岂可忘。
高风怀介子，绝代忆嵇康。
心壮椒山胆，气通越石肠。
流尘多折节，古道砥刚强。

夜读李商隐诗集

情兴暮夜神难寝，推枕翻书省绮篇。
初见宝鞍方送客，便传稣手复临弦。
骑飞雪岭寒空外，书留云屏暖殿前。
最爱义山通丽象，风流长擅古今怜。

诗画江山

旷望苍流天没际，高云霞蔚雁飞寒。
风吹江岸松林动，山敛夕霏烟月安。
能使严陵辞爵命，复来谢朓散朝冠。
坐怜无得临真界，惟抚唐诗卷上看。

忆芝加哥

梦中昨夜风城客，旧迹清寥次第寻。
雪覆平原湖色冷，灯明陋室影痕深。
愀情估取文章慰，初愿渐从杯盏沉。
落寞寒州因底事，西方虽近未同心。

论李杜

恕难李杜等尊之，惟圣宜称万古师。
晚代何须听别调，中唐早已有公持。
情悲王者蒙尘处，泪洒苍生殒命时。
最是集贤裁伪体，斯文寥廓任驱驰。

风格

世风贪逐纤华体，又值齐梁见鼓吹。
满道芳尘随翠辇，无穷晓镜照蛾眉。
物情秾丽虚何指，词墨空疏实俱悲。
有客怀藏千种识，但开襟抱与之谁？

感怀

堪笑书生多自负，嘲声冷眼暗低迴。
剧谈万物知何用，狂著千行未见推。
岂得建安风骨句，长空正始竹林杯。
愧看前代寻源使，塞漠长驱抱节回。

仲夏小院再聚留赠诸博士

月昏柳重锁残烟，醉罢荒城终自怜。
初识渐看成故识，欢筵再起近离筵。
三春寞守深闱下，四海纷飞远日边。
此际明朝归永忆，今樽再许奉君前。

读钱穆《中国历史精神》

曲护焉能欺鬼神，家奴自古作王臣。
朱云折槛谁同起，陆贽匡时总独陈。
北宋士流仍附党，西欧贵胄渐循真。
愁公粗读希罗史，翻以江河测海津。

房山雪色

朝起南窗惊白素，彻天飞羽漫飘零。
乘风枯草犹为壮，映雪残林格外青。
遥忆袁安困洛舍，复思苏武牧龙廷。
平时气节无从说，一任霜寒道与听。

博士晚习后归舍途中作

玄思古韵两宜师，合璧中西欲赋辞。
晓坐明堂如独在，夜过残火总依迟。
园中芳草怜相送，天外春星会有知。
何事人生当感遇，莫过真谛洞明时。

改诗

独开诗苑才忧匮，祖述名家力近孱。
仍忍移灯烧旧作，不留陋句向人间。

思唐三首

其一

宝车绮骑影斜横，次第歌楼不绝声。
四海江山全盛日，烟花飞彻九重城。

其二

轻香浮烟度雪腮，紫衣满醉梦瀛台。
讵知扇底香风起，吹遍幽州铁骑来。

其三

御驾香亭宴牡丹，侍从如云漫凭阑。
兴亡一梦宫门掩，惟剩君王拂泪看。

访香山

寒香山径欲观红，枝上丹枫半去空。
满地残霜吹不起，青苔依旧石中生。

咏竹

萧萧风节遍中庭，屡见诗章与画屏。
死去若能削作简，再将刻史照人青。

鉴书有感

伪帖呈邕试所闻，惊容四座乱纷纭。
遂知久拜高名下，未必萧诚让右军。

代拟素怀以赠

百折萦回犹浩漫，洪波月下震前滩。
此心不歇如江水，转带千山并与看。

题李煜

梁君绮丽空文藻，魏武雄浑短韵才。
惟有南唐寥落后，词林始向帝王开。

论诗法两首

其一

即景裁诗意未平，登高能赋岂惟情？
古今独有凭深识。烛照人心底处明。

其二

莫谈古体寥音律，声调皆藏气格中。
物若有形尚堪法，事成无迹仰天功。

严羽

别材妙悟须门正，法魏宗唐识炬先。
却使一生崇兴象，只看王孟最殊怜。

过沈园

满壁惋诗俱见名，谁人到此不多情。
若归命里终非有，遂教山盟亦觉轻。

登高晚眺

此间郁悒登高客，何似荆州冷落人。
但使风云能际会，不随刘表共沉沦。

黄巢

岂羡牡丹称作王，休怜芍药艳臣妆。
菊开看取雄姿在，收尽芬芳葬晚唐！

可笑

刘裕北征非复晋，桓温讨虏意难书。
吾生固少英雄气，总说英雄有不如。

三里屯夜饮

古来艳极难逾此，寒俭金陵那几钗。
今道相逢均有价，繁华所以胜秦淮。

述梦*

溟漠烟林荡磬声，江陵暮雨暗山崇。
问之何代诵经者，道是萧梁别后僧。

感赠张雨晨

三年别却各艰行，我守阴沉君守晴。
或许浑然临世态，胜过清识向通明。

---

* 本诗采用中华新韵。

再忆芝加哥

中堂冻将裂，
昏灯寒欲灭。
自从辞风城，
至今犹厌雪。

朝游中国政法大学南苑*

春禽流啭处，戚戚君子於。
开卷柳深处，卷湿字成虚。
昨夜滂沱雨，落花满因依。
乱红委泥路，林园尽幽凄。
芳堆断还续，草径合复离。
颔首红尘里，万物有归期。

蒋寅先生六十寿筵酒罢从师门夜游维扬

宴后从清赏，携手相追游。
芳园澄静气，晚时何闲悠。
宝塔出林表，星华绕玉钩。
竹影密侵道，南风凉若秋。
步月叙睽隔，行轻如御舟。
穿林随曲径，遇水循芳流。
池阁相映带，亭榭接未休。
向闻古行乐，从今近真俦。
即事知贤贵，想象忆王侯。
况与师道近，秉烛看扬州。

效陈子昂感遇体诗（其一）

自古伤行路，今代亦复斯。
俊士仍濩落，高才命难持。
忆昔陈子昂，萧索困京师。
名琴千金换，一毁天下知。

---

* 本诗采用中华新韵。

袖出风骨卷，光掩六朝词。
声华凌后代，崇名赫当时。
古杰暂寥落，飞腾早与迟。
发恨今俗虑，世教寖衰移。
翰苑无清鉴，诗识少所宜。
风体混苍素，容色迷妍媸。
深遁文献垒，弃舍精玉词。
瀚漫江河水，巍峨昆仑姿。
山河赐名望，群公受不疑。
伯玉今再世，华章荐向谁？

重读《传习录》有感作

养气帷幄中，集义青史上。
澄心祓私欲，廓然襟期旷。
动静纯合一，日夜同安放。
良知若未醒，博闻尽虚妄。
格物在格非，名器实为障。
拔本复道心，塞源须内向。
心体意用之，临事随万状。
体用若支离，治学落烟瘴。
不解圣道深，便拟争诬谤。
灯下死如灰，垂言何足尚？

不遇

吾闻曹子建，半世落孤忧。
神颖受天眷，中道失权谋。
魏武鹤辞去，寒剑抵心喉。
东藩虚赐爵，牢落若楚囚。
振翮欲济国，请缨效王州。
宗室恩何薄，禁身锢一丘。
风姿雄盖代，词华遥绝俦。
意气倾竹帛，霞志激千秋。
客散嘉宴后，萧瑟怅登楼。
自古不骋志，君谓第一流。

解郁诗

凝思含毫寻佳句，到此襟抱定文章。
妄誉妒损相交替，未逢知己引杯长。
久闻交契如史上，不见北宋苏与黄。
青玉珍案罗馐馔，永夜痛饮朱箔堂。
临花带月旋沽酒，宝驹笙歌满陌香。
豪士快意多如此，此非吾道终相离。
行吟坐画旁者笑，倘比贾岛未少痴。
江山逆旅人如寄，愿遗天地一部诗。
慨慕先贤开古道，临文格调自取师。
时人不解仔细看，往往反唇来相嗤。
君不见姑苏落寞枫桥客，一夜惆怅千古知。
君不见汉宫受辱著书者，雄文自有人相思。

自警

最慕藻思能裨世，亦羡意气感红颜。
如非旷世奇男子，莫教徘徊两境间。
齐君耽色不害霸，唐主词冶满鬓鬟。
人杰风流岂可效，衰亡不在美人关。
物色纷繁今何烈，天纵才华那云闲。
驱身欲利名逐梦，问道从此成疏顽。
彼岸终极尽消解，鸿毛遂可掩泰山。
今代文士若自弃，临终恐不如草菅。

拟古效李白《长相思·其一》步其韵

长相思，愿君安。
轻骑一去别凤阙，天涯暮望晚空寒。
芳草侵道春时发，山雪吹鞍孤程叹。
遣情无限寄毫端。
北有沙碛横云天，南有溟渤卷沧澜。
天高地迥君何在，到今始知相思难。
长相思，苦心肝。

题家父书法

家翁逸体盖天授，不经临池便可观。
何况挥毫四十载，晚节无物抵此欢。
澄思静虑潜积势，翻然灏气夺笔端。
传神竞秀中骨在，脱洒飞驰复阑干。
翠烟茫茫出峻巘，沙虚历历激惊湍。
绵雪飘沥槛台上，征鸿一片青冥寒。
不屈尺幅任成态，同兼凤翔与龙蟠。
吾自幼年用书砚，风骨开势似不难。
暂缘心性未沉定，游冶词林与文澜。
他日成全文章事，或留深墨与人看。

忆浔城*

青袍送客寒江夜，流波摇动月半横。
官卑终有迁谪意，况闻琵琶对秋枫。
昔赋古原折顾况，文采倾动长安城。
翻然策居受名位，早乘好风渥恩隆。
一朝忠愤蒙毁谤，黯然坐此江城中。
谁知琴人复如是，停弦敛色忆枯荣。
妙龄教坊擅绝艺，曲乐花下何盛容。
才调依旧红颜改，楼前车骑渐为空。
昔时台上红绡满，而今漂泊逐转蓬。
夜静行船华灯侧，柔情气骨两傍生。
今夜海内升长句，明朝传诵贯西东。
自此浔阳名史著，多少同琴未同声。
消得欢虞浪取醉，不见四座掩泣容。

渔家傲·重过母校

画扇蒙尘罗衣折，春花历落冬寒彻。记得离亭含怨别，常思切，天涯是否同悲悦？　　见惯雁来消息绝，十年迥隔升沉阅。重到南门思如咽。故辙灭，予仍未变松筠节。

---

* 本诗采用中华新韵。

忆秦娥·并州月

并州月，升楼长照孤臣烈。孤臣烈，清啸胡笳，壮士声咽。　　当年金谷赏芳雪，豪奢未减忠纯节。忠纯节，古来难得，无关兴灭。

浪淘沙·雾

辛苦遇晴明，孤陌徐行，飞桐飘堕碎秋声。恍至长亭人散后，月晓风清。　　再添几时更，雪漫如征，愁云带雾锁都城。点检一年欢惬事，总近寒灯。

青玉案·琴艺

朱琴冷落应成怨，岁尘落，弦中断。抵柱横弓声尽变，短歌长调，纷敷凌乱，盛曲良难返。　　少年绝艺终销散，谢逝风华与谁挽。唯教名章传久远，江淹老却，陆机命舛，词卷今犹叹。

鹧鸪天·再忆社科院图书馆

广殿楼观雄向东，宫前两道茂林丛。忽回白露疏云夜，月照阶衢想故踪。　　积学日，思无穷。壮游书翰任凭衷。旧园萧瑟人离后，长道当年似梦中。

沁园春·诚思

春夜微灯，书卷初释，愀思飞翻。念千秋编简，虚辞历历，百年迭荡，困顿绵连。诚道衰颓，早非一世，浑欲寻根问古先。顾夫子，罕闻谈终极，是否其原?　　昔时周室阑珊，起五霸，每多虞诈看。艰难言复礼，空成奢笑，再推形上，更取谁厌。希腊文明，极真洞本，天教心魂惟此安。且莫怪，爱知源于势，儒者其间。

后　记

在全书的最后我要为在撰写这本书的过程中帮助过我的很多人致以毫无保留的谢意。这些人中使我受恩最多的莫过于我的父母和老师。

我的母亲是一位甚至比绝大多数男人都要聪颖和坚强的女性，她是一位学者，也是别人眼里的导师。对于我这个儿子来说，我从她那里受到的最重的恩惠，其实并不是流俗的感谢辞中都会首先想到的什么言传身教，也不是对我学术活动经年累月的什么鼎力支持，而是她通过生命的途道赋予了我一个钟爱沉思并且永不自欺的灵魂。这个灵魂让我从小就爱慕和追寻与同龄孩童迥异其趣的事物，让我喜欢深刻永恒的事物远甚于喜欢表浅短暂的东西，让我爱慕真知灼见远大于爱慕物质繁华。至于言传身教方面的事，她个人从不汲汲于学术荣利之谋，从不刻意经营学术，而是永远采取一种随遇而安的态度面对学术上的各种利害关系。这一点为我营造了极宝贵的家风熏染，深深地影响了我的学术观的诚实性与纯正性，培养了我绝不为功利目的而治学的态度。

除了母亲所赋予我的那个爱知的天性之外，我的父亲则尽心培养了我许多文艺才能，虽然他是一位公职人员，但在音乐、书法和文学领域兴趣广博、才华横溢，他在我童年时期就很有意识地培养我的音乐才能，教我学习小提琴演奏技法，并在我的青少年时期引导我逐渐爱上了中国古典文学而且尝试诗歌创作。可以说我后来对文学的选择也主要是受到父亲的影响。如果没有他对我在这些文艺方面的启蒙和训练，我对文艺作品的鉴赏将绝无可能拥有那种稀缺的敏感性。感谢父母对我的悉心培养，他们一直以来让我自由地追寻自己的志趣去读书，从不以金钱和权势的标准来衡量一个人的价值，这使我得以避免于跻身社会中去争名逐利，给了我得以过沉思生活的可能。

父母之外，另一个让我感念的人是我在中国政法大学读本科时期遇到的教授法哲学课程的陈景辉教授，他是国内攻研英美分析法哲学领域的最权威和最广识的学者之一。我个人最早是通过法哲学接触到哲学思维方式的，这种思维方式曾给我带来了无穷的思辨乐趣，并成为我后来思考一切学术问题的潜在意识和方法。正是陈景辉教授对我的哲学兴趣给予了巨大的鼓励和推助，他引导我深入艰深与繁复的哲学英文文献之中，让我树立了敬畏外文哲学文献的观念。他还总是对我所提的各种问题悉心解答，我至今都记得十年前还是大学生的我在各种场合向他孜孜求教的青春画面。可以说，陈老师是带我走进思辨性学术殿堂的最早引路人。

当然具体到在本书的完成上，我最直接感激的人就是我的博士生导师蒋寅先生，在我眼里先生是一位见识高卓、学问渊博、气度恢宏的当世学术名公。我很幸运四年半前在我还只是作为一个空有一腔文学热情的法科生报考文学博士时能被先生赏识而收入门下。如果说我的母亲给了我爱知的灵魂、我的父亲培养了我宝贵的文艺才能，那么蒋寅先生则让之前所有这些累积下来的素质发挥出它应有的潜能。先生那罕见的识度与器量让我有条件在闲暇和自由之中全力以赴地探索和深思人文学科中的那些永恒和经典的问题。在那几年的光景中我真正体会到了沉思的幸福。最令我感到动容的是我可以与先生毫不避讳地讨论各种问题，即便这种讨论有时甚至已经上升到争辩的程度，我还可以不必有所顾忌地畅所欲言，而先生总能和颜悦色、气度恢宏地与他的学生谈话。先生的宽阔胸怀让我感受到当今文学研究者群体中一种罕见的雅量。

感谢林崇德先生，他是我母亲在北京师范大学的博士后导师，感谢他老人家多年以来对我视同己出般的呵护与关怀，特别是在我青少年的困惑时期给予过的巨大而温暖的援手，让那个曾经十分富有个性的少年感受到了无比的温暖。甚至到现在，已年近八十、健康欠佳的老人家还经常过问我这个小孙子的生活工作状况，个中感动真是难以言表。

感谢我的博士后导师、北京师范大学历史学院的张涛教授，在我完成了文学博士学业之后，张涛先生为我提供了雪中送炭的学术深造机会，给了我更充裕的时间和空间去深度完善这部审美统一论的书稿，并引领我进入更广阔和更具有包容性的史学研究天地。如果没有老师对我个人才学的赏识以及对我个人整体的接纳，如果没有他对我博士后期间各项科研工作在时需与经费上的慷慨支持，本书绝不会完成得像现在这样充分，也不会这么早付梓。

最后再次感谢上面每一位长辈在我的学术生命中的出现，他们一起支持和勉励着我在探寻真知灼见的道路上无畏前行。

图书在版编目（CIP）数据

诗与识：中国古典诗歌审美统一论/宋烨著．--北京：中国人民大学出版社，2021.1
ISBN 978-7-300-28710-2

Ⅰ.①诗… Ⅱ.①宋… Ⅲ.①古典诗歌-诗歌美学-诗歌研究-中国 Ⅳ.①I207.22

中国版本图书馆 CIP 数据核字（2020）第 205411 号

诗与识：中国古典诗歌审美统一论
宋烨　著
Shi yu Shi：Zhongguo Gudian Shige Shenmei Tongyilun

出版发行	中国人民大学出版社		
社　　址	北京中关村大街 31 号	**邮政编码**	100080
电　　话	010－62511242（总编室）		010－62511770（质管部）
	010－82501766（邮购部）		010－62514148（门市部）
	010－62515195（发行公司）		010－62515275（盗版举报）
网　　址	http://www.crup.com.cn		
经　　销	新华书店		
印　　刷	涿州市星河印刷有限公司		
规　　格	170 mm×240 mm　16 开本	**版　　次**	2021 年 1 月第 1 版
印　　张	20.5 插页 3	**印　　次**	2021 年 1 月第 1 次印刷
字　　数	362 000	**定　　价**	88.00 元